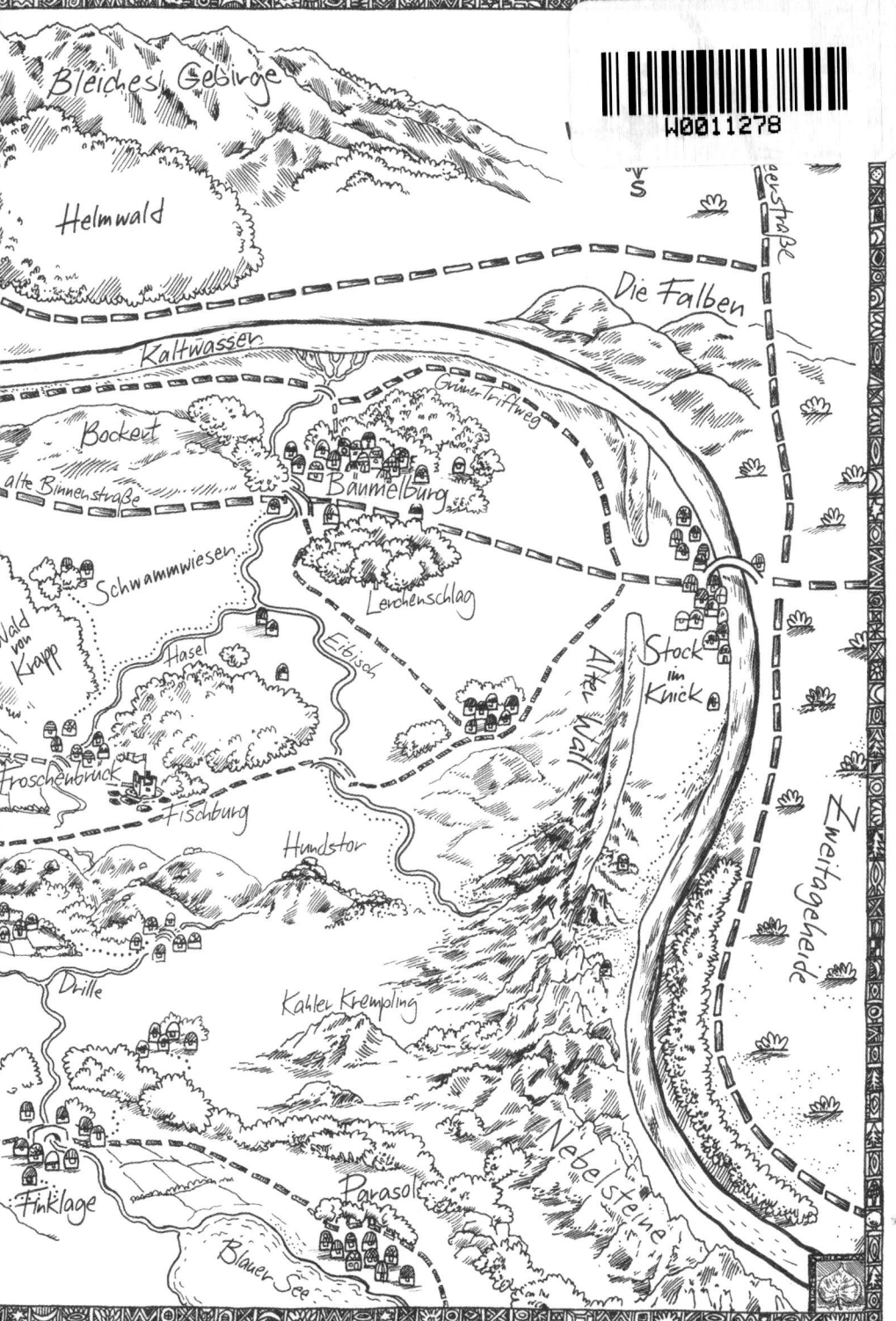

Quendel

Für meine Mutter und Iris,
die ersten Leser

1. Auflage 2018
© Ueberreuter Verlag GmbH, Berlin 2017
ISBN 978-3-7641-7077-6
Dieses Werk wurde vermittelt durch
die Michael Meller Literary Agency GmbH, München.
Lektorat: Emily Huggins
Umschlaggestaltung, Karte und Zeichnung im Innenteil: Caroline Ronnefeldt

Zitat auf S. 232 aus: »Im Nebel«, aus:
Hermann Hesse, Sämtliche Werke in 20 Bänden.
Herausgegeben von Volker Michels. Band 10: Die Gedichte.
© Suhrkamp Verlag Frankfurt am Main 2002.
Alle Rechte bei und vorbehalten durch Suhrkamp Verlag Berlin.

Druck und Bindung: Finidr, s.r.o. Český Těšín
Gedruckt auf Papier aus geprüfter nachhaltiger Forstwirtschaft.

www.ueberreuter.de

Caroline Ronnefeldt

Quendel

ueberreuter

Stellen Sie sich einmal vor, was Sie heute sein würden, wenn man Sie in Ihrer Kindheit, statt mit Geschichten und Märchen zu füttern, mit Geografie und Naturkunde vollgestopft hätte?

CHARLES LAMB ZU SAMUEL COLERIDGE

Auf der Heide oder im Holz an dunklen Örtern, auch in unterirdischen Löchern, hausen Männlein und Weiblein und liegen auf grünem Moos, auch sind sie um und um mit grünem Moos bekleidet. Die Sache ist so bekannt, dass Handwerker und Drechsler sie nachbilden und feilbieten. Diesen Moosleuten stellt aber sonderlich der Wilde Jäger nach, der in der Gegend zum Öfteren umzieht, und man hört vielmal die Einwohner zueinander sprechen: »Nun, der Wilde Jäger hat sich ja nächtens wieder zujagt, dass es immer knisterte und knasterte.«

GEBRÜDER GRIMM

Inhalt

Als in Gebirgstälern, in die noch niemals sehr viel Licht gedrungen war, sich mit einem Mal die Schatten verdichteten, so, als habe die Sonne es nun gänzlich aufgegeben, diese klammfeuchten Orte durch ihre wärmenden Strahlen für kurze Zeit aufzumuntern und als hielte selbst der Mond es für Verschwendung seines silbrigen Glanzes, in solch düstere Ödnis hinabzuscheinen, als im Verborgenen sich Schatten langsam und unmerklich nicht länger damit begnügten, bloße Schatten zu sein, sondern etwas anderes, begann sich Unnennbares zu regen, lange vergessen und noch nicht greifbar, aber zunehmend und sich bedächtig ausbreitend, wie die schemenhaften Schwaden einer im Unsichtbaren schwelenden Brandstelle. Da rückten im schwindenden Licht steil aufragende Felswände enger zusammen und Täler verschwanden in dazwischen lastender Finsternis, die nichts und doch etwas enthielt.

Erstes Kapitel

Der Kartenschreiber von Grünlohe

Jetzt musst du rechts dich schlagen,
Schleich dort und lausche hier,
Dann schnell drauf los im Jagen –
So wird noch was aus dir.

Joseph von Eichendorff

E s war zum Ausgang des Sommers. Das Licht wurde golden und die Schatten etwas länger. In der sanften Brise ließen sich kleine Spinnen an glänzenden Fäden durch die milde Luft tragen.

Bullrich Schattenbart saß in seinem Haus vor dem geöffneten Fenster seines kleinen grünen Salons. In den schräg einfallenden Sonnenstrahlen tanzte feiner Staub und vom nahen Waldrand war der Ruf eines Kuckucks zu hören.

Er war später als gewöhnlich aus dem Bett gekommen und vertrödelte nun den ohnehin angebrochenen Morgen bei einem ausgiebigen Frühstück. Während aus der bauchigen Teetasse neben ihm wohlige Schwaden aufstiegen, stöberte Bullrich in seinen selbst gezeichneten Landkarten. Sorgfältig vermied er Fettflecken auf den knisternden Bögen. Als er genüsslich in sein drittes Honigbrötchen biss, dachte er befriedigt, dass er schon einen guten Teil seiner Umgebung kartografiert hätte. Zumindest nördlich von Grünlohe, dem Dorf, in dem er lebte, bis zu den Ufern der Kaltwasser und in südwestlicher Richtung nach Schierlingsstätten und Wetterstern, den Dörfern vor dem Grenzland von Endlund. Dann in entgegengesetzter Richtung wieder zurück über das Flüsschen Drille und Bäumelburg bis ans Ostufer des großen Stromes.

Zwischen einem Schluck Tee und einem weiteren Biss in sein Brötchen fasste der Quendel das zuoberst liegende Blatt näher ins Auge. Bullrich war ein sorgfältiger Zeichner. Die im Gelände auf Birkenrinde gefertigten Skizzen wurden am Abend unter der Lampe gesichtet und abgeschrieben. Kurzsichtig blinzelnd vertiefte er sich nun in die Linien und Schnörkel seiner Handschrift und zeichnete im Geiste noch einmal, die Zungenspitze entsprechend der damaligen Anstrengung in einen Mundwinkel geklemmt. Vor ihm lag nichts Geringeres als das Hügelland selbst, Heimat der Quendel seit Anbeginn der Zeit. Zumindest seit Quendel mit dem Geschichtenerzählen begonnen haben und das muss sehr lange her sein, denn »der Quendel schwätzt, seit er unter den Wurzeln gehaust hat«, wie ein uraltes Sprichwort aus Grünlohe behauptet, an dessen genauere Bedeutung sich aber niemand mehr erinnern konnte.

Bullrich setzte die Teetasse ab, ohne den Blick von seiner kostbaren Karte zu heben. Mit schwarzer Tinte hatte er den Bogen nachgezogen, den der große Strom um das Hügelland beschrieb. Es war eine Freude, dem Schwung der Linie zu folgen, die in sicherer Führung von Schierlingsstätten bis hinter Stock im Knick reichte. Nicht ein einziges Mal hatte er die Feder abgesetzt.

»Das muss man schon wissen. Das muss man schon abgeschritten haben. Schlegel für Schlegel«, murmelte Bullrich in Anerkennung der eigenen Mühen.

Wie geborgen lag doch das Hügelland in dem gewaltigen Knie, das die Kaltwasser hier beugte! Dann runzelte er die Stirn. Und was war jenseits ihrer schnell dahinfließenden Fluten?

Bullrich hatte die Erkundung der anderen Uferseite immer wieder verschoben. Dort wurde das Hügelland in nordwestlicher Richtung von den »acht Raben« begrenzt. So nannte man die Hügelgruppe, an deren Fuß auf einem einsamen Felsen hoch über dem Fluss die düstere Burgruine des Rabensteins stand. Ein Ort, den die meisten Quendel mieden.

Zu keiner Zeit war jemand auf die Idee gekommen, sich dort anzusiedeln, obwohl die Wiesen entlang des Ufers fett und grün in der Sonne lagen, übersät von unzähligen Sternblümchen. Doch nicht lange und der Boden begann sich zu wölben. Verwitterte Felsbrocken ragten daraus empor, als hätte sich unter dem Erdreich ein steinernes Ungetüm halb erhoben, um mit seinen granitenen Gliedern die Grasnarbe zu durchbrechen. Ganz oben auf den zugigen Höhen, wo die Halme der Gräser fest und gelb waren, türmten sich gewaltige Steine wie verwunschene Festungen. Als bizarre Bekrönungen hockten sie auf den acht Kuppen und der Wind pfiff und sang in geborstenen Oberflächen und durchfegte die Ritzen und Winkel der zerklüfteten Stapel.

Auf dem westlichsten der Raben stand über den Steinen ein grauer Turm, hoch und schlank wie eine einzelne Kerze vor dem roten Abendhimmel. Wenn es für Quendel einen Grund gab, einen Ausflug zu den acht Raben zu machen, dann, um einen jener legendären Sonnenuntergänge hinter dem grauen Turm zu erleben. Innen war er hohl wie ein alter Bovist; Treppen und Gemächer seit Langem verschwunden. Niemand im Hügelland wusste zu sagen, wer ihn erbaut hatte. Kein Quendel hätte die gewaltigen Granitquader aufeinanderzusetzen vermocht. Man vermutete allgemein, dass die Baumeister zu einem größeren Volk gehört haben mussten und auch für die Ruinen des Rabensteins sowie für die Brücke über die Kaltwasser verantwortlich waren. Letztere war ein außergewöhnliches Bauwerk, ein hoher schmaler Bogen in perfekter Wölbung über die schnellen Fluten geschlagen, mit einer steinernen Brüstung zu beiden Seiten. Manche der behauenen Steine trugen eigentümliche Ritzungen, in denen sich Moos und Flechten sammelten, sodass die Mauern an einigen Stellen mit einer seltsamen, grünlichen Schrift bedeckt waren.

Bullrich hatte sich dem fünften Brötchen genähert und einen neuen Kessel Teewasser aufgesetzt. Er dachte daran, wie er den Verlauf der Kaltwasser gezeichnet hatte. Das war auf Höhe der Kugelmühle gewesen, doch jenseits der schwungvollen Linie war die Skizze nahezu leer geblieben. Acht kleine Bogen deuteten die Raben an, mit einem Rechteck für den grauen Turm. Ein einzelner steiler Haken über den Fluss stellte die Steinbrücke dar. Dahinter das schnell notierte Kreuz markierte die Lage der Ruine auf dem Rabenstein.

Bullrich nickte bestätigend, als er die nachträgliche Zeichnung mit der Skizze verglich, in der Hand wieder die Teetasse, deren Inhalt nun bereits aus der zweiten Kanne stammte, die er sich an diesem friedlichen Morgen genehmigte. Er betrachtete die kunstvollen Schnörkel seiner Sonntagsschrift unterhalb einer Ansammlung von Häuschen mit tief herabgezogenen Dächern. *Quendelin* stand da in der leuchtend roten Tinte zu lesen, die er für Namen zu verwenden pflegte. Quendelin, die einzige Ansiedlung der Quendel auf dem nördlichen Ufer der Kaltwasser, war Stammland der Reizkers. Die Lage des Dorfes blieb umstritten; man billigte den dort ansässigen Familien ein verwegenes Wesen zu. Bei ihrem jährlichen Auftritt anlässlich des Bäumelburger Maskenfestes wurden doch immer wieder Seltsamkeiten und Besonderheiten festgestellt. Das derzeitige Familienoberhaupt der Reizkers, Boso, war ein alter Quendel von beträchtlichem Leibesumfang, der in seinem großen Haus über den Terrassengärten lebte, mit sich und der Welt zufrieden und spöttisch über die Hasenherzen auf der anderen Flussseite seine gutmütigen Späße treibend.

Bullrich dachte an die letzte Geburtstagsfeier, zu der Boso zu einem Lampionfest in den Garten geladen hatte. Die Quendeliner mochten seltsam sein, für Quendel geradezu wortkarg und mitunter ein wenig herablassend, aber sie verstanden es, zu feiern. So viel stand fest. Bosos Geburtstagsfest hatte vier Tage und Nächte gedauert und war nur gegen Mitternacht des vierten Tages plötzlich beendet worden, weil ein heftiger Platzregen die Gäste den Hang hinauf und auf die weite Veranda des Reizker'schen Familiensitzes trieb. Von dort hatten sie zugesehen, wie der Regen die Lampions löschte und in traurig herabhängendes Unkraut verwandelte.

Boso hatte aus seinen schier unerschöpflichen Vorratskellern noch reichlich Gewürzpunsch und Bucheckernpastete hervorgezaubert. Der moosfarbene Salon zum Garten quoll über von schwatzenden Gästen.

Tabaksdunst mischte sich mit dem Duft von Punsch und Kaminfeuer und stieg in warmen Schwaden zur bräunlich gedunkelten Decke. Als auch der letzte Punschtopf geleert war, schlug Bosos Frau Walli Ritterling-Reizker, eine der respektabelsten Autoritäten unter den Quendeln, was Feste geben und Feste feiern anging, einen abschließenden Regenschirm-Laternen-Spaziergang bis zur Steinbrücke am Rabenstein vor.

Alle Gäste, außer den Quendelinern selbst, stammten ja aus Dörfern von der anderen Uferseite und nur über die Brücke ließ sich der Fluss bequem überqueren. Das Betreten der großen Trittsteine, die unterhalb Quendelins in der dortigen Furt lagen und die Kaltwasser an dieser Stelle passierbar machten, war bei feuchtem Wetter und Dunkelheit nicht zu empfehlen.

Die trockenen Füße unter dem Frühstückstisch gekreuzt, gestattete sich Bullrich ein heiteres Lächeln. Er hatte eine ausgeprägte Abneigung gegen Wasser, besonders gegen schnell dahinfließendes. In seinen Erinnerungen kramend, dachte er daran, wie er an einem Vorfrühlingstag mit Restschnee und Sonne zur Freude aller in den Flussauen picknickenden Quendeliner im eiskalten Wasser der Furt gelandet war, nach einer kunstvollen Pirouette auf dem dritten Trittstein, vom Schellenwalder Ufer aus gerechnet. Sein nach einem fleißigen Vormittag schon reicher Vorrat an brauchbaren Skizzen war natürlich verdorben gewesen, seine geliebte alte Filzkappe trieb auf Nimmerwiedersehen in unbekannte Gefilde.

Aber am schmachvollsten war das heitere Gelächter Hortensias und der Teilnehmerinnen ihres Damenkränzchens, die – wie konnte es anders sein? – ausgerechnet an diesem Tag, einer Picknickeinladung von Walli Ritterling-Reizker gefolgt waren. Alle waren sie da: Beda und ihre unerträgliche Cousine Afra aus Wetterstern mit drei weiteren Freundinnen. Aus Grünlohe Hulda Hallimasch, die er mochte und vor der er sich ungern eine solche Blöße gab. Die Kremplingsschwestern Isa und Kamilla aus Bäumelburg, die sehr ehrenwerte Walli und schließlich Hortensia selbst. Hortensia, den Mund noch voller Haseltorte. Und alle wollten sich schier ausschütten vor Lachen über die heitere Unterbrechung ihrer stets angeregten, aber nicht immer abwechslungsreichen Unterhaltung. Zu seinem Leidwesen führte Bullrich die Liste der Themen an, zumindest bei Hortensia und Beda.

Auf Beda Schattenbarts breitem Schoß schmiegte sich Bullrichs Lieblingsneffe Karlmann in die gestärkten Falten von Mutters Schürze. Von dort hatte er das Missgeschick seines Onkels beobachtet. Bullrich war für einen Augenblick in dem von der Schneeschmelze angestiegenen Wasser verschwunden und zappelnd und prustend wieder aufgetaucht. Neben ihm drehte sich ein kleines Bündel einmal um sich selbst, um dann schnell mit der Strömung davonzuschwimmen. Auch Karlmann hatte ein Kichern nicht unterdrücken können, um gleich darauf mit Eppelin Reizker, dem jüngsten Spross aus Bosos und Wallis Sippe, blauschillernden Faltern hinterherzujagen, die sich genau wie die Quendel vorwitzig in die ersten warmen Strahlen des Jahres gewagt hatten.

Bullrich hatte dem über dem Fluss hängenden Gelächter den Rücken zugekehrt und war grollend ans Ufer zurückgewatet. Triefend nass, wie ein Stockschwamm im Mairegen. Auf das Betreten der drei Trittsteine, die er bisher geschafft hatte, dankend verzichtend, war er zwischen den Büschen am Waldrand verschwunden, froh, sich den schadenfrohen Blicken entziehen zu können. Bereits nach zwanzig Schlegeln seines, wie er hoffte, einigermaßen würdevollen Rückzugs, schlotterte er vor Kälte.

Als er in der Abenddämmerung in Grünlohe eintraf und sich, die Hauptstraße meidend, von der Rückseite durch den Garten seinem Haus näherte, stellte er vor der Haustür fest, dass sein Schlüssel ebenfalls verloren war.

»Hohltrüffel und Klumpfuß!«, entfuhr es Bullrich und ein kräftiges Niesen.

Die Erschütterung hatte seine auf der Klinke ruhende Hand herabgedrückt. Das Schicksal schien ein Einsehen zu haben: Er hatte nicht abgeschlossen.

Bullrich, gemütlich im Lehnstuhl am Frühstückstisch sitzend, reckte sich wohlig und griff nach Tabaksdose und Pfeife. Er war satt und schläfrig. Ein Pfeifchen würde anregend sein. Umständlich und ohne Eile begann er, den Kopf des geliebten Utensils zu stopfen, und lächelte in sich hinein, noch immer auf Reisen in seinem Gedächtnis.

Die Verlustliste jenes vermaledeiten Bades in der Kaltwasser: ein Satz exzellenter topografischer Skizzen, seine Lieblingskappe, ein Päckchen Rosentabak, Marke Bäumelburger Tausendblatt (völlig verdorben), eine Moospfeife voller Wasser und, als einziger Gewinn, eine saftige Erkältung. Er hatte über eine Woche schwitzend und schnupfend im Bett gelegen. Hortensia bedachte ihn mit scheußlichen Tees, aufreizenden Bemerkungen und entnervender Pflege. Schließlich verbot sie ihm das Rauchen.

Sein Neffe Karlmann hatte ihn während dieser unangenehmen Woche besucht. Karlmann, der liebe Junge. Damals noch ein rechter Knirps, war er seiner Mutter, die ihrerseits Hortensia besuchte, entwischt, um nach dem kranken Onkel zu sehen. Bullrich hielt viel von seinem Neffen. Er war klug, nachdenklich und auf eine Weise eigenbrötlerisch, die ihn wehmütig an sich selbst erinnerte. Man sah sich zu selten. Von Grünlohe bis Wetterstern war es nicht gerade ein Katzensprung. Wenn sie sich trafen, verlangte Karlmann immer nach Geschichten – nichts Ungewöhnliches für einen Quendel, geradezu typisch für ein aufgewecktes Quendelkind.

Aber weil Bullrich allein war und keine vielköpfige Familie um sich versammelte, waren ihre Erzählstunden vor dem prasselnden Kaminfeuer für Onkel und Neffen etwas Besonderes. Bullrichs umständliche Erzählweise unterschied sich deutlich von den leichtfüßig dahintrabenden Erzählungen seiner Mutter oder den lauthals vorgetragenen Anekdoten in der Linde, wohin Karlmann Beda manchmal begleitete. Wenn Bullrich über das Hügelland sprach, erschien es Karlmann, als wären selbst die Bäume des lichten Schellenwaldes viel älter, als er es bisher bemerkt hatte – knorrige Gesellen, mit Flechten bedeckt und von Moosbärten behangen.

»Bullrich, wie alt ist der Wald?«, mochte er mit undeutlicher Stimme fragen, weil in der einen Backe ein Karamell aus Ahornzucker steckte, von Hortensia selbst gemacht für den lieben Nachbarn.

»Älter, als mancher Quendel es sich vorstellen kann«, pflegte Bullrich dann zu antworten, »die seltsamsten Gestalten haben ihn durchstapft. Lange vor den Quendeln. Wenn die Bäume erzählen könnten, wüsste jeder von ihnen eine Geschichte, die unsere kühnsten Sagen schlegelhoch übertreffen würde.«

Die behaglichen gemeinsamen Stunden gehörten leider der Vergangenheit an. Karlmann war nun in einem Alter, in dem man mit seinesgleichen auf eigene Faust loszog und die Umgebung erkundete, Mutproben an den Trittsteinen vollzog, den Mädchen bei albernen Spielen auflauerte und sich einigermaßen harmlose Schlachten mit den Nachbardörflern lieferte. Kurz und gut – man hatte eine Menge anderes im Kopf als Besuche bei alten Onkeln.

Bullrich erhob sich, die Pfeife im Mundwinkel, und packte die ausgebreiteten Karten zusammen, um sie in einer großen Eichentruhe neben der Kaminbank zu verstauen. Darüber hing in einem Rahmen eine besonders gelungene Zeichnung der Lage seines Heimatdorfes Grünlohe zwischen den Wäldern Schellenwald und Finster. Er paffte nachdenklich.

Vor die gerahmte Karte legte sich würzig duftender Nebel. Die Schwaden verflüchtigten sich und Bullrich suchte zwischen zusammengekniffenen Lidern nach einem bestimmten Punkt. Dort, an der südöstlichen Grenze der Krapp'schen Ländereien, nahm der Heckenweg seinen Anfang und überquerte das Flüsschen Drille beim Torhaus von Krapp. An Grünlohe vorbei gelangte er an die westlichen Ausläufer des Schellenwaldes, um schließlich zwischen gut bestellten Feldern das Dorf Rabenstein zu erreichen.

»Finster« hatte Bullrich in hakigen roten Buchstaben über eine ausgedehnte Fläche geschrieben, die auf der Höhe von Grünlohe mehrere hundert Schlegel hinter dem Heckenweg begann. Kleine wolkenartige Gebilde stellten Bäume dar. Bullrich starrte erneut auf die Inschrift zwischen den Waldeskürzeln und hüllte sich dabei in immer dichter werdende Tabakswolken. Eine Angewohnheit, der meist ein ungewöhnlicher oder beherzter Entschluss folgte. Aus den tiefen Nebeln seines geliebten Rosentabaks pflegte Bullrich mit einem plötzlichen Ruck aufzutauchen und dann hatte er etwas Besonderes im Sinn.

Vor dem geöffneten Fenster brummelte träge eine Hummel über die Rosmarinstauden, stöberte im gelben Blütenstaub der Kamille, ließ sich dann, mit Zwischenlandung auf einem fettglänzenden Hahnenfuß, bis zur üppig rankenden Pracht der Kapuzinerkresse treiben, um endlich in einem feuerroten Blütenhelm zu verschwinden. Die Blüte neigte sich bedenklich unter dem Gewicht des Besuchers und aus ihrem kühlen Inneren drang gedämpftes Gebrumm. Rosennebel aus Bullrichs Pfeife verließ das Wohnzimmer durch das offene Fenster, vermischte sich mit der milden Brise, die ihrerseits nach Brombeeren und wildem Honig duftete, und trieb über die Gartenmauer in Richtung Dorfstraße davon.

»Ostwind«, bemerkte Bullrich und tauchte aus dem Tabaksdunst auf.

Unter lautem Summen verließ die Hummel die leuchtende Kresseblüte und näherte sich geschäftig der nächsten. Der Quendel steckte den Kopf aus dem Fenster und schnupperte den Spätsommer.

»Verräuchertes Loch«, sagte er zu sich selbst. »Stock und Schwamm! Abgeräumt wird später!«

Damit ließ er das Frühstücksgeschirr stehen, stopfte einige Rollen Birkenrinde und ein Stückchen Kohle in seine Hosentaschen und verließ voller Tatendrang das Haus.

An einem Tag, an welchem man Außergewöhnliches und Bedeutsames plant, erweist es sich meist als günstig, die Beantwortung neugieriger Fragen auf einen Zeitpunkt zu verschieben, an dem man bereits alles erledigt hat und sich inmitten einer Runde erwartungsvoller Zuhörer verwegen zwinkernd in den Lehnstuhl schmiegt.

Es war schon fast Mittag und auf der Straße würde er sicher jemandem begegnen. Bullrich konnte sehr schlecht etwas verbergen. So kam es, dass er sich die Mühe machte, über die eigene rückseitige Gartenmauer zu klettern. Er ächzte ein wenig, als er im schwungvollen Ausholen seines linken Beines plötzlich durch eine Brombeerranke aufgehalten wurde, deren Dornen sich im Aufschlag seiner Hose verfangen hatten. Ein kräftiger Ruck – die Ranke gab nach, ebenso, mit einem hässlichen, trockenen Geräusch, der Saum seiner Hose und Bullrich kam rittlings auf der Mauer zu sitzen.

»Stock und Schwamm«, brummte er vor sich hin und betrachtete missmutig den herabhängenden Stoff. »Das wird mit meinem heutigen Ausflug zusammenhängen.«

Denn, wie jeder Quendel, maß er Vorzeichen sorgfältigste Beachtung bei, ohne sich jedoch – und das unterschied ihn von seinesgleichen – im einmal gefassten Vorhaben beirren zu lassen.

Für Quendel zarteren Naturells genügte der aufgeregte Alarmschrei eines Eichelhähers am Morgen, um die gesamte Tagesplanung über den Haufen zu werfen. Gute und schlechte Vorzeichen ließen sich immer und überall finden und ihre sorgfältige Deutung mochte vor Unheil bewahren oder dem Glück auf die Sprünge helfen.

Der hagere Müller Wilfried von den Steinen, ein zurückhaltender Quendel von tiefgründigem Verstand, hatte dies neben seinem Handwerk zu einer regelrechten Wissenschaft erhoben und so mancher Quendel, dem etwa ein Hirschkäfer im Sturzflug auf dem Teetisch gelandet war, in dessen Garten Fliegenpilze wuchsen oder der immer dann niesen musste, wenn er einer entfernten Cousine auf der Straße begegnete (was sicherlich eine Hochzeit ankündigte), so manches Opfer dräuender Schicksalsmächte machte sich auf den Weg zur Kugelmühle. Dort war Wilfried für gewöhnlich auf der moosigen Steinbank am Mühlenweiher anzutreffen. Er paffte blaue Tabakswolken in die frische Luft hinein und blickte dem Ankömmling gelassen entgegen. An der Art und Weise, wie sie eintrafen, ließ sich für ihn schon eine ganze Menge ablesen. Schlich jemand geradezu über die Mühlenwiese, die Hände tief in den Taschen vergraben und den Kopf gesenkt, dann erwartete derjenige Ärger und erhoffte sich von Wilfried eine Auslegung, die besagen würde, dass letztlich kein Pilz so heiß gegessen, wie er gebraten wird.

Doch ob mit oder ohne Winkelhaken in der Hose, hatte Bullrich nichts als schwersten Ärger zu erwarten. Jeder Simpel wäre zu dieser schlichten Erkenntnis gelangt, hätte ihm die Sommerbrise auch nur eine Ahnung des verwegenen Planes zugetragen, den der alte Schattenbart binnen dreier Pfeifenzüge gefasst hatte. Und niemand hätte sich deshalb an Wilfried wenden müssen.

Denn in Bullrichs opulenten Tabaksschwaden war ein Entschluss herangereift, der im ganzen Hügelland, von Wetterstern bis hinter Bäumelburg und wieder zurück, schlichtweg als glatter Irrsinn bezeichnet worden wäre. Bullrich war auf dem Weg in den Finster.

Mitten im Herzen des Hügellandes, nur fünfhundert Schlegel von einem der ältesten Dörfer der Quendel entfernt, befand sich etwas für ihre überschaubare kleine Welt nahezu Unerhörtes. Ausgerechnet hinter dem malerischen Grünlohe mit seinen altehrwürdigen, bemoosten Häusern in ihren Waldblumengärten lag, wie eine öde Insel in einem grünen Meer, ein Stück totes Land; eine unwirtliche, gänzlich unerschlossene Gegend, deren Betreten sich jedem Quendel von selbst verbot: Eben jener Wald, den Bullrich auf seiner liebevoll gerahmten Karte mit hakigen Lettern bezeichnet und an diesem Spätsommervormittag voller schläfriger Insekten und Blütendüfte mit einem heftigen Stirnrunzeln bedacht hatte.

Das Stirnrunzeln hatte als Ursache ein lang gehegtes Kopfzerbrechen, das der Finster dem Kartenschreiber von Grünlohe seit geraumer Zeit bereitete. Dieser Wald war tatsächlich ein weißer Fleck auf der Landkarte, auf allen Landkarten, die jemals im Hügelland aufgetaucht waren. Etwas, von dem jeder genau wusste, dass es sich dort befand, das aber gemieden und umgangen wurde. Wenn man die acht Raben mit altem Turm und Ruine in scheuer Ehrfurcht aus der Ferne betrachtete, so lastete über dem Finster eine dumpfere Furcht, das Erbe längst vergessener Ängste der allerersten Vorfahren, deren Leben zwischen Wurzeln und Felsbrocken eher dem gehetzten Dasein schutzloser kleiner Tiere geähnelt hatte als den friedlichen Tagen ihrer behüteten Nachkommen. Nicht, dass nie ein Quendel seinen Fuß auf dieses düstere Stückchen Hügelland gesetzt hätte. Aber das war selten freiwillig geschehen und der tragische Ausgang der beiden berühmten Ausnahmen von dieser begründeten Vorsicht gegenüber dem Finster war allgemein bekannt. Besser, man schlug einen großzügigen Bogen darum, ignorierte die Existenz des Waldes wie schwärzliche Stinkmorcheln beim Pilzesammeln und passierte die Gegend im Schutz des Heckenweges.

Schon unter normalen Umständen erscheint einem Quendel, sich hinter einem Schutzwall aufzuhalten, immer als eine ausgezeichnete Idee. Darum haben fast alle Straßen und Wege im Hügelland außerhalb der Dörfer aufgemauerte oder wenigstens von Hecken bestandene Säume. Ein wenig abgeschirmt von der Weite der dahinter liegenden Flur, im besten Falle lauschig beschattet und in der Mitte auf dem Boden sandig und trocken, so sieht für einen Quendel der ideale Weg aus, auf dem er gerne nach einem ausgedehnten Mittagessen ein gutes Stück spazieren geht.

Der Heckenweg, dem sich Bullrich nun näherte, durfte nach diesen Maßstäben sicherlich als wahres Prachtexemplar seiner Art bezeichnet werden. Vor etlichen Jahren war er beidseitig mit Mauern versehen worden: schulterhoch für einen Quendel von Durchschnittsgröße und aus Feldsteinen locker, aber so kunstvoll geschichtet, dass nicht Wind noch Wetter sie zum Einsturz bringen konnten. In den Fugen des unregelmäßigen Mauerwerks siedelten die unterschiedlichsten Pflanzen. Ihre zarten Wurzeln klammerten sich in die wenige Erdkrume, die der Wind in die Ritzen geweht hatte. Aber so schwächlich die einzelnen Fasern auch sein mochten, sie durchwebten die Mauern mit einem feinen Netz. Neue Pflanzen kamen hinzu und Moose und Flechten bedeckten die Oberfläche der Steine. Allmählich verschwand das verwitterte Grau unter einem grünen, hellgelben, manchmal auch rostroten Bezug. Wenn es regnete, saugten sich diese pelzigen Überzüge voll Wasser wie ein Schwamm. Es troff und tropfte aus allen Poren und Ritzen und die kühle Feuchtigkeit hielt sich dort lange und sorgte für üppiges Wachstum. Efeuranken kletterten aus überwucherten Mauerspalten, hingen herab bis auf den Boden und wehten im leichten Wind wie festliche Girlanden an einer Hochzeitstafel im Garten. Schnecken aller Art liebten die moosigen Wälle und versahen die Steine mit glänzenden Spuren. Oben, auf dem Abschluss der Mauern, hatten Sträucher und sogar kleine Bäume Fuß gefasst. Niedrige Eichen mit bizarr verdrehten Stämmen, dazwischen Ebereschen, Haselsträucher, zierliche Birken und seidenblättrige Trauerbuchen. Halb blieben sie dem hinter der Mauer liegenden Wiesengrund verhaftet, halb wölbten sich ihre knorrigen Wurzeln empor auf die moosigen Bänke oder auch gleich in die Mauern hinein. Wo sich die Zweige der Bäume trafen, verwandelte sich der Heckenweg in einen grünen Laubengang und es gab kaum einen hübscheren Spaziergang an heißen Sommertagen als unter diesem lauschigen Baldachin.

Bullrich erreichte den Weg dort, wo die Brombeeren auf das Prächtigste gediehen. Er blinzelte prüfend nach links und rechts. Ein Zaunkönig zwitscherte tschirpend und ein Libellenpärchen zischte so haarscharf an Bullrichs rechtem Ohr vorbei, dass er das Sirren ihrer Flügel spürte. Ansonsten blieb alles still in der schläfrigen Hitze des Mittags. Eine knorrige Wurzelschlaufe als Trittbrett benutzend, kletterte der Quendel bequem auf die erste Mauer. Sorgfältig vermied er, dass eine weitere dornige Ranke seiner bereits in Mitleidenschaft gezogenen Hose ein zweites Mal übel mitspielte. Gerade als er sich anschickte, auf den hellen Sandboden unter seinen Füßen hinabzuspringen, hörte er langsame Schritte, ganz so, als schlendere jemand, aus der Schellenwalder Richtung kommend, den Heckenweg hinunter.

»Zu dumm!«, brummte Bullrich und hielt in der Bewegung inne. »Das bedeutet Aufschub.«

Sich wieder hinter der Böschung zu verstecken, kam ihm albern vor, denn er erkannte den gemächlich schlurfenden Gang als den zweier ganz bestimmter Quendelfüße und die gehörten unverkennbar seinem Vetter mütterlicherseits, Zwentibold Bitterling aus Wetterstern.

Ergeben nestelte Bullrich in der Innentasche seiner Jacke nach Pfeife und Tabaksdose und machte es sich bequem. Als Zwentibold, die Hände in den Hosentaschen vergraben und seinerseits munter vor sich hin paffend, in der sanften Biegung auftauchte, traf er zu seiner Überraschung die liebe Verwandtschaft just an dieser merkwürdigen Stelle. Vetter Bullrich saß bei einem Mittagspfeifchen auf der Mauer des Heckenweges, dort, wo Ebereschen und Brombeeren eine Lücke ließen, und baumelte mit den Beinen.

»Bullrich, alter Knabe«, grüßte Zwentibold freundlich und nahm die Pfeife aus dem Mundwinkel.

»Na, mein lieber Bitterling«, lächelte Bullrich zurück.

Zwentibold blickte neugierig zu ihm hinauf. »Kein übles Plätzchen zum Verschnaufen …« Es klang eher nach einer Frage als nach einer Feststellung. »Machst du hier etwas Bestimmtes?«

»Ach, ich sehe mich nur ein bisschen nach Steinpilzen um, weißt du?«, murmelte Bullrich undeutlich und betrachtete seine herumschlenkernden Füße.

»Hier?«, fragte Zwentibold ehrlich erstaunt und blickte sich um. »Das ist mir neu, dass es hier welche gibt.«

»Gelegentlich«, meinte Bullrich ausweichend und wechselte das Thema. »Wann, zum Kuckuck, bist du denn heute aus den Federn gefallen, dass du gegen Mittag schon an Grünlohe vorbeischleichst?«

Er rückte einladend ein Stückchen zur Seite. Zwentibold kletterte schwerfällig hinauf und kam mit einem Seufzer neben Bullrich zu sitzen.

»Ich habe bei Lorchel und Lamella in der Linde übernachtet«, erklärte er. »Jetzt schaue ich noch in Krapp bei den Mottifords vorbei. Es ist mal wieder Zeit – du weißt schon, ich bin unterwegs in Sachen Bäumelburg.« Als Bullrich ihn verwirrt anblickte, fügte er fast nachsichtig hinzu:

»Aber, Bullrich, wir haben schon fast Eichelmond. Ich spreche natürlich vom Bäumelburger Maskenfest. Ich bin im Festkomitee, wie jedes Jahr.«

Bullrich wies mit der Pfeife auf die in ihrem Rücken liegende Wiese, die in der Mittagshitze flimmerte. »Heiß wie im Brachmond! Und da soll einem auf der Stelle irgendein Fest einfallen, das kurz vor dem Winter liegt.«

»Also wirklich, Bullrich! Das Bäumelburger Maskenfest als ›irgendein Fest‹ zu bezeichnen, ist schon etwas seltsam für einen Quendel. Was sollte es wohl Einmaligeres geben auf dem Hügelländer Festkalender?«

»Wintersonnenwende«, sagte Bullrich entschieden und meinte es auch so.

»Wintersonnenwende!«, schnaubte Zwentibold. »Schön und gut, eine bedeutsame Angelegenheit. Aber wenn du mich fragst, eher etwas für Kaminhocker und alte Muhmen! Und wenn du mich weiter fragst, mein lieber Bullrich, ist es auch immer ein wenig unheimlich. Du weißt nie, wer da vermummt an deine Tür klopft – ich meine natürlich, du weißt es erst, wenn sie dir mit lautem Geheul und Schneegestöber in die Stube springen.« Er schüttelte den Kopf und hängte seine Pfeife in den anderen Mundwinkel. »Einer von diesen tollpatschigen Hallimaschen hat mir im letzten Jahr die beste Teekanne vom Kaminsims gefegt, so wild hat er mit dem Reisigbesen in der Luft herumgefuchtelt.«

»Aber die Feuer sind schön«, sagte Bullrich und dachte in der Sommerhitze träumerisch an die großen Scheiterhaufen, um die man im Schnee in weiter Runde herumstand und Gewürzpunsch schlürfte.

»Zugegeben«, meinte Zwentibold und griff nach einer Brombeere, »die Mitternachtsfeuer sind nicht schlecht. Aber der andere Zinnober … Ich bin doch mehr für Ruhe in den eigenen vier Wänden.« Er kaute die Beere und pflückte eine zweite. »Das Bäumelburger Maskenfest ist da doch etwas ganz anderes als dieser Mummenschanz vor Tau und Tag!«, kam er wieder auf sein Lieblingsthema zu sprechen.

Zwentibold war überaus stolz darauf, ins Festkomitee gewählt worden zu sein. Jedes Dorf schickte mindestens einen, höchstens drei Vertreter nach Bäumelburg, wo alljährlich in der Bäumelburger Becherlorchel bei den besten Lorchelbechern des Hügellandes die Vorbereitungen besprochen wurden. Bullrichs Vetter bekleidete sein verantwortungsvolles Amt zwar schon lange Jahre, aber es schien ihm noch immer viel Spaß zu machen. So wurde er nicht müde, jedem, den er traf, alles Wissenswerte in Sachen Maskenfest zu berichten. Eben jetzt hub er zu einer langen Rede an. Bullrich begann, unruhig hin und her zu rutschen. Die Sonne wanderte langsam aus dem Zenit gen Westen. Noch würde der Waldrand des Finsters in freundlicher Helligkeit liegen. Ein günstiger Umstand, um in das Düster des Waldes einzutauchen, wie Bullrich fand.

Aber Zwentibold redete und redete. Er kam von Hölzchen auf Stöckchen, obwohl sich natürlich alles um das große Ereignis am Ende des Herbstes drehte. Bullrich paffte seine Pfeife in kurzen, unerfreulichen Zügen. Es wurde spät und später. Gerade begann sich Vetter Bitterling über die immer kurioser werdenden Masken der eingebildeten Mottifords auszulassen, als Bullrich ein, wie er zunächst fand, glänzender Einfall durch den Kopf schoss.

»Der gute Gisil könnte als Oberhaupt seiner Familie wirklich ein bisschen mehr auf die Form achten«, meinte Zwentibold soeben. »Neumodisches Zeug, das sich die Mottifords da seit bestimmt fünf Maskenfesten über ihre dicken Hohlköpfe ziehen! Als ob die alten Familienmasken nicht mehr taugten für diese hochnäsigen Klapperschwämme! Aber: Falscher Hut tut niemals gut! Das gilt auch für die Mottifords, die nun wahrhaftig ...«

»Genau das sagt die gute Hortensia auch immer«, fuhr Bullrich hastig dazwischen und wurde ziemlich rot bei dieser eindeutigen Lüge. Hortensia bewunderte die Mottifords und Krapp, ihren vornehmen Wohnsitz, ein richtiges Herrenhaus in einem großen Park auf der anderen Seite der Drille. Hortensia hätte ganz gewiss nicht abfällig über eine so angesehene alte Familie hergezogen, denn eine Samtfuß-Krempling hält bekanntlich auf Stand und Abstammung.

24

Zwentibold schien jedoch ahnungslos, denn er unterbrach tatsächlich seinen Redeschwall, schnappte endlich einmal nach Luft und blickte Bullrich neugierig ins Gesicht. Das wurde noch röter, als er in dieser verzwickten Lage auf die erste Lüge noch eine zweite setzen musste. Vielleicht war der Einfall doch nicht so glänzend gewesen. Aber da gab es nichts, wenn er heute noch in den Finster kommen wollte. Also redete er weiter.

»Ja, wahrhaftig, Hortensia trägt sich seit Langem mit dem Gedanken, dem Festkomitee beizutreten. Ich meine, wenn sie gewählt würde, meine ich … dann würde sie wohl nicht Nein sagen. Sagt jedenfalls meine Schwägerin Beda und die sollte es wissen …«

Bullrich schwitzte, weil er merkte, dass er sich verhaspelte. Es konnte kaum überzeugend klingen. Aber Zwentibold schien noch immer keinen Verdacht zu schöpfen. Er unterbrach ihn jedenfalls nicht. Bullrich beeilte sich gequält, auf das Wesentliche zu sprechen zu kommen. Den Köder, den er auslegen wollte.

»Hortensia kommt aus einer so feinen Familie. Für Tradition und alte Bräuche ist sie ganz besonders zu haben. Erst neulich hörte ich, wie sie zu Beda sagte: ›Bei allen Trüffeln des Waldes, diese Mottifords machen aus unserem schönen Maskenfest ein regelrechtes Possenspiel! Es wird Zeit, dass ein bisschen auf alte Festordnungen geschaut wird. Man sollte sich wirklich an das Komitee wenden!‹« Bullrich klappte den Mund zu und schwieg. Die Pfeife war ausgegangen.

»Nein …«, sagte Zwentibold, ehrlich erstaunt, »und ich dachte, die Gute kümmere sich nur um vornehme Damenkränzchen. Meine Tilda daheim hofft seit Jahren auf eine Einladung. Aber sie wäre zweifelsohne eine Bereicherung des Festvorstandes. Hortensia, meine ich. Mit ihrem Geschmack und den guten Manieren und so weiter. Und sie würde sicherlich einiges beisteuern. Du weißt schon«, er zwinkerte vertraulich, »die Samtfuß-Kremplinge haben sich bisher mit Spenden aus ihren legendären Vorratskellern eher zurückgehalten.« Plötzlich schwang er die Beine nach links über die Mauer und ließ sich mit einem vernehmlichen Plumpsen auf die Wiese fallen. »Bullrich, alter Knabe, ich bin dir sehr verbunden für den Hinweis. Ich glaube, ich werde einen kleinen Schlenker über Grünlohe machen. Auf eine Tasse Tee bei einer sehr ehrenwerten Dame. Helfende Hände soll man niemals zurückweisen.«

Bullrich fühlte sich unbehaglich, aber immerhin konnte er jetzt endlich aufbrechen. Inbrünstig hoffte er, dass Hortensia nicht zu Hause sein würde, wenn ein vor Tatendrang überschäumender Zwentibold vor ihrer Gartenpforte aufkreuzte.

Der Bitterling klopfte seine Pfeife aus und tätschelte zum Abschied Bullrichs rechtes Knie. »Gehab dich wohl, Bullrich«, sagte er und wandte sich zum Gehen. »Ich werde Hortensia von dir grüßen und ihr erzählen, was für einen aufmerksamen Nachbarn sie hat.«

»N-n-n-nein!!!« Bullrich wäre beinahe rückwärts in die Brombeeren gefallen. »Ich wollte sagen«, beeilte er sich zu erklären, als er das überraschte Gesicht seines Vetters sah, »ich wollte nur sagen, sie braucht nicht zu wissen, von wem du das hast. Sie wird ohnehin alles abstreiten, stolz wie sie ist.« Er räusperte sich verlegen und machte eine hilflose Geste. »Ich wollte ihr nur eine Freude machen, nichts weiter. Weil sie sich doch so sehnlichst wünscht, dabei zu sein ...«

»Ach so«, sagte Zwentibold und kratzte sich nachdenklich mit dem Stiel seiner Pfeife hinter dem linken Ohr. »Verstehe, Bullrich, alter Knabe, verstehe ...« Dann zwinkerte er fröhlich.

Bullrich fand das albern, weil er mit Zwentibolds verschmitztem Lächeln nichts anzufangen wusste. »Stock und Schwamm«, murmelte er kaum hörbar und zog an der kalten Pfeife.

Zwentibold drohte scherzhaft mit dem Zeigefinger zu ihm hinauf und lachte. Bullrich fragte sich verdrossen, was um alles in der Welt in ihn gefahren sein könnte. Die ganze Angelegenheit war äußerst lästig und unangenehm.

»Ehrenwort«, verabschiedete sich der Vetter endlich, ein Ausbund an Verständnis, »kannst dich auf mich verlassen, bester Schattenbart. Ich werde ganz in deinem Sinne vorgehen. Kein Wort zu Hortensia über den einsamen alten Dachs. Nicht ein Sterbenswörtchen! Gehab dich wohl!«

Und bevor Bullrich noch etwas entgegnen konnte, hatte er sich aufgemacht und stapfte mit raschen Schritten die Wiese gen Grünlohe hinab. Am Fuße der Anhöhe drehte er sich noch einmal um und winkte. Bullrich winkte zurück. Er blieb sitzen, wo Zwentibold ihn gerade verlassen hatte, und fühlte sich leicht verwirrt.

Hatte er richtig gehört? Einsamer alter Dachs? Bullrich schnaubte verächtlich. Es tat ihm nicht mehr ganz so leid, den lieben Vetter zu Hortensia geschickt zu haben. Er kannte das Gerede über sich. Sollten die beiden doch ruhig ein vergnügtes Plauderstündchen auf seine Kosten miteinander verbringen, wenn die Sache so stand, dass der Tratsch über ihn nun schon bei Zwentibold angekommen war. Schon recht! Solange man ihn unbehelligt seine verwegenen Pläne zum Wohle aller ausführen ließ. Oh ja, eines schönen Tages gäbe es über den einsamen alten Dachs tatsächlich etwas zu berichten. Etwas Unerhörtes, Einmaliges, das jedes Damenkränzchen des Hügellandes in hoffentlich stummer Ehrfurcht erzittern ließe. Aber bis zu diesen goldenen Tagen gab es für den Kartenzeichner von Grünlohe noch einiges zu tun.

»Stock und Schwamm«, sagte Bullrich daher noch einmal entschlossen zu sich selbst und schickte sich nun endlich an, auf den Heckenweg hinabzuspringen.

Es schien eine Ewigkeit her zu sein, dass er zum ersten Mal an diesem Tag zu diesem simplen Hüpfer angesetzt hatte. Nichts kündigte eine weitere Störung an und so landete Bullrich sanft auf dem weichen Sandboden. Mit vier, fünf Schritten näherte er sich der gegenüberliegenden Böschung. Er suchte nicht länger nach günstig gelegenen Wurzeln, die seinen Füßen bequemen Halt bieten würden. Auch der Zustand seiner Hose spielte keine Rolle mehr. Ein wenig keuchend zog er sich an der erstbesten gekrümmten Wurzel eines Haselbusches nach oben und unten halfen die Füße scharrend nach.

Zwischen Hasel, Eschen und Brombeerranken, denn die zweite Böschung unterschied sich in nichts von der ersten, öffnete sich der Blick über die dahinter liegende Wiese bis zum Horizont. Dort dräute als dunkler massiger Schatten der schwarze Waldrand, vielleicht noch vierhundert Schlegel von Bullrich entfernt. Er hielt sich mit dem Anblick nicht auf, sondern ließ sich sogleich auf die falsche Seite des Heckenweges hinab. Dann starrte er wieder nach vorne. Es war ihm, als habe er eine unsichtbare Grenze überschritten.

Von Grünlohe klang entferntes Kindergeschrei herauf. Ganz dünn, aber deutlich vernehmbar in der stillen Luft. Bullrich dachte für einen winzigen Moment an seinen Garten und das kühle Plätzchen auf der Bank unter dem Holunder. Die Stimmen der kleinen Quendel verstummten und Bullrich schüttelte sich, als erwache er aus einem Traum. Dann schritt er zügig aus. Er war fest entschlossen, sich an diesem Tage von nichts und niemandem mehr aufhalten zu lassen.

Zweites Kapitel

Der Finster

Man muss den dunklen, oft grausigen Skog (Wald) kennen, dieses meilen-
weit ununterbrochene chaotische Gemisch von Laub- und Nadelholz,
von Felstrümmern und umgestürzten Baumstämmen und einem Stein
und Stock pilzartig überwuchernden Teppich von Moos und niederem
Pflanzengestrüpp, der die Kleider und die Haut zerreißt und ein Vordrin-
gen unmöglich macht.

PAUL HERMANN

D ie Wiese senkte sich sanft bis zum Waldrand. Bullrich kam es so
vor, als blühten hier weniger Blumen als auf der Grünloher Seite des Heckenweges. Auch die Insekten machten sich rar. Jedenfalls sah
er hier keinen einzigen der bläulichen Schmetterlinge mehr, die zuvor
seinen Weg begleitet hatten, und auch keine Libellen und Hummeln.

»Pah, Zufall«, machte Bullrich sich Mut.

Die Sonne schien nach wie vor von einem wolkenlosen Himmel, aber
der mit jedem Schritt näher rückende Waldrand sah deshalb nicht heller
aus. Bereits die ersten Baumreihen verschluckten alles Licht des strahlenden Tages. Bullrich dachte an das wenige, das er über den Wald wusste,
und stellte fest, dass nichts Gutes darunter war. Etwas Unnennbares lastete über den alten Bäumen, eine undurchdringliche Wetterwand aus
Angst und Beklommenheit.

Bullrich biss die Zähne zusammen. Ihm war plötzlich kalt. Tapfer setzte er einen Fuß vor den anderen, denn er spürte, wie die Furcht nach
seinem Herzen griff. Als er bis auf fünfzig Schlegel herangekommen
war, blieb er stehen und rieb sich mit dem Zeigefinger über den Nasen-

rücken. Er versuchte angestrengt, aus der Entfernung ins Innere zu spähen, aber er kam damit nicht weit, denn die vordersten der mächtigen Stämme hoben sich kaum von den dahinter stehenden Baumreihen ab. Wirres Unterholz und Gestrüpp verstellten den Blick zusätzlich.

»Bei allen Morcheln, da hast du dir wirklich etwas vorgenommen, Bullrich, alter Schattenbart«, sagte Bullrich laut zu sich selbst und merkte, dass seine Stimme rau und heiser klang.

Die Worte durchschnitten bedenklich das ringsum lastende Schweigen. Der Quendel erbebte und blickte verstohlen von links nach rechts. Einen Augenblick hatte Bullrich das höchst unangenehme Gefühl, dass ihm irgendetwas aus dem Dickicht entgegenstarrte. Er hätte nicht sagen können, was das sein sollte. Vielleicht war es ja nur der Wald selbst, dieser vermaledeite Wald, der so feindselig und abweisend aussah, dass es Bullrich immer unwahrscheinlicher vorkam, an den ersten zottigen Baumriesen vorbei in seinen Schatten einzutreten.

Wenn ihn von dort tatsächlich irgendetwas beobachtete, dann verriet dieses Etwas seine Anwesenheit jedenfalls mit keinem Laut. Kein Tritt auf einen dürren Ast, kein Rascheln im trockenen Laub erreichte Bullrichs gespitzte Ohren. Es war still, ganz still.

Bullrich verbot sich, »totenstill« zu denken, und dachte es dennoch.

›Ein Wald, der es freundlich mit einem meint, würde mehr Geräusche haben‹, überlegte er.

Tatsächlich vermisste er nicht nur den aufmunternden Gesang der Vögel, sondern alle vertrauten Laute, die man für gewöhnlich in der Nähe eines Waldes vermuten konnte. Das Rauschen des Windes in den Baumkronen, das tausendfache Rascheln von Blättern und Zweigen oder ein leises Knistern im Unterholz, wenn ein Tier hindurchhuschte. Bullrichs nervös umherschweifender Blick blieb an einer gewaltigen Fichte mit geborstener Rinde und moosbehangenen Ästen hängen. Sie schien ihm unermesslich hoch. Schwindelig konnte es einem werden, wenn man den Kopf in den Nacken legte und den Stamm von der Wurzel bis zur Spitze in Augenschein nahm. Bei kaum einem Baum war es anders. Ob

Fichte, Tanne, Buche oder Eiche, alle sahen sie riesig, abweisend und uralt aus.

»Aha, Mischwald«, bemerkte der Quendel und nahm seine Angewohnheit, mit sich selbst zu sprechen, flüsternd auf. Die nüchterne Feststellung blieb unerwidert und Bullrich fand die Kraft, sich ein wenig zusammenzureißen. Er fingerte in seinen Taschen nach Birkenrollen und Holzkohle. »Das lässt sich durchaus von hier aus festhalten. Nur nichts überstürzen, bester Schattenbart«, murmelte er vor sich hin und kritzelte ein paar Notizen auf die erste Rinde.

Hastig blickte er aber sofort wieder auf und suchte den Waldrand aufs Neue ab, ob sich nicht genau in diesem unbewachten Augenblick, als er sich über seine Aufzeichnungen beugte, dort irgendetwas Bedrohliches regte. Alles blieb beim Alten, doch Bullrich war weit entfernt davon, sich beruhigt zu fühlen. Die Angst kletterte aus den lahmen Kniekehlen prickelnd bis in seine Haarwurzeln. Seine sonst so ruhige Hand machte einen krakeligen Schnörkel auf die makellose Silberfläche der Rinde und Bullrich entdeckte fast erstaunt, dass er zitterte.

Es war schrecklich, so ungeschützt und allen etwaigen Blicken preisgegeben, mitten auf der sonnenhellen Wiese zu stehen, wenn etwas ganz in seiner Nähe im Verborgenen lauern mochte. Dort vorne, zwischen den Schatten, ein Schatten selbst womöglich und nichts aus Fleisch und Blut, das sich guten Gewissens ans Tageslicht wagen konnte. Oder war alles Einbildung, die wilde Erfindung seiner angespannten Nerven? Aber in den Wald hinein, allen vermeintlichen Gefahren geradewegs entgegenzulaufen, dazu mochte er sich auch noch nicht entschließen.

Die Zeit verrann in dicken, zähen Tropfen. Es war so still, als wären alle Geräusche ausgestorben. Wie klang das Lied eines Vogels? Wie das Brummen einer Biene im Blütenkelch? Hinter dem Quendel versank die ganze, ihm bekannte Welt und ließ ihn allein mit dem unheimlichen Wald. Seine Hände sanken herab. Achtlos schob er Birkenrinde und Kohle wieder in seine Westentasche zurück. Er konnte nichts weiter tun, als geradeaus zu starren.

Zu Füßen der mächtigen Stämme herrschte ein schier undurchdringliches Dickicht ineinander verhakter krüppeliger Sträucher, darunter lagerten Unmengen von totem Holz. Nirgends zeigte sich eine größere Öffnung, geschweige denn die Andeutung eines Pfads. Dort, nur wenige Schlegel vor ihm, lag eine feindliche Wildnis, über die niemand etwas Genaues wusste, außer, dass es sie gab. Was vermochte sein wertloses Gekritzel gegenüber dieser klaffenden Lücke im Wissen von Zeitaltern auszurichten?

Ihm stand der Sinn immer weniger nach heroischen Taten, aber zugleich war er verdrossen über seine Mutlosigkeit. Dies war kein unbezwingbarer Berg, der nicht bestiegen, kein tiefer See mit tückischen Strudeln, der nicht beschifft werden konnte. Der Finster war ein Wald, in den man eigentlich ganz einfach hätte hineingelangen können, wenn auch mit einiger Mühe. Es war nicht einmal anzunehmen, dass in ihm wilde Tiere hausten, denn irgendwann in all den langen Jahren hätte sich wohl eines zeigen müssen. Kein hungriges Wolfsrudel fand in grimmigen Winternächten den Weg nach Zwölfeichen oder Grünlohe. Kein Drache hatte sich jemals über die Baumwipfel erhoben, um Rabenstein mit Feuer und Rauch zu überziehen. Nicht die leiseste Spur eines Unholds war in der unmittelbaren Umgebung verzeichnet. Keine behaarten Schrate, keine bleichen Mare mit brennenden Augen und dürren Fingern. Es hieß nur, dass in manchen Nächten Irrlichter über dem Schwarzen Schilf bei Wetterstern tanzten. Nichts weiter. Selbst die Sage vom Ästigen Porling verlor sich über dergleichen allenfalls in dunklen Andeutungen. Bullrich ballte die Fäuste.

»Wilde Tiere«, schnaubte er voller Erbitterung gegen sich selbst und alle gegenwärtigen und vergangenen Quendel des Hügellandes. Dann dachte er an die fünf mutigen Wettersterner, die sich einst in den Finster gewagt hatten. Als der verhängnisvolle Nebel aufgekommen war, waren sie bis zu den Löchern gelangt und hatten die Quelle der Pfiffer entdeckt. Ja, der Nebel. Der Nebel und der Finster hatten schließlich die Bitterlinge verschluckt und nicht wieder herausgegeben. Vielleicht mochte Zwentibold deshalb keine unheimlichen Masken, eingedenk dieser alten Geschichte. Er musste sie von Kindesbeinen an unzählige Male gehört haben.

Die Bitterlinge hegten trotz des unglücklichen Ausgangs der Unternehmung einen beträchtlichen Stolz auf ihre tapferen Vorfahren und ehrten das Andenken der toten Helden in ihren Sagen und Liedern. Der Tod der unglücklichen Brüder hatte sich ereignet, als Bullrichs Großvater, Erdmann Schattenbart, ein junger Quendel gewesen war. Bullrich wusste von niemandem, der es danach noch einmal versucht hatte.

Er kam sich winzig und hilflos vor, wie er da vor dem dräuenden Waldrand stand, ein Wicht vor einer Mauer erstarrter Riesen. Vielleicht würden sie sich im nächsten Moment regen, um ihn zu packen, oder auch nur in der ganzen Länge ihrer Aufstellung einen Schritt näher kommen. Er würde sich nun einfach umdrehen und nach Hause stapfen. Er, Bullrich Schattenbart, selbst ernannter Kartenzeichner aus Grünlohe, wagte auch nicht, was Hunderte vor ihm unversucht gelassen hatten.

Quendel, diese grünen Tröpfe,
Seht, sie stecken ihre Köpfe,
Wenn im Wald das Käuzchen schreit,
Unter Muhmes Unterkleid!
Quendel, das sind keine Zwerge:
Sie durchstechen keine Berge,
Mit ihrem Mut ist es nicht weit!

Das alte Spottlied kam ihm unwillkürlich in den Sinn und zum ersten Mal dachte er bekümmert, dass die Worte ein viel zu großes Stück Wahrheit enthielten. Und er wunderte sich, wie unglücklich man sich fühlen konnte, wenn man am Morgen des gleichen Tages noch so zuversichtlich aus dem Haus gegangen war.

»Es gibt eben Dinge, die man getrost anderen überlassen sollte«, murmelte er und wusste selbst nicht so recht, wen er damit eigentlich meinte.

Im Ringen um seine Selbstachtung griff er wieder nach Pfeife und Tabak und wandte sich zum Gehen. »Gehab dich wohl, Finster«, warf er leise über die Schulter zurück.

In diesem Augenblick geschah etwas. Etwas Altvertrautes, aber an diesem Ort für Bullrich vollkommen Unerwartetes. Nur zwei kurze Schritte von dort, wo er stand, bebte die Erde.

Zugegeben, ein winziges, nur an einem einzigen Fleck stattfindendes Beben, aber immerhin hob sich die Grasnarbe, klaffte plötzlich und dem dunklen Riss entfuhren in regelmäßigen Abständen Fontänen bröckeliger schwarzer Erde. Hätte Bullrich sich daheim in seinem Garten befunden, wäre ihm binnen eines Augenaufschlages sonnenklar gewesen, was da vor sich ging. Hier, in unmittelbarer Nähe des Finsters, brauchte er ein wenig länger, um zu begreifen und in diesen wenigen Sekunden der Ungewissheit durchfuhr den Ärmsten ein solcher Schreck, dass ihm fast das Herz stehen blieb.

Kein Zweifel, hier grub ein Maulwurf. Ein wohlbekanntes, harmloses Tierchen, über dessen gelegentliches Auftauchen in seinem Garten sich Bullrich einerseits freute, denn er fand Maulwürfe niedlich und mochte ihre spitze, schnüffelnde Nase, den samtigen Pelz und den kompakten kleinen Körper. Andererseits betrachtete er mit einiger Besorgnis die schwarzen Hügel, die sich auf seinem gepflegten Stückchen Rasen ausbreiteten.

Aber hier? Auf der riesigen, leeren Wiese, wo weit und breit nicht die kleinste Erhebung im struppigen Gras die Anwesenheit von Maulwürfen verriet, hieß Bullrich jede weitere Garbe aufspritzender Erdkrume jubelnd willkommen. Dies war ein aufmunterndes Zeichen, nicht zu verzagen; ein freundlicher Gruß aus dem richtigen Leben.

Der Schleier schwarzer Hirngespinste riss. Wie ein Sonnenstrahl, der nach einem heftigen Sturm plötzlich in ein dunkles Zimmer fällt, so erhellte das emsige Tun zu seinen Füßen Bullrichs Gedanken. Wenn ein so kleiner Kerl sich so weit vorwagte, dann konnte ein ausgewachsener Quendel in den besten Jahren wohl einigermaßen gelassen an der gleichen Stelle ausharren, mutmaßte Bullrich. Mittlerweile hatte der unterirdische Gräber einen nach Maulwurfsmaßstäben respektablen Hügel aufgeschüttet. Bullrich beugte sich hinab und sog den satten Geruch der feuchten Erde in sich ein.

»Zeig dich, kleiner Kerl«, meinte er aufmunternd und beobachtete aufmerksam die Spitze der kleinen Anhöhe, »ein wenig Gesellschaft in dieser unwirtlichen Umgebung wäre nicht das Schlechteste, bei allen Hohltrüffeln und Stinkmorcheln der finsteren Wälder!«

Ohne den Blick vom Maulwurfshügel abzuwenden, nestelte er, noch etwas fahrig, in seinen Westentaschen nach seinem Tabaksbeutel. Mit schon entschlosseneren Handgriffen begann er seine Pfeife zu stopfen. Die unterirdische Arbeit ruhte offensichtlich. Weitere Erdfontänen blieben aus, einige wenige Bröckchen sickerten noch von der Spitze der kleinen Erhebung ins Gras hinab. Dann blieb alles ruhig.

»Na, komm schon«, lockte Bullrich wieder und entzündete sein Pfeifchen. Jeden Augenblick erwartete er, die rosige Spitznase und die gewaltigen Grabschaufeln durch die lockere Erde brechen zu sehen. In gebückter Haltung in den Anblick des Maulwurfshügels vertieft, verharrte er so eine ganze Weile und paffte selbstvergessen.

Doch zu seinen Füßen regte sich nichts mehr. Es war allmählich anzunehmen, dass sich der zunächst so zielstrebige Graber im letzten Moment von der Oberfläche ab und anderen unterirdischen Geschäften zugewandt hatte. Vielleicht reizte es ihn plötzlich mehr, noch einen weiteren Gang in dieser sicherlich auch unterirdisch verwegenen Gegend anzulegen, ähnlich dem Quendel ein mutiger Kundschafter auf der ihm gemäßen Seite der dünnen Grasnarbe.

Bullrichs Warten blieb vergeblich. Er merkte es unter anderem daran, dass ihm allmählich das Kreuz zu schmerzen begann. Also richtete er sich auf.

»Macht nichts, mein Lieber«, seufzte er bedauernd, »wahrscheinlich ist es das Richtige, dort unten zu bleiben.«

Plötzlich war ihm bewusst, dass er schon seit geraumer Zeit nicht

mehr auf den Waldrand geachtet hatte. Da stand er, unversehrt und rauchend im Sonnenlicht vor einem so alltäglichen Ding wie einem Maulwurfshügel. Vielleicht lag es an der in diesem Sommer besonders guten
Qualität seines Tabaks, vielleicht gab der Duft der frisch aufgeworfenen
Erde den letzten Ausschlag. Jedenfalls deutete Bullrich nach Quendelart
den Maulwurfshügel als ein günstiges Zeichen, das ihn stärkend an die
stete Anwesenheit der hellen freundlichen Welt gemahnte.

Als hätte ihm der hellsichtige Müller aufmunternd auf die Schulter
geklopft und zum beherzten Aufbruch im Auftrag des ganzen Hügellandes aufgefordert, machte Bullrich nun den letzten entscheidenden
Schritt, mit dem er endgültig aus dem Sonnenschein in den Waldesschatten eintrat.

Er zwang sich, an Alltägliches zu denken. An das idyllische Grünlohe,
an Sommergärten in schläfriger Mittagsruhe, an den Frieden seines
freundlichen kleinen Hauses. Nein, das reichte noch nicht zur Ablen-
kung. Er brauchte etwas, das seine beklommenen Gedanken stärker in
Anspruch nahm. So versuchte er, sich vorzustellen, wie Zwentibold in
aufgeräumter Stimmung an Hortensias Gartenpforte ankam und wie sich
Hortensia skeptisch von ihrem Platz in der Rosenlaube erhob, um dem
unerwarteten Gast über den Rasen würdevoll entgegenzukommen. Bullrich strengte alle Sinne an, um sich genauestens auszumalen, wie sie ging.
Jeden Schritt, den Hortensia in seiner Vorstellung über das samtige Gras
ihres Gartens tat, vollzog er selbst an der Schwelle zum Finster.

Nur dass er keinen weichen Rasenteppich unter den Schuhsohlen
spürte. Die borstigen Halme wurden spärlicher und spärlicher, je näher
er den Bäumen kam. Vier Schritte noch, drei, der vorletzte, der letzte –
ein Schauer durchrieselte ihn, aber er hob wild entschlossen die Arme,
griff in die stacheligen, immerhin biegsamen Zweige einer schwärzlichen Stechpalme zur Rechten und in den struppigen Bart einer ver-
krüppelten Tanne zur Linken und versuchte, sich Eintritt zu verschaffen.

Es ging viel einfacher, als er erwartet hatte. Fast schien es ihm, als würde ihm der Wald in voller Absicht einen Durchschlupf gewähren, um

sich hinter ihm wieder genauso lautlos zu schließen, wie er sich geöffnet hatte. Der Finster hatte ihn verschluckt, ohne dass er eine einzige Spur hinterließ. Ein wenig verwirrt über den leichten Einstieg und seinen eigenen Mut, blieb Bullrich stehen.

»Heilige Hohltrüffel und zweiblättriges Pfeifenkraut, steht mir bei«, raunte er und duckte sich unwillkürlich.

Die tiefe Dämmerung im Innern des Waldes war so eindringlich, dass er sich schon nach wenigen Augenblicken unsicher nach der Wiese und dem freien Himmel darüber umsah. Hatte sich eine Wolke vor die Sonne gesetzt? Aber nein, zwischen Stämmen und wirrem Geäst hindurch konnte er nach wie vor das strahlende Gestirn am blauen Himmel ausmachen. Wenn er sich ein wenig nach links neigte, sah er, am Stumpf einer geborstenen Eberesche vorbei, den Maulwurfshügel. Winzig und verlassen lag er da inmitten des weiten Grüns.

Bullrich liebte die wohltuende Kühle des Schellenwaldes an einem heißen Sommertag. Wie angenehm war es, dort im grünen gedämpften Licht unter hohen Bäumen zu schlendern, wenn der Waldboden würzig duftete, was Pilze im Herbst versprach. Nichts von alledem glich seinen Empfindungen beim Eintritt in den Finster. Es war, als sei man von gutem in schlechtes Wetter gewechselt, wenn es denn möglich gewesen wäre, mit einem einzigen Schritt von einer Witterung in die nächste zu gelangen. Die Andersartigkeit des Waldes war vollkommen und allumfassend. Seine feuchte Kühle hatte nichts Wohltuendes, sondern klebte an einem wie ein klammes Hemd. Das gräuliche Zwielicht tröstete nicht die Augen, sondern verdarb auch noch die mattesten Farben der ohnehin eintönigen Umgebung. Kein im härtesten Frost erstarrter Winterwald bedrückte den Wanderer mit einer ähnlich vollkommenen Unbeweglichkeit.

Schon nach einigen tastenden Schritten blieb Bullrich herzklopfend wieder stehen. Ihm drängte sich die unheimliche Vorstellung auf, dass alle guten Kräfte der lebensspendenden Natur sich aus dieser Waldödnis zurückgezogen hatten. Geblieben waren Moder und Fäulnis, ausuferndes, alles erstickendes Wuchern, totes Holz und geborstene Oberflächen. Lief sein Blick die bemoosten Stämme hinauf in die schwindelerregende Höhe der Kronen, fand sich dort kein vibrierendes Spiel lichter Grüntöne, sondern ein dichtes, düsteres Laubdach, das das Licht des Himmels verschluckte. Alles in diesem Wald war schäbig verwandelt und in sein trauriges Gegenteil verkehrt und Bullrich fand, dass der Name »Finster« sehr passend war. Nicht »Finsterwald«, sondern das eine schlichte Wort, welches das ganze Ausmaß der vernichtenden Wirkung knapp und treffend bezeichnete.

Nachdem er sich in diese anfänglichen Betrachtungen verloren hatte, beschloss Bullrich, an das Nächstliegende zu denken. So gut es bei diesem unwegsamen Gelände möglich sein würde, wollte er in einigermaßen gerader Linie von seinem Ausgangspunkt ins Innere vordringen. Er hatte gar nicht die Absicht, bei diesem ersten Ausflug besonders weit zu kommen. Denn eines wusste er ganz sicher: Nicht einmal die beginnende Dämmerung wollte er in dieser Umgebung erleben, nicht das leiseste Anzeichen sich ausbreitender Dunkelheit. Obwohl er gelinde Zweifel hatte, das in diesem ewigen Schattenreich auch rechtzeitig zu bemerken. Ein Stündchen oder mehr – das erschien Bullrich schon eine ganze Menge Zeit an diesem unheimlichen Ort. Vollkommen ausreichend für einen ersten Eindruck und eine echte Herausforderung für sein klopfendes Herz.

»Eine Axt wäre genau das, was ich jetzt dringend bräuchte!«

Keuchend versuchte Bullrich, den linken Fuß aus der Schlinge einer Efeuranke zu befreien, die mit ihresgleichen ein tückisches Netz über den Waldboden flocht. Eine ganze Weile kämpfte er sich nun schon auf mühseligste Weise durch Gestrüpp und Unterholz, das quendelhoch zwischen den Bäumen wucherte, an ihnen emporkroch und selten freie Stellen auf dem Waldboden zuließ. Immerzu blieb er mit seinen Kleidern an irgendeinem Zweig hängen. Seine Füße verhedderten sich in fruchtlosen Brombeerranken, die wie Fußangeln unter der modrigen Laubdecke lagen. Die Luft war bleiern und es roch nach üblen Pilzen, auf denen er ausglitt, bevor er sie sah. Kletten setzten sich hartnäckig in seinen Haaren und auf seiner Jacke fest, wenn er unter einem verfilzten Astgewirr emportauchte. Er kämpfte so verbissen, dass er beinahe vergaß, Angst zu haben. Ehe er verstohlen um sich blicken konnte, war er schon wieder in die nächste hinterhältige Falle getappt, die der Finster scheinbar tausendfach für Eindringlinge bereithielt.

Unheilvoll und wie ein Vorwurf lastete das Schweigen ringsumher auf seinen Schultern. Offenbar war er der Einzige, der hier Lärm machte. Als würde er in einem düsteren Traum vorwärtsgetrieben, ohne zu wissen, wohin es eigentlich ging, setzte er seine bleischweren Füße unaufhaltsam einen Schritt vor den anderen. Immer weiter bahnte er sich seinen Weg und hoffte dabei, auf die Mitte des Waldes zuzuhalten. Er hatte sich dieses vage Ziel vorgenommen, weil dort die einzigen Stellen im Finster lagen, von denen er schon einmal etwas gehört hatte. Die Sage vom Ästigen Porling erzählte davon und auch der Bericht von der unglücklichen Wetterstern-Expedition. Ungefähr dort, im Herzen des Waldes, sollten sich jene drei schwarzen Waldseen befinden, welche die einzigen Quendel, die jemals von dort zurückgekehrt waren, zu keinem freundlicheren Namen als »die Löcher« inspiriert hatten. So stand es in den Bäumelburger Annalen, die Bullrich eingehend studiert hatte. Er glaubte nicht, dass er an diesem fortgeschrittenen Nachmittag noch bis dorthin gelangen könnte. Er war sich nicht einmal sicher, ob er das überhaupt wollte.

Der Wald verhöhnte sein planvolles Unternehmen mit seinem wuchernden Chaos. Als er zum hundertsten Male seinen Ärmel von einem widerborstigen Zweig abhakte, kamen ihm leise Zweifel. Was hatte ein Verfasser von Landkarten davon, wenn er wie ein wild gewordener Frischling durchs Gelände brach, ohne links und rechts zu blicken, um sich besondere Merkmale zur Orientierung einzuprägen? Nicht auszudenken, wenn er sich verirrte! Schon wieder mit dem linken Fuß in irgendetwas verheddert, zwang er sich, innezuhalten.

Bullrich japste nach Luft. Erst jetzt merkte er, wie erhitzt er war. Der Schweiß rann ihm in Bächen den Rücken hinab. Mit dem Handrücken wischte er sich über die feuchte Stirn und nahm die unmittelbare Umgebung in näheren Augenschein.

Er stand am Rande einer kleinen Senke, deren Grund so üppig mit hohem Farnkraut bewachsen war, dass er den Erdboden darunter nicht sehen konnte. Da unten standen keine Bäume. Der Wald bildete hier eine kleine Lichtung, aber eigentlich rückten die gewaltigen Stämme nur ein wenig auseinander, denn ihre Kronen verzweigten sich hoch über Bullrichs Kopf so dicht ineinander, dass es unten trotz der Lücke nicht sonderlich heller wurde.

›Hier ließe es sich eigentlich recht gut zeichnen‹, schoss es ihm durch den Kopf, aber eine zweite Stimme hielt angstvoll dagegen: ›Bei allen Morcheln der Moose – nur nicht stillestehen und sich ins Zeichnen vertiefen. Bloß keine unbewachten Momente in diesem Übelwald!‹

Bullrich versuchte, den aufkommenden Schrecken zu verdrängen, indem er sich zwang, in seinen Taschen nach Rinde und Kohle zu nesteln. Er fühlte sich immer noch zittrig; das Kohlestückchen entglitt ihm.

»Stock und Schwämme des Hügellandes!«, fluchte er und bückte sich danach zu seinen Füßen. Als seine Finger die Kohle ergriffen, bewegte sich vor ihm etwas im Farn.

Eigentlich erbebten nur die vielfingrigen Fächer des Farns dort links in der Tiefe der Senke. Aber es konnten schlecht die Pflanzen selbst sein, deren Blätter sich kurz wölbten und dann wieder hinabneigten, als sei etwas darunter Befindliches ein Stückchen weitergekrochen, als habe sich ein Arm nach einem spähenden Blick aus der Deckung wieder herabgesenkt. Dem Quendel standen die Haare zu Berge und er war kurz davor, laut zu schreien.

Atemlos starrte er auf die vermaledeite Stelle und wartete auf Katastrophen. Die Farnwedel standen schon wieder in schöner Ruhe, als hätte sich nie etwas bewegt in diesem windlosen, hauchlosen Wald. Und doch …

Raschelte dort nicht etwas, kaum hörbar zwar? Suchte sich dort unten zu verbergen, um wie Bullrich abzuwarten?

Befände er sich nicht im Finster, sondern auf einer lauschigen Lichtung im Schellenwald, er hätte nur kurz hinuntergeblickt und unter dem Farn eine Amsel oder ein Kaninchen vermutet. Aber hier, wo keine Spur etwas Lebendiges verriet, konnte eine plötzliche Bewegung im Verborgenen nichts Gutes bedeuten. Bullrich rührte sich nicht von der Stelle. Sein Herz schlug ihm bis zum Halse und er lauschte angestrengt.

›Ich werde bis zehn zählen‹, rang er innerlich um Fassung, ›ganz langsam, aber ich schwöre bei allen heiligen Pilzringen von Quendelin, dass ich, wenn sich nichts rührt, diese Senke auf die Rinde zeichnen werde! Es muss weitergehen, Schattenbart, du Zitterschwamm!‹

Langsam begann er zu zählen. Als er bei »fünf« angekommen war, hatte sich noch immer nichts getan und auch bei »sieben« blieb das Farnkraut bewegungslos. Er zählte »acht« und nach einem tiefen Atemzug »neun« und »zehn«.

Nichts geschah. Bullrich leckte sich die trockenen Lippen und nahm beherzt sein Zeichenmaterial auf. Von der geschwungenen Linie aus, mit der er zuvor den Waldrand bezeichnet hatte, zog er einen entschiedenen Strich. Dieser mündete in einen Kreis, den Bullrich mit ein paar gezackten Symbolen versah. Das stellte die Farnsenke dar. Er hatte bisher absichtlich nicht aufgeblickt und zwang sich sogar noch, die Örtlichkeiten mit zittrig geschriebenen Namen zu versehen. Er notierte »Waldrand« und »Maulwurfshügel«, weil letzterer hier weit und breit der einzige seiner Art war. Zuletzt taufte er die Stelle, wo er sich jetzt befand »Finsterfarn«. Das gefiel ihm trotz aller Bedrohlichkeiten so ausnehmend gut, dass er neues Zutrauen in seine waghalsige Unternehmung fasste. Mitunter bedurfte es ja nur eines winzigen ermunternden Einfalls inmitten einer vermeintlich ausweglosen Lage, um die Dinge mit frisch geschöpftem Mut wieder beherzt in die Hand zu nehmen.

Er, Bullrich Schattenbart, war der erste Quendel des Hügellandes, der diesem Ort einen Namen gab. Und als läge in dieser Geste eine verborgene Kraft, die Böses abzuhalten vermochte, fühlte er sich schließlich so gestärkt, dass er aufblickte.

»Finsterfarn« lag in schöner Ruhe zu seinen Füßen. Was immer sich dort unten geregt hatte – entweder war es lautlos davongeschlichen oder es verhielt sich still und beobachtete ihn aus dem grünen Dämmer mit glühenden Augen. Bullrich zog es vor, sich mit aller Macht an die erste Möglichkeit zu halten. Vielleicht gab es ja doch Kaninchen im Finster oder am Boden lebende Vögel, die niemals zwitscherten. Es konnte etwas ganz Gewöhnliches sein und er hoffte inständig, dass das auch so wäre.

Nachdem er Rinde und Kohle wieder vorsichtig in seinen Taschen verstaut hatte, überlegte er, wie es weitergehen sollte. Sicherlich wäre es das Beste, die einmal eingeschlagene Richtung beizubehalten und von Finsterfarn aus in gerader Linie noch einige Schlegel in den Wald einzudringen. Nur wenige Schritte von hier wartete vielleicht eine weitere markante Stelle in der Tiefe des Dickichts seit Zeitaltern darauf, von ihm entdeckt zu werden.

Die Liebe und Hingabe, mit der er sich dem Kartenzeichnen widmete, verdrängte alle weiteren ängstlichen Bedenken und verlangte leidenschaftlich ihr Recht auf einen lohnenden ersten Erkundungsgang in den Finster. Seine Gedanken eilten voraus in eine goldene Zukunft voller Ruhm und Ehre. Er, Bullrich Schattenbart, würde die dämmrigen Schleier einer gesichtslosen Vergangenheit des Finsters zerreißen und für alle verzagten Zeitgenossen das unheimliche Niemandsland mit nichts weiter als Holzkohle und Birkenrinde erschließen. Er dachte an die Waldquendel der grauen Vorzeit, die sich im Schellenwald genauso gefürchtet haben mochten wie er im Finster. Dennoch lagen nun dort hübsche Dörfer, wo vorher Wirrnis und wucherndes Chaos geherrscht hatten. Nun war es an ihm, Pioniertaten zu vollbringen.

Genüsslich stellte sich Bullrich die erstaunten Gesichter der versammelten Quendel vor, wenn er sein großes Geheimnis lüftete und schließlich die erste vollständige Karte des Finsters unter ihren ungläubigen Blicken ausbreitete. Zu diesem feierlichen Anlass hätte er in die Bäumelburger Becherlorchel gebeten. Er spürte förmlich, wie sich das kostbare Pergament auf dem alten Holz des großen Eichentisches vor dem Kamin langsam entrollte und die ganze Pracht seiner sorgfältigen Arbeit offenbarte.

Welch ein Triumph, wenn Hortensia, eine einzige wortlose Frage in den staunenden Augen, sich fassungslos an seine Lippen heften würde! Eine Frage, auf die er beiläufig, aber mit fester Stimme antworten würde: »Ja, tatsächlich, meine Liebe, ich war dort. Stock und Schwamm, es ist der Finster, den ich gezeichnet habe!«

Der alte Reizker aus Quendelin würde ihm anerkennend auf die Schulter klopfen und alle Wettersterner Bitterlinge hätten Tränen der Rührung in den Augenwinkeln, im Andenken an ihre mutigen Vorfahren, deren Werk er nun abschloss. Karlmann, der liebe Junge, wäre sicherlich sehr stolz auf seinen mutigen Onkel und Zwentibold …

Plitsch!

Etwas Feuchtes landete vernehmlich drei Handbreit unter seinen Füßen in der Senke, mitten auf der zarten Spitze eines Farnes und hinterließ dort einen kleinen kreisrunden nassen Fleck. Das Blatt zitterte leicht und stand schon wieder still. Bullrich riss es hart aus seinen Träumen. Er zuckte heftig zusammen und spähte um sich, wo der Tropfen hergekommen sein mochte. Jede noch so kleine Bewegung war hier verdächtig. Der Schreck schickte ihm eine heiß kribbelnde Welle den Nacken hinauf.

Dann lachte er erleichtert auf. Nichts weiter als eine Schweißperle war ihm über die Stirn gelaufen, um dann vorwitzig von seiner Nasenspitze in die Tiefe zu springen. Obwohl er sich mittlerweile von den Strapazen seines mühsamen Einstiegs ein wenig erholt hatte, war ihm noch immer sehr warm. Die Luft stand dick wie Sirup zwischen den großen Bäumen und die dumpfe Feuchtigkeit des Waldbodens tat ihr Übriges.

Bullrich wischte sich die Stirn und seufzte. Wehmütig dachte er an seine verwegenen Träume von eben und an den kühlen Hauch einer frischen Sommerbrise, die einem die Wange umschmeichelte, wenn man erhitzt, mit einem vollen Picknickkorb am Arm, die hübschen Anhöhen oberhalb der Schellenwiesen erreichte.

»Hirnweb und Spinngespinst!«, murmelte er grimmig. »Es hilft nichts, du großsporiger Schleimfuß! Bis man hier Picknickkörbe mitbringt, ist es noch ein beträchtliches Stückchen Arbeit, Schattenbart, du alter Aufschneider!«

Dann schickte er sich an, die Farnsenke zu umgehen, um dem Finster noch zwanzig, dreißig Schlegel unerschlossenes Gelände abzutrotzen.

Es wurde nicht einfacher als bisher, aber immerhin hatte sich Bullrich daran gewöhnt, ständig von irgendwelchem Gestrüpp behindert zu werden. Er beschloss, dies nicht mehr persönlich zu nehmen, und verordnete sich Gelassenheit und Umsicht.

Bevor er in das Halbdunkel eines struppigen Tannengehölzes eintauchte, warf er noch einmal einen Blick zurück, um zu sehen, ob Finsterfarn sich weiterhin genau hinter ihm und in friedlicher Ruhe befand. Nichts regte sich, nichts folgte ihm, soweit er das feststellen konnte. Die Tannenreiser weigerten sich hartnäckig, seinem Vorwärtsdrängen nachzugeben, und zerkratzten ihm Gesicht und Hände. Bullrich wich ein wenig nach links aus, um sein Glück bei einigen niedrigen Eiben zu versuchen, die drei mächtige Fichten umstanden. Ob es sich bei diesen Eiben um junge Bäume handelte oder aber um uralte mürrische Gesellen, denen die Fichtenzweige den Weg nach oben verwehrt hatten, konnte er nicht feststellen. Hier sah ja alles alt, gräulich und verwildert aus. Von den Fichten hingen lange Moosflechten wie bleiche Bärte und Bullrich fuhr erschreckt zusammen, als ihm eine dieser Zotteln verstohlen über das Haar strich.

»Wahrlich, ein wahrer Schattenbart«, sagte er hinaufblickend und fuhr sich hastig über den Kopf, ob nicht irgendetwas Ekliges dort zurückgeblieben war.

Er hatte vor, sich nun mehr nach rechts zu halten, um die gerade

Richtung wiederaufzunehmen, die ihm die Tannen zuvor verwehrt hatten. Aber da war nichts zu machen.

Just dort, wohin er seine nächsten Schritte zu lenken gedachte, lag ein riesiger, umgestürzter Baum. Bullrich konnte zunächst nicht sehen, um was für eine Sorte es sich handelte, so bemoost und überwuchert war das mächtige Hindernis. Er musste schon vor langer Zeit entwurzelt sein, denn der Finster hatte ihn vollständig ins Dickicht eingearbeitet. Wo das Gerippe der ausladenden Krone ruhte, herrschte ein unbeschreibliches Gewucher aus allen erdenklichen Ranken, die sich in die toten Äste eingeflochten hatten.

Am anderen Ende des Stammes ragte der riesige Wurzelteller wie eine Wand vom Waldboden auf. Efeu kroch überall daran hinauf und hinunter und in dem Loch, das der entwurzelte Baum in der Erde hinterlassen hatte, standen kniehoch Nesseln und dazwischen ein seltsames Kraut mit kleinen lanzettförmigen Blättern, das Bullrich nicht kannte. Nun wusste er auch, welcher Art der gestürzte Riese war. Aus dem Stumpf sprossen frische Triebe, ein erstaunlicher Anblick in dieser abweisenden Umgebung. Bullrich sah an den Blättern, dass es sich um eine Eiche handelte, und fragte sich, was wohl ihren Sturz verursacht haben mochte. Eine Sturmböe hätte hier wohl kaum die Kraft gefunden, einen solchen Baumriesen zu entwurzeln. Vielleicht war das Erdreich unter dem großen Gewicht allmählich an dieser Stelle weggerutscht und die Wurzeln hielten den Untergrund nicht mehr sicher zusammen.

Bullrich zückte erneut Rinde und Kohle. Dies war ein weiterer Ort, der sich unverkennbar anhand einer Karte wiederfinden ließ. Den Blick auf seine Skizzen gesenkt, machte er einen Schritt vorwärts und stolperte so heftig, dass er der Länge nach hinfiel. Birkenrinde und Holzkohle landeten in hohem Bogen irgendwo am Stumpf der Eiche.

»Eichenwirrling und Zunderschwamm!«, fluchte Bullrich und schnappte nach Luft.

Er hasste es, hinzufallen. Es war immer entwürdigend, selbst an einem so einsamen Ort wie diesem. Vor sich hin brummend, erhob er sich und klopfte seine Kleider ab. Er war immerhin weich auf klammes Moos gefallen.

›Wie ein nasses Federbett‹, dachte er und betrachtete seine feuchten Knie.

Dann spähte er nach vorne und entdeckte zwischen den Wurzeln die Birkenrinde mit der Skizze vom Finsterfarn. Bullrich steckte sie ein und begab sich auf die Suche nach der Holzkohle. Er hatte kein zusätzliches Stück dabei und ärgerte sich über diese Unachtsamkeit.

Es machte wenig Spaß, hier herumzukriechen. Der geborstene Wurzelstock mit seinen ins Leere greifenden toten Hölzern sah unheimlich aus und erinnerte Bullrich an eine riesige krallenhafte Hand, an deren gekrümmten Fingern vorbei er sich nun suchend ins Innere dieses erstarrten Griffes vortastete.

Es grenzte an ein Wunder, dass er das Kohlestückchen schließlich überhaupt entdeckte. Es lag genau vor ihm, dort, wo dichter Efeu die ganze Fläche der Baumscheibe mit dunkelgrünen Girlanden verhängte. Um weitere Ungeschicklichkeiten zu vermeiden, stützte Bullrich im Bücken die linke Hand gegen die Efeuwand – und griff ins Leere.

Blitzartig zog er die Hand zurück und umklammerte mit neuem Entsetzen die Linke mit der Rechten, als fürchtete er, sie könne ein zweites Mal von der tückischen Eiche verschluckt werden. Der gefallene Baum war also hohl und die Efeuranken verhängten das runde Tor in sein Inneres mit einem so dichten Vorhang, dass man dahinter nichts weiter vermutete.

Da seiner Hand nichts geschehen war, rief Bullrich sich erneut streng zur Ruhe. Er musste eine ganze Menge Selbstbeherrschung aufbringen, um weiterzuplanen. Zunächst steckte er die Holzkohle sorgfältig in die Hosentasche, ohne auch nur ein Blatt des Efeus zu streifen. Zur Ermutigung beschwor er abermals das hehre Bild des gefeierten Grünloher Kartenschreibers in der Becherlorchel. Zwentibolds vor Staunen offen stehender Mund. Hortensias ihn streng musternder Blick, aus dem zusehends der Spott wich. Gläserklirren und Hochrufe …

Innerlich gestärkt, griff er nun mit beiden Händen in die Efeuranken, zerrte sie ein Stück auseinander und starrte angestrengt in die dahinterliegende Dunkelheit. Zunächst sah er nur tiefes Schwarz, spürte aber deutlich die Kühle, die ihm aus dem hohlen Bauch der Eiche entgegenschlug. Er hatte den Modergeruch von fauligem Holz, schleimigen Pilzen und Flechten erwartet. Stattdessen roch es trocken, mit der Ahnung eines seltsamen Duftes, an den sich der Quendel zu erinnern versuchte, sobald seine Nase eine Spur davon erfasste. Irgendwann, irgendwo hatte er das schon einmal geschnuppert. Es roch süßlich und würzig und ein bisschen erdig. Ein wenig wie frisches Moos, aber ganz und gar nicht so vertraut, sondern fremd und eigenartig.

»Ein Pilz, ein Kraut? Rauchwerk aus fernen Ländern?« Bullrich dachte an Tabaksschwaden unbekannter Sorten, die ihm hin und wieder in der Becherlorchel in die Nase gestiegen waren, wenn ein Fremder die Landesgrenze passiert hatte und es sich nun am Kamin bequem machte, neugierig beäugt seitens der Stammgäste.

Bei dem irrwitzigen Einfall, dass womöglich vor noch nicht allzu langer Zeit ein Wesen, welcher Art auch immer, im Inneren der Eiche ein Pfeifchen geraucht haben könnte, schauderte Bullrich. Seine Augen gewöhnten sich indessen an das Dunkel und er sah die runde Glätte der hölzernen Wände. Allerdings reichte das fahle, von außen einfallende Licht nicht bis an das Ende des Tunnels, dort, wo sich der Stamm in die Hauptäste der Krone teilte. Schon nach wenigen Schritten ins Innere würde vollkommene Dunkelheit herrschen, wenn der dichte Rankenvorhang sich hinter dem neugierigen Eindringling wieder herabsenkte.

Bullrich verspürte bei allem Tatendrang nicht die geringste Lust, in diese düstere Röhre hineinzukrabbeln, aber erstaunlich fand er ihr Aussehen dennoch. Läge die alte Eiche im Schellenwald, man hätte Bänke und einen Tisch hineingebaut und hinten wäre ein Schränkchen mit Wolldecken und Wetterlaternen zu finden gewesen. Unter einer der Bänke stünden ganz sicher ein, zwei Krüge mit stärkerem Wacholderschnaps, falls jemand in ein schweres Unwetter geriet und Unterstand suchte. Nicht sehr wahrscheinlich, aber ein vortrefflicher Vorwand für die Einrichtung eines solch feudalen Schlupfwinkels.

Bullrich beschloss, die heutige Erkundung mit einer flüchtigen Untersuchung des hohlen Baumes abzuschließen, wenn auch nicht gleich von einem Ende zum anderen, so ganz ohne Laterne oder Fackel. Aber ein Zündholz ließ sich dort, wo er stand, entfachen und würde einen kurzen Einblick ermöglichen. Er nestelte in seinen Taschen und fand die Hölzer wohlverwahrt in seinem Tabaksbeutel. Er riss eines an und hielt den brennenden Span hoch erhoben zwischen den Efeuschleppen in das Innere der Eiche. Das flackernde Licht tanzte über die runden Wände und zeigte ihre makellose Glätte. Bullrich kamen die hölzernen Tröge in den Sinn, die Liebwin Egerling, der Grünloher Schreiner, zum Teigkneten aushöhlte. Hortensia hatte in eines dieser kunstvoll schlichten Behältnisse Fuchsien und Männertreu hineingepflanzt und Wilfried, der Müller, nutzte sie als Schafstränke. Das Eichenholz vor Bullrichs Augen war tatsächlich genauso glatt geschabt wie Liebwins Knetschalen.

Er senkte die Hand mit dem Zündholz ein wenig und beleuchtete den Boden der Röhre. Zu seinem allergrößten Erstaunen war der sorgsam mit Tannennadeln bedeckt. Bullrich dachte »sorgsam«, denn er vermochte kaum an den seltsamen Zufall zu glauben, dass ein Windstoß die Nadeln in schönster Ordnung geradewegs in den hohlen Baum geweht hatte. Und nur die Tannennadeln, kein Zweiglein, kein Blatt, nichts weiter. Braun, trocken und dicht gestreut, reichte ihr Teppich so weit nach hinten, wie es der Schein seiner kleinen Flamme zeigte. Noch brannte der Span.

»Da soll doch …« Bullrich machte unwillkürlich einen weiteren Schritt nach vorne in den Baum hinein. Als der Vorhang aus Efeu raschelnd hinter ihm zusammenfiel, flackerte das Flämmchen bedenklich, hielt noch einen letzten Augenblick dem Luftzug stand und erstarb.

»Bei allen schwärzlichen Bovisten und Pantherpilzen!«, flüsterte Bullrich voller Schrecken.

In tiefste Finsternis gehüllt, tastete der Quendel zitternd nach seinen Zündhölzern. Kaum gelang es ihm, ein weiteres anzureißen. Nach mehreren missglückten Versuchen, die ihm die Blindheit qualvoll in die Länge zogen, entflammte sich endlich wieder ein Span mit sanftem Zischen. In leicht gebückter Haltung erhellte er damit, was unmittelbar vor ihm lag. Unter seinen zögernden Schritten hörte er die trockenen Nadeln knistern und knacken. Auch einige Zapfen fanden sich hier und dort.

»Koboldmoos und Zitterschwamm«, murmelte Bullrich verwirrt, »hier hat jemand für Ordnung gesorgt.«

Vorsichtig hob er das Licht empor und leuchtete in die Tiefe des hohlen Baumes. Der Teppich aus Tannennadeln verlor sich wie ein ausgerollter Läufer im Dunkeln. Bullrich konnte kaum fassen, was er da entdeckt hatte. Kein ihm bekanntes Tier verstreute Nadeln oder trockene Reiser und Halme mit derartiger Sorgfalt über eine so lange Strecke. Also gab es doch etwas Lebendiges im Finster. Irgendein Wesen, das sich damit beschäftigte, hohle Bäume mit einem Nadelteppich zu versehen.

Bullrich wurde es unheimlich zumute. Wer oder was mochte hier im Verborgenen wirken? Zugegeben, es sah eher umsichtig, als gefährlich aus. Es fanden sich weder Knochen, noch andere derartige Überreste. Aber waren dies Spuren von Quendeln? Hatte er etwa die verlassene Behausung des Ästigen Porlings gefunden? Oder handelte es sich um einen unbekannten Unterschlupf des Wettersterner Suchtrupps? War dies womöglich der letzte verzweifelte Schlupfwinkel von Zwentibolds tapferen Vorfahren, bevor sie ihr endgültiges Schicksal ereilt hatte?

Die dritte Möglichkeit bedeutete mit Sicherheit Unheilvolles: dass sich nicht seinesgleichen im Wald herumtrieb, sondern etwas anderes, Fremdes, von dessen unseliger Nachbarschaft bisher im Hügelland nichts bekannt war. Konnte ihnen allen so lange verborgen geblieben sein, dass der Finster bewohnt war?

Bullrichs Hand zitterte heftig und mit ihr die ersterbende Flamme. Noch einmal spähte er nach hinten.

Da sah er ein Schimmern. Zwei feucht glitzernde Flecken, die genau nebeneinander im Nichts trieben, und darunter ein weiteres Glänzen, wie von Zähnen.

Er sah es und erstarrte, noch bevor er eigentlich begriff. Das letzte Flackern des Lichtes huschte über etwas, das in der Tiefe des alten Baumes sein Gesicht nicht schnell genug in die Dunkelheit zurückzog, um Bullrichs entsetztem Blick zu entgehen.

Der stechende Schmerz, als das Zündholz zwischen seinen Fingern erlosch, überraschte ihn gleichzeitig mit der tintenschwarzen Finsternis, in der er sich nun erneut, aber offensichtlich nicht mehr allein befand. Panik ergriff sein tapferes Herz und mit einem hellen Schrei wandte er sich um und versuchte blindlings ins Freie zu gelangen. Die Angst benebelte ihm derart die Sinne, dass er den Ausgang nicht finden konnte. Spürte er im Nacken nicht schon einen eisigen Hauch, scharrten da nicht Füße, sich von hinten behäbig über die Tannennadeln nähernd?

Er stolperte nach links und prallte schmerzhaft mit der Schulter gegen die Wand. Wild fuchtelte er mit beiden Händen in der Luft herum und bekam schließlich die Efeuranken zu fassen. Es raschelte laut, aber Bullrich wusste nicht, ob das von vorne oder von hinten kam. Er stürzte ins Freie. Der Vorhang aus Efeu schloss sich hinter ihm, aber dort, wo der Quendel ausgebrochen war, blieb zwischen den Ranken ein deutliches Loch.

Mit letzter Kraft entsprang er der Wurzelkralle und ein gütiges Schicksal ließ ihn nicht kopfüber in die Nesseln fallen. Stattdessen entkam er in einen Stechpalmenstrauch, der ihm Gesicht und Hände blutig kratzte. Er spürte es nicht einmal. Das Blut mischte sich mit Schweiß und Tränen, die ihm die Wangen herunterrannen. Er pfiff auf den Lärm, den er machte, als er krachend durch das Unterholz brach, und auf die nun deutlich längeren Schatten. Er sicherte nicht nach links und rechts, schon gar nicht sah er zurück. Er lauschte auf keinen Verfolger und hörte auch nicht sein eigenes leises Wimmern zwischen den keuchenden Atemzügen. Mehr als einmal stolperte und stürzte er, um sich im gleichen Augenblick wieder hastig aufzurappeln. Seine Kleider blieben an Zweigen und Dornen hängen und zerrissen. Er merkte es nicht. Bullrich wollte und konnte nicht anhalten und so kroch er durch das widerstrebende Dickicht wie ein waidwundes, gehetztes Wild, ganz einerlei in welcher Richtung, nur vorwärts, fort, von dem unbekannten Grauen hinter ihm.

Ein toter Ast, der sich zwischen seinen Beinen verfing, bereitete der wilden Flucht schließlich ein Ende und Bullrich landete der Länge nach in einem Haufen modriger Blätter. Vollkommene Erschöpfung überwältigte ihn nun. Er blieb liegen und lauschte angstvoll.

Wie zuvor hüllte sich der Finster in Schweigen. Zum ersten Mal bemerkte Bullrich, dass es im Wald unverkennbar dunkler wurde. Wie viel Zeit mochte seit seiner panischen Flucht aus der vermaledeiten Eiche wohl vergangen sein?

Langsam richtete er sich halb auf und warf einen zaghaften Blick zurück in die Richtung, aus der er gekommen war. Alles blieb ruhig. Bullrich wagte allmählich zu hoffen, dass ihm niemand gefolgt war. Er verdrängte nachdrücklich jede Überlegung, zu wem oder was das glitzernde Augenpaar wohl gehören mochte. Nicht jetzt, nicht hier – er würde sich durchaus damit befassen, er würde sich dem Schrecken stellen. Aber zunächst galt es, so schnell wie möglich aus dem tückischen Wald wieder hinauszufinden.

Der Quendel ahnte, dass dies nicht gerade einfach werden würde, denn er hatte nicht die allergeringste Ahnung, wohin ihn seine Flucht verschlagen hatte. Alles sah gleich aus und wurde in der zunehmenden Dunkelheit noch einförmiger. Er suchte die unmittelbare Umgebung nach irgendeinem Hinweis ab, der ihm einen sinnvollen Weg hätte weisen können. Leider gab es rein gar nichts Bemerkenswertes zu entdecken. Baum reihte sich nach wie vor an Baum und dazwischen wucherte das übliche wilde Gestrüpp und behinderte Sicht und Schritt schon nach einem halben Schlegel.

Bullrich zwang sich aufzustehen, obwohl sich in ihm ein lähmendes Gefühl der Sinnlosigkeit breitmachte. Aber untätig auszuharren, bis ihn an diesem schlimmen Ort eine Nacht voll unbekanntem Grauen verschluckte, erschien ihm als die schlechteste aller Möglichkeiten. Wenn er weiterging, bestand immerhin die winzige Hoffnung, durch einen überglücklichen Zufall den Waldrand zu erreichen. Der Kuckuck mochte wissen, ob er dann auf der Höhe von Zwölfeichen oder schon nahe Wetterstern dem Finster entkommen würde.

Vielleicht war er ja auch im Kreis gelaufen und sah sich plötzlich dem Maulwurfshügel gegenüber. Der Maulwurfshügel vom Nachmittag – etwas aus einer anderen Welt und Zeit. Schmerzlich sehnte er sich nach freiem Feld und Flur und dem samtigen Blau des Abendhimmels darüber, wenn eine laue, nach Jasmin duftende Brise über dämmrige Gärten strich und die Amsel im Holunder sang.

Diese plötzliche Eingebung trieb ihn vorwärts. Er teilte die nächsten sich beharrlich sträubenden Zweige und schlüpfte hindurch. Manchmal, wenn es im Unterholz knackte und knirschte, zuckte er angstvoll zusammen. Halb erwartete er dann gleich hinter dem nächsten Baumstamm den Griff einer zottigen Hand. Aber der unheimliche Waldbewohner zeigte sich nicht wieder, noch verriet irgendeine verdächtige Spur seine oder jemandes anderen Anwesenheit. Umso mehr wuchsen nun Bullrichs Befürchtungen, aus dem Finster nicht wieder hinauszugelangen.

Als er sich eine gute Weile halb kriechend, halb stolpernd vorwärtsgearbeitet hatte, öffnete sich das Gebüsch ganz plötzlich. Fassungslos entdeckte der Quendel, dass er sich am Rande einer großen Lichtung befand.

Er wich zurück und blieb keuchend zwischen den letzten Bäumen stehen. Nie hätte er erwartet, inmitten des Finsters auf freieres Gelände zu stoßen. Hoch über ihm wölbte sich das ersehnte Himmelszelt und halb getröstet, halb in Sorge sah er, dass auch über dem Finster ein erster Stern zart glitzernd vom nahen Ende des Tages kündete. Es musste kurz nach Sonnenuntergang sein.

Vor seinen Füßen senkte sich der Boden ein wenig und ging in eine schüttere Wiese über. Große Findlinge lagerten hier und dort. Dazwischen erkannte er struppigen Ginster, aber Bäume standen hier nirgends. In der Mitte gab es mehr und auch kleinere Steine in einer längeren Reihe und Bullrich überlegte, ob er wohl auf ein ausgetrocknetes Flussbett gestoßen war. Zögernd löste er sich aus dem Waldesschatten und betrat die freie Fläche. Nach einigen wenigen Schritten begann er aufzuatmen. Der freie Himmel über ihm war wohltuend.

»Bei allen schwärzlichen Bovisten«, murmelte er sich in den Bart. »Ich wünschte, ich müsste nicht wieder in diesen furchtbaren Wald hinein.«

Aber es würde wohl keinen anderen Ausweg geben, als nach der Überquerung der Lichtung sein Glück auf der gegenüberliegenden Seite zu versuchen. Vielleicht begannen ja schon nach wenigen Schlegeln düsterer Bäume die sanften Hügel seiner Heimat.

Er erreichte die in lockerer Reihe verstreuten Steine im Zentrum der Lichtung und erstarrte erneut. Vor ihm klaffte ein tiefer Spalt in der Erde, an manchen Stellen schmal wie eine Ackerfurche, dann wieder sich so erweiternd, dass ein Schritt nicht ausgereicht hätte, den Riss zu überqueren. Die Steine ruhten wie Auswurf an beiden Rändern und Bullrich musste unwillkürlich an die Aufschüttung des Maulwurfshügels denken. Zwischen den Steilwänden herrschte tiefe Dunkelheit, zusätzlich beschattet durch kümmerliches Gesträuch, das sich mit den Wurzeln in der abschüssigen Erde festklammerte.

Ein kühler Luftzug stieg aus der Tiefe auf und ihn fröstelte, als er sich darüberbeugte. Es hatte im rasch schwindenden Licht nun keinen Sinn mehr, die Birkenrinde hervorzuholen, aber dies war ein markanter Punkt, den er sich merken würde, so oder so.

Seufzend ließ sich Bullrich auf den nächstliegenden Findling fallen. Er war furchtbar müde. Die angespannten Muskeln zuckten in seinen Kniekehlen und seine Füße schmerzten heftig. Er nestelte nach seinem Tabaksbeutel. Es wunderte ihn selbst, dass er in dieser Lage Lust zum Rauchen verspürte, aber ein Pfeifchen mochte Trost spenden, wer konnte das wissen?

Schon bald stiegen aromatische Wölkchen über dem Quendel auf, eines nach dem anderen, denn er paffte sorgenvoll und in sich gekehrt. Der würzige Duft zerteilte sich in der kühlen Luft des jungen Abends. Fetzen der Schwaden trieben über den Riss dem anderen Waldrand entgegen. Dort, wo sie herabsanken, mischte sich in die aufkommende Feuchtigkeit des Bodens eine Ahnung von getrockneten Rosenblättern und wildem Thymian. Spuren von Minze und Rosmarin streiften dürre Halme, berührten die Oberfläche der Steine und manche schwebten voll unschuldiger Zartheit in den Abgrund. An Wurzelfasern und blankem Fels vorbei, verloren sie sich ins Unterirdische.

Bullrich, auf seinem Stein auf der geborstenen Lichtung, tat einen letzten Zug aus der erkaltenden Pfeife. Nun galt es, alle verbleibenden Kräfte zu sammeln, um endgültig dem Wald zu entrinnen. Die Pfeife in der Hand begann er, den Riss entlangzutrotten. Er wandte sich nach rechts, ein wenig uneins, ob er an einer schmalen Stelle auf die andere Seite wechseln sollte oder nicht. Eigentlich war es ja einerlei. Ihm kam in den Sinn, dass sich Wilfried von den Steinen in der Sternenkunde auskannte und den nächtlichen Himmel so zu lesen verstand, dass er die Richtung danach bestimmen konnte.

Bullrich fiel zum Kuckuck nicht ein, wo der Abendstern aufging. War dort Westen, wo jener helle Punkt über den Spitzen der hohen Nadelbäume stand, oder handelte es sich dabei um einen ganz anderen Stern? Etwa um das strahlende Gestirn dort weiter rechts?

Er wusste es nicht und so musste er sich auf sein Glück verlassen. Wobei er nicht sicher war, ob es ihm an diesem Tage nicht bereits wohlgesonnen genug zur Seite gestanden hatte, als dass er es ein weiteres Mal auf die Probe stellen durfte.

Der Spalt öffnete und schloss sich in einer zu Erde und Stein gewordenen Wellenbewegung. Gerade näherte sich Bullrich einem besonders weit auseinanderklaffenden Stück, als er vor sich das Schimmern in der Luft bemerkte und sofort stehen blieb.

Er rieb sich die Augen und starrte wieder an die Stelle. Kein Zweifel, über dem Abgrund glitzerte etwas. Die Luft begnügte sich dort nicht länger mit bloßer Durchsichtigkeit, sondern hatte einen zarten Puder aus Lichtpünktchen übergeworfen. Sanft wogend, begann sich der seltsame Schleier über dem Riss auszubreiten.

Dies war nichts, das Bullrich irgendwie bekannt vorkam. Es konnte sich weder um Glühwürmchen, noch um irgendeine andere Sorte von Leuchtkäfern handeln, denn es hätten ihrer Myriaden sein müssen, um in der Luft einen so dichten Glanz hervorzubringen. Der Quendel kauerte sich bebend hinter den nächsten Steinbrocken.

Es flimmerte und schimmerte vor seinen Augen. Dahinter waren noch die schwärzlichen Umrisse des Waldes zu erkennen. Stieg so nicht auch der bleiche Morgennebel aus den Tauwiesen auf, um sich mit den ersten Sonnenstrahlen wieder aufzulösen?

Doch das hier war etwas anderes und Bullrich wusste es; wusste auch, dass er sich hüten sollte vor allem Unbekannten in einem Wald, der nichts als Unheil barg.

Er blickte sich um und sah, dass es nun in unregelmäßigen Abständen über die ganze Länge der Lichtung entlang des Risses irrlichterte. Die glänzende, hier und da durchbrochene Linie beschrieb ein zweites Mal den tiefen Bruch im Boden.

Bullrich traute kaum seinen Augen. Nie zuvor hatte er etwas Ähnliches gesehen. Lag er nicht eigentlich daheim im warmen Bett und träumte nach zu viel Haseltorte zum Nachtisch einen unheimlichen, aber höchst fesselnden Traum? Ihm wurde so unwirklich zumute, dass er kaum noch Furcht verspürte. Der Schleier vor ihm war von betörender Schönheit. Hatte das prachtvollste Abendrot hinter dem grauen Turm ein ähnlich verführerisches Leuchten? Gab es ein zarteres Weben als in diesem Dunst aus Zauberlicht?

Unwiderstehlich trieb es ihn aus seiner spärlichen Deckung. Er kam hinter dem Stein hervor und trat so dicht an die Kante des Abgrundes, dass seine Fußspitzen den Rand überragten. Ein wenig Erde löste sich und rieselte in die Tiefe, als er sich schließlich vorbeugte und die Hand ausstreckte.

Er wollte, er musste es berühren. Näher und näher kamen seine Fingerspitzen dem duftigen Gebilde, ohne davon wirklich beschienen zu werden. Dies war ein eigensinniges Licht mit einem Leuchten, das nur sich selbst meinte, kam es dem Quendel in den Sinn. Auch fand er es nun kalt und bläulich und nicht länger golden und warm wie nur wenige Augenblicke zuvor.

Bullrichs Hand erreichte den Schleier. Die Zeit stand still und die Welt, wie er sie kannte, erbebte und hielt den Atem an. Nichts war anders und doch nichts mehr wie zuvor, als die kleine bräunliche Hand des Quendels die Lichtbahn durchteilte und in die dahinterliegende Schwärze tauchte. Es fühlte sich kalt an und silbrig und glatt, wie Nachtluft oder eisiges Wasser, und diese Kälte glitt ihm unter die Haut und berührte sein Innerstes.

In was er da hineinfasste, hätte er nicht zu sagen vermocht, aber er ahnte, dass hinter dem Leuchten nicht länger der Finster lag. Vielleicht hatte es einst die Wettersterner verschluckt, genauso wie den Ästigen Porling, und nun würde es ihn selbst erwischen, den Kartenschreiber aus Grünlohe, der sein Schicksal so töricht herausgefordert hatte. Denn dies, so wusste der Quendel mit untrüglichem Instinkt, war eine Grenze; eine Grenze aus Licht und Schatten zu etwas viel Geheimnisvollerem als alle Dickichte und Fallgruben zusammen und der Finster selbst nichts als das Grenzland zu jenem Unbekannten.

Bullrich zog die Hand wieder zurück. Benommen betrachtete er seine Finger. Er konnte keine Veränderung entdecken, aber eigentlich sah er gar nicht mehr so gut. Taubheit stieg ihm von den Fingerspitzen seiner Hand bis in den Kopf und ihm wurde schwindelig. War das aber wirklich mehr als die ihn nach all den entsetzlichen Strapazen nun überwältigende Erschöpfung angesichts der größten Entdeckung, die er heute gemacht hatte? Oder hielt das irrlichternde Band ihn längst fest umschlungen? Seine Knie gaben nach und er sank in sich zusammen.

»Zwentibold … Grünlohe, Hortensia!«, hörte er sich eigentümlicherweise sagen und seine Stimme hatte einen merkwürdig hohlen Klang.
»Stock und Schwamm … Karlmann, mein lieber Junge …!« Letzteres
nur noch ein leises Wispern.

Bullrich fiel vornüber und verlor die Besinnung. Seine linke Hand
griff über den Rand ins Leere und hing wie ein kleiner Federwisch in
der glänzenden Luftlinie. Der Quendel hörte nicht mehr, dass sich ihm
aus der Tiefe des Bruches etwas näherte, behäbig vorwärtskriechend,
langsam, kundig und ohne Eile.

Mochte sich am Himmel die Lichtbahn widerspiegeln – majestätisch
überschlug die Milchstraße die Lichtung, den Finster und das von tiefem Frieden erfüllte Hügelland. Fern und kühl schimmerten Abertau-
sende von Sternen.

Es war Nacht geworden.

Drittes Kapitel

Unerwarteter Besuch

Es ist so still; die Heide liegt
Im warmen Mittagssonnenstrahle,
Ein rosenroter Schimmer fliegt
Um ihre alten Gräbermale;
Die Kräuter blühn; der Heideduft
Steigt in die blaue Sommerluft.

THEODOR STORM

Zwentibold pfiff ein munteres Liedchen, als er aus den Wiesen kommend die Grünloher Dorfstraße betrat. Er passierte den Dorfladen, vor dem zwei hübsche Grünloherinnen nach getätigtem Einkauf ein kleines Schwätzchen hielten. Er grüßte herzlich und sie zwitscherten etwas Freundliches über das wunderbare Spätsommerwetter zurück. Ihm war keineswegs entgangen, dass sie ihn wohlwollend musterten. Stets trug er in seinen Bäumelburger Angelegenheiten die besten Kleider und die Leute dankten ihm den würdevollen Auftritt mit erhöhter Aufmerksamkeit, wenn er ausführlich die Neuigkeiten zum Besten gab, die ihm auf seinen Rundgängen durch das Hügelland zu Ohren kamen.

Auf dem Dorfplatz schlummerte auf einer Bank im Schatten einer riesigen Linde der alte Odilio Pfiffer. Sein roter Kater ruhte neben ihm in einem Henkelkorb und riskierte nur einen kurzen Blick aus bernsteinfarbenen Augen, als der Bitterling vorbeikam, um in den Holunderweg einzubiegen. An dessen oberem Ende, mit strategisch günstigem Ausblick über Dorfplatz und Straße, lag Hortensias schmuckes Haus in einem schönen Garten. Entlang des weißen Gartenzaunes rankten Wicken und Kapuzinerkresse um die Wette in die Höhe. Dahinter unterbrachen üppige Blumenbeete den samtigen Rasen, aus dem niemals ein Maulwurf seine Nase zu graben wagte (ein für ihre Nachbarn unergründliches Geheimnis, das bisher keiner gelöst hatte).

Zwentibold begutachtete all diese Pracht in stillem Frohlocken. Über der Haustür prangte das Familienwappen der Samtfuß-Kremplinge; ein wenig anmaßend an einem ganz gewöhnlichen Haus, wie manche Grünloher spitz bemerkten. Aber Zwentibold empfand das angesichts der stattlichen Front mit den beiden großen Erkern zur Linken und Rechten (Bullrich nannte sie insgeheim »die Augen«) nahezu als ein Muss zugunsten der Symmetrie. Es hätte an diesem Tage überhaupt recht wenig gegeben, das er nach dem vertraulichen Gespräch mit seinem lieben Vetter an Hortensia auszusetzen fand.

Der gute Bullrich, da hatte ihm der alte Träumer womöglich einen echten Dienst erwiesen. Unterdessen stöberte er wohl weiter zwischen den Hecken nach Steinpilzen! Was er sich da nur wieder in den Kopf gesetzt hatte? Mit viel Glück entdeckte er unter einer Wurzel einen versprengten Butterpilz!

Zwentibold lächelte wohlwollend. Vielleicht würde sich im Gespräch mit der Dame des Hauses ja doch eine Möglichkeit ergeben, dem lieben alten Dachs ein bisschen auf die Sprünge zu helfen. Zwentibold schätzte seinen Vetter sehr, fand ihn aber nicht wenig weltfremd. Das kam natürlich von seinem Eigenbrötlertum. So lange hauste er nun schon mutterseelenallein in seinem kleinen Haus am Waldesrand, dort, wo sich der Holunderweg allmählich zwischen Blaubeeren und Holunderbüschen in den Schellenwald verlief. Manchmal, so hatte sich ihm Bullrich einmal anvertraut, würde er sogar von hinten durch die Gärten schleichen, nur um Hortensias frontalen Späherblicken zu entgehen.

Zwentibold betrachtete nachdenklich die hohen Erkerfenster mit ihren spitz zulaufenden Bögen. So wie die Dinge jetzt lagen, hatte es sich dabei wohl um bloße Schüchternheit gehandelt. Eigentlich zog er es ja vor, sich aus solchen gefühlvollen Verwicklungen tunlichst herauszuhalten. Aber sollte sich, dank Bullrichs Hinweis, das Bäumelburger Maskenfest fortan tatsächlich der tatkräftigen Unterstützung einer so wohlhabenden Dame wie Hortensia Samtfuß-Krempling versichern können, wäre er, Zwentibold Bitterling, der Letzte, der dann nicht seinerseits dem umständlichen Vetter einen kleinen Liebesdienst erweisen würde. Natürlich soweit das in seinen Kräften stand, denn Hortensia galt bei aller Vornehmheit als stolze und unnachgiebige Natur. Daher strich er sich sorgfältig die samtene Weste glatt, nestelte am Kragen und räusperte sich zweimal. Erst dann löste er den Riegel von Hortensias Gartenpforte und betrat ihr Reich.

Hortensia hatte sich an diesem Nachmittag im rückwärtigen Teil des Gartens zu schaffen gemacht. Gerade widmete sie sich mit Hingabe dem abgestorbenen Holz zwischen den kräftigen neuen Jahrestrieben ihrer ausladenden Wildrosenhecke, als das Gartentor vernehmlich geöffnet und geschlossen wurde. Irritiert ließ sie die Rosenschere sinken. Sie erwartete keinen Besuch und blickte seufzend auf das Häuflein bereits gekappter toter Zweige zu ihren Füßen. In der Nähe des Zaunes musste noch weiter ausgedünnt werden.

»Längst nicht fertig …«, murmelte sie daher verdrossen, als Schritte über den Rasen zu hören waren.

Hortensia legte Schere und Handschuhe in einen flachen Weidenkorb und bog in gewohnt forschem Tempo um die Hausecke. Dort prallte sie heftig mit dem überraschten Zwentibold zusammen, der sich seinerseits energischen Schrittes auf die Suche nach der Hausherrin gemacht hatte.

»Stock und Zunderschwamm!«, entfuhr es Zwentibold.

Beide waren ein wenig zurückgestolpert.

»Gute Güte«, schnaubte Hortensia und zupfte die Träger ihrer Gartenschürze gerade.

»Bei allen Hallimaschen! Ich bitte vielmals um Entschuldigung!«, beteuerte der Bitterling. »Ich hoffe doch, dass du dir nichts getan hast!?« Er war sichtlich aus der Fassung und um den würdevollen Auftritt gebracht, den er sich eigentlich vorgenommen hatte.

»Danke, es geht schon«, erwiderte Hortensia knapp. Sie blickte prüfend an sich herunter.

Zwentibold musterte verunsichert ihre säuerliche Miene und beeilte sich, die ursprünglich geplante Begrüßung nachzuholen. Artig lüftete er seine Mütze, die ihm nach dem kleinen Missgeschick ohnehin schief auf dem Kopf saß. »Beste Hortensia, meine Verehrung! Welch ein Glück, dich gleich anzutreffen, wenn auch ein wenig schwungvoll!« Er zwinkerte ihr lächelnd zu. »Ich störe doch nicht?«

»Aber keineswegs«, kam die trockene Antwort, die den Bitterling nicht gerade aufatmen ließ. Er hatte sich das Ganze ein wenig einfacher vorgestellt.

»Ich muss schon sagen«, versuchte er ein freundliches Gespräch zu beginnen, »dein Garten sieht einfach großartig aus! Du bist die geborene Gärtnerin! Sagte ich auch neulich zu Tilda. Sie gibt sich so viel Mühe mit ihren Magnolien, aber sie gedeihen eben nicht immer.«

»Da wird sich Tilda aber gefreut haben«, bemerkte sein Gegenüber.

Zwentibold hielt verwirrt inne. Warum hätte sich Tilda über ihre nicht gedeihenden Magnolien freuen sollen? »Ja, wirklich …« Er wusste nicht recht weiter.

Hortensia musterte den Bitterling mit nachlassender Strenge. »So, so. Bullrichs Vetter auf seinem Jahresrundgang! Du hast ihn also nicht daheim angetroffen?«

Es klang, als wüsste sie die Antwort bereits. Zwentibold schüttelte den Kopf.

»Nein, tatsächlich. Ich habe ihn zwar durchaus getroffen, den guten Schattenbart, aber nicht bei sich, sondern unterwegs. Wir hielten ein kleines Schwätzchen und das brachte mich auf die Idee, bei dir vorbeizuschauen.« Damit verriet er wohl nicht zu viel.

»Du meinst, Bullrich hat dich hierhergeschickt? Mit etwas, das er zu dir gesagt hat?«

»Nicht direkt«, antwortete Zwentibold ausweichend.

Hortensia stocherte unbeeindruckt weiter. »Ich habe ihn heute am späten Mittag aus dem Haus schleichen sehen. Natürlich hat er sich mal wieder rückwärtig in die Büsche geschlagen!«

Der Vetter aus Wetterstern erwiderte nichts.

»Welch eine Marotte«, fügte sie daher spöttisch hinzu, »es wird immer schlimmer mit ihm! Er scheint ja kaum noch die Straße zu benutzen. Lächerlich, als ob er in seinem Alter etwas zu verbergen hätte!«

Jetzt spürte Zwentibold leichte Empörung in sich aufsteigen. Erstens war Hortensia lediglich zwei Jahre jünger als Bullrich und zweitens wusste sie selbst ganz gewiss eine ganze Menge zu verbergen, zum Beispiel den reichhaltigen Inhalt ihrer Keller.

»Er ist zum Pilzesammeln aufgebrochen«, sagte er mit fester Stimme. »Ich habe ihn am Heckenweg getroffen. Dort soll es eine besonders gute Stelle für Steinpilze geben.«

»Pah«, schnaubte Hortensia. Schließlich erinnerte sie sich ihrer guten Kinderstube. »Darf ich dich also zu einer Tasse Tee einladen? Du bist ja sicherlich schon länger unterwegs, wie ich dich kenne.«

Der Bitterling schenkte ihr ein strahlendes Lächeln. »Meinen herzlichsten Dank! Das nehme ich natürlich gerne an! Kann ich dir bei irgendetwas behilflich sein?«

Hortensias Blick glitt über seine Samtweste und den blütenweißen Kragen. Sie lächelte maliziös. »Wenn du mich so fragst – wäre es wohl zu viel verlangt, wenn du einmal nach der Kletterhortensie am linken Erker sehen würdest? Sie müsste dringend hochgebunden werden und ich reiche trotz Leiter nicht ganz heran.«

»Aber selbstverständlich«, versicherte Zwentibold mit unergründlicher Miene.

»Sehr gut«, sagte Hortensia, »ich bereite derweil den Tee. Leiter und Schnur findest du dahinten im Schuppen. In einer Viertelstunde in der Rosenlaube – ich komme mit dem Tablett!«

Sie trabte munter an ihm vorbei und legte im Gehen die Gartenschürze ab. Zwentibold seufzte ergeben und trottete in Richtung Schuppen. Was tat man nicht alles, um dem Hügelland ein gelungenes Maskenfest zu sichern? Er war sich dieser schönen Bürde sehr bewusst, als er, mit Leiter und Schnur bewaffnet, zur Vorderfront des Hauses zurückkehrte.

Er war noch damit beschäftigt, die äußersten Triebe der Hortensie unter die Schnur zu zwingen, die er an mehreren dafür vorgesehenen Haken quer über die Ziegel gespannt hatte, als er es hinter der angelehnten Haustür geschäftig klappern hörte. Hortensia erschien kurz darauf mit einem vollgestellten Tablett auf ihrer Treppe und blinzelte zu ihm empor.

»Sehr gut!«, lobte sie seine Arbeit nach kurzem kritischem Blick. »Ich denke, das reicht. Besten Dank! Du kannst jetzt herunterkommen. Wenn du dir die Hände waschen möchtest – hinter dem Schuppen ist eine Pumpe und ein Handtuch hängt dort auch am Haken.«

»Heilige Hohltrüffel«, dachte Zwentibold bei sich, »eine wahrhaft resolute Dame! Die würde das Komitee auf Trab bringen, so viel ist sicher!«

Er kletterte brav die Sprossen hinunter und brachte Leiter und Schnur zurück in den Schuppen. Nachdem er sich an besagter Pumpe etwas frisch gemacht hatte, folgte er Hortensia in ihre legendäre Rosenlaube, wo sie bereits damit beschäftigt war, den Teetisch zu decken.

Diese Laube war ein anmutiger Platz inmitten des Rasens vor dem Haus. Mehrere hölzerne Bögen verschränkten sich über einem gemauerten Fundament zu einem kleinen glockenartigen Unterstand, über dem eine weiß und eine rosa blühende Kletterrose rankten. Drinnen saß man im lauschigen Halbschatten, umhüllt vom süßen Duft der verschwenderischen Blütenpracht. Ein wenig nach Aprikose, ein wenig nach Honig, dachte Zwentibold schnuppernd.

Einige Korbsessel versammelten sich um einen runden Tisch in der Mitte, über den Hortensia eine zartgeblümte Tischdecke gebreitet hatte.

Mit geschickter Hand entledigte sie das große Tablett seiner Lasten. Ein zierliches Teeservice wurde vor Zwentibold aufgebaut, die silberne Teekanne auf ein Stövchen gehoben und zu guter Letzt brachte Hortensia eine Stellage mit dem feinsten Gebäck zum Vorschein.

Zwentibold erkannte entzückt kleine Windbeutel, Haselschnitten mit Zuckerguss, Holunderküchlein und Johannisbeertörtchen mit einer goldgelben Baiserhaube. Ihm lief das Wasser im Mund zusammen. Hortensia blickte prüfend über den Tisch und stellte dann das leere Tablett zufrieden hinter sich ab.

»Bitte, setz dich doch«, forderte sie den Bitterling auf und nachdem es sich ihr unverhoffter Gast in einem Sessel bequem gemacht hatte, nahm sie ihm gegenüber Platz und begann den Tee einzuschenken.

»Einfach köstlich!«, versicherte Zwentibold und lehnte auch nach zwei Windbeuteln und einer Haselschnitte das angebotene Johannisbeertörtchen nicht ab.

Hortensia knabberte indessen vornehm an einem Holunderküchlein und trank die vierte Tasse Tee. Sie war neugierig zu erfahren, weshalb um alles in der Welt ausgerechnet Bullrich seinen geschäftigen Vetter zu ihr geschickt hatte.

Endlich tupfte sich der Bitterling mit der Serviette die Krümel aus den Mundwinkeln. »Darf man rauchen?«

Hortensia gestattete es gnädig und Zwentibold holte den Tabaksbeutel hervor. Er begann so aufreizend sorgfältig seine Pfeife zu stopfen, dass die Geduld seiner Gastgeberin nun doch auf die Probe gestellt wurde.

»Weißt du, meine Liebe«, begann er nach den ersten beiden Zügen, »es ist natürlich kein Zufall, dass ich wieder unterwegs bin. Du hast den Grund ja schon erraten: Es ist gar nicht mehr so lang bis zu unserem wunderbaren Maskenfest! Die Vorbereitungen sind bereits in vollem Gange …«

Hortensia hatte dem nichts hinzuzufügen.

»Wie immer gibt es erschreckend viel zu tun!«, fuhr Zwentibold fort. »Ich sage ›erschreckend‹, denn man könnte meinen, nach all den langen

Jahren hätten die Quendel alles ausreichend im Griff und die Organisation unseres wichtigsten Festes liefe wie am Schnürchen ...«

Auf der anderen Seite des Teetisches herrschte aufmerksames Schweigen.

»Glücklicherweise verfügen wir über viele helfende Hände, aber die gilt es sinnvoll einzuteilen. Mitunter verliert man fast den Überblick. Es ist eben alles eine Frage der guten Planung, nicht wahr?«

Hortensia nickte nur und nahm einen Schluck Tee.

Zwentibold zog an seiner Pfeife. »Du weißt doch sicher, wer im Festvorstand ist?«, fragte er. »Da wären die Quendeliner, natürlich durch Boso und Walli vertreten. Dann Lorchel und Lamella aus der Rabensteiner Linde, die Mottenstocks aus Schierlingsstätten, aus Wetterstern Grifo und Ada Isenbart und meine Wenigkeit und ...«

»Ada Isenbart«, sagte Hortensia und zog die Augenbrauen hoch. »Ich wüsste wirklich nicht, was Ada zum guten Gelingen eines Festes beizutragen hätte!«

Erfreut, endlich Hortensias Interesse geweckt zu haben, beschloss Zwentibold, seine Aussichten ein wenig auf Kosten der Dame Isenbart zu verbessern. Sie würde das sicher nicht erfahren, so hoffte er, und schließlich ging es ja darum, einen wichtigen Helfer zu gewinnen. Da war übertriebene Empfindlichkeit im Augenblick völlig unangebracht.

»Ada führt wie jedes Jahr die Listen, welche Masken an den Umzügen teilnehmen werden. Es sollen wieder einige ganz neue Einfälle hinzukommen, hat sie angedeutet.«

Hortensia schnaubte verächtlich. »Ich will ja nichts gesagt haben, aber Ada Isenbart besitzt nicht gerade das Talent, etwas zu ordnen und voranzutreiben. Du bist bestimmt schon einmal in ihrem Haus gewesen. Eine Trollwirtschaft, nenne ich das! Etwas für Eichenwirrlinge und Nebelkappen! Ich wusste gar nicht, dass ausgerechnet Ada mit den Masken befasst ist, aber wenn ich so nachdenke, wundert es mich auch nicht! Mir kommen da gerade diese spitznasigen Gebilde der jungen Kremplinge aus dem letzten Jahr in den Sinn. Dazu diese schwarzen Gewänder! Was sollte das denn darstellen? Einen Schwarm Nebelkrähen auf freiem Feld kurz vor dem Winteranfang?«

»Du meinst also, es wäre nicht passend gewesen?«, unterbrach sie Zwentibold mit unschuldig fragender Miene.

»Ganz und gar nicht!«, antwortete Hortensia. »Ein Jammer, aber was soll man sagen, wenn jemand aus einem Trollhaus zum Festkomitee gehört!«

»Oh, ich sehe schon, wie recht mein lieber Vetter gehabt hat!«, sagte Zwentibold begeistert. »Ohne seinen Rat hätte ich Grünlohe auf dieser ersten Runde glatt links liegen gelassen.«

»Mit was sollte Bullrich Schattenbart recht haben?«, fragte Hortensia und runzelte die Stirn. »Ich wüsste wirklich nicht …«

»Nun, damit, dass du, verehrte Hortensia, uns im Festkomitee eigentlich mit Rat und Tat kräftig zur Seite stehen willst. Nur die angeborene Bescheidenheit der Samtfuß-Kremplinge hat dich bisher zurückgehalten, nicht wahr? Der gute Bullrich, das hat er alles im Stillen beobachtet. Ein vorbildlicher Nachbar, ich muss schon sagen!«

»Wie bitte? Was will er beobachtet haben?« Hortensia war vollkommen verblüfft. »Er will etwas bei mir gesehen haben? Hat er Erscheinungen? Darf man seinen Ohren trauen?«

»Man darf!«, frohlockte Zwentibold. »Du bist uns im Bäumelburger Festkomitee ganz herzlich willkommen und sei dir sicher, eine Samtfuß-Krempling ist mit ihrer Lebensart und Herkunft eine echte Zierde für den Vorstand!«

Der Bitterling war aufgestanden und bot ihr feierlich seine Rechte zum Handschlag. Zwentibold liebte große Gesten. Hortensia starrte ihn an und erlebte einen der seltenen Momente, in denen sie nichts zu sagen wusste.

Vom Holunderweg erklangen Stimmen. Die Pforte wurde ein zweites Mal an diesem Nachmittag geöffnet und in aufgeräumter Stimmung und munter plaudernd betraten Hulda Hallimasch und Hortensias beste

Freundin Beda den Garten. Hinterdrein schlenderte gemächlich Bedas Sohn Karlmann und trug einen großen Korb.

Die drei Besucher blieben wie angewurzelt stehen, als sich ihnen eine höchst merkwürdige Szene bot. Im Schatten der Rosen hatte sich Zwentibold Bitterling mit bewegter Miene vor einer offensichtlich fassungslosen Hortensia aufgebaut. Er reichte ihr die Hand so feierlich, als gelte es, einen wichtigen Entschluss zu besiegeln. Was konnte das sein?

Karlmann, der nicht darauf geachtet hatte, was vor ihm geschah, prallte auf seine gaffende Mutter.

Hortensia, durch die Bewegung aufmerksam geworden, sah auf. Dieser Nachmittag steckte voller tückischer Begebenheiten. Sie war sich augenblicklich des seltsamen Eindrucks bewusst, den sie und Zwentibold den Freundinnen boten. Eilig erhob sie sich aus ihrem Sessel, um die Neuankömmlinge zu begrüßen, die noch immer dargebotene Hand des Bitterlings dabei geflissentlich übersehend.

»Beda, Hulda und der kleine Karlmann!«, rief sie ihnen betont fröhlich entgegen. »Welch eine nette Überraschung! Heute erlebe ich nur nette Überraschungen, nicht wahr, Zwentibold?«

Der Bitterling hatte die ausgestreckte Hand wieder sinken lassen und paffte leicht verdrossen an seiner Pfeife. Zu dumm, ausgerechnet im entscheidenden Moment musste unangemeldeter Besuch aufkreuzen! Vor lauter Eifer hatte er fast vergessen, dass auch er selbst unangekündigt gekommen war.

»Du hier?«, platzte Beda heraus, nachdem sie Hortensia ein wenig flüchtig die Hand geschüttelt hatte. Zielstrebig steuerte sie an ihrer Freundin vorbei auf den Bitterling zu. »Wo steckt denn Tilda?«, fragte sie mit Argwohn in der Stimme. »Mir war so, als hätte ich sie heute Morgen noch im Garten gesehen.«

Ihre Häuser lagen sich in Wetterstern direkt gegenüber.

»Gut möglich«, antwortete Zwentibold, »aber ich komme gar nicht von dort.«

»Nicht?«, sagte Beda. »Dann hast du wohl Bullrich besucht?«

»Nun, ich komme aus Rabenstein«, antwortete Zwentibold in gemessenem Ton, »und bin auf meinem üblichen Gang zur Vorbereitung des Bäumelburger Maskenfestes. Vorgestern war ich in Quendelin bei den Reizkers und mein nächstes Ziel ist Krapp.«

»Natürlich. Zu den Mottifords. Aber jetzt bist du hier bei Hortensia«, stellte Beda fest, »und das ist in diesem Zusammenhang doch ein wenig ungewöhnlich, oder nicht? Was, bitte, steckt wohl dahinter?«

Zwentibold beschloss, die unverhohlene Neugierde seiner Nachbarin auf der Stelle auszunutzen. »Ich habe ihr gerade vorgeschlagen, dem Bäumelburger Festkomitee beizutreten. Ohnehin unverzeihlich, dass wir auf ihren Beistand so lange verzichtet haben«, fügte er mit einem schnellen Blick auf Hortensia hinzu. »Ein wirklich dummes Versäumnis!«

Hortensia öffnete den Mund. Aber bevor sie noch irgendetwas entgegnen konnte, stürzte Beda vor und drückte ihr aufgeregt den Arm.

»Ja, ist denn das zu fassen? Hortensia, was für eine Neuigkeit! Das ist ja eine ganz famose Idee von dir! Sicherlich wirst du glänzende neue Einfälle haben und wir werden alle mithelfen!«

»Ja, wirklich«, stimmte Hulda zu, »ein großartiger Plan und kein Sterbenswörtchen hast du uns davon verraten, uns, deinen besten Freundinnen! Ich muss schon sagen, du verstehst ein Geheimnis für dich zu behalten!« Aber sie hörte sich nicht wirklich vorwurfsvoll an.

»Wirst du dann den schnöseligen Mottifords endlich die hässlichen Gespenstermasken verbieten?«, mischte sich Karlmann ein wenig vorlaut ins Gespräch ein. »Du fandest sie doch so scheußlich.« Er hatte bisher still neben seinem Korb gestanden und zugehört.

»Gute Güte!«, rief Hortensia und hob abwehrend die Hände. »Das ist ja wie zur Wintersonnenwende. Was für ein Überfall an einem einzigen ruhigen Nachmittag! Ich kann nun wirklich nicht versprechen ...«

»Aber das ist doch auch gar nicht notwendig«, unterbrach sie hastig der Bitterling und wandte sich an Bullrichs Neffen. »Nur nichts überstürzen, junger Karlmann! Mit derartigen Kleinigkeiten wollen wir die gute Hortensia doch gar nicht belasten. Ich bin mir sicher, dass es ihr um Wesentlicheres geht als um die Tarnkappen einiger grünschnäbeliger Glimmertintlinge!« Denn die Mottifords gehörten zu dieser sehr alten Hügelländer Familie.

»Ich muss doch sehr bitten, bester Bitterling!«, beschied Hortensia den überraschten Zwentibold. »Du kannst die Dinge, um die ich mich zu kümmern gedenke, getrost mir selber überlassen. Es lässt sich wohl kaum leugnen, dass aus dem Hause Krapp in den letzten Jahren recht fragwürdige Gestalten zu sehen waren. Vielleicht sind dem guten Gisil Mottiford in seiner verwegenen Sippe ein wenig die Zügel entglitten. Natürlich muss bei einer feierlichen Angelegenheit auch hin und wieder auf die gute Form geachtet werden! Wo kämen wir denn da hin, wenn jeder so vor sich hin wurschteln würde wie eine Ada Isenbart? Mein Name ist Samtfuß-Krempling und ich werde mir diese Listen mit den grandiosen neuen Einfällen für die Umzüge sehr genau ansehen, so viel ist sicher!«

Sie schwieg plötzlich und blickte in die andächtig lauschende Runde. Zwentibold lächelte voller Zustimmung in sich hinein.

»Bravo!«, hauchte Beda bewundernd. »Ich höre dich schon flammende Reden in der Linde halten. Dass du nicht früher daran gedacht hast, dem Komitee beizutreten!«

»Schließlich hat mich keiner gefragt«, sagte Hortensia kurz angebunden.

Sie war sehr zornig auf sich selbst, weil sie sich hatte hinreißen lassen. Nach dieser Rede gab es kein Zurück mehr und ein Blick in das fröhliche Gesicht des Bitterlings bestätigte ihr, dass Zwentibold das auch so sah. Denn eine Samtfuß-Krempling stand zu ihren Worten und mit Worten hatte sie dummerweise eben nicht gegeizt, Hohltrüffel und Klapperschwamm sei es geklagt!

Unter weiteren Glückwünschen zu diesem wunderbaren Entschluss nahmen die Neuankömmlinge in der Rosenlaube Platz und Hortensia bot an, im Haus neuen Tee aufzubrühen. Sie sehnte sich nach einem kurzen Moment der Ruhe nach all der Aufregung, nahm die leere Kanne vom Stövchen und ging ins Haus. Die anderen blieben im Garten zurück und schwatzten aufgeregt.

Zwentibold stimmte allem herzlich zu. Schließlich hatte er ja erreicht, was er sich vorgenommen hatte. Er hoffte allerdings, dass es Hortensia nicht nur bei klugen Ratschlägen belassen würde. Ihr Teetisch ließ jedenfalls nichts zu wünschen übrig und das nahm der Bitterling nach Quendelart als glückliches Versprechen für die Zukunft. Der verheißungsvolle Anblick der neu beladenen Gebäckschale, mit der Hortensia, nebst einer frischen Kanne Tee, eben aus der Küche zurückkehrte, schien ihm darin mehr als recht zu geben.

Karlmann übertraf sich selbst, indem es ihm gelang, neun statt der für ihn üblichen sieben Holunderküchlein zu verzehren. Als sich schließlich niemand mehr vorzustellen vermochte, innerhalb der nächsten drei Tage auch nur eine Buchecker zu sich zu nehmen, verriet Beda den Inhalt des großen Korbes, den Karlmann getreulich seiner Mutter hinterhergetragen und hinter ihr abgestellt hatte.

»Ich habe heute Morgen nämlich Pasteten gebacken«, erklärte sie.

Die Anwesenden japsten hörbar nach Luft.

»Alle Sorten«, fuhr Beda unerbittlich fort. »Hasel- und Walnuss, Bucheckern, Waldkräuter, Käse und Früchte. Sämtliche Rezepte meiner Großmutter einmal herauf und wieder herunter und da bin ich auf die Idee gekommen, meinen lieben Grünloher Freundinnen einen Besuch abzustatten. Mit dem fertigen Abendessen, versteht sich!« Sie zeigte auf den mit einem Tuch bedeckten Korb.

Hortensia griff sich in gespielter Verzweiflung an die Stirn. »Bei allen feinen Pilzen des Waldes! Und ich hatte ehrlich befürchtet, dass diese Haselschnitte das Letzte sei, das ich heute zu mir nehmen würde!«

Karlmann kicherte und Zwentibold fand, dass dies ein höchst gelungener Nachmittag war.

»Wie wäre es, Hortensia, wenn ich über Nacht in Grünlohe bliebe?«, schlug er ihr gut gelaunt vor. »Heute feiern wir ein bisschen und morgen früh weihe ich dich in aller Frische in die neuesten Pläne des Komitees ein. Die Mottifords haben durchaus bis morgen Zeit! Und ich werde bei Bullrich übernachten. Wo steckt er überhaupt, der gute Schattenbart?« Zwentibold spähte prüfend zwischen den Rosenzweigen hindurch. Die Schatten waren deutlich länger geworden und es dämmerte bereits. Mit einem Mal hatte er sich voller Dankbarkeit seines Pilze suchenden Vetters erinnert. Er hoffte, dass sich Bullrich heute ausnahmsweise dazu entschließen könnte, gut sichtbar mitten auf dem Holunderweg nach Hause zurückzukehren. Es würde ganz einfach einen besseren Eindruck machen.

»Selbstverständlich seid ihr heute Abend meine Gäste!«, verkündete Hortensia. »Beda, du wirst mit Karlmann bei mir übernachten. Ihr könnt des Nachts unmöglich noch bis nach Wetterstern zurück. Hulda wohnt ja glücklicherweise gleich um die Ecke. Ja, tatsächlich, Zwentibold, ist denn die werte Verwandtschaft noch nicht wieder in Sicht? Ihr müsst nämlich wissen, meine Lieben, dass ich die neuen Ehren meinem allerkauzigsten Herrn Nachbar zu verdanken habe!«

Ihre Freundinnen und auch Karlmann machten große Augen.

»Ja, durchaus, meinem allerkauzigsten Nachbarn«, wiederholte Hortensia. »Stille Wasser sind tief und verschwiegen wie das Moos im Walde! Wobei der teure Schattenbart ja heute offensichtlich ungewöhnlich gesprächig war, nicht wahr?« Sie zwinkerte zu Zwentibold hinüber. »Wir werden ihn später zu uns herüberbitten. Ich möchte ihm natürlich noch persönlich danken!«

Dem Bitterling wurde es bei diesen Neckereien etwas mulmig zumute und Beda konnte sich vor Neugier nicht mehr zurückhalten.

»Stock und Schwamm und Wetterstern! Was hat denn das zu bedeuten?«, platzte sie heraus.

»Gemach, gemach«, beschwichtigte Hortensia. »Jetzt gibt es erst einmal eine Runde Likör nach all den Törtchen und Küchlein. Wer will, auch etwas Kräftigeres.« Sie erhob sich und stapelte die leeren Teller und Tassen auf das Tablett. »Karlmann, bitte hilf mir, den Korb in die

Küche zu tragen!«, befahl sie und scheuchte ihn aus der Laube vor sich her ins Haus.

»Was, bitte, hat sie denn damit gemeint?«, wandte sich Hulda an Zwentibold, kaum dass sich die Haustür hinter den beiden geschlossen hatte. »Was hat denn auf einmal Bullrich Schattenbart mit dem Bäumelburger Maskenfest zu schaffen? Ich hätte nicht gedacht, dass ihm besonders daran gelegen ist, geschweige denn an den Vorbereitungen.«

»Nein, natürlich nicht«, mischte sich Beda ein. »Ihn interessiert doch kaum etwas anderes als diese merkwürdige Kartenzeichnerei. Als hätte je ein Quendel Schierlingsstätten mit Stock im Knick verwechselt oder nicht mehr nach Hause gefunden! Hortensia sagt, dass er noch dazu wie ein Fuchs um die Häuser schleicht, statt im hellen Sonnenlicht des Weges zu kommen. Wenn man nicht wüsste, was für ein gutmütiger Kerl er im Grunde seines Herzens ist, könnte man ihn fast ein wenig unheimlich finden.«

Der Bitterling schnappte hörbar nach Luft. »Stock und Schwamm! Jetzt übertreibst du aber, Beda!«, entrüstete er sich. »Bullrich und unheimlich! Er ist wohl höchstens ein wenig eigenbrötlerisch.«

»Ach was!«, hielt Beda dagegen. »Es wird ja wohl noch gestattet sein, sich seine Gedanken zu machen, noch dazu, wenn ein naher Verwandter Anlass zur Sorge gibt. Hortensia hat jedenfalls ihre liebe Not mit diesem Nachbarn, so viel steht fest! Schon beim harmlosesten Schwätzchen über den Gartenzaun wird er nach kürzester Zeit so unruhig, als habe er Ameisen in den Hosenbeinen.«

Zwentibold konnte sich so ein harmloses Schwätzchen lebhaft vorstellen. »Immerhin haben ihn diese Ameisen nicht davon abgehalten, sich über Hortensias Wohl ernsthafte Gedanken zu machen«, sagte er. »Denn kein anderer als Bullrich hat mir verraten, dass sie sich insgeheim schon seit Langem gewünscht hat, unserem Festkomitee beizutreten.«

»Was du nicht sagst!«, schnaubte Beda. »Und wie will er ihr das von den Lippen abgelesen haben, wenn er doch kaum drei vernünftige

Worte mit ihr wechseln kann, ohne dass er sich in die Büsche flüchtet? Ausgerechnet Bullrich soll also von irgendwelchen geheimen Wünschen Hortensias gewusst haben, aber nicht wir, ihre allerbesten, allervertrautesten Freundinnen?«

»Ja, das ist in der Tat ein bisschen seltsam«, stimmte Hulda ihr zu. »Warum hätte uns Hortensia nicht in ihre Pläne einweihen sollen?« Sie machte ein nachdenkliches Gesicht und schwieg einen Moment. »Jedenfalls ist es eine feine Sache und wenn Bullrich ihr wirklich dazu verholfen hat, war das eine nette Geste!«

Zwentibold schenkte ihr ein freundliches Lächeln. Seine Nachbarin aus Wetterstern gab sich damit nicht so schnell zufrieden.

»Wann hat er dir eigentlich davon erzählt?«, forschte Beda weiter.

»Heute«, antwortete Zwentibold. »Natürlich bin ich dann schnurstracks nach Grünlohe gegangen.«

»Ja, wo hast du Bullrich denn gesprochen, wenn du anschließend erst nach Grünlohe gehen musstest?«

»Oben, am Heckenweg. Er ruhte sich gerade ein wenig auf der Böschung aus.«

»Ach, es war also purer Zufall, dass ihr euch begegnet seid?«, stellte Beda fest. »Oder war er etwa auf dem Weg zu dir, um dich in seine feinsinnigen Beobachtungen einzuweihen?«

»Nicht direkt«, antwortete Zwentibold wahrheitsgemäß. »Es ergab sich eher zufällig, dass er mir davon erzählt hat. Zuerst wollte er auch gar nicht so recht mit der Sprache heraus. Er ist eben bescheiden, spielt sich nie auf.«

»Pah!«, schnaubte Beda. »Für mich klingt das alles ziemlich mysteriös.«

»Aber warum denn?«, protestierte Zwentibold. Ihm wurde das Verhör allmählich lästig.

»Weil ich einfach nicht glaube, dass sich Bullrich Schattenbart ernsthaft mit Hortensias Wohl und Wehe beschäftigt«, sagte Beda. »Schließlich ist er meistens sehr zufrieden, ihr aus dem Wege gehen zu können.«

»Ich finde, du könntest ruhig etwas freundlicher von deinem Schwager sprechen«, meinte Zwentibold vorwurfsvoll. »Was wird Karlmann denken, wenn er dich so über seinen Onkel reden hört!?«

»Ebendrum«, bestätigte Beda unbeeindruckt, »der Bruder meines verstorbenen Mannes! Ich weiß also durchaus, wovon ich spreche! Und ich sage dir, dass diese Geschichte zum Himmel stinkt wie schleimige Morcheln im Nadelwald. Etwas ganz anderes muss dahinterstecken, so viel ist sicher! Ich bin gespannt, wann er hier auftauchen wird. Vielleicht sitzt er ja schon längst wieder bei einem Pfeifchen in der guten Stube und zündet die Lampen nicht an, damit wir denken sollen, er sei noch nicht daheim!«

»Das glaube ich nicht«, ließ sich Karlmann mit heller Stimme vernehmen und tauchte unerwartet zwischen den Büschen auf.

»Ja, wo kommst du denn her?«, fragte seine Mutter. »Ich dachte, du wärst im Haus mit Hortensia.«

»Sie hat mich gleich wieder hinausgeschickt und da bin ich durch die Gärten bis zu Bullrich geschlichen. Im grünen Salon steht sperrangelweit das Fenster auf und ich habe hineingerufen. Es blieb alles still und vor mir würde er sich doch wohl kaum verstecken.«

»Er würde sich vor niemandem verstecken«, bemerkte Zwentibold tadelnd.

»Das habe ich auch gar nicht gemeint«, murmelte Karlmann und errötete, »jedenfalls ist er nicht zu Hause.«

»Nun, da scheint er ja einiges an Steinpilzen entdeckt zu haben!« Zwentibold bemühte sich um einen unbekümmerten Ton. Insgeheim fragte er sich, ob Bullrich eine Lampe dabeigehabt hatte. Er konnte sich nicht erinnern, eine gesehen zu haben, und inzwischen war es so dämmerig, dass Hortensia, die gerade mit einem Tablett voller Gläser und Flaschen aus dem Haus zurückkehrte, darum bat, zuerst die Windlichter anzuzünden, die über ihren Köpfen in den Rosen hingen.

»Sehr schön«, lobte sie, als sich Karlmann und Zwentibold nach getaner Arbeit wieder hinsetzten und die Rosenlaube in warmem, rötlichen Lichterglanz erstrahlte. »Einen guten Schluck gefällig?« Hortensia zeigte auf die beiden Kristallkaraffen, deren bernsteinfarbener und rubinroter Inhalt im Kerzenlicht verführerisch schimmerte. »Hier haben wir Honigmet und dies ist Aufgesetzter von Beeren. Aus dem eigenen Garten, versteht sich.«

Nur Zwentibold und sie selbst wählten den stärkeren Met. Hortensia schenkte aus und Beda gestattete ihrem Sohn ein halbes Glas Aufgesetzten. Der Bitterling erhob sein Glas und blickte feierlich in die erwartungsvollen Gesichter der anderen.

»Liebe Hortensia«, begann er, »lass dir zunächst für deine wundervolle Gastfreundschaft danken! Möge sie uns allen lange erhalten bleiben. Ich heiße dich hiermit stellvertretend im Namen der Freunde des Bäumelburger Maskenfestes in unserem Komitee herzlich willkommen! Sicher wirst du mit dem angeborenen Geschmack und der Vornehmheit deiner ehrenwerten Sippe das große Erbe der Samtfuß-Kremplinge würdig zu vertreten wissen. Zum Wohle des Festes und aller Quendel des Hügellandes und darüber hinaus!«

»Was meint er mit ›darüber hinaus‹?«, flüsterte Beda hinter vorgehaltener Hand.

»Ssscht, einerlei«, flüsterte Hulda zurück. »Es hört sich einfach gut an!«

»Und darüber hinaus!«, wiederholte Zwentibold großartig. »Mögen ihre Einfälle so fruchtbar sein wie die Beerenernte ihres Gartens und ihre Worte so gewichtig wie der Inhalt ihrer Keller im Herbst!«

Hortensia warf ihm einen scharfen Blick zu, den der Bitterling ignorierte.

»Kaiserling und Parasol, lasst uns anstoßen!«, warf er sich in die Brust.

Fröhliches Gläserklirren erfüllte die Rosenlaube. Sie tranken sich zu und Hortensia lächelte huldvoll in die Runde.

»Ich danke dir, Zwentibold, und fühle mich sehr geehrt«, sagte sie. »Lasst unsere Feste fröhlich und die Masken freundlich sein! Auf Bäumelburg und Grünlohe! Ein Hoch der glücklichen Verbindung!«

»Wunderschön«, sagte Hulda ehrlich gerührt und tupfte sich die Andeutung einer Träne aus dem Augenwinkel.

Sie erhoben ihre Gläser ein zweites Mal und bald darauf wurde nachgeschenkt. Karlmann erhielt einen tadelnden Blick seiner Mutter, als er Hortensia erneut sein leeres Glas hinhielt.

»Ach was«, lachte Zwentibold, »das hat noch keinem geschadet, solange man nur fest in den Polstern sitzt. Lass den Jungen ruhig noch einen Schluck versuchen!«

Gnädig gestattete Beda ein zweites Glas. »Ganz der Vetter«, konnte sie sich nicht enthalten, dem Bitterling gegenüber festzustellen. Sie drehte sich in ihrem Sessel um und warf einen prüfenden Blick über den Zaun.

Jenseits des Windlichterglanzes in der Laube leuchteten aus der Dunkelheit die Fenster der anliegenden Häuser herüber. Hier und da verriet ein Schimmer im Gebüsch, dass sich auch in anderen Gärten kleine Gesellschaften an einem lauschigen Plätzchen versammelt hatten, um die laue Sommernacht zu genießen.

Bevor Beda es noch aussprechen konnte, setzte Hortensia plötzlich heftig ihr Glas ab und fragte: »Hohltrüffel und Hallimasch! Wo in aller Welt steckt bloß Bullrich?«

Sie sah Zwentibold an und entdeckte, dass sie offensichtlich nicht die Einzige war, die sich plötzlich Sorgen zu machen begann.

Viertes Kapitel

Der Schrei eines Käuzchens

»Uhu! Schuhu!«, tönt es näher,
Kauz und Kiebitz und der Häher,
Sind sie alle wach geblieben?
Sind das Molche durchs Gesträuche?
Lange Beine, dicke Bäuche!
Und die Wurzeln, wie die Schlangen,
Winden sich aus Fels und Sande,
Strecken wunderliche Bande,
Uns zu schrecken, uns zu fangen.

JOHANN WOLFGANG VON GOETHE

G anz bestimmt sitzt er bereits gemütlich daheim am Kamin und blättert in seinen Karten«, sagte Hulda in das Schweigen hinein.

Ihren beschwichtigenden Worten zum Trotz blickte sie mit unsicherer Miene von einem zum anderen. Die aufgeräumte Stimmung hatte plötzlich einen Sprung.

»Womöglich ist er doch hinterrücks nach Hause geschlichen«, vermutete Beda. Sie sagte das ohne den gewohnt schnippischen Unterton, den sie fast immer anschlug, wenn es sich um ihren Schwager handelte. »Hulda wird recht haben. Wir haben ihn weder gehört noch gesehen und er hat sich einfach an uns vorbeigeschlichen, der alte Eigenbrötler!«

»Ich könnte sofort nachsehen«, schlug Karlmann vor und stand auf. »Ich nehme mir ein Windlicht und gehe einfach noch einmal zu ihm hinüber.«

»Ich denke, wir kommen alle mit«, entschied Zwentibold und hakte das Licht über sich aus den Rosenranken.

Hortensia und die anderen taten es ihm nach und einen Augenblick später verließ ein kleiner Zug tanzender Irrlichter die Rosenlaube. Außerhalb der hellen Kreise, die der Schein ihrer Laternen vor ihnen auf den Boden warf, war es mittlerweile stockfinster. Sie gingen durch das Gartentor und wanderten den Holunderweg hinunter. Links und rechts konnten sie in den erleuchteten Stuben Quendel beim Abendessen oder gemütlich vor dem offenen Kamin versammelt sehen. Schließlich wurden die Häuser weniger. Das Ende des Weges lag in tiefer Dunkelheit.

»Vielleicht schläft er schon«, sagte Karlmann.

Niemand antwortete darauf, nur ein Heimchen zirpte im langen Gras.

»Oder er ist bei einem Nachbarn«, versuchte es Karlmann wieder.

»So spät macht er ganz selten Besuche«, entgegnete Zwentibold.

»Aber vielleicht ist ihm das gerade heute in den Sinn gekommen!«, beharrte Karlmann.

»Das sähe ihm aber gar nicht ähnlich«, sagte Zwentibold. »Außerdem sagt mir mein Gefühl, dass es nicht so ist.«

»Wirklich?«, wisperte Hulda schaudernd und starrte in die sie umgebende Schwärze, die nichts weiter preisgab als das Zirpen des Heimchens.

Es war windstill. Noch war der Mond nicht aufgegangen, am Himmel prangten vereinzelt die ersten Sterne.

»Ssscht!«, zischte Zwentibold plötzlich und blieb abrupt stehen.

Hulda unterdrückte mühsam einen Aufschrei und Beda, die nur wenige Schritte hinter ihr gegangen war, stolperte so heftig in sie hinein, dass ihre beiden Windlichter erloschen.

»Gute Güte!«, sagte Hortensia atemlos. »Zwentibold, was ist denn los?«

»Ssscht!«, zischte Zwentibold wieder. »Seid ruhig, mir war so, als hätte ich da etwas gehört.«

Sie lauschten, nur noch mit drei brennenden Lichtern gegen die Dunkelheit gewappnet.

»Das ist nichts weiter als die Quelle«, sagte Karlmann ruhig, »die Quelle, die vor Bullrichs Gartenmauer entspringt. Hört doch!«

Alle vernahmen sie nun zwischen den Holunderbüschen das zarte Murmeln eines kleinen Wasserlaufes.

»Sie tritt hier aus der Erde und verschwindet gleich wieder«, erklärte Karlmann weiter. »Bullrich glaubt, dass sie unterirdisch noch lange weiterfließt, vielleicht zu einem richtigen Fluss wird. Außerdem hat er deshalb einen feuchten Keller.«

»Na, wunderbar! Schon wieder so eine Geschichte vom Schattenbart!«, unterbrach ihn seine Mutter gereizt. »Ein unterirdischer Fluss! Wahrscheinlich kann man sich zwischen Bullrichs Kartoffelvorräten einschiffen und landet mit glücklichem Wind irgendwann auf der Kaltwasser. Baut er an einem Boot?«

»Aber, Mutter, kannst du nicht ein einziges Mal das Spotten lassen?!«, sagte Karlmann empört. »Was hast du nur immer gegen Bullrichs Geschichten? Es ist doch etwas ganz Wunderbares, von ungewöhnlichen Dingen zu hören! Ich jedenfalls könnte ihm stundenlang zuhören!« Ein wenig schuldbewusst fiel ihm dabei ein, dass er seinen Onkel zum letzten Mal kurz nach der Schneeschmelze im Frühjahr besucht hatte. »Oft hat er etwas zu erzählen, von dem kein anderer Quendel zu wissen scheint. Und warum sollte es völlig unmöglich sein, dass es im Hügelland einen unterirdischen Fluss gibt?«

»Ich glaube, jetzt ist wohl kaum der richtige Zeitpunkt, sich darüber den Kopf zu zerbrechen«, bemerkte der Bitterling. »Erst müssen wir einmal hier oben zurechtkommen und Bullrich wiederfinden. Unterirdisch suchen wir später nach ihm.«

»Ich mag dieses Gerede von unterirdischen Dingen nicht«, meldete sich Hulda mit ängstlicher Stimme. »Auch nicht im Scherz und schon gar nicht hier in der Dunkelheit vor einem verlassenen Haus!«

»Wenn es denn überhaupt verlassen ist«, sagte Hortensia. »Wir gehen jetzt nachsehen und sollten wir ihn dabei wecken, umso besser, denn dann hat er friedlich in seinem Bett gelegen.«

Sie übernahm die Führung und die anderen folgten ihr nach. Der Weg machte eine letzte scharfe Biegung und endete dann im dichten Holundergebüsch direkt vor Bullrichs Haus. Eine hölzerne Pforte in der Gartenmauer führte in einen kleinen Vorgarten, wo das Steinkraut so verschwenderisch blühte, dass die Luft stark nach Honig duftete. Rechts neben der Pforte glitzerte das Wasser der Quelle. Es schien aus der Mauer zu kommen, entsprang aber tatsächlich unter einem großen, verwitterten Stein, der ein gutes Stück aus ihr herausragte. Das Wasser floss mit sanftem Plätschern nur knapp drei Armlängen lang in einer schmalen Rinne, die es im sandigen Boden ausgewaschen hatte. Dann verschwand es wieder zwischen Farnen und Johanniskraut unter einem zweiten bemoosten Felsbrocken, der in der Dunkelheit ein wenig an eine kauernde Gestalt erinnerte. Karlmann beleuchtete die Stelle mit seinem Licht.

»Bullrich nennt ihn ›die Wäscherin‹«, verriet er und klang ein bisschen mutwillig dabei. »Er sagt, es sei eine versteinerte Wasserfrau und der Nickelmann habe sie in diesen Felsen verwandelt, weil seine Hemden beim Waschen nicht rein werden wollten. Aber sie konnte gar nichts dafür, denn, seht nur, sie hatte viel zu wenig Wasser, um die Lauge auszuspülen!«

»Karlmann, jetzt ist es aber genug mit diesem albernen Gerede!«, wies ihn seine Mutter zurecht. »Spar dir das für deine Treffen mit Eppelin und den anderen Tunichtguten! Siehst du nicht, dass Hulda sich fürchtet?«

Ihre Freundin starrte mit großen Augen auf den Stein, als erwarte sie halb, dass sich die Wäscherin aus ihrer hockenden Haltung erheben und ihnen mit triefenden Armen entgegenkommen würde.

»Hirnweb und Spinngespinst!«, sagte Beda grimmig und zog Hulda weiter mit sich. »Ich hoffe für Bullrich, dass er nicht zu Hause ist, denn ich wüsste ihm heute einiges zu sagen zu seiner Gespensterwäscherei und unterirdischen Flüssen im eigenen Kartoffelkeller!«

Sie versammelten sich vor der geschlossenen Pforte in der Gartenmauer. Dahinter lag das dunkle Haus vollkommen ruhig. Nichts verriet die Anwesenheit des Hausherrn. Der Bitterling entriegelte die Pforte und durchquerte den Vorgarten. Dann klopfte er so laut und vernehmlich an die Haustür, dass selbst Hortensia ein wenig zusammenschrak.

»Bullrich!«, rief Zwentibold und hämmerte erneut gegen die dicken Eichenbretter der Tür. »Bullrich, mach auf! Ich bin es, dein Vetter Zwentibold und Beda mit Karlmann, Hortensia und Hulda! Wir wollen dich zum Abendessen einladen. Du bist zwar sicher müde vom Pilzesammeln, aber es lohnt sich herunterzukommen! Es wird Pasteten geben und Lorchelbecher und Holunderwein. Wir wollen ein wenig feiern und du darfst dabei nicht fehlen!«

Die freundliche Ansprache nahm der Nacht so viel von ihrer Unwirklichkeit, dass Hortensia fest damit rechnete, dass sich schon im nächsten Moment endlich die Tür öffnen würde. Es konnte doch eigentlich gar nicht anders sein, in einer so milden Spätsommernacht mit Grillenzirpen und Blütenduft.

Der Moment verstrich und nichts geschah.

»Bullrich!«, rief Zentibold wieder und versuchte, lustig zu klingen. »Bullrich, du brauchst dich gar nicht taub zu stellen, du schwärzlicher Krempling! Wir werden nicht fortgehen!«

Aber es rührte sich nichts. Weder hinter der Haustür, noch hinter den schwarzen Fenstern, die sich in der Dunkelheit kaum von der Hauswand abhoben.

Dem Bitterling schmerzten vom Klopfen die Fingerknöchel. Mit ratloser Miene drehte er sich zu den anderen um. »Er ist tatsächlich nicht da«, sagte er. »Und das zu so vorgerückter Stunde! Ich kann es mir einfach nicht erklären. Ganz bestimmt hätte er doch heute Nachmittag davon erzählt, wenn er noch so spät etwas vorgehabt hätte!«

»Da wäre ich mir nicht so sicher, bei dem alten Geheimniskrämer«, sagte Beda.

»Er wird wohl kaum so tief schlafen, dass er uns nicht hört«, meinte Hortensia. »Und so albern benimmt er sich nun auch wieder nicht, dass er im Dunkeln wartet, bis wir wieder fort sind.«

»Lasst uns doch einmal um das Haus gehen«, schlug Karlmann vor und hob sein Windlicht in die Höhe. »Ich will sehen, ob das Fenster noch offen steht.«

Er bog um die Ecke und die anderen stolperten hinterdrein. Auf der Rückseite des Hauses öffnete sich der Garten zu einer von Sträuchern gesäumten Wiese, die vor der mit Brombeeren überwucherten Mauer endete. Dahinter begann bald darauf der Schellenwald. Karlmann wies wortlos mit seinem Licht nach links. Der Schein huschte über die Hauswand und alle sahen, dass die beiden Flügel des Erkerfensters, das zu Bullrichs grünem Salon gehörte, noch immer weit geöffnet waren.

»Bei allen schwärzlichen Bovisten der Nacht!«, schimpfte Zwentibold vor sich hin. »Was hat das bloß zu bedeuten? Jetzt ist es aber bald genug mit diesen Ungereimtheiten, Zunderschwamm und Zitterbart!« Er trat näher und stellte sein Windlicht auf dem niedrigen Fenstersims ab. Dann warf er einen forschenden Blick ins Zimmer. »Hier steht sogar noch das Frühstücksgeschirr auf dem Tisch«, stellte er erstaunt fest. »Das sieht aber nach einem eiligen Aufbruch heute Morgen aus!«

»Oder nach einer Trollwirtschaft«, sagte Hortensia, die Zwentibold über die Schulter guckte.

Das kleine Stillleben auf dem Tisch warf im flackernden Schein des Windlichtes bizarre Schatten auf die weiße Tischdecke. Neben der Teekanne standen ein benutzter Teller und eine Tasse sowie ein großer Honigtopf, in dem der hölzerne Löffel halb versunken war. Die untere Hälfte eines Mohnbrötchens trocknete im Brotkorb einsam vor sich hin. Am anderen Ende des Tisches lagen mehrere Rollen Papier so locker übereinandergestapelt, dass ein Windhauch genügt hätte, das filigrane Gebilde auseinanderfallen zu lassen. Einer der Bögen war halb ausgebreitet. Ein Aschenbecher und ein Tintenfass verhinderten gemeinsam, dass sich das Papier von selbst wieder aufrollte.

»Eines ist sicher«, bemerkte Zwentibold.

Alle starrten wie gebannt in das verlassene Zimmer.

»So sicher wie Pfifferlinge im Schellenwald!«

(Eine sehr sichere Angelegenheit, auf die man sich verlassen konnte.)

»Nun sag schon, was ist sicher?«, fragte Hortensia ungeduldig. »Etwa, dass niemand daheim ist? Das sehen wir auch, trotz schlechter Beleuchtung!«

(Die Samtfuß-Kremplinge pflegten eventuelle Anflüge von Hasenfüßigkeit in brenzliger Lage mit trockenen Bemerkungen zu überspielen.) Der Bitterling überhörte die kleine Spitze. »Nicht nur, dass er nicht daheim ist. Er ist überhaupt nicht wieder hier gewesen, seitdem ich ihn am Heckenweg getroffen habe. Seht euch doch nur um! Mag ja sein, dass er heute keine Lust gehabt hat, den Frühstückstisch abzuräumen, aber irgendwann kehrt auch der liederlichste Träuschling –« (die Sippe der Grünspan-Träuschlinge aus Bäumelburg hatte den Ruf, besonders unordentlich zu sein) »– nach Hause zurück und schließt das Fenster, bevor die Mücken kommen.«

Sie verfielen in ein bekümmertes Schweigen. Der Abend nahm einen ganz anderen Ausgang, als es die schöne Teestunde hatte vermuten lassen. Offenbar war es mit den heutigen Überraschungen noch nicht vorbei, dachte Hortensia. Bullrich war und blieb verschwunden und bald würde es tiefe Nacht sein! Über den Holunderbüschen am Ende des Rasens ging gerade der Mond auf. Fast voll begann sein Schein den Garten in silbriges Licht zu tauchen. Zumindest würde die Nacht nun hell.

Eine Nacht, in der es schön sein konnte, durch tauige Wiesen zu stromern und die Gräser und Wildkräuter zu schnuppern, deren Duft einem würziger und stärker vorkam als tagsüber. In einer solchen Nacht war es eine feine Sache, durch das stille Dorf zu schleichen, um hier und dort in die letzten erleuchteten Stuben zu blicken. Sich verwegen, stark und besonders zu fühlen, wenn am Ende des Weges das eigene stille Haus mit seiner allervertrautesten Umgebung wartete. Mit Lampen, die entzündet, und einem Feuer, das entfacht werden konnte, um sich zu wärmen. Dann schloss man schließlich die Tür vor dieser Nacht, die einen in die helle Heimeligkeit der eigenen vier Wände aus ihren Schatten zuletzt glücklich entließ.

Ob Bullrich einfach nur zu einem solchen späten Streifzug aufgebrochen war, aus purer Freude an einem nächtlichen Spaziergang unter Mond und Sternen? Hortensia hätte es verstanden. Ihr kamen die Mitternachtspartys ihrer Jugend im Park von Krapp in den Sinn, wenn es schaurigschön war, zwischen den hohen Hecken des Irrgartens verloren zu gehen und sich schier zu Tode zu erschrecken, wenn einer der mutwilligen Mottifords urplötzlich und laut schreiend aus dem schwarzen Taxus brach.

›Wenn Bullrich, der alte Trollkrempling, gesund und munter wieder auftaucht, werde ich ihn auf solch einem nächtlichen Ausflug begleiten‹, gab sie sich selbst das Versprechen. Gleichzeitig stellte sie fest, dass sie zum ersten Mal daran gedacht hatte, dass etwas passiert sein könnte.

»Da liegen doch ein paar seiner Landkarten auf dem Tisch, wenn mich nicht alles täuscht!«

Karlmanns junge Quendelstimme unterbrach lebhaft die lastende Stille. Er zeigte auf die Papierrollen und das ausgebreitete Blatt hinter den Überresten von Bullrichs Frühstück.

»Vielleicht finden wir dort irgendeinen Hinweis, wo er stecken könnte!«

»Kluger Junge!« Zwentibold klopfte ihm anerkennend auf die Schulter. »Wir hätten gleich darauf kommen können, anstatt hier Maulaffen feilzuhalten. Lasst uns ins Haus gehen. Wenn er abgeschlossen hat, klettern wir eben durch das Fenster. In diesem besonderen Fall ist das völlig in Ordnung.«

Der Mond schien jetzt so hell, dass Zwentibold sein Windlicht auf der Fensterbank stehen ließ, als er die kleine Schar zurück zum Eingang führte. Hortensia war ihm dankbar, dass er die Höflichkeit wahrte und nicht der Einfachheit halber gleich über den kniehohen Sims ins Zimmer eingestiegen war. Noch schien nichts so bedrohlich, dass derlei Rücksichtnahme keine Rolle mehr gespielt hätte.

Bullrichs Haustür war wie erwartet unverschlossen. Seit seinem Bad in der Kaltwasser hatte er es sich zur Gewohnheit gemacht, den Schlüssel unbenutzt am Brett hängen zu lassen. Niemand im Dorf konnte sich erinnern, jemals von einem Einbruch in Grünlohe oder der näheren Umgebung gehört zu haben.

Zwentibold hatte behutsam die Klinke heruntergedrückt und die Tür vorsichtig geöffnet. Sie ächzte dennoch vernehmlich in den ungeölten Angeln, genauso wie es der Bitterling von seinem letzten Besuch vor gut zwei Monaten im Gedächtnis hatte. Deshalb erschrak er auch nicht, ganz im Gegensatz zu Hulda, die sich zitternd an Beda klammerte, als stünden sie vor dem Eingang eines Grabhügels in der Zweitageheide und nicht mitten in Grünlohe, ihrem eigenen Heimatdorf.

Das Haus begrüßte die zögernd Eintretenden mit nachhaltiger Stille, leichter Kühle und einem freundlichen Geruch nach Holz, Tabak und Staub, in den sich Spuren von getrockneten Blütenblättern mischten, die Bullrich in kleine Porzellanschalen auf Kommoden und Anrichten zu füllen pflegte. Der schmale Flur wurde an seinem anderen Ende durch ein Fenster erhellt, durch dessen Streben das Mondlicht ein Schattengitter auf den Boden warf. Jeder von ihnen war hier schon hin und wieder gewesen, war durchaus nicht unvertraut mit Bullrichs hübschem, kleinen Haus, seinen Zimmern und Möbeln.

›Trotzdem kommt es mir, Klapperschwamm sei es geklagt, heute so fremd und seltsam vor‹, dachte Zwentibold bei sich. ›Das ist ja auch wahrhaftig kein Wunder. Es liegt an diesem unerklärlichen Verschwinden. Allmählich sollte der Spuk wirklich vorbei sein.‹

An der Garderobe fehlte Bullrichs alte braune Jacke. Daneben stand die Tür zum grünen Salon halb offen.

»Erst einmal machen wir Licht!«, kommandierte Zwentibold und gab sich alle Mühe, seine Stimme beherzt und munter klingen zu lassen. »Macht alle Lampen an, die ihr finden könnt, und dann suchen wir so lange, bis wir eine Spur entdecken von diesem schattigsten aller Schattenbärte des Hügellandes!«

Sie betraten den Salon. Zwentibolds Windlicht blakte auf der Fensterbank im Erker. Der Bitterling entzündete die beiden Schirmlampen auf dem Kaminsims und auch jene über dem Tisch. Als zu guter Letzt auch noch die Kerzen in den Wandleuchtern zu beiden Seiten einer großen gerahmten Karte brannten, atmeten alle erleichtert auf.

Suchend blickten sie sich nun im Zimmer um, in der Hoffnung, irgendwo etwas zu entdecken, das Bullrichs Verbleib hätte erklären können. Aber außer dem unaufgeräumten Tisch war da nichts, was besonders ins Auge fiel. Sie schauten unter Tisch und Stühle und öffneten ein Kabinett links neben der Tür, in welchem Geschirr und einige Flaschen Holunderwein verstaut waren. Außerdem fanden sich darin Tischwäsche, ein Kästchen mit Zeichenkohle und mehrere Päckchen Pfeifentabak. In der Truhe unter dem großen Rahmen entdeckten sie weitere aufgerollte Karten und Papiervorräte.

Hulda ließ sich schließlich aufseufzend in einen der beiden Sessel vor dem Kamin fallen, während sich die anderen über den Tisch beugten, um die zwischen Aschenbecher und Tintenfass ausgebreitete Karte näher zu untersuchen. Sie blickten auf ein wirres Geflecht aus Wellenlinien und Kurven, das mit Kohle flüchtig auf die Fläche gezeichnet war.

»Stock und Schwamm! Was soll denn das darstellen?«, rief Beda aus. »Ich kann rein gar nichts erkennen. Seid ihr euch sicher, dass es das Hügelland ist?«

»Aber ja, was sollte es denn sonst sein?«, fragte Karlmann. »Das ist bloß eine Vorzeichnung zu einer Karte. Ich habe ihm oft zugesehen. Zuerst zeichnet er grob vor und wenn schließlich alles seine Richtigkeit hat, überträgt er diese Zeichnung mit Feder und Tinte ordentlich auf einen letzten Bogen. Das ist dann die eigentliche Karte. So wie diese hier.« Er wies hinter sich auf den großen Rahmen zwischen den Wandleuchtern.

»Es sieht also so aus, als hätte Bullrich während eines langen Frühstücks in seinen Karten herumgestöbert«, stellte Zwentibold fest.

»Aber dann musste er plötzlich sehr dringend zum Pilzesuchen aufbrechen und weil es schon so spät war, hat er den Tisch nicht abgeräumt«, bemerkte Beda mit leichter Häme. »Eine ganz einfache Sache!«

»Eigentlich sieht ihm das gar nicht ähnlich«, überlegte Hortensia laut.

»Was meinst du damit?«, fragte Beda. »Dass er das Frühstücksgeschirr stehen lässt?«

»Ach was, Frühstücksgeschirr! Ich meine natürlich die Karten. Es sieht ihm nicht ähnlich, seine kostbaren Karten so auf dem Tisch liegen zu lassen, noch dazu bei geöffnetem Fenster, neben Honigtöpfen und dergleichen.«

»Sie hat recht!«, sagte Karlmann. »Bullrich geht sehr sorgfältig mit seinen Karten um. Das ist ja auch kein Wunder, bei der Mühe und Zeit, die er auf sie verwendet. Es ist wirklich seltsam, dass er sie nicht weggepackt hat, bevor er das Haus verließ.«

»Na gut, daraus lassen sich ja einige Schlüsse ziehen«, sprach der Bitterling mit wichtiger Miene. »Er muss durch irgendetwas unterbrochen worden sein. Entweder ist jemand vorbeigekommen und hat ihn gestört oder es ist ihm selbst etwas so Wichtiges eingefallen, dass er Hals über Kopf das Haus verlassen hat.«

»So wichtig wie Steinpilze am Heckenweg?! Dass ich nicht lache!«, schnaubte Beda.

»Es wird sich doch um nichts Bedrohliches gehandelt haben?«, meldete sich Hulda aus der Tiefe ihres Sessels.

»Die Wäscherin ist noch an ihrem Platz bei der Quelle und zwar als Stein, falls du das meinst, liebe Hulda«, erwiderte Hortensia ein wenig grob. »Hast du denn schon vergessen, dass Zwentibold noch heute Nachmittag Bullrich bei allerbester Gesundheit am Heckenweg getroffen hat?«

»Wenn er Besuch bekommen hat, dann scheint der jedenfalls nicht willkommen gewesen zu sein. Ich sehe nur eine Tasse. Vielleicht sind sie gleich zusammen fortgegangen«, sagte Beda.

»Stockschwere Not!«, fuhr der Bitterling ungeduldig dazwischen. »Das ist doch alles wirres Zeug, das uns überhaupt nicht weiterhilft. Nichts als Krause Glucken und Nebelkappen! Als ich ihn traf, hat er genauso wenig von einem Besuch am Morgen gesprochen wie von seinen späteren Plänen. Er war auch überhaupt nicht aufgeregt und saß in aller Ruhe und ganz allein auf der Mauer.«

»Um dort Pilze zu suchen, sagtest du? Steinpilze, nicht wahr?«, fragte Hortensia und runzelte leicht die Stirn. »Wie viel hatte er denn schon im Korb?«

»Er hatte gar keinen Korb dabei«, stellte Zwentibold mit einiger Verblüffung fest. Dass ihm das bisher nicht aufgefallen war!

»Bist du ganz sicher? Er ist also zum Pilzesuchen ohne Korb aufgebrochen?«

Der Bitterling nickte verwirrt. Bullrich hatte nur einfach dort gesessen und seine Pfeife geraucht, nichts weiter.

»Ohnehin eine recht ungewöhnliche Stelle, für Pilze aller Art und erst recht für Steinpilze«, fuhr Hortensia fort. »Bester Zwentibold, könntest du dir vorstellen, dass dein teurer Cousin mit etwas ganz anderem beschäftigt war und du ihn dabei auf frischer Tat ertappt hast, sodass er zu dieser albernen Steinpilzgeschichte Zuflucht nehmen musste!?«

»Auf frischer Tat bei etwas ganz anderem ertappt?«, wiederholte Zwentibold staunend. »Beim Rauchen? Bei einem Päuschen zwischen den Brombeeren?«

»Päuschen wovon?, muss die Frage lauten. Er hat ja nicht gesagt, dass er auf einem Spaziergang war, was die natürlichste Erklärung gewesen wäre. Ich kenne Bullrich. Nur wenn er etwas zu verbergen hat, greift er zu seltsamen Ausflüchten. Wenn er nicht verraten will, was er tatsächlich vorhat. So macht er das immer. Und fast immer durchschaue ich ihn«, fügte Hortensia hinzu.

Zwentibold ging in der Erinnerung das nachmittägliche Gespräch noch einmal durch. Auf einmal schien es ihm gewiss, dass Hortensia den Nagel auf den Kopf getroffen hatte. Er selbst war tatsächlich so sehr mit Bäumelburg beschäftigt gewesen, dass ihm an Bullrichs Benehmen nichts weiter aufgefallen war. Dabei war im Nachhinein doch einiges höchst seltsam an dieser Begegnung. Der Bitterling kam sich recht töricht vor. Langsam schüttelte er den Kopf. »Aber was? Was hatte er dann vor? Er zeichnete auch nicht an einer Karte. Nein, er tat eigentlich gar nichts.«

»Kannst du dich nicht an irgendetwas Auffälliges erinnern? Hat er etwas Ungewöhnliches gesagt?«

Zwentibold überlegte noch einmal gründlich. Die anderen sahen ihm dabei so gespannt ins Gesicht, als hinge von seiner Antwort Bullrichs unmittelbare Rückkehr ab.

»Nein, nicht, dass ich wüsste«, sagte er schließlich bedauernd. »Wir sprachen natürlich vom Bäumelburger Maskenfest, aber das Ungewöhnlichste war sicherlich, dass er um Hortensias geheimen Wunsch wusste, dem Festkomitee beizutreten.«

Hortensia lauschte den letzten Worten des Bitterlings unter hochgezogenen Augenbrauen. Zwentibold erwiderte ihren zweifelnden Blick und errötete leicht, als ihm plötzlich dämmerte, dass ihn sein Vetter lediglich unter einem Vorwand nach Grünlohe geschickt hatte, weil er ihn in diesem Moment loswerden wollte. Konnte das denn sein? Er hätte Bullrich so eine Durchtriebenheit gar nicht zugetraut. Außerdem weigerte er sich standhaft, zu glauben, dass Hortensias Interesse am Bäumelburger Maskenfest nicht echt gewesen sein sollte. Sie hatte sich doch schon so überzeugend dazu geäußert.

Nur Karlmann schien zu ahnen, was da im Stummen zwischen Hortensia und Zwentibold vor sich ging. Er blickte wieder auf die aufgerollte Skizze auf dem Tisch und als er dort noch immer nichts Hilfreiches entdecken konnte, trat er zu der gerahmten Karte an der Wand. Nachdenklich betrachtete er die dort verzeichnete Lage Grünlohes und daneben den Verlauf des Heckenweges.

»Mutter, hat Bullrich Freunde in Froschenbrück?«

»Niemanden im Besonderen«, antwortete Beda ein wenig überrascht. »Ich glaube, er kennt einige der Bläulinge recht gut. Albin und Kuno und auch Kamillus, den Imker. Warum fragst du?«

»Weil er vielleicht dorthin wollte, wenn er auf dem Heckenweg unterwegs war.«

»Aber, Stock und Schwamm, warum in aller Welt hätte er das vor mir verheimlichen sollen, wenn es denn so war?«, wandte der Bitterling ein.

»Ich weiß es nicht«, sagte Karlmann. »Was ist mit der anderen Richtung? Könnte er auf dem Weg nach Rabenstein gewesen sein?«

»Nie im Leben«, entgegnete Zwentibold entschieden. »Von dort kam ich ja gerade. Ich habe von Lorchel und Lamella aus der Linde gesprochen und er hat gar nichts Besonderes dazu gesagt, geschweige denn, dass er einen Besuch just dort plante, von wo ich gerade aufgebrochen war.«

»Das passt doch einfach alles nicht zusammen!«, unterbrach ihn Hortensia. »Bullrich ist, das wissen wir alle, vornehmlich aus einem einzigen Grund in der näheren und ferneren Umgebung unterwegs und das ist zur Anfertigung seiner Karten.«

»Ja, wirklich«, sagte Beda. »Nichts anderes treibt ihn bei Wind und Wetter vor die Haustür.«

»Und warum, bitte, hätte er ausgerechnet das vor mir verheimlichen sollen?«, fragte Zwentibold. »Schließlich ist er auf seine Zeichnerei besonders stolz! Wenn er tatsächlich vorhatte, dort oben eine Karte zu skizzieren, würde er mir das sicher sofort erzählt haben.«

Karlmann hatte indessen nicht aufgehört, die Karte im Rahmen so eingehend zu studieren, als sähe er sie zum ersten Mal. »Bei allen Quendeln, es kann für ihn nur einen Grund gegeben haben, dies nicht zu tun«, begann er atemlos, als traue er seinen eigenen Worten nicht recht. »Ich fürchte, dass dies die Ursache für sein Verschwinden sein könnte.«

»Was hat denn das jetzt zu bedeuten?«, fragte Beda. »Hast du etwa auf der Karte ein längst vergessenes Versteck entdeckt, von dem nur du und Bullrich wissen?«

»Ich habe etwas auf der Karte entdeckt, aber leider handelt es sich nicht um einen gemütlichen gemeinsamen Unterschlupf.«

»Stock und Schwamm, also doch etwas Gefährliches!«, rief Hulda und verließ hastig ihren Platz vor dem Kamin. Sie stellte sich zu den anderen, die sich in größter Neugierde um den jungen Quendel vor der gerahmten Karte versammelt hatten. Die Kerzen in den beiden Wandleuchtern flackerten, als Karlmann auf einen Punkt unterhalb Grünlohes zeigte.

»Hier ungefähr hast du ihn getroffen, nicht wahr, Zwentibold?«

»Ja, richtig«, antwortete der Bitterling, als Hortensia ein spitzer Schreckensruf entfuhr. Die anderen starrten sie überrascht an.

»Heiligste Hohltrüffel der friedlichen Wälder, steht ihm bei!«, hauchte sie und schlug sich bestürzt die Hand vor den Mund.

»Hortensia, so sprich doch!«, forderte Hulda sie mit angsterfüllter Stimme auf. »Was hast du?«

»Ja, versteht ihr denn nicht?«, flüsterte Hortensia schaudernd. »Seht ihr nicht, was Karlmann meint? Ich fürchte, er hat vollkommen recht mit seinem schrecklichen Verdacht. Oh, wie entsetzlich! Nie hätte ich geglaubt, dass es ihm so bitterernst ist mit diesen vermaledeiten Karten! Dass er es schließlich wagen würde …«

»Was schließlich wagen würde?«, wiederholte Zwentibold und blickte abwechselnd auf Hortensias entgeistertes Gesicht, Karlmanns besorgte Miene und die Karte an der Wand.

Dann begriff auch er. »Bei allen tapferen Wettersternern!«, rief er voller Schrecken. »Bullrich ist in den Finster gegangen!«

»Nein!!!«, schrie Hulda und taumelte zurück, wodurch sie den Stapel aus Kartenrollen auf dem Tisch zum Einsturz brachte.

Dumpf schlugen sie eine nach der anderen auf dem Fußboden auf und blieben zwischen Tisch- und Stuhlbeinen liegen. Niemand achtete darauf. Stumm und wie versteinert standen sie angesichts der ungeheuerlichen Erkenntnis, zu der sie gerade gelangt waren. Hulda brach in Tränen aus. Neben ihr ließ sich Hortensia in kerzengerader Haltung und mit leichenblassem Gesicht auf dem nächsten Stuhl nieder.

»Er hat hin und wieder beklagt, dass der Finster ein unerschlossenes Stück Land ist«, sagte sie leise. »Ein Fluch für das ganze Hügelland, ein Niemandsland, ein leeres Viertel. Niemals hätte ich vermutet, dass er tatsächlich seine Erkundung plante. Gute Güte, es kann nicht wahr sein.«

»Ich fürchte doch«, sagte Zwentibold bekümmert. »So passt alles zusammen. Das Treffen am Heckenweg, sein eigentümliches Verhalten, das mir leider erst jetzt aufgefallen ist. Und nun ist es Nacht und er ist bisher nicht zurückgekehrt.«

»Oh nein, oh nein«, schluchzte Hulda. »Er wird doch nicht um diese Zeit im Finster stecken!«

Sie schlug die Hände vor das tränenüberströmte Gesicht und Beda reichte ihr wortlos Bullrichs Frühstücksserviette. Hulda nahm sie entgegen und schnäuzte sich vernehmlich.

»Tatsächlich, es sieht ihm ähnlich.« Beda schüttelte traurig den Kopf. »Mein seliger Berold hat uns zumindest im eigenen Bett verlassen. Sein Bruder folgt nun dem Ästigen Porling und den Wettersterner Unglücksraben. Bei allen Zitterbärten, ich habe es immer geahnt. Es dräut ein Unglück über dieser Familie.«

»Aber, Mutter«, brach Karlmann in heller Empörung aus. »Willst du damit behaupten, er sei nicht mehr am Leben? Jetzt ist wahrhaftig keine Zeit für üble Scherze!«

»Findest du es etwa keinen üblen Scherz, in den Finster zu gehen? Uns das anzutun, seinen nächsten Angehörigen? Oh, er ist so rücksichtslos in seinem albernen Wahn, immer alles wissen und untersuchen zu wollen, was keinen Quendel von Verstand bekümmert.« Verzweifelt brach nun auch Beda in heftiges Weinen aus.

Karlmann ging zu ihr und schloss seine Mutter tröstend in die Arme.

»Wir müssen ihn suchen!«, rief Zwentibold in den allgemeinen Jammer. Je länger er auf die hakigen Zeichen starrte, mit denen sein Vetter den Finster auf der Karte verzeichnet hatte, desto bedrohlicher empfand er Bullrichs ungewisses Schicksal.

»Ihn suchen?«, fragte Beda mit tränenerstickter Stimme. »Du bist ja nicht bei Trost oder hast du genau wie dieser Wahnsinnige vor, im Finster verloren zu gehen?«

»Wir könnten den Waldrand absuchen. Wir könnten zumindest mit Fackeln den Heckenweg entlanggehen.«

»Du meinst also, wir sollten das ganze Dorf wecken, um mit jedem verfügbaren Quendel in Richtung Finster aufzubrechen?« Bedas Frage schien nicht nur dem Bitterling zu gelten. »Wir ziehen jetzt einfach gegen Mitternacht mit der Nachricht von Haus zu Haus, dass Bullrich

Schattenbart genau wie der Ästige Porling im Finster verloren gegangen ist. Glaubst du ernsthaft, alle Grünloher Quendel hätten nichts Besseres im Sinn, als uns fraglos und auf der Stelle in das ungeheuerlichste Abenteuer seit dem unglücklichen Ausflug der Wettersterner zu folgen? In Nachthemd und Schlafmützen?!«

Die anderen schwiegen betreten.

»Es würde sich sicherlich sehr seltsam anhören«, gab Hortensia zu. »Aber hier handelt es sich schließlich um einen dringenden Notfall. Vielleicht ist ein Unglück passiert!«

»Wir sind davon überzeugt, leider!«, sagte ihre Freundin und trocknete sich die Augen mit einem Schürzenzipfel. »Wir zweifeln ja auch nicht daran, weil wir ihn und seine Verrücktheiten so gut kennen, der filzige Schwindling sei vermisst und beklagt! Aber stellt euch bitte das nächtliche Geschrei und den Tumult unter der Grünloher Dorflinde vor, wenn wir jetzt alle wecken und auffordern, mit uns in den Finster zu kommen.«

»Klapperschwamm und Eichhase, sie hat recht«, gab Hortensia ernüchtert zu. »So wird es tatsächlich kaum gehen, ohne ein unbeschreibliches Durcheinander anzuzetteln. Also werden wir alleine etwas unternehmen müssen!«

»Und was schlägst du vor?«, fragte Beda. »Mit fünf Windlichtern bewaffnet in den Finster zu ziehen?«

»Wir sollten Zwentibolds Vorschlag folgen und uns erst einmal am Heckenweg ein wenig umsehen. Je nachdem, was wir dort finden, könnten wir uns dann tatsächlich noch bis zum Waldrand vorwagen. Seid ihr dabei?«

»Selbstverständlich!«, antwortete Zwentibold auf der Stelle und Karlmann nickte mit grimmig entschlossener Miene.

»Natürlich lasse ich euch nicht allein gehen, schon gar nicht mit Karlmann«, beeilte sich Beda zu versichern. »Aber sollte nicht auch jemand zu Hause sein, falls Bullrich doch noch überraschend zurückkehrt? Womöglich braucht er Hilfe!«

»Ich bleibe hier auf keinen Fall!«, rief Hulda, bevor noch jemand etwas entgegnen konnte. »Ich bleibe nicht allein in diesem abgelegenen Haus am Waldrand, während sich meine besten Freundinnen in tiefster Nacht am Rande des Finsters herumtreiben. Wer weiß, was ihr dort aufscheucht!?«

Da erhielt sie Antwort von unerwarteter Seite. Durch das offene Erkerfenster ertönte ein gespenstiger schriller Ruf aus dem dunklen Garten zu ihnen herüber. Der Schrecken fuhr allen gehörig in die Glieder und nur zaghaft wagten sie, nach draußen zu blicken. Nichts zeigte sich in den schwarzen Büschen, aber das unheimliche Schreien erklang wieder und wieder. Hoch und schrill und klagend erinnerte es entfernt an »Komm mit! Komm mit!« und Hulda verbarg sich mit leisem Wimmern hinter der hohen Lehne von Hortensias Stuhl.

»Huuitt! Huuitt! Komm mit! Komm mit!«

Es war nicht die Stimme eines Quendels, die todtraurig vom Waldrand zu ihnen herüberrief, aber das machte das jammervolle Bitten für die angstvoll lauschende Schar kaum erträglicher.

»Huuitt! Huuitt! Komm mit! Komm mit!«

»Das ist die Graue Trud! Sie kommt, jemanden zu holen«, wisperte Hulda und selbst Hortensia rieselte bei ihren Worten ein leiser Schauder den Rücken hinunter.

»Der Schrei eines Käuzchens«, erklärte der Bitterling. »Nur der Schrei eines Käuzchens.« Aber auch seine Stimme klang ein wenig brüchig.

»Ihr wisst, was das zu bedeuten hat!« Hulda kam halb hinter der Stuhllehne hervor. »Das ist nicht einfach der Schrei eines Käuzchens. Das ist ein Zeichen; ein böses, ein furchtbares Vorzeichen! Oh, ihr wisst das genauso gut wie ich. Jeder Quendel von Verstand würde mir beipflichten! Denkt an das alte Lied.«

»Das Lied von der Tut-Ursel. Das Lied von der Trud!«, sagte Karlmann tonlos.

»Ja, das Lied von der Trud«, bestätigte Hulda und erhob sich nun hinter Hortensia aus ihrer Deckung. Blass und ein wenig zittrig begann sie, die düsteren Verse zu sprechen, die von alters her in jeder Quendelsippe überliefert waren. Die anderen lauschten beklommen, unfähig, sich der Macht der Worte zu entziehen.

»*Tut, tut, so ruft die Trud.*
Die Ursel der Nacht
Streift mit samtigem Flügel
Mondglänzende Hügel.
Gib acht, gib acht!

Seid auf der Hut, es ruft die Trud.
Im grauen Federkleid
Läd ein ins Totenreich.
Schläfer, so blass und bleich.
Morgen ist weit.

Tut, tut, so ruft die Trud.
Nach langer Nacht
Nimmermehr erwacht.
Kalt wie die Ofenglut,
Kalt nun das warme Blut.

Tut, tut, so rief die Trud.
Das Feuer aus,
die Seel' aus dem Haus.
Flog auf Schwingen davon,
Folgt dem schaurigen Ton.
Tut, tut, es rief die Trud.«

Sanft wiegte sich Hulda hin und her, während sie die Verse aufsagte. Sie trug sie vor wie jemand, der das zweite Gesicht oder »vom Fliegenpilz gekostet hat«, wie es im Hügelland heißt.

Als sie geendet hatte, erklang der Ruf des Käuzchens wieder. Anscheinend hatte die kleine Eule die Nähe des Hauses verlassen, um tiefer in den Schellenwald hineinzufliegen, denn ihr »Huuitt! Huuitt!« wehte nur noch schwach herüber. Eine leichte Brise war aufgekommen und spielte in den Büschen und Sträuchern des Gartens. Das Blätterrascheln legte sich wispernd vor den Vogelschrei aus der Tiefe des Waldes.

Niemand rührte sich. Niemals zuvor hatten sich die wohlbekannten Worte des alten Liedes so bedeutungsvoll und drohend mit ihrer Wirklichkeit vermischt, so schien es ihnen.

»Flog auf Schwingen davon, folgt dem schaurigen Ton!«, wiederholte Hulda schließlich beschwörend. »Habt ihr das gehört? Etwas Furchtbares wird geschehen, wenn es nicht schon längst passiert ist! Es gilt, was die Trud befiehlt, und wir müssen folgen.«

»Sie soll sich in diesen schlimmen Nächten in unterschiedlicher Gestalt zeigen«, flüsterte Beda. »Erst sieht sie aus wie ein gewöhnlicher Waldkauz, aber bevor sie durch die Fenster der Häuser einen Blick auf das Krankenlager wirft, verwandelt sie sich in eine alte Menschenfrau mit wehenden grauen Gewändern und Haaren aus Spinnweben und Federn. Ihre Augen aber sind die einer Eule und wen ihr gelber Blick trifft, der liegt auf seinem Totenbett.«

Der Bitterling zog fröstelnd die Schultern hoch und Karlmann blickte wieder verstohlen zum Erker hinüber. Niemand zeigte sich im leeren Fensterrahmen, nur der Wind fuhr leise durch die Zweige des Sommerflieders. Es wäre allen lieber gewesen, wenn jemand zuvor daran gedacht hätte, das Fenster zu schließen.

»Hirnweb und Spinnenpilz! Jetzt ist es aber genug!« Hortensia löste sich zuerst aus der Erstarrung. »Natürlich müssen wir hinaus in die Nacht, aber um Bullrich zu suchen und nicht, weil wir auf den Schrei eines Waldkauzes hören!« Immerhin maß ihre eigene Familie für gewöhnlich Vorzeichen weniger Bedeutung zu als andere Quendel und galt seit der Erbauung des Alten Walls als furchtlos und verwegen. »Wirklich«, fuhr sie daher mit lauter Stimme fort. »Ein Eulenschrei bei Nacht, was ist das schon? Doch nicht bedrohlicher als ein Kuckucksruf an einem Sommertag. Lasst uns nicht länger Zeit auf alte Schauergeschichten verschwenden, die Sache mit Bullrich ist schon schlimm genug! Wir müssen auf der Stelle aufbrechen!« Mit diesen Worten ergriff sie Huldas Hand und durchquerte raschen Schrittes den Salon, die Freundin energisch hinter sich herziehend. »Wir müssen los!«, wiederholte sie gebieterisch und es klang fast wie ein Schlachtruf. »Einerlei, wer ruft und droht.«

Der Bitterling konnte nicht umhin, ihr bewundernd nachzublicken. »Wir werden aber bessere Lampen brauchen als diese Gartenlichter«, rief er ihr hinterher und schwenkte das Windlicht, das er von der Fensterbank genommen hatte.

Hortensia hielt vor der Tür an, nicht ohne die ergeben folgende Hulda weiter fest an ihrer Hand zu halten. »Natürlich finden sich in meinem Schuppen neben Sturmlaternen auch Fackeln und was immer wir benötigen werden!«, antwortete sie dem Bitterling mit Würde.

»Natürlich, verzeih«, murmelte Zwentibold ein wenig verlegen.

Unter geschäftigem Lärmen schloss er das Erkerfenster und löschte mit Karlmann alle Kerzen und Lampen bis auf jene über dem Tisch. Sollte ein gütiges Schicksal den vermissten Hausherrn noch während ihrer Suche wohlbehalten heimkehren lassen, würde ihn ein freundliches Licht begrüßen. Dann verließen sie schweigend nacheinander das Haus und Zwentibold verriegelte das Gartentor wieder.

Hortensia drängte sich entschieden zwischen die steinerne Wäscherin zur Linken und die zitternde Freundin unter ihrer Obhut. Sie schnaubte missbilligend, als diese verstohlen den Kopf wenden wollte, und so hielt Hulda den Blick starr auf den vor ihnen liegenden Weg gerichtet. Aber es prickelte in ihren Nackenhaaren, weil sie den unheimlichen Stein so nah hinter sich wusste, und das Murmeln des schmalen Rinnsales klang in ihren Ohren wie ein unheilvolles Flüstern. Sie war dankbar, dass Hortensia sie unnachgiebig weiter mit sich fortzog und auch auf ihr erschöpftes Stolpern nicht sonderlich Rücksicht nahm. Schon ließen sie die Holunderbüsche hinter sich.

»Wie sollen wir beginnen?«, fragte Beda und fuchtelte aufgeregt mit ihrem Windlicht, dessen Kerze sie in der nun hellen Nacht nicht mehr entzündet hatte.

»Wir holen jetzt brauchbare Laternen aus Hortensias Schuppen und dann machen wir uns auf den Weg!«, antwortete Karlmann seiner Mutter, als hätte sie ihn allein gefragt.

Er hoffte, dass seine Stimme nun genauso viel zählte wie die der anderen, denn schließlich war er als Erster daraufgekommen, an welchem Schreckensort sein Onkel vermutlich steckte. Beda wollte etwas entgegnen, aber Zwentibold, der mit der vorausstürmenden Hortensia Schritt gehalten hatte, kam ihr zuvor.

»Wer von uns wird in Grünlohe die Stellung halten? Es sollte jemand da sein, für den Fall, dass Bullrich hier plötzlich verletzt auftaucht. Außerdem weiß ich nicht, ob Hulda nun mit uns anderen am Rande des Finsters entlangschleichen möchte!« Das sollte zwar verwegen klingen, aber Zwentibold überlegte gleichzeitig, ob er sich eigentlich selbst vorstellen konnte, mitten in der Nacht auf der falschen Seite des Heckenweges umherzuirren.

»Seid mir nicht böse«, sagte Hulda. »Entweder wir gehen alle zusammen oder jemand wacht mit mir gleich nebenan in Hortensias Haus.«

»Karlmann bleibt bei dir«, entschied Beda und überging, dass ihr Sohn hörbar nach Luft schnappte. »Ich will nicht, dass er auch nur in die Nähe des Finsters gelangt.«

»Ich werde hier auf keinen Fall warten, während ihr sucht!«, rief Karlmann empört, kaum dass sie geendet hatte. »Stock und Schwamm, ich komme mit und auf nichts anderes lasse ich mich ein!«

Seine Mutter blieb wütend stehen. »Wenn ich dir sage, dass du in Grünlohe bleibst, dann bleibst du. Das ist kein Sonntagnachmittagsspaziergang, den wir da vorhaben!«

Karlmann blieb ebenfalls stehen und verschränkte trotzig die Arme. »Ich habe schließlich herausgefunden, wo Bullrich steckt!«, rief er aufgebracht. »Es ist also mein gutes Recht, dabei zu sein!«

»Keineswegs, mein Lieber, keineswegs!« Bedas Stimme wurde ebenso laut wie die ihres Sohnes. »Wir brechen hier nicht zum Pilz-und-Finder-Spiel auf, schlag es dir also aus dem Kopf! Du bleibst bei Hulda!«

Bevor Karlmann noch etwas entgegnen konnte, kam ihm Hulda zu Hilfe. Sie hatte sich ein wenig beruhigt und Hortensias Hand losgelassen. »Seid leise! Ihr werdet noch das ganze Dorf aufwecken! Beda, lass ihn mitgehen. Ich möchte nicht erleben, dass er euch alleine und auf eigene Faust folgt, während ich in Hortensias Haus sitze und nicht ein, noch aus weiß. Mir ist da eine Idee gekommen: Ihr macht euch auf die Suche und wir bitten meinen Nachbarn, den alten Pfiffer, bei mir zu bleiben. Er ist bestimmt noch wach um diese Zeit, in seinem Alter braucht er nicht mehr viel Schlaf und er ist sehr klug.«

»Und ziemlich wunderlich«, wandte Hortensia ein, aber mehr sagte sie nicht dazu, obwohl sie nicht gerade begeistert von dem Gedanken war, dass Odilio Pfiffer sicherlich nicht ohne seinen ständigen Begleiter, den roten Kater, in ihr Haus kommen würde. Einerlei, sie würde später eben Polster und Teppiche ausbürsten müssen. Aber Huldas Rat war nicht schlecht, denn der Alte war bewandert in der Heilkunde und galt als jemand, auf den man sich verlassen konnte, wenn es darauf ankam.

»Ich möchte wirklich nicht …«, versuchte Beda nochmals einzuwenden, aber jetzt schnitt Hortensia ihr das Wort ab.

»Ich finde auch, dass Karlmann bei der Suche dabei sein sollte. In der Tat ist er noch sehr jung für eine solche Unternehmung, aber ich glaube, er wird uns von Nutzen sein. So wie eben.«

Karlmann straffte sich unter dem unerwarteten Lob einer Samtfuß-Krempling und hoffte, dass die anerkennenden Worte auf seine Mutter nicht ohne Wirkung bleiben würden.

»Beda«, fuhr Hortensia fort, »ich verspreche dir, auf Karlmann zu achten. Ich gebe dir mein Wort darauf. Und dir auch«, fügte sie mit habichtstrengem Blick auf Karlmann hinzu, »bilde dir nur nicht ein, mir nicht gehorchen zu müssen.«

Karlmann nickte schweigend. Ihm war alles recht, solange er nicht in Grünlohe zurückbleiben musste. Um nichts in der Welt hätte er es ausgehalten, mit Hulda in Hortensias guter Stube auf den Ausgang der unerhörten Ereignisse warten zu müssen. Beda erwiderte nichts, aber er glaubte nun, dass seine Mutter nachgeben würde.

Auf ihrem Rückweg war in den Gärten Ruhe eingekehrt, denn die Bewohner der umliegenden Häuser hatten sich längst in ihre Schlafkammern zurückgezogen. Bis auf den vereinzelten Lampenschein im Zimmer eines späten Lesers lag Grünlohe in Mondlicht und friedlichem Schlummer. Es war sehr still, denn selbst die Grillen hatten ihr Zirpen eingestellt.

Als die kleine Gruppe Hortensias Gartentor erreicht hatte, bot sich der Bitterling an, den alten Pfiffer zu holen. Während die anderen ins Haus gingen, um zusammenzusuchen, was sie für ihre Unternehmung brauchen würden, überquerte Zwentibold den Dorfplatz und kam bald wieder an der großen Linde vorbei, in deren Schatten der Alte am Nachmittag sein Nickerchen gehalten hatte. Wie friedlich hatte der Ausflug nach Grünlohe begonnen!

›Eine trügerische Ruhe ist das gewesen, bei allen Pilzen, sei es geklagt!‹, dachte Zwentibold im Vorübergehen. Er nahm kaum wahr, dass es bei der verlassenen Holzbank in der Luft glitzerte. Ein Schimmern und Glimmen, wie von Glühwürmchen, hing unter den niedrigsten Zweigen der Linde.

Zwentibold bog in den Tausendschönweg ein und kam an Huldas Haus vorbei, über dessen Gartenmauer der Jasmin besonders verschwenderisch wucherte. Gleich daneben lag das kleine Anwesen ihres Nachbarn Odilio Pfiffer. Zwentibold bemerkte erleichtert, dass die Fenster hell erleuchtet waren. Zwischen Beeten mit hochsprießenden Malven und Eisenhut führte ein schmaler gemauerter Weg bis vor die niedrige Haustür. Kaum hatte der Bitterling die Hand erhoben, um leise anzuklopfen, öffnete sie sich, als hätte der alte Quendel geradewegs auf ihn gewartet.

Zwentibold schrak zusammen, als er sich so plötzlich dem Bewohner des Hauses gegenübersah. Der alte Pfiffer stand im Türrahmen, sehr wach und ohne eine Spur der Überraschung, und paffte an seiner Pfeife. Im Hintergrund brannte ein ordentliches Feuer im Kamin und über dem mit Büchern und Papieren vollgestapelten Sims erkannte Zwentibold die Pfiffer'sche Familienmaske, eine düstere Fratze, die entfernt an ein Wildschwein erinnerte. Das flackernde Licht der Flammen spielte in den schrägen Augenschlitzen und ließ die lange hölzerne Schnauze übergroße Schatten auf die Wand werfen. Um Odilios Hosenbeine strich der rote Kater und musterte den nächtlichen Besucher mit strengem Blick.

»Zwentibold Bitterling«, sagte Odilio mit einem herzlichen Lächeln, das sein freundliches, altes Gesicht um die Augen in tausend kleine Fältchen verzog. »Plant ihr in diesem Jahr für das Maskenfest etwas derart Besonderes, dass du nun schon mitten in der Nacht unterwegs sein musst?«

Zwentibold lächelte gequält bei diesem kleinen Scherz. »Guten Abend, Odilio, oder besser gesagt, gute Nacht. Ich wünschte, es würde sich tatsächlich um so etwas Fröhliches wie das Maskenfest handeln, was mich hier zu so später Stunde vor deiner Tür aufkreuzen lässt.«

Der alte Pfiffer zog die Augenbrauen zusammen. »Komm erst mal herein«, sagte er und schloss die Haustür hinter seinem Gast. »Was ist denn los?«, erkundigte er sich, als der Bitterling weiterhin wenig Anstalten machte, sich wie ein gewöhnlicher Gast zu benehmen, sondern stattdessen unsicher auf der Stelle trat. »Ist etwas passiert?« Dabei schob er Zwentibold sanft in Richtung des offenen Feuers.

Trotz der gebotenen Eile sank der Bitterling ergeben in einen Sessel und nahm sogar den Becher mit Mooswein, den ihm Odilio reichte, entgegen. Er konnte einen kurzen Moment des Verschnaufens brauchen. Der alte Pfiffer lehnte sich ihm gegenüber an den Kaminsims und blickte nachdenklich auf ihn herab. Zwentibold trank einen Schluck Wein und seufzte.

»Ich bin gekommen, weil wir ein wenig Hilfe in einer ganz verzweifelten Sache brauchen könnten«, begann er.

»Ist jemand krank geworden?«, fragte Odilio, der manchmal zu später Stunde gerufen wurde, wenn einen seiner Nachbarn Bauchschmerzen oder ein Albdruck plagten. Er half dann mit heilsamen Kräutern, aus denen lindernder Tee aufgebrüht wurde, und manchmal reichten auch schon seine beruhigenden Worte, um die Schrecken der Nacht zu vertreiben. Zwentibolds düstere Miene ließ Odilio ahnen, dass es diesmal wohl nicht damit getan sein würde.

»Ob jemand krank ist, wird sich vielleicht noch herausstellen«, sagte der Bitterling und erhob sich schon wieder aus seinem Sessel, kaum dass er darin Platz genommen hatte. »Es wäre gut, wenn du mich jetzt so schnell wie möglich zu Hortensia Samtfuß-Krempling begleiten würdest. Ich werde versuchen, dir alles zu erklären. Aber bitte komme gleich mit, es ist schon unverzeihlich viel Zeit vergangen, seitdem wir das Unglück herausgefunden haben.«

Es war dem alten Pfiffer hoch anzurechnen, dass er diese merkwürdigen Andeutungen auf sich beruhen ließ und, ohne noch ein neugieriges Wort darüber zu verlieren, seine alte Jacke vom Haken nahm. Dann winkte er Zwentibold zu und wies auf das prasselnde Kaminfeuer.

»Bitte kümmere dich kurz um das Feuer, während ich noch ein paar Sachen zusammensuche. Du kannst kalte Asche aus dem Eimer dort in der Ecke auf die Flammen streuen. Das löscht die Glut.«

Während Zwentibold sich am Kamin zu schaffen machte, holte Odilio ein Leinensäckchen mit Heilkräutern aus einer Truhe an der Wand. Anschließend rief er nach seinem Kater, der auf einem Lehnstuhl im hinteren Teil des Zimmers das Geschehen mit unergründlicher Miene verfolgt hatte.

»Reizker!«, lockte er mit sanfter Stimme. »Reizker, mein Füchschen. Komm, mein Bester. Wir müssen noch einmal hinaus in die Nacht.«

Zwentibold glitt vor Überraschung fast das Schüreisen aus der Hand, mit dem er gerade die zerfallene Glut weiter lockerte. »Reizker? Du nennst ihn Reizker? Wie bist du denn darauf gekommen, bei allen Pilzen des Waldes? Wissen die Quendeliner, dass dein Kater Reizker heißt?«

»Unbedingt. Boso Reizker fühlt sich sogar sehr geschmeichelt. Nicht wahr, mein samtpfotiger Herr der Mäuse? Reizker Fuchsrot mit ganzem Namen, aus dem uralten Grünloher Geschlecht der Fuchsroten, eine der edelsten Leisetretersippen des Hügellandes. Und wie du hörst, mit vornehmer Verwandtschaft auf der anderen Seite des großen Stromes!«

Er lockte ihn wieder und Reizker Fuchsrot erhob sich würdevoll gähnend und streckte sich. Zwentibold fragte sich allmählich, ob er sich nicht doch in einem verrückten Traum befand, in welchem er nur deshalb an Odilio Pfiffers Kamin hantierte, um zu erfahren, dass dessen roter Kater von adeligem Geblüt war und noch dazu in irgendeiner seltsamen Verbindung zu Bosos Familie stand. Würde er gleich noch einmal in seinem warmen Bett in der Rabensteiner Linde erwachen, um schlaftrunken, aber erleichtert feststellen zu können, dass er Bullrich in Wirklichkeit niemals am Heckenweg auf seiner vermeintlichen Pilzsuche angetroffen hatte?

Da riss ihn eine geschmeidige Bewegung aus seinen Überlegungen. Reizker Fuchsrot hatte den Lockrufen endlich entsprochen und strich nun um Odilios Beine, bereit zum Aufbruch in die Nacht.

»Wir sind so weit, lieber Bitterling.«

Zwentibold stellte seufzend den Schürhaken ab und starrte auf das seltsame Paar. Er hatte also nicht geschlafen und konnte folglich aus dieser wirren Geschichte auch nicht erwachen. Oder vielleicht musste er einfach immer weiterträumen, weil ihn ein Alb oder irgendein anderer Quälgeist verhext hatte. Das eine war so schlimm wie das andere.

Als er sich anschickte, mit Odilio das Haus zu verlassen, streifte sein Blick wieder die hölzerne Maske über dem Kaminsims. Lag es an seinen überreizten Nerven, dass sie ihn mehr denn je an einen wilden Eber erinnerte? An ein großes, bösartiges Untier aus der Tiefe der dunklen Wälder, dessen rot glühende Augen zornige Funken versprühten in nächtlicher Finsternis. Im Finster des Waldes. Im Walde Finster.

»Zwirnweb und Spinngesimst!« Nicht einmal das Fluchen wollte ihm noch gelingen. Der Bitterling machte, dass er aus der Stube kam.

Sie verließen zu dritt Haus und Garten. Reizker Fuchsrot blieb in der Nähe seines Herrn, wie es Zwentibold eigentlich nur von Hunden kannte. Auf der Straße erzählte der Bitterling dem alten Pfiffer von der Begegnung mit Bullrich am Heckenweg, seinem anschließenden Besuch bei Hortensia und wie ihm und den anderen allmählich Bullrichs langes Ausbleiben zu später Stunde aufgefallen war. Er berichtete von ihrer Suche in seines Vetters leerem Haus, dem geöffneten Erkerfenster und den ausgebreiteten Karten auf dem offenbar hastig verlassenen Frühstückstisch. Schließlich kam er zu dem Moment, bevor Karlmann seinen unerhörten Verdacht aussprechen würde.

Zwentibold schluckte. Wenn es sich als nicht unbedingt notwendig erwies, vermied man es im Hügelland, den Finster auch nur zu erwähnen. Zu behaupten, dass einer der ihren darin verloren gegangen sein sollte, war genauso absonderlich, wie der Hinweis, an den östlichen Grenzen des Landes stünde ein feindliches Heer, bereit zum Einmarsch über die Brücke von Stock. Solche Reden fielen auf den Sprecher zurück und hätten ihn bei den meisten Quendeln als einen ausgemachten Narren ausgewiesen; schlimmer noch, als jemanden, der mutwillig geschmacklose Scherze mit etwas treibt, womit zu scherzen sich von selbst verbot. Deshalb stockte der Bitterling.

Sie kamen gerade wieder an der Dorflinde vorüber und Zwentibold überlegte noch, ob er sich Odilio gegenüber erst einmal auf vorsichtige Andeutungen beschränken sollte. Aber nein, er konnte ihm ebenso jetzt gleich reinen Mooswein einschenken, denn durch die anderen würde er sowieso auf der Stelle erfahren, wo sie Bullrich vermuteten.

»Ihr glaubt also, Bullrich ist auf einem seiner Streifzüge verloren gegangen«, stellte Odilio fest. »Ja, habt ihr denn in seinem Haus einen Anhaltspunkt gefunden, wo er stecken könnte?«

Bevor noch Zwentibold zu einer Antwort ansetzen konnte, beschrieb Reizker, der ihnen nur wenige Schritte voraus war, ganz plötzlich einen eindrucksvollen Buckel und fauchte bedrohlich. Das rote Fell stand ihm zu Berge und sein Schwanz wurde buschig wie der eines Eichhörnchens. Mit weit aufgerissenen Augen starrte der Kater dorthin, wo die Holzbank unter der Linde stand.

Zwentibold blickte beunruhigt in die gleiche Richtung. Lag dort nicht wieder, genau wie auf dem Hinweg, dieses Schimmern in der Luft oder bildete er sich das nur ein, weil sich Reizker so seltsam aufführte? Es handelte sich wohl kaum um eine Maus oder eine andere interessante Beute, die ihn so aufregte, denn Reizker machte keine Anstalten, die Nähe seines Herrn zu verlassen. Vielmehr schien es, als fürchte sich das Tier vor irgendetwas, das dort im Verborgenen steckte.

»Ist dort irgendetwas?«, fragte Zwentibold unsicher.

Odilio schüttelte den Kopf, spähte aber wie sein Kater zur Linde hinüber zu der Stelle, an der er im hellen Sonnenschein so friedlich geschlummert hatte. Halb beugte er sich herab und strich mit der Linken zart über Reizkers Kopf und Rücken, wobei er beruhigend auf ihn einsprach. Dessen aufgestellte Haare glätteten sich zwar ein wenig, aber noch ließ der Kater die Stelle unter dem Baum nicht aus den Augen. Der alte Pfiffer ging auch nicht weiter. Offenbar nahm er die seltsame Aufregung seines vierbeinigen Gefährten ernst. Deshalb beschloss der Bitterling, Mut zu zeigen, und machte zwei beherzte Schritte auf die Linde zu.

»Nicht!«, zischte der alte Pfiffer so scharf, dass Zwentibold schon glaubte, der Kater habe zu ihm gesprochen.

Er blieb wie angewurzelt stehen. »Was ist?«, japste er heiser.

»Sei ruhig«, hörte er Odilios leise Stimme neben seinem rechten Ohr. »Bleib stehen und warte hier mit Reizker.«

Als hätte sich Odilio just in diesem Augenblick um mindestens zwanzig Jahre verjüngt, so energisch klang er. Zwentibold starrte ihm nach, wie er sich vorsichtig der Linde näherte. Der Kater rührte sich nicht von der Stelle.

Kurz vor der Bank blieb Odilio stehen. Er schien dort etwas aus nächster Nähe zu betrachten. Einige Augenblicke geschah gar nichts. Durch Zwentibolds überanstrengtes Hirn schoss der irrwitzige Gedanke, dass sich Bullrich unter der Bank versteckt hielt.

Da drehte sich Odilio um und kehrte wieder zu ihnen zurück. Das Mondlicht beschien sein Gesicht und Zwentibold sah mit wachsender Unruhe, dass die Miene des alten Pfiffers ganz verändert war. Selbst bei dieser Beleuchtung war er nichts anderes als wachsweiß zu nennen und seine Lippen hatten sich zu einem starren, dünnen Strich verzogen.

»Bei allen Quendeln!«, rief Zwentibold und vergaß alle Vorsicht. »Was ist dort in der Ecke? Hat es mit diesem Glitzern in der Luft zu tun? Was hat das alles zu bedeuten?«

»Hast du etwa schon eben etwas gesehen, Zwentibold? Als du dort das erste Mal vorbeigekommen bist? Sag schon!«, herrschte ihn der alte Pfiffer an und packte ihn dabei so hart an der Schulter, dass der überraschte Bitterling zurücktaumelte. Augenblicklich lockerte Odilio seinen Griff. »Bitte verzeih«, sagte Odilio wieder mit seiner normalen Stimme. »Aber es ist sehr wichtig. Was hast du dort drüben gesehen? Ein Glitzern in der Luft, sagtest du?«

»So etwas in der Art«, antwortete Zwentibold. »Ich bin mir aber gar nicht sicher, ob meine Augen mir nur einen Streich gespielt haben, nach all der Aufregung. Jedenfalls kam es mir kurz so vor, als schimmerte es über dieser Stelle. Dort, gleich über der Bank, wo du heute Nachmittag ein Schläfchen gehalten hast. Vielleicht nichts weiter als ein Schwarm Glühwürmchen.«

»Du bist einfach nur daran vorbeigegangen?«, fragte Odilio.

»Ja, sicher«, sagte Zwentibold verwirrt. »Es sah ja nach nichts Besonderem aus. Hätte mir dabei etwas auffallen müssen? Dir und deinem Kater scheint die Sache jedenfalls ganz und gar nicht zu gefallen!«

»Nein, wirklich nicht«, sagte Odilio mehr zu sich selbst. »Es ist viel zu früh im Jahr für solche Dinge.«

»Für Glühwürmchen?«, fragte Zwentibold verwirrt. »Eher zu spät, würde ich wohl meinen. Eigentlich tanzen sie doch eher in frühen Sommernächten als jetzt noch, wenn es schon fast Herbst ist.«

»Mein armer Bitterling«, seufzte Odilio und blickte den anderen Quendel mitleidig an. »Ich kann mir vorstellen, dass du nicht verstehst, was sich der alte Pfiffer da in den Bart murmelt. Aber lass dir gesagt sein, dass man die alten Geschichten mitunter sehr ernst nehmen muss, und das nicht nur an den Tagen, wenn die Masken im Hügelland umgehen. Fast immer liegt ein tiefer, vergessener Sinn dahinter verborgen. Leider nicht immer etwas Gutes.«

Dem Bitterling fiel die eulenschreiende Trud wieder ein und er fühlte sich sehr unbehaglich, obwohl er nicht hätte sagen können, dass er wirklich verstand, was Odilio anzudeuten versuchte. Hortensia hatte wohl recht, wenn sie den Alten für wunderlich hielt, und sein Kater schien nicht minder verrückt zu sein.

»Vielleicht habe ich mich ja wirklich getäuscht«, sagte er matt. »Jedenfalls glitzerte dort nichts mehr, als ich noch einmal hinsah. Ist es denn wichtig? Ich meine, ist dort irgendetwas unter der Linde?«

»Ich weiß es noch nicht«, antwortete Odilio. »Zumindest ist in dieser Nacht wenig so, wie es für gewöhnlich sein sollte. Zuerst einmal die Sache mit Bullrich. Und dann hast du ja erlebt, wie Reizker sich gebärdet hat. Katzen erkennen Dinge, die für uns Zweibeinige unsichtbar bleiben.«

»Mir kommt es aber so vor«, beharrte der Bitterling, »als ob du auch etwas gesehen hast. Willst du mir nicht sagen, was es war? Vielleicht hat es ja mit Bullrichs Verschwinden zu tun.«

Sie waren inzwischen weitergegangen und der alte Quendel schien sich genau wie sein Kater beruhigt zu haben, denn keiner von beiden blickte noch einmal zurück.

»Bullrich Schattenbart ist also nicht wieder aufgetaucht, seitdem du ihn am Heckenweg gesprochen hast«, sagte Odilio unvermittelt. »Und offensichtlich vermutet ihr ihn weder in Rabenstein noch in der entgegengesetzten Richtung, in Froschenbrück.«

Zwentibold erschrak, weil er in diesem Augenblick feststellte, dass er mit seinem Bericht ja noch gar nicht bis zum Ende gekommen war. Jetzt musste er wohl unweigerlich damit herausrücken, wo sie Bullrich verloren glaubten. Gerade waren sie wieder vor Hortensias Gartentor angekommen. Die Vorderfront des Hauses lag im Dunkeln und die großen Erkerfenster stachen schwarz und blicklos von der mondbeschienenen Fassade ab.

»Ja, also«, begann Zwentibold zögernd. »Wir glauben, nein, wir meinen herausgefunden zu haben, dass der gute Schattenbart, dass Bullrich – bedenkt man all die ausgerollten Karten in seinem Haus und überhaupt seine seltsame Angewohnheit, ständig Wald, Weg und Steg zu verzeichnen … Wenn man all das und die Tatsache in Betracht zieht, dass er zuletzt am Heckenweg gesehen wurde und noch immer nicht zurückgekehrt ist …«

»Heilige Hohltrüffel!«, unterbrach ihn Odilio. »Bevor wir durch dieses Gartentor treten, sollest du mir endlich erzählt haben, dass Bullrich Schattenbart in den Finster gegangen ist.«

Der Bitterling schnappte hörbar nach Luft. Er starrte den alten Pfiffer an und kam sich ziemlich dumm vor. Da war es wieder, dieses seltsame Phänomen von eben, dieser plötzliche Anflug unversehrter Jugendlichkeit in Rede und Haltung des alten Quendels.

»Nun mach den Mund wieder zu, Zwentibold«, sagte Odilio ungerührt und öffnete das Tor. »Hast du erwartet, ich würde annehmen, dass ihr mich mitten in der Nacht aus dem Haus ruft, weil Bullrich in der Grünloher Butterblume einen über den Durst getrunken und seitdem noch nicht wieder nach Hause gefunden hat!? Wohl kaum. Außerdem kenne ich den guten Schattenbart. Er hat mir so manches Mal seine Karten gezeigt, weil er weiß, dass ich sie nicht für eine alberne Angelegenheit, sondern vielmehr für etwas sehr Nützliches und Kunstvolles halte. Nicht nur einmal hat er dabei erwähnt, wie es ihn wurmt, dass der Finster ein so gänzlich unerschlossenes Stück Nachbarschaft ist.«

»Entschuldige«, sagte Zwentibold, »ich hätte mir denken können, dass du dir alles zusammenreimen kannst. Hulda sagte schon, dass du klug wie eine Eule bist.«

Odilio kicherte und gerade als sie über den taunassen Rasen an der Rosenlaube vorbeikamen, löste sich ein Lichtschein aus der Dunkelheit zur Linken des Hauses und Hortensia und die anderen kamen ihnen mit hell leuchtenden Laternen entgegen.

Fünftes Kapitel

Auf nächtlichen Pfaden

Wenn der Wind durch die Blätter rauschte, so war es ihm, als hörte er
Tritte hinter sich; wenn das Gesträuch am Wege hin und her wankte und
sich teilte, glaubte er Gesichter hinter den Büschen lauern zu sehen.

WILHELM HAUFF

Zur gleichen Zeit, als in Grünlohe der Bitterling und Odilio vor
Hortensias Gartentor ankamen, wurde in Zwentibolds Heimatdorf noch einmal die Tür des Wirtshauses »Zur Wettersterner Nebelkappe« geöffnet und Drogo Schneckling, der Wirt, entließ seinen letzten Gast. Nun musste er nur noch den leeren Becher des späten Zechers
vom Tisch räumen und die Lichter löschen. Danach würde auch er selbst
sich endlich zur Ruhe begeben können, wo in der über der Schankstube
gelegenen Wohnung seine Frau Meta und die Kinder längst tief und fest
schliefen. Spät genug war es wieder geworden, bestimmt weit nach Mitternacht, wie immer, wenn jener ganz bestimmte Wettersterner die Nebelkappe mit seiner fragwürdigen Anwesenheit beehrte. Der Wirt entließ daher den anderen nicht ohne missbilligendes Kopfschütteln in die
mondhelle Nacht. Er sah noch, wie die dunkle Gestalt mit leicht unsiche-
rem Gang den Dorfplatz überquerte und in die schmale Straße einbog,
die zwischen den Häusern zum Fluss hinunterführte. Dann schloss der
Schneckling aufseufzend die Haustür und legte den Riegel vor.

Bei diesem letzten Gast der »Nebelkappe« handelte es sich um einen
Quendel namens Fendel Eichhase, dem ein zwielichtiger Ruf anhing.
Manche Wettersterner gingen so weit, ihn einen »Falschen Zunderpilz«
oder »Natternstieligen Schleimfuß« zu nennen, dem man nicht trauen

konnte. Gutmütigere Naturen unter den Dörflern hielten ihn nur für einen harmlosen Tagedieb, der in seiner seltsamen Behausung unten am Fluss ein zurückgezogenes Dasein führte. Fendel lebte dort in einer windschiefen Bretterbude, deren niedriges Dach so vom Wiesenknöterich überwuchert war, dass man sie aus der Ferne eher für eine natürliche Erhebung im Boden als für eine von einem Quendel errichtete Behausung halten konnte. »Fendels Fuchsbau« oder auch »das Sumpfloch« nannten die Leute die einsame Hütte an der Pfiffer. Ganz in der Nähe wurde der kleine Fluss von einer steinernen Brücke überquert, über welche die Straße von Zwölfeichen bis nach Wetterstern hineinführte. Je weiter sich das Flüsschen von dieser Stelle entfernte und dem Finster entgegenschlängelte, desto morastiger wurden die Uferwiesen. Nachdem die Pfiffer noch munter unter dem steinernen Brückenbogen hindurchgeflossen war, verschlammte ihr Bett zunehmend und die Uferböschungen büßten die klare Kontur ein, gesäumt von Röhricht und wirrem Gestrüpp. Kurz vor dem Waldrand verlor sich der Lauf des Wassers endgültig zwischen schwärzlichen Tümpeln in einem breiten Streifen von Sumpfland, genannt »das Schwarze Schilf«.

Wenn auch eindeutig zu weit außerhalb des Dorfes und in bedenklicher Sichtweite zum Finster, wohnte Fendel Eichhase doch immerhin noch auf der *richtigen*, dem Wald abgewandten Seite der Brücke, befanden die Wettersterner. Trotzdem bekam er dort niemals Besuch von ihnen und nur die Dorfkinder versuchten, den Eigenbrötler hin und wieder vom Uferweg aus mit lautem Rufen aus seiner Hütte hervorzulocken, was ihnen aber fast nie gelang.

Nur in lauen Nächten wie dieser, wenn der Mond wie eine große bleiche Laterne über der Pfiffer stand, verließ Fendel den Fuchsbau und schlurfte gemächlich in Richtung Wirtshaus. Wenn er dort einkehrte, verstummten für wenige Momente die munteren Gespräche der anwesenden Gäste; man stieß sich an und flüsterte sich zu. Dann trollte sich der Wirrling in eine Ecke zwischen Schanktisch und Kamin und bestellte gewaltige Mengen an Mooswein und Holunderschnaps. Da er aber ruhig blieb und sofort bezahlte, sobald ihm eine neue Runde kredenzt wurde, ließ es sich der Wirt gefallen. Schließlich verdiente er nicht schlecht an dem einsilbigen Gast, der sich fast niemals mit anderen Quendeln unterhielt. Nur wenn das Gespräch auf den Ästigen Porling kam, meldete er sich mitunter zu Wort und verkündete nuschelnd und unter vielem Räuspern, dass der im Finster vor über zweihundert Jahren verschollene Quendel ein Ahnherr seiner eigenen Sippe sei, denn »die Eichhasen gehen auf die Porlinge zurück und zwar auf die Ästigen. Aber die Laub-Porlinge gehören zu den Klapperschwämmen. So und nicht anders und damit Prost!« Und damit stürzte Fendel einen weiteren Becher Wein die heisere Kehle hinunter und sagte kein einziges Wort mehr.

Es war vorgekommen, dass ein Besucher aus Bäumelburg oder Stock Näheres über diese verwandtschaftlichen Beziehungen hatte wissen wollen und Anstalten machte, sich zu dem ins Feuer stierenden Eichhasen zu setzen. Aber da auch auf die höflichste Nachfrage zu Stammbaum und Familie nicht mehr als ein drohendes Grunzen zu erhalten war, zog sich der neugierige Fremde schon bald wieder an den eigenen Tisch zurück, wo ihm ein freundlicher Einheimischer mit unmissverständlicher Geste bedeutete, dass der Kerl dort drüben am Kamin nicht ganz richtig im Oberstübchen sei. Der Wirt gesellte sich für gewöhnlich dazu, genehmigte sich selbst ein Gläschen und erzählte unter vorgehaltener Hand, dass es mit diesen verwandtschaftlichen Beziehungen zum Ästigen Porling zwar durchaus seine Richtigkeit habe – Nachfahren der Sippe lebten noch heute in Wetterstern –, allein diesem Nachkömmling hier sei die legendäre Familiengeschichte traurigerweise so zu Kopfe und Verstand gestiegen, dass er wie ein Waldschrat am Rande des Dorfes in den Feuchtwiesen und in unmittelbarer Nachbarschaft zum Finster hausen würde. An manchen Tagen stünde er eine halbe Ewigkeit lang bei Wind und Wetter auf der Brücke über die Pfiffer und spähe über das Schwarze Schilf zum Waldrand hinüber.

»Er kommt eben nicht los von diesem Unglückswald«, beschloss Drogo für gewöhnlich seine Erklärung. »Ein tragischer Fall, aber da ist nichts zu machen. Denn eigentlich ist er wohlhabend und hat so manches Säckchen Gold von einer verstorbenen Tante mütterlicherseits geerbt. Das Geld hortet er in irgendeinem Versteck und irgendwann wird er vergessen, wo er es gelassen hat. So weit wird es kommen, aber bis dahin bezahlt er mir seinen Wein auf Heller und Pfennig und was soll man da sagen?«

Sprach es, schenkte nach und kehrte hinter seinen Tresen zurück. Fendel Eichhase saß indessen weiter vor dem Kamin, trank und bestellte, bestellte und trank, und wenn das Feuer heruntergebrannt und die anderen Gäste längst gegangen waren, machte er noch immer keine Anstalten, sich zu erheben. Drogo brachte ihm wohl noch das eine oder andere Glas, das er verlangte, stellte unter geschäftigem Lärmen die Stühle hoch und fegte danach gründlich den Fußboden; besonders dort, wo sein letzter Gast hockte. Weil sich dieser aber noch immer nicht zum Gehen anschickte, bedeutete ihm der Schneckling schließlich höflich, aber bestimmt, dass es nun wirklich an der Zeit sei, sich zu trollen. Da fand Fendel endlich den Weg zur Tür.

Eines Nachts jedoch hatte er stattdessen ein blankes Goldstück aus der Westentasche gezogen und wortlos vor dem Wirt auf den Tisch gelegt. Drogo stutzte und staunte nicht schlecht. Mit solcher Münze wurde er nicht oft entlohnt.

»Teuerling und Habichtspilz! Das reicht dann wohl für zwei weitere Runden«, murmelte der Eichhase und tippte mit seinem schmutzigen Zeigefinger auf das schimmernde Geldstück.

Der Schneckling zögerte, kratzte sich am Kopf und schickte einen sehnsüchtigen Blick die Treppe in den ersten Stock hinauf, in Gedanken an sein warmes Bett.

»Reicht schon«, sagte er mürrisch und wischte die Münze mit einer schnellen Handbewegung in seine Schürze. Dass auch *vier* Runden damit reichlich bezahlt wären, behielt Drogo für sich, denn schließlich war er danach ja nicht gefragt worden. Dann brachte er einen frischen Becher Wein und ein weiteres Gläschen Holunderschnaps. Fendel leerte beide nicht schneller oder langsamer als all die anderen zuvor. Er verlangte die zweite Runde und als er auch damit fertig war, stand er schwerfällig auf, tippte mit einer Hand grüßend an seine schmierige Mütze und verschwand in der Nacht.

Seitdem hatte sich in der Nebelkappe diese nächtliche Szene in unregelmäßigen Abständen wiederholt, bis schließlich Drogos Frau Meta ihren Mann in ungehaltenem Ton zur Rede stellte, warum von allen durstigen Wetterniedestern er ausgerechnet Fendel Eichhase zu seinem Lieblingsstammgast mit Vorzugsbehandlung auserkoren habe. Anstelle einer Antwort holte der Schneckling einen Honigtopf hinter den Gläsern vom obersten Bord hervor und reichte ihn Meta. Der Topf wog schwer in ihrer Hand. Als sie den Deckel abnahm, leuchtete ihr statt goldgelbem Honig eine ansehnliche Zahl goldener Münzen entgegen.

»Stock und Schwamm und Feisterling!«, rief Meta Schneckling da in freudiger Überraschung aus. »Der nächtliche Goldbrätling sei uns von Herzen und allezeit willkommen!«

In dieser Nacht hatte er wieder ein Goldstück über die Tischplatte springen lassen. Geradewegs in des Schnecklings vorsorglich geöffnete Hand war es gekollert, man konnte sich die Worte sparen – Fendel und der Wirt wussten, was sie aneinander hatten. Der Wein war deshalb nicht besser geworden und auch der Schnaps stammte aus der gleichen Flasche wie immer. Fendel ließ es sich gefallen. Was zählte, war, dass er die Schankstube in dieser stillen Stunde nach Mitternacht für sich haben konnte, wenn er es eben so wollte.

Dabei wusste er, dass die Dauer seines einsamen Genießens so begrenzt war wie die Geduld dieses vortrefflichen alten Halsabschneiders von einem Schankwirt. Denn Drogos Gier nach den glänzenden Goldstücken stand mit seiner Ausdauer, Fendel gewähren zu lassen, in einem äußerst maßvollen Verhältnis. Die verschwenderische Zeche seines letzten Gastes veranschlagte er zeitlich mit nicht mehr als einer knappen

Stunde, nachdem alle anderen Dorfbewohner gegangen waren. Damit musste Fendel auskommen, schließlich opferte er ihm die eigene wohlverdiente Nachtruhe. Unter dem Eindruck der rasch zur Neige gehenden letzten Tropfen spielte der Eichhase hin und wieder mit dem Gedanken, den Schneckling einmal mehr in Versuchung zu bringen, indem er, anstatt das Feld zu räumen, ein weiteres Goldstück aus der Westentasche hervorzaubern würde. Bisher war der Wirt dieser Prüfung noch entgangen, denn stets geriet der Nachkomme des Ästigen Porlings während seines nächtlichen Gelages in eine trübe, wehmütige Stimmung und dann zog es ihn unweigerlich nach Hause an den Fluss und in seinen Fuchsbau zurück.

Eben schnürte er an der schulterhohen Mauer entlang, welche die Straße, die vom Dorfplatz zum Fluss hinunterführte auf der linken Seite begrenzte. Es schien ihm einfacher, an einer Mauer entlangzugehen, seit seine Füße sich kurz zuvor überraschende Schlenker erlaubt hatten, die ihn anschließend zu unvorhergesehenen Kurven zwangen. Hinter der Mauer lag ein kleines Gehöft, das den Wettersterner Kremplingen gehörte, deren ausgedehnte Verwandtschaft in sämtlichen Dörfern des Hügellandes anzutreffen war. Hier lebten Pirmin und Fidelis mit ihren drei Kindern. Als Fendel den breiten Eingang in der Mauer zu ihrem Anwesen erreichte, sah er, dass ein Lichtschein aus der Stalltür in den dunklen Hof fiel.

›Nanu‹, dachte er bei sich, ›wer ist denn jetzt noch auf den Beinen außer mir altem Becherling?‹ Das fragte er sich durch den in seinem Hirn wabernden Nebel aus Mooswein und Holunderschnaps. Dennoch packten ihn plötzlich Neugier und Unternehmungslust – vielleicht würde er einen Kobold im Stroh entdecken können.

»Ein famoser Einfall, du alter Flaschenbovist«, sagte Fendel anerkennend zu sich selbst und unterdrückte einen Anflug von Schluckauf, indem er sich so kraftvoll von der Mauer abstieß, dass er auf der rechten Fußspitze eine unfreiwillige, aber äußerst anmutige Pirouette drehte, die auf einem Bäumelburger Tanzboden sicherlich bewundert worden wäre.

Anschließend hatte er noch genügend Schwung, um wie ein wiesel-
flinkes, kleines Waldtier in den Hof zu trippeln, geradewegs bis vor die
angelehnte Kuhstalltür. Hier verließ ihn die Kraft; ganz schwindelig war
ihm nach all diesen schnellen Bewegungen. Er musste verschnaufen und
sich irgendwo anlehnen und fand dafür nichts anderes als die halb offen
stehende Tür. Schwer stützte er sich mit beiden Händen dagegen und
bemerkte verwundert, dass ihm der feste Halt entglitt, als die Tür voller
Tücke nach innen schwenkte.

»Filziger Schwindling, sei es geklagt!«, schrie er unglücklich und
rutschte ab.

Mit lautem Krachen fiel die Tür ins Schloss und Fendel Eichhase landete höchst unsanft auf der steinernen Schwelle davor, wo er jammernd
liegen blieb.

Die braune Kuh hatte vor einer Stunde gekalbt und eben konnten die
jungen Kremplinge und ihr Vater Pirmin andächtig mit ansehen, wie das
hübsche Stierkalb von seiner erschöpften Mutter zärtlich sauber geleckt
wurde. Es übte sich bereits in den allerersten staksigen Schritten seines
jungen Lebens und näherte nun die samtweiche Schnauze hoffnungsvoll
dem prall gefüllten Euter der Kuh. Das warme Licht einer Stalllaterne
erhellte die kleine Szene und es war nichts weiter zu hören als ein gelegentliches Rascheln im Stroh und das zufrieden mahlende Kauen der
drei anderen Kühe. Jetzt fand das Stierkalb die Zitzen des Euters und
begann genüsslich schmatzend zu trinken.

… Rrrumms! …

Völlig unerwartet schlug mit lautem Krachen die Stalltür zu.

Der jüngste der Kremplingskinder, Blodi, fiel mit einem Schreckens-
schrei kopfüber neben dem Kälbchen ins Stroh. Seine älteren Geschwister, Afra und Florin, umklammerten einander mit angstvoll geweiteten
Augen und auch Pirmin fuhr gehörig zusammen, denn irgendetwas
Großes und Schweres musste vor die Tür geprallt sein, was sie mit dieser Wucht hatte zuschlagen lassen. Trautmann, der Hofhund, der seinen

Lieben in den Stall gefolgt war, rannte unter wildem Gebell vor dem so gewaltsam verschlossenen Eingang auf und ab. Pirmin rief ihn zurück, denn die Kühe begannen nun ebenfalls unruhig zu werden und zerrten schnaufend an ihren Stricken.

»Ihr bleibt hier und ich werde nachsehen, was da vor sich geht!«, befahl er seinen Kindern, nahm den aufgeregten Hund am Halsband und ging mit ihm langsam auf die Tür zu.

»Vielleicht ist es nur Mutter?«, wimmerte Blodi und sein zerzauster Kopf tauchte zögernd aus dem Stroh auf. Ihre Mutter war nach der glücklichen Geburt des Kälbchens ins Haus zurückgekehrt, um für eine mitternächtliche Stärkung zu sorgen.

»Klapperschwamm und Zitterling!«, fluchte Afra flüsternd und mit wenig Überzeugung. »Aus welchem Grund sollte sie wie Steinschlag vor die Tür sausen? Aber es könnte ein Vogel gewesen sein, der den Lichtschein gesehen und sich verflogen hat.«

»Mordschwamm und Saupilz«, sagte ihr älterer Bruder Florin, der seiner Schwester im Fluchen drei Jahre voraus war. »Das muss dann aber mindestens der größte Rabe vom Rabenstein, wenn nicht ein Adler aus den Schneebergen gewesen sein.«

»Oh nein, es ist der Hauskobold! Stiefel, der Klopfer. Der hat wütend gegen die Tür getreten, weil wir heute vergessen haben, ihm ein Schälchen Grütze herauszustellen«, mutmaßte Blodi.

Sie sahen einander mit blassen Gesichtern an und bedachten diese Möglichkeit.

»Seid ruhig«, zischte ihr Vater über die Schulter zurück. »Ich glaube, ich höre da etwas.«

Sie lauschten angestrengt. Tatsächlich, vor der Tür ließ sich jetzt ein dünnes Wehklagen vernehmen, ein bemitleidenswertes Ächzen und Stöhnen, das besorgniserregend wenig zu einem Quendel zu passen schien.

Da setzte sich Trautmann auf seine Hinterbeine und begann heulend, mit einem eigenen Klagelied das unheimliche Jammern zu übertönen.

»Oh, das hört sich ja furchtbar an. Wenn das ein Kobold ist, geht es ihm wirklich schlecht«, wisperte Blodi und kroch aus dem Stroh zu seinen Geschwistern. Ein Wesen, das so über die Maßen traurig klang, schien ihm nicht allzu gefährlich.

Über den Hof tanzte plötzlich ein Lichtschein. Schritte näherten sich und schon wurde von außen die Tür geöffnet. Der Umriss einer dunklen Gestalt zeichnete sich im Eingang ab. Einmal mehr fuhr ihnen der Schreck in die Glieder und Trautmanns herzzerreißendes Geheul wich aufgeregtem Gekläffe.

»Trautmann, mein Guter, jetzt ist es aber genug«, sagte eine wohlvertraute Stimme. »Braver, wachsamer Hund! Bei allen stillen Pilzen der friedlichen Wälder, wird wohl endlich jemand diesen Hund zur Vernunft bringen?«

Erstaunt erkannte Pirmin seine Frau Fidelis, die sich mit einer Laterne über ein großes, dunkles Bündel zu ihren Füßen beugte, von welchem die leisen Klagetöne ausgingen.

»Was um alles in der Welt ist das?«, fragte Pirmin, der den wild bellenden Trautmann noch immer am Halsband hielt, wobei der Hund unter seinem Griff zerrte und zog, um endlich auf das seltsame Etwas zuspringen zu können.

»Wer, müsste es heißen! Es ist Fendel. Fendel vom Fluss«, rief Fidelis. »Dieser Wirrling von einem Eichhasen ist offensichtlich gestürzt. Ich hörte das Krachen durch das Küchenfenster und bin nachsehen gegangen. Er riecht auf vier Schlegel Entfernung nach Mooswein wie ein altes Fass im Keller und hat sich die Stirn aufgeschlagen. Wir müssen ihn ins Haus bringen.« Sie legte mitleidig ihre Hand auf Fendels Schulter und blickte dann stirnrunzelnd auf. »Stock und Schwamm, Pirmin!«, rief sie. »Beruhige jetzt endlich diesen Hund, bevor noch der ganze Stall in Aufruhr gerät. Denkt an das arme Kälbchen – kaum auf der Welt und schon ein solcher Tumult.«

Dem Krempling gelang es tatsächlich, Trautmann mit einigen strengen Worten zur Ruhe zu bringen. Dann bemühten sich beide Eltern um den Verunglückten und halfen ihm, sich vorsichtig aufzurichten und gegen den Türpfosten zu lehnen. Nun sahen alle, dass der Eichhase bei seinem Sturz eine große Platzwunde an der Stirn davongetragen hatte, die ziemlich blutete. Er glotzte aus glasigen Augen benommen vor sich hin und murmelte dabei irgendetwas Unverständliches. Die um ihn versammelte Familie schien er gar nicht zu bemerken.

Die Kinder betrachteten ihn voller Befremden. So aus der Nähe hatten sie den seltsamen Flussbewohner noch nie gesehen. Er sah erstaunlich alt und bedauerlich aus, wie ein vertrockneter Baumpilz, fand Blodi, und steckte in viel zu großen, ziemlich schmutzigen Kleidern. Ihre Mutter betupfte die blutende Wunde vorsichtig mit ihrem sauberen Schürzenzipfel und störte sich weder daran, dass sich der Stoff rot färbte, noch an Fendels abgerissener Erscheinung.

»Hilf mir, ihn auf die Beine zu stellen«, sagte sie zum Krempling. »Wir bringen ihn in die Küche, wo ich ihn verbinden kann. Danach sehen wir weiter.«

Sie fassten ihn unter die Arme. Fendel ließ alles mit sich geschehen, leise vor sich hin brabbelnd.

Florin, Afra und Blodi wurde aufgetragen, noch einmal nach der Braunen und ihrem Kälbchen zu sehen und anschließend den missmutig knurrenden Trautmann für die restliche Nacht zu versorgen und in seiner Hütte anzubinden.

Als sie alles erledigt hatten, folgten sie den Eltern ins Haus und Stille legte sich wieder über den Hof. Der volle Mond hatte bereits mit seinem unteren Rand das Dach der Scheune erreicht. Es musste lange nach Mitternacht sein.

In der warmen, hell erleuchteten Küche war ihre Mutter gerade damit beschäftigt, den Verletzten zu versorgen. Sie wusch ihm das Blut ab und wickelte einen blütenweißen Verband um seinen Kopf, der sich vor Fendels schmuddeligen Kleidern weiß wie Neuschnee auf einem Rübenacker ausnahm. Auf dem Herd köchelte indessen eine Pilzsuppe, deren würzige Schwaden die Küche erfüllten.

Blodi lehnte sich an die warme Wand neben dem Herd und ließ den Eichhasen nicht aus den Augen. Der jüngste Krempling war sehr zufrieden mit dieser Nacht, die ihm seit der Geburt des kleinen Stieres so aufregend wie ein Abend zur Wintersonnenwende vorkam.

Allmählich wich die Benommenheit aus Fendels Schädel. Der Wein und der Schnaps hatten sich mit der harten Kante der Türschwelle gegen ihn verschworen, um gemeinsam und mit doppelter Wirkung die Rückkehr seiner klaren Gedanken zu verhindern. Unter gewöhnlichen Umständen reichte der Heimweg durch die kühle Nachtluft, dass sein vom Wirtshausbesuch benebelter Kopf wieder aufklarte, und spätestens wenn er die tauigen Flussauen erreicht hatte und in der Nähe der Brücke die Umrisse des Fuchsbaus mehr ahnen, als wirklich erkennen konnte, atmete er noch einmal tief durch, in stiller Vorfreude auf eine gute Mütze Schlaf. Aber diesmal war es genau umgekehrt. Je mehr er sich seiner Umgebung bewusst wurde, desto unwohler begann er sich zu fühlen; ja, er spürte regelrechte Panik in sich aufsteigen. Er stellte fest, dass er sich in einer ihm unbekannten, mollig warmen Küche befand, die noch dazu mit einer ganzen Handvoll fremder Quendel angefüllt war.

Sein Leben als Einsiedler führte ihn nicht in die Häuser der anderen Dörfler und so verwirrte ihn seine augenblickliche Lage umso mehr, da er bemerkte, wie die anderen ihn anstarrten. Da gab es nichts anderes, als sich so schnell wie möglich aus dem Staub zu machen, auch wenn es aus dem summenden Suppentopf auf dem offenen Herdfeuer so köstlich duftete, wie er es schon lange nicht mehr geschnuppert hatte. Wirrschwamm, Rauchschwamm, was hatte er hier zu schaffen? Wie war er hierhergekommen und wo befand er sich überhaupt?

Jetzt fiel es ihm ein! Er musste durch die falsche Tür gegangen und geradewegs in der Wirtshausküche der Nebelkappe gelandet sein! Er würde für alle Fälle ein Goldstück zücken. Mit dem Schneckling wollte er es sich schließlich nicht verderben.

Den Kremplingen war nicht entgangen, dass ihr unvermuteter Gast eine immer verwirrtere Miene aufsetzte. Jetzt begann er suchend in seiner fleckigen Weste herumzukramen. Umständlich fingerte er in allen Taschen, innen wie außen. Endlich zog er etwas Glitzerndes daraus hervor und warf es vor sich auf den Küchentisch, wo Fidelis eben einen Stapel von sechs irdenen Suppentellern abgestellt hatte.

»Gute Güte!«, rief sie höchst überrascht aus und fing das glänzende Goldstück in ihrer Hand, bevor es über die Tischkante springen konnte. Ungläubig drehte und wendete sie die Münze mit dem Zeigefinger auf der flachen Hand, als befände sich darauf ein seltener Käfer. Pirmin und die Kinder umringten sie und alle staunten nicht schlecht, welche Reichtümer dieser mitgenommene Tropf von einem Unglückspilz so mir nichts, dir nichts, aus seiner Weste hervorzaubern.

Da stemmte Fidelis empört die Fäuste in die Hüften und beugte sich über Fendel. »Wie darf ich das verstehen, mein Bester?«, fragte sie wütend. »Willst du uns für ein wenig Hilfe unter Nachbarn mit einem kleinen Vermögen bezahlen?«

Blodi glaubte, seinen Ohren nicht zu trauen. Sein Bruder Florin hatte einmal mit einigen anderen Dorfjungen vom Wettersterner Uferweg aus versucht, den Eichhasen mit verächtlichen Rufen aus seinem Fuchsbau zu locken, als ihre Mutter vorbeigekommen war. Sie hatte Florin zornig vor sich her bis in den Hof zurückgetrieben. Ein für alle Mal solle er Fremden ihren verdienten Frieden lassen! Und jetzt sprach sie von ihm als ihrem Nachbarn und war beleidigt, wenn der Eichhase für ihre Gefälligkeit bezahlen wollte. Aber vielleicht hatte es Fendel ja gar nicht so gemeint, sondern sie alle einfach nur mit seinen Schätzen beeindrucken wollen, weil ihm ansonsten die Worte fehlten, ging es Blodi durch den Kopf.

»Da! So etwas brauchen wir hier nicht«, sagte Fidelis und stopfte ihm das Goldstück in die Brusttasche seiner Weste zurück.

Der Eichhase zuckte zusammen, erwiderte aber nichts, wie er ja ohnehin noch überhaupt kein klares Wort gesagt hatte, seitdem er bei den Kremplingen aufgetaucht war.

»Lass ihn.« Blodi zupfte seine Mutter leicht am Ärmel. »Ich glaube, du machst ihm Angst.«

Wie ein Häufchen Elend war Fendel auf seinem Schemel weiter in sich zusammengesunken. Sofort bedauerte Fidelis die heftigen Worte.

»Jetzt gibt es nach all den Aufregungen eine gute, heiße Suppe«, sagte sie sichtlich verlegen und deshalb immer noch ein wenig lauter als nötig. »Auch für dich, Fendel. Sie wird dich aufwärmen, bevor dich einer von uns nach Hause begleitet.«

Der Nachkomme des Ästigen Porlings hob ungläubig den Kopf. Seit Jahren hatte ihn niemand mehr so freundlich beim Vornamen genannt.

»Ja, ja«, wiederholte Fidelis und stellte einen Teller vor ihm ab, aus dem es heiß dampfte. »Du solltest mit dieser Kopfverletzung nicht alleine heimgehen. Am Ende stolperst du noch einmal. Lass es dir in Ruhe schmecken und dann führt dich mein Mann zum Fluss zurück.«

Fendel wusste zwar noch immer nicht, wo er eigentlich war, aber er glaubte nun nicht mehr, dass es sich um die Küche des Wirts handelte. So freundliche Töne hatte er im Wirtshaus noch nie zu hören bekommen und außerdem hatte man sich geweigert, sein Goldstück anzunehmen. Es gab diese unglaubliche Suppe tatsächlich umsonst, kredenzt mit freundlichen Worten an einem freundlich gedeckten Tisch.

Dieses Gedicht von einer tröstlichen Suppe zur Nachtzeit! Es schwammen Waldpilze darin und kleine Klöße aus Buchweizen und in der Mitte des Tellers löste sich wie eine milchige Sonne ein Löffel Rahm in der heißen Brühe auf, den Fidelis zu guter Letzt in jeden Suppenteller gegeben hatte. Eines der Kinder, der Kleine, reichte ihm schüchtern den Korb mit frischem weißem Brot und er nahm sich zwei dicke Scheiben.

Einerlei wo er sich befand, für einen kurzen Moment durchhuschte Fendel ein seltenes, lange vergessenes Gefühl. Es fühlte sich fast an wie Glück. Der Eichhase schob es auf die gute Suppe und tunkte beherzt den Löffel ein.

Die vier Quendel ließen die letzten Häuser des schlafenden Dorfes hinter sich zurück und erreichten die Wiese, die hinter Grünlohe sanft bis zum Heckenweg anstieg.

Bleiches Mondlicht lag über der stillen Landschaft und der Wind wisperte in den silbrigen Halmen zu ihren Füßen. Immer wieder hoben sie ihre Laternen empor, um ihren nächsten Schritten vorauszuleuchten, in der Hoffnung, entweder Bullrich selbst oder zumindest eine Spur von ihm zu entdecken. Sie glaubten zwar nicht wirklich daran, dass ihre Suche schon vor dem Heckenweg mit so viel Glück gesegnet sein könnte, aber man wusste ja nie und heute war schon genug Unvorhergesehenes geschehen. Dazu gehörte auch, dass statt Beda nun der alte Pfiffer hinter Karlmann und Hortensia durch das hohe Gras stromerte, dicht gefolgt vom Bitterling, der sich immer wieder unruhig umblickte, ob sich ihnen aus der Dunkelheit auch nichts Verdächtiges näherte oder an ihre Fersen heftete.

Gleich nach seiner Ankunft hatte sich Odilio noch einmal ganz genau schildern lassen, was sie im Einzelnen erlebt hatten, und war nicht ungeduldig geworden, als schon bald alle aufgeregt durcheinanderredeten. Jeder fand etwas anderes wichtig und bedeutsam. Als sich der Sturm aus dunklen Vorahnungen, Mutmaßungen, Bedauern und Beschwerden allmählich legte, hatte Odilio das Wort ergriffen und mit einer Entschlossenheit, die jede Widerrede von vornherein ausschloss, erklärt, dass, nach Lage der Dinge, er und sein Kater unbedingt an der Suche teilnehmen müssten. Ein anderer würde statt seiner bei Hulda zurückbleiben müssen. Erstaunte und ängstliche Blicke trafen ihn, aber Odilio ließ sich nicht beirren.

»Meine armen Freunde«, sagte er und Mitleid und Besorgnis schwangen in seiner Stimme mit. »Ich muss wirklich darauf bestehen mitzukommen. Glaubt mir, ich habe gute Gründe dafür. Nein«, fuhr er nach kurzem Zögern fort, »*gut* sind die Gründe eigentlich nicht zu nennen, es ist nur, dass es sich nicht so ohne Weiteres erklären lässt, ohne lange Stunden am Kamin zuzubringen, denn am besten hört man von bedrohlichen Dingen im hellen Schein eines Feuers, wenn man nah beieinanderhockt und Fenster und Türen gut verschlossen sind. Solcher Art sind die Geschichten, die ich euch und allen Quendeln, die es hören wollen, zu berichten hätte. Aber dazu ist jetzt keine Zeit.«

Er verstummte und niemand wagte, ihn um genauere Erklärungen zu bitten. Seine Worte hallten in ihnen nach und unwillkürlich duckten sie sich unter der Vorstellung eines aufziehenden größeren Unheils, von dem sie kaum ahnten, was es sein würde. Was auch Odilio anzudeuten versuchte, es schien ihm bitterernst damit zu sein.

Karlmann dachte an die vielen Geschichten, die ihm sein Onkel Bullrich erzählt und denen er noch vor wenigen Jahren so begierig gelauscht hatte. Manchmal hatte er sich gefürchtet, wenn diese Erzählungen so weit in die Vergangenheit zurückreichten, dass darin andere Wesen als Quendel das Hügelland bevölkerten. Albtraumhafte Wesen, von denen er hoffte, dass sie hauptsächlich der regen Erfindungsgabe seines Onkels entsprungen waren. Aber jetzt war Bullrich in einem seiner eigenen Albträume verloren gegangen.

Zwentibold dachte voller Unbehagen an die Sache mit dem seltsamen Glitzern unter der Dorflinde zurück. Dem Bitterling schien es fast sicher, dass ihr gemeinsames Erlebnis mit ein Grund dafür war, warum Odilio sie auf keinen Fall alleine gehen lassen wollte. Außerdem glaubte er, dass der alte Pfiffer einiges über den Finster wusste, das ihnen unbekannt war.

Nur Hortensia versuchte es mit einem zweifelnden Stirnrunzeln über so viel Hirnweb und Spinngespinst, aber es gelang ihr nicht wirklich. Sie musste zugeben, dass Odilio in dieser Stunde der Bedrängnis eine ganz eigene, vertrauenerweckende Kraft ausstrahlte. Zuletzt blieb da noch sein Hinweis auf die gerade bei einer nächtlichen Suche unübertrefflichen und deshalb unverzichtbaren Augen seines Katers. Reizker würde sehen können, wo ihre Quendelaugen nichts als Finsternis wahrnahmen.

»Aber er ist doch kein Hund, der dir brav auf Schritt und Tritt folgen wird!«, wandte Beda ein und blickte ungläubig auf Reizker.

»Oh, bei allen Hohltrüffeln und Schwefelköpfen des Hügellandes! Über Katzen wird so viel unnützes Zeug verbreitet, dass man damit die Sammlung des Bäumelburger Rathauses übertreffen könnte«, sagte Odilio verächtlich, der wie alle Quendel wusste, dass in den zum Bersten vollgestopften Kellern des Rathauses ungezählte Schriften zur Geschichte des Landes und seiner Bewohner unter einer dicken Staubschicht lagerten und dem Vergessen anheimfielen. »Das Wunderbare an Reizker ist, dass er seinen ganz eigenen Wegen folgt, aber immer wieder zu mir zurückkehrt. Glaubt mir, er kann uns von großem Nutzen sein. Und jetzt sollten wir aufbrechen!«

»Und wer wird mit mir hier warten?«, meldete sich eine bange Stimme. Hulda sah ängstlich von einem zum anderen.

»Stock und Schwamm und Zitterling, ich werde bei dir bleiben!«, sagte Beda zu Karlmanns größtem Erstaunen. »Ich habe das unbestimmte Gefühl, dass ich mehr nach Karlmann als nach allem anderen Ausschau halten würde, und das wäre nicht sehr hilfreich. Also bleibe ich bei Hulda. Aber wenn du übermütig wirst, bester Schattenbart«, wandte sie sich mit drohendem Zeigefinger an ihren Sohn, »trifft dich zuerst Hortensias Zorn und dann meiner, sobald du mir wieder unter die Augen kommst!«

Sie versuchte, besonders streng auszusehen, und gab es auf, als sie sah, dass Karlmann seine Mutter mit einer Mischung aus Stolz und Verlegenheit anstrahlte, als hätte sie ihm soeben ein besonders großes Geschenk gemacht. Am liebsten hätte sie ihn kurz in die Arme geschlossen, weil ihr eigentlich angst und bange war, ihn gehen zu lassen, aber sie hielt sich zurück.

»Also gut, wir brechen auf!«, sagte Odilio, der nun die Dinge in die Hand nahm. »Beda und Hulda, geht ins Haus und schürt in Hortensias Küche das Feuer im Kamin. Lasst es nicht ausgehen! Verschließt die Türen und lasst niemanden hinein, bis wir zurück sind.«

Dann überprüfte er das wenige, das sie an Ausrüstung mitzunehmen gedachten, die neben den Laternen aus einem Seil und einem Lederbeutel bestand, in dem sie Wasser und vier von Bedas Pasteten verstauten. Obwohl niemand daran dachte, auf einer Rast am Rande des Finsters Proviant zu sich zu nehmen, konnte es immerhin sein, dass sie einen völlig entkräfteten Bullrich fanden, und dann wären einige Bissen guten Essens vielleicht genau das Richtige. Außerdem hatte Hortensia die beiden alten Spazierstöcke ihrer Großeltern aus dem Schuppen hervorgeholt, zwei daumendicke, harte Eichenknüppel mit einer eisernen Spitze am unteren Ende, in deren glatte Rinde der alte Samtfuß-Krempling hübsche Ranken und allerlei Zeichen geschnitzt hatte.

Wortlos hatte sie Zwentibold einen davon in die Hand gedrückt, während sie selbst den anderen behielt und dem Bitterling war es ein wenig so vorgekommen, als gürteten sie sich nun mit Schwertern gegen alle Unholde und Albträume der Nacht. Nur kurze Zeit später, als er in ihrer kleinen Schar die Nachhut bildete und immer wieder furchtsam um sich sah, war er dankbar, wenigstens irgendetwas bei sich zu haben, mit dem man sich zur Not verteidigen konnte.

Wenige Schlegel vor ihnen durchtrennte der Heckenweg die mondbeschienene Wiese wie eine hohe schwarze Mauer und verbarg die Sicht auf das, was dahinter lag. Man hätte ebenso wenig sagen können, ob sich irgendwer oder irgendetwas zwischen den bewachsenen Wällen auf dem Weg befand, wohingegen der helle Schein ihrer Laternen selbst aus großer Ferne sicherlich gut zu erkennen war.

Zwentibold beschlich die unheilvolle Vorstellung, dass sie eben jetzt von allen Seiten beobachtet wurden. Er hätte zwar nicht sagen können, was genau er dort in Gebüsch und Schatten vermutete, doch seit sie die letzten Häuser des Dorfes hinter sich gelassen hatten, wuchs die Unruhe in ihm und wuchs und wuchs, je näher sie dem Finster kamen. Er beeilte sich, Odilio einzuholen, der einige Schritte vor ihm lief, und noch während er zu ihm aufschloss, bemerkte er den geschmeidigen Schatten, der neben dem alten Pfiffer fast unsichtbar durch die Dunkelheit glitt. Reizker hielt sich außerhalb des Laternenscheins und so war es nicht einfach, ihn zu entdecken. Seit sie Hortensias Garten verlassen hatten, begleitete sie der Kater, genau wie es Odilio vorausgesagt hatte, einmal in ihrer unmittelbaren Nähe, dann wieder weiter entfernt auf eigenen Erkundungen und Nebenwegen.

»Es ist wohl leider nicht anzunehmen, dass Bullrich hier irgendwo in der Nähe steckt«, sagte der Bitterling ein wenig atemlos, als er Odilio erreicht hatte. »Sonst würde er sich doch sicher bemerkbar machen. Wir sind mit unseren Lichtern ja schlegelweit zu sehen!«

»Ich befürchte leider, dass wir wirklich bis zum Waldrand gehen müssen«, antwortete Odilio. »Aber auch dort ist es fraglich, ob wir eine Spur von ihm entdecken werden. Meinst du, du könntest im Dunkeln die Stelle finden, wo ihr in den Brombeeren gesessen habt? Es ist anzunehmen, dass Bullrich gleich an Ort und Stelle durch die gegenüberliegende Hecke geklettert ist, und dann wüssten wir immerhin, von wo er in Richtung Finster losgezogen ist.«

Der Bitterling seufzte. »Vielleicht könnte ich die Stelle wiederfinden«, sagte er dann, »womit wir aber nicht viel gewonnen hätten, denn ebenso gut könnte Bullrich noch ein wenig den Heckenweg hinauf- oder hinuntergewandert sein, und dann wäre er ganz woanders durch die zweite Hecke geklettert.«

»Nein, das glaube ich nicht, denn ich denke, er hatte es eilig«, sagte der alte Pfiffer ein wenig abwesend, weil er bemerkte, dass Reizker sich mit einigen raschen Sätzen von ihm entfernte und seitwärts in der Dunkelheit verschwand.

Vor ihnen hatten Hortensia und Karlmann den Heckenweg erreicht und erwarteten dort die beiden anderen, zwei helle Flecken vor dem schwarzen Hintergrund des ersten Walles. Als er und Odilio bei ihnen ankamen, hielt der Bitterling seine Laterne in die Höhe und ließ das Licht entlang der Mauer behutsam von links nach rechts schweifen. Deren dichter Bewuchs gab nichts preis, was ihm weiterhalf, und er blickte zurück, um herauszufinden, von wo aus er am Nachmittag nach Grünlohe losgelaufen war. Das Mondlicht lag noch immer hell auf den Dächern des schlafenden Dorfes und ließ seine Lage viel näher erscheinen, als es tatsächlich der Fall war.

»Ich glaube, es war noch ein Stückchen weiter nach rechts«, meinte Zwentibold und machte einige Schritte in diese Richtung.

Er hatte am Nachmittag nicht sonderlich auf die Umgebung geachtet und suchte nun nach einem Anhaltspunkt, an dem er sich orientieren konnte. Brombeeren wuchsen hier überall, aber dort vorne befand sich eine etwas größere Lücke in den Ranken, die nach einer günstigen Stelle aussah, um näher an die Mauer heranzukommen.

»Folgt mir«, rief er über seine Schulter zurück, als er die Stelle erreicht hatte, und leuchtete am Stamm einer Eberesche entlang weiter nach oben. Mit Hortensias Spazierstock stocherte er in das Gewirr aus Brombeeren und Geißblatt, die sich an den Steinen gegenseitig emporhalfen, und musterte nachdenklich eine ausladende Wurzelschlaufe, die in Kniehöhe aus dem Unterholz herausragte. Es kam ihm so vor, als hätte er sie schon einmal gesehen.

»Möglicherweise …«, rief er, aber dann zerriss wenige Schlegel vor ihm ein ohrenbetäubender Aufschrei die Dunkelheit, gemischt mit anschwellendem Geflatter, das klang, als würden zwanzig Quendel rasch hintereinander in die Hände klatschen.

Ein großes, schwarzes, flügelschlagendes Etwas brach neben ihm aus der Böschung und flüchtete sich mit hysterisch kollernden Rufen in die Nacht. Ein Luftzug glitt über ihn, als das Ungeheuer vom Boden abhob und über ihn hinwegsetzte. Sein empörter Schrei und der knatternde Flügelschlag verloren sich rasch in der Ferne.

»Hilfe!«, schrie Zwentibold, der vor Schreck auf den Rücken gefallen war. Die Laterne hatte er bei seinem Sturz verloren, aber Hortensias Stock war ihm geblieben, mit dem er jetzt wild um sich schlug, voller Panik, dass das Wesen zurückkehren und ihn anfallen könnte. »Totentrompete und schwarzes Füllhorn, das ist das Ende!«, rief der entsetzte Bitterling und hielt die Hand vor das Gesicht, als ihn Karlmanns Laterne blendete, der als Erster herbeigeeilt war.

»Hör auf, Zwentibold!«, schrie Karlmann und wich zurück, weil er fürchtete von dem Stock getroffen zu werden, mit dem Zwentibold noch immer wild in der Luft herumstocherte.

Auch Hortensia und der alte Pfiffer waren nun bei ihnen und der Bitterling blinzelte aus seiner Rückenlage in das helle Licht ihrer Laternen.

»Hortensia, Karlmann, Odilio, seid ihr das?«, flüsterte er und ließ den Arm sinken. »Ist es fort?«

»Ja«, hörte er Hortensias trockene Stimme über sich. »Du kannst wieder aufstehen. Du hast den Fasan erfolgreich in die Flucht geschlagen. Ein wahres Meisterstück!«

Der Schreck saß dem Bitterling noch gehörig in den Gliedern. Er setzte sich langsam auf und begann verlegen an seinen Kleidern herumzuklopfen. Am liebsten wäre er an Ort und Stelle im Boden versunken.

»Es kam so plötzlich«, murmelte er, ohne aufzublicken.

»Macht nichts, wir haben uns alle erschreckt«, sagte der alte Pfiffer freundlich und reichte ihm die Hand, um ihm beim Aufstehen behilflich zu sein. »Du wirst ihn mit deinem Stock oder dem Licht aufgeschreckt haben. Fasane legen immer gleich los, als ginge es um Leben und Tod, wenn man sie aus Versehen aufstöbert.«

»Sie suchen ihr Heil in der Flucht, was man von Zwentibold wahrhaftig nicht behaupten kann. Er hat wehrhaft die Stellung gehalten«, stichelte Hortensia, bückte sich aber und hob die verloren gegangene Laterne des Bitterlings auf.

»Ich bitte um Verzeihung, bei allen Morcheln des Waldes! Es ist ja wirklich nicht verwunderlich, dass man in dieser Nacht ein wenig unsicher ist!«, entgegnete der Bitterling verdrossen. »Ich dachte, ich sei auf alles gefasst, aber ganz offensichtlich nicht auf Fasane. Jedenfalls habe ich für heute entschieden genug von nächtlichen Vogelschreien, das könnt ihr mir glauben.«

»Das ist wahrhaftig kein Wunder«, sagte Odilio. »Zumindest bedeuten Fasane kein Unheil. Sie machen einfach nur viel Krach, wenn man sie aufscheucht. Hast du davor etwas entdeckt? Ich meine, bevor der Fasan aufgeflogen ist? Mir war so, als hätte ich dich rufen hören.«

Zwentibold ließ sich von Hortensia seine Laterne zurückgeben, deren Licht erstaunlicherweise noch brannte.

»Ganz sicher bin ich mir nicht«, antwortete er, »aber es könnte schon sein, dass dies die Stelle ist, wo wir gesessen haben. Mir kommt hier einiges bekannt vor.« Er beleuchtete wieder die auffällige Wurzelschlaufe. »Ich werde mich einmal dort oben umsehen«, sagte er dann, in der Absicht, die Scharte von eben wiederauszuwetzen, auch wenn es ihm nicht gerade geheuer war, als Erster einen Blick in den dunklen Tunnel zu wagen.

Der Bitterling stellte die Laterne über sich auf der Böschung ab und stemmte sich in die Höhe, wobei er sich mit einem Fuß von der auffälligen Wurzel abstieß. Oben kam er seitwärts zu sitzen und blickte zaghaft auf den zwischen den bewachsenen Wällen im nächtlichen Schatten liegenden Weg hinunter. Es war dort glücklicherweise nicht so dunkel, wie er gedacht hatte, denn das Mondlicht sickerte an vielen Stellen durch das gewölbte Laubdach. Niemand war zu sehen. Zwentibold hob sein Licht und beleuchtete die unmittelbare Umgebung, als er neben sich am Stamm einer Eberesche auf dem moosigen Untergrund etwas entdeckte. Es war alles andere als auffällig, sein Blick blieb zufällig daran hängen. Wenn ihn nicht alles täuschte, war das ein Häufchen halbverbrannten Tabaks. Zwentibold tastete danach, hielt es sich unter die Nase und schnupperte daran. Bald darauf breitete sich ein Lächeln auf seinem Gesicht aus.

»Tatsächlich, Pfeifentabak!«, rief er triumphierend. »Und überdies Bäumelburger Tausendblatt, Bullrichs Lieblingsmarke! Zuerst war ich mir nicht ganz sicher; im Dunkeln sieht ja alles recht ähnlich aus; aber jetzt glaube ich schon, dass wir genau hier gesessen haben. Natürlich haben wir geraucht, während wir uns unterhielten, und Bullrich muss dann irgendwann später seine Pfeife ausgeklopft haben. So wird es gewesen sein. Welch ein Glück, dass die Reste nicht davongeweht sind!«

»Sehr gut«, sagte Odilio anerkennend. »Ich glaube immer noch, dass Bullrich, nachdem du gegangen warst, genau gegenüber durch die zweite Hecke geklettert und von dort aus schnurstracks zum Wald gelaufen ist.«

»Ihr meint also, dass mein Onkel sofort in den Finster gegangen ist, ohne sich aufzuhalten, einfach geradewegs über die nächste Wiese und dann hinein zwischen die schwarzen Bäume?«, fragte Karlmann den alten Pfiffer erstaunt.

»Aber sicher!«, bemerkte Hortensia giftig. »Ein wahrer Held, ein Ritterling unter den Schattenbärten. Und ein Hornochse unter den Quendeln!«

»Dein Onkel ist jemand, der in die Tat umsetzt, was er sich einmal vorgenommen hat«, sagte Odilio zu Karlmann und warf Hortensia einen strengen Blick zu. »Vielleicht braucht er etwas Zeit mit der Vorbereitung, aber er bleibt seinen Plänen treu. Der gute Schattenbart hat etwas von einem Gebirgsbach, der sich Jahr für Jahr sein Bett im Fels auswäscht. Zäh und geduldig und unaufhaltsam. Ja, man merkt es vielleicht nicht auf den ersten Blick, dennoch ist Bullrich Schattenbart etwas ganz Besonderes!«

Karlmann lächelte, blickte dann aber bekümmert zu Boden, denn ihn überwältigte mit einem Mal die grauenvolle Vorstellung, dass er seinen Onkel vielleicht niemals wiedersehen würde. Er hatte sich in letzter Zeit wenig um ihn gekümmert, ihn niemals besucht und alles andere über den, wie er nun fand, albernen Spielen mit seinen Freunden vergessen. Und jetzt schwebte Bullrich womöglich in echter Gefahr, nachdem er mutterseelenalleine das Allermutigste gewagt hatte, was ein Quendel wagen konnte.

Es war Hortensias Gesicht anzusehen, dass ihr zu Odilios Lobrede eine ganze Menge eingefallen wäre, aber als sie merkte, wie Karlmann den Kopf hängen ließ, hielt sie sich zurück.

»Wir werden deinen wertvollen Onkel schon wiederfinden«, sagte sie und gab ihm einen sanften Stups. »Zwentibold, mach Platz, damit wir hinterherkommen können!«, rief sie dem Bitterling zu. »Karlmann ist der Erste!«

Zwentibold griff nach Laterne und Stock und entschwand ihren Blicken, als er auf den Weg hinuntersprang. Sie hörten, wie er auf dem weichen Sandboden aufsetzte, und kurz darauf kletterten ihm Karlmann, dann Hortensia und zuletzt der alte Pfiffer hinterher.

»Seht, wer schon hier ist«, rief der Bitterling, als Odilio noch zwischen Wurzeln und Ranken nach dem günstigsten Abstieg suchte.

Die anderen folgten Zwentibolds Geste, mit der er neben sich zu seinen Füßen wies. Auf einem Flecken Mondlicht saß dort Reizker Fuchsrot und sein getigertes Fell entflammte sich am Silber des Himmelsgestirns zu glänzendem Kupfer.

»Na, Reizker, mein Guter, ich dachte, ich würde dich erst später wiedersehen. Aber auch du magst nicht alleine zum Finster hinuntergehen, nicht wahr?«, sagte Odilio, der sich erfreut über seinen Kater beugte und ihn hinter den Ohren kraulte.

Reizker erwiderte das Streicheln, indem er seinen Kopf an Odilios Hand rieb.

»Und was jetzt?«, fragte Zwentibold und blickte den Weg hinauf und hinunter, als wäre irgendwo von dort eine Antwort zu erwarten.

»Nun müssen wir da lang«, sagte der alte Pfiffer und wies vor sich über die zweite Hecke. »Lasst uns aber zur Sicherheit zuvor noch ein paar Schritte den Weg hinauf- und hinabgehen. Nur zwei, drei Schlegel. Vielleicht finden wir eine Spur von Bullrich. Wir teilen uns auf und leuchten den Weg und die Mauer ab und wenn wir tatsächlich nichts gefunden haben, kehren wir hierhin zurück und schlagen uns in die Büsche.«

Selbst Odilio fiel es schwer, den Finster beim Namen zu nennen, jetzt, da sie kurz davor waren, den Heckenweg auf der falschen Seite zu verlassen.

»Ich werde Karlmann unter meine Obhut nehmen und nach rechts gehen«, fuhr er fort, »und Hortensia und Zwentibold sehen nach, ob es links hinunter etwas zu entdecken gibt. Aber nur so weit, dass wir gegenseitig unsere Lichter noch erkennen können. Komm, Reizker, mein Kater, komm mit mir!«

Sie trennten sich, nicht ohne eine Ermahnung Hortensias an Karlmann, dicht bei Odilio zu bleiben. Die Lichtkreise ihrer Laternen drifteten langsam auseinander, als sie anfingen, sorgfältig den Weg abzuleuchten; Odilio und Karlmann in der Richtung, die nach Rabenstein zurückführte, und Hortensia mit dem Bitterling in Richtung der Holzbrücke, die unterhalb des Krapp'schen Torhauses das Flüsschen Drille überquerte.

»Es hat keinen Zweck. Hier ist nichts«, stellte der Bitterling nach kurzer Zeit enttäuscht fest.

»Nein«, antwortete Hortensia. »Es war anzunehmen, aber man will ja nichts unversucht lassen. Gehen wir also zurück.«

Sie machten kehrt und sahen in einiger Entfernung die Laternen der anderen schimmern. Der Heckenweg beschrieb nach Norden an Grünlohe vorbei eine leichte Kurve, hinter deren Biegung Odilio und Karlmann allmählich verschwunden waren. Die beiden waren offenbar weitergegangen, als es der alte Pfiffer geplant hatte, denn ihr Licht blitzte nur noch vage zwischen den Büschen hervor und blieb, wenn sie den Boden ableuchteten, unterhalb der Mauer verborgen.

»Ob sie eine Spur gefunden haben?«, fragte Zwentibold. Er bemühte sich, in seiner Stimme ein Fünkchen Hoffnung anklingen zu lassen.

»Vielleicht«, sagte Hortensia und blieb plötzlich stehen. »Denn, sieh nur, sie haben sich getrennt.« Sie packte den Bitterling am Arm. »Einer von beiden ist schon in die zweite Hecke geklettert. Siehst du den Lichtschein dort oben links?«

Der Bitterling folgte Hortensias ausgestrecktem Zeigefinger und entdeckte in der Ferne auf der linken Mauer das zweite Licht, das quendelhoch in den Zweigen darüber schwebte. Tatsächlich musste also entweder Karlmann oder Odilio hinaufgeklettert sein, wobei Zwentibold sich wunderte, dass sich die beiden getrennt hatten, noch dazu auf eine Entfernung von einigen Schlegeln.

»Bei allen Hallimaschen!«, rief Hortensia voller Entrüstung. »Ich hoffe inständig, dass das da oben in der Hecke Odilio ist und er nicht etwa so dumm war, den Kleinen alleine als Späher auf die Mauer vorauszuschicken! Er weiß doch, was ich Beda versprochen habe! Stock und Schwamm, es ist meine Schuld! Ich hätte bei Karlmann bleiben müssen und nicht dieser alte Wirrkopf von einem geheimnistuerischen Pfifferling!«

Sie stürmte los. Zwentibold beeilte sich, ihr nachzukommen, und so liefen sie hintereinander das Stück des Weges, das sie abgesucht hatten, wieder zurück. Der Laternenschein auf der Mauer bewegte sich währenddessen nicht von der Stelle. Der dort oben stand, wartete nun auf die anderen. Um einiges weiter vorne irrlichterte die zweite Laterne zwischen den Sträuchern; ihr Schein kam langsam näher.

»Bist du das da oben, Karlmann?«, rief Hortensia mit lauter Stimme, noch mehrere Schlegel von der Stelle entfernt, wo sie das Licht schimmern sahen.

»Nein«, klang es von dort, wo sich das zweite Licht befand. Es hörte sich wie Karlmanns Stimme an. »Ich bin hier unten, bei Odilio. Ist das denn keiner von euch beiden, da oben in der Hecke?«

Hortensia und Zwentibold blieben so abrupt stehen, als wären sie vor eine unsichtbare Wand geprallt. Odilio und Karlmann hatten ebenfalls angehalten, denn ihre Lichter standen still und kamen nicht mehr näher. Das Licht auf der Mauer hatte sich noch überhaupt nicht bewegt und hing mit sanftem Glimmen im Geäst der Sträucher.

›Und beleuchtet dort nichts‹, dachte der Bitterling, ›denn dieses Licht verbreitet keine Helligkeit, wenn das möglich ist, da es sich nicht einfach um eine schlechte Funzel handeln kann. Ich sehe weder eine Laterne noch jemanden, der sie hält.‹

Als heller Fleck mit glitzernden Rändern um eine weißliche Mitte hing das unwirkliche Leuchten zwischen den Zweigen und malte ein

Loch in die Finsternis. Dem Bitterling lief es kalt den Rücken hinunter. Er glaubte, die vibrierenden Lichtpünktchen wiederzuerkennen, aber über der Bank unter der Linde hatte es nur leicht geschimmert. Dies hier war anders und stärker.

»Bleibt stehen. Nicht weitergehen!«, trieb ihnen durch die Nachtluft Odilios Warnung zu.

»Nichts da«, sagte Hortensia mutig, packte den Stock ihres Großvaters fester und machte zwei entschlossene Schritte nach vorne. »Wer ist da? Bist du das etwa, Bullrich?«

Niemand antwortete ihr. Stattdessen wisperte der Wind leise in den Zweigen und spielte mit den Blättern. Dem Bitterling kam es so vor, als sei das Licht eine Spur heller geworden.

»Was ist das?«, flüsterte Hortensia. Sie war stehen geblieben. »Ist dort oben jemand und beobachtet uns oder hängt dort irgendwo eine verlassene Laterne in den Ästen? Aber ich kann sie nicht sehen! Bei allen heiligen Pilzringen der Moose, es ist unheimlich. Das kann kein Quendel sein.«

»Nein«, wisperte der Bitterling an ihrer Seite, »es ist überhaupt nichts Lebendiges dahinter. Es ist nichts weiter als ein kaltes, glitzerndes Silberlicht und es gefällt mir nicht im Geringsten.«

In diesem Moment löste sich irgendwo darüber ein Blatt von einem Ast und segelte in sanften Spiralen in die Tiefe hinab. Erschrocken beobachteten die beiden Quendel, wie es in das Loch aus Licht hineinfiel und einfach darin verschwand.

»Bei allen Waldgeistern, hast du das gesehen?«, wisperte Hortensia. »Es ist einfach fort gewesen. In dieses Licht hineingefallen und weg!«

»Ja, aber so etwas gibt es nicht«, entgegnete Zwentibold. »Lass uns bloß zu den anderen gehen, bevor noch Schlimmeres passiert.« Er zog Hortensia am Arm mit sich fort.

In einiger Entfernung sahen sie Odilios und Karlmanns Laternen auf sich zukommen. Sie liefen ihnen entgegen, wobei sie immer wieder besorgte Blicke zurückwarfen. Es war unheimlich, das stille Licht hinter sich zu wissen, auch wenn es sich nicht bewegte. Am liebsten wäre der Bitterling, um es im Blick behalten zu können, rückwärts gelaufen, aber er fürchtete zu stolpern. Durch eine Lücke in der Hecke erkannte Hortensia, dass der Mond schon tief am Himmel stand. Bald würde er die Baumwipfel des Finsters berühren, während das Licht in der Hecke wie sein unheimlicher kleiner Zwilling zu ihnen auf die Erde herabgefallen war.

»Weißt du, was das ist?«, flüsterte der Bitterling dem alten Pfiffer zu, kaum dass sie die beiden anderen erreicht hatten.

Hortensia griff nach Karlmanns Hand und ließ ihn nicht los, obwohl sie merkte, dass er sich sträubte.

»Nichts aus dieser Welt, scheint mir«, wisperte Odilio zurück. »Wir haben heute schon einmal Bekanntschaft damit gemacht und nun taucht es hier auf.«

»Es?«, fragte Hortensia verständnislos. »Was meinst du mit ›es‹? Ich habe so etwas noch nie zuvor im Hügelland gesehen und du hörst dich an, als wüsstest du, worum es sich handelt.«

»Ich kenne die alten Geschichten«, sagte Odilio. »Oder besser gesagt, ich nehme sie ernst.«

»Stock und Schwamm!«, zischte Hortensia. »Ich habe jetzt genug von Geheimniskrämerei und Firlefanz. Wenn du so genau weißt, was es mit diesem Licht auf sich hat, dann sag uns doch, ob es gefährlich ist, und sollte das nicht so sein, könnten wir vielleicht weitergehen. Ich weigere mich, mir von einem bloßen Lichtschein den Weg abschneiden zu lassen. Soll es doch leuchten, solange kein Unhold dahintersteht!«

Der Bitterling konnte nicht umhin, sie bewundernd anzusehen.

Odilio zog die Augenbrauen hoch. »Es heißt ja, dass die Samtfuß-Kremplinge verwegen und tapfer sind. Nun gut, lasst uns gleich hier durch die Hecke klettern. Ich denke, es kann uns nichts geschehen, solange wir es nicht berühren.«

»Aber was ist es denn?«, wiederholte der Bitterling seine Frage vom Anfang. »Sag schon, was du weißt, Odilio.«

Odilio warf Zwentibold einen sorgenvollen Blick zu. »Ich glaube, dort fehlt ein Stück von unserer Welt«, sagte er dann langsam und schien jedes seiner Worte abzuwägen. »Was dicht sein sollte, ist durchlässig geworden, wie bei einem durchgescheuerten Stück Stoff.«

»Großartig!«, schnaubte Hortensia. »Und das Hügelland ist der Mantel eines Riesen und wir befinden uns an seinem Ellenbogen, wo er ein Loch im Ärmel hat. Hoffentlich reißt es nicht noch an anderen Stellen.«

Trotz des unheimlichen Lichtes und der Tatsache, dass sie sich schutzlos mitten in der Nacht unbekannten Gefahren näherten, musste Karlmann kichern. Vielleicht half ihm das über die Furcht hinweg, die mit kalten Fingern nach seinem Herzen griff. Hortensia hatte recht, die Worte des alten Pfiffers hörten sich merkwürdig an. Er blickte den Weg hinunter. Von hier aus sah das Licht wie eine schwache Laterne aus.

»Übertreibt es nur nicht mit eurem Mut«, sagte Odilio und jetzt lag ein warnender Ton in seiner Stimme. »Wisst ihr denn überhaupt nicht mehr, warum jede Quendelsippe von Nachkommen zu Nachkommen die alten Familienmasken überliefert und weitergibt? Was war der Anfang dieser Bräuche und der Grund dafür? Weshalb gibt es das Bäumelburger Maskenfest, das ihr so arglos begeht wie ein Picknick im Frühling? Weshalb die Feuer zur Wintersonnenwende, in den Raunächten der dunkelsten Zeit des Jahres? Habt ihr denn wirklich völlig vergessen, was hinter all dem Mummenschanz steckt? Wen wollen die Quendel mit ihren Masken an den Festtagen vertreiben und in die Finsternis zurückweisen? Ihr wisst es nicht? Nun, ich werde es euch sagen: Die Gespenster der Anderswelt! Den Wilden Jäger mit seinem Schattenheer aus Untoten und grausigem Gelichter. Blutdürstige Grabwächter, Draugen und Werwölfe. Mare und Schrate, die Würge- und Schüttelgeister. Hexen, Riesen, Trolle, böse Zwerge und weiße Fräulein. Den Alb und die Trud; Raben, Krähen und Fledermäuse; kurz, all jene Lebewesen, die mit dem ersten Augenaufschlag nur das spärliche Zwielicht der Schattenlande erblickt haben und die es deshalb wie Motten nach der Helligkeit unserer Welt zieht, an diesen Tagen, wenn die Grenzen durchlässig sind und es möglich wird, sie zu passieren.« Während dieser Rede schien es, als sei Odilio gewachsen; ganz gerade hatte er sich aufgerichtet und sein Ton wurde immer ungnädiger und vorwurfsvoller, als hätte er nun keine Geduld mehr mit der Unwissenheit seiner Begleiter.

Die anderen Quendel erschauerten und duckten sich ängstlich unter all den bedrohlichen Worten. Hortensia war die Lust am Sticheln vergangen und Karlmann versuchte nicht länger, sich dem Griff seiner Aufpasserin zu entziehen. Wieder kamen ihm Bullrichs Erzählungen in den Sinn, die von düsteren Wesen bevölkert waren.

»Donner- und Bitterpilz, Odilio«, stammelte der Bitterling. »Du willst damit doch nicht etwa sagen, dass alles Wirklichkeit sein soll, was man sich am Kamin bloß erzählt, um sich ein wenig vor dem Zubettgehen zu gruseln? All die Geschichten, die einen als Kind das Fürchten lehrten, sollen wahr sein?« Dabei sah er sich ängstlich nach dem zweiten Mond in der Hecke um. Fast glaubte er schon, darin etwas zu erkennen, die Ahnung einer Landschaft, den Umriss einer Gestalt, die nicht eben freundlich aus der anderen Welt zu ihnen hinübersah.

»Diese Geschichten haben einen wahren Ursprung, von dem im Hügelland kaum einer mehr etwas weiß. Oder wissen will«, sagte Odilio. »Aber vielleicht rächt sich das jetzt nach langer, langer Zeit.«

»Kann dort etwas hindurchkommen?«, flüsterte Karlmann und deutete so verstohlen hinter sich, als vermöchte die bloße Geste etwas Bedrohliches hervorlocken. »Ich meine, jetzt gleich, aus diesem Lichtloch. Jemand von denen, die du genannt hast.«

»Nein, das ist nicht anzunehmen zu dieser Zeit«, sagte Odilio. »Es ist noch zu früh im Jahr.«

Die anderen sahen ihn verständnislos an, aber er beachtete ihre ratlosen Gesichter nicht weiter. Stattdessen drehte er sich um und griff nach den Wurzeln einer Trauerbuche, die sich über die Mauerkante wölbten, stemmte den Fuß zwischen die verwitterten Steine und zog sich hinauf.

»Was willst du denn damit sagen?«, rief ihm Hortensia aufgebracht hinterher. »Soll das etwa heißen, dass zu bestimmten Jahreszeiten die übelsten Gestalten aus irgendeinem wolkigen Nirgendwo im Hügelland ein und aus gehen, ohne dass auch nur ein Quendel jemals etwas davon gemerkt hätte?«

»Meine Liebe, es gab Anzeichen genug und durchaus ein paar Quendel, die sich darauf verstanden, sie zu lesen.« Da Odilio nun von der Höhe der Mauer auf sie herabsah, wirkte es, als hielte er eine Ansprache. »All das geschah im Verborgenen und von den meisten unbeachtet, die sich an ihrem sicheren, bequemen Leben erfreuten. Sicher und bequem, weil die Grenze nahezu undurchlässig war in all den langen Jahren, in denen das Hügelland immer reicher und blühender wurde. Und seine Bewohner immer sorgloser, als ginge alles immer so weiter. Aber nichts geht immer so weiter, so wenig, wie ein Fluss bergauf fließt.« Er seufzte tief und schüttelte traurig den Kopf. »Vieles deutet schon seit Längerem darauf hin, dass die Grenze nun wieder passierbar ist – und es ist davon nichts Gutes zu erwarten.«

»Welche Grenze zu welchem Land?«, fragte der Bitterling verwirrt. »Liegt sie im Norden, Süden, Westen oder Osten?«

»Sie ist auf keiner Karte zu finden, sondern verläuft unsichtbar überall dort, wo sie Gestalt annehmen kann«, gab Odilio zur Antwort und trug damit noch mehr zu Zwentibolds Verwirrung bei. »Es gibt Tage im Jahr, an denen unsere Welt besonders durchlässig ist, und dann kann man hinübergelangen in das dunkle Reich auf der anderen Seite. Leider auch umgekehrt. Allerdings gibt es Orte, wo die Übergänge niemals ganz verschwinden und sich immer ein Weg findet, überzusetzen. Üble und dunkle Orte, die die Quendel gemieden und irgendwann vergessen haben.«

»Wie den Finster«, brachte Karlmann atemlos hervor. »Oh, Odilio, willst du damit sagen, dass mein armer Onkel nicht nur in den Finster, sondern sogar bis zu dieser unheimlichen Grenze gekommen ist? Meinst du, er ist schon verloren gegangen wie der Ästige Porling und die Wettersterner aus unserem Dorf?«

»Heilige Hohltrüffel!«, fuhr Zwentibold bei der Erwähnung seiner

Familiengeschichte auf. »Das könnte ja bedeuten, dass sie allesamt in diesem düsteren Land hinter der Grenze verschwunden sind. Warum hast du nie etwas gesagt, Odilio?« Es klang ungläubig und auch ein bisschen vorwurfsvoll.

Der alte Pfiffer schüttelte den Kopf. »Jetzt ist wahrhaftig nicht die Zeit für lange Erklärungen. Wir müssen weitergehen und versuchen, Bullrich zu finden. Kommt!« Er hielt dem Nächsten die Hand entgegen, während er mit der anderen den Stamm der kleinen Buche umklammerte.

Hortensia und Zwentibold blickten im Schein ihrer Laternen unsicher von einem zum anderen und dann wieder den Weg hinunter. An der bewussten Stelle war alles unverändert. So aufgewühlt sie sich innerlich fühlten, hatte Odilio sicher recht damit, dass es wenig Sinn machte, in vergessenen Geheimnissen zu wühlen, deren Ausmaß sie in diesem Moment doch nur halb begreifen konnten.

»Geht ihr beiden voran«, sagte der Bitterling.

Karlmann ergriff als Erster die dargebotene Rechte des Pfiffers und kletterte sogleich, halb von ihm gezogen, dem alten Quendel hinterher.

Als sie einer nach dem anderen oben auf der Mauer angekommen waren, blieben sie dort auf engem Raum zwischen den Sträuchern hocken, um den Blick in Richtung Finster zu wagen. Sie hatten ihre Laternen neben sich abgestellt und kauerten noch unter den gebogenen Ästen der Buche, als mit einem Mal ein Luftzug aufkam. Ganz plötzlich fuhr eine kräftige Böe in die verflochtenen Zweige der Hecken, bald eine zweite und dritte. Ein drohendes Brausen erhob sich, wo vorher nur ein sanftes Säuseln die Blätter bewegt hatte.

Die Quendel, die sich wie ein Schwarm Schutz suchender Vögel tiefer in die Hecke duckten, blies es auch in ihrem Unterschlupf so heftig an, dass auf einen Schlag zwei ihrer Laternen erloschen. Die Flämmchen der beiden anderen kämpften in ihren gläsernen Gehäusen flackernd gegen die mächtigen Windstöße, die nun den Heckenweg durchwogten.

»Geschundener Schirmling, was ist das?«, schrie Zwentibold in das

Tosen hinein. »Kommen sie jetzt, uns zu jagen?« Seine Worte gingen in der aufgepeitschten Luft unter.

Die beiden übrig gebliebenen Lichter hielten dem wilden Wind nicht länger stand und so saßen sie in der aufgewühlten Dunkelheit, drückten sich Hilfe suchend aneinander und hofften inständig, dass es bald vorbei sein würde.

Und tatsächlich, so plötzlich wie er begonnen hatte, legte sich der Sturm wieder. Ein letztes Mal jagte eine Böe durch das Laubdach des Heckenweges. Bald darauf ließ der Wind nach; es raschelte noch hier und da in den Zweigen. Dann war es still.

Die Quendel hoben schüchtern die Köpfe. Nun war das Schweigen um sie so nachhaltig wie zuvor das Getöse des Windes und fast war es unerträglicher, dass die Welt nun ganz offensichtlich den Atem angehalten hatte, als sei jede Bewegung mit dem Wind erstorben. Keiner von ihnen wagte, etwas zu sagen.

Da durchschnitt ein herzzerreißendes Maunzen die Stille.

»Reizker!«, rief Odilio aus und richtete sich so schlagartig auf, dass er Zwentibold, der neben ihm auf der Mauer hockte, beinahe auf den Weg zurückgestoßen hätte. »Reizker! Wo bist du? Komm zu mir! Reizker!«, rief der alte Pfiffer ein um das andere Mal in die Dunkelheit.

Das Maunzen erklang wieder, ängstlich und jammervoll, aber es kam näher.

»Ist das auch wirklich dein Kater?«, fragte Hortensia mit zitternder Stimme. »Was, wenn …?«

Sie kam nicht dazu, den Satz zu beenden. Es knackte hinter ihnen in der Hecke und neben Odilio glitt der Kater mit zerzaustem Fell aus den schwarzen Büschen und huschte unter die Schöße seiner Jacke.

»Oh, Reizker, mein Ärmster!«, sagte der alte Pfiffer zärtlich und tröstend, denn er merkte, wie sehr das Tier zitterte und sich ängstlich an ihn schmiegte. »Es ist ja vorbei. Schon gut, schon gut. Niemandem ist etwas geschehen. Wo hast du gesteckt, mein tapferer Kerl? Ganz allein in Wind und Wetter in dieser unseligen, löchrigen Nacht. Bleib jetzt besser in meiner Nähe, allerseidigstes Seidenfell.«

Hortensia runzelte die Stirn. »Wir sollten zuerst die Laternen wieder anzünden. Bald wird der Mond untergehen und dann ist es endgültig stockdunkel.«

»Seht!«, rief in diesem Augenblick Karlmann mit heller Stimme aus. »Stockdunkel, das ist es! Hier ist es tatsächlich stockdunkel! Das Licht in der Hecke ist verschwunden!«

Die anderen wandten die Köpfe und tatsächlich: Die Hecke war leer. Das bleiche Leuchten über der Mauer war nicht mehr dort, wo sie es zuletzt gesehen hatten; war überhaupt nirgends mehr zu entdecken, sosehr sie sich auch danach umsahen.

»Es ist wirklich fort«, stellte Zwentibold endlich erleichtert fest. »Als hätte es dieser furchtbare Wind davongeweht. Mir soll es recht sein, Stock und Schwamm, denn ich kann nicht sagen, dass ich es vermisse. So war der Sturm doch zu etwas gut, so ungemütlich es eben auch wurde, meine Lieben!«

»Ich glaube nicht, dass das ein freundlicher Wind war, der zu unserem Schutz das Licht vertrieben hat«, entgegnete Odilio und strich Reizker beruhigend über den Kopf. »Eher ist anzunehmen, dass beides zusammenhängt. Denn ihr müsst zugeben, dass weder das eine noch das andere in eine gewöhnliche Hügelländer Spätsommernacht passen.«

»Nein, ganz und gar nicht«, seufzte der Bitterling und nahm von Hortensia eine der hell leuchtenden Laternen in Empfang, die sie eine nach der anderen wieder entzündet hatte. »Es kam mir fast so vor, als sei dieser seltsame Sturm nur durch den Weg gejagt. Hinauf und hinunter, aber nicht außerhalb der Hecken. Wie ein lebendiges Wesen, das genau wusste, wohin es wollte.« Er schauderte.

»Ja«, sagte Karlmann beklommen. »Vielleicht kam er aus dem Nichts, dieser Sturmwind. Und wollte verhindern, dass wir weitergehen.«

»Aber erst einmal scheint es damit vorbei zu sein«, sagte Odilio und versuchte, zuversichtlich zu klingen. »Es hat keinen Zweck, sich jetzt lange den Kopf zu zerbrechen, und ich hoffe doch, dass der Wind nicht euren Mut davongeweht hat. Übrigens haben Karlmann und ich nichts auf dem Weg in Richtung Rabenstein entdeckt, wie ihr euch denken könnt. Wir hätten es längst berichtet. Habt ihr irgendeine Spur von Bullrich gefunden?«

»Nichts«, sagte Zwentibold.

»Seht nun, dort drüben liegt der Wald.« Hortensia hatte sich auf der Mauer aufgerichtet und wies mit ihrem Stock voraus, wobei sie sich mit der anderen Hand an einem Ast festhielt.

Sie spähten alle über die weite Fläche der sich absenkenden Wiese, die sich wie ein schwarzes Tuch vor ihnen ausbreitete. Viel näher als vermutet, dräute in der Schwärze eine noch schwärzere Wand. Die Quendel sahen sich dem Finster gegenüber.

Schweigend ließen sie den Anblick auf sich wirken, denn jeder hing den eigenen sorgenvollen Gedanken nach. Es war eine Sache, über den Finster zu sprechen, und noch einmal etwas ganz anderes, ihn so nah vor sich zu haben, dass man im Handumdrehen den Waldrand erreichen konnte. In der Finsternis glich der Wald einem düsteren Bollwerk, das sich bedrohlich aus den Wiesen erhob. Darüber war der Mond bereits zur Hälfte hinter den Baumkronen versunken, deren wild gezackte Schattenrisse schartige Muster in die silberne Scheibe bissen, während ihr Licht die höchsten Wipfel noch mit einer hellen Linie umfloss.

Zwentibold erschien es wie ein wirrer Albtraum, dass sein Vetter in dieser Einöde aus Wildwuchs stecken sollte. Noch wirrer kam ihm die Hoffnung auf eine erfolgreiche Suche vor. Was sollten sie hier ausrichten, mit nichts als vier Laternen, zwei Spazierstöcken und Pasteten in einem Beutel? Der Bitterling seufzte aus tiefster Seele, dann kletterte er als Erster die Mauer hinab und sprang ins Gras.

»Dieses merkwürdige Licht von eben hat sich ungefähr auf der Höhe befunden, wo Bullrich und ich auf der ersten Mauer gesessen haben«, sagte er. »Also müssen wir uns nun wieder ein wenig nach links halten, wenn wir zum Wald hinuntergehen, in der Hoffnung, dass wir uns dann auf Bullrichs Spur befinden.«

Zwentibold fühlte sich ein wenig besser, sobald er wieder in Bewegung war. In der Nähe des Finsters verbot sich langes Grübeln, wollte man nicht gleich Reißaus nehmen, um so schnell wie möglich wieder hinter die schützenden Hecken zu kommen.

Einer nach dem anderen kletterten sie dem Bitterling hinterher. Odilios roter Kater schien sich von seinem Schrecken erholt zu haben, denn er lief ihnen voraus und entfernte sich wieder aus dem Schein ihrer Laternen. Sie sahen noch, wie er entlang der Mauer im spärlichen Gestrüpp schnupperte, denn hier hatten Brombeeren, Geißblatt und Efeu ihr üppiges Wachstum eingebüßt und ließen die Steine an vielen Stellen frei. Die Quendel folgten Reizker und hielten sich noch ein kleines Stück parallel des Weges, bis Zwentibold, der ihre Reihe anführte, stehen blieb und noch einmal prüfend in die Hecke hinaufleuchtete.

»Es lässt sich von hier unten schwer einschätzen, aber ich würde annehmen, dass wir jetzt ungefähr auf der richtigen Höhe sind«, sagte er. Ohne ein weiteres Wort schwenkte er nach rechts und begann die dunkle Wiese hinabzuwandern. Karlmann, Hortensia und zuletzt Odilio liefen Zwentibold im Gänsemarsch hinterher.

Nun blieben sie dicht beisammen. Mit jedem Schritt ragte der Wald höher vor ihnen auf. Gleichzeitig rutschte der Mond, je weiter sie kamen, hinter die Baumwipfel und entzog sich ihrer Sicht. Im schwindenden Mondlicht warf der Finster ein Schattenband vor sich auf die Wiese und als die Quendel so nahe herangekommen waren, dass sie ihre nächsten Schritte unweigerlich in diesen schwarzen Streifen setzen mussten, hielten sie an und staunten, dass sie es ohne Zögern überhaupt so weit geschafft hatten.

Allmählich gewöhnten sich ihre Augen an das neuerliche Maß der Finsternis. Aus seiner Tintenschwärze lösten sich Formen und sie unterschieden in der ersten Reihe einzelne Stämme und dazwischen das undurchdringliche Gewirr aus Unterholz. Der alte Pfiffer stellte wortlos seine Laterne neben sich ins Gras und die anderen taten es ihm nach, als fänden sie es alle miteinander sinnlos, dem Finster mit winzigen Lichtlein beikommen zu wollen.

Hortensia dachte, dass sie, würde sie im Schellenwald nach jemandem suchen, denjenigen sicherlich bereits vom Waldrand aus mit Rufen auf sich aufmerksam gemacht hätte. Aber hier verbot sich selbst das Sprechen. Hätte sie sich in diesem Augenblick getraut, etwas zu sagen, Hortensia hätte die sofortige Umkehr empfohlen, so sehr hatte das trostlose Wesen des Waldes ihr Herz ergriffen. Sie konnte nichts weiter tun, als abzuwarten, dass die Nebel, die ihr Inneres belagerten, sich wieder lichten würden.

»Was nun?«, unterbrach Karlmann das andächtige Schweigen. Sein Flüstern klang beängstigend laut.

»Wir können dort unmöglich hineingehen«, sagte der Bitterling und schüttelte den Kopf. »Jedenfalls nicht mitten in der Nacht. Ich kann mich an keinen anderen Ort im Hügelland erinnern, der einen so frösteln lässt.«

»Wir werden den Waldrand abgehen und versuchen, hineinzuleuchten«, sagte Odilio einfach. »Vielleicht gibt es irgendwo einen Durchlass im Dickicht oder sogar die Andeutung eines Pfades und mit viel Glück finden wir eine Spur.«

»Aber wir werden uns diesmal nicht aufteilen, hoffe ich?«, fragte Zwentibold.

Er bemerkte ein wenig besorgt Hortensias abwesende Miene. Sie hatte noch kein Wort gesagt und das Licht ihrer Laterne, die sie neben sich auf den Boden gestellt hatte, strahlte von unten in ihr versteinertes Gesicht und ließ es maskenhaft erscheinen.

»Hortensia, ist alles in Ordnung?«, sprach der Bitterling sie an.

Sie betrachtete ihn verständnislos und antwortete nicht.

»Hortensia?« Er zupfte sie vorsichtig am Ärmel.

Endlich schreckte sie auf und versuchte sogleich, sich zusammenzureißen. »Ich glaube, ich könnte einen Schluck Wasser gebrauchen.«

Sie ließ sich von Karlmann den Proviantbeutel geben, nahm die Flasche heraus und trank einen kleinen Schluck. »Danke, es geht schon wieder«, sagte sie dann und schüttelte sich. »Hier ist es kälter als am Heckenweg. Kälter und dunkler, wen wundert es? Einen Moment lang hatte mich dieser Wald wahrhaftig in seinen schwarzen Klauen, aber ich glaube, jetzt ist es vorüber.«

»Odilio meint, dass wir am Waldrand entlanggehen sollen«, wiederholte der Bitterling den eben gefassten Plan.

Der alte Pfiffer nickte und hob seine Laterne auf. »Halten wir uns nach rechts. Und natürlich bleiben wir zusammen. Aber vielleicht sollten wir Bullrich zuerst *rufen*, was meint ihr?«

Die anderen glaubten ihren Ohren nicht zu trauen und besonders Hortensia fuhr gehörig zusammen. Hier an diesem Ort lauthals nach Bullrich zu rufen, erschien undenkbar. Bevor sie aber noch länger darüber nachdenken konnten, hatte Odilio sein Licht wieder im Gras abgestellt, legte beide Hände wie einen Trichter an den Mund und rief, nein, schrie: »Bullrich! Buuullriiich! Wo bist du? Bullrich Schattenbart, hier stehen deine Freunde am Waldrand und suchen nach dir! Buuullriiich!«

Hortensia, Zwentibold und Karlmann gefroren und starrten fassungslos zuerst auf den alten Pfiffer und dann auf den Wald. Es konnte nicht mehr lange dauern, bis sich dort etwas regte, und niemand von ihnen erwartete, dass es Bullrich sein würde. War da nicht gerade ein Knacken im Unterholz zu hören gewesen, das verriet, dass schon irgendwer oder irgendetwas zu ihnen unterwegs war? Sie fühlten sich hilflos und ausgeliefert wie ein Wurf junger Mäuse, deren Nest von der Katze aufgespürt worden war.

»Ssscht!«, zischte der Bitterling und hob abwehrend die Hände. »Ich bitte dich, sei still!«

»Buuullrich! Bullrich, bist du hier irgendwo?«, fuhr Odilio unbeeindruckt fort.

Karlmann wusste kaum, worauf er zuerst achten sollte. Einerseits hing er fasziniert über so viel Tollkühnheit an Odilios Lippen, andererseits musste er den Waldrand im Auge behalten. Der junge Quendel sah aufgeregt vom einen zum anderen, zögerte noch einmal kurz; dann legte er genau wie der alte Pfiffer die Hände an die Lippen und fiel mit heller Stimme in dessen Rufen ein. »Bullrich! Onkel Bullrich! Wo steckst du? Ich bin hier. Ich bin es, dein Neffe Karlmann!«

Erst klang es noch unsicher, aber mit jeder Silbe fühlte Karlmann sich mutiger und schöpfte neues Selbstvertrauen. Er sprang vor, geradewegs in den Waldesschatten hinein; blieb wieder stehen und rief auch von dort mit weit schallender Stimme nach seinem geliebten Onkel.

Doch so laut Odilio und er auch riefen, noch rührte sich nichts im Wald und niemand antwortete, weder Bullrich, noch sonst jemand.

»Karlmann!«, zischte Hortensia entsetzt. Sie hatte ihn nicht mehr zu fassen bekommen und musste nun mit ansehen, wie ihr Schutzbefohlener am Waldrand herumhüpfte und sich heiser schrie. Kein Zweifel, der Finster zeigte seinen unheilvollen Einfluss.

»Es passiert nichts«, rief Karlmann ihr zu. »Hier ist es nicht anders als da vorne. Kommt her und lasst uns ganz dicht bis an die ersten Bäume herangehen! Vielleicht auch hinein!«

»Untersteh dich!« Hortensia wurde jetzt ebenso laut wie Karlmann. Erschrocken fuhr sie sich mit der Hand über den Mund, so unbedacht hatte sie die Stimme erhoben. Dann fasste sie sich ein Herz und hatte den jungen Quendel mit wenigen Schritten erreicht. Sie packte ihn recht unsanft an der Schulter. »Heilige Hohltrüffel, Karlmann Schattenbart! Wirst du jetzt endlich mit diesem Lärm aufhören? Glaubst du, wir sind hier bei einem Picknick?«

Karlmann wand sich unter Hortensias hartem Griff und warf einen verunsicherten Blick zu den Bäumen. »Aber es bleibt doch alles ruhig«, sagte er dann. »Vielleicht ist es ein ganz normaler Wald, nur etwas dunkler als die anderen.«

»Was für ein Unfug!«, zischte Hortensia. »Wie kann man so verrückt sein, hier laut herumzuschreien? Ich kann mir kaum vorstellen, dass es günstig ist, sie herauszufordern!«

»Sie?«, fragte Karlmann.

»Die Mare, Schrate, Werwölfe und all dieses Gelichter«, versetzte Hortensia.

Das machte auf Karlmann den gewünschten Eindruck, denn er blieb endlich stehen.

»Wartet«, unterbrach sie der alte Pfiffer, der schon eine Weile nicht mehr gerufen hatte, und hob warnend die Hand. »Irgendetwas ist anders.«

Alarmiert sahen sie zum Waldrand hinüber. Nichts regte sich und nichts war in der bleiernen Stille zu hören, die nur eben von ihren eigenen Stimmen gestört worden war. Vielleicht wurde ihnen das nun zum Verhängnis.

»Was hast du gemeint?«, flüsterte der Bitterling Odilio zu, der neben ihm stand. »Alles sieht gleich aus.«

»Warte«, kam wieder die leise Antwort des alten Pfiffers zurück und kurz danach: »Hortensia, Karlmann, kommt hierher zurück zu uns.«

Die kleine Schar rückte dicht zusammen. Alle musterten ängstlich die stillen Bäume. Der Mond war außer Sicht, hinterließ aber noch eine Spur Helligkeit über dem Wald.

»Seht ihr das nicht?«, fragte der alte Pfiffer und zeigte in Richtung dessen, was die anderen für den Rest des Mondlichts hielten. »Es wird heller im Wald. Als wäre dort irgendwo ein Licht.«

Hortensia erstarrte, noch bevor sie wirklich verstand, was er damit meinte. »Glaubst du, dass vielleicht Bullrich …?« Die Worte erstarben ihr auf den Lippen, denn nun entdeckten sie alle, was Odilio gesehen hatte. Aus der Tiefe des Waldes drang feines Dämmerlicht bis zu ihnen herüber. Es war zuerst so schwach, dass man eine Sinnestäuschung dahinter vermuten konnte, aber da es nicht nachließ, solange sie auch warteten, wich der Zweifel zuletzt ängstlicher Gewissheit: Im Finster wurde es tatsächlich heller.

Irgendetwas leuchtete von innen heraus. Es war nur ein schwacher Abglanz von etwas sehr viel Hellerem, das bis zu ihnen an den Waldrand vordrang, aber es reichte aus, dass sich die schwarzen Baumsilhouetten rundeten und immer mehr Gestalt annahmen. Bald war es möglich, zwischen den Stämmen der ersten Baumreihe hindurchzusehen, sofern sich das Unterholz nicht zu hoch auftürmte. Mit jeder Minute, die verstrich, wurde der Wald sichtbarer.

»Als sei der Mond in den Finster gefallen«, sagte Karlmann und das traf die Sache nicht schlecht.

»Ihr habt den Wald mit eurem Schreien aufgeweckt«, flüsterte Hortensia. »Oh, ich wusste, dass das nicht gut gehen konnte. Seit Hunderten von Jahren hat an dieser Stelle bestimmt niemand mehr herumgeschrien und nun erwacht der Wald zu neuem Leben. Wie konntest du nur, Odilio, wenn dir die alten Geschichten doch so viel bedeuten!«

»Es war einen Versuch wert«, gab der alte Pfiffer zurück. »Wenn Bullrich hier irgendwo in Rufweite gewesen wäre, hätte er vielleicht antworten können. Sollte wirklich jemand anderer als Bullrich unser Kommen beobachtet haben, weiß dieser Jemand von unserer Anwesenheit, seitdem wir mit unseren Laternen den Heckenweg hinter uns gelassen haben, wenn nicht noch früher. Außerdem kann lautes Rufen auch als Furchtlosigkeit und Stärke angesehen werden. Was meint ihr denn, was das Schreien und Lärmen während unserer Maskenumzüge ursprünglich zu bedeuten hatte? Damit werden die Geister der Anderswelt in Schach gehalten und das kann *hier* sicher auch nicht schaden.«

Hortensia verstummte.

»Einerlei, ob es richtig oder falsch war«, fuhr Odilio fort. »Auf jeden Fall bekommen wir es wieder mit diesem unseligen Licht zu tun und diesmal scheint es viel mehr zu sein. Wir müssen uns beeilen, bevor es den Waldrand erreicht.«

»Meinst du, dein Kater ist in den Finster gelaufen?«, fragte Karlmann plötzlich. Reizker hatte sich schon eine ganze Weile nicht mehr blicken lassen.

Odilio seufzte, überlegte kurz und schüttelte dann den Kopf. »Nein, das glaube ich nicht, aber es wäre mir auch lieber, er wäre jetzt hier in meiner Nähe.«

»Ich möchte wirklich wissen, wobei er uns von Nutzen gewesen sein sollte?«, fragte Hortensia.

»Das wird sich weisen«, gab der alte Pfiffer knapp zur Antwort. »Kommt jetzt, wir müssen nachsehen, ob wir etwas entdecken können.«

Mit klopfendem Herzen gingen die vier Quendel so dicht bis unter die ersten Bäume, dass sie ihre Rinde mit der Hand hätten berühren können. Der bescheidene Lichtkreis ihrer Laternen huschte über Wurzeln, Stämme und Dickicht; kleine verlorene Irrlichter am Rande einer feindlichen Wildnis.

»Hier lässt sich auf Anhieb sicher nichts finden«, sprach Odilio aus, was sie alle fühlten, »und es wird wohl unmöglich sein, die genaue Stelle zu entdecken, an der Bullrich in den Wald gegangen ist. Es sei denn, wir hätten das außergewöhnliche Glück, noch einmal einen deutlichen Hinweis zu finden; so etwas wie ein abgerissenes Stückchen Stoff von seinen Kleidern, die an einer Ranke hängen geblieben sein könnten.«

Sorgenvoll betrachteten die Quendel den Wildwuchs zwischen den hohen Stämmen.

»Als kämpften alle gegeneinander«, sagte Karlmann schaudernd.

»Ja, vom niedrigsten Moos bis zur mächtigsten Eiche«, stimmte Odilio nachdenklich zu. »Verstrickt in Zorn und Bitterkeit. Immerhin wird es dort drinnen aber nun heller und heller. Auch wenn dieses Licht nichts Gutes verheißt«, fuhr er nach kurzem Schweigen fort, »für den Augenblick wird es unsere Suche erleichtern, denn wir können einen halben Schlegel weit in den Finster hineinsehen, ohne hineingehen zu müssen. Das sollten wir auch besser lassen, wenn sich das Licht weiter ausbreitet.«

»Wenn es das Gleiche ist wie dieser seltsame, kleine Mond im Heckenweg, bedeutet das doch, dass nun auch der Wald undicht wird, so, wie du es eben angedeutet hast?«, fragte Karlmann mit erschreckender Logik.

»Nichts weniger als das, fürchte ich«, antwortete der alte Pfiffer grimmig. »Du hast gut aufgepasst, mein Sohn. Deshalb müssen wir ab jetzt sehr vorsichtig sein. Man kann nämlich darin verloren gehen oder besser gesagt, die Grenze ungewollt übertreten, und ich bezweifele, dass uns dahinter etwas so Friedliches wie das Hügelland erwartet.«

»Und wenn Bullrich nun darin verschwunden ist?«, spann Karlmann den Gedanken weiter. »Ganz und gar verloren gegangen in diesem gefährlichen Leuchten?«

»Dann, bei allen heiligen Hohltrüffeln, mögen ihm die guten Geister der Wälder und Wiesen beistehen!«, sagte Odilio mit düsterer Miene. »Wir wollen hoffen, dass es noch nicht passiert ist!«

»Meinst du etwa damit, dass er dann gar nicht mehr zu retten wäre?«, rief Zwentibold entsetzt. »Der alte Bullrich fort und verschwunden, zuerst im Finster und dann im Nichts, genau wie das kleine Blatt, das aus der Hecke geradewegs in dieses trügerische Lichtloch gesegelt ist?! Zitterzahn und Totentrompete, was für eine entsetzliche Vorstellung!«

»Ein Blatt, das darin verschwunden ist?«, fragte Odilio und sah den Bitterling scharf an. »Davon habt ihr eben gar nichts gesagt. Nun, da habt ihr es. Dann konntet ihr ja selbst sehen, was passieren kann.«

»Weißt du denn überhaupt, was dahinter ist?«, platzte Hortensia heraus und wie immer, wenn sie verzweifelt war, klang sie sehr ungehalten. »Du bist sicher schon dort gewesen!?«

»Ja, das bin ich, Hortensia«, sagte der alte Pfiffer ruhig.

Die anderen starrten ihn so entgeistert an, als sei er selber ein Wesen aus einer anderen Welt und nicht länger der alte Odilio Pfiffer aus Grünlohe zwischen den Wäldern. Niemals zuvor hatte er auch nur ein Sterbenswörtchen über eine derartige Ungeheuerlichkeit verraten.

Aber weil es so gar nicht zu ihm passte, mit Heldentaten aufzuschneiden, die er nicht begangen hatte, ahnten sie allmählich, dass er ihnen wohl die Wahrheit sagte. Odilio hingegen ignorierte ihre Fassungslosigkeit.

»Denkt jetzt nur an die Suche«, rief er über die Schulter zurück und war längst losmarschiert. »Das vertreibt auch die Angst! Wir werden am Waldrand entlanggehen; zuerst nach links. Wenn wir dort nichts finden und bis dahin nichts Besonderes geschehen ist, versuchen wir es in umgekehrter Richtung, bis wir auf die Straße nach Rabenstein treffen. Haltet die Augen offen! Sucht das Waldesinnere ab, so weit eure Blicke und euer Mut reichen! Wir dürfen nichts übersehen, denn es geht um des Schattenbarts Kopf und Kragen! Los! Mit eulenscharfen Blicken!«

Die drei Quendel schnürten hinter ihrem Anführer her. Tapfer starrten sie in den Wald hinein, bis ihnen die Augen tränten. Jeder versuchte, keinem der bedrohlichen Gedanken nachzugehen, die sich ihnen, nach allem, was sie gehört hatten, aufdrängten. Tatsächlich half Odilios Rat, nun alle Sinne und Kräfte auf die Suche nach Bullrich zu verwenden. Karlmann glaubte sogar, einen winzigen Anflug angeborener Quendelneugier zu verspüren, als er zwischen den Stämmen zweier düsterer Tannen hindurch in den Finster spähte. Ganz sicher war das mehr als verwegen und er überlegte, was wohl Eppelin Reizker und seine Quendeliner Bande sagen würden, könnten sie ihn in diesem Augenblick sehen. Hinter den Tannen standen einige schlankere Bäume, augenscheinlich Buchen. Auf ihren silbrigen Stämmen spiegelte sich bereits eine Ahnung des unheimlichen Schimmerns, das den Finster wie Nebelschwaden zu durchdringen begann und seinen Namen Lügen strafte.

Hortensia, die Karlmann vorausging, leuchtete gewissenhaft jede Handbreit Boden ab, bevor sie ihr Licht weiter nach oben schwenkte. Sie wagte nur nicht, mit ihrem Wanderstock auf gut Glück im Gestrüpp herumzustochern, aus Angst, dabei irgendetwas Ekliges oder Bedrohliches aufzuschrecken. Nach der ergebnislosen Inspektion eines wilden Gestrüpps aus Ilex und den niederen Zweigen einer mächtigen Fichte hielt sie ihre Laterne nach links über die dunkle Wiese – und gefror. War das Licht nicht eben über zwei glühende Punkte geglitten, die untrüglich zu einem Augenpaar gehören mussten? Sie konnte einen schrillen Aufschrei nicht unterdrücken und hielt dabei so plötzlich an, dass Karlmann, der nur auf den Wald geachtet hatte, von hinten auf sie prallte.

»Stock und Schwamm, was ist los?«, rief Zwentibold, der die Nachhut bildete.

»Da! Da ist etwas!«, brach es aus Hortensia hervor und sie zeigte mit dem Stock in die Richtung, wo sie das Aufschimmern gesehen zu haben glaubte. »Dort sitzt etwas in der Wiese, irgendetwas Lebendiges!«

Der alte Pfiffer schien sich nicht zu fürchten. Ohne ein Wort zu verlieren, ging er beherzt einige Schritte in die angegebene Richtung. Der Lichtstrahl seiner Laterne traf auf eine kleine, rötliche Gestalt, die reglos im Gras kauerte.

»Reizker! Es ist nur Reizker!«, rief Odilio über die Schulter zurück und rannte los.

Im nächsten Augenblick unterbrach ein unsichtbares Hindernis seinen Lauf und er stürzte in hohem Bogen nach vorne. Die anderen zögerten nur einen erschreckten Atemzug, bevor sie dem alten Pfiffer zu Hilfe kamen. Aber noch bevor sie ihn erreichen konnten, hatte er sich wieder so weit aufgerappelt, um auf allen vieren zu seinem Kater zu kriechen, den Odilios Sturz eigentümlicherweise nicht aufgescheucht hatte.

»Bist du verletzt?«, rief der Bitterling und kniete sich neben den beiden ins Gras, gefolgt von Hortensia und Karlmann.

»Nein, ich habe mir nichts getan«, antwortete Odilio. »Aber mit Reizker scheint irgendetwas nicht in Ordnung zu sein. Ich habe es schon aus der Entfernung gemerkt. Er ist wie erstarrt.«

Alle blickten auf das regungslos im Gras hockende Tier, das sich weder um die Ankunft seines Herrn, noch um die ganze Aufregung zu kümmern schien. Als der alte Pfiffer seinen Kater sanft mit beiden Händen packte und ihn hochheben wollte, ließ Reizker ein lang gezogenes, gequältes Maunzen hören. Die Quendel schraken zusammen.

»Reizker, mein Bester«, sprach Odilio besänftigend auf den Kater ein, der sich seinem Griff nicht entwunden hatte. »Was ist denn nur mit dir? Wo tut es weh?«

Vorsichtig untersuchte er das Fell, die Beine und strich über seinen Kopf. Reizker ließ alles still über sich ergehen.

»Ich kann nichts finden«, sagte er schließlich und klang zwar erleichtert, aber nicht unbesorgt. »Er hat nirgendwo eine Wunde und alle Knochen fühlen sich heil an. Schmerzen wird er auch nicht haben, denn er lässt sich ja überall anfassen. Trotzdem ist er verändert. Als wäre ihm der Schrecken ganz gehörig in die Glieder gefahren.«

»Ob er in den Wald gelaufen ist?«, fragte der Bitterling. »Und dort etwas Furchtbares gesehen hat?« Schaudernd wandte er sich halb um. Nein, nichts regte sich am Waldrand, nichts drang aus dem Dickicht. Aber die Bäume schälten sich immer weiter aus der Dunkelheit, die sich in silbriges Dämmern verwandelte.

»Seht nur!«, rief nun Karlmann so laut, dass wieder alle zusammenfuhren. Aufgeregt zeigte er auf Reizker. »In seinem Fell glitzert es! Bei allen Quendeln der friedlichen Dörfer, er ist also doch dort gewesen, Odilio! Dein Kater war tatsächlich im Finster und hat etwas von diesem Leuchten abbekommen!«

Hastig beugte sich Odilio ein weiteres Mal über das verstörte Tier. Aus einem anderem Winkel als zuvor leuchtete er noch einmal das Fell ab und jetzt konnten sie es alle erkennen: In Reizkers dichtem rötlichen Pelz hing es wie glitzernder Staub.

»Nicht! Fass es nicht an!«, rief Hortensia noch, doch schon strich Odilio über Reizkers Rücken. Einige Lichtpünktchen wirbelten sanft auf und verschwanden.

Sie spürten alle den Anflug plötzlicher Kälte, der sich in der Luft auftat und nichts mit der Kühle der Nacht zu tun hatte.

»Das kann uns nichts anhaben, aber wer weiß zu sagen, was dieser tapfere kleine Bursche erlebt hat?«, sagte Odilio. Für einen kurzen Moment vergrub er das Gesicht im Fell seines Katers. Dann setzte er Reizker wieder vorsichtig ins Gras und zog sich die Jacke aus. Er knotete die Ärmel zusammen, knöpfte und zupfte an verschiedenen Stellen und hielt schließlich etwas in den Händen, das einem Beutel recht nahekam. »So«, stellte er fest, »darin kann ich ihn tragen, wenn er es sich gefallen lässt.«

»Warum bist du eben eigentlich gestürzt?«, fragte der Bitterling und musterte misstrauisch den Boden.

»Ich bin über irgendetwas gestolpert«, sagte Odilio. »Irgendein Hindernis in der Wiese. Ein Stein oder etwas Ähnliches.«

Er schwenkte den Lichtschein seiner Laterne zurück und alle folgten mit ihren Blicken dem hellen Streifen, der über das kurze Gras tanzte, bis er an einem dunklen Fleck hängen blieb.

»Keineswegs«, rief Karlmann aus, der scharfe, junge Augen hatte. »Das ist ein Maulwurfshügel, über den du gefallen bist!« Bevor Hortensia ihn aufhalten konnte, lief er die wenigen Schritte zurück und stocherte mit der Fußspitze in einem leicht zertretenen Häufchen schwarzer Erde herum.

Die anderen folgten ihm und alle leuchteten auf die kleine Erhebung herab, die im Schein der Laternen einen halbrunden Schatten auf das struppige Gras warf.

»Dass es hier Maulwürfe gibt«, sagte Hortensia erstaunt, die sich dicht hinter ihrem Schutzbefohlenen aufgebaut hatte. »Ich habe bis jetzt nirgendwo auch nur die winzigste Spur eines Tieres bemerkt. Dies muss ein ähnlich störrischer alter Querkopf unter den Maulwürfen gewesen sein wie Bullrich Schattenbart unter den Quendeln!«

»... wie Bullrich Schattenbart unter den Quendeln!«, wiederholte Karlmann langsam und ließ sich auf die Knie fallen. Er griff nach etwas, das wohl neben dem Hügel in der Erdkrume gelegen hatte, und präsentierte es den anderen triumphierend auf der flachen Hand. Es sah aus wie eine fingerdicke, bleiche Raupe.

Vorsichtig nahm Odilio das Ding von Karlmann in Empfang und begriff sogleich.

»Pfefferschwamm und Erdschieber!«, rief er. »Hier haben wir wieder eine Spur von unserem alten Freund, sei es gepriesen und gepfiffen!«

»Eine Birkenrolle und zwar genau so eine, wie Bullrich sie für seine Aufzeichnungen verwendet!«, stimmte Zwentibold voller Begeisterung ein, als auch er erkannte, um was es sich handelte. »Bei allen Quendeln!

Biege sie mal ein wenig auseinander, Odilio, damit wir sehen können, ob er etwas darauf geschrieben hat.«

Ratlos starrten sie auf einen einzigen krakeligen Schnörkel, als der alte Pfiffer das Rindenstück vorsichtig auseinandergerollt und ins Licht gehalten hatte.

»Das soll von Bullrich stammen? Eher sieht es mir danach aus, als hätte es der Maulwurf geschrieben!«, bemerkte Hortensia.

»Sei nicht albern.« Der Bitterling klang ungeduldig. »Das ist ganz sicher eine von Bullrichs Rollen! Weiß der Kuckuck, was dieses Zeichen zu bedeuten hat? Vielleicht wollte er nur seine Zeichenkohle ausprobieren. Und wer, wenn nicht Bullrich, sollte das am heutigen Tag an eben dieser Stelle hier gewesen sein!?«

»Zwentibold hat recht«, sagte Odilio. »Ein wahrer Glücksfall, dass ich über diesen Maulwurfshügel gestolpert bin. Und dass Karlmann so schlau war, hier gründlich nachzusehen«, fügte er noch hinzu.

Karlmann strahlte. Warm durchrieselte ihn das hoffnungsvolle Gefühl, dass es bald möglich sein würde, den Vermissten wiederzufinden. Das Glück schlug sich doch auf ihre Seite, wenn es ihnen in dunkler Nacht tatsächlich gelang, in kurzen Abständen Bullrichs Spuren wie die Nadel im Heuhaufen zu entdecken. Das hätte selbst der größte Schwarzseher unter den Quendeln als gutes Zeichen gedeutet.

Der alte Pfiffer steckte die Birkenrolle in eine seiner Westentaschen und kehrte zu seinem Kater zurück, der immer noch matt und teilnahmslos auf der gleichen Stelle hockte. Als er sich zu ihm hinunterbeugte, hob Reizker immerhin den Kopf, um seinem Herrn mit großen, angstgeweiteten Pupillen ins Gesicht zu blicken.

»Reizker, alter Junge!« Odilio kraulte ihn sanft zwischen den Ohren. Der Kater rieb seinen Kopf an der ihn liebkosenden Hand, machte aber noch immer keine Anstalten aufzustehen. Odilio breitete den Tragebeutel, den er aus seiner Jacke geknotet hatte, auf dem Boden aus und setzte Reizker vorsichtig hinein. Fürsorglich hüllte er ihn in den Stoff und hob ihn auf, wobei er sich die zusammengeknoteten Ärmel über die Schulter hängte. Es sah so aus, als hätte Reizker nichts dagegen, auf diese Weise getragen zu werden. Nur sein Kopf mit den spitzen Ohren und den großen Augen, in die allmählich die Aufmerksamkeit zurückkehrte, lugte aus dem Jackenfutter heraus.

»Lasst uns bei den Bäumen noch einmal genau nachsehen, ob wir nicht weitere Spuren von Bullrich finden können!«, schlug Karlmann vor, angespornt durch seine jüngste Entdeckung, und wandte sich eifrig dem alten Pfiffer als ihrem Führer zu.

Da sah er, dass es in den dunklen Pupillen der Katzenaugen hell aufstrahlte. Einen Atemzug später begannen sich ihre Schatten vor ihnen auf der Wiese abzuzeichnen, als sei der längst untergegangene Mond plötzlich hinter einer Wolke hervorgekommen. Mit einem Mal schien alles um sie herum von bleicher Helligkeit erfüllt.

Ein jeder von ihnen ahnte es, noch bevor sie sich umgedreht hatten; wusste es, als im Augenblick des Erschreckens ihre Blicke einander trafen: Das unheilvolle Licht hatte den Waldrand erreicht. Es war geschehen, als sie mit Reizker beschäftigt und in die Betrachtung des Maulwurfshügels vertieft waren.

»Stock und Schwamm, nun reißt die Welt an allen Stellen«, brachte der Bitterling noch zitternd hervor.

Ein heftiger Windstoß trieb die Worte mit sich fort. Wie zuvor auf dem Heckenweg erhob sich ein wildes Brausen in der Luft und die Baumkronen erbebten im aufkommenden Sturm. Drohend geriet der Finster in Bewegung.

Sechstes Kapitel

Das Licht in der Laube

Der Mond von einem Wolkenhügel
Sah kläglich aus dem Duft hervor,
Die Winde schwangen leise Flügel,
Umsausten schauerlich mein Ohr;
Die Nacht schuf tausend Ungeheuer.

JOHANN WOLFGANG VON GOETHE

B ei dem Nachtmahl der Kremplinge hatte sich der Suppentopf
schnell geleert. Der unerwartete Tischgast überraschte mit einem
wahren Bärenhunger und lehnte auch den dritten Nachschlag nicht ab.

Er musste halb verhungert sein. ›Oder aber‹, dachte Fidelis mitleidig,
›es gibt in seinem abgeschiedenen, traurigen Leben kaum eine Gelegenheit, zu einem guten Abendessen unter einer hell leuchtenden Lampe
zu kommen.‹

Fendel schaufelte mit einer derartigen Eile das feine Essen in sich hinein, dass trotz seiner zusätzlichen Portionen alle gleichzeitig fertig wurden. Pirmin griff nun nach Pfeife und Tabaksbeutel, den er an Fendel
über den Tisch weiterreichte. Der Eichhase nahm ihn zögernd entgegen,
als hätte er diese freundliche Geste genauso wenig erwartet wie zuvor
die drei Teller mit heißer Pilzsuppe. Bald darauf stiegen blaue Wolken bis
zu den dunklen Balken der Küchendecke empor und in den Duft nach
Suppe und frisch gebackenem Brot mischten sich aromatische Spuren
von Honig und Brombeeren.

Eigentlich hätte die Küche längst mit munteren Gesprächen erfüllt
sein müssen, wie sie die Familie bei jedem Essen miteinander führte;

ganz so, wie es alle Quendel hielten, die sich zu einem gemeinsamen Mahl an einem Tisch zusammenfanden. Besonders Afra, Florin und Blodi hätten sich nach der Geburt des kleinen Stierkälbchens eine ganze Menge zu erzählen gehabt. Aber die überstürzte Ankunft des Wettersterner Außenseiters ausgerechnet auf ihrem Hof drängte alles andere in den Hintergrund und so vertieften sich die drei jungen Kremplinge mit kaum verhohlener Neugierde in Fendels ausgemergelte Züge und beobachteten jede noch so kleine Bewegung.

Erwartungsvolles Schweigen hing in der Luft. Das Essen war vorüber, die Teller abgeräumt – nun musste der Besucher doch endlich etwas sagen; als stumm galt er jedenfalls nicht im Dorf.

»Hähem«, räusperte sich ihr Vater schließlich, als Fendel nichts weiter tat, als seine Pfeife zu paffen. »Ich hoffe, du hast den Sturz gut überstanden.«

»Ja«, fügte Fidelis hinzu, die lange Schweigsamkeit in ihren eigenen vier Wänden schlecht aushielt. »Die Wunde blutet nicht mehr, denn der Verband bleibt hübsch weiß. Sie wird gut zuheilen, denke ich. Vielleicht wirst du noch ein wenig Kopfschmerzen haben, aber das liegt wohl nicht allein an deinem Sturz gegen unsere Stalltür.«

Dabei zwinkerte sie ihm freundlich zu, doch zu aller Erstaunen wurde Fendel rot bis über beide Ohren. Er hatte sehr wohl verstanden, worauf die hübsche Bäuerin anspielte, die solche Wunder wie diese Mitternachtssuppe vollbringen konnte, und weil er sich nicht erinnerte, wann er das letzte Mal so freundlich umsorgt worden war, schämte er sich für seinen Moosweinrausch, seine abgerissenen Kleider und verfluchte innerlich dreimal seine tölpelhafte Unbeholfenheit in Gesellschaft anderer. Er hätte sich gerne so dankbar gezeigt, wie er sich fühlte, aber weil er schon seit sehr langer Zeit mit niemandem mehr Umgang hatte, dem er wirklich dankbar sein konnte, hatte er schlicht vergessen, wie man das richtig anstellte. Ein bloßes Wort erschien ihm zu wenig für all die Güte und Hilfe, die ihm die Kremplingsfamilie so unversehens und ohne langes Federlesen erwiesen hatte. Was konnte er also tun?

Fendel fuhr sich mit der Zungenspitze über die trockenen Lippen und setzte zum Sprechen an, aber da er in so großer innerer Bedrängnis war, verschluckte er sich am eigenen Pfeifenrauch und bekam, statt etwas zu sagen, einen gehörigen Hustenanfall. Er prustete und japste nach Luft, dass ihm die Tränen in die Augen traten.

Im nächsten Augenblick war Blodi von seinem Schemel gesprungen und begann dem Eichhasen auf den Rücken zu klopfen, ganz so, wie er es getan hätte, wenn sich eines seiner Geschwister böse verschluckt hätte. Fendels Husten beruhigte sich bald und wich einer weiteren Welle tiefer Dankbarkeit, die sich wohlig und fremd in ihm ausbreitete.

Was war das bloß für eine seltsame Nacht, die ihn alten Trunkenbold so mir nichts, dir nichts in eine Welt stolpern ließ, deren Existenz er eigentlich vergessen hatte! Und weil er nun einmal nichts anderes bei sich hatte, was er hätte geben können, legte er dem überraschten Quendeljungen eine seiner Goldmünzen in die geöffnete Hand. Sofort wollte seine Mutter dazwischengehen, aber diesmal war Fendel schneller und da es nur ein heiseres »Nicht!« war, das er herausbrachte, musste es an seinem Blick liegen, dass Fidelis innehielt. Wieder nestelte der einsame Quendel umständlich in seinen Westentaschen. Dann winkte er Afra und Florin heran und legte auch ihnen eine glänzende Münze in die zögernd ausgestreckten Hände. Der Eichhase schloss ihnen die kleinen Finger darüber und zum ersten Mal huschte so etwas wie ein Lächeln über sein Gesicht, als er die andächtigen Mienen studierte, mit denen sie sein Tun verfolgten. Er räusperte sich und sah von Pirmin zu Fidelis. »Es fällt mir schwer ...«, begann er und seine Stimme knisterte wie dürres Laub. »Filziger Schwindling, der ich bin. Ich habe so viele Worte verloren, sehr viele Worte. In den Wiesen beim Schwarzen Schilf. Auch in den Gläsern der Nebelkappe, auch dort. Es fällt mir schwer, aber ich möchte sagen, möchte sagen: Das war eine Suppe aus alten Zeiten. Eine gute Suppe, wie auch ich sie einmal gekannt habe. Aus alten Zeiten, als die Stube warm war und das Bett weich.« Er kam ins Stocken und senkte verlegen den Blick.

»Wir haben sie dir gern gegeben«, sagte Fidelis gerührt. »Wir …«

Aber Fendel hob die Hand zu einer Geste, die wohl bedeuten sollte, dass er gleich weitersprechen wollte. »Das Gold: für die Kinder! Ein Geschenk von Fendel, dem Fuchs von der Pfiffer. Man darf es ruhig annehmen, weil es für später ist und keine Zeche für erwiesene Dienste. Annehmen so wie die Suppe, für die ich sehr danke, bei allen Pilzen des Waldes und der freundlichen Auen.«

Afra, Florin und Blodi strahlten und Fidelis betupfte sich verstohlen die Augenwinkel mit einem Schürzenzipfel.

»Mein lieber Fendel, das ist mehr als großzügig für einfache Gastfreundschaft unter Nachbarn«, sagte Pirmin. »Wir danken dir im Namen unserer Kinder, denen es, ich kann es kaum glauben, die Sprache verschlagen hat.«

»Nein, nein, nein!«, rief Florin aus. »Vielen Dank, Fendel Eichhase. Vielen, vielen Dank! Jetzt werde ich mir ein Pony auf dem Rabensteiner Markt kaufen können. Ein eigenes Pony!«

»Ich auch, ich auch!«, fiel ihm seine Schwester aufgeregt ins Wort. »Wir können dann zusammen ausreiten oder die Ponys vor den Wagen spannen und alle eine Kutschfahrt zur Kaltwasser mit anschließendem Picknick in den Flusswiesen machen!«

»Bei allen Hallimaschen, immer mit der Ruhe!«, sagte Pirmin. »Habt ihr nicht gehört, dass Fendel sagte, das Gold sei für später? Ich nehme fast an, dass er damit nicht den nächsten Rabensteiner Pferdemarkt gemeint hat.«

Aber Fendel wäre wohl auch das recht gewesen, denn das zufriedene Lächeln war ihm geblieben. Fidelis stellte erstaunt fest, dass er eigentlich einen ganz passablen Quendel in den besten Jahren abgeben konnte, jetzt, da die verkniffenen Züge sich glätteten. Er hatte ein hübsches Lächeln und nach einem Bad und mit neuen Kleidern würde man den alten Herumtreiber sicher nicht wiedererkennen.

»Kleiner«, sagte Fendel mit seiner heiseren Stimme und winkte Blodi wieder zu sich heran. »Was wirst *du* mit dem Goldstück anfangen?«

Der jüngste Krempling öffnete, bevor er antwortete, die Faust und strich mit den Fingern der anderen Hand andächtig über die schimmernde Münze. »Ich glaube, ich werde es einfach aufheben«, sagte er dann leise, als spräche er mit sich selbst. »In unserer Schlafkammer in einem feinen Kästchen aus Holz auf einem Stückchen Stoff. Es ist mein Geschenk, ich kann es ansehen und daran denken, wie Ihr es mir gegeben habt, und ich werde davon träumen, was ich damit machen werde. Und eines Tages werde ich wissen, was das sein wird. Später.«

Pirmin und Fidelis blickten erstaunt auf ihren kleinen Sohn herab, wie immer, wenn er seine Eltern mit einem seiner seltsamen Anflüge von verträumter Nachdenklichkeit überraschte, die nicht gerade zum typischsten Wesenszug junger Quendel gehörte. Es war vorgekommen, dass sich Blodi den Kopf darüber zerbrach, ob man nicht für die Hauskobolde, die keiner außer ihm in Vollmondnächten im Haus rumpeln hörte, vorsorglich in einer Ecke der Küche einen kleinen Tisch decken sollte. Als Knirps von vier Jahren war er eines Abends auf dem ganzen Hof unauffindbar gewesen, bis sie ihn nach einer beängstigend langen Suche in Trautmanns Hundehütte entdeckt hatten, eingerollt im hintersten Winkel und friedlich schlummernd. Blodi erklärte, als ihn seine Mutter in die Arme schloss, dass er sich sicher sei, dass Trautmanns trauriger Blick daher rühre, dass er sich in seiner Hütte einsam fühlte. Schließlich wäre die Familie zu fünft im Haus und Trautmann hier draußen ganz alleine. Es passte daher durchaus zu Blodi, dass er Fendels Gabe einfach nur aufheben wollte, statt sich damit wie die anderen auf der Stelle einen Herzenswunsch zu erfüllen.

Fendel Eichhase schien mit dieser Antwort zufrieden, denn er fuhr dem kleinen Krempling anerkennend durch das strubbelige Haar. Eine schüchterne Geste der Zuneigung, die sich Blodi gerne gefallen ließ.

»Trollkind, Alraune«, sagte Fendel und bei dieser merkwürdigen Aussage schrak Fidelis ein wenig zusammen.

Jeder kannte die Geschichten von den Kindern, die von den Unsichtbaren des Nachts aus ihren Wiegen gestohlen und durch eine Alraunewurzel ersetzt wurden, welche, zu Leben erwacht, in der Gestalt eines Wechselbalgs von der ahnungslosen Mutter aufgezogen wurden. Was fiel aber dem seltsamen Kerl ein, ihren kleinen Blodi mit diesen Ammenmärchen in Zusammenhang zu bringen? Sie legte ihrem Sohn die Hände auf die Schultern und zog ihn an sich.

»Nun ist es wirklich allerhöchste Zeit, zu Bett zu gehen, Kinder«, sagte sie, entschlossen, das nächtliche Zusammentreffen zu beschließen. »Die Nacht ist schon fast vorbei, aber es wäre trotzdem nicht das Schlechteste, nach den vielen Aufregungen noch ein paar Stunden Schlaf zu finden.«

Sofort erhob sich Fendel Eichhase, um der Kremplingsfamilie nicht einen Augenblick länger zur Last zu fallen. Außerdem merkte er, dass es höchste Zeit für ihn wurde, den Heimweg anzutreten, denn seine Kopfwunde pochte unter dem Verband und das gute Essen machte ihn todmüde. Er war aber so schnell von seinem Stuhl aufgestanden, dass ihm schwindelig wurde und er sich an der Lehne festhalten musste.

»Immer langsam!«, rief Pirmin und fasste ihn vorsorglich unter. »Sei vorsichtig, dass du nicht wieder stürzt.«

»Ich möchte jetzt zum Fluss zurück«, sagte Fendel, weil es ihm seltsam vorkam, in dieser warmen heimeligen Küche »nach Hause« zu sagen und damit seinen einsamen, verwahrlosten Unterschlupf an der Pfiffer zu meinen. Aber das war nun einmal sein Heim, auch wenn es dort zugig und feucht wie im Unterschlupf einer Erdkröte sein konnte.

»Ich werde dich begleiten«, sagte Pirmin und nahm seine Jacke vom Haken. »Ich fürchte, du bist noch ein wenig zu unsicher auf den Beinen, um alleine zu gehen, und in den Flusswiesen ist es schlüpfrig.«

»Bitte, lasst mich mitgehen!«, rief Blodi und überraschte seine Familie und den Eichhasen zum zweiten Mal in kurzer Zeit. »Ich möchte mit zum Fuchsbau. Einerlei wie spät es ist. Heute ist eine besondere Nacht und ich werde morgen ausschlafen.«

»Oh ja«, bemühte sich Florin, mit seinem kleinen Bruder mitzuhalten. »Ich bin mit dabei. Das wird ein geheimnisvoller Mitternachtsspaziergang!«

»Ich auch«, sagte Afra, aber es klang nicht sehr überzeugend, weil beide ein Gähnen kaum unterdrücken konnten.

»Kommt überhaupt nicht infrage!«, sagte Fidelis entschieden. »Ihr geht ganz sicher nirgendwo hin, außer geradewegs in eure Betten! Verabschiedet euch von unserem großzügigen Gast, den ihr ja vielleicht ein anderes Mal, zu einer etwas bekömmlicheren Zeit, besuchen könnt. Die Pfiffer fließt morgen auch noch in ihrem Bett und ihr begebt euch jetzt in eures – keine Widerrede!«

Die blieb ohnehin aus, denn es war den beiden Älteren anzumerken, dass sie die Aussicht, unter weichen Kissen und Decken vom nächtlichen Flussufer zu träumen, offensichtlich ebenso verlockend fanden, wie tatsächlich daran entlangzustolpern.

Afra und Florin murmelten schläfrig »Gute Nacht!« und bedankten sich beim Abschied von Fendel noch einmal für die Goldstücke. Bald darauf hörte man sie auf der Treppe zum oberen Stock.

Blodi blieb zurück, schmiegte sich einschmeichelnd und hellwach in die Rockfalten seiner Mutter und blinzelte zu ihr hinauf. »Ich kann jetzt auf gar keinen Fall schlafen, weil ich nicht ein bisschen müde bin«, sagte er. »Sicher werde ich aber sehr müde sein, wenn ich mit Vater von Fendels Fuchsbau wieder zurück bin. Bitte, Mutter, lass mich mitgehen. Es ist doch wirklich eine besondere Nacht. Und außerdem ist Vater dann nicht allein auf seinem Rückweg.«

Als sich wenig später die restliche Nacht tatsächlich als so *besonders* erwiesen hatte, dass es allen gründlich angst und bange geworden war, kam es Fidelis im Nachhinein unvorstellbar vor, dass sie es selbst gewesen war, die ihrem kleinen Sohn erlaubt hatte, Pirmin und Fendel zu begleiten. Was hatte sie dazu bewogen? War es der bittende Ausdruck in Blodis Augen gewesen oder Pirmins aufmunterndes Lächeln, ihm seinen Wunsch ruhig zu erfüllen? Was war denn schon dabei: ein kurzer Ausflug in die allernächste Umgebung, noch dazu gemeinsam mit dem eigenen Vater. In einer Nacht, in der, wie bei einem Fest, die übliche Schlafenszeit schon längst keine Rolle mehr spielte.

Später, unter der bedrückenden Last der Dinge, die sich in den verbleibenden Stunden bis zum Morgengrauen ereignet und wie ein dunkler Schatten über ihr friedliches Heim gesenkt hatten, musste sich Fidelis eingestehen, dass sie gar nicht lange darüber nachgedacht hatte. Es hatte weniger mit Leichtsinn zu tun als mit der tiefen Überzeugung, dass wie immer alles in Ordnung sein würde. Er war ja mit Pirmin zusammen.

Als die ersten Sonnenstrahlen des neuen Tages durch das Küchenfenster blitzten, ahnte die arme Fidelis, dass sie damit zugelassen hatte, dass Blodi geradewegs in sein Unglück lief.

Es knackte und krachte und dann brach ein großer Holzscheit raschelnd in rot glühende Stifte auseinander und sank ins Aschebett.

Beda schreckte auf und stellte fest, dass sie im Schaukelstuhl eingenickt sein musste, der nahe an das prasselnde Feuer herangeschoben war. Sie blinzelte verwirrt, weil sie zuerst nicht wusste, wo sie sich befand. Dann entdeckte sie Hulda, die ganz in ihrer Nähe auf einer Küchenbank am offenen Kamin saß. Die zurückkehrende Erinnerung verdrängte das wohlige Gefühl zwischen Schläfrigkeit und Aufwachen mit unbarmherziger Schnelligkeit.

Hulda schien nicht geschlafen zu haben, denn sie saß mit sehr geradem Rücken in angespannter Haltung da. Dabei hielt sie eine große Tasse mit dampfendem Tee umklammert und starrte in die lodernden Flammen. Als sie sich im Schaukelstuhl seufzend aufsetzte, blickte Hulda zu ihr herüber. Beda fand, dass ihr Gesicht selbst im warmen, honiggelben Flackern des Feuers blass und maskenhaft aussah.

»Stock und Zunderschwamm, habe ich lange geschlafen?«

»Nein, ein Viertelstündchen vielleicht.«

»Tut mir leid«, sagte Beda. »Ich wundere mich selbst, dass ich nach all den Aufregungen so einfach einschlummern konnte. Du hättest mich wach rütteln sollen. Ist denn in der Zwischenzeit etwas geschehen?«

Da auf den ersten Blick in Hortensias geräumiger Küche alles unverändert schien, kam ihr die eigene Frage etwas übertrieben vor. Doch auf Huldas Gesicht zeichnete sich eine strenge Falte zwischen den Augenbrauen ab und es war ihr deutlich anzumerken, dass sie sich fürchtete.

»Ich weiß nicht so recht«, kam die zögernde Antwort. »Ich bin schrecklich unruhig. Vor einer Weile glaubte ich, draußen ein Geräusch zu hören. Ich habe mich aber nicht getraut, mich zu bewegen; schon gar nicht, aus dem Fenster zu sehen, und so bin ich einfach sitzen geblieben und habe gehofft, dass du bald aufwachen würdest.«

»Ein Geräusch?«, fragte Beda und runzelte ihrerseits die Stirn. »Was für ein Geräusch denn? Vielleicht von einem Tier?« Sie dachte an das Käuzchen in Bullrichs Garten, wollte aber Hulda nicht wieder an die Trud erinnern.

»So klang es eigentlich nicht und ich bin mir wirklich nicht sicher, was ich da überhaupt gehört habe«, sagte Hulda. »Plötzlich war da ein Rauschen in der Luft, so wie von Sturmwind. Gleich darauf war es wieder ganz still. Aber ich werde das unheimliche Gefühl nicht los, dass jetzt irgendetwas im Garten anders ist.«

»Was sollte das denn sein?«, fragte Beda.

Noch ließ sie sich von Huldas Bericht nicht aus der Ruhe bringen. Da sie selbst von robusterer Natur war und trotz aller besorgniserregenden Anzeichen die Hoffnung nicht völlig begraben hatte, dass sich die ganze Geschichte um Bullrichs Verschwinden doch noch zu guter Letzt als harmloses Missverständnis herausstellen könnte, sprang sie auf und ging zum Fenster.

Der Schaukelstuhl schwang noch auf und ab, als Beda vorsichtig einen Spalt zwischen den Vorhängen öffnete, der ihr die Aussicht auf den hinteren Teil des Gartens freigab. Hortensias Küche lag an der linken Seite des Hauses und so fiel Bedas Blick in gerader Linie auf die Rosenlaube, in der sie alle – war es Jahrhunderte her oder nur wenige Stunden? – in vergnügtem Einvernehmen den Tee eingenommen hatten. Das Merkwürdige war, dass sie die Laube deutlich sehen konnte und das, obwohl es draußen ansonsten völlig dunkel war. Der Mond war längst untergegangen. Trotzdem drang ein bleicher Schimmer durch die Rosen, die über das Gerüst der Laube rankten.

»Da ist ja Licht!«, hauchte eine Stimme neben ihrem rechten Ohr und Beda fuhr zusammen, weil sie nicht gemerkt hatte, dass Hulda lautlos hinter sie geschlüpft war und nun über ihre Schulter einen Blick hinauswagte.

»Aber das kann doch nicht sein«, flüsterte Hulda weiter. »Ich weiß ganz genau, dass die anderen alle Laternen mitgenommen haben, die Hortensia besitzt. Außerdem haben wir in der Laube kein Windlicht brennen lassen! Es wäre längst ausgegangen.«

Beda nickte schweigend und starrte auf den bläulichen Schein, für den sie im Moment keine vernünftige Erklärung fand. Sie konnte sich nicht erinnern, schon einmal ein derartiges kühles Leuchten im Hügelland gesehen zu haben.

»Bei allen heiligen Hallimaschen!«, sagte Hulda und Beda spürte die aufkommende Panik in ihrem Gewisper. »Ich habe mich also doch nicht geirrt: Da ist jemand im Garten, jemand, der sich mit diesem blauen Licht in der Laube versteckt hat!«

»Mit einer Lampe hat er sich nicht gerade *versteckt*. Eher scheint es ihn überhaupt nicht zu kümmern, dass man ihn sehen könnte«, stellte Beda fest, aber auch sie war beunruhigt.

Es lag auf der Hand, dass hier etwas Ungewöhnliches vor sich ging. Odilio hatte ihnen beiden eingeschärft, nicht das Haus zu verlassen, sondern Türen und Fenster verschlossen zu halten.

Beda war sich nicht sicher, ob sie selbst ohne die Anweisungen des alten Pfiffers einfach hinaus in den dunklen Garten gegangen wäre, um nachzusehen. Sie beugte sich vor und versuchte möglichst weit nach links bis zum Gartenzaun und der dahinterliegenden Straße zu sehen. Dort war nichts Auffälliges zu entdecken und auch nicht zur Rechten, wo sich der Umriss von Hortensias Schuppen kaum von den Büschen und Sträuchern abzeichnete, die entlang des rückwärtigen Zaunes wuchsen. Inmitten dieser Blickachse wölbte sich die bläulich leuchtende Laube wie ein umgestürzter Korb, unter den man ein Licht gestellt hatte. Also musste dort tatsächlich jemand oder etwas stecken.

War es möglich, dass es Bullrich war, der dort drüben, vom Küchenfenster aus nur wenige Schritte über den Rasen entfernt, mit einem Mondlicht im Westentaschenformat irgendeiner merkwürdigen Beschäftigung nachging? Konnte das sein? Aber warum sollte er, statt nach Hause zu gehen, ausgerechnet in Hortensias Gartenlaube untergekrochen sein? Es ergab keinen Sinn, aber zumindest war ihr exzentrischer Schwager der Einzige, dem sie sinnlose Unternehmungen, noch dazu mitten in der Nacht, unumwunden zutraute.

»Was sollen wir jetzt tun?«, wisperte Hulda so nah an ihrem Nacken, dass sie ihren Atemzug auf der bloßen Haut spüren konnte.

Beda zog schaudernd die Schultern zusammen und drehte sich vom Fenster weg, wobei sie den Spalt zwischen den Vorhängen offen ließ. »Tun?«, fragte sie zweifelnd. »Da gibt es wohl nicht viele Möglichkeiten: Entweder wir bleiben hier, wo wir sind, und warten ab, was geschieht, oder aber wir gehen in den Garten und sehen nach, was es mit dem Licht in der Laube auf sich hat.«

Hulda zuckte zurück. »Nachsehen, was es mit der Laube auf sich hat?«, wiederholte sie stockend, jedes Wort wie einen schlecht schmeckenden Bissen auf der Zunge auskostend. »Bei allen Morcheln, bist du noch bei Trost? Das würde ich nicht wagen! Außerdem sollen wir im Haus bleiben, du erinnerst dich!«

»Du hast mich gefragt, was wir tun sollen«, sagte Beda leicht gereizt. »Und das sind die beiden Möglichkeiten, die wir im Moment haben. Es sei denn, einer von uns geht zur Vordertür hinaus und ins Dorf, um jemanden zu wecken und um Hilfe zu bitten.«

»Ich bleibe heute Nacht nicht einen Augenblick allein. Dann müssen wir zusammen gehen!« Huldas Einwand kam so schnell, dass Beda auffuhr.

»Gute Güte, was bist du nur für ein Zitterschwamm, Hulda Hallimasch! Und weißt du was? Wenn wir schon hinausgehen, können wir ebenso gut selber nachsehen. Jetzt und gleich! Ich habe allmählich genug von all diesen seltsamen Vermutungen und Vorkommnissen.«

Sie merkte, wie ihre Verdrossenheit über Huldas Hasenfüßigkeit und all der Ärger, der seit dem Nachmittagstee nicht mehr aufgehört hatte, die Oberhand über ihre eigenen Befürchtungen gewann, schnappte sich den Schürhaken, der neben dem Kamin an der Wand lehnte, und entriegelte entschlossen die Küchentür. Dahinter lag ein kleiner Flur, von dem ein Durchgang zu den Wohnräumen im Untergeschoss führte. Gegenüber befand sich die rückwärtige Tür zum Garten, die jetzt abgeschlossen und mit zwei weiteren Riegeln gesichert war.

»Beda, ich bitte dich, bleib hier!« Hulda hatte sich an ihre Fersen geheftet und beobachtete voller Entsetzen, wie Beda die beiden Riegel einen nach dem anderen zurückschob und den Schlüssel im Schloss umdrehte. »Beda, bei allen Quendeln, sei vernünftig! Denk doch daran, was Odilio geraten hat: dass wir Türen und Fenster verschlossen halten und im Haus bleiben sollen. Aber wenn du unbedingt das Haus verlassen willst, lass uns gemeinsam *vorne* hinausgehen und über die Straße zum nächsten Nachbarn!«

»Nein«, sagte Beda störrisch. »Ich sehe mir jetzt an, welcher Spaßvogel es für angebracht hält, mitten in der Nacht Hortensias Laube zu erleuchten. Ich habe es satt, mich bange machen zu lassen. Von Bullrich, Eulenschreien, steinernen Waschweibern oder dergleichen mehr. Wenn du hier warten willst, ich bin gleich wieder zurück.« Damit drückte sie die Klinke herunter und öffnete die Tür.

Die kühle Nachtluft strömte ihnen entgegen und traf auf ihre vom Kaminfeuer erhitzten Gesichter. Es raschelte sanft in den Zweigen der Holunderbüsche hinter dem Schuppen, aber es hörte sich nicht anders an als ein leichter Windzug, der in den Blättern spielte. Dennoch war Beda auf der Hut.

Irgendetwas Fremdes lag über dem stillen Garten; etwas, das weder in diese vertraute Umgebung noch zu einer gewöhnlichen Spätsommernacht im Hügelland gehörte. Etwas, das einen Keil in die Unversehrtheit des nächtlichen Friedens trieb. Der Ursprung dessen lag in der bläulich erglühten Laube, daran gab es für Beda keinen Zweifel. Seitdem sie aus dem Haus getreten war, trennten sie nicht länger die schützenden Mauern von einer Kraft, die sie auf beunruhigende Weise in ihren Bann zog.

Beda wusste, dass es viel besser sein würde, ins Haus zurückzukehren und die Tür wieder hinter sich zu verriegeln. Aber genauso sicher war sie, dass sie nirgendwo würde hingehen können, bevor sie nicht einen näheren Blick auf die Quelle des bleichen Leuchtens geworfen hatte. Es war schaurig und schön zugleich.

Sogar Hulda musste etwas Ähnliches empfinden, denn es trieb sie hinaus zu Beda. Dicht beieinander auf dem tauigen Rasen stehend, konnten sie die Augen nicht von dem seltsamen Schauspiel abwenden, das ihnen die Verwandlung der Laube bot. Die Rosenranken lagen wie ein Scherenschnitt über der inneren Helligkeit, deren aus unzähligen Lichtpünktchen bestehender Schein an den Rändern zu feinem Nebeldunst zerfloss. Die beiden Quendel glaubten eine sanfte Bewegung darin wahrzunehmen. Unwiderstehlich schimmerte und glitzerte es in der Aureole des Lichtscheins, zu dem Hortensias Laube geworden war. In andächtigem Schweigen vereint und wie an einer Schnur gezogen, gingen Beda und Hulda hinüber.

Als sie bis auf wenige Schritte herangekommen waren, wurde die Luft so merklich kühler, dass Hulda fröstelnd die Arme um sich schlug. »Sei vorsichtig«, wandte sie sich flüsternd an Beda. »Vielleicht sollten wir nicht …«

Aber es war schon zu spät: Vor ihnen teilten sich die dornigen Ranken, dort, wo der Eingang den Blick ins Innere preisgab. Dort klaffte ein Loch aus Licht. Die Stühle und der Tisch, an den sie sich zum Tee gesetzt hatten, mussten darin verschwunden sein, denn die Laube enthielt nun nichts anderes mehr als gleißende Nebel, die sich in der Mitte zu einem hellsten Punkt verdichteten. Beda und Hulda schrien erschreckt auf, unfähig den Blick abzuwenden, geschweige denn, Reißaus zu nehmen.

So musste es sein, wenn der volle Mond in einen Brunnenschacht gefallen war. Unwiderstehlich zog es einen in die Tiefe hinab, hatte man sich nur über die Brüstung gelehnt. Silbrige Himmelskälte umfing die fassungslosen Quendel; Fetzen durchsichtiger Schleier trieben an ihnen vorbei, als würden sie sich ohne eigenes Zutun rasch vorwärtsbewegen. Lichtpünktchen wirbelten auf wie Gischt und vielleicht waren sie nun bis zum Grund des tiefen Schachts hinabgestürzt und durchschlugen die Wasseroberfläche, die gleichzeitig die Mondscheibe war, und dahinter lag das Universum mit Tausenden glitzernder Sterne.

Oder das Tor zu einer anderen Welt, schoss es Beda durch den Kopf, denn so benommen sie sich fühlte, glaubte sie auf einmal, etwas Dunkleres zu erkennen, das sich aus dem Wabern herausschälte. Wo vorher nichts als weißer Dunst war, sah Beda für einen kurzen Augenblick auf eine öde Landschaft.

Struppiges Heideland zog sich bis zu einem kargen Bergkamm, über dem ein weiter, bleigrauer Himmel dräute. Es sah so trostlos und verlassen aus, dass sich ihr Herz krampfhaft zusammenzog. Bildete sie es sich nur ein, dass ein scharfer Wind über die Anhöhen pfiff? Und da war noch ein anderes Geräusch, von dem sie nicht wusste, was es bedeutete. Ganz offensichtlich genügten nur wenige Schritte und sie stünde zwischen den kratzigen Büscheln des Heidekrauts, das sicher nicht in Grünlohe, womöglich nicht einmal im Hügelland wuchs.

Wo lag diese öde Heide, zu der sich ein Fenster geöffnet hatte?

Die Aussicht verschwand wieder, als hätte eine unsichtbare Hand die feuchten Farben eines Bildes verwischt. Neuer Nebel wallte ihnen entgegen. Das Geräusch aber war geblieben und wurde sogar immer lauter. Und nun, da ihre Aufmerksamkeit nicht mehr allein der fremden Landschaft galt, erkannte Beda, was sie da hörte, ganz so, als könnten sich ihre verwirrten Sinne immer nur einer einzigen der Absonderlichkeiten zuwenden, die auf sie einstürmten.

Es waren unverkennbar Schritte. Schritte, die dem trockenen Sandboden der Heide ein hohles Echo entlockten. Etwas oder jemand kam von der anderen Seite des Nebels auf sie zu. Das Heidekraut raschelte und ein Schlurfen und Scharren ließ vermuten, dass dieses Wesen etwas Schweres hinter sich herzog. Unfähig, einen klaren Gedanken zu fassen, drehte sich Beda Hilfe suchend zu Hulda um, die mit großen erschreckten Augen dicht hinter ihr stand und sich genauso wenig von der Stelle rührte wie sie selbst. Was hielt sie beide bloß davon ab, endlich davonzulaufen und ihr Heil in der Flucht zu suchen?

Um sie herum nahmen die Bewegungen in der Luft zu, waberten die tückischen Schleier in immer wilderem Tanz, als rühre jemand in einem riesigen Waschzuber, der zu einer anderen Zeit, in einem anderen Leben, einmal Hortensias Rosenlaube gewesen war. Der nächtliche Garten ringsum war versunken. Irrlichternde Punkte schwärmten vor ihren Augen und verschlimmerten den Schwindel, der die hilflosen Quendel ergriffen hatte. Hulda sank auf die Knie. Auf der anderen Seite verstummte der Trommelwirbel der Schritte.

Als Beda sich noch im gleichen Atemzug umwandte, sah sie, dass sich in der Tiefe der milchigen Schleier ein schemenhaftes Etwas abzeichnete. Zu ihrem Entsetzen nahm es den Umriss einer Furcht einflößenden Gestalt an, baumlang und hager. Undeutlich tauchte dahinter auch wieder der Horizont mit dem kargen Gebirgskamm auf. Dann löste sich mit katzenhafter Schnelligkeit ein Schatten aus den Nebeln und sie wurde so unbarmherzig an der linken Schulter gepackt, dass sie vor Schmerzen aufschrie. Entsetzt blickte sie an sich herab, aber nun war die Suppe aus Nebel und Licht, in der sie versank, so dick, dass die Sicht knapp hinter der eigenen Nasenspitze endete.

Dass sie nur ahnen konnte, wer oder was sie wie in einen Schraubstock zwang, steigerte ihr Grauen ins Unermessliche. Verzweifelt stemmte sie sich dagegen, aber es half fast nichts. Stück für Stück wurde sie unerbittlich vorwärtsgezogen. Alle Schreckgestalten, die in den Sagen der Quendel ihr Unwesen trieben, kamen ihr in den Sinn; dünne Mare mit langen Armen und klauenartigen, krallenbewehrten Händen, zottige Schrate, Trolle und Werwölfe. Schon in wenigen Augenblicken würde sie sich die Fußknöchel an kratzigem Heidekraut wund scheuern. Aber was bedeutete diese Kleinigkeit gegenüber der todsicheren Bekanntschaft mit diesem unheilvollen Wesen aus der öden Heide, die ihr unmittelbar bevorstand?

»Hilfe, Hilfe, ich will noch nicht sterben!«, hörte Beda ihren eigenen gellenden Schrei und es klang so schrill wie das Quieken eines von Hunden gehetzten Frischlings.

Im selben Moment spürte sie, wie sich ein weiteres Gewicht von hinten an ihre Kleider hängte. Nur ein leichter Widerstand im Vergleich zu der gewaltigen Kraft, die von vorne an ihr zerrte. Aber immerhin musste sich der Unhold nun mit zwei Quendeln abmühen, denn es war Hulda, die sich mit dem Mut der Verzweiflung in Bedas Rockfalten verkrallte und nicht einmal losließ, als sie nun beide, wenn auch ein wenig langsamer, unaufhaltsam nach drüben gezogen wurden.

Erst jetzt merkte Beda, dass sie mit ihrer rechten Hand noch immer den Schürhaken umklammert hielt. Ohne auch nur das Geringste erkennen zu können, hob sie die Faust mit dem Eisen und stocherte in den Nebel. Sie traf auf etwas Festes. Da stach sie zu. Sie fühlte den Widerstand der ledrigen Haut, dann drang die Spitze ein und Beda stemmte sich mit aller ihr noch zu Verfügung stehenden Kraft dagegen.

Ein lang gezogener Schrei zerriss die aufgewirbelte Luft. Er war so hoch und dünn und Furcht einflößend, dass den Quendeln das Blut in den Adern gefror. Ein unerträglich böser Schrei, der weniger von empfundenem Schmerz kündete, als von schrecklichem Zorn und kalter Grausamkeit und der verpassten Gelegenheit dazu. Niemals zuvor war Derartiges im Hügelland erklungen und wenn doch, lagerten Jahrhunderte gütigen Vergessens darüber.

Beda war kurz davor, das Bewusstsein zu verlieren, als sie spürte, wie sich der Griff um ihre Schulter zuerst lockerte und dann losließ. Dabei wurde ihr der Schürhaken mit einem Ruck entrissen; vielleicht blieb er in der tiefen Wunde stecken, die sie ihrem Gegner beigebracht hatte. Ihre unerwartete Gegenwehr musste den Bann gebrochen haben. Die

Nebelschwaden verblassten und gleich ihnen verlor auch der grausige Schrei an Kraft, wurde schwächer und schwächer, ganz so, als zöge sich die fremde Welt und alles, was in sie hineingehörte, wieder hinter eine unsichtbare Grenze zurück. Die flirrenden Lichtpunkte sanken aus der Luft zu Boden und verflüchtigten sich wie der Funkenschwarm eines niederbrennenden Feuers.

Die Dunkelheit der Nacht war zurückgekehrt. Es war vorbei.

Sie saßen beide in kurzer Entfernung voneinander auf dem Rasen, die Hände hinter sich ins nachtfeuchte Gras gestützt und starrten unverwandt nach vorne, dorthin, wo sich Hortensias Rosenlaube vor der Kulisse der Büsche und Bäume als wenig dunklerer Schatten abhob. Im Eingang war der Umriss von Tisch und Stühlen zu erkennen und die kühle Nachtluft trug arglos, als sei nie etwas geschehen, wieder den Hauch der süß duftenden Rosen zu ihnen herüber.

Nichts war zu hören außer einem leisen Schluchzen, das klang, als weine sich ein einsames, trostloses Kind in den Schlaf. Vorsichtig wagte Beda einen Blick in die Richtung, woher die kläglichen Töne kamen und sich Hulda befinden musste, und zuckte dabei heftig zusammen, als sie den stechenden Schmerz in ihrer linken Schulter spürte. Unwillkürlich duckte sie sich wieder. War es denn überhaupt sicher, dass die Gefahr für den Augenblick vorüber war?

Alles blieb ruhig und unverändert und so nahm sich Beda so weit zusammen, dass sie zu Hulda hinüberkriechen konnte, die sich womöglich in einem noch jämmerlicheren Zustand als sie selbst befand.

Im Takt der kleinen Schluchzer, die sie von sich gab, wiegte sich Hulda leicht vor und zurück und schien nichts von ihrer Umgebung wahrzunehmen. Dabei bewegte sie unaufhörlich die Lippen, als spräche sie lautlos vor sich hin. Beda fühlte sich schaudernd an den Moment in Bullrichs Haus erinnert, als Hulda das Gedicht von der Trud aufgesagt hatte. Sie kniete sich vor der Freundin ins Gras und schlang beschützend die Arme um sie, ohne auf die hässlichen Stiche in ihrer Schulter zu achten.

»Hulda! Hulda, komm zu dir! Hulda, so hör doch! Ich bin es, Beda. Es ist fort, alles weg, die Nebel und dieses … dieses … Bei allen Quendeln der friedlichen Hügel, sieh doch, der Garten ist wieder wie zuvor.«

Für einen kurzen Augenblick hielt Hulda in ihrem Gewimmer inne. Dann weiteten sich ihre Augen voller Schrecken und ein heftiges Zittern ergriff sie. Mit aller Macht versuchte sie nun, Beda zu entkommen, die sie aber nicht losließ, so heftig sie sich auch dagegen wehrte. Schließlich wusste sich Beda nicht mehr anders zu helfen und gab ihr eine Ohrfeige.

Es klatschte hässlich, aber zumindest schien es Hulda in die Wirklichkeit von Hortensias Garten zurückzubringen. Sie rieb sich die Wange und starrte Beda zuerst verständnislos, dann voller Empörung an. Doch die Worte des Protestes erstarben ihr auf den Lippen, denn gleichzeitig war die Erinnerung erwacht und sie starrte mit schreckgeweiteten Augen auf die Rosenlaube. Noch im selben Moment riss sie sich los, sprang auf die Füße und rief Beda ein schrilles »Komm schnell!« zu. Dann stürzte sie an ihr vorbei und hielt in wilder Flucht auf das Haus zu.

Beda packte der gleiche panische Schrecken. Hatte Hulda gerade wieder etwas entdeckt, das ihr selbst noch entgangen war? Stolpernd folgte sie ihr, wobei ihr das Herz bis zum Halse schlug, und als dessen schwaches Echo pochte es schmerzhaft in ihrer linken Schulter. So kurz die Entfernung bis zur halb offen stehenden Tür auch war, hinter der Hulda soeben verschwunden war; Beda erlebte die wenigen Schritte über den Rasen in dem albtraumhaften Gefühl, alle Schrecken dieser Welt im Nacken und gleichzeitig die Füße in tiefem Schlamm zu haben. Endlich schlüpfte aber auch sie hinter Hulda in den stillen Flur. Mit letzter Kraft zog sie die Tür hinter sich zu und legte mit fliegenden Fingern die Riegel vor. Jetzt noch den Schlüssel im Schloss umgedreht. Einmal, zweimal, dreimal. Undeutlich nahm sie dabei wahr, dass Hulda, die neben ihr wartete, die Tränen über die Wangen strömten. Dann taumelten sie beide in die vom rosigen Glimmen des niedergebrannten Feuers noch sanft erleuchtete Küche. Eine Motte umtanzte in einer für ihre Flügel gefährlichen Nähe die brennende Kerze auf dem Küchentisch. Sonst hatte sich nichts verändert, so schien es auf den ersten Blick.

In völliger Erschöpfung ließ sich Hulda auf die Kaminbank sinken und ergriff die dort zurückgelassene Teekanne. Mit beiden Händen umfasste sie deren bauchige Rundung, als suchte sie Halt und Trost an diesem rettenden Anker der Alltäglichkeit.

»Das ist wahrhaftig das Allerentsetzlichste, das ich je erlebt habe!«, brach es unter lautem Schluchzen aus ihr hervor. »Blutreizker und Totentrompete, einfach unvorstellbar!«

Beda hockte sich neben sie und nahm ihr die Kanne aus den zittrigen Fingern. Sie merkte, dass der Tee darin noch warm war, und fragte sich, warum, bei allen Quendeln, ihr das überhaupt auffiel und sie diese Kleinigkeit trotz allem beruhigend fand.

»Was um alles in der Welt war das?«, flüsterte Hulda zwischen zwei weiteren Schluchzern. »Mir ist, als hätte ich in einen grauenvollen Abgrund gesehen und wäre fast hineingefallen.«

»Das hätte wohl uns beiden geblüht«, sagte Beda mit brüchiger Stimme und rieb sich die schmerzende Schulter. »Fast hätte uns dieses Ding zu sich herübergezogen. Wohin auch immer.«

»Bei allen heiligen Hallimaschen!« Hulda schauderte. »Dieses grauenvolle Irgendwas, das da aus dem Nebel zu uns hinüberlangte und nach dir grapschte. Es hatte gewaltige Kraft. Was war das? Konntest du irgendetwas erkennen? Hat es dich verletzt?«

»Eher umgekehrt, zu unserem großen Glück«, beantwortete Beda nur die letzte ihrer Fragen und blickte dann besorgt an sich hinunter. »Das Kleid ist an der Stelle nicht zerrissen, aber ich schätze, dass sich darunter ein gehöriger blauer Fleck befindet, so wie es sich anfühlt.«

Sie merkte fast erstaunt, dass ihr plötzlich die Knie weich wurden und sie hart gegen die hohe Lehne der Bank zurückfiel. Jetzt war es Hulda, die ihr unter die Arme griff.

»Ich fürchte, mir wird ganz schwach«, ächzte Beda und stützte sich schwer gegen die Freundin. »Filzigster Schwindling! Wahrhaftig, ich könnte jetzt tot sein oder in den Fängen dieses Ungeheuers, was möglicherweise noch schlimmer wäre!« Die nachträgliche Erkenntnis traf sie mit voller Wucht und sie sank noch weiter in sich zusammen.

»Warte, tief durchatmen! Ich hole dir ein Glas Wasser!«, rief Hulda. Sie sprang auf und wollte in Richtung der steinernen Spüle unter dem Fenster.

»Nein, halt!«, verwarf sie die ursprüngliche Absicht. »Es sollte etwas Stärkeres sein! Ganz bestimmt, nach diesem Schrecken!«

Dann schnappte sie sich die Karaffe mit dem Honigmet, die gemeinsam mit dem Beerenlikör auf dem Küchentisch zurückgeblieben war. In all der Aufregung hatte es Hortensia versäumt, sie wieder an den üblichen Platz im Salon zurückzustellen. Ohne große Umstände nahm Hulda ihre alte Teetasse und schüttete den Rest kalten Tees zielsicher in den Kamin. Dann füllte sie einen mehr als großzügigen Schluck Met ein, hielt Beda die Tasse vorsichtig an die Lippen und begann ihr die Stärkung unter gutem Zureden in kleinen Schlucken einzuflößen. Beda trank erst zögernd, aber nach einer kleinen Weile fand sie die Kraft, sich wieder ein wenig aufzusetzen. Als sie Hulda die Tasse schließlich zurückgab, war sie fast leer und in Bedas Wangen kehrte allmählich die Farbe zurück. Hulda schenkte nach und genehmigte sich nun selbst einen tüchtigen Schluck.

Der süße, starke Met erfüllte sie wohltuend mit kraftvoller Wärme. So hockten sie für einen langen Augenblick in vollkommener Stille nebeneinander und starrten mit vor Erschöpfung leeren Blicken in die verglimmende Glut. Die äußerliche Ruhe täuschte, denn durch ihre aufgewühlten Gemüter stoben die Gedanken wie Fischlein eines Schwarms, in den der Hecht eingefallen ist.

Es fiel ihnen sehr schwer, das Erlebte zu begreifen. Woher kamen diese verführerisch schimmernden Lichter und die tückischen Nebelschwaden? Wie war es möglich, dass in einem friedlichen Garten in Grünlohe mit einem Mal die Nacht einfach entzweiriss wie ein morscher Vorhang und dahinter eine unbekannte Gegend zum Vorschein kam? Nicht auszudenken, was sie dort erwartet hätte! Welch grauenhaftes Wesen hätte sie um ein Haar in seinen Fängen gehalten?! Drohte von dort weitere Gefahr? Aber wo lag dieses *dort*?

Und gab es etwa einen Zusammenhang mit Bullrichs Verschwinden? Was war wohl den anderen inzwischen da draußen begegnet? In der Nähe des Finsters, ausgerechnet in dieser trügerischen Nacht, die löchrig wurde und in der nur wenige falsche Schritte geradewegs ins Verderben führen konnten.

»Hast du das auch gesehen?«, brach Beda das Schweigen und starrte dabei weiter geradeaus in den Kamin. »Die öden Hügel hinter dem Nebel? Diese leere Heide?«

»Oh ja!«, sagte Hulda. »Als hätte man durch ein Fenster in ein fremdes Land geblickt. Ein schreckliches Land, so viel ist sicher …«

Die Worte erstarben ihr auf den Lippen. Es war nur ein kurzer Augenblick gewesen, der die fremde Landschaft hinter den Nebeln enthüllte, aber er hatte sich unauslöschlich in ihr Gedächtnis gebrannt. Ein schwärzliches, trostloses Stück Nirgendwo mit dem Versprechen von Einsamkeit und Drangsal.

»Wenn es ihm nun tatsächlich gelungen wäre, mich hinüberzuziehen«, fing Beda wieder an und Hulda spürte, wie sie zitterte. »Uns beide, denn du hättest nicht losgelassen, allen steinernen Wäscherinnen und Käuzen zum Trotz, meine tapfere Hulda! Was, bei allen Quendeln, wäre dann wohl mit uns geschehen? Wären wir Gefangene dieses Finsterlings oder lägen wir schon tot im Heidekraut?«

Nun zitterten sie beide.

Hulda goss noch einmal eine Handbreit Met in die Tasse und leerte sie mit einem Zug. Dann schnäuzte sie letzte Tränenspuren in ein hervorgekramtes Taschentuch und wandte sich an ihre nun wieder vor sich hin brütende Gefährtin. »Wir sollten einmal nach deiner Schulter sehen.«

Beda nickte abwesend, begann aber ihr Kleid aufzuknöpfen, bis sie den linken Ärmel so weit hinunterziehen konnte, dass er die bloße Schulter freigab. Der ganze linke Arm fühlte sich nun taub an, trotzdem tat schon die kleinste Bewegung ziemlich weh. Hulda hatte den Leuchter vom Küchentisch genommen. Im Kerzenschein zeigte sich ein großer, dunkelroter Fleck, dessen Ränder sich bereits blau verfärbten.

»Nicht so schlimm, glücklicherweise!«, sagte Beda tapfer und musterte die Hinterlassenschaft ihres Bedrohers.

»Dreh dich einmal um!«, forderte Hulda sie auf.

Beda gehorchte. Als das Licht auf ihren Rücken fiel, hörte sie Huldas leisen Aufschrei hinter sich.

»Was ist?«, rief Beda erschrocken und fuhr herum. »Sag schon, was ist da?«

Statt einer Antwort schob Hulda sie vor den ovalen Spiegel, der an der Wand neben der Küchentür hing. »Sieh selbst«, stammelte sie und hielt den Kerzenleuchter hoch empor. Beda verdrehte den Kopf, so weit sie konnte, was eine neue Salve stechenden Schmerzes durch ihre Schulter schickte.

»Oh, heiligste Hohltrüffel!«, entfuhr es ihr, denn ihr Spiegelbild offenbarte als sichtbaren Beweis der schrecklichen Begegnung den deutlichen Abdruck von vier Fingern einer riesigen Hand auf ihrem Schulterblatt. Während sich von vorne der Daumen des Unholds in ihr Fleisch gebohrt hatte, zeigte sich nun hier, wie unbarmherzig er zugepackt hatte. Schaudernd wunderte sich Beda, dass es ihr überhaupt gelungen war, seinem eisernen Griff zu entkommen, so fest sie auch mit dem Schürhaken zugestoßen hatte.

»Wenigstens wird nun niemand mehr behaupten können, wir hätten nur geträumt«, stellte sie schließlich fest und strich mit den Fingern über den hässlichen Stempel auf ihrer Haut. »Am allerwenigsten ich selbst. Denn vielleicht würde ich nach zwei weiteren Teetassen mit Honigmet genau daran glauben wollen. Leider geht das aber nicht, mit den Spuren dieser Klaue auf dem eigenen Rücken.«

»Tut es sehr weh?«, fragte Hulda mitfühlend.

»Es brennt ziemlich«, antwortete Beda und zog den linken Ärmel wieder hoch. »Gleichzeitig habe ich ein taubes Gefühl bis in die Fingerspitzen. Es wird schon abklingen, hoffe ich.«

Es hätte aufmunternd klingen sollen, geriet aber eher kläglich, denn der Anblick der Schulter, hatte ihnen die Gefahr, der sie so knapp entronnen waren, sehr deutlich vor Augen geführt. Voller Unruhe durchsuchten sie im Spiegel die hinter ihnen liegende Küche, als wäre es durchaus möglich, dass schon im nächsten Moment ein grauenhafter Arm aus dem Kamin fahren oder bedrohlicher Nebel aus dem Geschirrschrank aufsteigen könnte.

»Ich will hier nicht länger bleiben«, wisperte Hulda.

Beda nickte zustimmend. »Was denkst du, was wir tun sollen?«, fragte sie flüsternd zurück.

Die beruhigende Wirkung von Hortensias Met schien nachzulassen, denn sie wagten nicht mehr, mit normaler Stimme zu sprechen. Aus dem Spiegel starrten ihnen die bleichen Fratzen zweier gespenstiger Wesen entgegen, die vortrefflich in die öde Heide hinter den Nebeln gepasst hätten und nur noch entfernt an die munteren Quendel erinnerten, die am Nachmittag, beladen mit frisch gebackenen Pasteten, Hortensias Gartenpforte geöffnet hatten.

»Ich will zu den Nachbarn«, flüsterte Hulda zurück. »Jetzt gleich. In irgendeine hell erleuchtete Stube mit möglichst vielen aufgeregten Quendeln im Schlafrock, die alle durcheinanderfragen, was, bei allen verblassenden Bläulingen, denn bloß geschehen sei, dass wir es wagen, sie um ihren allererholsamsten Schlaf nach Mitternacht zu bringen.« Ihre Augen füllten sich bei dieser tröstlichen Vorstellung wieder mit Tränen. »Bitte, Beda, lass uns nicht länger allein in Hortensias Haus bleiben. Die anderen werden uns schon finden, wenn sie zurückkommen.«

»Ja«, sagte Beda, »das ist mir mehr als recht. Hier wird es unheimlich, trotz Kaminfeuer, Honigmet und Türriegeln.«

Sie beugte sich vor und blies die Kerze aus, die Hulda noch immer in der Hand hielt. Dann huschten sie, wie flüchtende Mäuse, über die

Schwelle und achteten darauf, dass die Küchentür fast lautlos hinter ihnen ins Schloss fiel. Sie durchquerten den kleinen Flur, nicht ohne einen bangen Blick auf die verschlossene Tür zum Garten zu werfen. Wer mochte wissen, was sich dahinter bereits wieder zusammenbraute? Verstohlen schlichen sie durch Hortensias grünen Salon, in dem es schwach und unschuldig nach der Blütenpracht der üppigen Sträuße duftete, die Hortensia in feinen Vasen auf Tischen und Fensterbänken zu verteilen pflegte.

Vor der vorderen Haustür angekommen, blieben sie stehen und warfen sich bange Blicke zu. Sosehr es sie auch nach schützender Gesellschaft verlangte, widerstrebte ihnen die Aussicht auf einen neuen Ausflug in den nächtlichen Garten zutiefst.

»Zu wem sollen wir gehen?«, wisperte Hulda, die auch nicht einen Augenblick planlos im Dunkeln herumirren wollte.

»Einfach nach gegenüber«, antwortete Beda. »Wer wohnt da noch gleich?«

»Rosina und Guntram. Die Isenbarts«, sagte Hulda, »und direkt daneben Quirin und Ava. Sie haben nicht einmal einen Zaun zwischen ihren Gärten, so dicht wohnen sie beieinander. Wenn wir die einen wecken, werden die anderen auch wach, so viel ist sicher.«

»Dann müssen wir ja nur an eine einzige Tür klopfen, um es auf einen Schlag mit einer ganzen Schar verschlafener Grünloher zu tun zu bekommen. Eine höchst willkommene Aussicht«, stellte Beda fest. »Lass uns gehen.«

Vorsichtig drückte sie die Klinke hinunter und die gut geölte Haustür öffnete sich ohne jegliches Quietschen. Die beiden Quendel blickten verstohlen den Weg bis zur Gartenpforte hinunter. Es schien ihnen ein entsetzlich langes Stück, ungeschützt über freies Gelände durch die Dunkelheit.

Ängstlich nahmen sie zu ihrer Rechten die Laube in Augenschein. Auch dort war wieder alles so, wie es nachts sein sollte, schwarz und still, und kein noch so schwacher Lichtschein drang durch die Rosenranken.

Beda nickte Hulda zu und dann schlüpften sie hintereinander ins Freie. So behutsam, wie sie konnte, zog Hulda die Tür hinter sich zu. Es dauerte ewig, bis das Schloss einschnappte, aber immerhin gelang es fast geräuschlos und ebenso leise schlichen sie die Treppe hinab und hasteten über den Weg bis zur Gartenpforte. Das Tor klappte auf und zu und schon waren sie in der Dunkelheit verschwunden. Im Nu überquerten sie den Holunderweg und erreichten den gegenüberliegenden Wegesrand, wo hinter Zäunen und Hecken die Gärten der Nachbarn begannen. Nichts Verdächtiges hatte sich zu ihrer Erleichterung bis dahin gerührt. Trotzdem war es unheimlich, nach allem, was sie gerade erlebt hatten, mutterseelenallein durch die Dunkelheit zu schleichen, während das Dorf in friedlicher Ahnungslosigkeit der Morgendämmerung entgegenschlummerte.

»Hier ist es«, wisperte Hulda, als sie das nächste Gartentor erreicht hatten, das den Eingang zum Isenbart'schen Garten zwischen hohen Ligusterhecken verschloss.

Sie schraken ordentlich zusammen, als dieses Tor sich ganz und gar nicht geräuschlos in den Angeln drehte, sondern stattdessen vernehmlich quietschte und knirschte. So verzichteten sie darauf, es weiter als eben nötig zu öffnen, und zwängten sich durch den schmalen Spalt. Dahinter nahm sie ein kühler Tunnel aus weiterem Liguster auf, denn Rosina Isenbart hatte es gefallen, die hohen Hecken links und rechts des kurzen Weges fortzusetzen, der bis zu ihrer Haustür führte. Sie fand das vornehm, seitdem sie einmal den Irrgarten der Mottifords in Krapp gesehen hatte. Ihr Mann Guntram hielt es dagegen für höchst unsinnig und unpraktisch, dass der Vorgarten von einem Hindernis durchteilt war, und immer wenn Rosina zu einem ihrer ausgedehnten Aufenthalte bei der Familie mütterlicherseits in Bäumelburg aufgebrochen war, stutzte er den Liguster auf Kniehöhe hinunter. Rosina hatte die liebe Verwandtschaft offensichtlich seit einiger Zeit nicht mehr besucht und so waren die Hecken, zwischen denen Beda und Hulda nun auf das Haus zugingen, beinahe quendelhoch, was ihnen höchst willkommen war.

»Was sollen wir ihnen erzählen?«, fragte Hulda, als sie vor der Haustür angelangt waren.

»Alles, was passiert ist«, sagte Beda. »Aber vielleicht fangen wir rückwärts mit der Laube an und arbeiten uns dann bis zu Bullrich vor, falls wir bis dahin überhaupt noch zu Wort kommen. Es wird ganz sicher eine ordentliche Aufregung geben.«

Beda hatte die Worte noch nicht ganz ausgesprochen, als Hulda auch schon begann, mit lautem Klopfen gegen die Tür zu hämmern. Wenn sie bis dahin jeglichen Lärm vermieden hatten, war ihr das nun einerlei, denn sie fühlte sich jetzt fast in Sicherheit.

»Hallo, aufwachen!« Beda unterstützte Hulda mit lautem Rufen, denn um zu klopfen, tat ihr die Schulter zu weh. »Heda, Guntram und Rosina!«, rief sie wieder zu den stillen Fenstern hinauf, hinter denen sie die Schlafzimmer vermutete. »So hört doch endlich und macht uns auf. Es ist etwas passiert!«

Zum zweiten Mal, seit sie den Garten betreten hatten, fuhr ihnen der Schreck gehörig in die Glieder, als sich, nicht weit entfernt von ihnen, statt im Haus der Isenbarts urplötzlich eine andere Tür öffnete. Sie gehörte zu einem zweiten Haus, das von Dunkelheit und Liguster verborgen, im gleichen Garten in unmittelbarer Nähe lag. Licht fiel aus dem Inneren auf eine üppige Blumenrabatte vor dem Eingang. Zuerst erklang wildes Gekläffe und ehe einer der Bewohner im Türrahmen erschien, schoss ein kleiner Hund daraus hervor und raste mitten durch die Blumen in den Liguster hinein. Es polterte auf der Treppe, jemand fluchte und dann erschien Quirin Portulak in einem langen weißen Nachthemd, einen brennenden Leuchter in der einen Hand. Mit der anderen rieb er sich das linke Knie.

»Justus, du Unglücksrabe von einem Hund, bei Fuß!«, rief er zuerst. Dann widmete er sich der nächtlichen Ruhestörung. »Stock und Schwamm und schwarze Nacht, wer ist da und was ist hier eigentlich los, bei allen klappernden Klapperschwämmen?«

Noch bevor Beda und Hulda antworten konnten, kam Justus wieder aus der Ligusterhecke heraus und umkreiste unter lautem Gebell und Geknurre die nächtlichen Eindringlinge. Über ihnen klappte ein Fenster auf, in dem der zerzauste Kopf von Guntram Isenbart erschien, von hinten von seiner Frau Rosina bedrängt, die mit einer Lampe über ihm herumfuchtelte und lauthals irgendetwas über Diebesgesindel und Herumtreiber von sich gab.

Als bei den Portulaks noch dazu alle sechs Kinder gleichzeitig wach wurden und wenigstens drei der Größeren es noch vor ihrer Mutter Ava die Treppe hinunterschafften, um sich zu ihrem Vater vor die Tür zu gesellen, war der Garten von einem derartigen Lärm aus aufgeregten Rufen, unbeantworteten Fragen und Hundegebell erfüllt, dass niemand mehr sein eigenes Wort verstand. Kurz, es herrschte ein unbeschreibliches Durcheinander, das sich erst ein wenig legte, als es Beda und Hulda gelungen war, sich erkennen zu geben, und einer der Portulakjungen den kläffenden Hund in der Küche einsperrte. Die Isenbarts kamen nun auch herunter, Guntram sichtlich verschlafen, Rosina ziemlich misstrauisch.

»Was soll geschehen sein? Ein Loch in Hortensias Laube?«, war soeben die verblüffte Frage ihres Nachbarn Quirin zu hören, als sie in ihren Morgenmänteln auf der Schwelle auftauchten. »Ja, ist da jemand hineingefallen?«

»Offensichtlich hat es ein Unglück gegeben«, raunte Ava Portulak ihrem Mann zu.

Vielleicht litten Beda und Hulda ja unter einem Schock, denn es war recht verwirrend, was sie bisher hervorgebracht hatten. War da nicht irgendetwas mit Licht und Nebel gewesen? Möglicherweise hatte es gebrannt. Etwa bei Hortensia? Ava drehte sich in Richtung Holunderweg. Aber nein, zum Glück war da kein Feuerschein am Himmel zu sehen und es roch auch nicht nach einem Brand. Sie schnupperte und stellte stattdessen fest, dass ein Hauch von Wein in der Luft lag, nach Honigmet, um genau zu sein, wodurch sich ihr Mann einen misstrauischen Blick von der Seite einhandelte, den er aber nicht bemerkte.

»Ich glaube, ihr solltet erst mal hereinkommen«, sagte Quirin gerade. »Und dann erzählt ihr uns, bei allen Quendeln, in Ruhe und der Reihe nach, was passiert ist.«

»Das ist eine recht lange, beinahe unglaubliche Geschichte«, sagte Hulda, »und ich fürchte, sie bedeutet weiteren Ärger.«

»Macht nichts«, antwortete Quirin freundlich und lud die ganze Gesellschaft ins Haus. »Jetzt, wo wir schon einmal wach sind, wollen wir auch wissen, warum ihr uns aus den Federn geholt habt, zu dieser späten Stunde. – Oder zu dieser frühen, ganz wie man es nimmt«, fügte er hinzu, denn in diesem Augenblick krähte irgendwo in Grünlohe der erste Hahn.

»Und ihr seid euch ganz sicher, dass ihr das alles nicht geträumt habt?« Guntram Isenbart, nun hellwach und mit einer Tasse Tee in der Hand, lehnte am Kamin in der Küche seiner Nachbarn und glaubte, seinen Ohren nicht zu trauen. Was ihm da aufgetischt wurde, klang ganz nach einer dieser, zugegeben, fesselnden Geschichten, wie sie im Winter in größerer Runde gerne vor dem offenen Feuer erzählt wurden, um sich gemeinsam gemütlich ein wenig zu gruseln. Aber dafür im Sommer mitten aus dem schönsten Schlaf gerissen zu werden, war doch etwas ganz anderes. Ungläubig blickte er auf Beda und Hulda hinunter, die vor ihm wie zerzauste Vögel auf zwei Stühlen hockten. Bisher waren Guntram beide immer ganz vernünftig vorgekommen. Es war nicht anzunehmen, dass sie mutwillig Unfug mit ihnen trieben. Nachdenklich kratzte er sich am Kopf. »Albträume kommen einem manchmal ganz lebensecht vor«, begann er bedächtig. »Meine Tante Cora, väterlicherseits, zum Beispiel …«

»Stock und Zunderpilz«, unterbrach ihn Beda entnervt. »Wie sollten wohl zwei das Gleiche träumen? Es war genauso, wie wir es erzählt haben. Natürlich hört sich das alles höchst merkwürdig an, aber es soll ja auch keiner behaupten, wir hätten keinen guten Grund, euch, für nichts und wieder nichts, mitten in der Nacht aus dem Bett zu holen!«

Sie hatte eben den dritten Versuch unternommen, die Erscheinung in der Rosenlaube so gut wie möglich zu schildern, und merkte an den Gesichtern der anderen, dass sie sich wohl nicht sehr überzeugend anhörte. Jedenfalls gelang es nicht, ihnen deutlich zu machen, dass es sich hier um nichts als die reine Wahrheit handelte. Hinsichtlich der Spannung ließ ihre Geschichte dagegen wohl wenig zu wünschen übrig, denn sämtliche Portulakkinder, die man vergeblich versucht hatte, ins Bett zurückzuscheuchen, hingen mit glänzenden Augen an ihren Lippen und waren mucksmäuschenstill.

Beda fühlte sich sterbensmüde und Hulda musste es genauso gehen. Mit einem Mal kam ihr alles schrecklich sinnlos vor und das, obwohl sie noch gar nicht so weit gekommen waren, zu erzählen, was mit Bullrich geschehen und wohin Hortensia mit den anderen aufgebrochen war. Nur dass sie gerade nicht zu Hause war, hatten sie knapp erwähnt und niemand hatte bis jetzt genauer nachgefragt, weil der Rest der Erzählung schon verwirrend und merkwürdig genug klang.

»Ich denke wirklich, ihr habt Gespenster gesehen«, sagte Quirin Portulak und gähnte. »Was habt ihr eigentlich vorher getrieben, dass ihr so schwere Träume hattet? Gab es ein kleines Fest bei Hortensia? Immerhin ist ja auch Beda extra aus Wetterstern herübergekommen. Vielleicht habt ihr einen über den Durst getrunken, da hat man dann so seine Erscheinungen, besonders, wenn man es nicht gewohnt ist.«

»Tatsächlich, bei allen Flaschenbovisten!« Seine Frau Ava musterte Beda und Hulda plötzlich mit strengem Blick. »Mir war doch eben so, als hätte ich Honigmet geschnuppert. Wie gerade wieder, als ich euch Tee nachschenkte! Und ich hatte schon Quirin in Verdacht. Aber nein, das ward ihr, meine Damen! Nun ja, so viel zu Nebeln und Lichtern. Hortensia liegt sicherlich längst im Bett und begegnet Weingeistern aus ihren eigenen Kellern.«

»So!« Beda sprang so ungestüm von ihrem Stuhl auf, dass er nach hinten kippte. »Jetzt ist es aber genug! Da seht doch!« Sie zog und zerrte an ihrem Kleid, ohne sich damit aufzuhalten, es aufzuknöpfen. Es krachte gefährlich in den Nähten. Dann drehte sie den anderen den Rücken zu. »Na?«, rief sie mit erbitterter Stimme. »War das etwa auch der Weingeist?«

Der Anblick des blutunterlaufenen Abdrucks der Klauenhand brachte die Runde in Bewegung. Die beiden kleinsten Kinder brachen auf der Stelle in Tränen aus, weil ihre Mutter entsetzt aufschrie und ihr Vater seine Tasse mit vernehmlichem Knall so hart auf dem Spülstein abgestellt hatte, dass sie entzweibrach. Die Isenbarts hatten wie aus einem Mund »Gute Güte!« gerufen und Justus, der bis dahin die Ereignisse still von seiner Matte neben dem Kamin aus verfolgt hatte, verlegte sich wieder auf wildes Gekläff, um auch etwas zu dem neuerlichen Tumult beizutragen.

»Bei allen reihigen Klumpfüßen!« Guntram war ganz blass geworden. »Das war kein Quendel, so viel ist sicher.«

Es ließ sich nicht leugnen, auch der seltsamste Zufall brachte es nicht zu einer solchen Anordnung von blauen Flecken und Blutergüssen. Kein unglücklicher Sturz aus dem Bett oder gar die Treppe hinunter. Kein Albtraum hinterließ Spuren wie diese. Kein ihnen bekanntes Tier hatte solche Pfoten. Nein, ohne Zweifel, was sich da auf Bedas Schulter mit grausamer Deutlichkeit abmalte, war ihr tatsächlich von einer Hand zugefügt worden, einer riesigen, gnadenlos zupackenden Hand mit langen Fingern und spitzen Nägeln. Sicherlich die Ausgeburt eines Albtraums, aber – bei allen Quendeln der friedlichen Hügel – kein Hirngespinst, sondern ein lebendiges Wesen, das sich in dieser Nacht, von wo auch immer kommend, in ihren Gärten herumtrieb und eine der ihren so zugerichtet hatte.

Fassungslos blickten sie einander an. Auch die Nachbarn bekamen es nun ernsthaft mit der Angst zu tun.

Siebtes Kapitel

Im Schwarzen Schilf

O, schaurig ist's, übers Moor zu gehn,
Wenn es wimmelt vom Heiderauche,
Sich wie Phantome die Dünste drehn
Und die Ranke häkelt am Strauche,
Unter jedem Tritte ein Quellchen springt,
Wenn aus der Spalte es zischt und singt,
O, schaurig ist's, übers Moor zu gehn,
Wenn das Röhricht knistert im Hauche!

ANNETTE VON DROSTE-HÜLSHOFF

E s heißt, die dunkelsten Stunden seien die vor Sonnenaufgang. Blodi dachte daran, als er an der Hand seines Vaters dem Lichtkreis der Stalllaterne folgte, mit der Pirmin den Weg vor ihnen ableuchtete. Die Finger der anderen Hand hatte er in Trautmanns Fell vergraben, der brav »bei Fuß« neben ihm herlief.

Fendel Eichhase hielt sich zur Rechten seiner kleinen Eskorte. Auch die Ehre des ersten Heimweges in Begleitung verleitete ihn nicht zu übertriebener Gesprächigkeit; nur gelegentlich gab er einen Schnaufer oder ein Seufzen von sich und trottete ansonsten schweigsam fürbass. Sie kamen nur langsam voran, was einerseits der tiefen Finsternis geschuldet war, aber auch mit Fendels langsamen Schritten zu tun hatte; vielleicht schmerzte ihn seine Kopfwunde nun wieder stärker.

Als sie aus der Straße, an der der Kremplingshof lag, auf den schmalen Uferweg hinaustraten, schlug ihnen die Feuchtigkeit des Flusses entgegen. Der Schein der Laterne reichte nicht mehr als quendellang vor ihnen über den Boden und schreckte nun jenseits des Weges kleine, weißliche Falter auf, die dort zwischen den langen Halmen der tropfnassen Uferwiesen Unterschlupf für die Nacht genommen hatten. Blodi fröstelte in der klammen Luft und starrte beeindruckt in das schier undurchdringliche Dunkel außerhalb des Lichtkreises. So spät war er draußen noch niemals unterwegs gewesen; allenfalls zur Wintersonnenwende um Mitternacht herum. Aber da war ganz Wetterstern auf den Beinen und auf dem Weg zu den großen Feuern und die Nacht hallte wider von unzähligen Stimmen und Gelächter und dem Getrappel der Dorfbewohner.

Sie mussten nun noch ein kurzes Stück nach links entlang des Flusses gehen, bis der Uferweg auf die Dorfstraße traf, die aus Wetterstern hinaus und in leichtem Anstieg auf die Brücke über die Pfiffer und von dort in südöstlicher Richtung nach Zwölfeichen führte. Leises Plätschern klang zu ihnen herüber, mit dem die Strömung im Bewuchs der Böschung spielte. Hin und wieder gluckste es; vielleicht sprang ein Fisch oder ein kleiner Strudel teilte sich über einem dickeren Stein im seichten Wasser. Auf der anderen Seite des Weges lagen die Häuser und Höfe am Rande von Wetterstern hinter hohen Mauern. Kein offener Garten reichte bis zu den Flusswiesen herab; man hatte sie auf die andere Seite verlegt oder ganz darauf verzichtet. Besser als ein hübscher Garten erschien zu dieser Seite des Dorfes eben eine schützende Mauer, die den eigenen Besitz vor der Nähe des Finsters abschirmte.

Blodi fragte sich nicht zum ersten Mal, was Fendel Eichhase bloß dazu getrieben hatte, seinen Unterschlupf ausgerechnet in dieser unwirtlichen Lage aufzuschlagen. Weil er ohnehin von allen gemieden wurde? Oder verhielt sich das eher andersherum; dass er gemieden wurde, weil er unter so absonderlichen Umständen lebte? Ohne Zweifel aber musste er nicht nur ein einsamer, sondern auch ein ziemlich mutiger Quendel sein. Blodi war es schleierhaft, wie er es auch nur eine Nacht alleine dort draußen im Fuchsbau aushalten konnte. Nachdenklich blickte er wieder zu dem seltsamen Kerl hinüber, der eben bei ihnen daheim eine so unerwartet freundliche Seite seines scheuen Wesens gezeigt hatte. Im

Licht der Laterne strahlte sein Verband, als trüge er eine Papierkrone auf dem Kopf, so wie Blodi, Afra und Florin sie sich manchmal ausschnitten, um als Könige vom Rabenstein Trautmanns Hundehütte in Besitz zu nehmen. Auf seine Art war Fendel auch ein König im eigenen Reich.

Jetzt erreichten sie die Dorfstraße. Pirmin blieb stehen, hob das Licht empor und leuchtete in die Richtung, in der Fendels Fuchsbau in den abschüssigen Wiesen nahe der Brücke liegen musste. Das Stück bis dahin war uneben; dicke Grassoden verbargen Kuhlen und Löcher. Pirmin betrachtete zweifelnd seinen Begleiter. Der Eichhase war ein wenig wackelig auf den Beinen und so konnte er ihn wohl kaum alleine in die holperigen Wiesen schicken.

Es widerstrebte ihm aber auch, mit seinem kleinen Sohn an der Hand bis zu dieser schon bei Tageslicht düsteren Stelle unterhalb der Brücke zu gehen, und er bedauerte, es in der warmen, hellen Küche ganz in Ordnung gefunden zu haben, dass Blodi ihn auf dieser Nachtwanderung begleitete. Vom jetzigen Standort aus gesehen, stellte sich das alles etwas anders dar. Aber was half ihm das nun? Ebenso wenig wollte er Blodi, selbst mit dem wachsamen Hund an seiner Seite, hier alleine auf der Straße zurücklassen, während er mit Fendel bis zu dessen Bau ging. Pirmin fand, dass er wirklich ein wenig unüberlegt losgezogen war, und sehnte sich leidenschaftlich nach den sicheren vier Wänden seines gemütlichen Hauses. Also musste man diese Angelegenheit jetzt rasch zu einem guten Ende bringen und dann nichts wie zurück.

»Fendel«, sprach Pirmin ihn an, »das Beste wird sein, du gehst nun voraus und ich folge dir und leuchte von hinten. In dieser Finsternis weiß ich nicht genau zu sagen, wo dein Haus liegt.«

Der Eichhase schrak heftig zusammen, weil er glatt im Stehen eingenickt war. Es hätte nicht viel gefehlt und er wäre die Böschung hinabgefallen und in die Gräser gerollt. Daran merkte er, dass es wohl besser sein würde, auf den Vorschlag des Kremplings einzugehen, wollte er heil bei sich zu Hause ankommen. Also nickte er zustimmend, obwohl es ihn eigentlich stark danach gelüstete, nun endlich wieder allein sein zu können, um unbehelligt von der Anwesenheit anderer in Ruhe und vertrauter Abgeschiedenheit über die Erlebnisse dieser ungewöhnlichen Nacht nachdenken zu können.

Wortlos übernahm er die Führung und stapfte zwei, drei Schritte vorweg, wobei er, entgegen Pirmins Erwartung, die Straße noch nicht verließ. Aber da er genau zu wissen schien, wo sie sich gerade befanden, war es Pirmin sehr recht, wenn ihnen die Tücken des abschüssigen Geländes im Dunkeln so lange wie möglich erspart blieben.

Das Laternenlicht tanzte über Fendels Rücken und beleuchtete seine alte, mehrfach geflickte Jacke, die ihm, um Einiges zu groß für seine hagere Gestalt, gehörig um die hängenden Schultern schlotterte, was Blodi unwillkürlich an die eingefallenen Flanken der betagten Kuh erinnerte, die bis kurz nach dem letzten Maskenfest auf ihrem Hof ihr Gnadenbrot erhalten hatte. Überhaupt legte Fendel das letzte Stück, das ihn noch von seinem Fuchsbau trennte, mit der gleichen bedächtigen Unbeirrbarkeit zurück, mit der von der Weide heimkehrende Tiere am Ende des Tages dem heimatlichen Stall zustreben. Ohne sich nach seinen beiden Begleitern umzusehen, setzte er am Rande des Lichtkreises einen Schritt vor den anderen, nicht schneller oder langsamer als bisher.

Blodi und Pirmin merkten in ihren Beinen, dass die Straße zur Brücke hin allmählich anstieg. Das half ihnen zur Orientierung, auch ohne dass sie davon etwas sehen konnten. Jeder Wettersterner wusste, dass geschätzte hundert Schlegel von der Brücke entfernt Fendels Fuchsbau zur Rechten am Ufer der Pfiffer lag, und richtig, in diesem Augenblick verließ vor ihnen der Eichhase die Straße und kletterte vorsichtig die Böschung hinab. Die beiden anderen taten es ihm nach. Als Trautmann dies als willkommene Abwechslung und Aufforderung auffasste, ein wenig auf eigene Faust in der Wiese herumzustromern, pfiff Pirmin ihn sofort zurück an ihre Seite. Er wollte es nicht riskieren, dass der Hund womöglich ein Kaninchen aufstöberte, um es bis über die andere Seite der Straße zu verfolgen. Zwar wurde diese an ihrem linken Rand von einer niedrigen Steinmauer gesäumt, die bis zur Brücke hinaufführte und dort in ihr Geländer überging. Aber diese steinerne Barriere war so alt und brüchig, dass das Kaninchen längst irgendwo einen Durchlass gefunden hätte, während Trautmann in vollem Schwung darüber hinwegsetzen konnte, um sein Jagdglück in dem Gelände dahinter zu versuchen. Dort aber verwandelten sich die Uferwiesen im Handumdrehen in unwegsamen Morast, in dem das Bett der Pfiffer immer schmaler und schmaler wurde, bis das Flüsschen zuletzt in Rinnsale geteilt im Schwarzen Schilf versickerte. Ein Moor von nicht geringer Ausdehnung entlang des Finsters, mit torfigen Tümpeln, in denen tiefschwarz und unbeweglich modriges Wasser stand.

Wer bei Tag von der Brücke in Richtung Waldrand Ausschau hielt, sah auch das Netz der schmalen Stege festen Bodens, die zwischen den Tümpeln in Schilf und Gestrüpp verschwanden, um irgendwo dahinter wieder aufzutauchen, ohne dass man sich sicher sein konnte, dass es sich noch um den gleichen Pfad handelte. Oft lagen Nebelschwaden über diesem Labyrinth und den toten Spiegeln der Moorseen, aus denen kahle Äste abgestorbener Bäume wie bleiche Knochen ragten. Unheimlich schon bei Tageslicht, war es bei Dunkelheit noch weniger ermutigend, dies alles hinter seinem Rücken zu wissen und schweigsam wie der Eichhase hingen Pirmin und Blodi ihren Gedanken nach, als sie sich hinter ihm den Abhang hinabmühten. Pirmin merkte, wie Blodi seine Hand umklammerte, oder war er es selbst, der sie nun fester hielt?

Sie sahen, wie ihr Führer des Öfteren stolperte, wenn er in einer Senke hängen blieb oder sich die Grasnarbe nach oben wölbte; glücklicherweise fiel er aber nie ganz hin und gab anschließend nur ein missbilligendes Grunzen über das noch eben verhinderte Missgeschick von sich. Eisern heftete er den Blick auf den Boden, so wie es Trautmann neben Blodi mit seiner aufgeregt schnüffelnden Nase hielt. Die Gerüche der Nacht mussten hier fremd und verlockend sein.

Das leichte Rauschen der Pfiffer war nun ganz nah zu hören und schließlich streifte ihr Licht glitzerndes Wasser. Sie hatten das Ufer erreicht.

Erleichtert fühlte sich der Eichhase endlich bemüßigt, seine Begleiter mit einer knappen Erklärung zu bedenken. »Dort hinten«, brachte er heiser hervor, »noch ein kleines Stück am Wasser entlang. Dort liegt mein Haus.«

»Na gut«, hörte Blodi seinen Vater sagen. »Dann also los. Sehen wir zu, dass du heimkommst. Und wir anschließend auch.«

Er ließ für einen Moment Blodis Hand los und fuhr ihm aufmunternd durchs Haar.

Fendel machte dagegen keine Anstalten, die Wanderung gemeinsam zu Ende zu bringen. »Ich kann alleine gehen ab hier«, erklärte er. »Es ist ja gleich da drüben und der Weg dahin – ich werde nicht stürzen, jetzt nicht mehr, nein. Und seht nur, es wird schon hell.«

Er hatte mit der Hand unbestimmt in Richtung Pfiffer gewiesen, aber plötzlich hielt er mitten in der Bewegung inne, als traute er seinen eigenen Worten nicht. Sein Arm sank herab wie ein totes Stück Holz, das nicht zu ihm gehörte. Angestrengt starrte er in die Richtung, in die er eben gezeigt hatte. Die beiden Kremplinge waren seiner Geste mit den Augen gefolgt und versuchten herauszufinden, was ihm dort Seltsames aufgefallen sein mochte.

Und tatsächlich, ungefähr dort, wo in einiger Entfernung auf der anderen Seite des Flusses das Schwarze Schilf den Waldrand säumte, sah es mit einem Male aus, als stiege vor der dunklen Wand des Finsters Nebel empor. Pirmin bemerkte es mit der gleichen Verwirrung, die wohl auch den Eichhasen umtrieb. Denn es war doch eigentlich noch immer stockfinster und auch zu früh für die ersten verlässlichen Anzeichen der Morgendämmerung, die überdies nicht in dieser Richtung zu erwarten waren.

Wie war es dann also möglich, dass sie alle sehen konnten, wie dort in der Ferne milchiger Dunst aus dem Boden emporkräuselte? Mit langfingrigen Schwaden tastete er sich zunächst bis in die schütteren Äste der krüppeligen, im Moor stehenden Sträucher hinein, deren Silhouetten hier und da aus dem Nebel hervortraten und wieder darin verschwanden, sobald sich dichtere Schleier davorlegten, die immer mehr den Moorseen entstiegen. Woher aber stammte die Helligkeit, die das ganze Schauspiel so geisterhaft sichtbar machte?

Es konnte nicht mit rechten Dingen zugehen.

»Bei allen laubporigen Klapperschwämmen!«, keuchte Fendel.

»Was ist das?«, fragte Blodi beunruhigt. »Was ist das für ein Nebel? Ist es gefährlich?«

»Nur Nebel«, lautete die knappe Antwort seines Vaters, der hoffte, dass man ihm nicht anmerkte, wie unwohl ihm bei der Sache war. Er zog Blodi dicht an sich heran. Fendels Ausruf hatte nicht so geklungen, als ob er schon in anderen mondlosen Nächten auf diesen Nebel getroffen wäre.

»Spinnigstes Nebelgespinst, was mag das bedeuten?«, hörte er Fendel wieder neben sich murmeln. »Kommt etwas aus dem Moor? Kommt es aus dem Wald? Nebligste Finstergespenster?« Vielleicht hätte sich der Eichhase in weiteren beschwörenden Wortgebilden verloren, wenn ihm nicht die mühsam unterdrückte Unruhe des jüngsten Kremplings aufgefallen wäre.

Tatsächlich fielen Blodi all die unheimlichen Geschichten ein, die seine Großmutter im Allgemeinen über Moore und über das Schwarze Schilf im Besonderen erzählt hatte. Von Unholden war da die Rede, die aus den Sümpfen ihre dürren Arme dem verirrten Wanderer entgegenstreckten, von täuschenden Irrlichtern, die über tückische Pfade immer tiefer ins Verderben lockten. Von Geraschel und Geknister und hohlem Pfeifen aus dem Schilfrohr, von dem niemand zu sagen wusste, ob es von irgendeinem Getier oder von etwas anderem stammte.

Blodi umklammerte die Hand seines Vaters noch fester und spähte immer wieder über den Fluss. Weiter zurück, ihnen zur Linken, lag der dunkle Schatten der Brücke, die sie hinter sich gelassen hatten und deren steinerner Bogen sich nun vor der im Moor zunehmenden Helligkeit deutlich abzeichnete. Darunter floss die Pfiffer dem milchigen Dunst entgegen.

»Es wird immer mehr. Der Nebel breitet sich den ganzen Waldrand entlang aus«, stellte Pirmin fest. »Wenn das so weitergeht, wird er schon bald den Fluss entlang und über die Straße zu uns herübertreiben. Rasch jetzt! Wir bringen Fendel noch die wenigen Schritte bis zu seiner Hütte. Doch, doch, es ist besser so, alter Freund. Dein Haus liegt nun auf unserem Heimweg, denn ich werde nicht in Richtung der Brücke zurückgehen, sondern das Stück bis zur Straße über die Wiesen abkürzen und dann nichts wie nach Hause. Es sei denn, der Herr Eichhase möchte lieber wieder mit ins Dorf zurück, angesichts dieser seltsamen Wetterlage.«

Fendel erwiderte nichts, ergriff aber Blodis freie Hand und nahm ihn so gemeinsam mit seinem Vater beschützend in ihre Mitte. »Also zu dritt zu meinem Haus«, sagte er dann zu Pirmin, dem nicht entgangen war, wie freundlich sich ihr einsilbiger Gefährte um seinen Sohn bemühte.

In diesem Augenblick gab Trautmann ein warnendes Knurren von sich.

»Dem Hund gefällt der Nebel auch nicht«, sagte Pirmin mit grimmiger Miene und strich Trautmann beruhigend mit der Hand über das gesträubte Nackenfell. »Los jetzt, schnell! Sehen wir zu, dass wir alle noch sicheren Fußes heimkommen!«

Sie hielten auf Fendels Hütte zu, deren unregelmäßige Umrisse vor dem Nebel und dem geisterhaften Licht am jenseitigen Ufer deutlich zu sehen waren. Nur noch ein paar Schritte und sie hatten das seltsame Gebäude erreicht, das Fendels Zuhause darstellte.

Dort angekommen, hängte Pirmin die Stalllaterne an einen Haken, den er neben der Haustür entdeckt hatte. Die seltene Gelegenheit, einen genaueren Blick auf Fendels Fuchsbau zu werfen, lenkte die beiden Wettersterner für einen Augenblick von ihrer angespannten Lage ab. Fast jeder Dorfbewohner hätte irgendetwas Merkwürdiges über diesen mysteriösen Ort zu berichten gewusst, natürlich ohne jemals selbst dort vorbeigekommen zu sein. Nun standen sie also vor der Haustür des legendären Fuchsbaus auf einem kleinen Vorplatz, der zur Rechten von der Hütte selbst begrenzt war. Geradeaus floss die Pfiffer und zur Linken wuchs ein ausladender Weidenbusch, dessen untere Zweige bis ins Wasser hingen. Es raschelte und wisperte leise in den silbrigen Blättern und Blodi dachte, dass er, würde er hier wohnen, immer fürchten würde, dass sich etwas Unheimliches darin verborgen hielte. Jedenfalls kam ihm das in diesem Augenblick so vor.

Die Hütte war aus der Nähe wahrhaftig einen Blick wert und so hatte sein Vater, aller gebotenen Eile zum Trotz, kurzfristig seiner Neugier nachgegeben und die Laterne zur Beleuchtung des seltsamen Anwesens an den Haken gehängt. Dabei handelte es sich gar nicht um einen Haken, wie der Krempling jetzt feststellte, sondern um ein Stück geborstenen Weidengeflechts, das an dieser Stelle aus der Wand ragte. Eigentlich hätte es vom Lehmverputz umhüllt und völlig verdeckt sein sollen, aber überall bröselte es im Fachwerk zwischen den windschiefen Balken, die das Dach des Fuchsbaus trugen. Der hatte auf den ersten Blick einige Ähnlichkeit mit dem Flickwerk von Fendels alter Jacke und insofern brachten Haus und Hausherr ein Bild schönster Harmonie zustande.

Trotzdem staunte Pirmin, dass dieser Fuchsbau weit mehr als der behelfsmäßige Unterschlupf war, den er erwartet hatte. Zwar befand er sich in einem baufälligen und verwahrlosten Zustand, und augenscheinlich war das Dach an einer Seite halb eingesunken. Außerdem hatte der Wiesenknöterich mit seinem üppigen Bewuchs Fendels Häuschen eine gewaltige Haube aus wirren, dicht miteinander verflochtenen Ranken verpasst. Dennoch musste irgendjemand, der sich damit auskannte, vor Jahren an diesem abgelegenen und einsamen Platz das nötige Material zusammengetragen und die Hütte mit genauso viel Sachverstand errichtet haben wie jedes andere Haus in Wetterstern. Pirmin kramte in seinem Gedächtnis nach, ob das wohl Fendel Eichhase selbst gewesen sein konnte, aber er stellte fest, dass er niemals etwas Genaueres darüber gehört und ebenso wie alle anderen angenommen hatte, dass der Fuchsbau nichts weiter als notdürftig errichtetes Flickwerk sei.

Ein Blick über den Fluss riss Pirmin aus diesen Betrachtungen. Wahrhaftig war keine Zeit mehr, sich mit handwerklichen Rätseln aus der

Vergangenheit zu beschäftigen, und er schalt sich einen Träumer. Auf der anderen Uferseite schloss sich der Nebel zu einer weißen Wand und hatte die Schattenrisse der Sträucher im Moor längst verschluckt. Bald würde er die Straße erreicht haben und wenn er über die Pfiffer zu ihnen herübertrieb und sich auch auf dieser Seite in gleicher Weise ausbreitete, würden sie sich nicht mehr zurechtfinden. Das Licht der Laterne erhellte zwar auf kurze Distanz die Dunkelheit, konnte aber im dichten Nebel nicht viel ausrichten. Dies allein reichte aus, um ihren Heimweg nach Wetterstern zu verhindern, ganz abgesehen davon, was diese heimtückische Suppe vielleicht enthielt. Er würde gezwungen sein, mit Blodi den Rest der Nacht in Fendels Fuchsbau zu verbringen, in der unsicheren Hoffnung, dass sich der Nebel gegen Morgen auflöste. Gute Güte, auf einen Schlag ein bisschen viel der neuen nachbarlichen Beziehungen für eine einzige kurze Nacht, fand Pirmin.

Er hakte die Laterne aus der Wand und wandte sich zum Gehen.

Der Eichhase hatte die ganze Zeit bewegungslos und schweigend neben ihnen gestanden und keinerlei Anstalten gemacht, ins Haus zu gehen. Stattdessen hatte er das, was sich auf der anderen Seite der Pfiffer zusammenbraute, nicht aus den Augen gelassen und war darüber tief in Gedanken versunken. Jetzt schreckte ihn Pirmins Bewegung aus seinen Betrachtungen. Fendel klärte unter zweimaligem Räuspern seine ungeübte Stimme.

»Danke, Herr Krempling. Danke für alles. Ihr wart sehr gut zu mir.« Ein wenig verlegen stellte er fest, dass er noch immer Blodis Hand festhielt, und so schüttelte er sie unbeholfen, bevor er losließ. »Danke auch Euch, kleiner Herr Krempling. Ich wünsche Euch einen sicheren Heimweg.« Und er machte tatsächlich die Andeutung einer Verbeugung.

Auch Pirmin verabschiedete sich höflich und unter quendelüblichen Beteuerungen, dass es durchaus keine sonderliche Mühe gekostet habe und Hilfe unter diesen besonderen Umständen doch selbstverständlich sei, wobei er zweifelnd über die Pfiffer blickte. Dann drehten sie Fendels Fuchsbau den Rücken zu und traten den Rückweg an.

Der Hausherr blieb vor seinem Eingang stehen, als würde sich dahinter ein weiteres nächtliches Geheimnis verbergen, das er unbedingt vor fremden Blicken schützen musste.

Als Blodi ein letztes Mal über die Schulter zurücksah, lagen die Hütte und ihr Besitzer längst wieder außerhalb des Lichtscheins der Laterne und wären gänzlich in die Dunkelheit zurückgeglitten, wenn nicht der Nebel die Nacht mit ungewöhnlicher, unerklärlicher Helligkeit versehen hätte.

»Rasch jetzt, heim zu deiner Mutter«, hörte er die Stimme seines Vaters neben sich. Er ahnte, dass es aufmunternd klingen sollte. »Wir werden nun quer über die Uferwiesen gehen«, erklärte der Krempling seinem Sohn. »Zwar läuft es sich auf der Straße bedeutend einfacher, aber das würde uns wieder näher an den Nebel und das Moor heranbringen und das ist etwas, was ich auf jeden Fall vermeiden will!«

Blodi kam es so vor, als würde Pirmin eher laut denken, als wirklich mit ihm sprechen. Wieder bemerkte er mit einiger Bestürzung, dass sein Vater, wenn nicht Furcht, zumindest große Sorge empfinden musste. Sicher bereute er es zutiefst, ihn, Blodi, auf diesen unseligen Ausflug mitgenommen zu haben. Ihm tat es seinerseits leid, darum gebettelt zu haben, dabei sein zu können, und er bemühte sich, mit seinem Vater Schritt zu halten, auch wenn er dazu mit seinen viel kürzeren Beinen gleich zwei- oder dreimal auftreten musste. Außerdem achtete er darauf, dass Trautmann dicht an seiner Seite blieb.

Eben schwenkte Pirmin die Laterne ein wenig in die Höhe, um ihnen vorauszuleuchten, als ein Geräusch die stille Nacht durchbrach. Plötzlich näherte sich ein Rauschen in der Luft und dann erklang ein Flattern, wie von großen Schwingen.

Blodi schrie erschreckt auf und blieb stehen. Dabei griff er nach Trautmanns Halsband, denn er spürte die aufkommende Unruhe des Hundes neben sich. Trautmann knurrte. Es fehlte nicht viel und er würde versuchen, sich loszureißen.

»Nur irgendein Vogel«, sagte Pirmin beschwichtigend. »Vielleicht eine

Eule, die wir bei der nächtlichen Jagd gestört haben.« Aber deren Flug ist lautlos, berichtigte er sich gleichzeitig, ohne es auszusprechen.

Jetzt hörten sie das Flattern hinter sich und gleich darauf ein lautes Knacken in den Zweigen. Es kam aus dem Weidenbusch neben Fendels Hütte. Obwohl sie sich schon ein gutes Stück davon entfernt hatten, klang es durch die nächtliche Stille deutlich zu ihnen herüber und dies war der Augenblick, in dem Trautmann sich losriss und laut bellend zurückstürmte.

»Trautmann!«, schrie Blodi entsetzt. »Trautmann, zurück, komm zurück!«

Sein Vater pfiff nach dem Hund und befahl ihn mit strenger Stimme zurück, aber Trautmann wollte nicht länger gehorchen. Stattdessen gebärdete er sich, vor dem Weidenbusch angekommen, wie wild, kläffte und knurrte und versuchte vergebens, weit in die Höhe zu springen. Irgendetwas, das dort oben in den Ästen gelandet war, bedachte sein sinnloses Wüten mit nichts als lauernder Stille. Pirmin sah sich gezwungen kehrtzumachen, denn all ihr Rufen und Pfeifen nützte nichts. Trautmann machte keinerlei Anstalten zurückzukommen.

Dies alles war so schnell geschehen, dass Fendel, der inzwischen aufgeschlossen hatte, die Haustür nun halb offen stehen ließ, erschreckt über den Lärm und entgegen seinen Gewohnheiten. Er überquerte den Vorplatz, um den Kremplingen zu Hilfe zu kommen.

»Aus, Trautmann, aus!«, rief Pirmin gerade und versuchte dabei vergeblich, ihn am Halsband zu fassen. Er konnte sich nicht erinnern, den Hund je so erlebt zu haben. Trautmann war zwar etwas eigensinnig, aber immer zu bändigen und zu beruhigen.

Abermals knackte es in den Zweigen der Weide und Trautmanns Bellen ging in Geheul über, als sich über ihren Köpfen ein großer Schatten aus dem Busch löste, über den kleinen Vorplatz strich und, dem anschließenden Knistern nach, gegenüber im Knöterich auf Fendels Dach landete. Noch einmal erklang Flügelschlag, aber diesmal kam er aus Richtung der Pfiffer. Die Quendel sahen zwei weitere Schatten aus dem Nebel auf sich zukommen. Wieder neigte sich der Wipfel des Weidenbusches ächzend unter einer schweren Last und was immer aus dem Moor herübergeflogen war, saß nun dort im Geäst, in ihrer unmittelbaren Nähe.

Trautmann geriet völlig außer sich und drehte sich auf seinen Hinterbeinen um sich selbst. Blodi schrie laut auf, sodass Pirmin ihn packte und auf den Arm nahm, noch bevor er hinter Fendels Regenfass in Deckung gehen konnte. Gleichzeitig schwenkte er beherzt die Laterne empor, um herauszufinden, welcher Art die nächtlichen Besucher aus dem Nebel waren, die Trautmann fast um den Verstand und ihn selbst um seine Fassung brachten. Das Herz klopfte ihm bis zum Halse und er spürte, dass Blodi heftig zitterte, als er sich an ihn schmiegte.

Nicht nur die Kremplinge hatten sich furchtbar erschreckt. Auch Fendel presste mit einer verzweifelten Geste beide Hände an die Schläfen und starrte in die Höhe, als fürchtete er, im nächsten Moment das ohnehin eingesunkene Dach mitsamt seinem wirren Bewuchs und dem darin nun enthaltenen Wesen über den brüchigen Mauern des Fundaments zusammenbrechen zu sehen. Oder drohte noch größere Gefahr aus dem Weidenbusch?

Da übertönte ein heiseres Kreischen Trautmanns Gebell. Ein Krächzen folgte, böse und ein wenig herablassend von dort, wo sich unter dem Knöterich der Dachfirst befinden musste. Im Licht der Laterne sahen sie einen großen geduckten Schatten, ein Lebewesen, so schwarz wie eine Neumondnacht, das den mit einem langen Schnabel bewehrten Kopf zwischen hochragenden, hageren Schultern hielt. Aus einem Auge wurden sie mit einem kalten, zornigen Funkeln bedacht, das andere blieb unsichtbar.

Trautmann gab für einen Augenblick das Bellen auf und in die neu gewonnene Stille hinein sagte Fendel ungläubig, aber auch ein wenig erleichtert: »Ein Rabe.«

Für einen weiteren Augenblick verharrten sie alle in lauernder Schweigsamkeit und musterten sich gegenseitig. Der große, schwarze

Vogel von oben herab, die kleine Gruppe der drei Quendel ängstlich zu ihm emporstarrend.

»Da, seht nur«, schrie Blodi plötzlich auf. »Dort in der Weide sind auch welche!«

Tatsächlich hockten dort, wo er hinzeigte, zwei weitere düstere Gesellen still wie Statuen aus Stein. Ihre beträchtliche Größe passte nicht in die zierlichen Zweige der Weide.

»Raben. Wie seltsam, mitten in der Nacht.«

Pirmins Feststellung ging im neuerlichen Gekläff seines Hundes unter, als der große Rabe über ihnen aus dem Knöterich aufflog. Von seinen breiten Schwingen strich ein Luftzug über ihre Köpfe, dann entfernte sich der Vogel von Fendels Anwesen und aus dem Lichtkreis der Laterne und flog in Richtung der Brücke davon. Seine Gefährten erhoben sich unverzüglich und folgten ihrem Anführer.

Nun gab es für Trautmann endgültig kein Halten mehr. Er raste los, um die Verfolgung aufzunehmen. Als kleiner, heller Fleck entfernte er sich in wildem Lauf über die schwarze Wiese und bot dabei das umgekehrte Bild der vor ihm dahinfliegenden Raben, deren dunkle Schatten sich vor dem weißen Nebel abzeichneten und noch lange zu sehen waren.

»Trautmann!«, schrie Blodi verzweifelt und weil er so sehr an dem Hund hing, konnten ihn nun selbst die Schrecken dieser Nacht nicht mehr zurückhalten.

Blodi entwischte aus den Armen seines überraschten Vaters und rannte Trautmann hinterher. Die entsetzten Rufe seines Vaters klangen ihm schmerzlich in den Ohren, aber er ließ sich davon nicht aufhalten. Wieselflink verschwand er in den Wiesen und so schnell ihn seine Beine über das unwegsame Gelände trugen, legte er in umgekehrter Richtung den gleichen Weg zurück, den er zuvor mit Pirmin und Fendel gekommen war. Wieder hielt er sich an den Lauf der Pfiffer, die nun zu seiner Rechten lag. Außerdem war es dank des Nebels nicht länger wirklich dunkel und an manchen Stellen reichten die silbrigen Schwaden bereits bis über das Wasser. Aber noch hatte sich der Nebel auf dieser Seite nicht geschlossen und so konnte Blodi deutlich sehen, wie Trautmann vor ihm die Böschung hinaufsprang, für einen Augenblick auf der Brücke stehen blieb und die Schnauze schnuppernd in die feuchte Luft hielt. Von den Raben war nichts mehr zu sehen oder zu hören.

»Trautmann!«, rief Blodi, so laut er konnte. »Trautmann, Platz! Warte auf mich, so warte doch, bei allen Quendeln!«

Aber es war zu spät, denn schon hatte der Hund neue Witterung aufgenommen. Er setzte mit einem entschlossenen Sprung über die niedrige Mauer und verschwand zu Blodis Entsetzen in den nebligen Uferwiesen auf der anderen Seite der Straße.

»Oh, Trautmann!«, schluchzte Blodi verzweifelt auf, der genau wusste, dass der Hund nun unweigerlich mitten in das Schwarze Schilf mit all seinen hinterhältigen Gefahren hineinlief.

Wieder hörte er, dass hinter ihm in einiger Entfernung sein Name gerufen wurde, und er erkannte schuldbewusst Pirmins Stimme, die dünn und traurig aus dem Nichts zu ihm herübertrieb. Blodi schämte sich furchtbar, seinen Vater in Angst und Schrecken zu versetzen, trotzdem glaubte er, dass es besser war, Trautmann weiter zu folgen. Es war keine Zeit mehr zu verlieren. Die schreckliche Vorstellung von dem im Moor versinkenden Hund trieb Blodi mit dem Mut der Verzweiflung weiter.

So schnell er konnte, kletterte er die steile Böschung zur Brücke empor. Ihm war mittlerweile sehr warm vom Laufen und weil er daran dachte, seinem Vater wenigstens ein Zeichen zu hinterlassen, das ihn auf seine Spur bringen würde, zog er seine Weste aus und ließ sie hinter sich auf den Boden fallen. Als er das unscheinbare Stück Stoff auf dem Gras liegen sah, besann er sich eines Besseren. Sehr wahrscheinlich, dass es Pirmin hier gar nicht auffiel, und so nahm Blodi die Weste wieder an sich. Er beschloss, sie gut sichtbar auf die Straße zu legen, genau dort, wo er über die Mauer klettern würde, um in Richtung des Schwarzen Schilfs zu gehen.

Eine besonders unebene Stelle im Boden ließ ihn stolpern, noch bevor er oben angekommen war und er schlug der Länge nach ins klatschnasse Gras. Blodi merkte, dass er sich an einem verborgenen Stein das Knie aufgeschlagen hatte, achtete aber nicht auf den Schmerz, denn im gleichen Augenblick glaubte er, vor sich Hundegebell zu hören. Und war da nicht auch das Gekrächz von Raben in der Luft?

Ferner und unwirklicher waren dagegen die nur noch ganz schwach zu ihm herüberdringenden Rufe seines Vaters. Ein wenig wunderte es ihn doch, dass Pirmin ihn nicht längst eingeholt hatte.

»Vater, Vater! Hier bin ich«, schrie er nun aus Leibeskräften in die Richtung, aus der er gekommen war. »Hier bei der Brücke. Komm mir nach! Ich kann aber nicht warten! Trautmann ist ins Schwarze Schilf gelaufen!«

Es kam keine Antwort von dort, stattdessen glaubte er noch einmal, Trautmann in der Ferne bellen zu hören. Blodi kämpfte sich das letzte Stück der Böschung hinauf und stand auf der Brücke.

Die Aussicht, die ihn hier oben erwartete, ließ ihn den Atem anhalten. Sanft schimmernder Nebel reichte vom Rande des Finsters bis zur Straße. Vom Schwarzen Schilf und den davorliegenden Wiesen war nichts mehr zu sehen und längst trieb der Nebel über die bröckelnde Mauer, hinter der Trautmann verschwunden war, und breitete sich weiter aus. Die Hände auf den Steinen des Brückengeländers, kam es Blodi so vor, als stünde er an Deck eines einsamen Schiffes, das über ein milchweißes Meer glitt. Bald würde alles darin versunken sein: die Straße, die Mauer, der Fluss, Fendels Fuchsbau und sogar das Dorf Wetterstern. Es war ein Bild von befremdlicher, unwirklicher Schönheit, als wandelte er in einer Traumlandschaft. Die Luft schmeckte zwar vertraut nach der Feuchtigkeit herbstlichen Nebels, obwohl es für so extremes Wetter eindeutig noch zu früh im Jahr war. Aber das verführerische Glitzern Abertausender tanzender Lichtpünktchen hatte er niemals zuvor gesehen. Daher also stammte die Helligkeit dieser Nacht, über die sie sich so gewundert hatten.

Die Nebelschwaden umschwebten den jungen Quendel wie geisterhafte Gestalten in wehenden Kleidern und lenkten seine Schritte, denn plötzlich stellte er fest, dass er über die Mauer geklettert und in die jenseitigen Uferwiesen hinabgestiegen war. Träumte er denn wirklich? Er hatte gar nicht gemerkt, dass er weitergegangen war. Auf Gesicht und Händen und seinen Kleidern perlten unzählige glitzernde Pünktchen, die sich auf der Haut kalt anfühlten, und wenn es denn möglich war, eine Farbe zu *empfinden*, silbrig und dabei flüchtig wie Quellwasser im Gebirge. In seiner Benommenheit musste er in dem unwegsamen Gelände gut aufpassen, um nicht wieder und schlimmer zu stürzen.

Nun ging es leicht bergab und er bemühte sich, einen einigermaßen geraden Weg einzuhalten. Noch befand er sich in den Wiesen vor dem Moor, aber schon hier wurde der Boden deutlich sumpfiger und seine Füße sanken tief im Schlamm ein. Hindernisse tauchten unversehens aus dem Nebel vor ihm auf, die er erst entdeckte, als er fast darüberfiel. Ein Findling, niedriges Gesträuch oder eine besonders morastige Stelle, durch die er nicht hindurchgehen konnte. Das muntere Plätschern der Pfiffer zu seiner Rechten war nahezu verstummt, als raubte ihr die Nähe des Moores die letzte Kraft.

Gleich neben ihm schälten sich jetzt die Umrisse eines struppigen Ginsterbusches aus dem Nebel und er breitete seine Weste über den stacheligen Zweigen aus, um endlich ein Zeichen für seinen Vater zu hinterlassen. Es ärgerte ihn, dass er versäumt hatte, sie gut sichtbar auf die Brücke gelegt zu haben. Was hatte ihn bloß davon abgehalten? Auch wagte er nicht, in der ihn umgebenden Stille laut nach Trautmann zu rufen, und bedachte sich dafür mit stummen Verwünschungen.

»Mach irgendetwas, du hasenfüßiger Zitterschwamm. Gib irgendeinen Laut von dir, wenigstens einen ganz leisen Pfiff. Vielleicht wirst du dann belohnt und Trautmann kommt aus dem vermaledeiten Nebel und gesellt sich an deine Seite.«

Da knisterte es unüberhörbar und aus der Richtung kommend, in der er noch immer die Pfiffer vermutete. Blodi schrak furchtbar zusammen und musste sich zwingen, nicht einfach in wilder Flucht davonzurennen. Gleichzeitig keimte in ihm die verzweifelte Hoffnung auf, dass es sich um Trautmann handeln könnte. Er blieb stehen und hielt den Atem an.

Um ihn wogte der Nebel, hob und senkte sich. Bald konnte man einige Schritte weit sehen, dann endete die Sicht wieder nach einer guten Armlänge. Es knisterte wieder, diesmal verstohlen und weiter entfernt.

»Trautmann«, lockte Blodi und seine Stimme kam ihm so brüchig vor wie die spröden Halme, die er mit seinen Schritten niedertrat. »Wenn du es bist, dann sei jetzt ein braver Hund und komm bei Fuß!«

Nichts regte sich mehr. Wartete dort etwas im Nebel auf ihn? Es konnte nicht Trautmann sein, der sich auf sein Rufen hin doch sicher längst gerührt hätte. Aus dem Moor wehte ein modriger Lufthauch herüber und verwischte den Nebel für einen Augenblick. Blodi sah Gestrüpp, das sich in gerader Linie ins Nichts fortsetzte. Tatsächlich schien er noch nicht gänzlich die Orientierung verloren zu haben, denn sicher waren das Büsche, die das Bett der Pfiffer säumten. Dort entlang würde er seinen Pfad ins Schwarz Schilf hinein-, aber auch wieder aus ihm herausfinden, so stellte er es sich vor und beschloss deshalb, ab jetzt dem Flusslauf aus allernächster Nähe zu folgen.

Ängstlich lauschte er noch einmal, ob das Rascheln zurückkehren würde, aber alles blieb still. Nur der Moderhauch strich flüsternd durch den Nebel. Als Blodi bald darauf die schüttere Reihe der Sträucher hinter sich ließ, stellte er fest, dass sich die Pfiffer nun in nichts weiter als einen schmalen Streifen aus Morast verwandelt hatte, der am Grunde einer Senke auf das Schwarze Schilf zustrebte. Nur in deren Mitte blinkten noch ein armseliges Rinnsal und einige Pfützen auf. Schmatzend saugte sich der von Nässe schwere Boden an Blodis Sohlen fest, als er, am Rande dessen, was von der Pfiffer übrig war, mühselig einen Schritt vor den anderen setzte. Auch ohne seine Weste geriet er heftig ins Schwitzen, denn der aus dem Moor kommende Wind brachte keine Abkühlung, sondern nur den schalen Geruch sich zu Fäulnis zersetzender Pflanzen. Nebelfetzen trieben vorbei, verdichteten sich und schwebten wieder auseinander. Das eigentümliche Schimmern hielt sich in der Luft. Entfernungen waren trügerisch und Farben unwirklich.

Blodi stolperte vorwärts, bis erstmals hohes Schilfrohr ihm den Weg verstellte, dessen Blätter sich mit leisem Wispern aneinanderrieben. Zwischen ihnen war ein tintenschwarzer Tümpel zu sehen, aus dem ein einzelner Ast in grotesker Verrenkung ragte. Als sei an diesem einen schmächtigen Pfeiler ein Baldachin aus Nebel aufgehängt, wallten weiße Schwaden ganz dicht über der unbewegten Wasseroberfläche.

Blodi wusste, dass er nun das Schwarze Schilf erreicht hatte. Misstrauisch betrachtete er den matschigen Boden unter seinen Füßen und erstarrte. Hatte er etwa die ganze Zeit übersehen, dass sich dort eine Fährte abzeichnete? Welch übergroßer Zufall kam ihm hier zu Hilfe! Ein glückliches Zeichen für einen Quendel! Das Schicksal belohnte seine Tollkühnheit. Ganz unverkennbar hatten sich hier Hundepfoten in den Schlamm gedrückt. Er musste auf Trautmanns Spur gestoßen sein, denn es war kaum anzunehmen, dass sich um diese Zeit noch ein anderer Hund im Moor herumtrieb.

»Trautmann!«, rief Blodi und ließ alle Bedenken fahren, an diesem unwirtlichen Ort lauthals auf sich aufmerksam zu machen. »Trautmann, mein Guter, bei Fuß! Ich bin es, Blodi!«

Und wirklich antwortete ihm ein schwaches Winseln. Es klang verängstigt und kläglich und kam aus einiger Entfernung vor ihm aus dem Moor.

»Oh, Trautmann!«, schrie Blodi nun in höchster Aufregung, denn er glaubte aus den jammervollen Tönen herauszuhören, dass sein Hund in Gefahr oder verletzt sei. »Trautmann, wo bist du? Warte, ich komme! Halte aus!«

Wieder erklang das Winseln. Blodi stürzte vorwärts, in die Richtung, in der er den Hund vermutete. Inständig hoffte er, dass seine Ohren ihn nicht in die Irre führten.

Zunächst galt es, dies schwarze Loch von einem Tümpel zu umrunden. Er merkte gleich, wie schlecht er hier vorankommen würde, denn er musste bei jedem Schritt darauf achten, einigermaßen festen Grund zu treffen. Als er nach einer Weile endlich auf der gegenüberliegenden

Seite ankam, traf er dort auf ein kleines Wäldchen aus Zwergbirken und anderen schmächtigen Hölzern, hinter denen halb verborgen bereits der nächste Moorsee lag. Dieser war offenbar größer als der erste Tümpel und im Nebel von seinem jenseitigen Ufer nichts zu erkennen.

Es blieb Blodi nichts anderes übrig, als auch diesem Ufersaum zu folgen, und er wandte sich nach rechts, in der Hoffnung, dass er damit zufällig den kürzeren Weg um das neuerliche Hindernis herum gewählt hatte. In Abständen trieben ihm die kläglichen Laute seines Hundes entgegen und quälten ihn, während er für sein Gefühl viel zu langsam vorwärtskam. Er wagte kaum, sich vorzustellen, in welch furchtbarer Klemme Trautmann feststeckte.

Nicht auszudenken, dass die Rettung im letzten Moment zu spät kommen würde. Er vermied es, an todbringenden, erstickenden Schlamm zu denken, indem er versuchte, sich zu merken, wo er herging. Schließlich musste er mit Trautmann zusammen auch wieder aus diesem Irrgarten hinausfinden. Aber es war ihm unmöglich, sich in der eintönigen und verwirrenden Umgebung etwas Besonderes einzuprägen. Überall die gleichen schwarzen Tümpel inmitten von Schilf und Gestrüpp und irrlichterndem Nebel. Dessen unwirklicher Glanz erfüllte das sonst so düstere Moor, aber wenn das auch half, die Nacht zu erhellen, ließ es die Umgebung dadurch kein bisschen freundlicher erscheinen. Im Gegenteil war es ein gespenstischer Anblick, wie die leuchtenden Schwaden sich drehten und wendeten und ihren unheimlichen Schleiertanz über dem schwärzlichen Grund aufführten.

Verdächtige Laute begannen nun, Blodis Schritte zu begleiten, als würde das Moor immer mehr lebendig. Es knisterte und raspelte im niedrigen Gehölz und im Schilf und manchmal gluckste es laut, als würde ein Frosch ins Wasser springen oder aber jemand Kiesel in einen der Tümpel werfen. Sicherlich gab es hier Frösche und Molche und Blodi zog es vor, *diesen* Gedanken in Betracht zu ziehen, denn er konnte sich kein wohlmeinendes, atmendes Wesen vorstellen, das sich hier an diesem Schreckensort mit harmlosem Steinewerfen vergnügte. Nachdrücklicher aber als all das Rascheln und Plätschern lag ihm Trautmanns traurige Stimme in den Ohren. Immer wieder rief er nach dem Hund, aber er erhielt darauf keine freudige Antwort des Erkennens. Trautmann jammerte einfach vor sich hin. Vielleicht konnte er Blodi von dort, wo er steckte, gar nicht hören.

So schnell es seine schwindenden Kräfte zuließen, trugen ihn die müden Beine über die schmalen Stege, die das Schwarze Schilf mit einem heimtückischen Labyrinth aus Querverbindungen durchzogen. Wenn es auch möglich war, hier auf einigermaßen trockenem Boden vorwärtszukommen, schrieben diese Dämme doch unausweichlich vor, wo es langging. An vielen Stellen ließen Morast und Wasser von beiden Seiten nur wenige Handbreit an festem Untergrund übrig. Ein falscher Tritt, ein plötzlicher Ausrutscher und schon würde er die glatte Spiegelfläche durchbrechen, um, vom trägen Wellenschlag begrüßt, in der schwarzen Brühe zu versinken. Bestimmt war es hier gar nicht so besonders tief, was aber nicht half, wenn der heimtückische Schlick sich in den Kleidern festsetzte und sie bleischwer machte. Unerbittlich würde er sich weiter an dem zappelnden Körper festsaugen und ihn nicht wieder freigeben. Und schon sehr bald darauf läge der Moorsee wieder so unversehrt da wie zuvor, so, als hätte nichts seine Totenruhe gestört.

Nach einem weiteren der schmalen Übergänge erwartete Blodi nun eine neue Wand aus Schilf, die seinen Weg kreuzte und bereits den nächsten Tümpel dahinter ankündigte. Er hielt an und rief wieder nach Trautmann. Diesmal antwortete ihm aufgeregtes Gebell. Blodi verließ den trockenen Pfad und stürzte sich, ohne sich groß zu besinnen, in den Uferschlick, in dem das Schilfrohr wurzelte.

Seine Füße versanken bis zu den Knöcheln im Schlamm und ängstlich prüfte er, ob er noch einen Schritt vor den anderen setzen konnte. Da es gelang und sich der Boden glitschig, aber nicht nachgiebig anfühlte, wagte er sich gleich noch ein Stückchen weiter vor. Im knietiefen, schwarzen Wasser watend, kämpfte er sich durch das Schilf, bis er die letzte Reihe der raschelnden, grünen Lanzen erreicht hatte. Er wollte unbedingt einen Blick auf das werfen, was dahinterlag. Vielleicht konnte er Trautmann von dort aus endlich sehen. Das Gebell war wieder verstummt. Dafür hörte Blodi, wie in diesem Augenblick vor ihm etwas im Wasser aufschlug. Es gluckste und daneben klang es hell von aufspritzenden Tropfen und kleinen Wellen, die sich am Schilfrohr brachen.

Blodi erstarrte in seinem nassen Versteck. Mit größter Vorsicht bog er die letzten, ihm die Aussicht versperrenden Schilfstängel auseinander und spähte über das sich leicht kräuselnde Wasser. Noch bevor die Oberfläche wieder zur Ruhe kam, wurde sie von einem weiteren Wurfgeschoss getroffen und zerfloss zu welligen Kreisen, deren Mittelpunkt dort lag, wo das Etwas untergegangen war.

Blodi duckte sich. Mit vernehmlichem Platschen landete etwas so dicht vor seiner Nase, dass das Wasser hoch aufspritzte und ihn die umherfliegenden Tropfen mitten ins Gesicht trafen. Er fuhr zurück und rieb sich das Wasser aus den Augen. Nun bestand kein Zweifel mehr; jemand bewarf ihn vom anderen Ufer mit Steinen oder zielte zumindest sehr genau in die Richtung, in der er sich verborgen glaubte.

Eine keckernde Stimme durchschlug die lauernde Stille. Sie klang wie der Ruf eines Eichelhähers, aber auch ein wenig nach einem Quendel. Blodi standen die Haare zu Berge, doch in sein Erschrecken mischte sich auch Empörung. Jemand oder etwas erlaubte sich da offenbar einen üblen Scherz mit ihm und lachte ihn obendrein noch lauthals aus. Er hatte sich vor einigen Wochen in einer ganz ähnlichen Lage befunden, als die frechen Söhne des Schnecklingwirts mit Fallobst auf ihn gezielt hatten, während er im seichten Wasser des Mühlenbachs nach bunten Kieseln und Elritzen Ausschau hielt. Sie waren genauso treffsicher gewesen wie dieses unsichtbare Wesen irgendwo dort gegenüber und auch das höhnische Eichelhähergelächter erinnerte ihn wieder lebhaft an dieses schändliche Erlebnis. Eingedenk dieser Schmach und vielleicht auch deshalb, weil er sich in all der Anspannung endlich Luft machen musste, erhob sich Blodi wutentbrannt aus dem Schilf.

Ein weiterer Stein flog ihm aus dem Nebel entgegen und traf schmerzhaft seine rechte Schulter. Blodi schrie auf und wieder schrillte ihm Gelächter entgegen. Offensichtlich gab er eine ganz vortreffliche Zielscheibe ab, während er selbst noch immer nicht erkennen konnte, wer es hier auf ihn abgesehen hatte.

»He du, du nichtsnutziger Klapperschwamm!«, schrie Blodi und schüttelte erbittert die Faust. »Sehr mutig, aus dem Nebel heraus mit Steinen zu schmeißen. Komm, zeig dich! Wer bist du überhaupt, du hinterhältiger Träuschling?«

Wie zur Antwort hob sich der Nebel ein wenig und enthüllte den Ausblick über den Moorsee und das gegenüberliegende Ufer. Auch dort stand hohes Schilf. Davor hockte auf einem Stein ein bleicher Junge und betrachtete Blodi aus großen wässrigblauen Augen, unter denen dunkle Ringe lagen. Sein schmales Gesicht war so hohlwangig und wachsweiß, dass Blodi sich fragte, ob er wohl krank sei. Er sah aus wie ein Quendel und dann doch wieder nicht, eher wie das nachtschattenhafte Gegenstück ihrer robusten und gesunden Erscheinung.

Blodi schwieg und starrte zurück und ein leises Frösteln huschte über seine Haut. Ohne Zweifel war dies ein seltsames und sogar ein wenig unheimlich aussehendes Kind. Aber sosehr ihn sein plötzliches Auftauchen in dieser finsteren Umgebung auch erschreckt und überrascht hatte, fühlte sich Blodi bislang mehr unbehaglich als ängstlich, denn der andere war nur schmächtig und klein. Er trug seltsame, altmodische Kleider, die genauso verblichen waren wie seine Haut und sein flachsfarbenes, strähniges Haar. Das Fehlen jeglicher lebendiger Farben war tatsächlich das Auffälligste an seinem Aussehen und dies hatte nichts mit dem bleichen Licht der Umgebung zu tun.

Möglicherweise ein Ausländer, der von der Straße abgekommen war und sich nun im Moor verirrt hatte, überlegte Blodi. Vielleicht hatte er ja nur mit Steinen geworfen, weil er sich selber gefürchtet hatte, als er jemanden durch das Schilf kommen hörte. Allerdings saß der fremde Junge so still und abwartend auf seinem Stein, als könnte ihn rein gar nichts aus der Ruhe bringen. Er glotzte nur aus diesen merkwürdigen, blassen Augen wie ein dummer, stummer Fisch. Das reizte Blodi.

»Was fällt dir ein, mich mit Steinen zu bewerfen?«, sagte er herausfordernd.

Die Antwort ließ auf sich warten. Der Blässling starrte ihn noch einen Augenblick schweigend an, dann legte er den Kopf in den Nacken und schickte wieder sein aufreizendes Vogelgelächter in die neblige Luft. Dabei verzerrte sich sein Gesicht zu einer äußerst beklemmenden Fratze, denn er entblößte eine Reihe nadelspitzer, kleiner Zähne, wie im Maul eines Hechtes, während seine Glotzaugen sich zu überraschend schmalen Schlitzen verengten. Sein Gesicht sah dabei überhaupt nicht heiter, sondern boshaft und verschlagen aus.

Blodi fühlte sich auf höchst unangenehme Weise an einige der schauerlichsten Masken des Bäumelburger Maskenfestes erinnert, die deshalb so unheimlich waren, weil sie je nach Lichteinfall harmlos und dann wieder erschreckend und grausam aussehen konnten. Auch das unangebrachte Gelächter klang nicht komisch, sondern höhnisch, kalt und verächtlich und jagte Blodi einen neuerlichen Schauer über den Rücken. Er war auf der Hut, trotzdem verweigerte er sich noch immer der Vorstellung, dass ihm von diesem Hänfling irgendeine Gefahr drohen könnte, und er beschloss, nicht klein beizugeben. Vielleicht half ihm diese unvermutete Begegnung ja sogar weiter.

»Wirklich eine feine Sache, wenn man Spaß versteht. Aber ich kann gar nicht erkennen, was hier so lustig sein soll«, rief er über das schwarze Wasser. »Sag mir lieber, ob du meinen Hund gesehen hast?«

Das Gelächter war verstummt, aber es kam keine Antwort.

»Du musst ihn doch gehört haben. Er hat laut gebellt, kurz bevor ich hier angekommen bin. Ich bin mir sicher, dass er hier irgendwo stecken muss. Es klang ganz nah. Er ist wie vom Erdboden verschluckt und ich habe solche Angst, dass ihm etwas passiert sein könnte. Hast du ihn wirklich nicht gesehen? Ein großer schwarz-weißer Hund mit grauen Sprenkeln im hellen Fell und wunderschönen hellblauen Augen.«

Die Worte sprudelten aus Blodi hervor, wohingegen sein Gegenüber nichts weiter tat, als das spitze Kinn auf die angezogenen Knie zu legen, derweil die mageren Hände vor den angewinkelten Beinen gefaltet blieben. In dieser kauernden Stellung verfolgte er die Rede mit bemerkenswerter Teilnahmslosigkeit.

»Du kannst doch wohl sprechen, wenn du so albern gackern kannst«, versuchte Blodi noch einmal, dem hartnäckigen Schweigen beizukommen. Er sprach jetzt so langsam und deutlich, als hätte er es mit jemandem zu tun, der schwer von Begriff war. »Es geht um meinen Hund, Trautmann. Ich suche ihn. Er ist mir entwischt und geradewegs ins Schwarze Schilf und in diesen schrecklichen Nebel hineingelaufen. Ich habe seine Spur gefunden und er war bis vor Kurzem auch fast ständig zu hören. Sag mir jetzt endlich, ob du ihn gesehen oder etwas bemerkt hast. Ich bin mir fast sicher, dass er hier vorbeigekommen ist, und du scheinst hier ja schon eine ganze Weile dumm herumzuhocken!«

Diesmal erhielt er Antwort. Er hatte nicht wirklich damit gerechnet und so traf ihn der Klang der Stimme völlig unvorbereitet. Sie war leise und kühl, scheinbar unbeteiligt und dennoch von kaum verhaltener Bösartigkeit. Dass sie zu diesem schmächtigen Körper gehörte, machte es umso unheimlicher. Blodi fühlte, wie eine kalte Hand nach seinem Herzen griff. Hier bekam man es mit einer Sanftheit zu tun, die sich im nächsten Augenblick ins krasse Gegenteil verkehren konnte. Diese Stimme ließ ihn sich elend fühlen, aber gleichzeitig schlug sie ihn in ihren Bann.

»Eine Hundespur. Vielleicht auch die Spur eines Wolfs«, sagte das bleiche Kind.

Es klang wie klirrender Frost. Mühsam vergegenwärtigte sich Blodi den Sinn der Worte.

»Hier gibt es keine Wölfe«, antwortete er zutiefst verunsichert.

»Oh doch«, entgegnete der Andere mit großer Selbstsicherheit und zeigte dabei wieder seine spitzen Raubfischzähne. »Der Nebelwolf, der aus dem Fenn kommt. In einer Nacht wie dieser streift er umher, da kannst du dir sicher sein, du jämmerlicher Wicht.«

Blodi schwankte zwischen Furcht und Entrüstung. »Selber Wicht!«, rief er zurück. »Ich glaube dir kein Wort und denke ja nicht, dass du mich damit bange machen kannst. Außerdem gibt es hier keinen *Fenn*. Wir sind im Schwarzen Schilf.«

»Dieses Schilf ist weiß. *Weissss*, siehst du es nicht, spürst du es nicht?«, zischte die Stimme und verfiel in einen verschwörerischen Singsang, den der Wind begleitete, der verstohlen im Schilf säuselte.

> »*Weiß wie der Nebel,*
> *Weiß wie ein Schädel,*
> *Weiß wie Spinnweben,*
> *Weiß wie ein Eulenschrei,*
> *Weiß wie nackter Fels,*
> *Weiß wie ein Katzenpelz.*«

Der Bleiche entfaltete dazu seine Hände und wischte mit dünnen, kralligen Fingern durch die neblige Luft. Zuletzt zeigte er auf Blodi. »Und wie dumm bist du, dass du nicht weißt, dass das hier Finsterfenn ist?«

»Finsterfenn?«, fragte Blodi. Hatte ihn schon der unheimliche Vers verstört, zuckte er nun bei der Erwähnung des Finsters ein weiteres Mal zusammen. »Ich kann mich nicht erinnern, je von einem *Finsterfenn* gehört zu haben. Ich sage dir, wir sind hier im Schwarzen Schilf!«

»Ein alberner Name von albernen Leuten. Finsterfenn heißt es und bleibt es für immer.« Mit diesen Worten erhob sich der bleiche Junge plötzlich von seinem Stein und sprang mit den Füßen voran ins Wasser. Es reichte ihm sofort bis an die Hüften, aber der morastige Grund schien ihm keine Mühe zu bereiten. Fast war es, als schwebte er inmitten der trägen Wellen, als er sich nun anschickte, den Tümpel zu durchqueren.

Blodi wich zurück ins Schilf. Er dachte an Flucht und fand es dann sinnlos, denn er musste genau in der Richtung weiter nach Trautmann suchen, aus der sich der Andere näherte. Fieberhaft überlegte er, wie er sich nun verhalten sollte. »Was redest du vom Finsterfenn? Und wer bist du überhaupt, dass du dich so auskennst?«, rief er dem Blassen entgegen, um ein wenig Zeit zu gewinnen, aber Furcht schwang nun deutlich in seiner Stimme mit. »Wer bist du und was hast du hier verloren? In Wetterstern habe ich dich jedenfalls noch nie gesehen. Bist du aus Zwölfeichen herübergekommen?«

»Zehn Eichen, elf Eichen, Zwölfeichen – wer kann das wissen?«, höhnte das unheimliche Kind und gab wieder eine Kostprobe seines beklemmenden Gelächters zum Besten. »Und du bist es doch, der etwas verloren hat, nämlich deinen Hund! Einen großen schwarz-weißen Hund mit grauen Sprenkeln im hellen Fell und wunderschönen hellblauen Augen. Und einem *weissssssen* Fleck auf der schwarzen Schnauze, nicht wahr?«

Blodi war wie vom Donner gerührt. Denn der genauen Wiederholung seiner Worte hatte der andere das eine besondere Merkmal Trautmanns hinzugefügt, das Blodi gar nicht erwähnt hatte. Verstört erkannte er, dass hier ein grausames Spiel mit ihm getrieben wurde. Der Bleiche hatte den Hund also doch gesehen. Er musste sogar genug Zeit gehabt haben, ihn genauer zu betrachten, denn der kleine Fleck auf Trautmanns Schnauze konnte ihm kaum im Vorbeilaufen aufgefallen sein. Vielleicht wusste dieses hinterhältige Gespensterwesen genau, wo Trautmann steckte, und weidete sich nun aus purer Boshaftigkeit an Blodis Angst. »Du filziger Schwindling!«, schrie Blodi aufschluchzend vor ohnmächtigem Zorn und kam platschend aus der Deckung. »Du bist ihm also doch begegnet, du gemeiner Kerl! Warum hast du mir das verschwiegen? Wo ist mein Hund? Sag mir auf der Stelle, wo Trautmann geblieben ist!«

»Oder sonst was?«, fragte die furchtbare Stimme. Die bleiche Gestalt hatte in der Mitte des Tümpels angehalten. Bis zur Brust im Wasser verdoppelte sie sich auf dessen glatter Oberfläche mit ihrem halbierten Spiegelbild zu einem grotesken vierarmigen und zweiköpfigen Wesen. Kalte blaue Augen unterzogen Blodi einer spöttischen Musterung.

Blodi verschluckte die Worte, die ihm auf der Zunge lagen. Sein Gefühl sagte ihm, dass er mit wütenden Forderungen keinen Schritt weiterkommen würde. Schweigend standen sie sich im schwarzen Moorwasser gegenüber und auch die glitzernden Nebelschwaden, die die Szene umwallten, schienen die elende Lage des Quendels zu verspotten. »Was gibst du mir, wenn ich dir zeige, wo der Hund ist?«, fragten die zwei Köpfe. Vier Hände deuteten unbestimmt in den Nebel hinein. »Denn du bist viel zu dumm, um ihn alleine zu finden. Zu dumm für Finsterfenn. Weißt nichts vom weißen Nebel, weißt nicht vom finsteren Fenn! Du kannst ihn nicht finden ohne mich.«

Ein herzzerreißendes Heulen kam Blodis Antwort zuvor. Es kam geradewegs aus dem Schilfgürtel, vor dem der andere auf seinem Stein gehockt hatte; fast so, als hätte er davor Wache gehalten, kam es Blodi jetzt in den Sinn. Aber nun würde er ihn nicht länger brauchen, um Trautmann zu finden.

»Trautmann, Trautmann, gleich bin ich bei dir!«, schrie er und watete tiefer ins Wasser hinein.

Weiter kam er nicht, denn als er eben mit dem rechten Fuß zum nächsten Schritt ansetzte, merkte er, dass er ihn nicht mehr aus dem sumpfigen Boden emporziehen konnte. Er steckte fest. Ein eisiger Schrecken fuhr ihm in die Glieder und er versuchte, sich mit aller Kraft mit dem linken Bein abzustoßen, was aber nur zur Folge hatte, dass auch der zweite Fuß in der Falle saß. Das Schwarze Schilf offenbarte zuletzt seine Heimtücke. Blodi spürte, wie der feste Grund unter ihm nachgab, und es fand sich nichts in seiner Reichweite, an dem er sich hätte abstützen oder herausziehen können.

»Hilfe!«, rief er verzweifelt und seine Stimme mischte sich mit Trautmanns kläglichem Jaulen. »Hilfe, meine Füße stecken im Morast fest. Ich versinke!«

»So?«, fragte der Bleiche, der Blodis Gezappel aufmerksam beobachtet hatte. »Wie ungeschickt du doch bist, Schlick und Schleim! Sieh nur, ich stehe hier ganz ruhig!«

Zu merken, wie er langsam, aber unaufhaltsam einsank, und nichts, aber auch gar nichts dagegen tun zu können, war das Entsetzlichste, das

Blodi in seinem kurzen Dasein bisher erlebt hatte, und es sah nicht danach aus, als ob er noch viel Gelegenheit zu anderen Erfahrungen haben würde und wären diese auch noch so schlecht. Es würde nur noch wenig Zeit vergehen, bis ihm das Wasser im wahrsten Sinne des Wortes bis zum Hals stand, um bald darauf über Mund und Nase zu steigen, und dann ertrank er, noch bevor ihn das Moor verschluckt hatte.

»Hilfe!«, schrie er wieder. »So hilf mir doch, ich will nicht sterben! Trautmann! Trautmann!«

Der Hund antwortete mit wildem Gebell, zeigte sich aber noch immer nicht.

Blodi weinte. Er konnte nicht fassen, dass der andere keinen Finger zu seiner Rettung rührte. Stattdessen umspielte ein Lächeln die blutlosen Lippen. Nie zuvor war Blodi ein solches Ausmaß an Bosheit begegnet. Echte Grausamkeit kannte er gar nicht. Er dachte an seine Eltern und seine Geschwister und sein unbeschwertes Leben auf dem heimatlichen Hof und wollte nicht glauben, dass er nun sterben sollte.

Die Nebelschwaden senkten sich wieder dichter herab, hüllten ihn ein und nahmen ihm die Sicht. Der Nebel ist mein Leichentuch, dachte Blodi noch. Längst hatte er es aufgegeben, sich durch rasche Bewegungen befreien zu wollen, die im Gegenteil sein Einsinken noch begünstigten. Er stand ganz still, während er immer tiefer rutschte. Schon leckte das Wasser an seinem Hemdkragen.

»Was gibst du mir, wenn ich dir helfe?«, kam die Stimme aus dem Nebel.

»Was ich dir gebe?«, keuchte Blodi, ohne seinen Peiniger sehen zu können. »Ich habe nichts dabei, das ich dir geben könnte. Aber zu Hause, zu Hause habe ich ein kostbares Geschenk, ein Goldstück. Ich habe es selbst erst heute Nacht bekommen. *Das* könnte ich dir geben.«

Statt einer Antwort erklang wieder Gelächter. Die Misstöne schienen von überall und nirgends zu kommen. Blodis aufkeimende Hoffnung war dahin und allmählich begannen ihm die Sinne zu schwinden. Eine Ohnmacht versprach gnädige Erlösung.

Der Nebel vor ihm riss plötzlich auf und er schrak heftig zusammen, als er entdeckte, dass das bleiche Kind lautlos durch das Wasser so nahe an ihn herangekommen war, dass es ihn hätte berühren können. Im Gegensatz zu ihm, schien es auf festem Grund zu stehen; das Wasser reichte ihm nur noch bis zum Gürtel. Sein fahles Antlitz hing über ihm wie ein unheilvoller Mond.

»Ich brauche dein Gold nicht, du alberner Moosling. Bald wirst du ein Moorling sein, am Grunde des Fenns.« Ein unterdrücktes Kichern schüttelte seine schmächtigen Glieder.

»Was willst du dann von mir?«, fragte Blodi mit versagender Kraft. »Was soll ich dir geben?«

»Wie wäre es mit deinem Hund?«, fragte der andere und bleckte wieder seine spitzen Zähne.

»Meinem Hund?«, wiederholte Blodi und sein Entsetzen steigerte sich noch. »Trautmann? Was willst du mit ihm? Er gehört zu uns, zu meiner Familie.«

»Oh, als Moorling brauchst du ihn nicht mehr, wenn du dem Laichkraut am Grunde des Wassers Gesellschaft leistest. Und du wirst noch tiefer sinken, tief in den Sumpf hinein und wirst werden wie schwarzes Leder. Bekomme ich deinen Hund?«

»Was hast du mit ihm vor?«, schrie Blodi. Brackiges Wasser schwappte über sein Kinn und lief ihm in den Mund.

»Wer kann das wissen?«, kam die Antwort seidenweich zurück. »Vielleicht werde ich ihn mitnehmen. Vielleicht werde ich ihn töten.«

Da erstarb in Blodi jegliches Gefühl und er wurde innerlich so kalt, wie es ihm äußerlich schon lange war. »Du hast ihn ja schon längst in deiner Gewalt, du Ungeheuer«, sagte er ganz ruhig wie jemand, der sich mit seinem Schicksal abgefunden hatte. »Bestimmt weißt du, wo er steckt, und wenn ich tot bin, wirst du mit ihm machen, was du willst. Es kann dir also einerlei sein, ob ich ihn dir verspreche oder nicht. Glaube nur nicht, dass ich dir auch noch mein Einverständnis für deine bösen Pläne gebe.« Seine Stimme brach und er schwieg.

»Dann gib mir deine Hand«, sagte das bleiche Kind unversehens und streckte ihm seine magere Rechte über das Wasser entgegen.

»Meine Hand?«, fragte Blodi, verblüfft über die Wendung.

In seiner größten Not zögerte er einzuschlagen, denn er traute dem Fremden nicht um alles in der Welt. Zudem wurde er immer mehr von der betäubenden Gelassenheit überwältigt, die sich aus der Ausweglosigkeit seiner Lage, Erschöpfung und Unterkühlung speiste. Mit Mühe hielt er sein Kinn noch über der Wasseroberfläche, wobei ihm die ausholende Handbewegung des Fremden einen neuen Schwall schwarzen Wassers in Mund und Nase spülte. Er hustete, spuckte aus und japste nach Luft.

»Siehst du? Gleich wird es vorbei sein«, ließ sich sein böser Geist wieder hören. »Gib mir die Hand und du kommst frei. *Im Augenblick, hinaus aus dem Schlick.* Und ich würde dir raten, schnell zu machen, denn schon bald, sehr bald, wird dich das Fenn verschlungen haben. Drum schlag nun ein – *deine Hand, als Pfand. Als Pfand für dein Leben, musst du sie mir geben. Sonst bekommt dich das Fenn, wenn du nicht, wenn …*«

Der Singsang riss ab, weil Blodi in diesem Augenblick endgültig untertauchte. Das beharrliche Absinken, bei dem sein eigenes Gewicht den Schlamm verdrängte, wobei dieser jede Falte seiner Kleider ausfüllte und ihn schwerer und schwerer machte, wich mit einem entscheidenden Ruck einem plötzlichen Rutsch ins Leere. Vielleicht waren seine Füße in flüssigere Lagen vorgestoßen, vielleicht war er jetzt so schwer geworden, dass er die Schichten schneller verdrängte, jedenfalls schlug nun das Wasser über ihm zusammen. Er verschluckte sich, rang sinnlos nach Luft. Schwärze hüllte ihn ein.

War es ihm möglich gewesen, die Hand auszustrecken, oder kam ihm der Bleiche zuletzt doch noch zu Hilfe? So schnell wie er in der lautlosen Schwärze untertauchte, so plötzlich wurde er ihr wieder entrissen. Wie ein Fisch an der Angel wurde er aus dem Wasser gezogen und rang hustend, prustend und spuckend nach Luft. Sein Retter hielt ihn fest und ließ auch nicht los, als er kraftlos auf die Knie sank.

Mühelos schleppte ihn die schmächtige Gestalt durch das Uferschilf und zog ihn aus dem Wasser und auf trockenen Grund. Der Fremde ließ es zu, dass Blodi sich auf dem Boden ausstreckte, aber seine Hand behielt er noch immer in der seinen. Große Kraft ging von dieser mageren, fischbauchkalten Klaue aus und allmählich spürte Blodi, dass es deren Kälte war, die ihm neues Leben einflößte. Statt Wärme durchpulste immer noch mehr Kälte seine steifen Glieder. Dennoch verhalf sie ihm auf die Beine. Er stellte fest, dass er wieder auf seinen Füßen stehen konnte, ohne dass der Boden unter ihm nachgab. Der Fremde beobachtete geduldig, wie der Quendeljunge wieder zu Kräften kam.

Blodi blickte ihm ins Gesicht und anstelle von Dankbarkeit spürte er Furcht. Aus der Nähe betrachtet, handelte es sich bei dem Bleichen ganz sicher um einen Quendel, aber um keinen Vertreter des im Hügelland ansässigen Volkes. Von Stock bis Endlund weit im westlichen Grenzland gab es seines Wissens niemanden, der ihm ähnelte. Dass jemand dieses Aussehens in der Rabensteiner Linde oder auch in der heimischen Wettersterner Nebelkappe größeres Aufsehen erregt hätte, erschien Blodi so gut wie sicher.

Der bleiche Junge wirkte so, als hätte er unter der Erde gelebt. Seine Kleider, von seltsamen Zuschnitt, wiesen zahlreiche Löcher auf und waren fadenscheinig und voller Flecken, als hätte sich ihr Träger in Moos und Erde gewälzt. Ihnen entströmte der herbe Geruch nach frisch gestochenem Torf. Dieses Geschöpf hätte dem Schwarzen Schilf entwachsen sein können, wie ein auf dem Moorboden wurzelndes Schilfrohr.

»Wer bist du?«, fragte er leise und musterte das bleiche Antlitz auf Augenhöhe. Niemals zuvor hatte er eine so weiße Haut gesehen. Unter den großen Augen schien sie fast durchsichtig und sein kränkliches Aussehen hätte Blodi vielleicht gedauert, wenn er darin eine Spur von Schwäche entdeckt hätte. Dieses Wesen aber strahlte von kalter Kraft und Unbezwinglichkeit. Allmählich dämmerte es Blodi, dass er die eine Unfreiheit nur gegen eine andere ausgetauscht hatte.

»Ich bin Elias«, erklärte der andere.

»Elias«, wiederholte Blodi zögernd. Irgendwo, in den tiefsten Tiefen seiner Erinnerung, glaubte er den Namen schon einmal gehört zu haben. »Und woher kommst du?«, fragte er weiter.

»Von hier«, antwortete Elias unbestimmt.

Blodi entschied, es erst einmal dabei zu belassen. »Du kannst meine Hand jetzt loslassen«, sagte er. »Ich danke dir, dass du mich aus dem Moor gezogen hast, aber nun kann ich wieder alleine stehen.« Obwohl er sich dessen nicht vollkommen sicher war, denn er fühlte sich sterbensmüde und schlotterte vor Kälte in seinen nassen Kleidern, die der Schlamm steif und schwer wie eine lederne Rüstung machte.

»Oh, du hast gut daran getan, mir deine Hand zu geben«, sagte Elias, aber Blodi spürte die Hinterlist, die seinen Worten beigemischt war und sie verdarb wie ein einziger bitterer Pilz in der Pfanne das ganze Gericht.

»Habe ich sie dir wirklich gegeben?«, erkundigte er sich argwöhnisch. »Daran kann ich mich nicht mehr erinnern. Alles ging so schnell. Erst war ich weg und dann auch schon wieder aus dem Wasser heraus, wofür ich dir nochmals von Herzen danke. Aber wie dem auch sei, lass mich nun endlich los. Zeigst du mir dagegen, wo mein Hund ist? Willst du das tun?«

Elias schürzte die Lippen über den Raubfischzähnen und schwieg. Seine starren Augen lösten sich von Blodi und durchstreiften den Nebel, als könnte er etwas darin erkennen, das für Blodi unsichtbar war. Der folgte diesem Blick, wobei er sich besorgt fragte, ob er noch die Kraft aufbringen könnte, weiter alleine nach Trautmann zu suchen, von dem er schon so lange keinen einzigen Laut mehr gehört hatte. Der Bleiche war ihm noch eine Antwort schuldig. Aber seine Hand gab er noch immer nicht frei.

»Stock und Zunderpilz«, sagte Blodi, der die Geduld verlor. »Du sollst mich loslassen, hörst du?« Vergeblich versuchte er, sich loszureißen. Elias' Griff blieb von unmissverständlicher Härte.

»Deine Hand als Pfand, weißt du noch?«, zischte er.

»Was soll das geben?«, fragte Blodi mit neuer Verzweiflung. »Was hast du davon, mich festzuhalten? Und was soll das mit diesem Pfand? Willst du mich denn gar nicht mehr loslassen?«

In diesem Augenblick durchbrachen mehrere Laute das leise Rascheln und Säuseln des Moores. Von dort, wo Elias auf seinem Stein gehockt hatte, ließ sich wieder das Winseln des Hundes vernehmen. Darüber lag noch ein anderes, ferneres Geräusch. Zuerst konnte Blodi nichts damit anfangen. Die Töne waren rau und schrill. Dann erinnerte er sich an diesen Klang und erkannte, dass es sich wieder um das Gekrächz der Raben handelte.

Aus der Richtung aber, aus der er zuvor gekommen war, hörte er nun, dass sich jemand näherte, vielleicht auch mehrere. Es waren Schritte, die das Gras rascheln ließen und trockene Zweige brechen. Und schließlich waren da Stimmen; vertraute Stimmen, auch ohne dass er die Worte verstehen konnte, die gesprochen wurden. Hell drangen sie durch den Nebel, die eine des Öfteren, die andere eher selten. Eine Welle der Erleichterung überkam Blodi, denn nun war er sicher, dass es sich um seinen Vater und Fendel Eichhase handelte, die, auf der Suche nach ihm, ins Schwarze Schilf gelangt waren und sich in seine Richtung bewegten. Sogleich öffnete er den Mund, um sie zu rufen, da genügte ein Blick in Elias' Gesicht, der ihm die Lippen auf der Stelle wieder verschloss.

Voller Schrecken starrte er in die hasserfüllte Fratze, die sich ihm darbot. Ihr Ausdruck ließ ihn nicht länger im Zweifel, dass Elias nicht die leiseste Absicht hegte, sein Opfer gehen zu lassen. Blodi wich zurück, soweit es ihm der andere gestattete. Schon bald schrie er auf, denn dessen Griff spannte sich um seine Hand wie ein Schraubstock. Dabei kam es ihm so vor, als würde die schmächtige Gestalt zu gebieterischer Größe anwachsen. Wieder ging er in die Knie und wand sich unter dem mitleidlosen Antlitz und den Schmerzen, die ihm zugefügt wurden.

»Wirst du es wagen?«, zischte das Wesen, das sich Elias nannte. »Wirst du? Rufe nur in den Nebel hinein. Rufe um Hilfe und ihre Schritte werden fehlgehen und sie immer tiefer ins Finsterfenn führen, dorthin, von wo es kein Zurück mehr gibt. Rufe sie und ich verspreche dir, dass der Wind ihnen einen hässlichen Streich spielen wird. Er trägt deine Worte zu ihnen und lässt sie hoffen. Er lockt sie mit Lügen und verspricht ihnen Wahrheit am falschen Ort. Er begleitet sie und verleitet sie. Ein schneller Lauf, ein krummer Weg. Schlamm und Schlick, wer weiß, wo das endet, wenn alles sich wendet? *Wenn der Wind weht und die Nacht vergeht.*«

»Bei allen Quendeln!«, rief Blodi. »Ich bitte dich, lass meinen Vater und den Eichhasen in Ruhe. Ich mache, was du willst, aber tue ihnen nichts Böses.«

»Schon besser, mein Schlammpilz, schon besser für dich, schon besser für sie«, säuselte die Fratze und tanzte nickend vor Blodis Gesicht auf und ab. »Dennoch werden sie näher kommen wie treue, dumme Hunde. Doch sie werden nichts finden, denn es ist zu spät. Aber Elias ist nicht so schlecht, wie du denkst. Auf die Beine mit dir, Moosling, denn nun bringe ich dich zu deinem schönen, deinem wunderschönen Hund.«

Blodi erhob sich strauchelnd und brauchte dazu die Stütze der kalten Hand, sosehr er sie auch verabscheute. Sein Innerstes krampfte sich schmerzlich zusammen, als er hinter ihnen wieder die Geräusche der Suchenden hören konnte. Aber er wagte nicht, nach ihnen zu rufen, und vielleicht konnte er es nicht einmal mehr, denn sein Wille glitt immer widerstandsloser in die Gewalt seines gespensterhaften Führers. Elias hatte von ihm Besitz ergriffen und es gab wenig, das er dagegenzusetzen vermochte. In trügerischer Eintracht umrundeten sie hintereinander hergehend Hand in Hand den Teich, in dem sie kurz zuvor, so aussichtslos für den einen, ihre ungleichen Kräfte gemessen hatten. Der Nebel umhüllte ihren Weg. Die glitzernden Lichtpunkte vollführten ihren irrlichternden Tanz und die Luft wurde merklich kühler, je weiter sie kamen.

»Vielleicht ist der Finster schon ganz nah«, kam es Blodi in den Sinn, aber er war zu abgestumpft, um sich noch eine weitere Verschlechterung seiner Lage vorstellen zu können. Wie grausam, den eigenen Vater in seiner Nähe zu wissen und dabei immer tiefer ins Unglück zu geraten, dachte er. Schutzlos, hilflos, als gäbe es gar keinen Vater und auch niemanden sonst auf der ganzen Welt, den sein Schicksal bekümmerte. Dies war das Moor der Einsamkeit, in dem man verloren ging und die Spuren verwischten und verblassten, wie die Gestalt des bleichen Kindes, dessen Gefangener er nun war.

Sie mussten den Teich in einem großen Bogen umrunden, da er sich zur Linken weiter ausdehnte, als es Blodi ursprünglich vermutet hatte, und erreichten nun das Schilf, vor dem er die bleiche Gestalt auf dem Stein zum ersten Mal gesehen hatte. Dort angekommen, bückte Elias sich und fischte ein kleines Bündel aus dem Röhricht. Es war ein Beutel aus blassem Hirschleder, das so mürbe war, dass sich ein dichtes Netz aus spinnenfeinen Rissen über die einstmals feine Oberfläche gelegt hatte. Wie eine plötzliche Sonne zwischen schwarzen Sturmwolken tauchte bei diesem Anblick vor Blodi das freundliche Runzelgesicht seiner Großmutter auf, mit all den vielen kleinen Fältchen, die ihre gütigen, alten Augen umgaben. Ihr Bild war so deutlich, dass es ihm die Tränen in die Augen trieb und er laut aufschluchzte.

Elias starrte ihn an und musterte ihn schweigend, aber kein Mitleid ließ sich aus seiner Miene ablesen; nur die Neugier von einem, der ein kleines hilfloses Tier gefangen hält und dessen verzweifelte Anstrengungen freizukommen mit ungerührtem Interesse beobachtet.

Geschickt schüttelte er nun den Beutel mit seiner freien Hand, bis das Zugband an seiner Öffnung sich so weit lockerte, dass etwas herausfiel und vor ihnen auf dem flachen Teller des großen Findlings landete, auf dem Elias gesessen hatte.

»Siehst du«, sprach er Blodi an und in seiner Stimme lag das Schmeicheln aus Eis und Schmerz. »Auch wir wollen deinem Vater eine Spur hinterlassen. Ein Zeichen, das er deuten kann, wenn er es denn zu lesen versteht.« Er hielt kurz inne und kicherte leise, während er das Ding auf dem Stein betrachtete und mit dem Zeigefinger hin- und herdrehte. »Einen Hinweis«, fuhr er fort, »so klar und deutlich, wie

Frische Spuren im Schnee
Von einem Hasen, Fuchs, Fasan, Reh.

Von allen Wesen
Weiß der sie zu lesen,
Der sie alle kennt
Und beim Namen nennt,
Was ihn flieht und was rennt,
Hat er erst die Spur
In Wald und Flur.

Der größte der Jäger,
Der Herr der Raben,
Der Asseln und Schaben,
Der Schrate und Eulen,
Der Wölfe und Maren.

Mit Schreien und Heulen,
Sie sich um ihn scharen,
Die großen und kleinen,
Aus Schluchten und Bäumen,
Aus Mooren und Wäldern,
Aus Seen und Feldern.

Und die wird er finden,
Deren Spuren ihm künden,
Wo sie sich verhüllen,
Im Lauten, im Stillen.

Es stieben die Wolken, die Rappen und Schimmel,
Es bricht die Jagd aus dem nächtlichen Himmel.

Aber da ihr Mooslinge, ihr Quendel von Geblüt und Ahnungslosigkeit, so unaussprechlich dumm seid; Erdschieber und Schwindlinge, Kremplinge und Tintlinge, wird das Zeichen wohl unentdeckt bleiben, wird es dein Vater *nicht* verstehen. *Wird es wohl nicht einmal sehen.* Wird er, wird er nicht? Hat er denn wohl die Weste im Ginster gefunden? War es ihm möglich? War es das?«

Blodi konnte zunächst nichts entgegnen. Er stand ganz unter dem Eindruck des bedrohlichen Liedes, das ihn sehr ängstigte, obwohl er nur wenig davon verstanden hatte. Zudem war es mit dieser Stimme vorgetragen worden, die einem das Blut in den Adern stocken ließ, und wenn Elias in seinen beschwörenden Sprechgesang verfiel, hörte er sich noch fremder und unheimlicher an. Außerdem wusste Blodi, dass es Geschichten über einen entsetzlichen Wilden Jäger gab, die seine Großmutter aber als zu blutrünstig für ihn befunden hatte. Sie hatte sich auf einige wenige Andeutungen beschränkt. Er dachte, dass es nichts Gutes zu bedeuten hatte, dass ausgerechnet dieses unheilvolle Wesen davon anfing.

Aber noch viel mehr beschäftigte ihn, dass Elias gesehen hatte, wie er seine Weste im Ginsterbusch abgelegt hatte. Seitdem hatte er ihn also beobachtet und, wer weiß, vielleicht sogar schon früher. Er dachte an das Rascheln, das ihn aufgeschreckt hatte und das wohl mehr gewesen war als nur der Wind, der im Röhricht spielte, verstohlen und unheimlich und genauso, wie er es in den alten Geschichten gehört hatte.

»Sicher wird mein Vater die Weste gesehen haben«, behauptete er tapfer. »Schließlich hat er mich nun beinahe gefunden. Zusammen mit Fendel Eichhase wird er meine Spur entdeckt haben und die Weste hat ihnen dann gezeigt, dass sie auf dem richtigen Weg sind. Aber warum, bei allen Quendeln der friedlichen Wälder, willst du meinem Vater ein Zeichen hinterlassen? Lass mich doch einfach zu ihm.«

»Er soll *das Zeichen* finden, wenn er kann. Aber nicht dich«, sagte Elias.

»Warum dann noch ein Zeichen?«, fragte Blodi erbittert. »Wo ist denn da der Sinn?«

»Damit es ihm Schmerzen bereitet, das ist der Sinn«, antwortete Elias grausam. »Damit er sicher sein kann, dass er dich verloren hat, aber auch an wen. Wenn er es denn versteht. Du gabst ein Zeichen, desgleichen Elias. Zug um Zug. Tausch um Tausch.«

Blodi versuchte zu erkennen, was Elias aus dem Beutel auf den Stein geschüttelt hatte. Es sah aus wie ein bizarr geformtes Stück Holz, verdreht und gekrümmt, eine Wurzel vielleicht, die entfernt an einen Rumpf mit Armen und Beinen erinnerte. Die Verdickung an ihrem einen Ende mochte als Kopf durchgehen und Blodi fühlte sich an ein Spielzeug erinnert; ein Wurzelmännlein, während eines Picknicks gefunden und für die Kleinsten zurechtgeschnitzt. Er konnte sich keinen Reim darauf machen und bezweifelte traurig, dass sein Vater und Fendel Eichhase etwas damit anfangen konnten. Wahrscheinlich würden sie es einfach übersehen, wenn sie überhaupt hier vorbeikamen. Immer noch konnte er sie hören, aber aus irgendeinem Grunde verringerte sich ihr Abstand nicht und sie kamen nicht näher.

Es fiel Blodi auch schwer, daran zu glauben, dass Elias ihn nun wirklich zu Trautmann bringen würde. Und selbst wenn dem so wäre, hielt sich dahinter sicher wieder eine Gemeinheit verborgen. Schon zog ihn Elias weiter mit sich fort und es blieb Blodi nichts anderes übrig, als entlang des Schilfs hinterdreinzustolpern, was beschwerlich genug war, denn sie konnten nicht nebeneinander gehen. Unter dem sich nicht lockernden Griff seines Führers verdrehte sich Blodis Arm in dieser unnatürlichen Haltung schmerzhaft bis in die Schulter hinauf. Dabei erwärmte sich Elias' Händedruck nicht und seine Haut blieb so kalt wie bei ihrer ersten Berührung. Neben den Schmerzen kroch Taubheit aus Blodis Hand die ganze rechte Seite seines Körpers empor, als hätte er sehr lange im Schnee gelegen, und er fragte sich, wie lange er sich so noch auf den Beinen halten konnte. Er hörte Trautmanns Winseln, aber offenbar kamen sie ihm ebenso wenig näher, wie sie von Pirmin und Fendel eingeholt werden konnten. Es war wie in einem jener Albträume, in denen Entfernungen immer gleich blieben und auch unter größten

Anstrengungen niemals jemand irgendwo ankommt. Dabei schien es nicht einen Augenblick so, als irrten sie ziellos durch den Nebel; vielmehr kam es Blodi so vor, als würde Elias sich hier bestens auskennen und genau wissen, wohin er sie führte. Vielleicht war er ja vielmehr sogar in der Lage, ein Zusammentreffen zu Blodis Rettung geschickt zu verhindern.

Sie gelangten jetzt an eine breite Öffnung im Schilf, aus der die Nebelschwaden wie aus einem dampfenden Kochtopf strömten. Aber anders als der Dunst einer brodelnden Suppe brachten sie Kälte mit sich und das Glitzern in der Luft verschwamm zu einem frostigen Gleißen. Frierend und zähneklappernd in seinen feuchten Kleidern, fragte sich Blodi, ob Trautmann wohl in den Tiefen dieses Nebels verborgen war.

Tatsächlich bog Elias an dieser Stelle ab, um mit Blodi durch das Tor im Schilf zu treten. Es führte sie geradewegs in den dicksten Nebel und in einen neuen Teich hinein, denn wieder wateten sie nun durch Wasser, das träge um ihre Knöchel schwappte. Blodi wurde sogleich von der beklemmenden Angst gepackt, erneut auf unsicheres Gelände gelockt zu werden. Er versuchte, seine zaghaften, den Grund prüfenden Schritte zu verlangsamen, aber es half nichts. Ohne sich umzusehen, riss Elias so unwillig an Blodis Arm, dass ihm der heftige Schmerz die Tränen in die Augen trieb. Unerbittlich wurde er vorwärtsgezogen und ihre Hände waren wie miteinander verwachsen. Elias schwebte gleichsam durch das Wasser, lautlos und ohne die geringste Anstrengung. Als er ganz plötzlich anhielt, wäre Blodi, der sich um nichts anderes als das bloße Fortkommen gekümmert hatte, auf ihn geprallt, hätte ihn Elias' kraftvoller Griff nicht auf Abstand gehalten.

Sie mussten nun die Stelle erreicht haben, an welcher der Topf mit Nebel überkochte, denn dick wie der Qualm eines nassen Laubfeuers quollen ihnen die Schwaden entgegen. Alles war nun weiß und hell und lautlos. So musste es hoch oben in den Wolken sein, dachte Blodi. Die Landschaft war verloren gegangen. Es gab kein Moor mehr und keinen Himmel, nur wallendes, fallendes Weiß.

Da erklang Trautmanns Klageruf, ein lang gezogenes Heulen wie von einem einsamen Wolf, und es war so nah wie noch niemals zuvor. Blodi zuckte zusammen. Er wollte etwas sagen, aber ein Blick zur Seite in Elias' ungerührte Miene verschloss ihm die Lippen. In Erwartung, dass sich der Hund in einer noch schlimmeren Lage befand, starrte er angstvoll nach vorne und stolperte weiter. Ein Schatten begann vor ihnen Gestalt anzunehmen. Aber konnte das Trautmann sein?

Die verschwommenen Umrisse deuteten auf ein hohes, schmales Gebilde hin, oben bekrönt von etwas Größerem. Ein letzter Schleier wölbte sich und glitt davon, als heiseres Krächzen das Gewirbel der feuchten Dünste durchschnitt, das sich rau vor das Jammern des Hundes legte. Nun wurde erkennbar, was der Nebel vor ihnen enthielt, und zum zweiten Mal in dieser langen Nacht sah Blodi sich einem großen Raben gegenüber. Er hockte, nur wenige Schritte vor ihnen, auf dem einzig übrig gebliebenen Ast einer toten Kiefer, deren kahler Stamm wie ein Galgenbaum einsam aus dem Wasser ragte. Blodi war sich sicher, dass es derselbe Vogel war, der im Knöterich auf Fendels Fuchsbau gesessen hatte. Aber von Trautmann war nichts zu sehen, nur sein trauriges Jaulen klang nach wie vor von irgendwoher zu ihnen herüber und immer noch hörte es sich so an, als sei der Hund nur wenige Schlegel von ihnen entfernt.

»Wo ist er?«, stieß Blodi erbittert hervor. »Ich will endlich zu meinem Hund. Du hast es versprochen, aber immer ist es so, als sei er ganz nahe, und kommt doch nie in Sicht.«

»Das ist das Finsterfenn, du dummer, ungeduldiger Erdschieber. Man weiß nicht wirklich, was nah ist und was fern. Aber Elias versteht, es zu deuten«, erwiderte der Blasse. »Nur immer weiter auf diesem Weg und wir werden ihn nicht verfehlen. *In Moor und Wald, der Weg ist so alt. Das Ziel nicht mehr fern, am Himmel kein Stern.*« Er kicherte hämisch wie über einen besonders gelungenen Scherz und fuhr mit dem beschwörenden Geflüster fort. »Ja, komm du nur mit! *Auf Schritt und auf Tritt! Der Weg ist schon nah, die Richtung klar. Der Nebel gelichtet, das Land gesichtet. Den Pfad gefunden, vom Schmerz entbunden. Hüben wie drüben, im Norden, im Sü-*

den. *Im Westen, im Osten – ihre Macht sollst du kosten.*« Und er neigte den Kopf feierlich in Richtung des Raben. »Wirst du wohl auch?«, zischte er einen Augenblick später Blodi an, der nicht bemerkt hatte, dass es sich dabei wohl um eine Art Verbeugung gehandelt hatte. So heftig riss Elias ihn nun am Arm, dass er sich mit einem Schmerzensschrei zusammenkrümmte.

»Siehst du? War das schwer? War es schwer, das Haupt zu neigen? Nein, es war leicht, aber Elias musste dir dabei helfen. Nun können wir weiter, nun führt er dich zu deinem Hund«, säuselte er weiter, während sich Blodi wieder mühsam aufrichtete.

Der Rabe hatte sich nicht gerührt. Bewegungslos wie ein steinernes Standbild starrte er ihnen, den struppigen Kopf tief zwischen die hageren Schultern gesenkt, aus einem glühenden Auge hinterher. Er ähnelte einem schaurigen Torwächter, der an diesem verlorenen Ort mitten im Nichts Wache hielt, und es prickelte in Blodis Nacken, als sie unterhalb des hässlich gegabelten Galgenbaumes langsam durch das Wasser wateten und er seinen Blick auf sich spürte. Im Vorbeigehen erkannte Blodi, dass er einäugig war.

Ein einäugiger Rabe. Gab es da nicht etwas Bedrohliches und Furchtbares über einen einäugigen Raben in den Geschichten seiner Großmutter? Die flüchtige Erinnerung trieb vorbei wie die Nebelschwaden, verblasste und ließ ihn im Ungewissen. Vor ihnen hatte der Nebel nicht viel von seiner Dichte eingebüßt und von irgendwoher kam noch immer Trautmanns traurige Stimme, auf die sie nun zuhielten. Die Vorahnung von etwas noch Schlimmerem als dem bisher Erlebten bemächtigte sich Blodis Sinne. Er lauschte, starrte, witterte. Nach einer Weile war es so, als ob sich der Nebel, je weiter sie in ihn hineingingen, sanft teilte. Ein Weg deutete sich vor ihnen an und die Sicht wurde auf dieser schmalen Bahn besser und besser, sodass Blodi bald das nahe Ufer des flachen Tümpels erkennen konnte, den sie nun fast durchquert hatten. Zur Linken und Rechten blieben die weißen Nebelwände undurchdringlich stehen.

Blodi war nicht mehr fähig, sich noch über irgendetwas zu wundern. Unaufhaltsam zog ihn Elias mit sich fort, auf einer längst vergessenen Straße, die nur wenige Quendel jemals betreten hatten. Das jüngste der Kremplingskinder wusste nichts von diesen weit zurückliegenden Ereignissen, von denen selbst die Ältesten in Wetterstern wenig genug zu berichten gehabt hätten. Trotzdem spürte Blodi, dass es sich hier um einen Abschied handelte. War er auch eben nicht gestorben, als er so knapp dem Moor entronnen war, verließ er nun, in Gefangenschaft des unheimlichen Wesens an seiner Seite, die ihm vertraute Welt. Es ließ ihn seltsam unberührt. Wie um seine Hilflosigkeit zu verhöhnen, trieb der Wind noch einmal die Stimmen seines Vaters und Fendels heran. Oder täuschte er sich und es war nichts weiter als das Flüstern im Schilf?

Der letzte mit seinem alten Leben verbundene Gedanke haftete schwach wie eine zarte Spinnwebe an Trautmann, aber auch die riss, denn all sein Winseln brachte den Hund nicht zum Vorschein und die Klagelaute spukten durch den Nebel und verklangen allmählich, je weiter sie auf ihrem Weg vorankamen.

In der Ferne war die Luft nun hell und klar und längst gingen sie auf festem Grund. Bald wurde der Boden sandig; sie mussten das Moor verlassen haben. Nicht länger raschelte es im Röhricht, stattdessen strich ein eisiger Wind von den kargen Gebirgshängen am Horizont über das dürre Heidekraut unter ihren Schritten. Er kündete von baldigem Frost.

Blodi blickte ein letztes Mal zurück. Deutlich sah er die Straße, auf der sie das Finsterfenn verlassen und in die Heide gelangt waren. Sie verlor sich im Nebel, der heute besonders dicht über dem Moor wallte und sie eben erst in die klarere Luft entlassen hatte. Aber daran hatte er im gleichen Augenblick keine Erinnerung mehr und so wusste er auch nichts mit der merkwürdigen Szene anzufangen, die sich ihm in der Ferne bot.

Zwei in der Distanz winzige Gestalten bemühten sich offenbar um ein drittes, noch kleineres Wesen zu ihren Füßen, vielleicht handelte es sich dabei um ein Tier. Jetzt löste sich der eine von ihnen aus der Gruppe, denn er schien etwas entdeckt zu haben und wohl deshalb schickte er sich an, ebenfalls den Weg in die Heide einzuschlagen. Jedenfalls lief er, augenscheinlich in höchster Aufregung, in ihre Richtung; dabei winkte er wild und rief auch etwas, aber seine Worte erreichten Blodi nicht mehr.

Der Gefährte des Läufers, der noch über das Etwas am Boden gebeugt war, war nun ebenfalls aufgesprungen und versuchte, den anderen einzuholen, was ihm nur mit Mühe gelang, denn der Erste lief wie um sein Leben. Doch zuletzt musste er aufgeben, fiel auf die Knie und sackte in sich zusammen. Der Andere kam bei ihm an und half ihm, sich aufzurichten, und offenbar stritten sie nun darum, in dieser Richtung weiterzulaufen oder nicht. Fast sah es aus, als ob sie kämpften. Sogar das Tier, offenbar ein Hund, war inzwischen mühsam auf die Beine gekommen und näherte sich humpelnd den beiden Gestalten, als sei es auch ihm nicht einerlei, was hier geschah.

Blodi wusste all das nicht zu deuten, auch wenn es ihm so vorkam, als hätte er die drei schon einmal gesehen. Es war aber nicht länger von Bedeutung für ihn, war es auch sicher nie gewesen. Lästiger fand er dagegen, dass aus irgendeinem Grund seine rechte Hand heftig schmerzte, obwohl er sich nicht erinnern konnte, sie irgendwo verletzt zu haben. Sie sah auch eigentlich ganz unversehrt aus, vielleicht ein wenig blasser als die linke.

›Sei's drum‹, dachte Blodi und steckte die Hände in die Hosentaschen. ›Zum Laufen braucht man vor allem seine Füße und eigentlich tut es auch schon gar nicht mehr so weh.‹ An Elias' Seite schritt er zügig aus.

Der sang mit halblauter Stimme den Refrain eines alten Liedes:

»Es stieben die Wolken, die Rappen und Schimmel,
Es bricht die Jagd aus dem nächtlichen Himmel.«

Vor fahlgrauen Sturmwolken kreisten hoch droben zwei Raben über den beiden einsamen Wanderern und ihre heiseren Schreie trieben mit dem Frostwind davon.

Achtes Kapitel

Wege ins Nichts

Seltsam, im Nebel zu wandern!
Einsam ist jeder Busch und Stein,
Kein Baum sieht den anderen,
Jeder ist allein.

HERMANN HESSE

Als Pirmin über die Türschwelle in Fendels Fuchsbau hineinstolperte, hätte er nicht zu sagen vermocht, wie er hierher zurückgekommen war. Mit letzter Kraft schlug er die Tür hinter sich zu und rutschte mit dem Rücken dagegengelehnt ganz langsam abwärts, bis er in völliger Erschöpfung auf dem festgestampften Lehmboden saß. Ihm war es entsetzlich heiß nach der langen Flucht aus dem Schwarzen Schilf. In seinem Innersten aber herrschte eisige Kälte, wie er sie noch nie zuvor gespürt hatte. Denn er hatte sie alle verloren. Blodi und Fendel und sogar den Hund. Nur er allein war übrig geblieben und wusste nun nicht, wie er damit heimkehren sollte.

Draußen graute der Morgen und bleiches Licht sickerte durch die niedrigen Fenster in das zusammengeflickte Haus, dessen Besitzer zum ersten Mal von einem anderen Wettersterner schmerzlich vermisst wurde. Dabei schien es Pirmin, als sei er mit dem Eichhasen gerade erst aufgebrochen, kurz nachdem ihm Blodi mit der geschmeidigen Schnelligkeit einer flüchtenden jungen Katze entwischt war. Wäre da nicht der geisterhafte Nebel gewesen und hätten sie sich nicht ausgerechnet in unmittelbarer Nähe des Schwarzen Schilfs befunden, Pirmin hätte sich einen Anflug von Stolz auf seinen verwegenen jüngsten Sohn geleistet.

Aber hier, in dieser nicht enden wollenden Nacht, die ihre Dunkelheit zunehmend gegen eine befremdliche Helligkeit eintauschte, die aus dem Moor oder, noch schlimmer, aus dem Finster zu kommen schien, galt es, ihn aufzuhalten, bevor ein Unglück geschah. Er rannte los, ohne sich noch nach Fendel umzusehen.

»Halt!«, schnarrte eine Stimme hinter ihm und etwas zerrte an seiner Jacke und ließ ihn nicht fort. »So geht das nicht. Nicht, wenn es ins Moor geht. Denn dorthin, beim Ästigen Porling, wird der Kleine geraten, der mutige Knirps.« Der Eichhase hatte Pirmin von hinten am Kragen gepackt. »Warten sollt Ihr! Nur einen Augenblick«, fuhr er ihn an. »Ich hole Fackeln, Stangen und ein Seil.«

Pirmin war es bei der Aufzählung dieser Dinge nicht ganz wohl gewesen, kündeten sie doch von einer gewissen Erfahrung mit den besonderen Tücken eines Moores. Wenn er es auch zu schätzen wusste, dass ihn der seltsame Flussbewohner auf seiner Suche begleiten wollte, wartete er voller Ungeduld, bis Fendel seine Ausrüstung geholt hatte. Pirmin stellte erbittert fest, dass dies nun der dritte unglückliche Versuch sein würde, vom Fuchsbau aufzubrechen. Stumm bedachte er die Raben mit den gröbsten Flüchen, die ihm einfielen. Aber auch Trautmann hätte er auf Tage in seiner Hütte einkerkern mögen, zur Strafe für seinen Ungehorsam.

Kaum dass Fendel mit dem, was er mitzunehmen gedachte, wieder im Türrahmen erschien, waren sie losgelaufen. Jeder mit einer langen Stange in der einen und einer brennenden Fackel in der anderen Hand. Der Eichhase hatte sich außerdem ein Seil über die Schulter geworfen. Pirmin wunderte sich, wozu sie sich in der immer heller werdenden Nacht mit den Fackeln belasten sollten. Es könnte sein, hatte der Eichhase gemurmelt, dass sie die Fackeln eben durchaus nicht nur zur Beleuchtung brauchen würden, denn eine brennende Fackel war nicht die schlechteste Bewaffnung.

Beunruhigt sahen die Quendel, wie weit der Nebel schon über den Fluss getrieben war. Selbst aus der geringen Entfernung war die Brücke vor ihnen nur noch schemenhaft zu erkennen. In einer Senke der Uferwiesen wurde die Sicht auf einmal so schlecht, dass Pirmin den Eichhasen kurz aus den Augen verlor. Bis plötzlich wieder die Fackel aufleuchtete und der weiße Kopfverband unmittelbar darunter.

Pirmin wagte es kaum, an Fidelis zu denken. Die Vorstellung, sie wüsste in diesem Augenblick, in welcher Gefahr ihr kleiner Sohn möglicherweise schwebte, brachte ihn schier um den Verstand. Immer wieder rief er laut nach ihm und einmal meinte er, darauf Antwort zu erhalten. »Hörst du das, Fendel?«, rief er ein wenig atemlos zu ihm hinüber.

Sie hielten beide an.

»Blodi!«, schrie Pirmin wieder in den Nebel hinein. »Blodi, warte auf uns und gehe nicht weiter! Wir sind gleich bei dir!« Er lauschte angestrengt in die Nacht. Der Fluss rauschte leise und ihre Fackeln zischten und da war so etwas wie ein leichtes Brausen in der Luft. Ansonsten blieb alles still. »Pssst!« Pirmin gab noch nicht auf. »War da nicht wieder seine Stimme? Er scheint noch gar nicht so weit voraus! Schnell, nur schnell weiter, bei allen Glimmertintlingen der Nacht! Wir erwischen ihn auf der Brücke!«

Aber als sie dort oben ankamen, war da kein Blodi. Stattdessen sah es so aus, als hätte sich die Nebelfläche vom Finster bis Wetterstern zu einer einzigen milchigen Suppe geschlossen. Nur hier und da ragte noch das einsame Gespenst eines Baumes aus dem Weiß. Höchst seltsam war auch das schneeige Glitzern in der Luft, als enthielte dieser Nebel unzählige Eiskristalle oder perlende Lichttropfen, welche die Nacht erhellten wie eine Winterlandschaft bei Vollmond.

»Dort hinab«, sagte der Eichhase, der kein Wort darüber verlor, wie sehr sich ihre Umgebung in kürzester Zeit verändert hatte. Das schien er mit sich selber auszumachen. Für jemanden, dem das Alleinsein zur zweiten Natur geworden war, musste die heutige Nacht den Sturm auf die Feste Einsamkeit bedeuten. In sich gekehrt, wie es seine Art war, und vor allem mit ihrem Weg beschäftigt, hatte er nun offenbar die günstigste Stelle gefunden, um hinter der niedrigen Mauer die jenseitige Böschung zur Pfiffer hinabzusteigen.

Es war nicht einfach, mit Fackeln und Stangen in beiden Händen, auf dem abschüssigen Gelände zum Ufer hinunterzukommen. Von hier aus bot die alte Brücke einen unheimlichen Anblick, als hätte sie sich in ein fremdartiges Gebäude verwandelt, mit einem wallenden Vorhang vor einem hohen Tor und halb erwartete Pirmin, ein finsteres Wesen daraus hervortreten zu sehen, einen bleichen Nachtmahr vielleicht, mit langen Armen und Krallenhänden. Der Nebelvorhang wölbte sich verdächtig. Es gluckste im Wasser und das Licht der blakenden Fackeln strich über knisterndes Gestrüpp. Alle Wettersterner und sämtliche Quendel von Verstand taten recht daran, diese Seite der Straße zu meiden. Hier war es wahrhaftig nicht geheuer.

Eine Hand legte sich auf Pirmins linken Arm und er schrie halblaut auf. »Hasenbovist und Mäuseritterling!«, stammelte er ein wenig verlegen, als er sich wieder gefasst hatte. Fendel, den er noch eben zu seiner Rechten vermutet hatte, war überraschend und lautlos von links aufgetaucht. Hatte er hier in Gedanken versunken länger gestanden, als er gedacht hatte? Wie viel Zeit war vergangen, seit sie den oberen Teil der Brücke verlassen hatten? Pirmin begann sich zu fragen, ob sich nicht in unmittelbarer Nähe des Moores die eigene Wahrnehmung trübte.

»Seht das hier, mein Herr Krempling«, sagte der Eichhase fast feierlich und nestelte etwas unter seiner Jacke hervor. Im Licht der Fackeln erkannte Pirmin sofort, um was es sich handelte.

»Stock und Schwamm, wo ist das her?«, stieß er voller Entsetzen hervor und riss dem anderen das kleine Stoffbündel aus den Händen. Mit der freien Hand, die Stange hatte er in den aufgeweichten Boden gerammt, schüttelte er Blodis Weste auf und untersuchte sie von allen Seiten. Aber sosehr er sie auch drehte und wendete, er konnte das, vor dem er sich fürchtete, nicht darauf entdecken. Weder Flecken von Blut, noch Risse oder andere Spuren eines Angriffs. Pirmin seufzte, ohne erleichtert zu sein.

»Sie war über einen Ginsterbusch gebreitet«, berichtete der Eichhase, der den Krempling mit bedauernder Miene dabei beobachtet hatte, wie er seinen Fund aufnahm. »Er hat sie absichtlich dort hingelegt. Bestimmt. Weil er ein Zeichen hinterlassen wollte, eine Spur«, erklärte er, behutsam nach Worten suchend. »Es sieht nicht so aus, als hätte er sie verloren. Sie war über den Busch gebreitet wie, wie … wie ein Stück Wäsche.« Fendel wunderte sich selbst, dass ihm ausgerechnet dieses Bild einfiel. Zum Bleichen ausgelegte Wäsche gehörte in seine fernste Vergangenheit, genau wie heiße Suppe um Mitternacht oder freundliche Begleitung auf dem Heimweg.

»Es hätte sie ihm aber auch jemand abnehmen können«, wandte Pirmin düster ein. »Jemand, der nichts Freundliches im Sinn hatte.«

»Das glaube ich nicht. Hier ist niemand. Nichts als Nebel«, entgegnete der Eichhase und schwenkte seine Fackel. Knisternd lösten sich Funken. »Nichts deutete dort auf einen Kampf hin oder etwas dieser Art. Nein, nein, habt Vertrauen. Kommt mit, ich zeige Euch die Stelle.«

Er führte den besorgten Vater zu dem struppigen Ginster, an dem es für Pirmin nichts weiter zu entdecken gab, so gründlich er sich dort auch umsah. Anschließend waren sie zu den kläglichen Resten des Flüsschen Pfiffers zurückgekehrt, dessen verschlammtem Rinnsal sie bis zum Rande des Moors folgen wollten.

Trotz des Nebels war es nicht schwierig gewesen, schon bald die kleinen Fußspuren zu entdecken. Als er und Fendel sich im flackernden Licht der Fackeln über Blodis schmale Abdrücke beugten, glitzerten Tränen in Pirmins Augen. Eine zum Erbarmen zierliche Spur hatte sein Sohn hinterlassen, wie die Abdrücke eines schutzlosen Waldtieres. Den Krempling würgte die Angst, auch wenn es schon ein Glück bedeutete, nun sicher sein zu können, dass sich Blodi, genau wie sie selbst, an den Lauf der Pfiffer gehalten hatte. Wenig später waren ihnen die Pfotenabdrücke aufgefallen. Es sah ganz danach aus, als hätte Blodi sich an diese deutliche Fährte gehalten, denn die beiden Spuren blieben nun dicht beieinander.

In Pirmin keimte ein kleines Pflänzchen der Hoffnung auf, dass doch noch alles gut ausgehen und sie mit dem Schrecken davonkommen könnten, wenn es ihnen gelang, Blodi und Trautmann, noch bevor das Schwarze Schilf begann, zu finden. Weit konnte es nicht mehr sein bis dorthin, denn die Pfiffer hatte sich im sumpfigen Boden fast aufgelöst und in der Luft hing ein dumpfer Geruch nach verrottenden Pflanzen. Die Nacht war voller geisterhafter Geräusche und der Nebel schien hier am Rande des Moores nicht nur Farben und Formen zu verschlucken. Schlecht zu deutende Laute erklangen und verebbten wieder, noch bevor man sicher sein konnte, aus welcher Richtung sie kamen und was dahintersteckte. Auch den Ohren war kaum noch zu trauen.

Einmal meinte Pirmin, den Hund in der Ferne bellen zu hören, dann war er sich fast sicher, dass Blodi irgendetwas rief, einen Namen oder ein einzelnes Wort. Gleich darauf wisperte, raschelte und raspelte es irgendwo und niemals war zu entscheiden, ob die Geräusche nah oder fern, ständig oder gelegentlich vorkamen. Nicht lange und aus dem Nebel tauchte das erste Schilf auf. Der Eichhase blieb stehen und machte Pirmins Hoffnung auf eine rechtzeitige Rettung zunichte.

»Wir sind am Schwarzen Schilf«, erklärte er seinem Gefährten. »Ab jetzt wird es schwieriger, denn hier beginnen die Moorseen. Es gibt keinen geraden Weg mehr und die Pfade sind schmal. Seid bloß auf der Hut! Dort ist nicht viel Platz für Quendelfüße und man rutscht schnell ab. Also bleibt dicht hinter mir und …« Er brach unvermittelt ab und wandte sich zum Gehen. Dann drehte er sich doch noch einmal nach Pirmin um. »… denkt immer daran, dass wir nur *langsam* vorwärtskommen werden. Langsam im Moor, langsam im Nebel, bei allen schwärzlichen Morcheln der Nacht!«

Pirmin nickte und gab sich und Fendel das stumme Versprechen, seine große Unruhe zu bezähmen.

Was dann folgte und seine Geduld auf eine schwere Probe stellte, war ein nicht enden wollendes Netz schlüpfriger Stege, die zwischen immer gleich aussehenden Tümpeln hindurchführten. Das stete Wispern des Schwarzen Schilfs begann sich in Pirmins gemartertem Kopf einzunisten. Raschelnd strich der Wind durch das Schilf. Verstummte er an der einen Stelle, nestelte ein leiser Hauch verschwörerisch nur wenig davon entfernt, setzte wieder kurz aus, bis es wie zur Antwort aus einer anderen Richtung leise plätscherte. Und immer glaubte Pirmin, Worte darin zu erkennen, als lausche er einem im Flüsterton geführten Gespräch. Ängstlich fragte sich der Krempling, ob er noch dazu in der Lage sein würde, die wirklichen von den eingebildeten Stimmen zu unterscheiden. War das Trautmanns Winseln in weiter Ferne oder nur der Wind im Röhricht? Hörte er die Stimme seines Sohnes oder rieb sich ein Halm an dem anderen?

Plötzlich hielt der Eichhase an und hob warnend die Hand. »Da vor uns ist jemand«, flüsterte er Pirmin zu.

»Wirklich?« Aufgeschreckt legte der Krempling den Kopf schräg und strengte seine überreizten Ohren an.

»Es ist nicht weit von hier«, erklärte Fendel. »Vielleicht schon hinter dem übernächsten Wasser. Da, da ist es wieder! Hört Ihr das nicht, Herr Krempling? Jemand schreit.«

Pirmin gefror das Blut in den Adern, denn jetzt erkannte er es auch. Ein dünner Schrei trieb zu ihnen herüber, ein verzweifelter Hilferuf voller Todesangst. Und aus noch größerer Entfernung das aufgeregte Gebell eines Hundes. Das musste Trautmann sein.

»Blodi!«, schrie der Krempling voller Entsetzen und drängte sich vorbei, dass der Eichhase Mühe hatte, auf dem schmalen Pfad das Gleichgewicht zu halten. Gerade noch gelang es ihm, sich mit der Stange im Uferschlick abzustützen.

»Eigensinnigster Schafspilz, was tut Ihr denn?«, zischte der Eichhase, entrüstet über so viel Unverstand. »Bleibt gefälligst hinter mir, auch jetzt! Wir müssen sehr vorsichtig sein. Da ist noch ein anderer bei Eurem Sohn und, bei allen Klapperschwämmen der finsteren Moore und Wälder, ich weiß wirklich nicht, wer ihm hier über den Weg gelaufen sein könnte.«

Pirmin schnappte nach Luft. »Ein anderer?«, wiederholte er entsetzt die Feststellung des Eichhasen. »Aber wer kann das sein? Niemand, der nichts Böses im Schilde führt, würde sich um diese Zeit an einem Ort wie diesem herumtreiben, also wird es wohl …«

»Schhh!«, unterbrach ihn Fendel mit einer Miene, in der sich sowohl Ungeduld als auch Mitleid mischten. »Seid lieber still und lasst uns keine Zeit verlieren.«

Pirmin fügte sich, obwohl es ihm unendlich schwerfiel. Sie liefen weiter, so schnell es ihnen das unwegsame Gelände gestattete. Abermals erklang verängstigtes Schreien, dann folgte eine noch unerträglichere Stille. Immer wieder rief Pirmin nach seinem Sohn, aber nur der Hund war noch zu hören, der das Bellen aufgegeben und sich auf klägliches Heulen verlegt hatte. Es klang weiter entfernt als zuvor, was aber auch an dem verfluchten Gewisper liegen konnte, das sich wieder in Pirmins Ohren breitmachte. Schließlich gingen ihm die Geräusche der Außenwelt ganz verloren, dafür verdichtete sich das Wispern und dann konnte Pirmin plötzlich Worte verstehen. Worte, die sich in Sätzen aneinanderreihten; Sätze, die sich zu einem ihm unbekannten Vers zusammenfanden. Als spräche das Moor nun mit einer einzigen Stimme zu ihm, die einfach in seinem Kopf auftauchte.

»Von allen Wesen
Weiß der sie zu lesen,
Der sie alle kennt
Und beim Namen nennt,
Was ihn flieht und was rennt,
Hat er erst die Spur
In Wald und Flur.«

Es klang wie eine Drohung. Der Krempling vernahm es mit Grausen, auch wenn er die Bedeutung nicht verstand. Denn am schlimmsten war der Klang dieser Stimme. Kalt, grausam und dennoch glockenhell. Unverkennbar die Stimme eines Kindes, aber ganz ausgeschlossen, dass es sich dabei um Blodis handeln könnte. Niemals hätte sich seine Stimme derart verzerren können. Wer sprach hier zu ihm? Es war eindeutig mehr als eine Sinnestäuschung, denn er kannte den unheimlichen Vers nicht und wie sollte er ihm dann einfallen?

Pirmin fragte sich, ob der Spuk wohl auch den Eichhasen heimgesucht hatte. Anzumerken war ihm nichts. Weder hatte er gestutzt, noch sich zu ihm umgedreht. Was bei Fendel allerdings nicht heißen musste, dass er auch tatsächlich nichts bemerkt hatte. In Pirmins Schläfen machte sich vor Angst und Anstrengung ein schmerzhaftes Klopfen breit, aber er wagte es nicht, sich jetzt bei Fendel zu erkundigen, aus Furcht, dass sie das aufhalten könnte. Dennoch mussten sie schon wenige Augenblicke später anhalten, denn ein dichter Schilfgürtel tauchte plötzlich vor ihnen aus dem Nebel auf und versperrte den Weg. Nichts war davon zu sehen gewesen und so stolperte der Eichhase in die sich raschelnd biegenden Lanzen. Ein leiser Funkenregen seiner Fackel segelte ins Röhricht und verglühte dort im schimmernden Dunst.

»Links oder rechts?«, fragte der Krempling mit mühsam unterdrückter Ungeduld, weil sie sich noch immer nicht in direkter Linie der Stelle nähern konnten, woher die Stimmen gekommen waren. Der Pfad führte entlang der grünen Wand und so blieben nur die beiden Richtungen, wollten sie sich nicht geradeaus durchs Schilf schlagen.

Fendel überlegte nicht lange, sondern wies mit seiner Stange wortlos nach rechts. Sie kamen vielleicht einen halben Schlegel weit, was in der formlosen Umgebung schlecht einzuschätzen war, als sie ein neues Hindernis aufhielt. Diesmal handelte es sich um einen quer über den Pfad gestürzten Baum. Ein struppiges Weidengebüsch, dessen kurzer Stamm samt Wurzeln zu ihrer Linken im Wasser verschwand. Das Problem war das Astgewirrr der schütteren Krone, die auch zu seinen Lebzeiten niemals besonders ausladend gewesen sein konnte. Dennoch ragten nun kahle Zweige wie Spieße aus dem hölzernen Geripppe, wenig biegsam, aber auch nicht so trocken, dass sie sich einfach abbrechen ließen. Sie würden hindurchklettern müssen.

Pirmin stöhnte innerlich.

Gerade hatte der Eichhase als erste Maßnahme seine Holzstange vorsichtig durch das Geäst hindurchgeschoben und dabei darauf geachtet, dass sie auf der anderen Seite auch tatsächlich auf dem Pfad landete und nicht etwa im schwarzen Wasser. Es sah aus, als fädele er eine gigantische Nadel durch grobes Geflecht. Da er sich geschickt anstellte, landete die Stange wenig später dem hohlen Geräusch nach auf trockenem Boden. Er nahm nun Pirmin die Stange aus der Hand und gab ihm dafür seine Fackel.

»Noch einmal das Holz durch die Äste, dann klettere ich hinterher«, erklärte er. »Dann reicht Ihr mir beide Fackeln über die Weide und kommt nach.« Bevor er sich anschickte, Pirmins Stange durch das Astgewirr zu stecken, drehte er sich nach dem Krempling um, dessen starre Miene sich im flackernden Licht nur scheinbar belebte. »Wir haben sie noch nicht verloren. Sie sind noch nicht fort«, sagte er.

Aber weil er mit dieser Feststellung auch die Möglichkeit des Scheiterns nicht verschwieg, fand Pirmin die Worte wenig tröstlich. Fendel schien also damit zu rechnen, dass Blodi im Schwarzen Schilf verloren gehen könnte. Fast hatte es so geklungen, als gäbe es hier einen bestimmten Ort, wo sie ihn nicht mehr erreichen konnten. Der Eichhase musste den Wald meinen. Hinter dem Schwarzen Schilf lag der Finster. Pirmin fiel es immer schwerer, dies beherzt beiseitezuschieben.

Sein Begleiter hatte sich indes durch das Gestrüpp gewunden und war auf der anderen Seite angekommen. Ein paarmal war er hängen geblieben, in der zerrütteten Landschaft seiner Flickenjacke klaffte ein weiterer Riss, diesmal knapp unterhalb der linken Schulter. Dann war ein Ast zurückgeschnellt, an dem er sich vorbeigedrängt hatte, ohne ihn festzuhalten, und so hatte ihm die tote Weide einen schmerzhaften Rutenhieb über die rechte Wange versetzt, der nun feurig brannte. Er achtete auf nichts von alledem, sondern beugte sich, so weit er konnte, über das soeben überwundene Hindernis und dem Krempling entgegen, der seinerseits versuchte, ihm die erste Fackel zu übergeben. Jemand von höherem Wuchs als ein Quendel hätte es bei dieser Unternehmung weitaus einfacher gehabt.

Nur knapp gelang es dem Eichhasen, sie von Pirmin zu übernehmen, der sich auf einen der unteren Zweige gestellt hatte, um möglichst weit hinüberzureichen. Die zweite Fackel hatte Pirmin zuvor in den aufgeweichten Boden am Rande des Pfades gesteckt und bückte sich nun, um die geglückte Übergabe zu wiederholen. Gerade hatte er das Holz gegriffen und sich aufgerichtet, als er wusste, dass sich etwas verändert hatte. Es prickelte in seinen Kniekehlen und seine Nackenhaare stellten sich auf.

Der Krempling starrte in die Gruppen aus Schilf knapp vor ihm, zwischen denen sich nichts als Nebel zeigte. Aber dort war noch etwas anderes. Etwas Lebendiges hielt sich darin verborgen. Pirmin wusste nicht, woher er die Gewissheit nahm, aber er spürte die Gegenwart des Wesens, noch bevor sich etwas regte.

»Fendel«, wisperte er ängstlich. »Da ist etwas. Da vorne im Schilf. Merkst du nicht, wie …?« Er kam nicht mehr dazu, die Frage zu vollenden, denn nun drang ein deutliches Knistern durch die Schilfhalme und gleich darauf plätscherte es im seichten Wasser. Kein Zweifel, irgendetwas strich dort umher. Es musste sich um ein größeres Wesen handeln und es klang erschreckend nah. Dem Krempling stockte der Atem. Er wagte nicht, sich nach Fendel umzusehen, sondern starrte weiter gebannt auf die Stelle, woher die Laute kamen.

Da erklang ein Knurren, ein tiefer, bedrohlicher Ton. Die bösartigen Laute schwollen zu einem dumpfen Grollen an und verstummten wieder. Pirmin konnte einen Ausruf des Schreckens nicht unterdrücken. Dabei schwenkte er wie wild die Fackel.

»Rasch, kommt sofort herüber zu mir!«, schrie Fendel von hinten. »Kommt, ich helfe Euch! Bleibt dort nicht alleine!«

Der Krempling drehte sich um und stürzte sich blindlings in die widerborstigen Zweige der Weide, ohne die Fackel loszulassen. Die Panik saß ihm im Nacken und wohl etwas viel Schlimmeres und das ließ ihn nicht vorwärtskommen. Ein störrischer Ast ragte wie eine Schranke vor seinen Bauch und weil sein rechter Fuß irgendwo festhing, schaffte er es nicht, sich abzustemmen, um diese Barriere zu überwinden. So zappelte er wie ein ungeschickter Beerensammler in den Brombeerranken, als das Knurren wieder erklang. Nun war es direkt hinter ihm. Pirmin drehte den Kopf und glaubte, dass sein Herzschlag auszusetzen drohte. Eine dunkle Gestalt stand mitten auf dem Weg und ragte aus dem Nebel wie ein Felsen im Meer. Ein Wesen, hager und dennoch von mächtiger Statur. Sein Rumpf ruhte auf vier langen, sehnigen Beinen. Zwischen den hohen Schultern senkte sich drohend der gesträubte Nacken, der in einem großen spitzohrigen Kopf endete. Den Umrissen nach war es ein riesiger Hund.

»Beim Ästigen Porling! Das ist, das ist …«, hörte Pirmin den Eichhasen hinter sich stammeln. »Ein Wolf!«, stieß Fendel schließlich hervor und diese ungeheuerliche Feststellung löste Pirmin aus seiner Erstarrung.

Statt aber nun weiterzuklettern, um wenigstens die Weide zwischen sich und das Ungeheuer zu bringen, riss er sich aus deren Ästen los und machte drei, vier todesmutige Schritte zurück, geradewegs der Gefahr entgegen. Dabei ließ er die Fackel über seinem Kopf kreisen, dass die Funkengarben wie Glühwürmchenschwärme in den Nebel stoben. Das Licht flackerte über ein maskenhaftes Antlitz und Pirmin blickte in ein eng beieinanderstehendes, kaltes Augenpaar. Wie in Trance hörte er dabei wieder das Knurren des Tieres, das dazu sein furchterregendes Gebiss entblößte. Grausame Reißzähne schimmerten feucht.

Auf all das lief der Krempling schreiend zu, die brennende Fackel wie einen Spieß vor sich hertragend, gleich einem Jäger aus grauer Vorzeit. Der Nebelwolf rührte sich nicht. Gelassen musterte er den Herankommenden mit seinem stechenden Blick, der nicht verriet, was hinter dem Furcht einflößenden Schädel vor sich ging.

Als Pirmin ihn fast erreicht hatte, bereit, seine brennende Waffe, koste es, was es wolle, mitten in diese ausdruckslose Maske hineinzustechen, schüttelte sich das Untier plötzlich lautlos und verächtlich, als wolle es ein lästiges Insekt aus seinem Pelz vertreiben. Mit der Bewegung zerflossen seine Umrisse zu silbrigen Schlieren. Das Letzte, was Pirmin von ihm wahrzunehmen glaubte, war ein höhnisches Blecken der Zähne, ein wölfisches Grinsen als letztem Gruß. Dann wurde das Gespensterwesen eins mit dem Nebel und verschwand darin. Der Krempling lief ins Leere.

Atemlos hielt er an. Das Herz schlug ihm bis zum Halse und ungläubig musterte er die Stelle, an der ihn noch vor wenigen Sekunden sicherlich sein Untergang erwartet hatte. Es schien fast so, als sei er nicht gegen ein Wesen aus Fleisch und Blut angerannt. Mit ängstlichen Blicken suchte er das kurze Stück des Weges ab, das der Nebel ihm an Sicht zugestand.

Nichts, der Wolf blieb verschwunden.

Aber das Knurren war sehr wirklich gewesen, genau wie das Schimmern seiner Augen und Zähne. Der Krempling wischte sich den Schweiß von der Stirn. Er wusste kaum noch, was er glauben sollte. Vielleicht versuchte das Schwarze Schilf sie mit dem Aufgebot seiner Trugbilder davon abzuhalten, dass sie ihre Suche fortsetzten. Dann konnten auch die Schreie und das Gebell von eben nichts als Phantome der eigenen überreizten Nerven sein. Die mögliche Sinnlosigkeit ihres Tuns überkam ihn wie eine schwarze Welle, aber noch weigerte er sich, aufzugeben.

Er kehrte zu Fendel zurück, der, als der Wolf auftauchte, sofort durch die Weide zu ihm zurückgeklettert war. Er sah mitgenommen aus, doch in seiner Miene zeigte sich auch Bewunderung, als er dem Krempling behutsam die Fackel aus der Hand nahm. Sie blickten einander in die erschöpften Gesichter und diesmal war es Fendel, der zuerst das Schweigen brach.

»Bei allen Masken der Ritterlinge, Ihr seid wahrhaftig ein äußerst mutiger Quendel, Herr Krempling«, stellte er fest.

Der zitterte, der Anerkennung zum Trotz, vor Erschöpfung am ganzen Leib. »Ein Wolf im Schwarzen Schilf«, sagte Pirmin tonlos und wie zu sich selbst. »Oder war das ein Gespenst dieser verfluchten Gegend? Wann hat man zuletzt von Wölfen im Hügelland gehört? Fendel, ist das *wirklich* ein Wolf gewesen oder nur ein Schatten des Moores?«

»Wohl beides«, lautete dessen merkwürdige Antwort.

Der Krempling betrachtete den anderen mit plötzlich erwachendem Misstrauen. Ihm fiel auf, dass sich der Eichhase, bei allem überstandenen Schrecken, viel weniger als er selbst über die unerhörte Tatsache zu wundern schien, dass sie es mit einem riesigen Gespensterwolf zu tun bekommen hatten. Es kam Pirmin so vor, als hätte Fendel eine Ahnung, wem oder was sie eben begegnet waren. Nur schien er nicht bereit, seine Gedanken mit ihm zu teilen.

Dem Krempling gefiel es ganz und gar nicht, auf jemanden angewiesen zu sein, der ihn im Ungewissen ließ, schon gar nicht in dieser Bedrängnis. Vielleicht war es gut, wenn nun er die Führung übernahm. Blodis Spur konnte er ebenso gut lesen wie der Eichhase und es gab auch zunächst keine andere Richtung als weiter den Pfad entlang. Da kam ihm ein neuer furchtbarer Gedanke. Es half nichts, er musste ihn aussprechen.

»Fendel, die zweite Spur! Die Pfoten neben Blodis Fußabdrücken. Vielleicht stammen die gar nicht von Trautmann und Blodi ist diesem Untier gefolgt und hielt es für den Hund. Oder viel schlimmer, es war der Wolf, der sich auf *seine* Fährte gesetzt hat. Dieser Schrei eben, bei allen heiligen Pilzringen der friedlichen Wälder ...« Er brach ab und ließ sich auf die Knie fallen. Aufgeregt suchte er den Boden ab. Konnte es denn sein, dass sie Trautmanns Spur mit der eines Wolfes von dieser Größe verwechselt hatten? In dieser Unglücksnacht und schlechten Beleuchtung schien ihm alles möglich. Pirmins Blicke streiften umher, dann hob er den Kopf.

»Rasch, die Fackel«, wies er Fendel grimmig an. »Leuchte mir.«

Als Fendel das Licht näher über den Boden hielt, richtete sich Pirmin auf.

»Sie sind fort!«, stellte er voller Entsetzen fest. »Es ist nichts mehr zu sehen. Wir haben ihre Spuren verloren!«

»Schon eben«, antwortete Fendel ruhig, als sei das einerlei. »Es gab keine Spuren mehr, seitdem sich der Weg vor dem Schilf teilte. Weder links noch rechts. Und dieser Wolf hinterlässt keine Abdrücke.«

»Woher willst du dann wissen, ob wir ihnen überhaupt noch folgen? Warum sind wir dann hier entlanggegangen?«, fragte Pirmin erbittert.

»Ich habe sie gehört. Sie waren uns gegenüber«, erklärte der Eichhase. »Im Schilf, irgendwo hinter diesem Teich.«

Pirmin empfand dieses »sie« als höchst unheimlich. »Wen meinst du damit, bei allen Quendeln? Etwa Blodi und dieses Ungeheuer?«

Zu seiner Erleichterung schüttelte der Eichhase den Kopf. Pirmin wollte nur zu gerne etwas anderes glauben, aber die nachfolgende Erklärung gab seinen Ängsten neue Nahrung.

»Da war noch ein anderes Kind. Zwei Stimmen«, sagte Fendel. »Die eine war die des jungen Herrn Krempling und er befand sich in Not, denke ich. Auch die andere gehörte einem Kind, aber sie klang wie, wie …«

»Wie schneidender Frost?«, vollendete Pirmin seine Worte.

»Ihr habt sie also auch gehört«, stellte der Eichhase fest und musterte seinen Gefährten. »Was habt Ihr gehört?«

»Da war ein Vers«, antwortete Pirmin. »Wie die Strophe eines Liedes, das ich nicht kannte. Trotzdem war es in meinem Kopf, obwohl es gar nicht so war, als ob ich es wirklich mit meinen Ohren gehört hätte. Seltsame, unheimliche Worte, von dieser furchtbaren Stimme gesprochen. Es war verworren, aber es ging wohl um jemanden, der Spuren sucht und alle findet, die sich vor ihm verstecken. Ich habe nichts davon gesagt, weil es so unwirklich war und ich uns nicht aufhalten wollte. Weißt du, wer da gesprochen hat und was die Verse bedeuten?«

»Es ist wirklich ein altes Lied«, sagte Fendel überraschend. »Ein uraltes Lied. Und ich habe es so unendlich lange nicht mehr gehört, dass ich es fast vergessen hatte. *Der sie alle kennt und beim Namen nennt, was ihn flieht und was rennt.* Oh ja.« Der Eichhase verstummte und schüttelte den Kopf, als gefiele ihm seine eigene Gesprächigkeit nicht. »Wir müssen weiter«, sagte er und wies mit der Fackel voraus über die Zweige der Weide. »Aber ob Schatten oder nicht – gut möglich, dass er uns weiter folgt.«

Es gab keinen Zweifel, wen er damit meinte, und Pirmin schauderte, aber er sagte nichts, weil Fendel sich schon abgewandt und auf den Weg gemacht hatte. So kletterten sie endlich hintereinander auf die andere Seite des Baumes, wo sich der Pfad in einer schärferen Krümmung nach links fortsetzte. Fendel tauchte in den weißen Schwaden unter, die zwischen den Schilfwänden dick wie Qualm aus einem nassen Laubfeuer wallten.

»Weißt du, wer bei Blodi ist?«, wiederholte Pirmin seine Frage von eben, als er sich beeilte, Fendel einzuholen.

»Vielleicht. Es wäre möglich«, kam die gleich dem Nebel undurchsichtige Antwort. »Vielleicht habe ich diese Stimme schon einmal gehört, beim Ästigen Porling. Ganz besonders bei ihm. Vor langer, langer Zeit. Aber nun ist sie gefroren. Wie aus Eis.«

Pirmin konnte sich auf dieses wirre Gerede keinen Reim machen. Was hatte der Ästige Porling damit zu tun? Der war vor zweihundert Jahren im Finster verschollen und so sicher tot, dass Fendel dessen Stimme allenfalls hören konnte, wenn er in der Nebelkappe zu viel gebechert hatte. Aber der Eichhase brabbelte ja häufig irgendein krauses Zeug über seine Vorfahren.

»*Wo sie sich verhüllen, im Lauten, im Stillen*«, hörte er ihn schon wieder so oder ähnlich vor sich hin murmeln.

Sie brauchten nicht mehr weit zu gehen, bis sie den Teil des Ufers erreicht hatten, der der Stelle, an der Blodis Spur verschwunden war, nach Fendels Einschätzung gegenüberlag. Der Pfad hatte seit der umgestürzten Weide stetig weiter nach links um den Tümpel herumgeführt. Hier wie dort versperrte hohes Schilf die Sicht. Pirmin war bei jedem leichten Geräusch zusammengeschreckt und blickte, wenn es irgendwo knisterte, besorgt über die Schulter zurück. Hinter ihnen fielen die Nebelschwaden wie Vorhänge über die eben zurückgelegte Strecke und er fragte sich, ob ihnen von dort jemand auf lautlosen Pfoten folgte. Dann war Fendel stehen geblieben und musterte die Schilfreihen zu ihrer Linken.

»Hier müssen sie gewesen sein, als ich sie von dort drüben hören konnte«, stellte er fest.

»Bist du ganz sicher?«, fragte der Krempling und fand diese Erkundigung im gleichen Augenblick, in dem er sie aussprach, überflüssig.

Der Eichhase nickte dazu auch nur mit abwesender Miene. Etwas anderes schien seine Aufmerksamkeit in Anspruch zu nehmen. Er machte ein paar Schritte in den Uferschlamm, der unter seinen Sohlen hervorquatschte. Die Fackel in der einen Hand, drängte er mit der Stange das Schilf so weit auseinander, dass er durch die so geschaffene Lücke schauen konnte. Sie enthielt nichts als die dicht an dicht stehenden Pflanzen.

Fendel kehrte auf den Pfad zurück und ging ein paar Schritte vorwärts, um die gleiche Untersuchung nach kurzem Abstand noch einmal zu wiederholen. Pirmin, der ihm dabei nicht von der Seite wich, spähte angestrengt auf die Stellen, die der Eichhase freilegte. Offenbar hoffte er, dabei auf irgendeine Spur zu stoßen.

Als sich die beiden Quendel beim dritten Mal so weit in den Uferschlick vorgewagt hatten, dass ihnen das seichte Wasser bereits träge um die Knöchel schwappte, blitzte vor ihnen etwas Helles auf. Fendel beugte sich vor und schob mit beiden Armen die Schilfrohre wie in einem Kleiderschrank hängende Mäntel auseinander. Sie sahen ein kurzes Stück über schwarzes Wasser. Bei dem, was ihnen inmitten der eintönigen Farben entgegengeleuchtet hatte, handelte es sich um einen großen Stein, der hier im weichen Grund steckte. Vom Pfad aus war er durch das Schilf verdeckt, hinter ihm hätte sich die freie Aussicht auf den Tümpel geöffnet, wäre der Nebel nicht gewesen. Der Stein war oben abgeflacht und dort lag etwas, wie in der Mitte eines Tellers.

Fendel reichte dem Krempling wortlos seine Holzstange, griff nach dem Ding auf dem Stein und hob es auf. Augenscheinlich handelte es sich um nichts weiter als ein stark verästeltes Stück Holz. Aber Pirmin entging nicht, dass sein Gefährte tief durchatmete, und das ließ ihn aufblicken, um dem Eichhasen ins Gesicht zu sehen. Dessen Ausdruck zeigte eine schwer zu deutende Mischung aus Bestürzung und trauriger Gewissheit. Der Krempling erschrak.

»Was ist denn? Was hast du, Fendel?«, sprach er ihn an und blickte wieder auf das trockene Stück Wurzel, das der Eichhase nun zwischen seinen Fingern drehte und wendete, als wäre er beim Pilzesammeln auf ein besonders seltenes Exemplar gestoßen.

»Eine Alraune«, murmelte Fendel.

»Eine Alraune?«, fragte Pirmin. »Stock und Schwamm, ich verstehe nicht, was …?« Er brach ab, als ihm einfiel, das Wort an diesem Abend schon einmal gehört zu haben. Daheim in der Küche, kurz bevor sie zu ihrer unseligen Wanderung aufgebrochen waren. Hatte nicht Fendel darüber irgendetwas zu Blodi gesagt? Etwas Seltsames, das Fidelis nicht gefiel, meinte er sich zu erinnern, je länger er darüber nachdachte. Und nun wollten es Zufall oder Schicksal, dass sie in dieser schrecklichen Nacht eine solche Pflanze fanden. Zumindest einen verdorrten Teil von ihr; in einem Moor, wo sie eigentlich nicht wuchsen.

Denn Fendel hatte natürlich recht. Das braune Ding da auf seiner Hand war tatsächlich die Wurzel einer Alraune. Weil es so unerwartet war, hier darauf zu treffen, hatte Pirmin sie nicht gleich erkannt. Nun weckte ihr Anblick in seinem Kopf die Erinnerung an etwas, an das er schon sehr lange nicht mehr gedacht hatte. Denn unter den alten Geschichten der Quendel gab es einige, in denen Alraunen vorkamen. An den Kaminfeuern langer Herbst- und Winterabende hatte Pirmin als Kind von dem unter der Erde hausenden Huldavolk gehört, den Unterirdischen, die unter den tiefsten Wurzeln der Bäume ein Dasein im Verborgenen führten, ähnlich den Maulwürfen in den weit verzweigten Tunneln ihrer Baue.

Auch Fidelis hatte ihren eigenen Kindern vom Stillen Volk erzählt und ihm, Pirmin, hatte es gefallen, sich, still in einer Ecke lauschend, aufs Neue auf den Pfaden der alten Sagen zu verlieren. In diesen Geschichten herrschte eine gewisse Uneinigkeit über das Aussehen der Huldren. Manchmal wurden sie als dürre Kobolde mit Glotzaugen und

Grabschaufel ähnlichen Krallenhänden geschildert, dann wieder als fast unsichtbare, geisterhafte Wesen, nicht viel mehr als ein Schatten und mitunter sogar als eine schwärzliche Abart der Quendel. In welcher Gestalt auch immer, sehnten sie sich, so die Überlieferung, nach dem Licht der Oberwelt und insbesondere den Kindern ihrer Bewohner. Deshalb stahlen sie sie aus den Wiegen der Stuben und von den Spielwiesen der Gärten und gaben dafür ein Pfand als Zeichen des gewaltsam vorgenommenen Tauschs.

Damit war Pirmin in seinen Überlegungen wieder bei den Alraunen angelangt, jenen geheimnisvollen Gewächsen mit ihrem eigentümlichen, wie eine Gestalt geformten Wurzelstock. Denn die Stillen hinterlegten, so hieß es in den alten Geschichten weiter, genau an der Stelle, von der sie zuvor das Kind genommen hatten, als Wechselbalg ein solches Wurzelmännlein, das mit stummeligen Armen und Beinen und einem knolligen Kopf als schreckliches Zerrbild des wirklichen Kindes diente. Solange sich die verzweifelten Quendeleltern um das verwachsene Ding bekümmerten, es sorgsam aufbewahrten, gleich ihrem größten Schatz, konnte dem eigenen Kind in der Anderswelt kein wirkliches Leid geschehen. Als ratsam galt daher, die Wurzel täglich mit Wasser zu beträufeln, damit das Kind bei den Unterirdischen keinen Durst litte, und ein Tropfen eigenen Blutes, mit dem man die Alraune netzte, versprach Nahrung und noch viel stärkeren Schutz. Es hieß weiter, dass in dem Augenblick, in dem eine Alraune aus der Erde gezogen wurde, entsetzliches Geschrei ertönte, als fühlte ein lebendiges, atmendes Wesen großen Schmerz. Gleichzeitig konnte es geschehen, dass dadurch ein unheimlicher schwarzer Hund herbeigerufen wurde und das waren schon zwei gute Gründe, weshalb die Quendel seit jeher die gelb und violett blühenden Pflanzen unberührt dort stehen ließen, wo sie sie in Wald und Flur entdeckten. Auch wusste jeder, dass sie sehr giftig waren und ihre reifen Früchte einen unangenehmen Geruch verbreiteten.

Pirmin schalt sich einen albernen Tropf, der sich mehr und mehr von Ammenmärchen einschüchtern ließ, dennoch fragte er sich, warum sie ausgerechnet an der Stelle im Schwarzen Schilf, an der sie Blodi zu finden hofften, stattdessen eine Alraune entdecken mussten, der Junge aber hartnäckig verschwunden blieb. War es also wirklich bloßer Zufall gewesen, dass dieser undurchsichtige Geselle vom Fluss schon lange vor Blodis Verschwinden eine Alraune erwähnt hatte? Und sich damit an niemand anderen als Blodi gewandt hatte? Wenn im Moor geisterhafte Hunde oder sogar Wölfe umgingen, die Pirmin vor dieser Nacht auch nur aus alten Kamingeschichten kannte, wer, bei allen Bitterpilzen der Nacht, war dann Blodis Begleiter, der ihnen dieses Zeichen hinterließ? Warum er glaubte, dass niemand anderer als *er* es gewesen war, der die Wurzel dort hingelegt hatte, konnte Pirmin nicht sagen, aber er zweifelte nicht daran, dass es sich so verhielt.

Der Eichhase schien in dieser Hinsicht Ähnliches zu denken; das hatte seine betroffene Miene angedeutet, als er das bräunliche Ding aufhob. »Stock, Schwamm und Finsterling«, sagte Fendel nun auch. »Das heißt nichts Gutes, fürchte ich.«

Da er sich in seiner Besorgnis gegenüber Pirmin bisher nicht eben mitteilsam gezeigt hatte, wurde es dem Krempling sehr kalt bei dieser Bemerkung.

»Was meinst du damit?«, fragte er ihn. »Was hat das alles zu bedeuten?«

Der Eichhase hob die traurig herabhängenden Schultern und ließ sie wieder fallen. »Dass es keiner von uns sein wird, der bei Blodi ist.«

»Keiner von uns?«, wiederholte Pirmin die seltsame Feststellung. »Wer hätte das auch vermutet? Welcher Quendel sollte sich in einer solchen Nacht im Nebel herumtreiben und noch dazu an einem Ort wie diesem? Und dann diese Stimme. Das war kein Wesen aus Fleisch und Blut.«

Zutiefst erschrocken über die eigenen Worte hielt er inne. Dann packte er den Eichhasen plötzlich bei den Schultern und schüttelte ihn. »Sag es schon!«, brach es aus Pirmin hervor. »Nenne sie nur beim Namen! Es sind die Unterirdischen, die Blodi geholt haben, genau wie in den alten Märchen. Nur dass das hier kein Märchen ist! Sie gehen wirklich im Schwarzen Schilf um und auch der Wolf gehört zu ihnen. So passt alles zusammen! Der Nebel, die Stimme, dieses Untier eben auf dem Weg und zuletzt das Ding da in deiner Hand. Nichts ist mehr so, wie es sein sollte. Blodi ist verloren. Das Huldavolk hat ihn geholt und du hast davon gewusst!«

Als er seine Befürchtungen aussprach, verließ ihn alle Kraft. Er ließ Fendel los und stand mit hängendem Kopf da. Unachtsam senkte er seine Fackel dabei so tief, dass sie zischend ins Wasser tauchte. Das alles geschah in einem Augenblick; der Eichhase versuchte noch, schnell zupackend die Flamme zu retten, aber es war zu spät.

»Das ist schlecht«, stellte er fest, als gäbe es nicht Schlimmeres als diesen Verlust zu beklagen. Er nahm dem Krempling die erloschene Fackel aus der Hand und versuchte sie mithilfe der eigenen Flamme wieder zu entzünden, aber das Holz war zu feucht. Mit einem bedauernden Kopfschütteln warf er es ins Schilf. Dann steckte er dem Krempling die Alraunewurzel vorsichtig in eine seiner Westentaschen.

»Verwahrt sie gut«, wies er ihn an. »Ihr erinnert Euch ja der alten Geschichten und man kann nie wissen. Später werde ich Euch vielleicht sagen können, was es mit dieser hier auf sich hat. Später, aber nicht jetzt. Denn glaubt mir, da sind noch andere, die sich für die Lebenden interessieren. Und die gehören in Geschichten, die weit schlimmer sind als jene vom Stillen Volk. Habt Ihr nie davon gehört? Es gibt so manche Sippe in Wetterstern, von der sie aus gutem Grund niemals vergessen wurden, auch wenn nun nicht mehr davon gesprochen wird.« Er verstummte und fuhr dann fort, um endlich die Dinge auszusprechen, die ihn offenbar schon lange umtrieben. »An jenen Tagen und in den Nächten, wenn die Grenzen dünn sind, ist es möglich, hinüberzugelangen, heute wie gestern. Dann kommen sie durch den Nebel zu uns herüber.«

Pirmin, der regungslos der langen Rede des Eichhasen gelauscht hatte, richtete sich auf. Sein Gesicht sah bleich und verstört aus. »Wer?«, flüsterte er und klang genauso heiser wie Fendel. »Wer kommt durch den Nebel? Die Huldaleute?«

Der Eichhase schüttelte langsam den Kopf. »Andere. Ich sagte es schon, es gibt andere«, wiederholte er. »Geschöpfe der Dunkelheit. In jenen Nächten schickt *er* seine Boten aus.«

»Wer?« Pirmins Stimme erstarb mit dem einen Wort.

Fendel blickte ihn mit leeren Augen an, als würde er durch ihn hindurchsehen. Dann sprach er:

»Der größte der Jäger,
Der Herr der Raben,
Der Asseln und Schaben,
Der Schrate und Eulen,
Der Wölfe und Maren.«

Ein Windstoß fuhr durch das Schilf; fast war es, als ducke sich das Moor unter den Worten. Sanft raschelnd kamen die Halme wieder zur Ruhe; ihr leises Erbeben wich einem lastenden Schweigen und der Krempling sandte einen scheuen Blick in die Runde.

»Das gehört zu dem Lied von eben«, vermutete er. »Dieser Vers gehört auch zu dem Lied, zu der Stimme, nicht wahr?«

»Es ist *sein* Lied«, sagte Fendel schlicht. »Sein Jagdlied.«

»*Der größte der Jäger*«, wiederholte der Krempling die erste Liedzeile. Gleichzeitig stieg wieder etwas aus seiner Erinnerung empor. Etwas unnennbar Furchtbares drängte an die Oberfläche seiner Gedanken. Bevor er es zu fassen bekam, kam ihm Fendel zuvor.

»Es sind die Toten.« Der Eichhase flüsterte nun so leise wie der Hauch im Röhricht. »Die, die gestorben sind und dennoch wiederkehren. Sie ziehen mit dem Wilden Heer. Mit den Schraten und Maren, Werwölfen und Draugen. Sie kommen herüber zu uns, dort hindurch, wo die Grenzen unserer Welt undicht werden, wo es Risse gibt und verschwimmt, was vorher fest war. Ich habe es geahnt, ich habe es gesehen, viele Male, als ich auf der Brücke stand. Nebel stieg aus dem Moor empor. Gewöhnlicher Abendnebel, nicht so wie heute, aber er verwischte die Aussicht. Und manchmal, wenn er sich dann hob, sah es so aus, als läge eine ganz andere Landschaft dahinter. Nicht länger das Schwarze Schilf mit dem Waldrand in der Ferne. Nicht länger das Hügelland. Es war ein anderes Land. *Sein* Land. *Sein* Reich. Aber nie konnte ich sehen, dass jemand von dort herüberkam.«

»Die Wilde Jagd.« Pirmin wusste, von wem sein Begleiter sprach, aber er fühlte sich davon abgestoßen, als wäre es der seltsame Flussbewohner, der immer mehr Grenzen einriss, an denen besser nicht gerührt wurde. »Du meinst das Wilde Heer, das in den Raunächten im Winter über den Himmel zieht.« Er blickte empor. Schimmernd glitt der Nebel über sie hinweg. Pirmin schüttelte langsam den Kopf. Noch wehrte er sich gegen das, was sich da andeutete, und er fühlte sich so bedrängt, dass er wieder wütend wurde. »Auch heute haben wir nicht wirklich gesehen, dass jemand herübergekommen wäre. Fest steht aber, dass jemand verloren gegangen ist. Du bist ein Wirrkopf, Fendel Eichhase, oder etwas Schlimmeres. Das war immer so und jeder weiß das!«, fuhr er Fendel grob an. »Und ich werde selbst schon ganz wirr, hier an diesem vermaledeiten Ort. Wölfe, Alraunen, die Stillen. Komm mir nicht mit noch mehr Ammenmärchen deiner Vorfahren! Obwohl der Nebel fällt, haben wir jetzt Spätsommer und keine jener finsteren Nächte des Winters. Und auch dann gibt es keine Wilde Jagd. Niemals hat jemand etwas davon gesehen. Das alles ist Spinnweb und Spinngespinst, nichts weiter!«

»Habt Ihr nicht eben selbst geglaubt, die Stillen hätten Blodi geholt, mein Herr Krempling?«, entgegnete der Eichhase mit einem Anflug von verletztem Stolz in der Stimme. Er kannte diese Reden zur Genüge, aber es schmerzte ihn, besonders, nachdem er Pirmin ins Vertrauen gezogen hatte. Mit seiner üblichen verschlossenen Miene kehrte er aus dem seichten Wasser auf den Weg zurück. »Weiter«, sagte er und es klang, als würde er ab jetzt keine Erklärungen an den Krempling verschwenden wollen. »Dörfler!«, schnaubte er stattdessen, als er aufbrach, um weiter dem Pfad zu folgen. »Beim Ästigen Porling, sitzen hinter hohen Mauern und wollen nichts wissen. Nichts, was ihnen nicht gefällt. Kremplinge und Rauchschwämme.«

Er war nicht sonderlich leise und Pirmin verstand jedes Wort, das mit dem Wind zu ihm herübertrieb, der nun stärker und kühler wehte. Er kühlte auch sein erhitztes Gemüt.

»Fendel!«, rief Pirmin und beeilte sich, ihm zu folgen. »Es tut mir leid, was ich eben gesagt habe. Es ist nur, weil ich mir solche Sorgen um Blodi mache. All diese seltsamen Zusammenhänge und schrecklichen Erscheinungen, von denen ich nicht weiß, ob sie wirklich sind oder nicht. Es ist, als ob man den Verstand verliert oder sich das ganze Durcheinander dieses schrecklichen Ortes im eigenen Hirn breitmachte.«

Der Eichhase murmelte darauf nur irgendetwas Unverständliches, wirkte aber besänftigt. Schweigend liefen sie eine Weile hintereinanderher, durch nichts als Nebel und Schilf auf beiden Seiten des Pfades.

Der kalte Luftzug hielt an und brachte dem Krempling die Geräusche des Moores zurück. Es kam ihm so vor, als ob das Wispern stetig anschwoll und sich diesmal nicht nur in seinen Ohren verdichtete, sondern die ganze Gegend mit seiner kaum noch verhaltenen Drohung erfüllte. Es klang, als kämen sie mit jedem Schritt dem Ursprung der Laute näher. Dem Herzen des Schwarzen Schilfs, so dachte der Krempling, aber es musste ein sehr kaltes Herz sein, das da pulste und diesen Strom aus Nebel, Kälte und Geraschel in Bewegung setzte. Oder vielleicht fehlte es auch ganz (denn wie konnte ein Moor ein Herz haben?), und sie näherten sich einem Loch, in dem einer noch gründlicher verloren gehen konnte als in diesem Irrgarten aus Tümpeln und Schilf.

Er hatte diese verwirrenden Dinge, die ohne sein Zutun in seinem Kopf auftauchten, noch nicht ganz zu Ende gedacht, als die Tücken der Nebelnacht ihn damit überraschten, seine Gedanken mit größter Deutlichkeit Gestalt annehmen zu lassen, denn in der Schilfwand zur Linken klaffte tatsächlich plötzlich ein breites Loch. In unmittelbarer Nähe der Öffnung befand sich die Umgebung in Aufruhr; mit dem eisigen Wind trieben die Nebelschwaden in Fetzen heraus. Ein Tosen drang daraus hervor und fuhr in das sich beugende Schilf. Selbst das träge Wasser zu ihren Füßen kräuselte sich in welligen Ringen.

»Das ist der Herzschlag«, fiel es Pirmin ein und er schauderte. »Das Moor ist ein einziges feindliches Wesen und dieses Loch wird uns verschlingen, wenn wir nicht aufpassen!«

Er stand neben Fendel und die beiden Quendel spähten in das Tor im Schilf, aus dem ihnen die aufgebrachten Luftmassen entgegenkamen und sie in klamme Kälte hüllten.

»Hier sind sie verschwunden«, wandte sich der Eichhase zum ersten Mal seit ihrem Aufbruch vom Stein wieder an Pirmin. »Wenn es stimmt, was ich glaube, ist es hier. Das ist ein Durchgang.«

»Freiwillig würde Blodi niemals in solch ein unheimliches Loch hineingehen«, sagte Pirmin.

»Nein«, antwortete Fendel. »Aber er hatte wohl keine Wahl.«

In diesem Augenblick ertönte trauriges Gewinsel und ein anschließendes lang gezogenes Jaulen aus allernächster Nähe. Die Quendel fuhren herum.

»Es ist Trautmann!«, rief der Krempling aufgeregt. »Ganz unverkennbar. Stock und Schwamm, er muss hier irgendwo stecken und jetzt sollten wir ihn doch endlich finden können, so nah wie sich das anhört.«

Er legte die Hände an die Lippen, formte einen Trichter und rief in alle Richtungen. Vergeblich wartete er auf das freudige Gebell, das angezeigt hätte, dass ihn Trautmann nun seinerseits erkannte.

»Wir müssen dort hinein, wenn wir sie finden wollen«, stellte der Eichhase mit einer Sicherheit fest, die jeden Zweifel daran ausschloss.

Pirmin starrte ihn an und glaubte ihm aufs Wort, denn auch er spürte den seltsamen Sog, der von der Öffnung ausging. Fendels Verband war verrutscht und hing ihm halb über das linke Auge, aber trotzdem sah er kein bisschen albern aus. Er glich einem müden, alten Krieger, der, angeschlagen und nur mit Stange und Fackel bewaffnet, vor der bitteren, aber unausweichlichen Entscheidung steht, in eine nahezu aussichtslose Schlacht zu ziehen. Es war ein Anblick von trauriger Würde.

»Ich weiß nicht, wie es dort drinnen aussieht«, sagte Fendel. »Hier, nehmt das eine Ende des Seils und bindet es um die ersten fünf Schilfrohre dort links. Macht einen guten Knoten und seht zu, dass es sich nicht wieder lösen kann. Wenn wir hineingehen, werde ich es langsam abwickeln und das wird uns dann später helfen, zurückzufinden.«

Der Krempling tat, wie ihm geheißen, und prüfte anschließend die Festigkeit der Schlinge mit Sorgfalt, denn er ahnte, dass ihre Rückkehr davon abhängen konnte.

»Wir müssen dicht zusammenbleiben in dieser köstlichen Mitternachtssuppe«, bemerkte der Eichhase plötzlich und zwinkerte.

Der Krempling war darüber so überrascht, dass er für einen Augenblick die schrecklichen Umstände vergaß, in denen sie sich befanden, und nur über die Tatsache staunte, dass sein ebenso merkwürdiger wie unergründlicher Gefährte soeben versucht hatte, ihn mit einem kleinen Scherz aufzumuntern. Just auf der Schwelle zu den womöglich größten Gefahren ihres gemeinsamen Weges. Pirmin nickte und lächelte, bleich, aber mit entschlossener Miene.

»Ich hoffe, sie schmeckt uns«, sagte er dann und erwiderte das Zwinkern.

Fendel lächelte sein seltenes, schüchternes Lächeln.

Dann verließen sie den Pfad und wateten mitten in das träge Wasser hinein. Behutsam begann Fendel das Seil abzuwickeln, als sie, Schulter an Schulter, durch das Tor im Schilf in das dichteste Nebeltreiben eintauchten, mit dem sie es bisher zu tun bekommen hatten. Das Schwarze Schilf verhöhnte wispernd ihren Mut und immer noch war von irgendwoher Trautmanns dünnes, trauriges Jammern zu hören.

Wenn Pirmin später an das zurückdachte, was sie ab dann erlebten, schob sich zuerst eine ganz bestimmte Empfindung vor alle anderen Erinnerungen an diese schlimmsten Momente seines Lebens, die alles verändern sollten. Es war das entsetzliche Gefühl vollkommener Hoffnungslosigkeit, die sich seiner bemächtigte, kaum, dass sie durch die Öffnung hindurch waren und geschätzte anderthalb Schlegel der neuen Richtung gefolgt waren. Sie tasteten sich wie durch Wolken vorwärts, die schwer von Schnee auf dem Boden gestrandet sein mochten, denn es war furchtbar kalt und das Lichtergeflirr im Nebeltreiben umtanzte sie wie Flocken und Eiskristalle.

Aber das war es nicht, was jeden Schritt zu einer mühseligen Anstrengung machte; auch nicht das schlammige, knietiefe Wasser, von dessen schlüpfrigem Grund sie nicht wissen konnten, ob er nicht schon beim nächsten Schritt heimtückisch nachgeben würde. All das zählte wenig im Vergleich zu der Trostlosigkeit der bleiernen Gedanken, die sich ihm in Herz und Kopf senkten und ihr Tun mit dem schalen Geschmack der Sinnlosigkeit vergifteten. Der Krempling wusste nicht, wie ihm geschah, und konnte nur vermuten, dass es etwas von außen war, das auf ihn einwirkte. Etwas, das zu diesem Teil des Moores gehörte und danach trachtete, seinen Willen zu brechen.

Der Eichhase blieb bei seinem Schweigen, während er bei jedem Schritt mit ruhiger Zuverlässigkeit das Seil abwickelte. Pirmin hatte die verbliebene Fackel übernommen, die schon weit heruntergebrannt war. Ihre zaghafte Flamme kämpfte mit der feuchten Luft, während die beiden Quendel in ihren nassen Kleidern vor Kälte schlotterten.

Trautmanns einsames Klagen begleitete sie weiter und wurde weder schwächer noch lauter. Man hätte glauben können, er liefe in einiger Entfernung unsichtbar im Nebel neben ihnen her, und das verstärkte einmal mehr das Gefühl der Hilflosigkeit ihres Tuns, das sich in Pirmin ausgebreitet hatte. Ohne Ziel und Richtung trieben sie wie welke Blätter im weißen Nichts umher und es würde dem Zufall oder einer anderen Macht überlassen bleiben, ob sie etwas darin finden konnten oder nicht.

Wortlos wies der Eichhase mit seiner Stange nach vorne. Vor ihnen zeichnete sich ein Umriss ab. Lang und schmal hing in kurzer Entfernung ein einzelner senkrechter Strich im Nebel.

»Was ist das?«, wisperte der Krempling beunruhigt.

»Nichts Besonderes, hoffe ich, nur ein Baum oder Strauch«, bekam er zur Antwort.

Sie kamen so nahe heran, dass sie sehen konnten, dass der Eichhase mit seiner Vermutung recht behielt. Einsam stand eine abgestorbene Kiefer im seichten Wasser. Ein hässliches bleiches Baumgerippe, dem alle Knochen bis auf einen fehlten, und der ragte rechtwinklig oben aus dem toten Stamm. Was ihre Aufmerksamkeit aber mehr fesselte als der öde Anblick dieses Galgenbaums, war eine große schwarze Feder, die dort, wo der Kiefernstamm im Wasser verschwand, träge an der Oberfläche trieb.

»Die Raben«, sagte Pirmin erstaunt. »Ich hatte sie schon ganz vergessen. Aber kein Zweifel, sie müssen hier gewesen sein.« Nachdenklich blickte er sich um und lauschte. »Ob Trautmann ihnen bis hierher gefolgt ist? Kaum zu glauben. Und hören kann ich ihn auch nicht mehr.«

Der Eichhase musterte unruhig den kahlen Stamm. Pirmin fiel in diesem Augenblick auf, dass sie schon lange kein Schilf mehr gesehen hatten und wohl nicht einmal in dessen Nähe gekommen waren, denn auch das Wispern in den Blättern der Halme hatte aufgehört. Es war mit einem Mal verdächtig still, nur irgendwo in weiter Ferne gab es ein leises scharfes Rauschen, als wehte ein Wind über ödes Land. Es musste sich aber um eine weitere Sinnestäuschung handeln, denn seine Böen erreichten sie nicht. Die Luft hatte sich beruhigt und die kleine Flamme der Fackel brannte ganz ruhig.

An dieser Stelle herrschte etwas, das der Krempling als »lauernd« bezeichnet hätte, wäre es ihm in den Sinn gekommen, seine Gedanken auszusprechen. Aber auch Fendel war auf der Hut, denn er ging nicht weiter.

Pirmin ertrug plötzlich die angespannte Ruhe nicht länger. »Fendel«, wandte er sich an seinen Gefährten. »Merkst du das auch? Gleich geschieht etwas!«

»Ja«, flüsterte der Eichhase zurück. »Das ist möglich. Hier ist etwas, das mir nicht gefällt.«

»Stock und Schwamm, was könnte das sein?«, wisperte Pirmin. »Meinst du, der Wolf kehrt zurück?« Besorgt betrachtete er die schwach flackernde Fackel, die zu einer eindrucksvollen Gegenwehr nicht mehr viel taugen würde.

Fendel machte eine abwehrende Bewegung und zischte ein so nachdrückliches »Schhh«, dass dem Krempling die Lust auf weiteres Nachfragen verging.

Es fing damit an, dass sich der Nebel vor ihnen lichtete. Die Luft wurde durchsichtiger. In banger Erwartung dessen, was aus dem Nebel hervorkommen würde, standen die Quendel unter der toten Kiefer im Wasser. Es blieb wenig mehr zu tun, als die Veränderungen zu beobachten, denn es gab nichts, wo sie sich hätten verbergen können.

Nicht mehr weit vor ihnen lag das jenseitige Ufer. Dort wuchs kein Schilf mehr, stattdessen wurde ein sandiger Streifen unter einer niedrigen Böschung sichtbar. Ab dort zeichnete sich ein dunkles Band ab, das in eine Ferne führte, die noch im Unsichtbaren lag. Es sah nach einem Weg aus, der schnurstracks geradeaus verlief. Aus dieser Richtung kommend, wurde das ferne Rauschen nun zu einem sehr spürbaren scharfen Wind, der eigentümlicherweise eine Ahnung von Gebirgsluft mit sich brachte. Zitternd vor Kälte gedachte Pirmin Fendels Worten über ein anderes Land hinter der Grenze.

Da erklang hinter ihnen ein Heulen, lang gezogen und gequält. Voller Schrecken fuhren die Quendel herum. Auch hinter ihnen hatte sich die Umgebung verändert. Es klafften nun überall Löcher im Nebel, durch die die schwarze Wasserfläche des Tümpels schimmerte. Noch weiter dahinter zeigten sich Teile des Ufers, von dem sie aufgebrochen waren. Pirmin glaubte sogar, schemenhaft das Tor im Schilf zu erkennen. Sie befanden sich also in einem Niemandsland zwischen zwei Welten, die eine so unwirtlich wie die andere, ging es dem Krempling durch den Kopf, bevor abermals trauriges Gewinsel und Jaulen seine Aufmerksamkeit fesselten.

Im gleichen Augenblick hob sich in einiger Entfernung ein weiterer Vorhang aus zerfließendem Dunst und gab den Blick auf eine winzige, dem Schilfgürtel des Ufers vorgelagerte Insel frei. Auch hier stand ein einzelner kümmerlicher Baum. Davor bewegte sich etwas am Boden; ein bedauernswert aussehendes schwarz-weißes Fellbündel, das mühsam den Kopf hob, um seinen Hilferuf in einen unsichtbaren Himmel zu schicken.

»Trautmann!«, schrie Pirmin.

Jetzt erkannte der Hund seine Stimme und antwortete mit einem herzzerreißenden Jammerlaut, der in verzweifeltes Gebell überging. Gleichzeitig versuchte er, sich aufzurichten, aber es gelang ihm nicht und so zappelte er nur hilflos mit den Läufen.

»Bitter- und Satanspilz, er ist verletzt«, rief der Krempling und begann durch das Wasser zurückzuwaten.

»Gebt acht und haltet Euch an das Seil! Nur daran entlang ist der Weg sicher!«, rief ihm Fendel nach. Er folgte ihm erst, als er das Seil an der Kiefer festgebunden und so gespannt hatte, dass es knapp über dem Wasser hing. Die übrige Rolle hängte er über den Ast. Dann beeilte er sich, Pirmin einzuholen.

»Lasst mich vor«, drängte er den Krempling ein wenig grob zur Seite und stocherte mit seiner Stange vor jedem Schritt prüfend im Wasser. Er spürte Pirmins Ungeduld in seinem Rücken, befahl ihm aber, sich hinter ihm zu halten, bis sie die Insel erreicht hatten. Die ganze Zeit begleitete sie Trautmanns Winseln, der es noch immer nicht schaffte, auf die Beine zu kommen.

Als sie schließlich bei ihm ankamen, erkannten sie die furchtbare Ursache.

»Oh gute Güte!«, rief Pirmin bestürzt und kletterte über die niedrige Barriere aus Röhricht und Gestrüpp, das an den Rändern des winzigen Eilands hängen geblieben war. Aus der Nähe betrachtet sah es wie ein Nest aus, in dessen Mitte eine einzelne verwachsene Weide stand. Davor lag Trautmann, auf das Grausamste an den Boden gefesselt. Jemand, der sehr kaltherzig und mitleidlos sein musste, hatte einen Strick um den Hals des Hundes geschlungen und dann das übrige Seil so dicht um eine hochgewölbte Baumwurzel geknotet, dass es ihn auf die Erde niederzwang. So eng war das grausame Halsband und der Knoten so fest geknüpft, dass es daraus kein Entrinnen gab; vielmehr drohte sich die

Schlinge zuzuziehen, je mehr das hilflose Tier gegen die tückische Falle ankämpfte. Er machte bereits einen ziemlich entkräfteten Eindruck. Außerdem blutete die rechte Vorderpfote aus einem langen, hässlich aussehenden Riss.

»Ruhig, mein Ärmster«, sagte Pirmin, als sie sich neben Trautmann knieten, der winselnd versuchte, sich zur Begrüßung zu erheben. »Wer tut so etwas?«, fragte er tonlos, während er sich an dem Knebel zu schaffen machte, und die hellen Tränen liefen ihm über die Wangen. Grausamkeit gegen Tiere war etwas für jeden Quendel vollkommen Undenkbares.

Sie schafften es schließlich, mithilfe von Fendels Messer, die Fessel zu lösen. Er hatte es aus seiner Weste gezogen und dem Krempling wortlos herübergereicht. Trautmann hielt ganz still; er wusste, dass ihm nun endlich geholfen wurde und leckte dankbar Pirmins Hand, wann immer er sie erreichen konnte. Der Eichhase untersuchte derweil die Wunde an der Pfote, schöpfte Wasser mit der hohlen Hand und wusch damit das Blut ab. Er vergaß auch nicht, Trautmann auf diese Weise ein wenig zu trinken zu geben, und der Hund schlapfte im Liegen gierig, was Fendel ihm anbot. Zuletzt löste der Eichhase seinen Kopfverband und wickelte ihn vorsichtig ab. Der Riss auf seiner Stirn sah nach einer ordentlichen Wunde aus, hatte aber zu bluten aufgehört.

»Was machst du?«, fragte ihn der Krempling erstaunt.

»Er kann ihn jetzt besser brauchen«, sagte Fendel und begann, die Binde vorsichtig um Trautmanns Pfote zu wickeln.

»Danke, hab vielen Dank!«, sagte Pirmin und nickte Fendel zu, dabei streichelte er Trautmann zärtlich über den Rücken. »Jetzt ist es schon viel besser, nicht wahr, mein Guter?«

Der Hund lag ganz ruhig. Sicher wollte er sich, nun, da er zumindest wieder mit einem Mitglied seiner Familie vereint war, noch ein wenig erholen. Pirmin kraulte ihn zwischen den Ohren und blickte sich nachdenklich um. Der Galgenbaum, an den ihr Seil geknotet war, zeigte als einsamer Wegweiser auf den unbekannten Weg, der von der Böschung fortführte. Pirmin meinte, dort oben Andeutungen von Violett erkennen zu können und fragte sich, ob das wohl Heidekraut sein könnte. Vielleicht begann dort ein Stück freies Gelände, jedenfalls tauchten weder Bäume noch Schilf aus dem sich lichtenden Nebel auf. Aber nach allem, was darüber bekannt war, musste in unmittelbarer Nähe der Waldrand des Finsters liegen. Sie hatten ja das Schwarze Schilf durchquert. Allerdings, ohne dass es ihnen gelungen war, Blodi zu finden.

»Was machen wir jetzt?«, wandte er sich an Fendel, der neben ihm und Trautmann hockte und ebenfalls das unerwartete Ende des Moores betrachtete. »Es ist hoffnungslos, sie könnten überall stecken. Hast du eine Ahnung, woran wir uns nun halten und welche Richtung wir einschlagen sollten? Zurück oder vorwärts?« Als würde er eine prompte Antwort gar nicht erwarten, war er, noch während er redete, aufgestanden und beugte sich über seinen Hund. »Zumindest solltest du nun wieder auf die Beine kommen, alter Junge. Komm, versuch es einmal, ich helfe dir auch«, sprach er sanft auf Trautmann ein.

Fendel schien tatsächlich nichts zu Pirmins Fragen einzufallen oder er behielt seine Gedanken für sich. Aufmerksam sah er zu, wie der Krempling Trautmanns Leib umfasste und ihn vorsichtig hochzog. Doch kaum, dass der Hund auf drei Pfoten zu stehen kam – seinen verletzten Lauf hielt er abgeknickt in der Luft –, jaulte er auf und brach zusammen, als trügen ihn auch die gesunden Beine nicht. Keuchend rollte er auf die Seite und verdrehte die Augen angstvoll zu seinem Herrn, dass das Weiße zu sehen war.

Pirmin runzelte die Stirn. »Hoffentlich hat ihm der Unhold, der ihn gefesselt hat, nicht noch mehr angetan«, sagte er düster. »Etwas Innerliches, das wir nicht sehen können. Oder er ist einfach zu geschwächt. Dann werde ich ihn tragen müssen, fürchte ich, und das wird die Suche nach Blodi nicht einfacher machen.«

Er machte sich daran, Trautmann ein weiteres Mal aufzurichten. Der Hund versuchte tapfer, sich ein wenig länger aufrecht zu halten, dann strauchelte er wieder und drohte zu fallen.

Diesmal fing ihn der Eichhase sanft in seinen Armen auf und hielt ihn fest. Unsicher lehnte sich das Tier gegen ihn, immer wieder lief ein Zittern über sein Rückgrat. Fendel beugte sein Gesicht über Trautmanns Kopf und begann mit einem seltsamen Gemurmel. Erst summte er einige Töne, dann formten seine Lippen Worte, die der Krempling nicht verstand. Trautmann ließ sich von seinem fremden Wohltäter alles gefallen.

»Wind weht …«, hörte Pirmin und »Schmerz vergeht« und dann so etwas wie »geschwinde, leise, weiche …« Das kam mehrmals vor und trotz ihrer elenden Lage fand er, dass es schön klang, und dachte unwillkürlich für einen Moment an fließendes Wasser in einem munteren Bach, der vom Gebirge herabkommt. Offensichtlich ein weiterer, diesmal freundlicher Einfall seines überreizten Hirns, wohingegen der eisige Wind, der eine Ahnung von Schnee auf felsigen Höhen mit sich trug, sehr echt auf seinen Wangen brannte und ihn frösteln ließ.

Trautmann hielt sich mit Fendels Hilfe noch immer aufrecht. Er hatte aufgehört zu zittern und in seinen hellen Augen war die Furcht neu erwachter Aufmerksamkeit gewichen. Noch murmelte der Eichhase immer weiter, ließ dabei aber allmählich die Arme sinken, mit denen er Trautmann umfasst hielt, und begann sich vorsichtig von ihm zu lösen. Zuletzt stand der Hund ohne seine Hilfe und blieb auch stehen, als der Eichhase verstummte. Pirmin staunte und fühlte sich gleichzeitig unbehaglich angesichts dieser seltsamen Heilmethoden. Fendel schien weder sein Unbehagen zu bemerken, noch eine Anerkennung zu erwarten.

»Ich bin sicher, sie sind hier gewesen«, sagte er. »Hier und an diesem Baum vorbei.« Er wies mit der Stange auf den einsamen Galgen. »Glaubt mir einfach, dass es so ist, und tragt den Hund, bis wir durch das Wasser hindurch sind, damit der Verband nicht nass wird. Wieder am Seil entlang und zurück zum Baum. Danach bis zum Ufer. Nichts anderes macht Sinn.«

›Nichts macht hier eigentlich Sinn‹, dachte Pirmin. Nichts machte hier Sinn, nichts.

Der Eichhase war schon über das die Insel säumende Gestrüpp ins Wasser zurückgeklettert und watete auf das Seil zu, das sich als heller Strich von der schwarzen Oberfläche des Tümpels abhob, über die es gespannt war. Pirmin seufzte, umschlang Trautmann mit beiden Armen und hob ihn sich vor die Brust.

»Na, mein Bester«, sagte er und schnappte ein wenig nach Luft, denn der Hund war alles andere als ein Federgewicht. »Bald weißt du auch nicht mehr, ob du deine Beine nun gebrauchen sollst oder nicht.«

Ein wenig unbeholfen durch seine Last folgte er ihrem Führer, bis sie wieder unter der Kiefer standen. Dort erschreckte sie Trautmann mit einem Knurren. Er wand sich in Pirmins Armen, der ihn aber nicht losließ. Fendel hatte wortlos auf die Ursache der Aufregung gezeigt. Die schwarze Rabenfeder, die nach wie vor neben dem Stamm im Wasser trieb.

Er hob sie auf und ließ sie in den Tiefen seiner Flickenjacke verschwinden. Als wäre ihm eine besorgniserregende Witterung in die Nase gestiegen, winselte Trautmann und rollte mit den Augen. Der Eichhase beugte sich vor und wisperte dem Hund etwas ins Ohr, Pirmin sah es mehr, als dass er etwas davon hören konnte. Augenblicklich entspannte sich Trautmann in seinen Armen und gab Ruhe.

»Stock und Schwamm, schon wieder«, knurrte der Krempling und hörte sich fast wie sein Hund an. »Was sind das für Hexenkünste, Fendel Eichhase?«

Der kümmerte sich nicht darum, sondern marschierte weiter, um zügig die letzten Schlegel nur noch knietiefen Wassers hinter sich zu bringen. Das Seil ließ er an der Kiefer hängen; wo es so flach war, drohte wohl keine Gefahr mehr, in irgendwelche Löcher abzurutschen. Pirmin folgte ihm mit zusammengebissenen Zähnen und dem festen Vorsatz, eine Antwort auf seine letzte Frage zu erhalten, sobald sie auf trockenem Grund standen.

Mit wenigen Schritten stiegen sie die Böschung hinauf, nun nebeneinander, denn überall um sie herum sah es nach festem, trockenen Boden aus. Pirmin sah nun, dass es tatsächlich Heidekraut war, das dort links und rechts des Weges blühte. Dort, wo er begann, war er von gräulichen Flechten bedeckt, ein steinfarbenes Band, das sich in die Ferne aufmachte. Nirgends jedoch erhob sich der schwarze Saum des Finsters aus dem Nebel, aber Pirmin war darüber nicht erleichtert. Diese Heide sah unheimlich aus, die Tatsache ihrer bloßen Existenz war unheimlich.

Er hatte Trautmann vorsichtig abgesetzt. Der Hund stand nun, mit erhobener Vorderpfote, ruhig neben ihm, hob witternd die Nase und winselte leise. Vielleicht war er über die veränderte Umgebung genauso verwundert wie die beiden Quendel. Der Wind wehte noch stärker und Pirmin war sich auf einmal sicher, dass es Ostwind war, der schwere Wolken vor sich hertrieb, die Schnee mit sich bringen würden.

›Wieso denke ich schon wieder krauses Zeug, Hirnweb und Spinngespinnst?‹, dachte er erbittert. ›Als ob diese verwirrende Trollgegend nicht vollkommen ausreicht, um einem den Verstand zu rauben. Und Blodi.‹ Dieser letzte Gedanke ließ ihn fast aufschluchzen.

Neben ihm stützte sich der Eichhase auf seine Stange, starrte geradeaus und murmelte wieder irgendetwas Unverständliches. Trautmann gab einen erschöpften Laut von sich, der dem Stoßseufzer eines Quendels sehr ähnlich war, und legte sich zu ihren Füßen nieder, die Vorderläufe mit der verletzten Pfote vor sich ausgestreckt. Matt ließ er den Kopf darauf sinken. Pirmin fand, dass er nicht gut aussah.

»Was hast du ihm eigentlich ins Ohr geflüstert?«, fragte er den Eichhasen. In seiner Stimme schwang Misstrauen mit. »Trollsprüche oder geht es mit rechten Dingen zu? Bei allen Träuschlingen, du kennst wahrhaftig eine Menge unbekannter Sprüche und Lieder. Vielleicht fällt dir eines ein, das uns Blodi herbeibringt.« Mit dem letzten Satz wurde er lauter, er konnte es nicht ändern.

Der Eichhase kniff die Augen zusammen und musterte den Krempling aus schmalen Schlitzen, was ihn beinahe verschlagen aussehen ließ. »Wie schade, das vermag der Wirrling nicht«, sagte er und klang verächtlich. »Gut, dass er wenigstens zu anderem taugt. Zum Hören und Sehen in einer Nacht ohne Kanten. In einer Wolfsnacht. Weglos und mondlos.«

Der Krempling fröstelte und diesmal lag es nicht am kalten Wind. Fast hätte er sich umgedreht, um nachzusehen, ob von dort, woher sie gekommen waren, Gefahr drohte.

Fendel schien es bemerkt zu haben. Er kicherte plötzlich, als wäre die Wirkung der etlichen Becher Mooswein und Holundergeist zu ihm zurückgekehrt. »Nur keine Angst, bester Herr Krempling, wertester Wettersterner! Nur keine Angst vor dem alten Fuchs. Der Worte weiß, die den Bann lösen, der ein Tier nicht aufstehen lässt. Tier oder Quendel. Denn nicht nur der Strick hielt ihn am Boden, euren Hund, oh nein. Auch unsichtbare Fesseln. Gewoben aus Bosheit und Schmerz. Die besser binden als jedes Seil. Stärker als Ketten.«

Pirmin holte tief Luft, bevor es aus ihm herausbrach. Er wusste, dass er sich in Widersprüche verstrickte und ungerecht war, aber er konnte seine mühsam im Zaum gehaltenen Gefühle nicht länger zurückhalten. Die Wut über seinen Leichtsinn, Blodi mitgenommen zu haben; seine Verzweiflung über ihre Unfähigkeit, ihn zu finden. Und immerzu die Angst vor all den unbekannten Gefahren, die sie in einer einzigen Nacht überfielen und sein Vertrauen in eine sichere Welt mehr und mehr aufhoben. Übrig blieb sein zwielichtiger Weggenosse, ein Fremder in der Dorfgemeinschaft, ohne Familie und richtiges Heim. Das Unheil hatte mit seinem Erscheinen begonnen und wäre ohne ihn wohl niemals geschehen. Denn die Kette der schrecklichen Ereignisse hatte sich ab da entrollt, als der kauzige Taugenichts vor ihrer Stalltür gelandet war.

»Am Ende«, rief er, »am Ende bist du es, der mir das seltsame Lied in den Kopf gezaubert hat! Das Lied und dieses elende Gewisper. Nicht zu vergessen das Gerede von der Alraune. Im Moor und schon auf dem Hof, wo du so mir nichts, dir nichts aufgetaucht bist. Bei allen schwärzlichen Totentrompeten, am Ende bist du es, der daran schuld ist, dass Blodi verschwunden bleibt.«

Fendel schwieg während der auf ihn niederprasselnden Verdächtigungen. Er hob nur ein wenig die Schultern und senkte den Kopf. Mit zusammengezogenen Brauen betrachtete er den wütenden Krempling und schien sich nicht darüber zu wundern, was er mit anhören musste.

Pirmin hatte schon zu einem weiteren hitzigen Wortschwall angesetzt, als Trautmann plötzlich auf die Seite sank. Er hechelte, Speichel lief aus seinem Maul und das Zittern war mit neuer Heftigkeit zurückgekehrt. Bestürzt sank Pirmin neben seinem Hund auf die Knie. Halb merkte er, dass Fendel ihm gegenüber am Boden hockte. Als sich die Blicke der beiden Quendel trafen, konnte der Eichhase in Pirmins verunsicherter Miene lesen, dessen Augen in hilfloser Panik von Trautmann zu ihm und wieder zurückwanderten; ganz so, als könne er sich nicht entschließen, noch einmal die gefürchteten Zauberkünste zuzulassen, über die Fendel verfügte und für die er ihn eben so geschmäht hatte. Falls der Eichhase überhaupt noch dazu bereit wäre, sie anzuwenden. Falls es für Trautmann nicht schon zu spät war.

»Ist das wieder der Bann, der ein Tier nicht aufstehen lässt, oder etwas noch Schlimmeres? Geht er daran zugrunde, hier und jetzt? Sag mir, was ich tun soll, ich bitte dich«, flüsterte der Krempling und nun vermied er es, Fendel ins Gesicht zu sehen und starrte auf seinen Hund, der sich kaum noch rührte.

Der Eichhase schwieg, zog Trautmann behutsam zu sich heran und bettete den Kopf des Hundes auf seinem Schoß. Wie eine Strohpuppe hing der übrige Körper herab, gewichtslos und mit schlenkernden Gliedern.

»Was ist nur mit ihm?«, flüsterte der Krempling wieder. »Es sah doch so aus, als ob es ihm besser ginge? Bei allen Quendeln, er muss viel schwerer verletzt sein. Kannst du ihm noch einmal helfen? Ich weiß, was ich eben zu dir gesagt habe. Aber«, er hielt kurz inne, »kannst du ihm noch einmal helfen?«

Der Eichhase erwiderte noch immer nichts. Wenn er mittlerweile einen Groll auf seinen wankelmütigen Gefährten hegte, ließ er sich davon nichts anmerken. Vielmehr sah er bekümmert und voll Mitleid auf das leidende Tier hinunter und streichelte ihm zart über das Fell. Dann

näherte er sich wie zuvor den Hundeohren und der Krempling hörte
seine heisere Stimme, die zu einem Lied ansetzte:

»Durch die Linde weht der Wind,
Linde, leise klinge.
Von allen Schmerzen dich entbind,
Ich, so ich dies singe.

Niemals mehr sollst einsam sein,
Niemals mehr sollst leiden,
Halt dich in meinen Armen fein,
Halt dich fest in beiden.

In die Eichen fährt der Wind,
Gelinde; leise weichen
Alte Leiden, die noch sind,
Dich nimmermehr erreichen.

Träumend ich dich wiederfind,
Linde, leise klinge,
Allem Kummer dich entwind,
Tiefen Schlaf dir bringe.

Wind weht, Schmerz vergeht
Geschwinde, leise weiche.
Linde wiegt sich, Eiche steht,
Dir die Hand ich reiche.«

Es musste das gleiche Lied sein, das er schon eben gesungen hatte. Pirmin
erkannte in den Versen die Worte wieder, die auch auf ihn zuvor nicht
ohne Wirkung geblieben waren. Sie klangen, trotz Fendels rauer Stimme, so zart und tröstlich, wie er es noch niemals in Liedern der Quen-

del gehört hatte. Als käme dieses Lied von anderen Leuten, die aus einer feineren Webart gemacht waren als die unverwüstlichen Bewohner des Hügellandes. Es war ihm genauso fremd wie das meiste, was er in dieser Nacht erlebt hatte, doch jetzt im guten Sinne, wie das freundliche Gegenteil alles Bösen, das ihn heimgesucht hatte, und er merkte auf einmal, dass er weinte. Weil ihm für einen Moment die schwere Bürde von den Schultern genommen war und alles verziehen, was er sich auf ihrem langen Weg immer wieder vorwarf. Seine Erleichterung war so überwältigend, dass er sich sicher war, dass es sich wirklich um einen Zauber handelte, den der Eichhase mit seinem Gesang anzuwenden wusste. Der summte noch immer die fremde Melodie und wiegte den Hund in seinen Armen.

In Trautmanns Augen war das Leben zurückgekehrt und Pirmin wusste, dass der Eichhase ihn gerettet hatte. Was auch immer den Hund geplagt und so geschwächt hatte, dass er dem Tode nahe war, hatte durch Fendels Lied seine Macht über ihn verloren. Pirmin entdeckte, dass es ihm auf einmal einerlei war, dass der Eichhase über Fähigkeiten verfügte, die nicht zu einem gewöhnlichen Quendel gehörten. ›Aber er ist ja auch alles andere als ein gewöhnlicher Quendel‹, sagte sich der Krempling und schämte sich, dass er Fendel so schlecht behandelt hatte. ›Wer ein solches Lied kennt‹, dachte Pirmin weiter, ›kann kein wirklich übler Bursche sein; Verse wie Balsam, die so viel Gutes bewirken, passen nicht zu einem hinterhältigen Schuft.‹

Ab sofort beschloss er, an Fendels gute Absichten zu glauben und sich durch nichts mehr davon abbringen zu lassen. Trautmann versuchte bereits ein zaghaftes Schwanzwedeln und als der Krempling das sah, war er so dankbar, dass er sich überdies vornahm, nach ihrer Rückkehr auch die Wettersterner über das wahre Wesen des verkannten Außenseiters aufzuklären. Jetzt legte er Fendel freundschaftlich die Hand auf die Schulter.

»Fendel«, sagte er, »ich weiß zwar nicht, wie du das geschafft hast, aber ich danke dir von ganzem Herzen, dass du Trautmann gerettet hast. Ich werde dir das niemals vergessen.« Er zögerte kurz und nun war es an ihm, sich verlegen zu räuspern, bevor er weitersprach. »Verzeiht mir die harten Worte von eben, Herr Eichhase«, fuhr er mit neuem Respekt in verändertem Ton fort. »Ich weiß jetzt, dass Ihr sie nicht verdient habt und nichts als Dummheit und Furcht sie mir eingeflüstert haben, und das, Stock und Schwamm, ist das Einzige, was ich zu meiner Entschuldigung vorbringen kann. Ich stehe in Eurer Schuld. Nicht nur wegen des Hundes. Wenn wir Blodi auch noch nicht gefunden haben, allein wäre ich niemals so weit gekommen.«

Mit der Rechten, die linke Hand ruhte noch immer auf Fendels Schulter, wies er den unbekannten Weg hinunter, an dessen Anfang sie hockten. Er schwieg überrascht, als er entdeckte, wie sehr sich die Aussicht, während sie sich um Trautmann kümmerten, in dieser Richtung verändert hatte. Der Nebel hatte sich nun so weit aufgelöst, dass die Gegend in ihrer ganzen Ausdehnung zu erkennen war. Fendel wandte ebenfalls den Kopf, als er die Miene des Kremplings bemerkte.

Beide sahen sie auf eine öde Landschaft, eine bräunliche Heide. Sie war so karg und abweisend, dass sich ihnen das Herz schmerzlich zusammenzog. In der Ferne erhob sich die baumlose Ebene zu gebirgigen Höhen, auf denen Schnee lag. Nichts von alledem war zu erwarten gewesen. Denn dort, wo es nun weder Baum noch Strauch gab, hätte der Finster liegen müssen, der bedrohliche Wald, dessen Anblick die ungleichen Weggefährten gefürchtet hatten. Stattdessen blickten sie nun über dürres Heidekraut und den Weg hinab, der in gerader Linie auf die fernen Berge zuhielt. In einiger Entfernung, viele Schlegel entfernt, aber noch deutlich sichtbar, wanderten darauf zwei kleine Gestalten.

Für die Dauer zweier Herzschläge verschlug es dem Krempling die Sprache; dann brüllte er los. »Blodi!«, schrie er. »Es ist Blodi! Bei allen heiligen Pilzringen der friedlichen Wälder, er ist es wirklich! Wir haben ihn endlich gefunden! Und er scheint nicht einmal verletzt zu sein, er spaziert ja ganz munter daher. Blodi! Blodi!«

Die Worte sprudelten aus ihm hervor und er rannte los, ohne sich noch einmal nach Fendel oder dem Hund umzudrehen. All das geschah so schnell, dass der Eichhase kaum Zeit hatte, Trautmann vorsichtig von seinem Schoß herab auf den Boden gleiten zu lassen, bevor er Pirmin hinterherlaufen konnte. Er ahnte mit einem Blick, dass das Schicksal beschlossen hatte, ihrer Suche den wichtigsten Erfolg zu verweigern. Wusste es, als er die Entfernung abschätzte, in der Blodi seinem unbekannten Führer folgte, immer tiefer und tiefer in das fremde Land hinein. Längst hatten sie die Grenze überquert und alles hinter sich gelassen, was ins Hügelland gehörte; den Nebel, das Moor, die Suchenden und Blodis ganzes Leben.

»Blodi, Blodi!«, erklangen vor ihm wieder die verzweifelten Rufe des Kremplings. »So warte doch! Kannst du mich denn nicht hören? Blodi, bei allen Quendeln, bleibe stehen, ich bin es doch, dein Vater!«

Aber sie drehten sich nicht einmal nach ihm um, weder Blodi, noch derjenige, der vorneweg ging. Wenn Pirmin auch noch ein gutes Stück Weg vor sich hatte, bis er sie einholen würde, war es indes unmöglich, dass sie sein Rufen nicht hörten. Es war ja vollkommen still, nur der Wind strich über die Heide. Konnte oder wollte Blodi ihn nicht hören? Nicht das leiseste Anzeichen ließ darauf schließen, dass er ihn überhaupt bemerkt hatte.

Immer wieder rief Pirmin nach ihm, mit versagender Stimme, denn er war völlig außer Atem. Er kämpfte verbissen darum, noch schneller zu laufen; schließlich war der Weg eben, gerade und ohne jedes Hindernis; also musste es an seiner Erschöpfung liegen, dass er trotzdem nicht vorwärtskam. Denn sosehr er sich auch anstrengte, die Distanz zu den beiden verringerte sich nicht.

Sie hingegen ließen ihn immer weiter hinter sich, obwohl sie einfach nur wanderten, sich nicht einmal besonders beeilten. Als der Krempling feststellte, dass ihre Gestalten so winzig geworden waren, dass sie mit der öden Umgebung beinahe verschmolzen, wusste er, dass es nicht mit rechten Dingen zugehen konnte. Machtlos mit ansehen zu müssen, wie sein Kind verschwand und für ihn unerreichbar wurde, traf ihn als letzten grausamen Schlag. Er wurde langsamer und langsamer, zuletzt hielt er an und ging in die Knie. Er würde Blodi verlieren, obwohl er ihn gefunden hatte. Verzweifelt streckte er die Arme aus und rang die leeren Hände, aber da war nichts, das er festhalten konnte.

Der Eichhase brauchte ein paar Augenblicke, bis er bei ihm ankam, denn Pirmin hatte ein erstaunliches Tempo vorgelegt, auch wenn es ihm selbst nicht so vorgekommen war.

Nun hockte er, grau im Gesicht, wie ein Häufchen Elend am Boden und sah aus, als ob er ohnmächtig werden würde. »Fendel Eichhase, ich flehe Euch an«, brachte er keuchend hervor. »Helft mir und singt Euer Zauberlied, damit wir hinterherkönnen. Vielleicht löst das den Bann, denn irgendetwas stimmt hier nicht. Es ist einfach unmöglich, sie einzuholen, sosehr ich es auch versucht habe. Singt das Lied, damit diese unsichtbare Sperre verschwindet und ich wieder zu Kräften komme. Schnell, macht schnell, sonst ist es zu spät!«

Der Eichhase schwieg und beschränkte sich darauf, mit trauriger Miene auf den Krempling herabzublicken. Schließlich schüttelte er langsam den Kopf. »Das steht nicht in meiner Macht«, sagte er.

»Versucht es doch wenigstens!«, rief Pirmin verzweifelt. »Rasch, helft mir auf, noch können wir sie erwischen!«

»Es hat keinen Sinn, gar keinen Sinn mehr«, sagte Fendel leise. »Dies ist ein Weg, der sich langmacht.«

»Keinen Sinn? Jetzt, wo wir sie endlich gefunden haben?« Pirmins Stimme überschlug sich. »Bei allen schwärzlichen Bovisten, da ist kein Moor mehr und kein Wasser und jetzt sollen wir aufgeben? Jetzt, da wir Blodi nur wenige Schlegel vor uns sehen?«

»Dies ist ein Weg, der sich langmacht«, wiederholte Fendel den merkwürdigen Satz von eben. »Sosehr man sich darauf auch anstrengt, man kommt nicht voran, *wenn einer der ihren es nicht will.*«

»Hört auf mit dem Unfug!«, schrie Pirmin. »Wir müssen jetzt zu Blodi!«

Grob griff er nach Fendels Arm und versuchte, sich an ihm hochzuziehen. Der Eichhase half ihm auf und hielt ihn fest. Als sie ganz dicht beieinanderstanden, wies er mit dem Kopf den Weg hinab. »Pirmin Krempling, seht doch«, sagte er und versuchte, so sanft wie möglich zu klingen. »Der Weg ist leer. Ihr könnt Blodi nicht mehr sehen, denn sie sind fort.«

»Fort?«, schrie Pirmin und starrte wie wild dorthin, wo er Blodi und den anderen zuletzt gesehen hatte. Gleichzeitig versuchte er sich aus Fendels klammerndem Griff zu befreien. Sooft seine Blicke auch den Weg und die umliegende Heide in der Entfernung absuchten, sie blieben an nichts mehr hängen, das sich bewegte. Er hoffte, sich zu täuschen, und ließ seine Augen mit wachsender Angst den leeren Weg hinauf und hinab schweifen. Er durchkämmte jede Handbreit des Geländes links und rechts davon. Zuletzt musste er vor sich zugeben, dass Fendel recht hatte. Sie waren tatsächlich verschwunden, plötzlich und wie vom Erdboden verschluckt, denn nirgends gab es etwas, hinter dem sie sich hätten verstecken können.

»Nein, bei allen Quendeln«, stammelte der Krempling und der Eichhase sah, dass seine Augen sich dabei mit Tränen füllten. »Nein, das kann nicht wahr sein. Das darf es einfach nicht. Fendel, lasst mich endlich gehen, ich muss ihn doch suchen. Sehen, wo er geblieben ist.«

Alles, was er fühlte, waren schwärzeste Verzweiflung und eine Erschöpfung, gegen die er kaum noch anzukämpfen vermochte. Dunkel ahnte er, dass auch das triste, fremde Land daran nicht unschuldig war. Der Eichhase ließ ihn los und sah nun mit an, wie er unsicheren Schrittes ein Stück den Weg hinauflief.

Hinter ihnen erklang leises Winseln. Fendel drehte sich um und entdeckte staunend, dass Trautmann es tatsächlich geschafft hatte, ihnen hinterherzukommen. Er sah elend aus, wie er, matt und struppig, auf drei Beinen bei ihm ankam, und Fendel streichelte ihn, als das Tier den Kopf hob und ihn traurig ansah. »Braver Kerl, guter Hund, du bist ein tapferes Tier. Lass uns zu deinem armen Herrn gehen, der braucht uns jetzt wohl.«

Weiter vor ihnen kniete Pirmin mitten auf dem Weg und seine bebenden Schultern ließen vermuten, dass er weinte. Vielleicht hatte er gespürt, dass er wieder nicht von der Stelle kam und dass dagegen auch die größte Kraftanstrengung nichts auszurichten vermochte. Vielleicht entdeckte er aber auch, genau wie Fendel, dass der Nebel zurückkehrte. Der Nebel, der sich abermals in Schleiern über die Heide breitete, die Aussicht verwischte und ihren Blicken entzog, denn in Windeseile wurden die Berge am Horizont zu einem undeutlichen Schattengebilde und schon bald würde der verhängnisvolle Weg wieder ins Nichts führen. Es war, als ob ein Vorhang über das unbekannte Land fiel, in dem Blodi verschwunden war.

Der Eichhase breitete die Arme um den schluchzenden Krempling. Er schwieg, denn ihm fiel nichts Tröstliches ein, das diesen Schmerz hätte lindern können. Der Hund stupste Pirmin mit der Nase an und setzte sich neben den Krempling. So blieben sie dicht beieinander und die Zeit schien stillzustehen.

Fendel blickte auf, als winzige Schneeflocken sein Gesicht trafen, die aus dem bleigrauen Himmel auf sie herabzutanzen begannen. Da entdeckte er die beiden Raben. Sie flogen sehr hoch zwischen den schneeschweren Wolken, doch dem Eichhasen kamen sie vor wie Späher, die ihre Kreise in voller Absicht genau über ihnen drehten. Ein Krächzen drang aus den eisigen Lüften bis zu ihnen hinunter und mischte sich in Pirmins Wehklagen, das immer leiser geworden war und von dem triumphierenden Schrei übertönt wurde, mit dem der zweite Rabe seinem Gefährten antwortete. Den Quendeln klang es in den Ohren wie blanker Hohn.

Irgendwann waren sie aufgestanden. Als Pirmins Tränen versiegten und der Nebel die Sicht vor ihnen wieder auf Armeslänge beschränkte, hatte der Eichhase darauf bestanden, die trostlose Heimkehr anzutreten. Dem Krempling fiel es unendlich schwer, den Ort zu verlassen, an dem er Blodi verloren, ihn aber auch zum letzten Mal lebend gesehen hatte. Wenn er nun ging, gab er sein Kind ganz und gar auf, so kam es ihm vor, aber er entsprach Fendels knappen Anweisungen und folgte ihm so teilnahmslos, als sei es nicht mehr wichtig, was mit ihm selbst geschah.

Der Hund trottete müde zwischen den beiden Quendeln und wirkte so niedergeschlagen wie sein Herr.

Nicht lange und sie standen wieder unter dem Galgenbaum. Während sie die Heide verlassen hatten, war kaum ein Wort zwischen ihnen gefallen, schon gar nicht über Blodis Verlust und ob es noch ein Fünkchen Hoffnung geben konnte, ihn jemals wiederzusehen. Es war genauso, als sei er in dieser Nacht gestorben, denn was sollte es geben, das sie tun konnten, um ihn von dort zurückzubekommen?

Fendel hängte das Seil aus der Kiefer und wickelte es auf, als sie durch den Tümpel wateten; vorbei an der Insel, auf der sie Trautmann gefunden hatten, und dem Ufer entgegen, an dem kein Heidekraut wuchs, sondern sie wieder das Labyrinth des Schwarzen Schilfs erwartete. Sie hatten ihre Stangen zurücklassen müssen, denn Fendel brauchte beide Hände für das Seil und Pirmin trug nun den Hund über das Wasser. Die zweite Fackel war längst verloschen, aber sie vermissten kein Licht, denn noch immer war der Nebel von dem eigentümlichen Schimmern erfüllt. Nichts hatte sich hier zum Besseren gewendet und ohne Seil wäre es schwierig gewesen, das Tor im Schilf wiederzufinden, durch das unvermindert dichte Schwaden wallten. Nachdem sich die Quendel hindurchgetastet hatten, knüpfte der Eichhase das Seilende aus dem Uferschilf und hängte sich die Rolle über die Schulter. Pirmin setzte Trautmann auf dem Pfad ab und sie nahmen den Hund in die Mitte; er selbst würde als Letzter gehen. So begann ihr zweiter Gang durch das Moor.

Diesmal blickte der Eichhase alle paar Schritte zurück, um sich zu vergewissern, dass ihm der Krempling noch folgte. Er fragte sich ernsthaft, ob Pirmin es bis zur Pfiffer schaffen würde, denn er sah aus wie ein wandelnder Leichnam. Wie an einer Schnur gezogen, setzte er einen Fuß vor den anderen und hätte Fendel von ihm verlangt, sich in einen der schwarzen Moorseen zu stürzen, er hätte der Aufforderung wohl ohne zu fragen entsprochen.

Wieder umgab sie das Gewisper des Schwarzen Schilfs, doch der Krempling nahm es kaum wahr, sosehr es ihn vorher auch geplagt hatte.

Der Rückweg zog sich lang und länger, aber vielleicht kam das daher, dass es nun keine Hoffnung mehr gab, die sie antrieb. Trotz seines finsteren Brütens war es Pirmin irgendwann aufgefallen, dass sie nicht wieder an der toten Weide vorbeigekommen waren, an der sich ihnen der Wolf gezeigt hatte. Die Beobachtung tanzte durch seinen Kopf wie ein bedeutungsloses Blatt im Herbstwind, eines von vielen, und es war ihm genauso gleichgültig, ob es daran liegen konnte, dass Fendel einen anderen Weg eingeschlagen hatte oder schon längst nicht mehr wusste, wo sie sich eigentlich befanden.

Dass es dem Eichhasen zuletzt gelungen war, sie aus dem Moor herauszuführen, dämmerte Pirmin erst, als das Schilf aufhörte und sie wieder am Rande des durchweichten Geländes standen, in dem die Pfiffer in matschigen Rinnsalen versickerte. Gleich vor ihnen tauchte im Nebel eine Reihe von Birken auf, Schemen ineinander verhakter Gerippe, aber deutlich raschelte der Lufthauch in ihrem dürren Laub.

Der Eichhase blieb stehen und hob lauschend den Kopf. Wieder glaubte er das Geräusch zu hören, das über dem Wispern von Birken und Schilf lag, und er spürte die Anwesenheit von etwas, das sich ihnen von irgendwoher aus dem Nichts näherte und Gefahr bedeutete. Der Krempling schien von alledem nichts zu bemerken. So war er auch nicht übermäßig schnell, als ihn Fendel zwischen den Birken hindurchdrängte, damit sie die Wiesen dahinter erreichten. Ab dort begann sich die Pfiffer allmählich wieder in einen Fluss zurückzuverwandeln. Vor ihnen lag das letzte Stück bis zur Brücke. Deren dunkler Umriss schwebte in der Ferne über den Nebelschwaden wie ein schwellenloses Tor. Dass sie sie von hier aus erkennen konnten, ließ darauf schließen, dass sich der Nebel in Höhe der Straße gelichtet hatte. Ab jetzt bildete der Eichhase die Nachhut. Er trieb Pirmin und Trautmann vor sich her, denn seine Unruhe nahm mit jedem Schritt zu. Sie steigerte sich, weil er nun sicher war, dass ihnen jemand aus dem Moor gefolgt war. Und es konnte nicht mehr lange dauern, bis er sie einholen würde.

»Schneller«, wies er seine Schutzbefohlenen an, obwohl er selbst nicht wusste, woher sie noch die Kraft nehmen sollten, das Tempo zu steigern. Ängstlich warf er wieder einen Blick zurück und erstarrte. Dann zerriss sein Schrei die Stille. »Lauft!«, schrie Fendel. »Lauft, wenn Euch Eurer Leben noch ein bisschen teuer ist!«

Dabei gab er Pirmin einen so kräftigen Stoß in den Rücken, dass der Krempling fast gefallen wäre. Er selbst griff sich Trautmann, stemmte ihn vor seine Brust und rannte los. Das Gewicht des Hundes und seine Erschöpfung zwangen ihn zu wilden Schlenkern. Noch stolperte er nicht. Pirmin stürzte hinterher, gehorchte ihm blindlings, so wie er es den ganzen Rückweg über gehalten hatte, aber nun erwachte er aus seinem Dämmerzustand. Im Laufen blickte er hinter sich, um herauszufinden, was den Eichhasen so erschreckt hatte. Der Anblick, der sich ihm bot, ließ die Angst in seine Adern zurückpulsen, als wäre sie niemals dem Gefühl der Taubheit gewichen.

Vor der Silhouette der schütteren Birken stand der Wolf. Er hatte nichts Schattenhaftes mehr an sich: die riesige graue Gestalt war fest und undurchsichtig. Schon setzte er sich wieder in Bewegung und hätte die Flüchtenden mit wenigen Sprüngen seiner langen Läufe erreicht, wenn er es gewollt hätte. Hatten sie sich für die rechte Uferseite entschieden, wählte er nun die linke, nichts weiter als das lächerliche Hindernis der sich bis zur Brücke allmählich verbreiternden Pfiffer zwischen sich und seiner Beute. Um in einem lockeren Sprung darüber hinwegzusetzen, hätte er die mächtigen Muskeln kaum anstrengen müssen. Noch begnügte er sich aber damit, auf beinahe gleicher Höhe am gegenüberliegenden Ufer entlangzulaufen und die entsetzten Quendel spüren zu lassen, dass sie ihm nicht entkommen konnten. Er würde sie mit der lässigen Ausdauer seiner Rasse hetzen, konnte warten, bis das Opfer vollends zusammenbrach, weil auch die letzte in Todesangst aufgebotene Kraft schließlich versagte.

Der Krempling bemerkte mit Grausen, dass Fendel langsamer wurde. Er wollte sich nach ihm umdrehen, als ihn die kaum noch erkennbare Stimme des Eichhasen davon abhielt.

»Weiter, Wolfsröhrling und Leichenfinger, weiter.«

»Soll ich nicht Trautmann nehmen?«, japste Pirmin zurück und hörte sich selbst nicht mehr wie ein Quendel an.

»Weiter, nicht anhalten, einerlei was geschieht«, klang es noch einmal zu ihm herüber.

Er hielt sich daran, aber gleichzeitig zwang ihn etwas, nach links über die Pfiffer zu blicken. Der Wolf hatte ihm das mächtige Haupt zugewandt und wieder begegnete der Krempling den grausamen hellen Augen. Sie waren so wissend und mitleidslos; im ganzen Hügelland gab es keine noch so furchterregende Maske, die dem Schrecken dieses wilden Antlitzes gleichgekommen wäre. Pirmin wagte kaum, sich abzuwenden, sosehr er sich auch fürchtete. Gerade noch rechtzeitig gelang es ihm daher, dem Ginsterbusch auszuweichen, der plötzlich in seinem Augenwinkel aufgetaucht war und in den er um ein Haar gestürzt wäre. Vielleicht war es ja der gleiche, auf dem Blodis Weste gelegen hatte, denn sie waren nun fast bei der Brücke angekommen. Links und rechts davon lagen die beiden steilen Wälle der Böschung. Pirmin fragte sich in einem Anflug wilder Verzweiflung, wie es ihnen, bei allen Quendeln, nun gelingen sollte, dort wieder hinaufzukommen, den Wolf dicht auf ihren Fersen.

Noch war Fendel knapp hinter ihm, er konnte seinen keuchenden Atem hören und wie seine Füße an den langen Gräsern am Boden rissen. Dass es ihm gelungen war, Trautmann bis hierher zu tragen, konnte nur an einem weiteren Einsatz seiner Zauberkünste liegen, so viel schien sicher. Aber nun würde ihre Flucht bald zu Ende sein. Für ihren Verfolger war sie ohnehin nichts weiter als ein grausames Spiel mit einer sicheren Beute gewesen. Durch Pirmins Kopf huschte der bittere Gedanke, dass sie in der Falle saßen, denn es schien völlig aussichtslos, dass es ihnen gelingen könnte, nach oben auf die Straße zu entkommen.

Dann stürzte er. Er war einfach umgeknickt; die Beine versagten ihm den Dienst. Er fiel der Länge nach hin und hörte sich schreien, weil er erwartete, dass der Wolf nun zum Sprung ansetzte. Schon glaubte er seinen Schatten über sich zu spüren, einen Luftzug, der ihn streifte, und er schrie noch einmal. Aber vielleicht war das auch der Eichhase, denn die Rufe hörten gar nicht auf und erst jetzt begriff der Krempling ihren Sinn.

»Nach links! Unter der Brücke hindurch! Steht auf. Rasch unter die Brücke! So macht schon, rasch!«

Mühsam rappelte er sich auf. Er merkte, dass seine Knie und Ellbogen bluteten, aber das war völlig einerlei. Noch war der Wolf nicht über sie gekommen, noch war er nicht gesprungen; nur das zählte in diesem Augenblick. Links dräute der Brückenbogen, ein unheimliches Tor, aus dem die Nebel aufstiegen. Noch immer konnte man dort nicht hindurchsehen. Darunter floss die Pfiffer, nun wieder ein richtiger Fluss. Pirmin fragte sich, wie tief das Wasser hier wohl sei.

»Ist dort ein Weg?«, japste er und wies mit dem Kinn voraus unter die Brücke.

Fendel nickte, aber er konnte nicht sprechen. Pirmin dachte, dass er dem Zusammenbruch nahe sein müsste. »Gib mir den Hund«, verlangte er.

Der Eichhase schüttelte den Kopf. »Nicht anhalten«, hauchte er kaum hörbar. »Da ist … ein schmaler Weg …« Dann versagte ihm die Stimme.

Nebelschwaden trieben über dem Fluss, aber sie verhüllten die düstere Gestalt auf dem linken Ufer nicht; nicht ihren drohend gebeugten Nacken, den entsetzlichen Kopf, die glühenden Augen. Der Wolf lief langsamer und starrte zu ihnen hinüber; keine Bewegung entging ihm.

Bald war es Zeit, ein Ende zu machen. Bald war es so weit. Denn sie würden sich stellen und ihn erwarten und er würde kommen, sie zu erlösen.

Pirmin erreichte die Brücke. Er merkte erst, dass Fendel hinter ihm zurückgeblieben war, als seine Hände das Mauerwerk berührten und er alleine blieb. Er lehnte sich gegen die feuchten Steine. Das Blut rauschte ihm in den Ohren, genau wie das unter der Brücke hohl klingende Geräusch des Flusses. Was war mit Fendel und was war mit dem Wolf?

Als der Wolf zum Sprung über die Pfiffer ansetzte, war es mit seiner Geduld zu Ende gewesen. Er hatte gemerkt, dass sich die Beute im letzten Augenblick anders als erwartet verhielt. Sie schienen noch immer nicht aufzugeben und versuchten nun, in dieses Nebelloch dort vor ihnen zu entkommen. Wilder Zorn packte ihn, weil er zu lange gezögert hatte, aber das würde ihnen auch nicht helfen. Geschmeidig setzte er am rechten Ufer auf. Es bedurfte nur noch eines weiteren, viel kürzeren Sprungs, um sich auf einen der beiden zu stürzen. Auch unter die Brücke würde er ihnen folgen. Wen sollte er sich zuerst vornehmen? Den, der schon halb am Boden kroch oder den Jämmerling links am Ufer, der den räudigen Balg mit sich schleppte? Er entschied sich für den am Ufer, denn der war näher. Der Krabbler, der an der Steinwand herumtastete, kam ohnehin kaum noch vom Fleck. Welch erbärmlicher Anblick, wie sie mit ihren Füßen sinnlos auf der Erde scharrten, um ihr elendes kleines Leben zu retten. Nun war es genug damit und er sprang abermals.

Gerade hatte Pirmin sich umgedreht, um nach Fendel zu sehen, der zum Glück gleich bei ihm sein würde. Noch immer barg er den reglosen Hund in seinen Armen wie eine Mutter ihr Kind. »Nicht anhalten! Nur nicht anhalten! Lauft weiter!«, schickte er dem Krempling krächzend entgegen.

Aber Pirmin rührte sich nicht von der Stelle, denn er sah die langgestreckte Gestalt über die Pfiffer setzen. Der Wolf landete lautlos knapp hinter dem Eichhasen und hielt so lang inne, wie es braucht, dass ein Blatt vom Baum segelt. Dann stürzte er sich mit einem bösartigen Grollen auf Fendel und Trautmann.

Pirmin schrie. Es war ein hoher, schriller Angstschrei und der Hall unter der Brücke dröhnte ihm in den Ohren. Fendel schrie ebenfalls. Der Mut der Verzweiflung gab ihm die Stimme zurück.

»Geschwinde, leise weiche …!«, schrie der Eichhase und es klang nun so wild und herausfordernd wie ein Schlachtruf. Er stürzte vorwärts und plötzlich erwachte Trautmann davon in seinen Armen, bellte wutentbrannt und versuchte freizukommen. Im allerletzten Augenblick, als sich

der Schatten des Wolfes auf sie herabsenkte, entwischten sie den Klauen und Zähnen mit einem Sprung in die bleiche Leere des Nebels.

Der Krempling sah die beiden für einen atemlosen Moment in der Luft stehen und dieses Bild sollte sich in seine Seele einbrennen. Zwei kleine Gestalten, die sich mit seltsam abgespreizten Gliedern voneinander lösten, um ins Nichts abzustürzen. Pirmin lauschte auf ihren Aufprall im Wasser, aber der kam nicht. Niemand durchschlug die Oberfläche der Pfiffer und tauchte in ihren trägen Fluten unter. Es blieb ganz still.

Der Wolf schien zu ahnen, dass sie ihm entkommen waren. Er fletschte die Zähne und knurrte hasserfüllt. Ein paarmal lief er an der Stelle auf und ab, von der sie gesprungen waren, witterte und suchte. Aber schon bald sah er ein, dass das sinnlos war. Er hatte Besseres vor. Sein zweites Opfer wartete auf ihn.

Dem Krempling, der von dem plötzlichen Verschwinden seiner beiden Gefährten noch wie betäubt war, blieb keine Sekunde Zeit mehr. Er wandte sich ab und flüchtete unter die Brücke. Klamme Kälte nahm ihn auf. Hier hing der Nebel so dicht wie vor dem Tor im Schilf, doch es war viel dunkler. Der Wolf war ihm dicht auf den Fersen. Der Krempling hörte hinter sich das gleichmäßige Geräusch der Pfoten, die auf den feuchten Steinen aufsetzten. Dass das Untier noch nicht über ihn hergefallen war, lag wohl nur an dem schmalen und schlüpfrigen Vorsprung, auf dem sie liefen. Es musste sich um den Sockel des Brückenpfeilers handeln. Links waberte der Nebel über dem Fluss und verdeckte die Aussicht auf die gegenüberliegende Wand.

Immer wieder starrte Pirmin in die Suppe aus Wasser und Luft hinunter und wagte nicht, sich zu fragen, ob Fendel und Trautmann darin ertrunken waren. Er lebte von der Hoffnung, dass sie im Schutz dieser Deckung entkommen konnten, um sich ungesehen bis zum Fuchsbau treiben zu lassen. Sie konnten ja schwimmen und die Pfiffer war alles andere als ein reißender Strom. Wenn sie es aber vor Erschöpfung nicht vermocht hatten, sich über Wasser zu halten, wenn es Unterströmungen gab, von denen er nichts wusste. Nicht auszudenken.

Um selbst auf den Beinen zu bleiben, zwang er sich zu der Vorstellung, dass ihn beide wohlbehalten auf Fendels seltsamem Anwesen erwarteten. Sollte er jemals dort ankommen. Es schien höchst unwahrscheinlich. Denn nur noch ein paar Schritte und es gab nichts mehr, das den Wolf aufhalten würde. Die Brücke war nicht breiter als die Straße, die über sie hinwegführte, und so erwartete Pirmin, im nächsten Augenblick auf der anderen Seite wieder darunter hervorzukommen. Fieberhaft versuchte er sich zu erinnern, ob es dort irgendwo ein Versteck für ihn geben könnte. Er wusste aber eigentlich ganz genau, dass die Wettersterner Uferwiesen außer Fendels Fuchsbau rein gar nichts boten. Nur noch ein paar Bäume und Sträucher, die hier und da den Fluss säumten.

Die steinerne Wand, an der er sich entlangtastete, wollte noch immer nicht aufhören. Wenn er so langsam war, dass er kaum von der Stelle kam, würde ihn der Wolf noch unter der Brücke erwischen. Er hörte sein Hecheln, das Scharren der krallenbewehrten Pfoten. Der Krempling duckte sich tiefer, fast kroch er am Boden. Ihn beschlich das gleiche albtraumhafte Gefühl wie in der Heide. Er lief um sein Leben, ohne dass es das Geringste bewirkte.

Dies ist ein Weg, der sich langmacht, kamen dem Krempling wieder die Worte des Eichhasen in den Sinn. ›Der sich langmacht, um deine Qualen zu verlängern‹, dachte er.

Dennoch musste er an Boden gewonnen haben. Denn während seine rechte Hand plötzlich ins Leere griff und er das Gras unter den Füßen spürte, als er endlich unter der Brücke hervorstolperte, blieb es hinter ihm unerwartet still. Pirmin drehte sich im Laufen um. Da waren die Brücke und das hohe Tor ihres Bogens mit dem Nebel darunter, der keinen Blick zurück in Richtung des Moores gestattete. Das Ungeheuer ließ auf sich warten, nichts rührte sich mehr. Pirmin schleppte sich weiter und fragte sich, ob es möglich war, dass der Wolf, von ihm unbemerkt, hervorgekommen war, um ihn nun von vorne zu erwarten.

Aber das konnte nicht sein, denn dann hätte er ihn sehen müssen. Auf dieser Seite der Straße hatte sich der Nebel so sehr gelichtet, dass der

Krempling ein paar Schlegel voraus bereits die dunklen Umrisse des Fuchsbaus erkennen konnte. Dort war kein Licht und auch nirgends sonst zeigte sich eine Spur von Fendel oder dem Hund. Das musste noch nichts heißen; sicher versteckten sie sich. Noch weiter dahinter entdeckte er das Schattenband der Dächer von Wetterstern. Ein Dolchstich fuhr Pirmin ins Herz, denn die Trauer um Blodi drängte sich bei diesem Anblick schrill in den Vordergrund und er sah wieder das Bettchen, das nun für immer leer bleiben und an dem Fidelis nie wieder ein Wiegenlied singen würde.

Plötzliches Wolfsgeheul erschreckte ihn so sehr, dass er hinfiel. Der schauerliche Ruf bekam Antwort aus noch größerer Entfernung dahinter. Der Krempling kauerte auf allen vieren im nassen Gras und starrte zurück in die Richtung, aus der er geflüchtet war.

Oben auf der Brücke erhob sich ein riesiger Schatten. Dort stand der Wolf wie auf einem Felsen und hatte das mächtige Haupt in den Nacken gelegt. Er rief seine gespensterhaften Brüder aus dem Schwarzen Schilf herbei, damit auch sie an der Jagd ihr grausames Vergnügen haben würden. So war es für das halb tote Opfer nur ein kurzer Aufschub gewesen, ein Teil des Spiels, wie die langsame Verfolgung entlang der Pfiffer.

Pirmin blieb am Boden, er fand keine Kraft, um aufzustehen. Willenlos beobachtete er das unheimliche Treiben auf der Brücke. Wieder heulte der große Wolf und wieder erklangen die Rufe aus dem Moor. Aber sie waren nun viel näher und jetzt sah Pirmin, wie sich oben auf der Straße weitere Schatten aus der Dunkelheit lösten. Es waren ihrer viele, die den Weg aus dem Schwarzen Schilf fanden, weil ihr Anführer nach ihnen verlangte. Keiner hatte seine Größe, aber ihre hageren Gestalten täuschten nicht über ihre Kraft und Ausdauer hinweg, als sie sich zusammenrotteten. Ein ganzes Rudel, mit dem großen Wolf in ihrer Mitte. Pirmin war es rätselhaft, warum er nicht längst unter dessen Reißzähnen den Tod gefunden hatte und er bezweifelte, dass er der einzige Grund für dieses Aufgebot sein sollte; eine kümmerliche Beute für zu viele gierige Schlünde.

Dieser Gedanke brachte ihn dazu, unter großen Mühen vorwärts-zukriechen. Vielleicht schaffte er es, Fendels Fuchsbau zu erreichen, bevor die Wölfe die Böschung herunterkamen. Immer wieder blickte er über die Schulter zurück, als er wie ein schutzloses kleines Tier über die dicken Grassoden krabbelte.

Sie begannen, sich vor dem niedrigen Brückengeländer aufzustellen, einer neben dem anderen, und weil sie so viele waren, reichte diese bedrohliche Reihe auf beiden Seiten der Brücke noch ein gutes Stück die Straße hinab. Manche standen mit den Vorderläufen auf der niedrigen Mauer und alle hatten sie sich der Ebene von Wetterstern zugewandt. Auf ein Signal ihres Anführers wartend, verharrten sie in ihrer Haltung wie Krieger eines feindlichen Heeres, bevor die Schlacht beginnt.

Das Dorf verträumte ahnungslos die stille Stunde vor dem Morgengrauen. Es war so unwirklich, dass sich der Krempling fragte, ob er über all dem Kummer den Verstand verloren hatte. Vielleicht wären sie nicht mehr da, wenn er sich erst wieder nach dem dicken Grasbüschel dort vorne nach ihnen umdrehen würde. Nichts als gespenstische Ausgeburten seines gemarterten Hirns, die sich in Rauch auflösten, wenn er sich darum bemühte, wieder einen klaren Kopf zu bekommen. Damit würde gar nichts wahr sein von all dem Schrecklichen, das er in dieser Nacht durchlebt hatte. Vor allem das größte Unheil nicht.

Pirmin wusste, dass es für ihn nicht die leiseste Hoffnung gab, gleich im eigenen Bett aufzuwachen, mit einem schweren Schädel zwar, von schweren Träumen, aber unversehrt und, was das Wichtigste war, mit dem schlafenden Blodi in der Kammer nebenan. Nein, er war hellwach und genau hier, mutterseelenallein in den Uferwiesen, sein Sohn blieb verloren, seine treuen Gefährten verschwunden und über der dunklen Knöterichhaube auf Fendels Dach kündete die zarte Helligkeit am Himmel bereits vom kommenden Tag.

In Pirmins Rücken versammelten sich hingegen die Geschöpfe der Nacht und setzten zum Sprung an. Der Krempling hörte das Brausen in der Luft, bevor er sich umdrehte, und merkte, dass sich hinter ihm ein Sturm zusammenbraute. Schon schlug es ihm die Rockschöße über den Kopf und das Gras bog sich unter heftigen Böen. Pirmin erhob sich aus seiner kauernden Stellung. Augenblicklich ergriff ihn die Gewalt des Windes und zwang ihn, sich ihr zu beugen.

Er stolperte ein paar Schritte vorwärts, bevor es ihm gelang, sich umzudrehen. In Höhe der Brücke zerriss der Himmel. Wo Nebel gewesen war, dräuten nun Sturmwolken, die sich wie riesige bleierne Türme in ein düsteres Firmament wölbten. Der Wind trieb sie ein Stück vor sich her, dann ließ er sie ineinanderfallen und verschob sie zu Wellen, die sich an unsichtbaren Klippen brachen. Einer Springflut gleich, die sich über das wehrlose Land ergießt, begann der Sturm über den Himmel zu jagen. Mit ihm jagten die Wölfe.

Der Krempling sah sie springen, als die ersten Wolkentrümmer über sie hinwegtrieben. Der große Wolf sprang zuerst und ihm folgten in einer einzigen geschmeidigen Bewegung all seine wilden Brüder. Aber nicht eine Pfote berührte das Gras der Uferwiesen. Das ganze Rudel schwang sich in das Tosen empor, auf die Schwingen des Sturms und setzte sich in rasendem Lauf an seine Spitze. Sie glichen dort oben Gebilden aus Schatten und Luft und blieben doch viel mehr. Pirmin sah die klaffenden Rachen, die gebleckten Zähne, sah, wie sich die Rücken streckten, als die Läufe weit ausgriffen. Fassungslos starrte der einsame Quendel auf das Schauspiel am Himmel. Er zweifelte keinen Moment daran, dass es in der Macht dieser Wesen stünde, sich wieder von dort oben herabzustürzen; mit der gleichen Leichtigkeit, mit der sie sich zuvor in die Wolken geschwungen hatten. Gleich würden sie über ihm sein, allen voran der riesige Wolf aus dem Moor. Pirmin wagte es nicht mehr, sich abzuwenden. Rückwärts taumelte er dem Fuchsbau entgegen, das Gesicht zum Himmel erhoben und mit in den Sturmwind gebreiteten Armen. Ein wenig, um sich abstützen zu können, falls er wieder hinfiel. Vielmehr aber, so fühlte der Krempling schaudernd, weil etwas ihn zwang, den Tod ehrerbietig willkommen zu heißen. Oder besser, die Toten, wie er nun dachte, denn was sollte es dort oben anderes sein als das Wilde Heer, das aus den auseinanderstiebenden Wolken über das Hügelland herzufallen drohte. Fendel Eichhase hatte, trotz aller Wirrnis, immer gewusst, wovon er sprach, und in dem Brausen und Tosen glaubte Pirmin den Klang wilder Stimmen und das Lied aus dem Moor zu erkennen, *sein Jagdlied*, wie Fendel es genannt hatte:

»Der größte der Jäger,
Der Herr der Raben,
Der Asseln und Schaben,
Der Schrate und Eulen,
Der Wölfe und Maren.«

Würde *er* sich nun zeigen, von dem es unter den Quendeln keine Vorstellung gab, außer unnennbarem, unbeschreiblichem Grauen?

Der Krempling stolperte über eine letzte aufgeworfene Grasscholle auf den kleinen Vorplatz des Fuchsbaus, als die Wölfe über ihm ankamen. Pfeilschnell kamen die Bestien auf die Erde hinab, bergab ging es, steil bergab, das hilflose Lebewesen zu reißen, das sich ihnen in irrer Verzweiflung entgegenreckte. Pirmin sah nichts mehr außer dem Gewaber der auf ihn zuströmenden Leiber. Jetzt waren sie bei ihm.

Er taumelte rückwärts und prallte gegen die Tür des Fuchsbaus. Sie schwang auf, weil sie nur angelehnt war. Er fiel mit der Tür in die kühle Dunkelheit des fremden Hauses und war so geistesgegenwärtig, sich sofort von innen dagegenzuwerfen. Das Schloss schnappte ein.

Von draußen waren unheimliche Laute zu hören. Wutentbranntes Gekläff mischte sich mit bösartigem Grollen und Knurren und scharfe Krallen kratzten über die Eichenbalken von Fendels Haustür. Pirmin stemmte den Rücken dagegen und fragte sich, ob sie dem Ansturm standhalten würde, wie auch der übrige armselige Bau des Eichhasen. Die Wölfe strichen ums Haus. Der Krempling sah das Schimmern von Augen und Zähnen vor den niedrigen Fenstern des Fuchsbaus. Über ihm krachte es im Gebälk; einer war auf das Dach gesprungen und suchte dort Einlass. Aber hinein kamen sie nicht.

Pirmin konnte sich nicht erklären, warum das nicht in ihrer Macht stand, aber es blieb dabei und schließlich, zu seiner grenzenlosen Überraschung, zogen sie ab. Erneutes Brausen erfüllte den kleinen Vorplatz. Es rauschte mit wilden Böen und etwas fegte über den krummen Giebel und das eingesunkene Dach des Fuchsbaus. Dann wurde es still.

»Fendel?«, fragte Pirmin in die ihn umgebende Dunkelheit hinein. »Trautmann? Seid ihr hier?« Es blieb still. So still, wie es in einem leeren Haus nur sein konnte.

Noch immer mit dem Rücken gegen die Tür gelehnt, rutschte der Krempling ganz langsam abwärts, bis er unten auf dem festgestampften Lehmboden ankam.

Neuntes Kapitel

Vom Himmel herab und unter die Erde

Dämmrung will die Flügel spreiten,
Schaurig rühren sich die Bäume,
Wolken ziehn wie schwere Träume
Was will dieses Graun bedeuten?

Was heute müde gehet unter,
Hebt sich morgen neugeboren.
Manches bleibt in Nacht verloren –
Hüte dich, bleib wach und munter!

JOSEPH VON EICHENDORFF

Ungefähr zu der Zeit, als Pirmin und Fendel sich am Rande der öden Heide um Trautmann bemühten, sah sich die kleine Schar der vier Quendel auf der Grünloher Seite des Finsters durch ein Unwetter überrascht. Wie aus dem Nichts kommend brach es nach den ersten heftigen Windstößen mit derartiger Gewalt über sie herein, dass keiner von ihnen wusste, wohin sie sich wenden sollten; nicht einmal Odilio. Dabei blieben ihnen eigentlich nur zwei Möglichkeiten: fliehen, solange sie sich bei diesem Wind noch auf den Beinen halten konnten, oder sich verstecken, bis das Gröbste vorbei sein würde. Die eine Aussicht schien so schlimm wie die andere, denn das Stück zurück bis zum Heckenweg war lang und ohne jegliche Deckung, während der Sturm noch immer an Stärke zunahm. Es war kaum vorstellbar, dass es zu schaffen war, unter diesen Umständen wieder den Hang hinaufzukommen. Wenn auch der Instinkt einem Quendel in einer solchen Lage rät, sich so schnell wie möglich in einem noch so behelfsmäßigen Unterschlupf zu verbergen, wusste nicht nur der alte Pfiffer, dass es ihr Verhängnis bedeuten konnte, ausgerechnet dort unterzukriechen, wo sie zuvor nicht einmal einen Schritt hineingewagt hatten. Im Finster Schutz zu suchen war ein Widerspruch in sich; ein Versteck konnte dort niemals vertrauenswürdig sein und jetzt noch viel weniger, denn der Wald geriet immer mehr in Bewegung und das lag nicht allein am Sturm.

Der Finster strafte seinen Namen mittlerweile Lügen. Die gespenstische Helligkeit, die sich, von irgendwoher aus seinem Inneren kommend, überall zwischen den Bäumen ausbreitete, hatte den Waldrand erreicht. Durch das Wüten des Windes sah es bei dieser unwirklichen Beleuchtung aus, als würde der Wald in einem aufgewühlten Wolkenmeer versinken. Unter dem Ansturm der schweren Böen ächzten die gewaltigen Bäume wie Masten auf einem kenternden Schiff. Holz splitterte und es regnete Äste und Blätter, die so zahlreich wie in den Stürmen des Nebelmondes von den Zweigen abrissen. Quecksilbrige Nebelstreifen züngelten gleich Blitzen an den verwitterten Stämmen empor. Oben blieben sie unter dem Laubdach hängen und verwandelten es in einen fahlen Baldachin, der sich im Sturmwind hob und senkte. Ranken und Moosschleppen lösten sich aus dem Geäst und fegten mit dem Wind davon, blieben wieder im Gestrüpp hängen und zerrissen, während das Unterholz am Boden erbebte, als erwachte ein zottiges Wesen aus einem Zeitalter währenden Schlaf. Es war eine so gewaltige und Furcht einflößende Veränderung, dass die vier verängstigten Betrachter den Wechsel kaum verkraften konnten, denn nun herrschte das Chaos in der eben noch totenstarren Umgebung.

Aber am allerschlimmsten erschien den Quendeln, dass der Wald zuletzt selbst zerriss, wenn das denn möglich war. Alle dachten an den Lichtfleck im Heckenweg, in dem das Blatt verschwunden war. Hier gab es Stellen, in denen sich ganze Laubwirbel im Nichts auflösten. Armdicke Äste, die sich, dort wo es besonders hell schimmerte, noch einmal um sich selbst drehten und dann mit einem Mal einfach fort waren, als hätten sie sich im wahrsten Sinne des Wortes in Luft aufgelöst. Was in diese hell leuchtenden Löcher geriet, fiel durch sie hindurch wie ein Stein in einen Teich, dessen Oberfläche er durchschlägt und damit unsichtbar wird. Die Wellen kräuseln sich und es bleibt abzuwarten, bis sie sich glätten und man vielleicht wieder bis auf den Grund und den Stein sehen kann.

Es war genauso, wie es Odilio beschrieben hatte: Der Wald wurde durchlässig wie ein fadenscheiniges Tuch und an den durchsichtigsten Stellen erschien dahinter eine düstere, fremde Landschaft. Ferne Berge in einer öden, kahlen Gegend, die nicht das Hügelland sein konnte. Wenn dies nun tatsächlich die Schattenlande waren, an deren Existenz, außer dem alten Pfiffer, bisher keiner geglaubt hatte, konnte es auch nicht mehr lange dauern, bis sich die grauenvollen Wesen, von denen Odilio gesprochen hatte, daranmachten, die Grenzen zu übertreten.

Odilio zwang sich aus seiner Erstarrung und schrie in das Tosen des Windes hinein. »Wir sollten zusehen, dass wir von hier fortkommen!«

»Eben ist ein Gebirge in einem dieser Löcher aufgetaucht. Ich bin ganz sicher, es gesehen zu haben«, schrie der Bitterling zurück. Er achtete nicht auf Odilios Worte und starrte voller Entsetzen in den Wald.

»Ja, das habe ich auch!«, bestätigte Hortensia mit sich überschlagender Stimme. »Bei allen Quendeln der friedlichen Dörfer! Da, wo nicht länger der Wald ist, erscheint eine andere Landschaft. Als ob man durch ein Fenster sieht!«

Sie hatte Karlmann enger an sich herangezogen und umklammerte seine Schultern, als drohte er ihr im nächsten Moment zu entwischen. Der achtete kaum darauf, sondern suchte unverwandt mit seinen Blicken den Wald nach jenen unheimlichen Stellen ab, in denen die fremde Gegend auftauchen konnte.

»Ob Bullrich darin verschwunden ist? In diesem anderen Land?« Seine Fragen riss der Wind mit sich fort, aber die anderen hatten sie verstanden.

»Heilige Hohltrüffel!«, rief Zwentibold schrill. »Dort drüben können wir ihn wohl kaum suchen! Ich beschwöre euch, lasst uns Odilios Rat folgen und sofort von hier aufbrechen. Es ist zweifellos gefährlich!«

»Aber Karlmann hat recht. Was ist mit Bullrich?« Trotz des Brausens war in Hortensias Stimme der Vorwurf nicht zu überhören. »Wir können ihn hier doch nicht einfach zurücklassen.«

»Um ihn zurückzulassen, werte Dame, müssten wir ihn erst einmal gefunden haben«, schrie der Bitterling sie an und schien die Ehrfurcht vor den Samtfuß-Kremplingen kurzfristig eingebüßt zu haben. »Wo sollten wir denn mit der Suche beginnen? Wo bloß in diesem überkochenden Suppentopf?«

Seine Stimme brach, weil er vor Angst kaum ein noch aus wusste und sich gleichzeitig schämte, Vetter Bullrich seinem Schicksal überlassen zu wollen. Aber so grausam es sich auch anfühlte, was gab es hier für sie noch zu tun? Allen Sturmböen zum Trotz würden ihn keine zehn Pferde in diesen Wald hineinbringen und es schien so, dass zumindest Odilio ähnlich dachte. Man konnte sich immerhin an die schwache Hoffnung klammern, dass der alte Schattenbart, der ja stets eine gewisse Findigkeit bewiesen hatte, sich unangenehmen Dingen zu entziehen, der Gefahr längst entronnen war.

»Es hilft nichts, für den Augenblick müssen wir die Suche aufgeben«, meldete sich der alte Pfiffer wieder. »Ich bringe euch zum Heckenweg zurück – und nach Grünlohe!«

Die Lichter des Waldes tanzten über sein besorgtes Gesicht, während der Sturmwind sein weißes Haar zerzauste. Von Reizker waren nicht einmal mehr die Spitzen seiner Ohren zu sehen. Der Kater war in den Tiefen der Jacke untergetaucht und wartete dort entweder auf den Weltuntergang oder auf besseres Wetter. Odilio kehrte dem Finster den Rücken zu.

»Ja, nichts wie weg!« Der Bitterling kam ihm zuvor und stemmte sich entschlossen gegen den Sturmwind, der gedreht hatte und sie von hinten so heftig anblies, als wolle er die Quendel geradewegs in den Wald hineindrängen. Odilio barg das Bündel mit Reizker schützend vor seiner Brust und folgte Zwentibold, der sich schon ein paar Schritte vorgekämpft hatte. Hortensia gab widerspruchslos ihre Bedenken auf und zog Karlmann mit sich. Nur Bullrichs Neffe warf noch einen letzten verzweifelten Blick über die Schulter zurück. Im gleichen Augenblick stutzte er und blieb wie angewurzelt stehen, was auch Hortensia zum Anhalten zwang.

»Da vorne hat sich etwas bewegt!«, schrie er den beiden anderen hinterher. »Wartet! Da war etwas in diesem hellen Fleck bei der großen Tanne dort rechts. Etwas Lebendiges auf der anderen Seite! Könnte es nicht Bullrich sein?«

Er zeigte aufgeregt auf eine bestimmte Stelle zwischen den Bäumen. Auch der Bitterling und Odilio waren stehen geblieben und folgten ihm mit bangen Blicken.

»Bei allen Hallimaschen, jetzt kommen sie wirklich herüber«, jammerte Zwentibold.

Denn dort, wohin Karlmann wies, zerfloss ein leuchtender Nebelstreif. Wieder tauchte dahinter die fremde Landschaft auf und nun konnte jeder von ihnen sehen, dass sich darin in einiger Entfernung etwas rührte. Es war ein Wesen, das auf zwei Beinen lief, mehr ließ sich noch nicht erkennen, aber es schien näher zu kommen.

»Was, wenn das wirklich Bullrich ist?«, rief Karlmann aufgeregt. »Vielleicht hat er uns längst entdeckt und versucht, zu uns zu gelangen. Wir können jetzt nicht von hier fort!«

Als würde der heimtückische Sturm seiner Vermutung zustimmen, verstärkte er plötzlich seine Anstrengungen, die kleine Schar mit gewaltigen Windstößen wieder zurück und geradewegs zwischen die Bäume zu treiben.

»Nein, niemals ist das Bullrich!«, schrie der alte Pfiffer auf und drängte sich zwischen den Waldrand und seine Gefährten. Wenn er vorgehabt hatte, dem noch etwas hinzuzufügen, wurde das von einer heftigen Böe verhindert, die ihm boshaft die Sprache verschlug.

»Da!«, rief Karlmann im gleichen Augenblick wieder und zeigte nun viel weiter nach links. »Da sind noch mehr. Dort drüben!«

Odilio fuhr so hastig herum, dass das Bündel mit Reizker bedenklich verrutschte. Der junge Schattenbart hatte richtig gesehen. In einem weiteren Durchblick, der sich dort im Finster auftat, bewegten sich in der Ferne eine Handvoll fremder Gestalten, die genau wie die erste aussahen. Sie liefen in einer Reihe und in einigem Abstand zueinander. Wie bei einer Treibjagd, kam es Hortensia in den Sinn und sie fröstelte.

»Stock und Schwamm, wer sind die?« Der Bitterling wandte sich mit ängstlicher Miene an Odilio. »Sie sind viel zu lang für unseresgleichen. Also doch Schrate, Mare, Werwölfe!«

»Nein, sie sind etwas anderes«, antwortete der alte Pfiffer, dessen Stimme sich für einen Moment deutlich über den Wind erhob. »Aber das macht es nicht viel besser. Sie gehören zum Großen Volk. Es sind Menschen. Oder besser, sie waren es.«

»Menschen? Wo sollten die herkommen? Es ist unendlich lange her, dass sich einer im Hügelland hat blicken lassen.« Hortensia sah ihn entgeistert an.

»Das dort ist ja auch nicht das Hügelland«, entgegnete ihr der alte Pfiffer düster und drückte die Jacke mit seinem Kater fest an sich. »Aber wir werden nicht abwarten, bis wir ihre nähere Bekanntschaft machen können. Hoffen wir, dass wir es unbehelligt bis zum Heckenweg schaffen! Bleibt dicht hinter mir und jeder hält sich am anderen fest. Duckt euch unter den Wind; so schützen wir uns gegenseitig.«

Darüber, dass er, der als Erster ging, sich alleine gegen die Gewalt des Sturmes behaupten musste, verlor er kein Wort, denn selbstredend war er es nun, der die Führung übernahm. Odilio merkte, dass Karlmann sich an seine Weste klammerte, und ein kurzer Blick zurück bestätigte, dass sich dahinter Hortensia und zuletzt Zwentibold anschlossen.

»Reizker, mein Kater«, flüsterte der alte Pfiffer in die Falten seiner Jacke hinein. »Lass uns schnell und unsichtbar sein, wie deinesgleichen.«

Dann lehnte er sich in den Wind und lief los und die anderen mit ihm.

Der Sturm fiel mit so unbändiger Wut über die Quendel her, dass allen Hören und Sehen verging. Sie konnten auf kaum mehr achten, als sich am Vordermann festzuhalten und nicht ins Stolpern zu geraten. Das hielt sie davon ab, sich noch einmal umzudrehen, und ließ zumindest die drei, die hinter Odilio gingen, ein wenig ihre Angst vor Verfolgung aus dem Finster vergessen. Der Wind trieb ihnen die Tränen in die Augen und machte sie fast blind; ihre Ohren betäubte sein Brausen und Heulen, und selbst das Atmen fiel in der aufgewühlten Luft schwer. Jeder hatte genug mit sich selbst zu tun.

Es kostete sie unendliche Kraft, sich auch nur einen halben Schlegel vom Waldrand zu entfernen, und der alte Pfiffer wusste es sicher und die anderen ahnten, dass es der Finster war, der sie nicht so einfach entkommen ließ. Der Sturm war sein Verbündeter und verhöhnte ihre lächerliche Annahme, sich bald in Sicherheit bringen zu können. Mitunter schien es, als liefen sie auf der Stelle, wenn der Wind sie wieder und wieder zurückdrängte. Odilio kämpfte mit aller Verbissenheit. Denn anders als seine Gefährten hatte er eine Vorstellung davon, mit wem sie es zu tun bekamen.

Und nicht nur sie, die sich hier mühsam über die Wiese schleppten, so dachte er und seine tiefe Sorge trieb ihn vorwärts, sondern das ganze ahnungslose Hügelland, das zur gleichen Zeit im süßen Schlummer der letzten Nachtstunden dem Sonnenaufgang entgegendämmerte. War es im Finster schon so weit gediehen, dass man *hinüber*sehen konnte, war anzunehmen, dass sich in dieser Nacht auch andernorts besorgniserregende Veränderungen gezeigt hatten, mutmaßte der alte Pfiffer weiter, während er vorwärtsstapfte. Scheinbar belanglose Dinge wie das Glitzern unter der Linde, allenfalls von wenigen bemerkt und mit nichts weiter als einem verwirrten Stirnrunzeln bedacht. Oder stand es bereits weit schlimmer um das Land der Quendel? War jemand oder etwas bereits über die Grenze gelangt?

Schaudernd dachte er an den letzten Blick auf das öde Land und die einsamen Gestalten, die sich in der Ferne gezeigt hatten. Menschen oder zumindest Wesen, die wie Menschen aussahen. Es gab Masken der Quendel, die Menschen darstellten, denn sie gehörten schon fast zu den Gestalten der Märchen und Sagen, so selten fand einer von ihnen den Weg ins Hügelland. So selten wie Zwerge und Angehörige anderer Völker. Die Quendel vermissten die Fremden nicht. Sie hatten vor langer Zeit nichts Gutes mit ihnen erlebt, mit keinem von ihnen, und es war dieses Gefühl, das sich von Generation zu Generation überliefert hatte, ohne dass die meisten noch zu sagen gewusst hätten, worum es damals gegangen war.

Aber die unheimlichen Wanderer kamen von dort, aus jener grauen Vorzeit, die längst dem allgemeinen Vergessen anheimgefallen war. Leichtfertig und verhängnisvoll, dachte der alte Pfiffer voller Bitterkeit. Sie waren schon unendlich lange auf dem Weg zu ihnen. Waren es immer gewesen, in kalter Ruhe und Beharrlichkeit, so wie sich in Zeitaltern ein Gletscher den Berg hinabwälzt. Niemand, der von dort stammte, war aus Fleisch und Blut, aber sehr viel mehr als ein bloßer Schatten; die Gestalt gewordene Erinnerung an ein einstmals lebendiges Wesen und verdammt zur ewigen Wanderschaft in den Schattenlanden, am Rande der wirklichen Welt. Und immer hatten sie versucht herüberzugelangen; an jenen Tagen des Jahres, an denen die Grenzen durchlässig wurden, wenn niemand etwas dagegen unternahm. Wenn die Wächter unachtsam oder aber, was nun viel schwerer wog, ihrer zu wenige geworden waren, über all die langen Jahre. Nun war fast niemand mehr übrig, der die Vorzeichen zu lesen und sich zu wehren wusste. So bot sich den Untoten die Gelegenheit, die Lebenden heimzusuchen, und es würden ihrer viele sein, die sie ergriffen. Wesen aus Gräbern und Albträumen, Bewohner der ewigen Nacht, all die friedlosen und verlorenen Seelen und die Meute der wilden Ungeheuer, die ihnen folgten. So lange, bis ER kam und seine Herrschaft antrat und sie unter das schwarze Joch zwang, die Lebenden und die Toten und die, die dazwischen wandelten.

Sie merkten in ihren müden Beinen, dass das Gelände allmählich wieder anstieg. Das geisterhafte Leuchten reichte nicht weit über den Waldrand hinaus; je mehr sie sich vom Wald entfernten, nahm sie die Dunkelheit der letzten Nachtstunden wieder auf und verschluckte sie. Niemand hatte sich zuvor mit dem sinnlosen Versuch aufgehalten, die Laternen wieder anzuzünden, nachdem sie in den heftigen Böen erloschen waren.

Der alte Pfiffer schien dennoch genau zu wissen, wohin er sich wenden musste; vielleicht hatte er die Augen einer Katze. Für die anderen drei war der Weg eine einzige albtraumhafte Anstrengung, die nirgendwo hinzuführen schien. Doch entgegen aller Befürchtungen kamen sie voran, mit jedem beharrlichen Schritt, den Odilio ihnen abverlangte.

Hortensia fragte sich, ob sie den gleichen Weg gingen, den sie gekommen waren. Sie hatte längst jegliches Zeitgefühl verloren und die Entfernung bis zum Heckenweg kam ihr unendlich weit vor. Nichts hatten sie erreicht, rein gar nichts.

»Wartet!«, rief Zwentibold plötzlich von hinten.

Hortensia spürte, wie er ihre Schultern losließ, was auf ihrer Haut zwei taube Stellen hinterließ, so hatte er sich an ihr festgekrallt.

»Nur einen Moment«, war des Bitterlings Stimme wieder zu hören. »Ich muss kurz Atem schöpfen, denn es sticht in meiner Seite, als ob mir jemand mit einem Messer zusetzt.«

Sie hielten an und ließen einander los. Nicht nur der Bitterling beugte sich tief hinunter und stützte die Hände auf die Knie. Jeder von ihnen war bis zum Umfallen erschöpft, durchgefroren, nachtblind und halb taub vom Tosen des Sturmes. Nun war ihr Keuchen und Atemholen zu hören und das musste bedeuten, dass das Heulen des Windes nachgelassen hatte. Und war es nicht auch ein wenig heller geworden? Sie konnten die dunklen Umrisse der Gefährten vage erkennen.

Das schwarze Band aber dort vor ihnen konnte nichts anderes als der Heckenweg sein. Schon hörten sie, wie der Sturmwind durch die hohle Gasse seines Laubengangs fegte und an Zweigen und Ästen riss. Die unvermutete Nähe der vertrauten Umgebung beschenkte die Quendel aufs Neue mit der wilden Hoffnung auf baldige Sicherheit. Nun kam ihnen der altbekannte lauschige Weg wie ein Bollwerk gegen alles Unheil dieser Erde vor. Dahinter lag das Hügelland, so wie sie es kannten, liebten und für immer vorzufinden gedachten. Mit freundlichen Dörfern und deren munteren Bewohnern, die nichts weiter bedrohte als ein möglicherweise etwas strengerer Winter als im Vorjahr. Dagegen konnte man sich rüsten.

Noch einmal drehten sie sich zum Finster um, bevor sie nach einem günstigen Aufstieg in den Hecken suchen wollten. Beinahe gleichzeitig und in stiller Übereinstimmung wagten sie den Blick zurück auf den Schreckensort, dem sie entkommen waren. Von der leichten Anhöhe aus, zu der die Wiese anstieg, bot sich ihnen ein befremdliches Bild.

»*Finster* ist er mal gewesen. Es sieht fast aus, als ob er brennen würde, in einem kalten, bleichen Feuer«, stellte Karlmann fest. »Und niemand kann wissen, ob jemand daraus hervorgekommen ist. Einer dieser Wanderer. Oder jemand anderes.« Er hörte sich nicht länger wie ein Junge an, sondern erwachsen, besorgt und voller Trauer.

»Ob Bullrich noch lebt?« Hortensia traten die Tränen in die Augen. Es war ihr einerlei, dass die anderen hörten, wie ihr die Stimme brach. »Wenn er im Wald war, muss er verloren sein«, schloss sie und schnäuzte sich die Nase.

»Das ist noch nicht erwiesen«, beeilte sich der alte Pfiffer zu bemerken, aber er wusste selber, wie hilflos das klang. Hortensia unterdrückte mühsam ein Schluchzen.

»Weiter!«

Es war der Bitterling, der sich so heftig abwandte, dass die anderen zusammenschraken. Kaum auszuhalten, was er gerade mit angehört hatte. Zwar konnte er Karlmanns Gesicht nicht erkennen, aber es reichte, sich vorzustellen, wie todtraurig es aussehen musste, und die Tränen der sonst so spitzzüngigen Hortensia waren mindestens genauso unerträglich.

Er hatte sich bisher einfach nicht gestattet, genauer über das Schicksal seines Vetters nachzudenken. Zeit seines Lebens hatte Zwentibold die

Dinge, die zu tun waren, der Reihe nach erledigt. In der letzten Stunde war es das Dringlichste und Einzige gewesen, sich dem schwierigen Rückweg zu widmen, damit sie sicher nach Hause kommen würden. Dass es eine Ankunft mit leeren Händen sein würde, lauerte wie ein dumpfe Bedrohung in seinem Hinterkopf und mit jedem Schritt zurück in die vertraute Welt, näherte sich der Bitterling der schrecklichen Gewissheit, dass nun nichts mehr so wie zuvor sein würde. Nun würde er sich für immer fragen, ob er nicht viel aufmerksamer auf Bullrichs seltsames Verhalten hätte achten müssen, statt es, wie gewohnt, seiner schon sprichwörtlichen Kauzigkeit zuzuschreiben. Der all das Unheil und die unzähligen Karten entsprungen waren, die sich in dem kleinen Haus im Holunderweg angehäuft hatten, das sie nun entweder ausräumen oder verschließen mussten. Entsetzt stellte Zwentibold fest, dass er Bullrich längst verloren glaubte. Vielleicht mehr als es Karlmann und Hortensia taten, deren Worte ihn so aufgeregt hatten, dass es ihn nicht länger bei den anderen hielt. So duckte er sich unter dem Wind und stieg das letzte Stück bis zum Heckenweg hinauf. Plötzlich bemerkte er eine Bewegung neben sich und dann spürte er, dass ihm der alte Pfiffer die Hand auf den Arm legte.

»Es ist nicht deine Schuld, falls du das denkst«, rief Odilio in das Wehen und hielt mit ihm Schritt. »Es ist niemandes Schuld. Die Dinge haben sich ganz einfach so entwickelt und wir wissen auch noch nicht, wie es ausgehen wird. Im Guten wie im Schlechten. Aber da ist nichts, das du dir vorzuwerfen hättest.«

Zwentibold schüttelte abwehrend den Kopf. Es fiel ihm schwer, noch an eine gute Wendung der Ereignisse zu glauben; trotzdem fühlte er sich durch Odilios Worte ein wenig getröstet, weil er verstand, was in ihm vorging.

Gemeinsam erreichten sie die erste der Mauern, über der sich das Dickicht der Büsche und Sträucher erhob. Dort warteten sie auf Hortensia und Karlmann, die knapp hinter ihnen geblieben waren. Wieder fiel ihr Blick zurück auf den matt leuchtenden Wald. Darüber zeigte sich am Himmel ein erster schwacher Schimmer, der vom nahen Ende der Nacht kündete.

Die beiden anderen kamen bei ihnen an und Hortensia lehnte sich dankbar gegen die verwitterte Mauer, während Karlmann unruhig auf und ab spähte, als wäre gleich hier, an Ort und Stelle, ein günstiger Aufstieg zu entdecken. Noch rannten einzelne Sturmböen gegen den Heckenweg an und brachen sich an diesem Hindernis, aber ihre Gewalt ließ nach.

»Wo sind wir hier ausgekommen?«, fragte Zwentibold und blickte an den Steinen empor, aber es war zu dunkel, um Einzelheiten zu entdecken. Immerhin brauchte er nicht länger gegen den Sturm anzuschreien, sie konnten nun fast mit normaler Stimme sprechen.

»Ich glaube, ein Stück weiter nördlich der Stelle, von der wir aufgebrochen sind«, beantwortete der alte Pfiffer seine Frage. »Es hat sich für mich so angefühlt, als ob wir uns auf dem Rückweg vom Finster weiter links gehalten hätten, auch wenn ich versucht habe, den direkten Weg zurückzufinden. Aber sicher kann ich das erst sagen, wenn es hell wird.«

»Also wird es wenig Sinn haben, nach dem gleichen Durchschlupf zu suchen«, sagte Hortensia und es klang eher nach einer Feststellung als nach einer Frage.

Odilio schüttelte den Kopf. »Nein, es wäre Zeitverschwendung, umzukehren, um danach zu suchen. Alles sieht gleich aus bei dieser Dunkelheit. Wir können es ebenso gut von hier aus versuchen.«

»Kennt ihr die Geschichte von dem Loch in der Mauer?«, fragte Karlmann plötzlich.

Die anderen wandten sich überrascht nach ihrem jungen Gefährten um.

»Ein Loch in der Mauer?« Hortensias Stimme fand beinahe zu ihrer alten Schärfe zurück. »Wo soll denn das sein? Ein Loch in *dieser* Mauer? Warum hast du vorher nichts davon gesagt?«

»Es ist etwas, das ich vor einer Weile von Eppelin gehört habe«, hörten sie Karlmanns Antwort durch die Dunkelheit. »Ich habe eben nicht davon angefangen, weil mir das sinnlos vorkam, denn Eppelin hat nicht gesagt, *wo* dieser Durchgang zu finden sein könnte. Vielleicht liegt es woanders, wenn es dieses Loch überhaupt gibt. Oder es ist eben eine Geschichte aus Quendelin.«

»Ja, *das* ganz bestimmt.« Für Hortensia war das Thema damit erledigt. Die anderen schwiegen und Karlmann bereute es ein wenig, nicht den Mund gehalten zu haben. Es half ihnen nicht weiter und sich wichtigzumachen, passte bestimmt nicht zum Ernst der Lage. Andererseits hatte er gehofft, dass der alte Pfiffer, der offenbar so manches verloren gegangene Geheimnis aus der Vergangenheit kannte, mit diesem Hinweis etwas anzufangen wusste. Aber Odilio sagte nichts.

»Weiter, wir müssen weiter«, forderte er sie stattdessen auf. Auch seiner Stimme war die Müdigkeit anzuhören, aber noch immer drängte er sie vorwärts. »Es bleibt uns nichts anderes übrig, als so lange am Heckenweg entlangzulaufen, bis wir etwas entdecken, das es uns möglich macht, auf den Weg zu kommen. Genau wie auf dem Hinweg. Nur leider jetzt im Dunkeln und das nach dieser langen, langen Nacht. Ich weiß. Aber vielleicht haben wir noch einmal ein wenig Glück und finden bald eine günstige Stelle zum Klettern. Oder sogar ein Loch, junger Schattenbart. Sollte das alles noch sehr lange dauern, wird es immerhin darüber hell werden.«

»Ein schwacher Trost«, seufzte der Bitterling. »Unter diesen Umständen.«

»Doch immerhin ein Trost«, stellte Odilio abschließend fest und ging los.

Schweigend setzten sich alle in Bewegung. Auch jetzt kamen sie nur langsam voran. Es war zwar einfach, der Mauer zu folgen, aber immer wieder ließ der alte Pfiffer sie anhalten und gemeinsam untersuchten sie, ob sich nicht irgendwo in den Steinen eine hervorspringende Stufe oder auch nur ein Riss entdecken ließe, in den man einen Fuß zwängen konnte. Damit wäre zwar nur der halbe Aufstieg geschafft, denn es brauchte vor allem einen Durchlass in den dichten Sträuchern und

Brombeeren, die die Mauer so üppig bekrönten. An mehreren Stellen hatte sich Karlmann bereits auf Zwentibolds verschränkte Hände gestellt und oben nach einer Möglichkeit getastet hindurchzukommen. Aber nirgends fand sich eine Öffnung in den ineinanderverwobenen Pflanzen und allmählich bekamen die Quendel den Eindruck, dass der harmlose Heckenweg für etwaige Eindringlinge durchaus ein ernstzunehmendes Problem darstellen konnte.

»An Grünlohe sind wir schon lange vorbei, so viel ist sicher«, japste der Bitterling, der gerade versucht hatte, sich emporzuziehen, nachdem er die Mauer mit einem wütenden Aufschrei angesprungen hatte. Einen Atemzug lang hing er mit seinem ganzen Gewicht an beiden Händen, die aber auf den glatten Steinen keinen Halt fanden. So fiel er herab wie ein reifer Apfel, nicht ohne sich dabei den Ärmel seiner feinen Festtagsjacke an einer Brombeerranke aufzureißen. Zuletzt war er ein paar Schritte rückwärts gestolpert und unsanft auf dem Hosenboden gelandet.

»Das hat doch keinen Sinn!«, schimpfte Hortensia. »Wie ein großer Ochse dagegen anzurennen! Welch ein Unfug! Und für mein Gefühl noch immer viel zu viel Lärm in einer Nacht wie dieser.«

»Mag sein«, entgegnete Zwentibold, »aber ich habe es genauso satt, wie ein großer *eingesperrter* Ochse den Pferch entlangzutrotten, ohne das Tor zu finden. Ich glaube, wir können ebenso gut hier sitzen bleiben und warten, bis die Sonne aufgeht, und dann bis zur Straße nach Rabenstein wandern. Und was den Lärm anbelangt, habt ihr auch gemerkt, dass das Brausen in der Luft wieder zugenommen hat? Bald wird uns der nächste Sturm erwischen und dann ducke ich mich so lange unter diese Mauer, bis es vorbei ist. Ich kann keinen Schritt mehr vor den anderen setzen.«

Seine Worte ließen die anderen aufgeschreckt zum Finster blicken. Sie alle hatten den Wald keinesfalls vergessen; zu ihrer Linken nunmehr ein nebelweißes, statt ein schwarzes Band am Horizont. Er lauerte dort noch immer auf sie und sie spürten seine Anwesenheit in jeder Faser ihres Körpers, gleich der eines bedrohlichen, nicht einzuschätzenden

Wesens, an dem man am besten vorbeischlich, ohne seine Aufmerksamkeit zu erregen.

Der Bitterling hatte sich nicht getäuscht. Über dem Wald erhob sich ein Rauschen in der Luft, das rasch anschwoll und noch dazu näher zu kommen schien.

»Es wird regnen! Es wird ein furchtbarer Regen kommen!«, rief Hortensia aus. »Das hört sich so gewaltig wie ein Wasserfall an. Wie sollen wir uns davor schützen? Bei allen Hallimaschen, wir müssen endlich durch diese vermaledeite Hecke hindurch! Hier gibt es sonst nirgends einen Ort, an dem wir uns verbergen könnten.«

»Wartet, da ist noch etwas anderes. Hört ihr das nicht?« Der alte Pfiffer flüsterte fast. Keiner wagte sich zu rühren und sie lauschten angestrengt, während neue Furcht in ihnen emporkroch.

»Da liegt etwas über diesem Brausen. Ein hoher, hohler Ton. Nein, es sind einzelne Laute, so etwas wie ein Heulen, als habe der Wind plötzlich nicht nur eine, sondern tausend Stimmen. Sagt, hört ihr das auch?«, fragte Odilio wieder.

Karlmann nickte verunsichert. »Ja, aber es klingt nicht wie das Heulen des Windes. Eher wie richtiges Heulen.«

Der Bitterling, der auf dem Boden sitzen geblieben war, kam nun so schnell auf die Füße, als hätte ihn etwas gestochen. »Was soll das heißen? Was glaubt ihr denn, wer da heult, wenn es nicht der Wind ist?«

Wie zur Untermalung lag das unerklärliche Geräusch immer deutlicher über dem Sturm, ein unheimlicher Schlachtruf, der mit dem Wind zu ihnen herauftrieb.

»Diese Menschen aus dem trostlosen Land«, sagte Hortensia. »Vielleicht sind es ihre Stimmen. Es hört sich so verloren an.«

Niemand antwortete ihr, denn in diesem Augenblick traf die nächste Böe die kleine Schar mit solcher Heftigkeit, dass sie schwankend an die Mauer zurückwichen. Über ihnen rauschte es in den Hecken, die im neuen Ansturm erbebten. Schon standen die Quendel Schulter an Schulter, geduckt und sprungbereit, trotz aller Erschöpfung. Sie starrten den Hang hinab. Jeder war sich sicher, dass das Unheil von dort zu erwarten war.

Über dem Finster riss der Himmel auf. Wo eben noch unterschiedslose Dunkelheit über dem fahl leuchtenden Wald geherrscht hatte, türmten sich in Windeseile schiefergraue Wolkentürme in schwindelnde Höhen. Doch nur so lange, bis das nächste Ausatmen des Sturmes sie wieder zu Fall brachte. Sie sanken ineinander und ihre gewichtslosen Trümmer ergossen sich über die Weite der Himmelsfläche wie die Ausläufer einer gewaltigen Woge. Bei diesem Anblick fühlten sich die Quendel von einer so greifbaren Bedrohung umgeben, als stünden sie noch immer am Rande des Finsters.

»Oh heilige Pilzringe, steht uns bei!«, flehte Hortensia. »Irgendetwas kommt die Wiese hinauf. Ich kann es spüren, etwas nähert sich uns.«

»Nein, nicht die Wiese hinauf. Etwas kommt von oben herab«, wisperte Karlmann.

Er war nicht der Einzige, der die Schatten gesehen hatte, die sich plötzlich am Himmel bewegten. Sie tauchten in den treibenden Wolken auf; unzählige dunkle Silhouetten in rasender Bewegung. Es war kein Vogelschwarm, auch wenn es in der Luft rauschte wie von Tausenden Schwingen. Diese Geschöpfe besaßen keine Schnäbel, aber Krallen und grausame Rachen, bewehrt mit scharfen Zähnen. Sie jagten dahin mit Geheul und Gejaule; bald war auch das rhythmische Keuchen ihres Atems im rasenden Lauf zu hören.

»Wolfsgeheul. Es sind Wölfe. Ein Wolfsrudel am Himmel.« Der Bitterling sank gegen die Mauer. Stocksteif drückte er sich an die Steine, als wären sie das letzte Verlässliche in seinem Leben, und starrte in blankem Entsetzen nach oben.

»Die Wilde Jagd. Der wilde Jäger mit seiner Meute«, stammelte Hortensia und erinnerte sich schlagartig an alles, was sie jemals darüber gehört hatte.

Doch der alte Pfiffer ließ ihnen keine Zeit mehr. »Lauft!«, schrie er gellend. »Lauft, wenn euch euer Leben lieb ist, und so schnell ihr könnt.

Los, vorwärts, die Mauer entlang und bleibt nicht stehen, was auch immer geschieht!«

Doch anstatt loszulaufen, schüttelte Zwentibold den Kopf. »Nein, ich kann einfach nicht mehr. Sollen mich doch die Wölfe fressen«, japste er. Seine Knie gaben nach und mit dem Rücken an der Mauer rutschte er langsam zu Boden.

Bevor er fiel, hatte ihm der alte Pfiffer mit einer raschen Bewegung seinen Arm untergeschoben und hielt ihn aufrecht. Dabei spürte der Bitterling Odilios Atem ganz nahe an seinem linken Ohr. Es prickelte und mehr, als dass er es in dem Lärm wirklich hören konnte, fühlte er, dass ihm Odilio etwas ins Ohr wisperte. Sofort breitete sich wundersam belebende Wärme von dort aus, floss an Nacken und Rücken und vorne an seiner Brust herab. Frische Kraft durchpulste seine Arme und erreichte die todmüden Beine. Seine Erschöpfung war verschwunden. Zwentibold richtete sich auf und lief los.

All dies geschah in einem Augenblick. Er konnte sich nicht damit aufhalten, über das Wunder zu staunen. Der alte Pfiffer hatte sich schon wieder von ihm gelöst und scheuchte Hortensia und Karlmann vor sich her. Im Laufen fragte sich der Bitterling, ob Odilio auch die anderen mit einem geflüsterten Zauberspruch belebt hatte. Es musste so sein, denn alle hetzten in wilder Flucht die Mauer entlang, als gäbe es keine zurückliegenden Strapazen. Sogar die Todesangst hatte ihnen der alte Pfiffer mit seiner seltsamen Macht genommen. Der Sturm brauste und der Himmel barst. Wolfsgeheul erfüllte die Luft, aber nichts davon lähmte sie.

Die Quendel rannten, wie sie wohl noch nie in ihrem Leben gerannt waren. Ihre Hoffnung war, dass sie im Schutz des Heckenweges unentdeckt blieben. Sie hielten sich dicht an der Mauer, über welche die ineinanderverzweigten Sträucher weit herausragten. So waren sie wohl nur aus der Ferne zu entdecken; flüchtige Schatten, die vorbeihuschten.

Bald würde das Rudel über ihnen sein. Je näher die Wölfe kamen, desto weniger glichen sie den Sturmwolken, denen sie so zahlreich entsprangen, sondern verfestigten sich zu Wesen aus Fleisch und Blut. Ganz vorne lief einer, der größer war als alle anderen. Das musste der Leitwolf sein, ein hageres Ungeheuer mit kantigem Schädel und Läufen so lang wie die Beine eines Ponys. Obwohl ihnen davor graute, konnten die Quendel den Blick nicht von ihm wenden; immer wieder schauten sie zum Himmel. Schon konnten sie die gelben Augen erkennen, die in seinem starren Antlitz aufleuchteten. Hortensia erinnerte es an die unheimlichsten Masken des Hügellandes, die im flackernden Fackelschein der Festumzüge von plötzlichem Leben erfüllt nicht nur die Kinder ängstigten. Sie hatte das noch nicht zu Ende gedacht, als neben ihr Karlmanns gellender Schrei ertönte.

»Ich glaube, er hat uns gesehen! Der riesige Wolf an der Spitze! Jetzt neigt er den Kopf und bleckt die Zähne! Bei allen Quendeln, gleich kommt er herab!«

Weil nun alle gebannt nach oben starrten, wurden sie langsamer. Genau wie der große Wolf am Himmel und dahinter die ersten Reihen seiner wilden Brüder. Der Leitwolf begann, sie hinter sich zu sammeln und wie auf einem Regenbogen zur Erde hinabzulenken. Noch liefen die krallenbewehrten Pfoten lautlos über unsichtbaren Grund, doch die Quendel hörten schon deutlich ihr Hecheln und Knurren über sich.

»Was sollen wir nun tun?«, schrie Hortensia.

»Weiter!«, schrie Odilio zurück.

»Was weiter? Wohin?« Hortensias Stimme überschlug sich. »Es gibt kein Entrinnen.«

Bevor der alte Pfiffer noch etwas entgegnen konnte, sah es aus, als ob er stürzte. Aber nicht er selbst ging zu Boden, sondern sein Kater Reizker schien mit einem Mal zu neuem Leben erwacht, denn er sprang aus dem Bündel vor Odilios Brust, ein kleiner rötlicher Blitz vor dem dunklen Hintergrund der Steinmauer. In dieser verschwand er nun wie in den unheilvollen Löchern aus Nebel und Licht.

Sein Herr stutzte, dann winkte Odilio wie wild mit beiden Armen. »Hierher! Hier ist ein Loch in der Mauer. Reizker hat es entdeckt. Rasch hinein. Wenn diese Sturmwölfe mehr als bloße Schatten sind, können sie uns nicht folgen. Es ist zu eng für sie!«

»Ein Loch in der Mauer«, wiederholte Karlmann wispernd. In seinem Kopf überschlugen sich die Gedanken.

Er war der Erste, der Reizker folgte. Fast stürzte er sich in die Lücke, die hier im Gemäuer klaffte und gerade so breit war, dass sich ein Quendel, der allerdings wesentlich schlanker als der stattliche alte Boso aus Quendelin sein musste, gerade noch hindurchzwängen konnte. Alle trugen Schrammen davon, als sie, wie zuvor der Kater, einer nach dem anderen in der Mauer verschwanden, zuletzt der alte Pfiffer. Dahinter hielten sie keuchend inne. Die nach Erde riechende Finsternis umfing sie wie in einem Grab.

Ihr Entkommen war sehr knapp und glückte im gleichen Moment, als unzählige Pfoten auf dem kurzen Gras aufsetzten. An der Mauer des Heckenwegs strichen nun die Wölfe entlang. Die Quendel hörten sie knurren und grollen. Furchtbar klang das Gescharre ihrer Krallen, die auf der Suche nach einem Eingang über die Steine der Mauer kratzten. Die Wölfe belauerten den schmalen Spalt, durch den sie nicht hindurchpassten, genauso wie es der alte Pfiffer gehofft hatte. Drinnen hockte die kleine Schar, gehetzte Kaninchen in einem Bau. Zwar waren sie ihren Jägern um Haaresbreite entwischt, doch wer konnte wissen, ob sich der unbekannte Unterschlupf nicht zuletzt als tödliche Falle erweisen würde. So lauschten sie angespannt den bedrohlichen Lauten, die sich über das gedämpfte Tosen des Sturmwinds legten. Sie konnten einander nicht sehen, aber jeder behielt den Eingang im Blick, der sich als dunkelgrauer Streifen kaum von der Dunkelheit draußen abhob.

Die Morgendämmerung ließ auf sich warten und immer wieder schoben sich Schatten davor. Das waren Wölfe, die in die Öffnung hineinschnupperten, durch die ihnen ihre Beute entschlüpft war.

Und plötzlich glitzerte im Riss ein grausames helles Augenpaar. Hortensia und Karlmann schrien gleichzeitig auf, denn die Augen wirkten so nah, als wäre es dem riesigen Wolf zuletzt gelungen, seinen Kopf in die Höhle zu stecken. Gleich darauf erfüllte wutentbranntes Gekläff ihr Versteck, so laut und bedrohlich, dass es schien, als würde es den Unterschlupf zum Einsturz bringen können. Die spitze Schnauze stieß weit vor; sie sahen das Schimmern der entblößten Fangzähne und rochen den Atem des Raubtiers, während sich die scharfen Krallen seiner Vorderpfoten wild an den Rändern der Spalte wetzten. Dieser Wolf war stärker als alle anderen. Nicht auszudenken, wenn es ihm gelingen würde, das alte Mauerwerk weiter aufzubrechen.

Einer der Eingeschlossenen gab ein klägliches Wimmern von sich und Hortensia krallte die Finger ineinander, bis das Blut kam. Gleichzeitig waren alle tiefer in den Gang zurückgewichen, obwohl sie dort nicht das Geringste sehen konnten. Ein letztes tiefes Knurren, dann merkten sie zu ihrer grenzenlosen Erleichterung, dass die Wolfsschnauze sich wieder aus dem Mauerriss zurückzog, ohne etwas ausrichten zu können.

»Und wenn er die Zähne noch so fletscht«, sagte Odilio plötzlich in die Finsternis hinein, dass seine Gefährten gehörig zusammenfuhren. »Das hilft ihm auch nicht. Sie können nicht hinein; das Loch ist zu schmal. Hier können sie uns nicht erwischen.«

»Bist du dir da sicher?«, war Hortensias Stimme zu hören. »Was ist, wenn sie wie ein Fuchs im Hühnerstall am Fuße der Mauer zu graben beginnen, bis unter die untersten Steine des Fundaments? Sie haben so lange Krallen, es dürfte ihnen nicht schwerfallen.«

Neben ihr seufzte Zwentibold tief auf. Bei Hortensias Worten drückten sie sich unruhig gegen die feuchte Erde, die sie umschloss. Kurz darauf raschelte es aus Odilios Richtung, er schien etwas in seinen Westentaschen zu suchen.

»Ich finde, wir sollten dafür sorgen, dass es hier ein wenig heller als in einem Maulwurfshügel wird«, erklärte er, als ob das an diesem Ort und in ihrer Lage das Selbstverständlichste auf der Welt sei. »Dann können wir sehen, wo wir gelandet sind. Und Feuer pflegt wilde Tiere im Allgemeinen auf Abstand zu halten. Vielleicht verschaffen wir uns mit dem Licht ja auch eine Spur von Respekt.«

Hortensia schnaufte und murmelte irgendetwas, das nicht zu verstehen war. Sie und Odilio waren die Einzigen, die ihre Laternen auf dem letzten Stück ihrer wilden Flucht nicht verloren hatten, wie sich bald darauf herausstellte. Der Bitterling erinnerte sich erst jetzt, dass seine Laterne an den Mauersteinen zerbrochen sein musste, als er sich in den Spalt zwängte. Er war hängen geblieben und hatte sie losgelassen, um freizukommen. Karlmann vermisste die seine ebenfalls. Und auch die über lange Jahre von Hortensia sorgsam verwahrten Spazierstöcke ihres Großvaters zählten zu den Verlusten; desgleichen ihr Proviant.

In der Finsternis ihrer gruftartigen Zuflucht zum plötzlichen Stillstand gezwungen, fühlten die Quendel nicht nur die sie umgebenden Erdmassen auf sich lasten. Es erschien zu groß und zu viel, was in der Kürze einer halben Nacht geschehen war und mehr einem wirren Albtraum als der Wirklichkeit glich. Wenn man sich an einem Tag, der ganz normal begonnen hatte, zu guter Letzt in einer unbekannten Höhle wiederfand, die noch dazu durch ein gespenstisches Wolfsrudel belagert wurde, das aus den Wolken gekommen war, war es vielleicht das Beste, sich, scheinbar unbeeindruckt, zunächst etwas ganz Einfachem zu widmen. Wie dem Anzünden der zwei Laternen, die ihnen noch geblieben waren.

Der Bitterling stellte erstaunt fest, dass man sich an eine aussichtslose Lage fast gewöhnen konnte, wenn einem ohnehin nichts anderes übrig blieb, als sie irgendwie zu ertragen. Vor dieser denkwürdigen Nacht hatte er das wahrhaftig nicht gewusst.

Odilio hatte seine Zündhölzer gefunden; schon glomm ein kleines zitterndes Flämmchen auf, das kurz darauf im ersten gläsernen Gehäuse zur Ruhe kam. Auch Hortensia entzündete ihr Licht und nun erhellte sich ihr Unterschlupf. Sie sahen sich um, nicht ohne immer wieder wachsam nach dem Spalt in der Mauer zu blicken, und entdeckten, dass sie am Anfang eines Tunnels kauerten, der sich nach dem engen Einstieg so weit verbreiterte, dass man zu zweit aufrecht nebeneinanderstehen konnte. Wände, Boden und Decke waren mit fester, dunkler Erde bedeckt, aus der hin und wieder verwitterte Steine ragten. Von oben hatten einzelne Wurzeln der kleinen Bäume, die die Mauern des Heckenweges bewuchsen, ihren Weg bis in diesen Hohlraum gefunden. Weiter hinten führte der sich wieder verengende Gang plötzlich steil in die Tiefe hinab, vermutlich unter dem Heckenweg hindurch. Es war mehr als ein glücklicher Zufall, dass dort keiner von ihnen hinuntergefallen war. Karlmann, der als Erster durch die Mauer geschlüpft war, hatte nur drei Handbreit von der Stelle entfernt, wo es jäh abwärtsging, angehalten.

Dort hockte, auf einem aus der Wand vorspringenden Stein, Odilios Kater Reizker, ihr Retter in größter Not. Das Laternenlicht flackerte in seinen grünen Augen, mit denen er die Runde mit unergründlichem Ausdruck musterte. Er schien sich wieder vollkommen erholt zu haben und wartete nun ab, wie sich die Zweibeiner verhalten würden. Dabei gestattete er, dass ihm Karlmann dankbar das Kinn zu kraulen begann. Gleichzeitig studierte der junge Quendel voller Unruhe die im Laternenschein sichtbare Umgebung und versuchte, sich dabei an jede Einzelheit jener Geschichte zu erinnern, die sein Freund Eppelin vor einiger Zeit zum Besten gegeben hatte.

Von einem Loch in den Mauern des Heckenweges war da die Rede gewesen und den Unterirdischen, die laut Eppelin den halben Hügel, über den der Weg verlief, mit weit verzweigten Gängen untertunnelt hatten. Karlmann fragte sich beklommen, ob sie schon bald nach den Wölfen mit weiteren Wesen Bekanntschaft machen würden, die eigentlich in die Märchen und Sagen der langen Kaminabende gehörten. Er fröstelte und das kam nicht nur durch die äußere Kälte. Die wärmende Kraft, die der alte Pfiffer ihnen auf geheimnisvolle Weise für kurze Zeit verliehen hatte, war längst verbraucht.

»Wo wir hier wohl sind?«, brach der Bitterling erneut das Schweigen und bedachte Hortensia, die schon den Mund zu einer Antwort geöffnet hatte, mit einer ungeduldigen Geste. »Schon gut, unter dem Heckenweg, so viel weiß ich auch. Und vermutlich irgendwo auf der Höhe des Schellenwaldes. Aber hat irgendeiner jemals zuvor von diesem Gang gehört?«

»Nun, seine Lage gehört nicht gerade zu den bevorzugten Ausflugs-zielen für einen Sonntagsspaziergang, meinst du nicht?«, sagte Hortensia bissig. Dass sie ihre spitze Zunge wiedergefunden hatte, klang fast tröst-lich.

Karlmann überlegte, ob er nun den anderen in allen Einzelheiten von Eppelins Geschichte erzählen sollte, aber der alte Pfiffer kam ihm zuvor.

»Wir müssen uns entscheiden, ob wir dort hinuntergehen«, sagte Odi-lio und zeigte mit der Hand in die Richtung, in welcher der Tunnel in eine unbekannte Tiefe führte. »Oder ob wir hier warten, bis die da draußen sich nach einer anderen Jagdbeute umsehen. Wobei ich es für gefährlich halte, sich ins Freie zu wagen, solange es noch nicht hell ge-worden ist.«

»Wir müssen so schnell wie möglich nach Grünlohe zurück und das Dorf warnen«, sagte Zwentibold. »Am besten das ganze Hügelland. Es hat etwas begonnen, das sich keiner vorstellen kann, und ich weiß selber nicht mehr, was ich noch denken und glauben soll.«

»Bis wir hier heraus sind, könnten die Wölfe vor uns da gewesen sein«, entgegnete der alte Pfiffer. »Aber es kann auch sein, dass sie mit der Nacht verschwinden.«

»So wie ein furchtbarer Albtraum?«, fragte Hortensia und ihrer Stim-me war der Zweifel anzuhören. »Wolfsröhrling und Totentrompete! Ich finde sie sehr wirklich, so wie sie uns auf den Fersen sind und knurren und scharren.« Wie zur Untermalung ihrer Worte erklang aus einiger Entfernung das Heulen eines einzelnen Wolfs; ein lang gezogener, schau-riger Ton, dem kurz darauf einige seiner Brüder aus nächster Nähe ant-worteten.

»Sie sind wirklich«, seufzte Odilio. »Aber noch kann es sein, dass wir einstweilen von ihnen befreit sein werden, wenn endlich der Tag an-bricht.«

»Was soll das wieder heißen, *noch kann es sein*?«, wiederholte Hortensia. »Und was für ein Tag soll nach einer solchen Nacht wohl anbrechen? Zuerst verschwindet der arme Bullrich, aber, so entsetzlich das auch ist, doppelt entsetzlich ist nun wohl, dass jene finsteren Andeutungen, mit denen du uns schon die ganze Zeit beunruhigst, tatsächlich Wirklichkeit werden. Was wohl als Nächstes geschehen wird? Nichts scheint mir mehr sicher und verlässlich, wohl nicht einmal die Morgendämmerung. Dabei liegen nur wenige Stunden zwischen jetzt und einem Nachmittag, den ich mit Rosenschneiden begonnen habe.«

Der alte Pfiffer sah sie mitleidig an. »Es könnte sein, dass all das Unheil dieser Nacht einstweilen wieder verschwindet. Ich hoffe es sehr. Dass sie sich zu dieser Zeit des Jahres zeigen und sogar die Grenze überqueren, bedeutet eine schreckliche Bedrohung für das ganze Hügelland; ich will es nicht leugnen. Aber es bleibt zunächst eine Bedrohung, denke ich, nach allem, was ich über die dunklen Mächte weiß.«

»Was weißt du denn darüber?«, fuhr Hortensia auf. »Soll ich jetzt glauben, dass Sagen und Schauergeschichten Wirklichkeit werden? Oder waren sie schon immer wahr und niemals nur die Ammenmärchen, für die wir sie gehalten haben? Der Finster in bleichem Feuer, mit Menschen darin, die aus einem düsteren Land bedrohlich näher kommen. Dann Wölfe, die am Himmel mit dem Sturmwind jagen und sich auf die Erde stürzen, wann immer sie wollen. Und nicht zuletzt du selbst, der du Zauberworte weißt, die einen plötzlich stärken, wenn man eigentlich schon am Ende ist. Wer sind die und wer bist du, frage ich dich, Odilio Pfiffer!?«

»Ich bin der, der ich immer war«, antwortete ihr der alte Pfiffer so behutsam, wie man mit einem unverständigen Kind spricht. »Wer *die* sind, hast du doch eben selbst gewusst. Als die Wolken aufbrachen und die Wölfe freikamen, erinnerst du dich nicht? Sprich es ruhig noch einmal aus, denn es bleibt die Wahrheit, auch wenn du sie nicht wahrhaben willst.«

Hortensia sank in sich zusammen. »Die Wilde Jagd?«, wisperte sie beinahe tonlos, aber alle konnten es hören. Mit einem Mal herrschte Totenstille, drinnen wie draußen. »*Das* also soll wahr sein? Der Schlimmste aller Schrecken aus den Geschichten unserer Kindertage?«

Karlmann machte große Augen. Für ihn lagen diese Tage noch gar nicht weit zurück. Wenn er sich auch mittlerweile zu alt fühlte, um unter den jungen Zuhörern zu sein, die sich eifrig um den erwachsenen Erzähler scharten, hatte er doch keine der Geschichten vergessen, die gemeinhin zum Besten gegeben wurden. Manche waren so unheimlich, dass man sie erst erzählte, wenn die Kleinsten im Bett verschwunden waren, und hatten ihn so beeindruckt, dass er später mit einer Mischung aus Mut und Furcht unter dem eigenen Bett nachsehen musste. Klopfenden Herzens beugte er sich dann über die Bettkante und starrte in die undeutbare Schattenzone darunter. Glitzerte es dort hinten an der Wand nicht wie aus schmalen Augen? Verbarg sich hinter dem tiefschwarzen Umriss links in der Ecke nicht eine kauernde Gestalt? Er zwang sich, diese Ungewissheiten lange genug zu betrachten, bis er sich sagen konnte, dass der Zeitpunkt für einen möglichen Angriff wohl verstrichen war. Wirklich beruhigt war er allerdings nie und so lag er, nachdem er die Kerze gelöscht hatte, angespannt und wachsam unter seiner Decke und lauschte in das dunkle Zimmer. Bis er zuletzt doch einschlief, allen Bedrohungen zum Trotz. Am nächsten Morgen waren die Schrecken der Nacht vergessen und jagten ihm im hellen Tageslicht seltsamerweise wohlige Schauer über den Rücken, als wäre er nach einem gefahrvollen Erlebnis wieder sicher zu Hause angekommen.

Jene Geschichten über die Wilde Jagd am winterlichen Himmel in der dunkelsten Zeit des Jahres hatten ihn mehr als alle anderen beschäftigt, schon deshalb, weil es stets im Verborgenen blieb, wer der schreckliche Anführer war, der die Heerscharen aus gespenstischen Wesen durch die Wolken trieb. Selbst die begabtesten Erzähler, die nie um Ausschmückungen verlegen waren, wurden bei dieser schattenhaften Gestalt wortkarg und beließen es bei Andeutungen, als würde es Unglück heraufbeschwören, ihn genauer zu beschreiben. Es war diese geheimnisvolle Leere, die die Figur bedrohlicher machte, als jeder noch so lebensecht geschilderte Drachen, Werwolf oder Bergtroll.

Karlmann blickte von einem zum anderen. Das Laternenlicht zitterte auf ihren Gesichtern. Sie sahen todmüde und verstört aus, mit ihm selbst würde es nicht anders sein. Nur der alte Pfiffer wirkte eher besorgt als ratlos.

»Und wer bist du nun, Odilio, der du über Zauberkräfte verfügst?«, wiederholte der Bitterling Hortensias Frage und schüttelte dabei langsam den Kopf, als könne er nicht fassen, was sie gerade erlebten. »Das hast du uns noch nicht gesagt und ich würde mich wahrhaftig wohler fühlen, wenn ich es wüsste. Vielleicht steht zu befürchten, dass du dich in Kürze in etwas anderes verwandeln wirst, und da möchte ich vorbereitet sein. Vielleicht bist du gar keiner von uns, sondern ein Zauberer oder sogar jemand aus der Anderswelt, denn du weißt so viel darüber; sicher viel mehr, als du uns ahnen lässt.«

Während Zwentibolds Rede hatte sich ein Lächeln auf Odilios Gesicht ausgebreitet. Sie sahen es alle und mussten zugeben, dass er ganz wie der freundliche alte Quendel aussah, den sie alle kannten. »Mein lieber Bitterling«, begann er und wandte sich damit an alle. »Ich kann dich und euch beruhigen. Ich versichere euch, dass ich ein echter Quendel bin und das bis ans Ende meiner Tage auch zu bleiben gedenke. Nur habe ich, wie noch ein paar andere im Hügelland, versucht, etwas vom alten Wissen zu bewahren, das in Vergessenheit geraten ist. Was nicht hätte geschehen dürfen, wie ich jetzt sehe. Wenn wir wieder zu Hause sind, wird es eine Beratung geben und dann wird für alle ans Licht kommen, was seit Langem im Dämmer der Geschichte versunken ist. Mich einen Zauberer zu nennen, wäre zu viel gesagt. Ich verfüge lediglich über ein paar bescheidene Handgriffe zur Stärkung in Notzeiten, das ist allgemein bekannt. Hättet ihr mich sonst gerufen? Manchmal reicht schon ein Tee aus heilsamen Kräutern, manchmal muss es etwas Kräftigeres sein«, schloss er seine Rede und zwinkerte listig in die Runde.

Die anderen schwiegen und dachten über die Worte nach, die sie gerade gehört hatten.

»Ich glaube Odilio! Das habe ich immer getan«, sagte Karlmann mit Nachdruck. »Und das werde ich jedem erzählen, der es hören möchte.«

»Wenn wir hier je wieder herauskommen und heil genug sind, um überhaupt etwas erzählen zu können«, seufzte Zwentibold, aber er wirkte besänftigt. Nur Hortensia starrte mit undeutbarem Ausdruck vor sich hin und schien in eigene sorgenvolle Gedanken versunken.

Odilio nickte Karlmann freundlich zu und griff dann eine der beiden Laternen. Er erhob sich und hielt dabei das Licht in die Richtung, wo der Gang steil nach unten führte. Karlmann, der mit Reizker der Stelle am nächsten war, beugte sich interessiert vor.

»Da führen Stufen hinunter!«, rief er plötzlich und war so schnell auf den Beinen, dass der Kater neben ihm heftig zusammenzuckte. »Stock und Schwamm, seht nur, eine richtige Treppe! Das hier ist keine natürliche Höhle! Diese Stufen sind aus Stein, jemand muss sie gebaut haben. Also noch eine alte Geschichte, die wahr ist. Denn genau das ist es, was Eppelin erzählt hat: dass jemand den Heckenweg vor langer, langer Zeit untertunnelt hat. Das Loch in der Mauer ist ein Eingang!«

Voller Aufregung betrachtete Karlmann seine Entdeckung. Neben ihm leuchtete der alte Pfiffer in die Tiefe und auch die beiden anderen waren aufgesprungen und blickten ihnen über die Schulter. Kein Zweifel, eine Treppe aus verwittertem Gestein führte steil in die Erde hinab. Das Laternenlicht reichte nicht sehr weit und damit er noch ein wenig mehr sehen konnte, stieg Odilio mit vorsichtigen Schritten die ersten Stufen hinunter.

»Kannst du etwas erkennen?« Zwentibolds Stimme klang zaghaft.

»Es geht so weiter, wie es beginnt«, erklärte der alte Pfiffer. »Jedenfalls soweit ich bei dem wenigen Licht sehen kann. Die Treppe führt nach unten. Mir scheint aber, dass sie nur ganz am Anfang so steil ist. Danach wird es flacher.«

»Werden wir dort hinuntersteigen?«, fragte Karlmann. Trotz aller Bedrängnis spürte er plötzlich eine Spur von Abenteuerlust. Es war kaum zu glauben, aber nun schienen sie sich mitten in Eppelins Geschichte zu befinden. Der alte Pfiffer hatte recht; in dieser Nacht verrutschte die Wirklichkeit in die Welt der Sagen und umgekehrt verhielt es sich genauso. Bevor Odilio ihm antworten konnte, merkte er, wie jemand mit festem Griff seinen Arm umklammerte; das war Hortensia, die zu verhindern gedachte, dass er ihr in die Tiefe entwischte.

»Du bleibst bei mir, mein Bürschchen!«, zischte sie. »Denke daran, was wir deiner armen Mutter versprochen haben, als wir Krausen Glucken verrückt genug waren, dich auf diesem Schreckensausflug mitgehen zu lassen.«

Karlmann wollte widersprechen, da rief Odilio von unten herauf: »Vorne geht es im Augenblick nicht heraus. Also können wir uns genauso gut ein, zwei Schlegel in die Tiefe wagen. Was auch immer da unten ist, es wird kaum schlimmer sein als das, was uns vor dem Mauerloch erwartet.«

»Dessen bin ich mir nicht sicher und du kannst es auch nicht sein«, entgegnete der Bitterling und machte keinerlei Anstalten, sich vom Fleck zu bewegen. »Wir sollten hier oben warten, bis die Sonne aufgeht. Lange kann es nicht mehr dauern.«

Odilio kehrte um und kletterte die wenigen Stufen wieder hinauf. »Noch gibt es kein Morgengrauen und diese Nacht ist lang«, sagte er, als er bei den anderen angekommen war. »Mein lieber Junge«, wandte er sich an Karlmann. »Hat dein Freund Eppelin, Bosos vortrefflicher Enkel, vielleicht auch gewusst, wohin dieser Gang führt, würde man ihm folgen?«

Voller Genugtuung darüber, dass der alte Pfiffer ihn ernst nahm, löste sich Karlmann aus Hortensias Klammergriff. »Nein, nicht genau. Außerdem sprach er von vielen Gängen. Von einem richtigen Labyrinth, das sich unter dem Heckenweg befinden und bis unter die Wiesen zwischen Grünlohe und Krapp reichen soll.«

»Stock und Schwamm, woher will dieser Quendeliner Bengel das eigentlich alles wissen?!«, fragte Hortensia in gereiztem Ton. »Hat er eine Karte? Etwa wie Vetter Bullrich?«

»Ja«, rutschte es Karlmann heraus und ihm wurde ganz heiß, als er schlagartig verstummte und die Lippen zusammenpresste.

Hortensia hielt hörbar den Atem an, aber offenbar nur, um Kraft zu sammeln.

»Junger Schattenbart, willst du uns auf den Arm nehmen oder deinen armen alten Onkel verspotten?!«, fuhr sie ihn so heftig an, dass Karlmann an die Wand zurückwich. »Dich mit wilden Behauptungen wichtigmachen, jetzt, da er verschwunden und vielleicht verloren ist? In diesem Erdloch, in dieser Notlage, fängst du mit weiteren wirren Spinngespinsten an, noch dazu über Landkarten! War es nicht zuallererst eine Landkarte, mit der das Unheil seinen Lauf nahm? Karten von Gegenden, die ein Quendel von Verstand niemals betreten sollte. Das bringt nichts als Unglück! Wie deinem Onkel und bestimmt auch uns, folgen wir weiter diesen vermaledeiten Pfaden.«

Sie holte Luft, schien aber noch längst nicht fertig zu sein, doch der alte Pfiffer trat dazwischen und schnitt ihr kurz entschlossen das Wort ab. »Von was für einer Karte redest du da?«, fragte er Karlmann. Seine Miene war ernst und er sprach nun mit ihm wie mit seinesgleichen. »Besitzt Eppelin Reizker etwa eine solche Karte? Eine, die geheime Wege statt der altbekannten Straßen des Hügellandes verzeichnet? Hat er sie euch gezeigt oder nur mit etwas geprahlt, das sicher nicht für seine Ohren bestimmt war?«

Karlmann wand sich unter den drängenden Fragen. Es war schlimm genug, dass er Eppelins kostbaren Fund verraten hatte. Doch nach Hortensia setzte ihm nun der alte Pfiffer zu und etwas sagte ihm, dass er Odilio gewiss nicht würde ausweichen können.

Der musterte ihn eindringlich und Karlmann stellte erstaunt fest, dass es, nun aus der Nähe betrachtet, gar keine alten Augen waren, aus denen ihn dieser Blick traf. Sie waren hellgrün wie klares, kaltes Wasser im Gebirge, seltsam strahlend und unwiderstehlich. Der junge Quendel blinzelte und blickte zur Seite in die Dunkelheit außerhalb des Laternenscheins. Da schrak er zusammen, denn auch von dort traf ihn dieser grün leuchtende Blick, obwohl sich der alte Pfiffer nicht von der Stelle gerührt hatte. Stattdessen hockte dort auf einem Vorsprung in der Wand sein Kater Reizker. Er war so still und starr wie die steinernen Statuen im Park von Krapp, nur die grünen Augen schimmerten.

Karlmann schluckte. Er konnte zwischen den Augen des Tieres und denen seines Besitzers überhaupt keinen Unterschied erkennen.

»Besitzt Eppelin eine solche Karte und hast du sie gesehen? Sprich!«

Odilios gebieterische Stimme erreichte Karlmann wie aus großer Entfernung. Plötzlich war es ihm fast gleichgültig, ob er sein Wissen preisgab oder nicht. Also begann er zu antworten: »Es ist nicht seine Karte, sondern die seines Großvaters Boso. Eppelin hat sie eines Tages in seinem Studierzimmer entdeckt.«

»Was hatte er dort zu suchen?«

»Boso saß auf der Veranda und bat ihn, ihm seinen Tabaksbeutel zu bringen, den er dort vergessen hatte. Eppelin ging also hinein und da lag diese Karte zwischen Büchern und Papieren auf dem Tisch ausgebreitet. Zufällig fiel ihm der Name *Finster* auf und weil er das aufregend fand, kam er später heimlich zurück, um sie genauer anzusehen. Er hat sich noch einige Male hineingeschlichen, denn sie lag dort eine ganze Weile. Sie schien ihm sehr alt zu sein und war wohl schwer zu lesen, auch weil manche Namen in einer fremden hakigen Schrift geschrieben waren.«

»Zwergenrunen. Sehr nachlässig vom alten Reizker, so etwas einfach herumliegen lassen«, murmelte Odilio. Laut wandte er sich wieder an Karlmann. »Woher will dieser junge Tunichtgut dann so genau gewusst haben, dass es unter dem Heckenweg unterirdische Gänge geben soll, die noch dazu ins Hügelland hineinführen?«

»Zuerst hatte er ja den Namen des Waldes entziffert, weil der in unserer Schrift geschrieben war, wie auch noch einiges andere«, antwortete Karlmann und strengte sich nun sogar an, nichts Wichtiges zu vergessen. »Jetzt fällt es mir wieder ein; Eppelin sagte, dass jemand einige Namen in unserer Schrift dazugeschrieben hat. Sonst hätte er die Karte wohl kaum verstanden. So konnte er den Heckenweg erkennen und dahinter den Schellenwald, der aber einen anderen Namen trug, an den ich mich nicht mehr erinnern kann.«

»Was hat es aber nun mit diesen Gängen auf sich?«, fragte der alte Pfiffer ungeduldig.

»Sie waren dort eingezeichnet«, erklärte Karlmann. »In leuchtendem Rot, wie Eppelin erzählt hat, deshalb konnte er es gar nicht übersehen. Auch Worte wie *alter Tunnel* oder *toter Stollen*, die habe ich mir gemerkt und dadurch war ja auch klar, dass diese Wege unter der Erde verlaufen. Einer kam bei dem alten Hünengrab hinter Grünlohe heraus. Das heißt auf der Karte *Huldahus*. Seitdem glaubt Eppelin, dass es die Unterirdischen waren, die diese Gänge gebaut haben. Denn Zwerge hausen im Gebirge und behauen den Fels; es ist unter ihrer Würde, sich wie eine Wühlmaus durch die Erde zu graben. Das hat er von seinem Großvater, der auch eine Menge über solche Dinge weiß. Deshalb kann es nur das Huldavolk gewesen sein, meint Eppelin. Und das ist alles, was *ich* darüber weiß«, schloss Karlmann und rieb sich die Stirn wie nach einer großen Anstrengung.

»Sieh einmal an, findigste Frühlorchel, wer hätte das gedacht?!«, murmelte der alte Pfiffer wieder, aber niemand wusste, was er damit meinte. Dann entließ er Karlmann aus dem Verhör. »Ich habe genug gehört. Verzeih mir, es ging nicht anders«, sagte er seltsamerweise.

»*Genug* gehört habe ich auch«, sagte Hortensia erbittert. »Nur verstanden habe ich wenig. Was ist daran so wichtig, dass der sonderbare Boso Reizker von Quendelin offenbar mindestens so kauzig wie Bullrich Schattenbart aus Grünlohe ist und sich ebenfalls mit seltsamen Karten befasst?«

»Ganz einfach«, sagte Odilio. »Nun weiß ich, welchen Weg wir einschlagen müssen, um sicher zurück ins Dorf zu kommen.«

»Und der führt diese Treppe hinab?«, rief der Bitterling. »Nicht mit mir und das ist ebenfalls sicher.«

Nach diesen Worten entstand eine nachdenkliche Pause. Der alte Pfiffer blickte fragend von einem zum anderen.

Nur Karlmann erwiderte seinen Blick mit einer Miene, die neben aller Erschöpfung auch stumme Erwartung zeigte. Den existierenden

Pfaden der geheimnisvollen Quendeliner Karte zu folgen, *ihrer* Karte, lockte ihn. Überdies vertraute er Odilio.

Karlmann stellte ein wenig verwundert fest, dass er sich kaum fürchtete. Die Erlebnisse der letzten Stunden hatten ihn abgestumpft; es kam ihm immer mehr so vor, als bewegten sie sich durch die albtraumhaften Umstände und Szenerien dieser Nacht ähnlich willenlos wie in solchen Träumen, in denen man wohl oder übel annehmen musste, was einen je nach Lage dabei erwartete. Vielleicht war es, seit die Dinge ihren Lauf genommen hatten, von Anfang an niemals an *ihnen* gewesen, sich für irgendetwas entscheiden zu können, sondern sie folgten darin fremden Absichten, die sie von einer Herausforderung zur nächsten lenkten, wie gefangene Raupen oder Käfer, die Kinder durch einen Parcours voller selbst gebastelter Hindernisse schickten. Nun waren *sie* die Käfer, die eine finstere Macht aus dem gewohnten Dasein gerissen hatte. Würden sie diese letzte Prüfung bestehen? War es überhaupt die letzte? Es waren recht erwachsene Gedanken, die dem jungen Quendel durch den vor Müdigkeit benommenen Kopf gingen.

»Stock und Schwamm und Mäusepilz!« Odilios plötzlicher Ausruf brachte Bewegung in die erstarrte Runde. »Seid ihr nun Klapperschwämme oder noch die mutigen Quendel, die ohne zu zögern in tiefster Nacht zum Finster gezogen sind, um einen der ihren vor dem Verderben zu retten? Ich will nicht glauben, dass ihr es jetzt nicht diese läppische Treppe hinunterschafft! Nicht viel steiler als eine ganz gewöhnliche Kellertreppe und noch dazu geht es dahinter geradewegs nach Hause?!«

»Läppisch und geradewegs? Und anschließend nach Hause?«, fragte Hortensia und ihre Augen funkelten im Licht ihrer Laterne. »Woher willst du das plötzlich wissen? Ist dir gerade eingefallen, dass du beim letzten heiteren Beisammensein im Reizker'schen Hause mit Boso und Bullrich ein Gläschen oder auch zwei über eben jener glorreichen Karte geleert hast?! Und jetzt ganz genau weißt, wo wir langmüssen, wo du doch vorher nicht einmal von einem Loch in der Mauer wusstest? Mir scheint, du findest deinen Weg von Augenblick zu Augenblick, bester

Pfiffer, so wie dein Kater hinter einer Fliege herspringt. Um am Ende vor der Wand zu landen«, fügte sie bissig hinzu. Sie wusste, dass das ungerecht war, denn Odilio hatte sie gut durch die Nacht geführt, aber sie war zu müde, um sich zurückzuhalten.

»Mitunter nicht die schlechteste Methode, um weiterzukommen, meine Liebe. Katzen sind wendig. So wendig, dass sie knapp vor der Wand eine ganz andere Richtung einzuschlagen wissen«, entgegnete ihr der alte Pfiffer.

Es fiel in diesem Augenblick wie ein Stichwort. Denn er hatte den Satz kaum beendet, als sein Kater aufsprang, einen Buckel machte und fauchte, um in der nächsten Sekunde, ein kleiner roter Irrwisch im Halbdunkel des Laternenlichts, jenen Weg in die Tiefe hinabzuhuschen, zu dem sich seine zweibeinigen Begleiter nicht entschließen konnten. Längst war der Kater in der Dunkelheit des unbekannten Ganges verschwunden, als die Quendel an dem wild entschlossenen Gescharre erkannten, dass sich vor dem Eingang zu ihrem Unterschlupf neues Unheil zusammenbraute und ihnen nicht länger die Wahl darüber bleiben würde, welche Richtung es nun einzuschlagen galt. Aufgeschreckt blickten sie zur Mauerspalte.

»Was ist da los?« Zwentibold war unwillkürlich in Richtung der Treppe zurückgewichen.

»Nun kommen sie doch herein«, flüsterte Hortensia und brachte sich schützend vor Karlmann in Stellung.

Draußen musste allmählich die Morgendämmerung anbrechen, denn im Riss zeigte sich ein zarter Schimmer grauen Zwielichts, vor dem sich Schatten heftig bewegten. Das waren die Wölfe, die zum Ende der Nacht alles daransetzten, ihre Opfer zuletzt noch zu erwischen. Mit neu entbrannter Wut bestürmte das Rudel die Öffnung gleich einem feindlichen Heer, das die belagerte Burg an der einen schwachen Stelle des letzten Schutzwalls durchbrechen will.

Die Geräusche, die diesen Angriff begleiteten, waren für die eingeschlossene Schar unerträglich; das Keuchen, Knurren und Scharren, das immer wieder rasend zunahm, als wäre sich einer der Wölfe, vielleicht der Anführer, sicher, dass die Barriere aus Stein und Erde zuletzt doch nachgeben müsste, würde er nur seine ganze Kraft entfesseln, um sie zu durchbrechen. Der alte Pfiffer sah, dass seine Gefährten mühsam um Fassung rangen.

»Die Mauer wird halten«, hielt er dagegen. »Sie sind nur entsetzlich zornig, dass sie uns nicht erwischen werden.« Odilio sagte das mit allem Nachdruck der Überzeugung, auch weil er sich die Angst der anderen nicht einfach zunutze machen wollte. Dabei wusste er, dass es dieser neue Schrecken war, der nun ihr letztes Zögern beenden und sie endlich die Treppe hinab und unter die Erde treiben würde. Ihrer Rettung entgegen, so hoffte er.

Entgegen seiner Worte zwängte sich eine Wolfsschnauze in die Lücke und darunter suchten zottige Pfoten nach Halt. Steinchen und Erdkrume bröckelten herab. Das Tier keuchte unter Aufbietung seiner Kräfte und schob sich weiter vor.

»Worauf wartet ihr noch?«, rief der Bitterling und sprang die Treppe hinunter und ins Dunkle. Dass er ohne Licht ins Unbekannte aufbrach, schien ihn dabei nicht mehr zu bekümmern. Nichts anderes, als schnellstmöglich aus der Reichweite dieses Untiers zu gelangen, trieb ihn vorwärts. Karlmann folgte auf dem Fuße, er hatte nur darauf gewartet, dass es Odilio endlich gelang, Zwentibold und Hortensia zum Aufbruch in die Tiefe zu überreden. Überzeugender waren die Wölfe gewesen.

»Warte!«, rief Hortensia aus und kletterte hurtig wie eine Bergziege vor dem alten Pfiffer die steilen Stufen hinunter. Beide hielten die schwankenden Laternen voraus, deren matte Lichtkegel über grob behauene Steine und tunnelartig gewölbte Wände huschten. Kurz vor sich erkannten sie Karlmann und Zwentibold, die sich angesichts der vollkommenen Finsternis zum Anhalten gezwungen sahen.

»Alles darf geschehen, nur nicht, dass hier das Licht ausgeht«, empfing der Bitterling die beiden Nachzügler.

»Alles?«, fragte Hortensia und sah ihn von der Seite an. »Ich würde das Schicksal nicht mehr so leicht herausfordern, nicht einmal mit Worten.«

»Hier ist es schwärzer als in einer Neumondnacht im tiefsten Tannenwald«, jammerte Zwentibold, ohne sich um Hortensia zu kümmern. »Ich bin kein Maulwurf! Mir ist, als rückten die Wände auf uns ein, um uns langsam zu ersticken. Bitterpilz und Schwarzes Füllhorn, will das denn gar nicht enden? Ich hatte geglaubt, wir würden es nun endlich zurück ins Dorf schaffen! Es ist genug, mehr als genug!«

»Wir werden es ins Dorf schaffen!«, nahm der alte Pfiffer seine Worte auf.

Der Bitterling tat ihm leid und auch die beiden anderen, die so viel Mut und Kraft aufgebracht hatten, wie ihnen wohl niemals zuvor abverlangt worden war. Hatten sie Bullrich auch nicht gefunden, war es allein eine wahre Meisterleistung gewesen, unvorbereitet allen Gefahren zu begegnen und nicht schon beim ersten Anblick des Finsters auf dem schnellsten Wege nach Hause zurückzukehren.

Odilio machte ein paar Schritte nach vorne und leuchtete in die Tiefe des Ganges. Der Boden fiel noch ein wenig ab, dann schien es eben weiterzugehen. Die Wände waren glatt und so hart wie der festgestampfte Lehmboden in manchen Scheunen alter Hügelländer Bauernhöfe. An wenigen Stellen ragten noch Wurzelfasern aus der festen Erde.

»Solange es sich nur um einen einzigen Weg handelt, müssen wir uns zumindest über die Richtung nicht den Kopf zerbrechen«, meinte Odilio und versuchte aufmunternd zu klingen.

Dabei war es ihm damit ernster, als er die anderen merken ließ. Er hatte eine Vermutung, wohin sie durch diesen Tunnel gelangen konnten, wenn ihn sein Bücherwissen über verborgene und lang vergessene Geheimnisse des Hügellandes nicht in die Irre führte. Doch genau das konnte sehr leicht passieren, wenn sie tatsächlich in ein Labyrinth gerieten, das keine Hinweise auf die richtige Strecke zuließ.

»Es ist hier nicht nur so dunkel wie im allerfinstersten Tannenwald bei mondloser Nacht; hier haben unsichtbare Bäume sogar ihre Nadeln abgeworfen und das ist unheimlich. Seht nur!«, stellte der Bitterling plötzlich fest und zeigte vor seine Füße.

Alle sahen nach unten, wohin Odilio und Hortensia ihre Laternen richteten. Es stimmte, im weiteren Verlauf des Ganges war der Boden mit einem dichten Teppich trockener Tannennadeln bedeckt und hatte geknistert, als Zwentibold einen Schritt nach vorne machte.

»Wo kommen die bloß her?«, fragte Hortensia und blickte sich ängstlich um. »Die hat nicht der Wind hier hereingeweht; also muss sie jemand ausgestreut haben und das kann nicht vor Jahrhunderten geschehen sein, so wie sie aussehen. Sie sind trocken, aber noch grün.«

»Ja, seltsam, aber nicht gefährlich«, murmelte Odilio nachdenklich. »Das ist für uns im Augenblick nicht von Bedeutung, denke ich. Folgt mir, wir gehen weiter.«

Damit setzte er sich an die Spitze, hielt seine Laterne in die Höhe und ging los, die anderen hinterdrein. Die seltsame Streu knackte unter ihren Füßen, die sie so sachte aufsetzten, als könnte festes Auftreten jene hervorrufen, die sich die Mühe gemacht hatten, mindestens einen Schlegel unter den Wurzeln der Bäume den Waldboden nachzuempfinden.

Schweigend marschierten sie in den tanzenden Lichtkreisen der beiden Laternen durch den Tunnel. Nur einmal blieben sie stehen und lauschten zurück, von wo sie ein unheilvoll klingendes Geräusch erreichte, durch die Entfernung und auf dem Weg in die Tiefe gedämpft, aber noch deutlich genug., um zu erkennen, dass es sich um Wolfsgeheul handelte. Wenn das hieß, dass diesen Ungeheuern der Durchbruch gelungen war, saßen die Quendel in einer tödlichen Falle, wie Kaninchen, die der Marder in ihrem eigenen Bau stellte. Sie hörten angstvoll, dass das Heulen abermals erklang. Als es verstummte, warteten sie weiter, aber nichts anderes war zu hören als ihr eigenes beklommenes Atmen.

»Sie können nicht hinein!«, sagte der alte Pfiffer mit fester Stimme. »Auf dieser Seite der Grenze müssen sie einen Teil ihrer gespensterhaften Natur aufgeben: also können sie hier nicht hinein!«

Er richtete sein Licht wieder nach vorne und nickte den anderen zu, dass es nun weitergehen sollte. Jeder von ihnen hatte seine Worte gehört, und im Augenblick genügte der letzte Satz, um einen Fuß vor den anderen zu setzen; mit ängstlich gespitzten Ohren. Doch hinter ihnen blieb es still, so grabesstill und bedrückend, wie es für einen Quendel in der Tiefe der Erde nur sein konnte.

Nun ging es auf ebener Strecke eine ganze Weile schnurgeradeaus. Odilio wandte sich, ohne anzuhalten, über die Schulter an seine Gefährten. »Vom Fuß der Treppe führte der Gang im rechten Winkel weiter, und das bedeutet, dass wir uns nun wieder Grünlohe nähern, wenn mich nicht alles täuscht. Bei unserer Flucht entlang des Heckenweges sind wir ein gutes Stück darüber hinausgekommen. Das Loch in der Mauer liegt demnach auf der Höhe des Schellenwaldes, aber unterirdisch geht es jetzt wieder zurück oder vielleicht sogar noch weiter nach rechts, zu einem Punkt, der sich hinter dem Dorf in östlicher Richtung befinden muss.«

»Meinst du damit etwas Bestimmtes?«, fragte Hortensia ungeduldig, die sich an Odilios Andeutungen nicht gewöhnen konnte.

»Ja«, antwortete er. »Ich meine etwas Bestimmtes. Etwas, das ihr alle kennt. Es handelt sich natürlich um das alte Hünengrab zwischen Grünlohe und Drille, dem Flüsschen, das die Streuobstwiesen des Krapp'schen Anwesens begrenzt.« Zum ersten Mal nach einer gefühlten Ewigkeit klang die Stimme des alten Pfiffers beinahe fröhlich.

Die anderen dachten an die verwitterten Granitblöcke, die dort in der Nähe des Flussufers unter einer frei stehenden Eiche zu einem mächtigen Tisch aufgestapelt waren. Ein riesiger Deckstein lagerte auf vier kleineren Blöcken darunter und gerne kletterten muntere Quendelkinder auf seiner bemoosten Platte herum, während ihre Eltern mit Freunden entlang der Drille spazieren gingen. Niemand wusste zu sagen, wer die Steine an diesem friedlichen Ort einst aufgestellt hatte. Allein sie dort hinzubringen, musste ein gewaltiges Unternehmen gewesen sein, aber ob dort tatsächlich jemand zu Grabe getragen worden war, hatte sich in den Nebeln längst vergangener Zeitalter verflüchtigt.

»*Huldahus*«, wisperte Karlmann andächtig. »Davon hat Eppelin erzählt, dass genau an der Stelle, an der sich das alte Hünengrab befindet, der Name *Huldahus* zu lesen war. Die Karte könnte also stimmen. Aber wenn sie stimmt«, fügte er zögernd hinzu, »müssen wir demnächst einige Abzweigungen kreuzen, soweit ich mich erinnern kann.«

»Dann wollen wir hoffen, dass wir sicher erkennen können, welchen Weg wir nehmen müssen, oder aber, dass uns jemand dabei hilft, die richtige Richtung einzuschlagen«, sagte Odilio in so gelassenem Ton, als handele sich um den weiteren Verlauf eines Familienausflugs.

»Dass uns hier unten jemand hilft?! Stock und Erdstern, wen erwartest du hier unten außer den Erbauern dieses Tunnels, von denen ich auch noch nie etwas Gutes gehört habe?«, fuhr der Bitterling auf. Die Aussicht, dass Odilio es ernst meinte, gefiel ihm ganz und gar nicht.

»Schenkt man den alten Sagen Glauben, ist das unterirdische Volk weniger bedrohlich als scheu und zudem bisher vollkommen unsichtbar im Hügelland«, sagte Odilio. »Ich dachte dabei eher an meinen Kater Reizker. Er ist uns in vieler Hinsicht voraus und es würde mich wahrhaftig nicht wundern, wenn er schon die ersten Morgennebel über der Drille geschnuppert hätte.« Er wies mit der Laterne schwungvoll voraus. Der Lichtkegel huschte über Boden und Wände; so weit er reichte, blieb der Gang vor ihnen leer und dahinter lag tintenschwarze Finsternis, die vieles oder auch gar nichts enthalten mochte.

»Krauses Zeug!«, schnaubte Hortensia von hinten, die mit der zweiten Laterne die Nachhut bildete. »Ein Kater ist doch keiner dieser kleinen Jagdhunde, die sich in Fuchs- und Dachsbau wagen. Wenn er tatsächlich so klug war, aus diesem schwarzen Loch herauszufinden, bleibt er auch draußen, da bin ich sicher!«

»Wenig ist sicher in dieser Nacht«, entgegnete ihr der alte Pfiffer. Dann blieb er plötzlich stehen. »Nicht einmal der Weg. Denn dort geht es nach links«, stellte er fest und leuchtete in diese Richtung.

»Und hier nach rechts!«, sagte Karlmann, als Hortensia neben ihn trat und ihr Licht auf die andere Wand fiel. Sie alle sahen nun, dass sich, einander fast gegenüberliegend, in den Wänden zwei weitere Gänge öffneten, deren Breite und Aussehen sich in nichts von dem Gang unterschieden, dem sie bisher gefolgt waren. Beunruhigt untersuchten die Quendel die Änderungen in ihrer Umgebung. Als Odilio ein paar beherzte Schritte in den links abzweigenden Gang hineinmachte, entsprach dem Hortensia mutig auch auf der rechten Seite. Karlmann folgte ihr, als sie in der Öffnung verschwand. Auch hier knisterten Tannennadeln unter ihren vorsichtigen Schritten.

»Es geht immer weiter in gerader Richtung nach links, soweit ich das von hier aus sehen kann«, hörten sie hinter sich Odilio zum Bitterling sagen, der im Mittelgang stehen geblieben war und sich höchst unwohl dabei fühlte, als sich die beiden Laternen links und rechts von ihm entfernten.

»Hier ist ein weiterer Gang!«, rief da Hortensia. »Hier in der linken Wand fängt er an. Stock und Schwamm, das ist nicht gut, denn er scheint geradeaus und in gleicher Richtung neben dem ersten Gang zu verlaufen. Was sollen wir jetzt machen? Welcher ist der richtige?!«

Karlmann, der neben ihr stand, starrte den neuen Weg hinunter und versuchte fieberhaft, sich an alles zu erinnern, was ihnen Eppelin über den Inhalt der Karte erzählt hatte. Er und seine Freunde hatten sich eine Weile die Zeit damit vertrieben, herauszufinden, was sich hinter den in fremder Schrift verzeichneten Namen tatsächlich verbergen mochte. Erbittert stellte er fest, dass er sich zwar an viele Einzelheiten erinnern konnte, sie aber in keinen sinnvollen Zusammenhang brachte. Eben beleuchtete auch der alte Pfiffer Hortensias Entdeckung und bedachte, was er sah, mit Stirnrunzeln und nachdenklichem Schweigen.

»Ich wusste schon, warum ich diese dreimal vermaledeite Treppe nicht hinabsteigen wollte«, jammerte der Bitterling neben ihm. »Vetter Bullrich hat sich auch auf eine Karte verlassen und jetzt ist er verloren! *Wir* haben nicht einmal eine Karte, sondern verlassen uns stattdessen auf ein Exemplar, das selbst Karlmann nur vom Hörensagen kennt. Weiß aber nicht jeder die Geschichten über diejenigen des großen Volkes, die auf der Suche nach dem Gold der Zwerge bis in die tiefsten Höhlen der hohen Berge hinabgestiegen sind, um nie wieder aufzutauchen? Weil sie falschen Plänen und ihrer kranken Gier folgten! Jetzt modern ihre Geripper zur Strafe im schwarzen Bauch des Nördlichen Gebirges. Uns wird es ähnlich gehen. Unsereins gehört auch nicht unter die Erde, es sei denn, es ist irgendwann so weit und der Lebensfaden aufgebraucht. Aber dann möchte ich, wie unter anständigen Leuten üblich, daheim im weichen Bett gestorben sein, mindestens hundertjährig und zuvor umhegt und gepflegt von meinen Lieben, bevor es für immer zwischen die Wurzeln geht!«

Er schluchzte verzweifelt auf und stützte sich mit der linken Hand gegen die Wand, während er mit der Rechten in seinen Taschen nach einem Taschentuch tastete. Seine samtene Festtagsweste war nun an vielen Stellen eingerissen, fleckig und staubig. Der Bitterling bot den traurigen Anblick eines Vogels, dessen einstmals prächtiges Federkleid in einem Unwetter schwer gelitten hatte.

»Aber mein guter Zwentibold!« Der alte Pfiffer berührte behutsam die bebenden Schultern. »Ganz so schlimm ist es doch noch nicht um uns bestellt. Wir sind hier nicht im Hochgebirge, sondern nur unter dem Heckenweg und wenn dies alles nichts nützt und wir den Weg hier unten nicht finden, können wir immer noch zurück und nachsehen, ob oben vor der Mauer die Luft inzwischen rein ist. Es gibt immer einen Ausweg. Du hast mein Wort.«

Zwentibold schniefte und wischte sich schließlich mit dem Ärmel über die Nase, weil die Suche in seinen Taschen erfolglos geblieben war. Er merkte, dass es ihm mittlerweile herzlich egal war, was Hortensia Samtfuß-Krempling von ihm dachte. Mochte sie ihn für einen Hasenfuß und Zitterling halten. Als er aufsah, entdeckte er, dass sie ihn traurig ansah. Ihre Miene zeigte Bedauern und Mitleid.

»Ich weiß«, sagte sie leise. »Es ist furchtbar und kaum noch zu ertragen, aber solange wir dicht zusammenbleiben und einander beistehen, wird es schon gehen.« Sie lächelte ihm aufmunternd zu. Der Bitterling nickte, überrascht und ein wenig getröstet, und endlich fand sich das vermisste Taschentuch.

»Was also ist nun zu tun?«, fragte Odilio in die Runde, schien aber wieder mehr mit sich selbst zu sprechen. »Es bleibt nicht viel Zeit für Experimente, denn allzu lange wird unser Licht nicht mehr reichen. Die Kerzen sind schon weit hinuntergebrannt. Aber nur die Ruhe!«, mahnte er, als er bemerkte, wie die Verzweiflung in Zwentibolds Gesicht zurückkehrte. »Eine Weile langt das Wachs noch, nur eben nicht für lange Untersuchungen. Jetzt werden wir ein kurzes Stück diesem neuen Gang folgen. Wenn wir darin nichts entdecken, das uns weiterhilft, kehren wir wieder um und folgen dem ersten Gang.«

»Warum bleiben wir dann nicht gleich dort?«, fragte Karlmann verwirrt.

»Weil ich versuche, mich zurechtzufinden, euch aber nicht alleine lassen will«, antwortete Odilio einfach und machte sich daran, den anderen wieder vorauszuleuchten.

Sie waren nur einige Schritte weit gekommen, als der Gang plötzlich scharf nach rechts abbog. Der alte Pfiffer blieb schlagartig stehen, denn hier ging es nicht weiter. Niemand glaubte seinen Augen recht zu trauen, aber es ließ sich nicht leugnen und war auch kein weiteres Trugbild dieser geisterhaften Nacht. Sie standen vor einer Tür, die den ganzen Gang ausfüllte. Sie schien aus sehr altem Holz gezimmert und noch immer kündeten ihre dicken Bohlen und Querbalken von solidem und kundigem Handwerk. Als Odilio sich mit seiner Laterne näherte, entdeckten sie, dass an manchen Stellen unbekannte Schriftzeichen ins Holz eingeritzt waren.

»Stock und Zunderschwamm«, murmelte der alte Pfiffer. »Es wird immer interessanter.«

»Vielleicht ist es die gleiche Schrift wie auf Eppelins Karte. Er sprach doch von diesen seltsamen Buchstaben und Wörtern, die nicht zu entziffern waren«, sagte Karlmann.

»Nein, das glaube ich nicht«, antwortete Odilio. »Eppelins, nein, Bosos Karte, ist nicht aus dem Hügelland und die meisten fremden Karten stammen von den Zwergen, die in dieser Kunst eine wahre Meisterschaft entwickelt haben. Sie leben schließlich in einem äußerst verwinkelten Reich, das eine gute Ortskenntnis unerlässlich macht, und dabei helfen ihnen ihre sorgfältig gezeichneten Karten. Aber bei dieser Schrift hier handelt es sich nicht um Zwergenrunen; ich kann nichts entziffern.«

»Einerlei, was dort steht«, unterbrach ihn der Bitterling, »wie du eben gesagt hast, sollten wir hier unten keine Zeit verschwenden und wenn sich dieses Ungetüm von einer Tür nicht öffnen lässt, was ich auch gar nicht hoffe, sollten wir schleunigst kehrtmachen und uns nach einem anderen Ausweg umsehen!«

Im gleichen Augenblick legte Hortensia ihre Hand auf das schwärzliche Holz und drückte sanft dagegen. Sie tat das, als folge sie einer lautlosen Aufforderung.

Zu ihrer aller Schrecken gab die Tür sofort nach und öffnete sich knarrend um einen schmalen Spalt.

»Sie war nicht abgeschlossen«, stammelte Zwentibold und wich zurück. »Türen dieser Art haben verschlossen zu sein, bei allen Pilzringen der friedlichen Wälder!«

»Und welcher Art ist diese Tür?«, flüsterte Hortensia.

»So wie ein verwunschenes Tor in einem düsteren Märchen«, antwortete der Bitterling. »Ich kann mir kaum vorstellen, dass etwas Gutes dahinterliegt.«

Sie starrten gebannt auf den entstandenen Türspalt, der nichts als Dunkelheit preisgab und klamme Kälte, wie die Quendel fröstelnd bemerkten.

»Lasst uns zurückgehen«, beharrte der Bitterling. »Ich spüre schon an diesem eisigen Moderhauch, dass wir dahinter nichts finden werden, das uns der Freiheit und Grünlohe näher bringt! Hier droht neue Gefahr, merkt ihr das etwa nicht?«

»Nur einen einzigen Blick …«, murmelte der alte Pfiffer, der bis dahin geschwiegen und mit zusammengezogenen Brauen die Öffnung gemustert hatte.

»Nein, bei allen Quendeln, nein!«, rief Zwentibold aus, aber es war schon zu spät. Odilio beugte sich vor, um der Tür einen neuen Stoß zu versetzen. Sie knarrte bedenklich in den Angeln, um dann ohne Widerstand aufzuschwingen.

Augenblicklich griff die Grabeskälte nach ihnen wie mit schlüpfrigen Fingern. Den Quendeln schien es, als stünden sie vor einer großen, schwarzen Leere, obwohl sich hinter der Schwelle kein Abgrund auftat. Der schwache Lichtschein ihrer Laternen reichte nicht bis zur gegenüberliegenden Wand, so denn eine vorhanden war. Links und rechts vom Eingang erhoben sich gemauerte Wände bis ins lichtlose Nichts und sie glaubten von ihrem Standort zu erkennen, dass der Boden an manchen Stellen mit großen, steinernen Platten bedeckt war. Bis jetzt fehlten die Tannennadeln unter ihren Füßen, was jeder der Gefährten als bedrohliches Vorzeichen auffasste, obwohl keiner zu sagen gewusst hätte, warum. Überhaupt ging von dem Raum etwas Feindliches aus, eine Atmosphäre von Verlorenheit und einem tieferen Grauen, das darin lauern mochte.

»Hier ist es anders als in den Gängen und auch in der Kammer oberhalb der Treppe«, wisperte Karlmann, der zwischen Hortensia und dem alten Pfiffer stand.

»Ja, in der Tat«, sagte Odilio. »Ein Anflug von Bosheit liegt in der Luft.«

»Was haben wir hier dann noch verloren?«, flüsterte der Bitterling vor Aufregung zischend, denn er wagte es kaum, an diesem Ort laut zu sprechen. Zu seinem Entsetzen machte Odilio, statt zu antworten, nun einige entschlossene Schritte in den Raum hinein. Noch dazu folgten ihm Hortensia und Karlmann, wie an einer verhängnisvollen Schnur ins Verderben gezogen, so schien es Zwentibold. Wollte er nicht allein im Dunkeln zurückbleiben, mit dem geöffneten Türschlund im Rücken, musste er sich ihnen anschließen. »Totentrompete und gichtige Lorchel«, fluchte er verdrossen und biss die Zähne aufeinander.

Mit dem sicheren Gefühl bevorstehender Gefahr stolperte er den drei anderen hinterdrein und atmete erst auf, als er wieder im Lichtkreis der Laternen zu stehen kam.

Sie hatten an der dem Eingang zunächstliegenden Bodenplatte angehalten. Der in die Erde eingelassene Stein war rechteckig, von der Größe eines für einen Quendel sehr ausgedehnten Bettes und flüchtig behauen. Doch waren auch hier wieder einige grobe Zeichen eingeritzt, die bei näherem Hinsehen aber nicht wie die schnörkelige Schrift auf der Tür aussahen.

»Das ist ein Grab, so viel ist sicher«, brach der Bitterling als Erster das Schweigen. Er lugte zwischen Hortensia und Odilio hervor, um ebenfalls einen Blick auf den großen flachen Stein am Boden zu werfen, »und wenn dem so ist, müssen auch die anderen Platten Gräber bedecken. Dank der nicht enden wollenden Glückssträhne dieser bemerkenswerten Nacht sind wir zu allerletzt in einer Grabkammer angekommen. Nicht auszumalen, was das zu bedeuten hat!«, schloss er schaudernd.

Hortensia sah auf und versuchte in der Miene des alten Pfiffers zu lesen, was er von dieser Entdeckung hielt. Odilio sah wachsam und grimmig aus und seine Lippen bewegten sich lautlos, als versuchte er, die rissige Inschrift zu entziffern.

»Wer mag da liegen?«, fragte Hortensia flüsternd in die Runde und sprach aus, was sich alle fragten. »Für einen Quendel wäre es eindeutig zu lang. Es sieht uralt aus, wie dieses ganze finstere Gelass. Aber wer hätte jemals von unterirdischen Gräbern im Hügelland gehört? Selbst aus grauer Vorzeit ist davon nichts überliefert und diese Schrift sieht auch nicht nach unseresgleichen aus.«

Sie fasste nach Karlmanns Hand. Unwillkürlich rückten alle zusammen und machten den Lichtkreis, um den sie sich scharten, kleiner, während sich ihre Schatten an der hinter ihnen liegenden Wand erhoben, so als entstiege derjenige, der dort zu ihren Füßen ruhen mochte, nun als vielköpfig unförmiges Wesen seiner vergessenen Ruhestätte.

Nicht unbeeindruckt von der unheimlichen Umgebung, hob der alte

Pfiffer dennoch seine Laterne hoch empor, um die Kammer weiter auszuleuchten.

»Wirklich, ich möchte fort von hier!« Wieder versuchte der Bitterling ihn von weiteren Erkundungen abzuhalten. »Bei allen Quendeln, Odilio, du hattest versprochen, dass wir uns hier unten nicht lange aufhalten werden. Denke an das restliche Licht! Lasst uns in den ersten Gang zurückkehren, der mir, im Vergleich zu diesem Loch der Finsternis, fast freundlich vorkommt. Hier stimmt etwas nicht. Es ist, als kröche einem die Grabeskälte geradewegs ins Herz!«

Der alte Pfiffer nickte nur abwesend und Zwentibolds Hoffnung sank, als Odilio, statt zurück zur Tür, weiter in die Kammer hineinging.

»Odilio!«, schickte ihm der Bitterling unter verzweifeltem Wispern hinterher.

»Vielleicht kann ich herausfinden, was es mit diesem Ort auf sich hat. Nur noch ein kurzer Blick«, bekam er zur Antwort.

Schon war Odilio zwischen die beiden nächsten Grabplatten getreten und leuchtete über sie hinweg. Die anderen folgten, wohl oder übel, um in seiner Nähe und dicht zusammen zu bleiben. Auch Hortensia hielt ihre Laterne hoch erhoben und blickte unruhig auf alles, das im Umkreis des Lichts kurzfristig der Dunkelheit entstieg. Der schwache Schein streifte in nächster Nähe vier Gräber in einer Reihe und dahinter, in einem gewissen Abstand, schienen nebeneinander noch drei weitere zu liegen, soweit sie das erkennen konnten. Entweder befanden sie sich auf einem unterirdischen Friedhof oder in einer Gruft. In diesem Fall musste hier eine ganze Sippe begraben sein. Odilio schritt zielstrebig auf die drei abseits liegenden Gräber zu. Er war den anderen weit voraus und sah zuerst, dass sich dahinter eine weitere Wand befand.

Das mittlere Grab war anders als die übrigen. Zuerst kaum auszumachen in der umgebenden Finsternis, erwartete es die herantretenden Quendel wie ein lauerndes Tier. Nicht flach und in den Boden eingelassen, sondern mächtig und erhaben, ruhte hier die Platte auf einem gewaltigen steinernen Block, der auf einem dreistufigen Sockel stand.

»Hier ist die Kammer zu Ende«, teilte der alte Pfiffer den anderen mit und hielt vor dem erhöhten Grabmal an. »Sobald ich dies hier genauer in Augenschein genommen habe, kehren wir um.«

›Ein riesiger Sarg‹, dachte Karlmann, als er mit Hortensia und Zwentibold dort ankam. Er fürchtete sich plötzlich, so wie er sich als Kind gefürchtet hatte, des Nachts allein in seinem Zimmer und den Kopf voller Gespenster.

Kein Zweifel, hier musste jemand Bedeutendes liegen und Hortensia fragte sich ein weiteres Mal, zu welchem unbekannten Volk diese Toten wohl gehören mochten, die hier so tief in der Erde unter sichtbarem Aufwand bestattet waren, tiefer und in massiveren Gräbern als je ein Quendel im ganzen Hügelland.

Während sie und die beiden anderen scheu Abstand hielten, erklomm Odilio die Stufen, deren Höhe ihm Mühe machte, und beugte sich, oben angekommen, über die breite Fläche der Grabplatte. Im gleichen Augenblick, als er sich anschickte, sein Licht langsam darüberkreisen zu lassen, brachte der Bitterling so etwas wie ein heiseres Krächzen zustande.

»Hähem …«, räusperte er sich, weil ihm die Stimme zu versagen drohte. »Da ist etwas hinter dir, Odilio! Ein dunkler Schatten!«

Hortensia sog hörbar die Luft ein. Fast gleichzeitig rissen sie und der alte Pfiffer ihre Laternen in die Höhe, wobei Odilio sich so schnell umdrehte, dass er den Halt zu verlieren drohte. Im schwankenden Lichtschein war nun für alle zu erkennen, was Zwentibold gesehen hatte.

»Eine weitere Tür«, stellte Hortensia fest.

»Keine Tür, aber ein Eingang in der Wand«, sagte der alte Pfiffer, der wieder so fest auf der obersten Stufe stand, dass er von dort die Entdeckung des Bitterlings genau betrachten konnte.

»Du meinst, es ist offen, weil eine Tür fehlt?!«, wisperte Zwentibold zu ihm herauf. »Mir wäre es lieber, es gäbe eine, die verschließen würde, was immer dahinterliegen mag!«

Odilio musterte das rechteckige Loch in der Wand. Es sah in der Tat nach einem steinernen Türsturz aus, von dem ein weiterer Gang in tiefste Finsternis hineinführte. »Es ist wirklich ein Labyrinth«, murmelte er nachdenklich.

»Daran kann ich mich überhaupt nicht erinnern«, sagte Karlmann, als würde man von ihm das Gegenteil erwarten. »Von einem unterirdischen Friedhof würde Eppelin uns ganz sicher berichtet haben, wenn er ihn auf der Karte entdeckt hätte.«

Der alte Pfiffer schüttelte den Kopf. »Vielleicht war dieser Ort mit der fremdartigen Schrift gekennzeichnet, die weder dein Freund, noch irgendeiner von euch anderen lesen kann. Vielleicht nicht einmal der alte Reizker selbst.«

»Dort bekommen mich keine zehn Pferde hinunter, weder Wölfe noch sonstige Ungeheuer, falls du mit diesem Gedanken spielen solltest«, meldete sich der Bitterling erneut.

»Das habe ich nicht vor, mein Guter, nur keine Sorge. Wir gehen zurück«, sagte Odilio und versuchte, beruhigend zu klingen, während er der klaffenden Öffnung mit mulmigem Gefühl den Rücken zukehrte. Er beugte sich ein letztes Mal über die Grabplatte, weil er vorhin darauf etwas entdeckt hatte, das er nun wiederfinden wollte. Odilio ließ sein Licht kreisen und suchte nach der Stelle.

Die Platte war so alt und verwittert wie die der anderen Gräber, hatte aber eine glattere Oberfläche, auf der die seltsamen Ritzungen und ineinanderverhakten Kerben dicht an dicht standen. Offenbar handelte es sich um eine längere Inschrift und sicher war dort zu lesen, wer in diesem monumentalen Sarg dem Ende aller Zeiten entgegendämmerte. Der alte Pfiffer hätte vieles darum gegeben, etwas entziffern zu können. Er kramte in fieberhafter Eile in allen gut sortierten Laden seines Hirnkastens, aber nichts verfing. Dabei fiel sein Blick auf die bedenklich geschrumpfte Kerze der Laterne. Odilio erhob sich aus seiner gebeugten Haltung.

»Es hat keinen Sinn, wir müssen umkehren«, sagte er, was den Bitterling erleichtert aufseufzen ließ. Als er sich anschickte, herabzusteigen, war wieder ein gedämpfter Ausruf zu hören. Diesmal war es Karlmann, der nun auf eine der Seitenwände des Grabmals wies.

»Raben«, rief der junge Quendel aus, »das sind doch Raben!«

Er war plötzlich ganz aufgeregt, löste sich von Hortensia und kletterte behände die mächtigen Stufen empor. Neben Odilio angekommen, kniete er nieder und zeigte dorthin, wo noch eben das Licht des alten Pfiffers entlanggeglitten war. Auch hier waren schwärzliche Einkerbungen zu sehen, die sich, nach einer regelmäßig auftauchenden Auslassung, in ähnlicher Anordnung und auf gleicher Höhe wiederholten. Die Seitenwand des Sarges war mit drei übereinanderliegenden Schmuckbändern verziert. Was aber bei flüchtigem Hinsehen wie ein bloßes Muster anmutete, stellte in Wirklichkeit etwas ganz Bestimmtes dar und die bestechende Einfachheit der zeichenhaften Umsetzung erwies sich, hatte man einmal begriffen, als sehr überzeugend. Karlmanns Blick war scharf und genau gewesen. In der Mitte ein längliches, auf seine Spitze gestelltes Dreieck. Darunter zwei leicht gebogene Linien, die sich unter der Spitze des Dreiecks kelchförmig vereinigten. Von dort wiesen vier Kerben strahlenförmig nach unten.

Das Dreieck war der mächtige Schnabel, der Kelch der Vogelkörper und an dessen unterem Ende befand sich der gefiederte Schwanz. Über dem Schnabel stellte ein Kreis, mit einem einzigen Punkt für das Auge, den Kopf dar. Links und rechts davon wölbten sich lange Bögen, von denen noch einmal kürzere Kerben wie Strahlen ausgingen. Das waren die Rabenflügel mit den kräftigen Schwungfedern.

Odilio war neben seinem jungen Gefährten in die Hocke gegangen. Hortensia sah, wie die Augen des alten Pfiffers im Laternenschein grün funkelten. Er schien ehrlich beeindruckt.

Mit weit ausgebreiteten Flügeln reihten sich die zeichenhaften Raben aneinander. Ob sie schwebten, herabsanken oder aufstiegen, blieb dem Auge des Betrachters überlassen.

»Es muss mit der Ruine von Rabenstein zu tun haben«, sagte Karlmann. »Auf manchen Steinen dort habe ich solche Raben auch schon gesehen.«

Odilio nickte und jetzt sah seine Miene fasziniert aus. »In der Tat, mein Junge und wenn es so ist, wie ich es vermute«, begann er beinahe feierlich, »stammen diese Gräber aus der Zeit der allerersten Könige, die lange vor den Quendeln das Hügelland bewohnten. Einst lebte hier ein mächtiges Menschenvolk; davon künden noch die Überreste ihrer erstaunlichen Bauwerke. Die Ruine auf dem Rabenstein, in der Tat – davor die Brücke über die Kaltwasser, der graue Turm auf dem westlichen Hügel und jetzt diese Grabkammer. Aufgetaucht aus den Tiefen der Zeit, es kann nicht anders sein, bei allen verlorenen Seelen der Nacht!«

»Dort steigen sie schon auf, die verlorenen Seelen«, stammelte der Bitterling plötzlich und zeigte mit zitterndem Finger an Odilio vorbei in die Höhe.

Kein Zweifel, irgendwo hinter dem steinernen Grabmal stieg weißlich leuchtender Dunst auf; ein einzelner Schleier zuerst, der sich mit trügerischer Anmut emporkräuselte und hoch über ihren Köpfen in der ungewissen Schwärze verlor. Bald folgte ein zweiter, der gleich dem ersten, züngelnd seinen Weg nach oben fand, als schwelte zwischen Wand und Grabmal ein verborgenes Feuer.

Die Quendel standen vor Schrecken wie erstarrt. Es kam ihnen die Erscheinung, die ihnen nun schlegeltief unter der Erde begegnete, hier so vertraut, wie unwahrscheinlich vor, doch sie waren sich fast sicher, dass zu diesen Schwaden keine Flammen gehörten. Niemand wagte es, nachzusehen, woher sie kamen, bis Odilio seinen ganzen Mut zusammennahm und zum Kopfende des Sarges schlich, um dort vorsichtig um die Ecke zu spähen.

»Ich fürchte, es sieht aus wie der Nebel aus dem Finster«, bestätigte er mit halblauter Stimme, was sie längst ahnten. »Er steigt aus der Öffnung und der Tiefe des Ganges auf, der damit schon ganz gefüllt ist. Da ist auch wieder dieses unheimliche Glitzern und Leuchten. Was immer da zwischen den Bäumen des Waldes aufgestiegen ist, nun ist es auch hier angekommen. Gut möglich, dass dieser Gang zurück in den Wald führt und nicht nur der Nebel, sondern auch jene, die aus ihm kommen, den Weg in die Tiefe gefunden haben.«

Bevor noch die anderen die ganze Bedeutung seiner Worte begriffen hatten, war er zu Karlmann zurückgekehrt, den er die Stufen hinunterscheuchte. »Lauft, so schnell ihr könnt!«, rief er und seine Stimme gellte durch die Totenstille des Raumes. »Zurück in den ersten Gang!«

Der Bitterling verlor darüber seine nur noch mit äußerster Anstrengung zusammengehaltene Fassung. »Bei allen schwärzlichen Bovisten der Nacht, nun sind wir verloren!«, schrie er und stürzte los. Dabei packte er die ihm zunächst stehende Hortensia mit eisernem Griff am Arm und riss sie so schwungvoll mit sich, dass beide über den Rand einer Grabplatte stolperten und hart auf den Stein stürzten. Hortensias Laterne zerbrach; das Glas splitterte klirrend und der Docht der heruntergebrannten Kerze ersoff im eigenen Wachs. Über die beiden verunglückten Quendel breitete sich Dunkelheit.

»Stock und Schwamm, die Unglücksraben!«, rief der alte Pfiffer mit einer gewissen Vieldeutigkeit.

Er trieb Karlmann vor sich her, um den anderen zu Hilfe zu eilen, lief aber nicht so schnell, wie er gekonnt hätte. Jetzt galt es, mit der letzten Kerze größte Vorsicht walten zu lassen. Der Verlust von Hortensias Laterne wog schwer, wenn sich auch durch die Nebelschwaden das bleiche Dämmerlicht auszubreiten begann, das sie schon aus dem Finster kannten. Bald würde es reichen, um von einem Ende der Kammer bis zur anderen zu gelangen, aber für den Rest ihres unterirdischen Weges war das schwache Flämmchen in Odilios Laterne unverzichtbar. Nichts wollte der alte Pfiffer mehr vermeiden, als darauf angewiesen zu sein, dass ihnen der unheimliche Silbernebel das Labyrinth erhellte, mit einer Helligkeit, in der sie genauso verloren sein würden wie im pechschwarzen Bauch der Erde.

Zwentibold und Hortensia hatten sich mühsam aufgerappelt, als Odilio und Karlmann bei ihnen ankamen. Der alte Pfiffer vergewisserte sich, dass keiner ernsthaft zu Schaden gekommen war. Hortensia hielt sich mit schmerzhaft verzerrtem Gesicht den rechten Ellbogen. Was sie jedoch wirklich entsetzte, war der Verlust ihres Lichtes. Sie verfluchte innerlich den Bitterling, schwieg aber, weil Zwentibold allmählich in einen Zustand geriet, der es schwer machen würde, ihn weiter durch die Gänge zu treiben. Zwar war auch er wieder auf den Beinen, starrte aber mit wilden Blicken um sich, als sähe er unsichtbare Feinde; dabei jammerte er unverständlich vor sich hin.

Odilio beugte sich vor. Es schien, als hätte er ihm etwas Beruhigendes ins Ohr gewispert, denn Zwentibold erwachte aus seiner Benommenheit und schüttelte verwirrt den Kopf. »Weiter«, sagte er nur wie selbstverständlich und setzte sich humpelnd in Bewegung.

Gemeinsam liefen sie los und hielten auf die weit offen stehende Tür zu, durch die sie den Raum zuerst betreten hatten. Niemand kam mehr zu Fall, obwohl es nicht leicht war, den Weg zwischen den Gräbern zu finden. Als sie den Eingang erreicht hatten, hielten sie keuchend inne und wandten sich um.

Der Anblick, der sich ihnen bot, war gespenstisch. Hinter dem großen Grabmal quoll der Nebel nun so dicht empor, dass bereits die ganze rückwärtige Wand von seinem schimmernden Dunst verhüllt war. Davor erhob sich die eindrucksvolle Masse des Sarkophags auf dem Sockel und klaffte im wabernden Weiß wie ein Tor zur Unterwelt, in deren Vorhof sie sich offenbar befanden. Denn nun wurde die ganze Ausdehnung der Grabkammer sichtbar. An die vierzig Gräber befanden sich in dem lang gestreckten Raum, über den sich, in beträchtlicher Höhe, ein mächtiges, tonnenartiges Gewölbe erhob.

Die hölzerne Tür, durch die die Quendel eingetreten waren, wirkte für diese Ausmaße vergleichsweise niedrig und dennoch hatte der alte Pfiffer Mühe, sie von der Wand fort und in den Angeln zu drehen. Sie war leicht aufgeschwungen und ließ sich nun kaum bewegen.

Odilio gab Hortensia die Laterne und stemmte einen Fuß gegen die Wand und beide Hände gegen die Tür. Dann drückte er mit aller Kraft gegen das Holz, während er sich von den Steinen abstieß. Die Tür ächzte, rührte sich aber nicht, als sei sie plötzlich mit dem Erdboden verwachsen oder eine unsichtbare Kraft hielte dagegen.

»Wir müssen sie schließen«, stieß der alte Pfiffer zwischen zusammengebissenen Zähnen hervor. »Damit der Nebel wenigstens auf ein kleines Hindernis trifft und wir einen Vorsprung gewinnen, wenn er nur durch die Ritzen kann.«

Der Bitterling kam ihm zu Hilfe und auch Hortensia versuchte, die beiden mit der freien linken Hand zu unterstützen. Karlmann kniete derweil auf der anderen Seite nieder und strich mit den Fingern an der unteren Türkante entlang. Schon bald stieß er auf etwas Weiches, das offenbar zwischen Tür und Boden eingeklemmt war. Erst zögerte er, zuzupacken, dann zerrte er daran.

»Halt!«, rief er den anderen zu. »Hier blockiert etwas, es fühlt sich an wie Stoff. Die Tür wird sich nicht bewegen lassen, ehe wir diesen Widerstand nicht herausgezogen haben. Helft mir, ich bringe es alleine nicht heraus!« Immer wieder sah er nach dem anderen Ende der Kammer. Halb erwartete er, dass sich der Sarg öffnete oder die zeichenhaften Raben Gestalt annehmen und auffliegen würden. Irgendetwas würde dort hinten noch geschehen, wenn es ihnen nicht bald gelang, die Kammer zu verlassen und die Tür zu schließen; das fürchtete und spürte der junge Quendel.

Odilio kniete nun neben ihn und gemeinsam zogen und zerrten sie an dem störenden Etwas. »Es muss ganz dicht hinter der Tür gelegen haben, sodass wir sie beim Öffnen mit Schwung daraufgeschoben haben«, sagte der alte Pfiffer.

Hortensia hielt die Laterne darüber. »Es sieht aus wie ein Lumpen«, stellte sie fest.

»So beeilt euch doch, bei allen Quendeln«, flehte der Bitterling mit schwacher Stimme. »Da hinten braut sich immer mehr zusammen! Und es kommt näher und näher!«

Alle sahen zurück. Von dem großen Sarg war nur noch ein schemenhafter Umriss zu erkennen, während sich der Nebel bis zur Mitte des

Raumes ausgebreitet hatte und unaufhaltsam auf sie und die Wand mit der Tür zukroch. Odilio schob Karlmann zur Seite und zog noch einmal, so fest er konnte.

Dann passierten gleich mehrere Dinge auf einmal.

Hortensia schrie plötzlich auf und zeigte aufgeregt nach hinten. »Ein Schatten«, rief sie. »Ein langer Schatten hinter dem großen Grabmal. Er bewegt sich. Da kommt etwas herauf!«

Daraufhin stürzte der Bitterling in hellem Entsetzen an allen vorbei und verschwand durch die Türöffnung und in dem stockfinsteren Gang dahinter, ohne sich noch einmal umzusehen. Zugleich riss das eingeklemmte Stück Stoff unter der Türkante. Odilio fiel mit einem heftigen Ruck nach hinten und auf Karlmann. Dieser bekam den Fetzen zu fassen, den der alte Pfiffer im Fallen losgelassen hatte, und stopfte ihn in seine Weste. Er hätte nicht wirklich zu sagen gewusst, warum er das tat.

»Rasch, dem Bitterling hinterher!«, rief der alte Pfiffer, der, wie Karlmann selbst, längst aufgesprungen war, und beide folgten sie Hortensia in den Gang.

Als Letzter machte sich Odilio daran, die Tür hinter ihnen zu schließen. Sie hatte keinen Griff und so umklammerte er die Türkante. Dabei hielt er noch einmal nach dem anderen Ende der Kammer Ausschau und sah nun zu seinem Schrecken, dass drei schemenhafte Gestalten vor dem großen Grabmal aufgetaucht waren. Sie waren lang und hager und jeder trug etwas, das wie eine Lanze oder ein langes Schwert aussah. Langsam glitten sie durch den Nebel und näherten sich durch die Reihen der Gräber, als wüssten sie längst um die Anwesenheit der Quendel. Odilio zog mit aller Kraft und durch ihr Gewicht nahm die schwere Tür Schwung auf. Erst im letzten Moment ließ er los und rettete seine Hände aus dem sich mit einem lauten Knall schließenden Spalt. Die Tür war in kein sichtbares Schloss gefallen, schien aber fest versperrt und bewegte sich nicht mehr, als er kräftig dagegendrückte. Es konnte nicht schaden, dies noch mit einem Bannspruch der Zwerge zu verstärken. Mehr als seine Worte würden die Inschriften auf der Tür dafür sorgen, dass sie vor denen verschlossen blieb, die auf der anderen Seite dem Nebel entstiegen. Der alte Pfiffer war sich dessen fast sicher, aber ein letztes Quäntchen Ungewissheit blieb doch und das trieb ihn vorwärts, bevor das letzte Kerzenlicht verbraucht sein würde.

Der Schein leuchtete schwach von der Mitte des kurzen Ganges zu ihm herüber, wo Hortensia und Karlmann auf ihn warteten. Sie starrten ihn fragend an, aber Odilio beschloss, über das, was er zuletzt gesehen hatte, zu schweigen, und so nickte er ihnen zu.

»Die Tür ist fest verschlossen. Von dort wird uns nun niemand folgen«, sagte er.

»Niemand?«, fragte Hortensia zweifelnd. »Auch nicht diese Schattengestalt hinter dem Grab?«

»Die Tür wird sie aufhalten«, antwortete Odilio knapp. »Lasst uns Zwentibold suchen; er sollte in völliger Dunkelheit nicht weit gekommen sein. Und dann nichts wie raus hier!«

Wortlos übergab Hortensia ihm die Laterne und er führte sie das kurze Stück zurück bis zu der Stelle, wo die beiden Gänge vom Hauptgang nach links und rechts abgezweigt waren.

Dort fanden sie den Bitterling. Ein Häufchen Elend, kauerte er auf dem Boden, die Hände gegen die Wand gepresst, denn auf diese Weise hatte er sich vorgetastet.

»Nun weiß ich, wie grauenvoll es sich anfühlt, wenn man hier ohne jedes Licht zurechtkommen muss«, empfing er seine Gefährten mit brüchiger Stimme. »Man kriecht vorwärts wie ein blinder Wurm in der Erde, bis einen die Kräfte verlassen und es pure Gnade wäre, wenn es dann schnell ginge, dass einem die Sinne schwinden.« Er war dem Weinen nahe.

»Noch haben wir Licht«, wandte Odilio ein und streckte dem Bitterling die Hand entgegen. »Steh auf, Zwentibold, du bist kein Wurm und wir sind noch nicht am Ende.«

Er sagte dies freundlich, aber mit einer gewissen Strenge, die keinen Widerspruch anerkennen würde, und tatsächlich erhob sich der Bitterling mit seiner Hilfe. Seine Beine zitterten und er musste sich gegen die Wand lehnen, aber er stand.

»Was ist mit diesem Schatten, der sich hinter dem Grabmal erhoben hat?«, kam er ängstlich auf die Ursache seiner plötzlichen Flucht zu sprechen.

»Ich habe die Tür verschlossen«, sagte der alte Pfiffer wie zuvor zu Hortensia und Karlmann und wieder vermied er eine genauere Erklärung. »Das wird fürs Erste reichen.«

»Geisterwölfe, die zum Glück nicht durch eine Mauerritze passen, und Grabunholde, vor denen man einfach die Tür zuschlägt?« Der Bitterling schüttelte ungläubig den Kopf. »Wenn du uns weismachen willst, dass allein das reicht, um ihnen zu entkommen, hocke ich mich auf der Stelle wieder hin und warte, bis dieses Zittern in den Knien aufhört.«

»Ich verspreche dir, dass du das nächste Mal, wenn du dich hinhockst, das lange Gras am Ufer der Drille unter deinen Knien spüren wirst«, sprach ihn Odilio noch einmal an. »Das sollte das Zittern beenden.« Es klang überaus zuversichtlich, dass selbst Hortensia mit einem Anflug verzweifelter Hoffnung daran glauben wollte.

So setzten sie sich abermals in Bewegung und von allen Strapazen, die sie in dieser langen Nacht durchlitten und überstanden hatten, verlangte ihnen dieses letzte Stück unter der Erde die schwerste Prüfung ab. Es fehlte so wenig, um nicht endgültig den Mut zu verlieren inmitten der allumfassenden Dunkelheit, in der es feucht und schwer nach Erde roch. Erde war es, in der sie steckten, die sie mit allen Sinnen um sich wussten und die sie allmählich überwältigte. Sie fühlten sich lebendig begraben. Selbst der alte Pfiffer war davon nicht frei und der Wille, sich dem entgegenzustemmen, nicht aufzugeben und immer weiterzugehen, schied sich an einem schmalen Grad. Noch ein größeres Hindernis, eine weitere Bedrohung und all ihre tapfere Standhaftigkeit wäre ihnen sinnlos erschienen.

Stattdessen oder auch dank Odilios weiser Voraussicht sandte ihnen das Schicksal einen Boten von der Oberfläche. Genauer gesagt, waren es gleich zwei. Sie kamen von dort, wo mittlerweile die leichte Morgenbrise sanft in langen Gräsern spielte und den feuchten Dunst der Nacht daraus vertrieb. Die beiden Wesen stürzten auf die ahnungslosen Quendel zu und machten dabei so viel Lärm, dass deren Ahnungslosigkeit zuerst jähem Erschrecken und dann Erkennen wich. Da wussten sie zuletzt, dass sie gerettet waren.

Zehntes Kapitel

Morgengrauen

Der Traum war so wild, der Traum war so schaurig,
So tief erschütternd, unendlich traurig.
Ich möchte gerne mir sagen:
Dass ich ja fest geschlafen hab,
Dass ich ja nicht geträumet hab,
Doch rinnen mir noch die Tränen herab,
Ich höre mein Herz noch schlagen!

NIKOLAUS LENAU

D er Krempling erwachte und fand sich, seltsam zusammenge-
krümmt, auf dem feuchtkalten Boden von Fendels Fuchsbau wieder. Er wusste nicht sofort, wo er sich befand, und auch nicht, ob er in
einen erschöpften Schlaf oder gar in Ohnmacht gefallen war. Er lag auf
der Seite, in der Nähe der Haustür und weil mit jedem Atemzug die
Erinnerung an das Geschehene mit gnadenloser Wucht zu ihm zurückkehrte, blieb er einfach liegen, wie ein verletztes Tier, das sich mit letzter
Kraft an den Ort geschleppt hat, an dem es sterben würde. Das wäre Pirmin auch recht gewesen, hätte er in diesem Augenblick über sein weiteres Schicksal zu bestimmen gehabt; sich einfach nicht mehr von hier
fortzubewegen und auf ein barmherziges Ende zu warten, statt ohne
Blodi nach Hause zurückkehren und weiterleben zu müssen. Mit Fidelis,
der er den kleinen Sohn nicht wieder zurückgebracht hatte, und Blodis
Geschwistern, denen er nie wieder der unversehrte und beschützende
Vater sein würde, als der er noch vor wenigen Stunden aufgebrochen war.

Er dachte an den einsamen Eichhasen, der ihn, ohne zu zögern, in die allergrößten Gefahren begleitet hatte und darin umgekommen war. Es bestand zwar noch die Möglichkeit, dass sich Fendel irgendwo ans Ufer gerettet hatte und nun auf dem Weg zum Fuchsbau oder ins Dorf war, um die anderen zu warnen. Doch der Krempling glaubte nicht daran.

Womöglich befand sich Wetterstern längst in heller Aufregung, weil der schimmernde Nebel in der Nacht nicht unbemerkt geblieben war und auch nicht die Wölfe, die im Morgengrauen von der Brücke in den Himmel gesprungen waren. Vielleicht bedrohten sie in diesem Augenblick das Dorf, zogen durch Straßen, Höfe und Gärten und dann wäre es all jenen schlimm ergangen, die sich, ob Tier oder Quendel, zu dieser frühen Stunde im Freien befunden hätten.

Pirmin wusste, dass er zurückmusste, um denen beizustehen, die ihm geblieben waren, aber noch konnte er sich nicht entschließen, den Fuchsbau zu verlassen. Er fühlte sich schuldig, weil er selbst durch puren Zufall entkommen war, während der Schattenwolf den Eichhasen und Trautmann in den Fluss getrieben hatte und Blodi von einem unheimlichen Wesen aus dem Schwarzen Schilf ins Unbekannte entführt worden war. Wieder und wieder sah der Krempling die immer kleiner werdende Gestalt seines Sohnes an der Seite des Fremden in der unerreichbaren Ferne der öden Landschaft verschwinden.

Dann tauchte anklagend das letzte Bild von Fendel vor ihm auf, wie er sich mit dem Mut der Verzweiflung in die Pfiffer gestürzt hatte, und daneben Trautmann, mit im Sprung nach oben schnellenden Läufen. Er stellte sich die starren Augen eines ertrunkenen Tieres vor. Auch Fendels Augen würden lange erloschen sein, wenn er schließlich an irgendeine Uferböschung gespült wurde. Nie hätte Pirmin sich vorstellen können, dass er einmal um diesen Sonderling trauern würde, an den er vor dem Verhängnis dieser Nacht kaum einen Gedanken verschwendet hatte. Nur ganz am Rande und durch Zufall war er in seinem Leben vorgekommen. Doch nun klaffte darin die denkbar größte Lücke, die das Schicksal einem schlagen kann. Dass er Blodi verloren hatte, Blodi, der sich um Mitternacht noch so sehr über die Geburt des kleinen Kälbchens gefreut hatte, war so unbegreiflich wie niederschmetternd. Pirmin sah, wie das Morgenlicht durch die Fenster fiel. Der Krempling fand weder Trost noch Kraft aufzustehen und begann bitterlich zu weinen.

Es dauerte eine Weile, bis sein Schluchzen, das ihn wie in Fieberkrämpfen schüttelte, nachließ. Schließlich versiegten die Tränenströme. Weil er es nicht anders ertragen konnte, drängte sich jetzt, da er sich leer geweint hatte, Taubheit vor seinen Schmerz und stumpfte nur ab, was nicht zu lindern war. Das half ihm jedoch für den Augenblick, sich langsam aufzurichten; kaum nahm er wahr, wie zerschlagen sein Körper sich dabei anfühlte. Steifbeinig humpelte er zu einem der kleinen Fenster, das sich in der dem Eingang gegenüberliegenden Wand befand, und konnte nun zur Linken den Fluss und zur Rechten über die Wiesen bis zum Uferweg sehen. Pirmin blickte hinaus, ohne besondere Vorsicht walten zu lassen.

Es war ihm einerlei, was aus ihm selber wurde und ob ihm draußen noch einer oder auch mehrere Wölfe auflauerten, die nun entdecken konnten, dass ihre Beute am Leben war. Aber nichts dergleichen geschah; draußen war alles ruhig. Keine Sturmglocke läutete und der Uferweg war nicht mit Scharen aufgeregter Quendel bevölkert, die in Richtung des Finsters Ausschau hielten oder vor den Wölfen flüchteten.

Vom Wasser trieben milchige Dunstschleier herüber, aber das war ganz gewöhnlicher Frühnebel, wie er häufig zum Ausgang des Sommers aus den feuchten Niederungen entlang der Pfiffer aufstieg und sich mehr und mehr auflöste, je näher er dem in der Morgensonne liegenden Dorfrand kam. Pirmin sah, wie die Dächer von Wetterstern in den ersten Strahlen aufglänzten, als wären sie mit Lack überzogen. Darüber kräuselten sich vereinzelte Rauchfahnen in den erblauenden Himmel. Der junge Tag schien von einer vielversprechenden Frische.

Für den Krempling und seine Familie trog dieser Eindruck auf das Bitterste. Er wusste, dass sich Fidelis schon seit geraumer Zeit furchtbare Sorgen machen musste, weil niemand heimgekehrt war. Bestimmt war sie gar nicht zu Bett gegangen, sondern hatte den Rest der Nacht wachend am Fenster verbracht, weil sie längst ahnte, dass etwas nicht stimmte. Pirmin sah ein, dass es keinen Sinn mehr hatte, den schrecklichen Moment noch länger aufzuschieben, in dem er ihr die Wahrheit sagen musste, sosehr er sich auch davor fürchtete.

Als er sich umwandte, um zu gehen, nahm er zum ersten Mal das Innere von Fendels Behausung wahr. Deren einzige Stube war einen Blick wert und entsprach in ihrer Seltsamkeit ganz dem Äußeren des Fuchsbaus und alles zusammen passte vortrefflich zur Eigenwilligkeit des Hausherrn. Unter glücklicheren Umständen, wäre es verlockend gewesen, sich hier in Ruhe umzusehen.

Das vom Knöterich überwucherte Dach war zur Hälfte eingefallen und brachte die Stubendecke, dort wo sie sich herabsenkte, dem Kopf eines aufrecht stehenden Quendels so nahe, dass er sie mit dem Scheitel berührt hätte. Die Ranken des Knöterichs, die an vielen undichten Stellen den Weg ins Innere gefunden hatten, hingen bis auf den Boden herab. An den Wänden und auf Höhe der Fensterbänke befand sich ein breiter, rundum verlaufender Sims, der einzig unter den Fenstern so freigeräumt war, dass diese Schneisen die Aussicht nach draußen gestatteten. Ansonsten stapelten sich darauf unzählige Dinge kreuz und quer durcheinander, was das bröselige Fachwerk der Wände fast völlig verdeckte. Längst hatte sich der Knöterich mit manchem auf das Innigste verflochten, das ihm von unten so einladend entgegenkam.

Irgendwo in dem Gewirr musste der Hausrat des Eichhasen stecken, denn es gab hier weder Schränke noch Truhen zum Verstauen von Geschirr oder derlei Dingen des täglichen Gebrauchs. Fendel hatte davon vielleicht nicht allzu viel besessen, denn vor allem erkannte der Krempling Fundstücke, die der Eichhase auf seinen einsamen Wanderungen gesammelt haben musste. Es gab jede Menge trockenes Geäst, zum Beispiel Weiden- und Hagebuttenzweige, an denen noch silbrige Kätzchen oder verschrumpelte rote Früchte prangten; in einem steckte ein kleines Vogelnest. Lange Moosflechten und Schnüre mit zum Trocknen aufgefädelten Pilzen hingen auf bizarr geformte Wurzeln und glatt geschliffenes Treibholz herab, das Fendel an den Ufern der Pfiffer oder an Drille und Kaltwasser entdeckt haben mochte, denn er war weit umhergestreift. Dazwischen steckten Geweihe, Vogelfedern, Baumrinde und ein leeres Hornissennest. Bestimmt stammte manches davon aus dem Schwarzen Schilf oder sogar aus dem Finster. In einer Ecke war die höchste Schicht dieser seltsamen Vorräte durch den ausgebleichten Schädel eines Wildschweins mit krummen Hauern bekrönt, das den Krempling aus fast leeren Augenhöhlen anstarrte. Aus der rechten ragte ein Knöterichtrieb.

Nur an der linken Wand war der Sims unterbrochen, denn dort gab es einen schmalen Kamin mit einer offenen Feuerstelle und in der Nische daneben einen Alkoven mit halb offen stehenden Läden. Das musste das Bett des Eichhasen sein. Pirmin schauderte unwillkürlich. Es sah so düster und klamm aus, dass es ihm unvorstellbar schien, wie jemand dort gesunden Schlaf finden und erfrischt aufwachen konnte. Jetzt blieb es wohl für immer verlassen, wie auch der kleine Tisch, der mit einem einzigen, wacklig aussehenden Stuhl vor dem Kamin stand.

Ein mächtiger, schwärzlicher Kessel hing darin am Haken. Am Boden der Herdstelle war keine Asche zu sehen, sondern Moos in den Fugen der Steine. Hier war schon sehr lange kein Feuer mehr entzündet worden, um das zugige Haus ein wenig zu wärmen oder im Kessel eine Suppe zu bereiten. Das Gefäß war nachlässig mit einem Farnwedel abgedeckt und mit etwas gefüllt, das im Zwielicht darunter hervorschimmerte. Es sah nicht nach den Resten einer Mahlzeit aus.

Obwohl Pirmin wahrlich anderes im Sinn hatte, ging er doch darauf zu, bückte sich und hob das gefiederte Blatt leicht an. Er hatte es geahnt, bevor er sie wirklich sah. Hochvoll bis zum Rand war der Kessel mit Goldstücken gefüllt; die erzählten mit ihrem satten Glanz von einem Reichtum, der sich weder mit der Ärmlichkeit der Umgebung, noch mit der seltsamen Person des verschollenen Hausherrn in Einklang bringen ließ. Der Krempling starrte fassungslos auf diese Pracht. Er dachte dabei zuerst an die strahlenden Gesichter seiner Kinder, nachdem sie von

Fendel mit den drei Münzen beschenkt worden waren. Sogleich hörte er Blodis helle Stimme, als er versuchte, umsichtig mit der kostbaren Gabe zu planen; ein kleiner Junge, der einen Schatz empfangen hatte. Dem Vater stiegen wieder die Tränen in die Augen.

Auch erschütterte ihn, wie weit Fendels Dasein von einem bequemen Leben mit allen Annehmlichkeiten entfernt gewesen war, das dieses Gold einer ganzen Quendelsippe auf lange Jahre gesichert hätte. Woher es stammte, war vollkommen rätselhaft, aber womöglich gab es hier noch mehr davon, so freigiebig, wie er es zuletzt an Kinder verteilt hatte oder in der Nebelkappe bei seinen einsamen Trinkgelagen dem alten Halsabschneider von einem Wirt in die stets geöffneten Hände gedrückt hatte. Man hatte im Dorf einiges munkeln hören.

Jetzt schien es, als hätte sich Fendel von seinem beachtlichen Vermögen nichts anderes geleistet, als sich in schöner Regelmäßigkeit alleine zu betrinken, was stets mit einem mehr oder minder höflichen Rauswurf endete, der ihn in seiner letzten Nacht auf den Hof der Kremplinge verschlagen hatte. Es musste etwas sehr Schlimmes gewesen sein, das über lange, bittere Jahre an dem armen, und in Wirklichkeit doch so reichen Eigenbrötler genagt hatte; so schlimm, dass auch mit all dem Gold keine Besserung zu erwerben war. Nun hatten die Wasser der Pfiffer, an denen Fendel sein einsames Leben gefristet hatte, es zuletzt beendet.

Pirmin schreckte auf, weil er draußen Stimmen hörte. Jemand, oder auch mehrere, kamen die Wiese herab und näherten sich dem Fuchsbau. Das blanke Entsetzen packte ihn, als er erkannte, dass sie niemand anderem als Fidelis, Afra und Florin gehörten, die nach ihm riefen. Und nach Blodi und Trautmann.

Als der Krempling aus dem Dämmerlicht des Fuchsbaus auf den kleinen Vorplatz trat, musste er blinzeln, so hell schien die Sonne vom wolkenlosen Himmel. Seine Familie hatte Fendels Anwesen fast erreicht und angehalten, weil sich die Tür unerwartet öffnete.

Pirmin sah, wie sich auf Fidelis' Gesicht, als sie ihn erkannte, ein erleichtertes Lächeln ausbreitete. So rasch, wie sich an einem windigen Tag eine Wolke vor die Sonne setzt, erstarb es wieder. Er musste furchtbar aussehen und sicher stand in seinen ausgezehrten Zügen zu lesen, dass etwas Entsetzliches geschehen war. Um das zu erkennen, brauchte Fidelis weder Worte noch Erklärungen, denn er stand ganz allein vor ihr, schmutzig und abgekämpft. Die beiden Kinder an ihrer Seite blickten ängstlich und fragend von der Mutter zum Vater und wieder zurück.

»Wo ist Blodi?«, rief Florin.

»Und Trautmann?!«, folgte Afras Frage auf der Stelle und damit war ausgesprochen, was mit Unerträglichem beantwortet werden musste. Fidelis fragte nichts. Sie starrte ihren Mann an, der nun mit einer ihr fremden Stimme zu sprechen begann.

»Ich habe ihn verloren«, hörte sie ihn sagen und dass er nur mühsam ein Schluchzen unterdrücken konnte. »Blodi.« Jetzt war es nur noch ein Flüstern. »Ich konnte ihn nicht retten. Und auch der Eichhase und der Hund sind fort.«

Aus Fidelis' Gesicht war alles Blut gewichen und auch die Kinder standen wie erstarrt mit schreckgeweiteten, ungläubigen Augen. »Was soll das heißen, du hast ihn verloren?!«, fuhr sie ihn an und die Tränen rannen ihr dabei die Wangen herab. »Wo ist er denn? Dort in der Hütte? Ist er verletzt oder ist er …?«

»Ist er tot?«, vollendeten Afra und Florin die Frage und begannen zu weinen. »Ist Blodi tot und Trautmann auch?!«

Das, was vom Herzen des Kremplings noch übrig war, zerbrach angesichts dieses Jammers ein weiteres Mal. »Blodi ist im Schwarzen Schilf geblieben.«

»Dann ist er im Moor versunken?«, schrie Afra voller Entsetzen auf, denn jedes Kind aus Wetterstern wusste um die Gefahren dieser verbotenen Gegend.

Pirmin schüttelte heftig den Kopf. »Nein, nicht im Moor, sondern jenseits davon und weiter dahinter. Er ist nicht versunken. Aber er ist fort und das bedeutet für uns das Gleiche.«

»Dann ist er also im Finster?«, rief Fidelis und starrte ihn entgeistert an. »Aber warum stehst du dann hier und bist nicht bei ihm? Wie konntest du ihn dort nur alleine lassen? Wir müssen zu ihm zurück. Jetzt! Bring mich zu Blodi, auf der Stelle!«

Pirmin wagte kaum mehr, ihr ins Gesicht zu blicken. Er sah unendlich traurig und um Jahre gealtert aus. »Meine ärmste Fidelis, ich kann dich nicht zu ihm bringen. Niemand kann das. Er ist zwischen dem Moor und dem Wald verloren gegangen, in einer Gegend, die nicht mehr in unserer Wirklichkeit liegt. Es müssen wohl die Schattenlande der Unterirdischen und Untoten sein und einer von ihnen hat Blodi mit sich fortgenommen. Wir können ihn nicht mehr erreichen. Ich habe es versucht und ich würde es auf der Stelle wieder versuchen, glaube mir das, wenn du sonst nichts glauben kannst. Aber es hat keinen Sinn. Ich habe mit eigenen Augen mit ansehen müssen, wie er unwiederbringlich verschwand, und nichts anderes werde ich von nun an bis zu meinem Lebensende immer wieder sehen.«

Da sank Fidelis auf die Knie, gleichzeitig begann sie zu schreien. Pirmin war mit drei Schritten bei ihr und den Kindern, die wehklagend an ihrer Mutter hingen. Er versuchte, sie alle drei in seinen ausgebreiteten Armen aufzufangen. Als sie sich hilflos und weinend aneinanderklammerten, merkte Pirmin, dass sich irgendetwas in der Innentasche seiner Weste befinden musste, das nun hart gegen seine Brust drückte.

Es war die Alraune, die ihm der Eichhase zur sicheren Verwahrung gegeben hatte und die ihn nun dort stach, wo sich einstmals sein Herz befunden hatte.

Der Gang war noch eine Weile geradeaus verlaufen, ohne dass sich etwas veränderte. Sie hatten sich schweigend dahingeschleppt und mit ängstlichen Blicken jedes noch so kleine Flackern ihres letzten Lichtes verfolgt, das der alte Pfiffer vor ihnen hertrug. Dabei passierten sie links und rechts noch mehrere Eingänge zu weiteren Tunneln und jedes Mal, wenn sie an einer solchen Öffnung vorbeikamen, in deren schwarze Tiefe sie nur wenige Handbreit hineinsehen konnten, fühlten sie das Klopfen ihrer Herzen und hielten lauschend den Atem an, ob sich aus dieser Richtung nicht irgendetwas näherte oder zu hören war. Genauso gut war es möglich, dass ihnen hinter der nächsten Biegung eines solchen Ganges jemand auflauerte.

Bei einem Angriff würden sie vollkommen machtlos sein und weil sie das wussten, half einzig, so schnell wie möglich von hier fort und an die Oberfläche zu kommen. Sie verdrängten den Gedanken an die Gefahren, die unter freiem Himmel auf sie warten mochten, an einen Himmel, aus dem sich vor nicht lang vergangener Zeit ein Rudel gespenstiger Wölfe auf sie gestürzt hatte. Aber Odilio hatte seine Worte an den Bitterling mit Bedacht gewählt, denn nun sehnten sich seine Gefährten mit Inbrunst nach dem freundlichen Flecken an den Ufern der Drille, einem Ort, zu dem es schwerfiel, sich etwas Unheimliches vorzustellen, und das ließ sie weitergehen, einerlei, was sie dort oben erwarten würde.

Nicht lange und sie merkten, dass der Gang langsam anstieg. Als hätte ihnen Odilio noch einmal Worte der Stärkung ins Ohr gewispert, wurden sie sogar schneller und redeten sich ein, dass sich neben dem Schein ihrer Laterne eine Spur von Helligkeit auf den Tunnelwänden abzeichnete. Sie hofften so sehr darauf, dass es nur noch wenige Schritte brauchen würde, bis einer von ihnen befreit aufschrie, weil ihnen ganz plötzlich durch einen Ausgang das helle Morgenlicht entgegenleuchtete.

Das Geräusch, dessen Klang sie so unvermittelt traf, wie es der Blick in die Freiheit getan hätte, gab jedoch keinen Anlass zu Freudenschreien. Die Quendel erstarrten und blieben wie angewurzelt stehen. Irgendwo weit vor ihnen schlug ihnen wildes Gebell entgegen.

»Stock und Schwamm und Wolfsröhrling«, stammelte der Bitterling. »Jetzt erwischen sie uns am anderen Ende. Alles umsonst, wir sind in der Falle.«

Jeder wusste, wen er meinte, aber Odilio hob mit einer abwehrenden Geste die Hand und zischte: »Pssst!«

Wieder erklang das Bellen, aufgeregt und schrill hörte es schließlich gar nicht mehr auf und zu ihrem Schrecken schien es auch noch näher zu kommen. Einzig der alte Pfiffer blieb ruhig und lauschte angestrengt, während die anderen kaum noch an sich halten konnten. Sie würden den Wölfen nichts entgegenzusetzen haben, wenn diese ihre Beute endlich stellten.

»Das ist ein Hund«, sagte Odilio in das angespannte Schweigen hinein, »und ich glaube, nicht einmal ein großer.«

»Ein Hund?«, fragte Hortensia vollkommen verwirrt. »Was für ein Hund und wo sollte der auf einmal herkommen?«

»Ganz einfach, von oben«, antwortete der alte Pfiffer und seine Stimme hörte sich mit einem Mal sehr erleichtert an.

Der Bitterling trat voller Unruhe von einem Fuß auf den anderen. Er wusste nicht, was er tun sollte. Ihm war viel mehr danach, erneut die Flucht zu ergreifen, statt einfach darauf zu warten, was ihnen gleich als neuerliche Wendung des Schicksals begegnen würde. Lange konnte es nicht mehr dauern, denn das Gekläff wurde rasch lauter und erfüllte Gänge und Quendelohren mit überwältigendem Lärm. Zwentibold musste zugeben, dass es sich nicht unbedingt nach Wölfen anhörte. Doch der Bitterling vertraute nicht mehr darauf, dass sich die Dinge auch tatsächlich als das erwiesen, was ihr erster Anschein nahelegte, schon gar nicht als harmlos.

Im Augenwinkel nahm er neben sich eine leichte Bewegung wahr. Hortensia hielt Karlmanns Schultern umklammert, blickte starr geradeaus und wandte den Kopf dann wieder unschlüssig nach hinten; sie schien ähnlich geringes Vertrauen in Odilios Vermutung zu haben. Plötzlich tauchte da noch ein anderes Geräusch auf, ein lautes Fauchen und dann ein Knurren, das in ein hohes kämpferisches Schreien überging.

»Reizker!«, rief der alte Pfiffer und stürzte an seinen überraschten Gefährten vorbei ein paar Schritte nach vorne. Von dort zischte aus der

Dunkelheit ein rötlicher Blitz in das schwächelnde Licht der Laterne und verschwand im Dunkel des hinter ihnen liegenden Ganges. Hortensia schrie auf, aber alle hatten gesehen, dass es sich tatsächlich um Odilios Kater handelte, der versuchte, sich vor einem Verfolger zu retten, welcher ihm sehr knapp auf den Fersen sein musste. Lautes Gebell, das Scharren von Pfoten, ein Hecheln und Knurren – dann sauste ein kleines, kompaktes Wesen in ihre Mitte, nahm mit einer schnellen Wendung seines spitzen Kopfes nach links und rechts für den Bruchteil einer Sekunde Notiz von den verblüfften Quendeln und tauchte dann seinerseits hinter Reizker in der unergründlichen Schwärze des Tunnels unter. Sein Gekläff wurde leiser, je weiter ihn die Jagd von ihnen fortführte.

»Stock und Schwamm, es ist tatsächlich ein Hund!«, rief Zwentibold, als er sich von dem ersten Schrecken erholt hatte. Er hörte sich an, als hätte er den Auftritt eines Trolls wahrscheinlicher gefunden. »Ich glaube, ein Terrier. Wer weiß, ob er ober- oder unterirdisch auf den Kater getroffen ist. Auf jeden Fall muss hier endlich irgendwo ganz in der Nähe der Ausgang liegen!«

»Krapp. Wir befinden uns vielleicht wirklich in der Nähe des Parks, wenn Odilio recht hat.« Hortensias Stimme belebte sich mit jedem Wort. »Die Mottifords haben eine ganze Menge Terrier, in allen Größen und Rassen.« Obwohl sie nicht gerade eine Vorliebe für Haustiere hegte, erschien ihr das Erscheinen des kleinen Hundes wie der Vorbote purer Glückseligkeit, kündete er doch von der Existenz jenes gefestigten Daseins, wie sie es vor dieser Nacht gekannt hatte.

»Reizker! Was wird mit Reizker, wenn der Hund ihn erwischt? Oder wenn sich beide in irgendwelchen gefährlichen Gängen verirren?« Karlmann, der Tiere liebte, fragte besorgt nach Odilios rotem Gefährten, der ihnen, nicht zuletzt, den rettenden Ausweg vor den Wölfen gezeigt hatte. Das Hundegebell klang in Abständen noch immer gedämpft zu ihnen herauf.

Odilio lächelte und nickte dem jungen Quendel zu, bevor er die Lippen zu einem Pfiff spitzte. Der Ton war leise, aber durchdringend und melodiöser als die Klänge, mit denen andere Quendel für gewöhnlich ihre vierbeinigen Begleiter riefen. Aber vielleicht galt der Pfiff ja auch seinem Kater Reizker – wer konnte das beim alten Pfiffer wissen.

»Ihm wird nichts geschehen«, sagte er, vor allem zu Karlmann, »und sicher weiß der Hund, wo es hinausgeht.«

Diesmal stellte selbst Hortensia fest, dass sie ihm glaubte.

Das Gebell war wieder verstummt und eine kurze Weile lauschten die vier Quendel nichts anderem als ihrem eigenen Atmen und gelegentlichen tiefen Seufzern des Bitterlings.

Wieder pfiff Odilio, diesmal tiefer und lockend, und wieder warteten sie. Die Flamme am Docht des Kerzenstummels flackerte von einem Luftzug, den sie selbst nicht merkten. Hortensia durchfuhr kurzes Erschrecken, ob das Licht nun endgültig verlöschen würde, aber sie wischte ihre Befürchtung im nächsten Augenblick beiseite. Wenn der alte Pfiffer sich sicher war, dass er sie ins helle Morgenlicht zurückführen könnte, war es ihr sogar einerlei, ob sie die letzten zwei, drei Schlegel auf Händen und Füßen in tiefster Finsternis hinter sich bringen mussten.

Das Flämmchen erholte sich und kam zur Ruhe, als sich ihnen von hinten etwas mit leisem Tapsen nicht übermäßig eilig aus dem Gang näherte. Nicht lange und der kleine Hund löste sich aus der Dunkelheit und erschien im Lichtkreis der Laterne, die lange Schnauze dicht am Boden. Seelenruhig beschnupperte er Zwentibolds Fußspitzen, wandte sich dann Hortensia zu und blickte fragend zu ihr hinauf. Der Kerzenschein flackerte in seinen klugen dunklen Augen; sein Jagdfieber hatte sich vollkommen gelegt und nicht das Zittern einer Haarspitze in seinem kurzen hellen Fell kündete noch von der wilden Verfolgung einer Beute, die ihm offenbar entwischt war.

»Hallo, Toby«, sagte Odilio, beugte sich hinab und strich dem Tier sanft über den Kopf. »Das ist unverkennbar der Hund von Gisil Mottiford«, fügte er kurz darauf hinzu. »Seht ihr den braunen Fleck über dem rechten Auge? Er weicht dem ehrenwerten Mottiford nur selten von der Seite und deshalb würde es mich sehr wundern, wenn der Herr von

Krapp nicht irgendwo entlang der Drille auf der Suche nach seinem Toby durch die Wiesen streifen sollte.«

Hortensia starrte auf den Hund zu ihren Füßen. »Stimmt. Jetzt erkenne ich ihn auch. Bei Dorabellas letzter Teeparty hat er ein halb verrottetes Kaninchen auf der Picknickdecke abgelegt und wollte es auch nicht hergeben, als Gisil ihn dazu aufforderte. Ohne Zweifel ein reizendes Kerlchen, aber nicht gerade gehorsam. Wenn ihn wirklich dein Pfeifen zurückgeholt und von der Jagd auf Reizker abgehalten hat, muss große Zauberei im Spiel sein, an der du Gisil unbedingt teilhaben lassen solltest. Falls wir hier noch einmal herausfinden.«

Der alte Pfiffer nickte nur, ohne ihr damit seine magischen Kräfte über anderer Leute Hunde wirklich zu bestätigen. »Dieser kluge Kerl«, sagte er und tätschelte Toby wieder den Kopf, der nun mit wedelndem Stummelschwanz erwartungsvoll an seinen Beinen hochsprang, »dieser kluge Kerl wird uns auf direktem Wege nach oben bringen, nicht wahr, mein Junge? Macht euch bereit für einen letzten Spurt«, schloss er lächelnd, als handelte es sich um den Ausklang eines langen Spaziergangs vor der Teestunde. Dann wandte er sich wieder dem Hund zu, der schon erwartungsvoll den Kopf schief legte, als sei es für ihn das Allerselbstverständlichste, vom alten Pfiffer Befehle anzunehmen. »Los, Toby, bring uns zu deinem Herrchen; sei ein guter Hund und lauf nach Hause!«

Toby ließ sich das nicht zweimal sagen. Er gab ein munteres Bellen von sich und trabte los. Odilio folgte ihm raschen Schrittes als Erster und winkte den anderen, nicht zurückzubleiben. Der alte Pfiffer leuchtete mit der Laterne voraus. Immer wenn Toby auf seinen flinken Pfoten aus dem Lichtkreis zu entwischen drohte, pfiff Odilio leise und hielt ihn auf diese Weise so lange zurück, bis der Gang plötzlich steil nach oben zu führen begann. Dieser Anstieg schien Toby zu bedeuten, dass es nicht mehr weit bis zum Ausgang war, denn er hatte es nun so eilig, dass die Quendel Mühe hatten, ihn nicht aus den Augen zu verlieren.

»Morchel und Erdstern, halte ihn zurück!«, rief der Bitterling dem alten Pfiffer hinterher.

Dessen Laterne schwankte und das schwache Flämmchen flackerte bedenklich, als er und die anderen hinter dem Hund herliefen, dessen kleines Hinterteil wie ein tanzendes Irrlicht hin und wieder aus der vor ihnen liegenden Dunkelheit auftauchte. Dann stolperte Karlmann und fiel der Länge nach vor Hortensias Füße, was sie beinahe selbst stürzen ließ.

»Warte, Odilio!«, rief Zwentibold, der angehalten hatte, um den beiden zu Hilfe zu kommen.

Um sie herum verdichtete sich die Dunkelheit, denn der alte Pfiffer war ihnen ohnehin ein gutes Stück voraus gewesen. Karlmann versuchte aufzustehen und rutschte auf dem glatten, abschüssigen Untergrund ein zweites Mal aus. Hortensia hielt ihm die Hand entgegen.

»Gute Güte, hat er uns nicht gehört?«, fragte sie besorgt. Sie konnte die beiden anderen mehr fühlen als wirklich sehen, obwohl sie ganz nahe beinander waren. Karlmann hatte ihre Hand ergriffen und der Bitterling neben ihnen rang so hörbar nach Luft, als bedrängte ihn wieder die Angst vor der finsteren Enge.

»Er kann uns zuletzt doch nicht allein lassen?«, stammelte Zwentibold. »Jetzt, da er den Hund hat, fallen wir ihm wohl zur Last und ganz besonders ich, der ich als Kind nicht einmal in den Keller gegangen bin, wenn es sich vermeiden ließ. Kein Zweifel, der Kerl ist fort. Hier ist es stockfinster und nichts ist es mit dem weichen Ufergras der Drille, das ich bald an meinen Knien spüren sollte.«

»Der Kerl ist hier, ganz in eurer Nähe«, hörten sie die Stimme des alten Pfiffers, dem Klang nach nur wenige Schritte voraus. »Stock und Schwamm, ein bisschen mehr Vertrauen wäre allmählich schmeichelhaft, bester Bitterling. Allerdings ist eben unsere Kerze erloschen und Toby war nicht länger gewillt, auf mich und uns zu warten. Ich vermute, er hat das Ufergras nun schon unter seinen Pfoten, und euch bitte ich, einander an den Händen zu fassen und nicht loszulassen. Zuletzt dürfen wir uns in dieser finstersten Finsternis nicht verlieren, aber ihr merkt doch, dass es immer weiter nach oben geht. Also nicht verzagen, stellt euch lieber den Sonnenschein vor, der uns erwartet!«

Das nächste Stück kam Hortensia wie eine andere Spielart ihres mühsamen Weges durch den Sturm vor, der sie vom Finster bis hinauf zum Heckenweg vor sich hergetrieben oder zurückgedrängt hatte. Innerlich verfluchte sie bitter ihre vorschnelle Sorglosigkeit hinsichtlich des Fortkommens in tiefster Maulwurfsschwärze. Die Widerstände gegen ihre versprochene Rettung erwiesen sich als äußerst zäh.

Wie zuvor auf dem Wiesenhang hielt sich einer am anderen fest, um nicht in feindlicher Umgebung verloren zu gehen. Es gab nichts, aber auch gar nichts zu sehen und so verließen sie sich auf den Zusammenhalt ihrer fest ineinander verschränkten Hände, die vorsichtig tastenden Schritte ihrer Füße, das angestrengte Lauschen ihrer wachsam gespitzten Ohren.

Wieder ging es entsetzlich langsam vorwärts, dass ihnen neben der Sicht auch das Zeitgefühl abhandenkam – zu seltsam und ihnen wesensfremd war der Gang durch das dunkle Nichts, in dem allein die Tunnelwand zu ihrer Linken und der immer weiter ansteigende Boden unter ihren Füßen Orientierung gaben. Irgendwann glaubte Karlmann, dass etwas Weiches, Lebendiges an seinen Beinen vorbeiwischte, so lautlos und geschmeidig, dass es nicht Toby sein konnte. Karlmann zuckte zusammen. Insgeheim fragte er sich, ob es Reizker gewesen war, der sie überholt hatte und beneidenswert schneller, als sie es vermochten, dem Ausgang zustrebte.

Zwentibold, der die Reihe beschloss, blickte trotz aller Aufmerksamkeit, die ihm ihr mühsames Fortkommen abverlangte, immer wieder über die Schulter und den zurückliegenden Gang hinab. Jedenfalls vermutete er, dass er in diese Richtung starrte, denn die Finsternis war überall gleich undurchdringlich. Der Lichtschimmer, der ihre Erlösung bedeuten konnte, musste vor ihnen liegen. Nicht auszudenken, wenn es dort heller würde, von wo sie gekommen waren. Aus der Tiefe der Erde war nichts als Gefahr zu erwarten und Lichter in ihrem Rücken oder auch nur der geisterhafte Nebel würden ihre Verfolgung bedeuten. Was aber, wenn plötzlich unsichtbare Hände von der Seite nach ihnen griffen, wenn sich zur Rechten ein Gang auftat, in dem irgendetwas Furchtbares auf sie lauerte? Dem Bitterling kribbelte es am ganzen Körper und mitunter fuhr er heftig zusammen, weil er glaubte, dass ihn jemand berührt hatte. Damit erschreckte er auch Hortensia, deren Hand die seine umfasst hielt und die genauso angespannt lauschte und starrte.

»Was ist denn bloß?!«, zischte sie nach hinten, ohne sich umzudrehen.

»Ich dachte, da wäre etwas gewesen.«

Hortensia erwiderte nichts, aber als es im nächsten Moment wieder passierte, zog sie ihrerseits den Bitterling mit einem unwilligen Ruck am Arm. »Zwentibold, reiß dich zusammen. Ich erschrecke mich jedes Mal zu Tode, für nichts und wieder nichts.«

»Ich fürchte, diesmal war es nicht ›für nichts‹«, flüsterte der Bitterling ängstlich in ihrem Nacken. »Wenn mich nicht alles trügt, kann ich plötzlich in der Ferne die Wände des Ganges erkennen und das kann nichts anderes heißen, als dass es dort durch irgendetwas heller wird.«

Alarmiert wandte Hortensia den Kopf. Erst sah sie nur Schwärze. Sie zwinkerte, starrte wieder dorthin, wo sie den rückwärtigen Teil des Tunnels vermutete, und richtig, in scheinbar weiter Ferne zeigte sich in schwacher Andeutung die Wölbung der Tunnelwände.

»Odilio«, rief Hortensia über Karlmanns Kopf nach vorne, »wir müssen schneller werden und endlich aus diesem finsteren Loch heraus! Hinter uns wird es schrecklicherweise heller.« Sie konnte nicht sehen, wie der alte Pfiffer ihre Worte aufnahm, jedenfalls hielt er nicht an.

»Weiter«, schallte es auch schon von vorne, »blickt nicht mehr zurück, haltet euch fest an den Händen und sollte jemand stolpern, rührt sich niemand vom Fleck, bis die Reihe wieder geschlossen ist! Wir beeilen uns jetzt ein bisschen.«

Seine Gefährten merkten, dass Odilio seine Worte in die Tat umsetzte; das Tempo und der Zug an ihren Armen nahmen zu. Jeder hoffte, dass er den nächsten und auch den übernächsten Schritt auf sicheren Grund setzen und nicht ins Straucheln kommen würde. Mit dem linken Ellbogen vergewisserte sich Hortensia, ob sich die Wand des Ganges noch in greifbarer Nähe befand, und ihr Arm berührte kurz kühle, feuchte Erde.

Trotz Odilios Worten kämpfte der Bitterling gegen das fast unwiderstehliche Verlangen an, sich umzusehen. Schließlich war er der Erste, den sie erwischen würden, wie er sich vorstellte, und so versuchte er, ohne die anderen zu behindern, nach hinten zu blicken. Es wollte ihm nicht gelingen und schon zerrte Hortensia erbost an seiner Hand, damit er aufhörte, wie ein Gewicht an ihrem rechten Arm zu hängen. »Hör sofort damit auf, Zwentibold! Mich zerreißt es gleich! Sieh zu, dass du Schritt hältst!«

Doch nicht der Bitterling sollte ihren Fluchtweg jäh unterbrechen. Es war der alte Pfiffer, der über eine plötzliche Erhebung am Boden so heftig stolperte, dass er den Halt verlor. Alle fielen übereinander. Odilio stürzte so hart, dass ihm der schmerzhafte Aufprall in alle Glieder fuhr, aber dennoch waren es vor allem Freude und Erleichterung, die er verspürte, als er erkannte, warum er gefallen war. Triumphierend verkündete er in die Dunkelheit: »Stufen! Es war die erste Stufe einer Treppe, über die ich gerade gestolpert bin. So wie uns die erste Treppe aus der Kammer am Heckenweg in die Tiefe hinabgeführt hat, werden wir nun über diese Stufen nach oben und endlich hinausgelangen. Wo seid ihr? Ist eben keiner verloren gegangen?«

»Wir sind alle hier«, rief Hortensia.

Sie kauerte am Boden, lehnte mit dem Rücken gegen die Wand und hielt Karlmanns Arm fest umklammert. Neben sich hörte sie den Bitterling nach Luft schnappen.

»Dann nichts wie hinauf!«, rief der alte Pfiffer. »Klettert auf allen vieren, dann wird es auch im Dunkeln gehen!«

Nach dieser Aufforderung kämpften sie sich die unsichtbare Treppe hinauf, aber es waren ganz unverkennbar Stufen, die sie ertasteten und über die nun jeder für sich zuerst vorsichtig und dann immer schneller nach oben kletterte.

»Aus, Toby, aus!«, klang es plötzlich wie aus weiter Ferne ganz leise bis zu ihnen hinunter. »Stock und Schwamm, wo ist der Bursche jetzt wieder geblieben?! Toby, bei Fuß, sofort kommst du aus diesem Loch heraus und bist ein braver Hund!«

Die vier Quendel auf der Treppe erstarrten und glaubten ihren Ohren nicht zu trauen.

»Habt ihr das auch gehört?«, wisperte der Bitterling ganz unnötigerweise.

»Psst«, machte Hortensia und sie lauschten gespannt, ob da noch mehr käme.

»Toby, verdammt noch mal! Bei drei bist du hier!«

Die ungeduldige Stimme, die höchstwahrscheinlich Gisil Mottiford gehörte, war das erste Geräusch, das nach langen Stunden der Bedrängnis keine Gefahr mehr bedeutete. Wenn der Herr von Krapp überdies seelenruhig bei Tau und Tag durch die Wiesen spazierte und sein derzeit größtes Problem offenbar der allseits bekannte Ungehorsam seines Lieblingshundes war, konnten sich wohl kaum Wölfe oder gespenstige Wanderer an den Ufern der Drille herumtreiben.

Der Bitterling lachte hell auf und merkte, dass ihm gleichzeitig die Tränen kamen. Er konnte ihr Glück kaum fassen und es war ihm ganz einerlei, dass sie noch immer nichts sahen. Nicht mehr lange und er würde die Sonne begrüßen, als läge ewige Nacht hinter ihnen.

»Oh, wunderbar«, hörte er Hortensia neben sich sagen und gleich darauf ein Geräusch, das sich als Kuss deuten ließ. Es raschelte und vielleicht war das Karlmann, der Hortensias gerührten Zärtlichkeiten beinahe so flink zu entkommen suchte wie zuvor Wölfen und Nebelschwaden.

»Toby! Wo steckst du nur, verflixter Kerl?!«

Gisil Mottiford schien näher gekommen zu sein, aber offenbar blieb Toby verschwunden.

»Hier sind wir! Hier unten, bester Mottiford!«, japste der Bitterling, aber seine Worte erstarben zu einem heiseren Krächzen. »Ruf du ihn,

Odilio«, wandte er sich flüsternd an den alten Pfiffer. »Ich scheine neben meiner Seelenruhe auch meine Stimme in diesem finster-feuchten Loch gelassen zu haben.«

»Gleich!«, hörte er den alten Pfiffer von weiter oben. »Wir sollten dazu ein wenig näher am Ausgang sein. Mit Rufen aus dem Bauch der Erde versetzen wir dem guten Gisil vielleicht den Schreck seines Lebens und es wäre ihm nicht zu verdenken, wenn er vor den Unterirdischen Reißaus nähme. Es könnte aber sein, dass wir gleich noch seine Hilfe brauchen werden. Also macht schnell, wenn wir schon so deutlich seine Stimme hören können, sollte es bis dort, von wo er ruft, nicht mehr so weit sein.«

Hortensia sparte sich den Atem und die Entgegnung, dass sie sich wahrlich kaum vorstellen konnte, dass Gisil Mottiford vor irgendetwas die Flucht ergreifen würde, ohne vorher herausfinden zu wollen, ob und von wo die Gefahr drohte. Sie kannte ihn aus ihren Kindertagen, als sie während ihrer Besuche auf Krapp stets eine gelinde Furcht vor dem Respekt einflößenden Quendel gehegt hatte, dessen Wort bei allen außer bei Toby etwas galt.

So strengten sie sich an, den letzten Aufstieg noch zu beschleunigen, obwohl sie noch immer nicht die Hand vor Augen sehen konnten. Eine an Geduld und Kräften zehrende Weile später hörten sie knapp über sich auf einmal geschäftiges Scharren und Schnüffeln.

»Das muss Toby sein!«, rief Odilio und pfiff wieder leise.

Pfotengeräusche und Geschnupper setzten aus; der Hund schien angehalten zu haben. Der alte Pfiffer erreichte etwas, was sich, als er mit ausgestrecktem Arm über eine breitere Fläche tastete, wie ein Treppenabsatz ausnahm. Gleich darauf schrak er heftig zurück und mit ihm die anderen, denn Toby begrüßte sie aus nächster Nähe mit seinem ohrenbetäubenden Gebell, das ihnen schon bei ihrem ersten Zusammentreffen durch Mark und Bein gegangen war.

Mit einem Mal glaubte Odilio, vor sich die schemenhafte Gestalt des Terriers erkennen zu können, der sich aufgeregt hin und her bewegte. Er fragte sich, ob er seiner Sehkraft nach völliger Dunkelheit noch trauen konnte. Doch der helle Fleck tobte weiter in Augenhöhe von links nach rechts und zuletzt nahm ihm Toby mit einem herzlichen Nasenstüber, der den alten Pfiffer feucht und kalt mitten ins Gesicht traf, den letzten Zweifel, dass er richtig gesehen hatte. Von irgendwoher musste Tageslicht bis zu ihnen dringen.

Odilio kletterte auf den Treppenabsatz und richtete sich vorsichtig auf, was auch bei besserer Sicht nicht ganz einfach gewesen wäre, denn Toby begann nun, voller Begeisterung um seine Beine herumzutoben. Als der kleine Hund kurzfristig mit dem Bellen aussetzte, war von draußen gedämpft, aber deutlich wieder die ärgerliche Stimme zu hören.

»Toby! Verdammt noch mal! Was hast du jetzt wieder entdeckt? Der rote Kater sitzt oben im Baum, also kannst du dich endlich abregen und hervorkommen, du Kobold von einem Hund! Wir verpassen das Frühstück!«

Der alte Pfiffer lächelte. Er hatte es nicht anders erwartet, war aber dennoch sehr erleichtert zu hören, dass es Reizker ins Freie geschafft und sich überdies vor Toby in Sicherheit gebracht hatte.

»Frühstück …«, murmelte der Bitterling, der nun mit Hortensia und Karlmann hinter Odilio auftauchte. »Ich hätte niemals gedacht, dass dieses Wort einen so süßen Klang für mich haben könnte. Wir sollten uns schnellstens bemerkbar machen und den alten Krapp bitten, uns ein Plätzchen an seiner langen, reichlich gedeckten Tafel freizuhalten.«

Die vier nächtlichen Wanderer standen dicht beieinander. Allmählich gewöhnten sich ihre Augen an die Lichtverhältnisse, die dort herrschten, wohin die Treppe sie geführt hatte. Es war noch immer nicht viel heller als in einer mondlosen Nacht. Weil sie jegliches Licht so schmerzlich entbehrt hatten, entging ihnen nicht die zarteste Andeutung von Helligkeit und die zeigte sich nun als schwacher Schimmer in einiger Entfernung.

»Seht nur«, sagte der Bitterling. »Irgendwo dort drüben muss der Ausgang liegen. Was auch immer noch dazwischen auf uns lauern mag, es ist mir einerlei.« Trotzdem lief er nicht los, sondern wartete darauf, was die anderen aus seinen Worten machen würden.

Odilio breitete die Arme aus und griff ins Leere. Die Wände mussten sich geöffnet haben. Vielleicht führte die Treppe auch auf dieser Seite des Tunnels in eine unterirdische Kammer. Der alte Pfiffer erkundete mit der Fußspitze, dass dem Treppenabsatz noch einmal Stufen folgten, aber diesmal ging es wieder hinunter. Vorsichtig betrat er die erste und versuchte Toby davon abzuhalten, ihn mit seinen munteren Sprüngen ins Stolpern zu bringen. ·

»Kommt mir nach, aber seht zu, dass ihr nicht fallt. Hier gibt es offenbar nur noch drei breite Stufen, dann wird es erst mal flach und einfach!«, rief er den anderen zu und hörte, wie sie ihm vorsichtig nachfolgten.

Gisils munterer Hund begleitete sie mit einem begeisterten Kläffen. Draußen blieb es still, was bedeuten konnte, dass sich der Herr von Krapp wieder weiter von dort entfernt hatte, wo es hinausgehen musste.

»So, Toby«, hörten die anderen Odilios Stimme. »Lauf du schon voraus und zeige uns, wie du hier hereingekommen bist. Wo ist dein Herrchen? Los, such! Lauf zum alten Gisil!«

Toby bellte zweimal und schien dann davonzuspringen. Sie starrten ihm nach oder zumindest dorthin, wo sie ihn vermuteten, und glaubten dann zu sehen, wie sich für einen Augenblick ein Schatten über den schmalen Streifen Helligkeit legte.

»Hinterher!«, rief nun Zwentibold in die einsetzende Stille hinein und drängte sich an den anderen vorbei in die Richtung, in der der Hund verschwunden war. Er blieb mit dem Fuß an irgendeinem Hindernis am Boden hängen; sie hörten ihn stürzen, fluchen und gleich wieder aufspringen. »Stock und Schwamm, hier geht es plötzlich ziemlich bergauf. Gleich dahinter beginnt wieder ein Gang und er scheint diesmal sehr eng zu sein«, rief er den anderen zu. »Links und rechts und über mir fühle ich nichts als Erde und Wurzelwerk und unter mir einen Haufen grober Steine, als sei hier irgendwann einmal eine Mauer oder Wand eingestürzt. Aber Toby ist eindeutig *hier* durchgekommen. Ich höre ihn ganz deutlich weiter vorne scharren und schnaufen. Kommt mir nach, hier lauert keine Gefahr.«

Er begann das Geröll zu überklettern, ohne auf die anderen zu warten.

»Wenn dieser Durchschlupf durch einen Einsturz entstanden ist, haben wir großes Glück gehabt und den Tieren einiges zu verdanken«, bemerkte der alte Pfiffer, als er mit Hortensia und Karlmann dort ankam. Der Bitterling war schon in dem röhrenförmigen Gang verschwunden. Sie konnten hören, wie er sich, nicht weit entfernt, langsam vorwärtsbewegte.

»Hier ist rein gar nichts, was mich an Eppelins Worte erinnert. Es ist vollkommen verwirrend«, sagte Karlmann bekümmert.

»Macht nichts, Junge«, sagte der alte Pfiffer und half ihm den Einstieg in den engen Gang hinauf. »So, oder so, finden wir hier nun hinaus.«

»Nicht schon wieder auf allen vieren«, seufzte Hortensia und kroch dann doch ergeben hinter Karlmann her. Gerade als Odilio ihnen als Letzter nachklettern wollte, erreichte sie von vorne wieder der Ruf des Bitterlings.

»Hier ragt eine besonders große Wurzel aus der Wand, bestimmt von einem Baum. Sie ist so stark wie ein hölzernes Gitter. Für Hund und Kater war Platz genug, um daran vorbeizuschlüpfen, aber wir sind zu breit dafür. Ich versuche schon die ganze Zeit, irgendetwas zu lockern, aber noch lässt sich nicht die kleinste Faser abreißen. Sperrigster Schuppenröhrling, gib endlich nach!«, hörten sie ihn ächzen und keuchen, als er sich an dem Hindernis zu schaffen machte. »Aber ich sage euch, dahinter wird es immer heller: Ich kann die vermaledeite Wurzel deutlich sehen und auch die Wände dieses Maulwurfgangs und jeden Stein, der in ihm steckt, sogar Tobys Pfotenabdrücke in der weichen Erde. Nicht weit von hier muss das Licht direkt einfallen, so viel ist sicher. Wartet, hier bewegt sich endlich etwas! Wenn es mir gelingt, dieses widerspenstige Biest von einem Holzstück aus der Erde zu lösen, sollte für uns Platz genug sein, um zu passieren.«

Hortensia und Karlmann hatten angehalten, wo sie sich befanden. Es war alles andere als angenehm, in dem engen Tunnel festzusitzen, aber es ließ sich aushalten, weil sie auf den erfolgreichen Durchbruch des Bitterlings hofften. Karlmanns Vorschlag, ihm zu Hilfe zu kommen, lehnte Zwentibold ab. An der Stelle, wo er sich abmühte, war es schon für einen Einzelnen beklemmend eng.

Der alte Pfiffer war alleine zurückgeblieben. Die Stille sprang ihn an und er glaubte fast, den eigenen Herzschlag zu hören. Plötzlich verlangte ihn wenig danach, den anderen hinterherzukriechen. »Das muss die Erschöpfung sein«, sagte er sich. »Du bist auch nicht mehr der Jüngste, alter Gelbling. Nur einen Moment durchatmen. Dann geht es weiter.«

Aber er machte keine Anstalten, sich zu bewegen, stattdessen fühlte er sich seltsam niedergeschlagen und das, obwohl die Rettung nun nicht mehr fern schien. Hinter ihm lastete die Dunkelheit der Kammer, deren Größe und Aussehen ihnen verborgen geblieben war. Ob sich wenige Schritte entfernt ein Abgrund, weitere Gräber oder auch nur die Fortsetzung des Ganges, den sie verlassen hatten, befanden – ohne Fackeln oder Laternen war nichts zu erkennen. Sie konnten von Glück reden, dass Toby und der schwache Lichtschimmer sie zum richtigen Ausgang geleitet hatten. ›Wenn der sich nicht zuletzt noch als Falle erweist, zumindest für Quendel‹, dachte Odilio düster und merkte, dass er sich auf einmal nichts dringlicher wünschte, als dass sich der Bitterling endlich beeilte.

Verwirrt über sich selbst zog der alte Pfiffer die Schultern hoch. Ihn fröstelte. Irgendetwas stimmte ganz und gar nicht. Als sich seine Nackenhaare aufstellten, ahnte er, dass sich hinter ihm etwas verändert haben musste, aber er wagte nicht, sich umzudrehen. Es schien ihn sogar außerordentliche Kraft zu kosten. Längst hatte er sich vorgenommen, zu prüfen, ob sich von hinten etwas näherte, aber er konnte sich nicht rühren. Odilio stand regungslos wie auf den Fleck gebannt und spürte die Qual, nicht mehr Herr seines Willens zu sein. Er hätte die anderen warnen sollen, machte aber nicht einmal den Versuch, sie anzurufen. Der alte Pfiffer suchte nach Worten der Macht, doch nichts wollte ihm einfallen. Was da von hinten auf ihn zukam, war stärker als er selbst, denn es begann offenbar, auch sein Denken zu lähmen.

Er fror immer mehr und meinte plötzlich, vor sich glitzernde Punkte wie von Eiskristallen in der Luft zu sehen. Es musste sich einer von jenen nähern, die hinter dem großen Grabmal aufgetaucht waren. Also hatten weder die hölzerne Tür mit den Inschriften, noch seine beschwörenden Worte sie aufhalten können. Ihre langen Schattenrisse glichen den hageren Gestalten, die am Rande des Finsters in der öden Landschaft aufgetaucht waren, seelenlose Wiedergänger früherer Menschenkrieger, die in lange vergessenen Kriegen gefallen waren und Frieden weder im Leben noch im Sterben gefunden hatten.

Vielleicht war es das Grab eines ihrer Anführer, hinter dem sie sich in der Kammer erhoben hatten, ein König womöglich, der inmitten der Schar seiner Getreuen in der Tiefe der Erde den ewigen Schlaf schlief, den sie selbst nicht finden konnten. Sie dienten nun einem anderen Herrn, der niemals schlief und ruhelos und mächtiger war als jeder menschliche Herrscher, der jemals lebte und starb. Sein düsteres, unirdisches Reich grenzte an jedes Land, dessen er habhaft zu werden gedachte, und seine untoten Gefolgsscharen patrouillierten entlang der Nebelgrenzen und warteten, bis die Zeit reif sein würde, hinüberzugelangen.

»Geschafft! Nicht gerade viel Platz für unsereins, aber nun können wir endlich hindurch!«

Die Worte drangen schwach bis an Odilios betäubte Ohren, aber er wusste noch, dass es die Stimme des Bitterlings war. Nur schien es für ihn selber nicht länger von Belang zu sein, was Zwentibold so stolz verkündete.

»Oh, endlich«, hörte er gleich darauf Hortensia erleichtert aufseufzen. Die anderen setzten sich wieder in Bewegung. Der Bitterling war sicher schon an der Wurzel vorbeigekrochen und strebte dem Licht entgegen.

Er hingegen saß in der Falle. Verzweiflung stieg in ihm auf. Die anderen waren unerreichbar. Wie gerne hätte er sie um Hilfe angerufen, brachte aber kein Wort über die Lippen. Stattdessen dachte er an Bullrich und kam sich töricht vor. Odilio war sich sicher gewesen, dass ihre Suche kurz und erfolgreich sein würde. Doch das erste Anzeichen, dass es möglicherweise ganz und gar nicht einfach werden würde, hatte sich schon wenige Schritte hinter der eigenen Gartenpforte gezeigt, als Reizker vor dem seltsamen Glitzern unter der Linde zurückschreckte. Der alte Pfiffer hatte es zu lesen gewusst und es war eine höchst beunruhigende Botschaft gewesen; die Kunde von etwas, das er aus tiefster Seele fürchtete und das ihn dennoch anzog und niemals losgelassen hatte, seitdem er darum wusste. Er hatte dieses Wissen mit einigen wenigen im Hügelland geteilt, die inmitten all der sorglosen und vertrauensvollen Quendel wachsam geblieben waren. Bullrich hatte nicht zu ihnen gehört. Dennoch musste den alten Einzelgänger etwas umgetrieben haben, das ihm gebot, sein sicheres Leben auf die Probe zu stellen. Zuletzt hatte er so viel Mut aufgebracht, dass er sich in den Finster gewagt hatte. Odilio musste zugeben, dass es ihm selbst neben der ehrlichen Absicht, Bullrich zu finden, ebenso wichtig gewesen war, mehr darüber herauszufinden, was in dieser Nacht erwacht war.

All das schoss ihm in Windeseile durch den Kopf. Er schloss die Augen und öffnete sie wieder. Die glitzernden Punkte waren ebenso wenig verschwunden wie das Gefühl, nicht länger allein zu sein. Hinter ihm begann ein Geräusch seine ganze Aufmerksamkeit zu fesseln: Etwas kam mit leisen, schlurfenden Schritten auf ihn zu. Das Wesen, das sich ihm näherte, schien zu wissen, dass er nicht entkommen konnte, denn es hatte es ganz und gar nicht eilig.

›Dass sie sich so schwerfällig anhören‹, dachte der alte Pfiffer noch. Er sackte auf die Knie, aber lange würde er sich nicht mehr aufrecht halten können, denn ihm schwindelte, als er, wehrlos und ergeben, die erste Berührung erwartete. Schon traf ein eisiger Hauch seinen Rücken. Vielleicht hatte sich eine Tür in die öde Landschaft geöffnet, durch die sie kamen, ihn zu holen. Plötzlich erfüllte die kalte Luft der harzige Geruch von frischem Tannengrün und er wunderte sich ein wenig, denn Wälder waren auf der kargen Ebene, über die die geisterhaften Wanderer zogen, nirgendwo zu sehen gewesen.

Da traf ihn, wie aus dem Nichts kommend, ein heftiger Schlag gegen die Brust. Er taumelte zurück. Etwas war offenbar auch von vorne auf ihn zugekrochen; entsetzt fühlte er, dass eine Hand suchend an ihm herabglitt. Unruhige Finger fanden und griffen nach seiner Rechten. Dann sagte eine energische Stimme: »Odilio, hilf mir nur ein bisschen und dann ziehe ich dich zu mir hinauf.«

Verwirrt erkannte er, dass es Hortensia war. Völlig unbemerkt musste sie zu ihm zurückgekehrt sein. Er spürte ihren kräftigen Händedruck und stellte erstaunt fest, dass er ihn erwidern und sich wieder bewegen konnte. Hortensia ließ nicht los und voller Dankbarkeit war er sich sicher, dass ihr Handschlag den Bann gebrochen hatte.

Das Grauen rieselte ihm den schutzlosen Rücken hinunter, als er sich fragte, ob es wirklich so einfach sein konnte, dem zu entkommen, was sich ihm von hinten genähert hatte. Er glaubte, noch einmal die schleppenden Schritte zu hören, aber jetzt entfernten sie sich. Die Lichtpünktchen tanzten nicht länger vor seinen Augen und auch der bitterkalte Hauch, der ihn berührt hatte, verschwand. So benommen er war, gelang es ihm, mit Hortensias Hilfe in den Gang hinaufzuklettern. Er merkte, dass sie rückwärtskroch, während sie ihn immer wieder zog und lockte. Unendlich langsam bewegten sie sich dorthin, wo Zwentibold und Karlmann auf sie warten würden.

Der alte Pfiffer fühlte sich, als erwachte er aus einem heimtückischen Traum, der nur langsam von ihm abfiel. Er fragte sich betroffen, ob ihm womöglich der lange Aufenthalt unter der Erde so auf der Seele gelegen hatte, dass ihn zuletzt sein stets verlässlicher Verstand im Stich gelassen hatte, und schalt sich einen eitlen Narren, dem alten Mottiford Angst vor den Unterirdischen nachzusagen.

Je weiter sie kamen, desto heller wurde es.

Ängstlich erklang nun von vorne Karlmanns Stimme: »Ist Odilio bei dir, Hortensia?«

»Ich bin hier, Karlmann, mein Junge. Ich bin hier …« Der alte Pfiffer fand, dass er sich schwach anhörte. Hortensia hielt an und hinter ihr konnte Odilio die störrische Wurzel aus dem Erdreich ragen sehen. Die Freiheit vor Augen, mussten dem Bitterling eindrucksvolle Kräfte gewachsen sein, denn sie schien zu einem großen Baum zu gehören und stellte ein mächtiges Hindernis dar. Nun erwartete er sie dahinter.

»Ist alles in Ordnung? Kommt nur weiter, hier ist der Durchschlupf. Ich halte ihn für euch offen.«

Nachdem sich Hortensia und der alte Pfiffer, eng an die Wand gepresst, an dem Hindernis vorbeigezwängt hatten, ließ Zwentibold den knorrigen Wurzelstock wieder los, den er so weit zurückgebogen hatte, dass sie knapp hindurchpassten. Er schnellte wie mit einem Peitschenschlag in die alte Lage zurück und gab allen außer Odilio das ermutigende Gefühl, nach der Grabkammertür in der Tiefe, einen weiteren, wenn auch nur schwach gesicherten, Durchgang hinter sich zu verschließen.

Hinter der Baumwurzel verbreiterte sich der enge Tunnel rasch und mündete schließlich in einer fast kugelförmigen Höhlung, in der ein Quendel aufrecht stehen konnte. Sie war in mildes Dämmerlicht getaucht. In ihrer Mitte stand der Bitterling, der dort als Erster angekommen war. Ein Sonnenstrahl, in dem der Staub tanzte, fiel von oben herein und beschien sein Gesicht, auf dem ein seliger Ausdruck lag. »Oh, seht nur. Seht doch nur …«, sagte er und wies mit dem Finger nach oben.

Gut drei Schlegel über seinem Kopf befand sich, knapp unter der kuppelartigen Decke der Höhle, ein schmales Loch in der Wand. Lange Wurzeln hingen überall von Wänden und Decke herab, aber wenn man genau hinsah, war zwischen den grünen Grashalmen, die offenbar am Rand der Öffnung wuchsen, ein kleines Stück blauer Himmel zu sehen.

»Ich frage mich nur, wie wir dort hinaufkommen sollen«, sagte Hortensia. »Vielleicht ist das gar nicht der Weg, den die Tiere genommen haben.«

»Ich denke doch«, meinte der Bitterling und zeigte nach links auf eine Stelle am Boden. »Seht ihr den schmalen Sims, der dort über dem Vorsprung beginnt? Er steigt an der Wand entlang allmählich bis zu der Öffnung empor. Reizker und Toby sind dort hinauf- und hinabgelaufen, so viel ist sicher. Aber was den beiden ein bequemer und breiter Aufgang ist, wird nicht einmal für Karlmann reichen. Leider wird es wohl zu guter Letzt nicht ganz einfach werden, fürchte ich.«

»War heute schon irgendetwas einfach seit dem Nachmittagstee?«, fragte Hortensia bitter. Sie war näher an die Wand herangetreten und betrachtete den zweifelhaften Fluchtweg. Er sah alles andere als einladend aus. ›Eher etwas für Bergziegen‹, dachte sie.

Der Sims schien nirgendwo viel mehr als zwei Handbreit Platz zu bieten. Sie würden sich eng an die Wand pressen müssen, um nach oben zu gelangen, und das war unter diesen Voraussetzungen auch nur zu wagen, weil man sich mit den Händen in dem dichten Netz aus Wurzeln und Fasern festhalten konnte, das sich über die Höhlenwände spannte.

Zwentibold stieg auf den steinernen Vorsprung, der neben Hortensia aus der Wand ragte. Von dort setzte er einen Fuß auf den Sims und prüfte den Halt des Wurzelwerks, dem er sein ganzes Gewicht anvertrauen wollte. »Es scheint fest in die Erde gewachsen zu sein.« Der Bitterling schwang auch das zweite Bein nach. Mit beiden Händen nachfassend, hangelte er sich ein kleines Stück aufwärts und zog dazu die Füße vorsichtig Schritt für Schritt auf dem Sims nach. Seine Fersen ragten ins Leere und wie er sich so mit gespreizten Armen und Beinen dicht an die Wand drückte, glich Zwentibold einem übergroßen Käfer, der mit der Langsamkeit einer Schnecke sein Fortkommen suchte. »Es geht schon«, keuchte er und hätte sich liebend gerne eine Wurzelfaser aus dem Gesicht gewischt, die ihn an der Nase kitzelte.

Hortensia runzelte die Stirn, während sie ihm zusah. Aus dieser Höhe war ein Absturz noch zu verschmerzen, aber von weiter oben sah das ganz anders aus. »Glaubst du, dass du es schaffen kannst?«, wandte sie sich nach dem alten Pfiffer um.

Er hatte sich seit ihrer Ankunft in dem Höhlenkessel auffällig still verhalten. Sie musterte ihn und dachte, dass, was auch immer ihn in der Kammer aufgehalten hatte, noch nicht ganz von ihm gewichen sein konnte. Hätte sie in den letzten Stunden nicht seine mutige Entschlossenheit erlebt, ihr wäre, was sie nun in seinem Gesicht las, wie Furcht und Fassungslosigkeit vorgekommen. Hortensia fragte sich, was ihm dort unten wohl begegnet sein mochte, bevor sie bei ihm angekommen war. Er war ihnen nicht nachgefolgt, als sie zu dritt hinter der Wurzel lange auf ihn gewartet und immer wieder gerufen hatten. Schließlich entschied Hortensia, dass sie es sein würde, die umkehrte, bangen Herzens, denn der alte Pfiffer würde nicht leichtfertig zurückbleiben. Es war bedrückend gewesen, sich wieder vom Lichtschimmer abzuwenden und in die Finsternis zurückzukehren. Aber was sollte erst werden, wenn der alte Pfiffer verletzt oder gar verschwunden war, weil er sich in der Gewalt der bösen Mächte befand, die wohl schon seit dem Licht im Heckenweg ihren Weg begleitet hatten?

Als Hortensia durch die enge Röhre wieder bis dicht an die Treppenkammer herangekommen war, nahmen ihre an die Dunkelheit gewöhnten Augen den Umriss einer Gestalt wahr, die vor dem Einstieg hockte. Sie war so bewegungslos wie ein Stein und erinnerte Hortensia unangenehm an die unheimliche Wäscherin vor Bullrichs Haus. Sie hatte die arme Hulda einen Hasenfuß gescholten, aber in ihrer jetzigen Lage fand Hortensia den Glauben an versteinerte Wesen und Steine, die zu plötzlichem Leben erwachen konnten, mehr als berechtigt. Dennoch fasste sie sich ein Herz und rief Odilio beim Namen. Sie hoffte inständig, dass niemand anderes als er es sein würde, der vor dem Eingang in die Röhre verharrte.

Sie erkannte ihn erst, als sie so nah herangekommen war, dass sie ihn hätte anfassen können. Er hatte sie wohl nicht einmal gehört, denn er blieb vollkommen regungslos, als sei er weniger ein Lebewesen aus Fleisch und Blut als etwas aus Erde, Fels oder Holz, das fest mit der finsteren Umgebung verwachsen war. So still, dass sie sich fragte, ob er noch am Leben sei. Dann glaubte sie, von weiter hinten ein leises Geräusch zu hören, als schliche etwas davon, das unbemerkt bleiben wollte. Ihr war zutiefst unheimlich zumute, aber sie zwang sich, an Odilio vorbei in den Hintergrund der Kammer zu blicken. Aus jeder Ecke konnte sie jemand beobachten, aber seltsamerweise merkte sie, wie sich ihre Angst legte. Ein frischer Luftzug belebte ihre Sinne und sie dachte für den Bruchteil eines Atemzugs an einen Tannenwald am Morgen, der nach einem Regenschauer noch vor Nässe knisterte und würzigen Duft verströmte.

Dann schüttelte sie sich und war fähig, sich dem alten Pfiffer zuzuwenden. Als sie ihn abermals anrief, stellte sie erleichtert fest, dass er lebte und die Versteinerung von ihm wich. Kurz darauf gelang es ihm, viel schneller als sie es zu hoffen wagte, ihr in die Röhre nachzuklettern.

»Was war dort unten?« Der alte Pfiffer hatte bemerkt, dass Hortensia ihn ansah.

»Eigentlich nur du, nichts anderes. Aber unfähig, dich zu rühren. Und, wenn ich es recht bedenke, ein Geruch wie in einem feuchten Nadelwald im Herbst. Es roch nach Tannengrün und es war ziemlich kalt.«

Odilio schüttelte nachdenklich den Kopf. »Ich kann mich nicht richtig erinnern«, sagte er. »Nur, dass es bedrückend und unwirklich war. Etwas Bösartiges oder meine eigene Schwäche haben mich dort festgehalten. Ich danke dir von Herzen für deine große Tapferkeit, mich zu retten, beste Hortensia. Ohne dich wäre ich sicher verloren gewesen.« Er verschwieg ihr, dass er den Tannenduft auch bemerkt hatte. Im Nachhinein kam es ihm so vor, als wäre da noch etwas anderes gewesen; etwas, das letztlich dafür gesorgt hatte, dass er freikam und sie sich gemeinsam überhaupt auf den Rückweg zu Karlmann und Zwentibold machen konnten.

Dass Hortensia ganz ähnlich dachte, behielt sie ebenso für sich wie der alte Pfiffer. So nickte sie ihm nur zu und wiederholte ihre Frage von eben. »Wirst du es auch schaffen, dort hinaufzuklettern?«

Odilio sah zu Zwentibold empor, der sich verbissen ein weiteres Stückchen nach oben gekämpft hatte. »Worauf warten wir noch?«, fragte er und der Versuch, munter und entschlossen zu klingen, hörte sich wieder ein bisschen mehr nach dem alten Pfiffer an. Als Nächsten schickten sie Karlmann auf den Sims in die Wand, nicht ohne wiederholte Ermahnungen der besorgten Hortensia, sich besonders gut festzuhalten und auf der Stelle Bescheid zu sagen, sollten die Kräfte versagen.

»Es ist doch gar nicht so hoch«, verbat sich Karlmann die, wie er fand, höchst übertriebene Zuwendung. Sie hatten in dieser Nacht schließlich ganz andere Schwierigkeiten gemeistert. »Mit Eppelin und den anderen klettere ich auf Bäume, die dreimal so hoch sind.«

»Umso schlimmer«, knurrte Hortensia und bestand darauf, Karlmann so lange von unten zu stützen, bis er außer Reichweite sein würde.

»Lass ihn«, hörte sie den alten Pfiffer neben sich. »Er ist sicher weitaus behänder als wir. Am besten, du kletterst ihm gleich hinterher und dann komme ich, der ich bestimmt am langsamsten sein werde.«

Als Hortensia das hörte, besann sie sich. »*Du* bist es, der als Nächster klettert, und *ich* werde die Letzte sein. Damit ich gleich merke, wenn deine Kräfte nachlassen sollten.« Sie seufzte und lächelte ergeben. »Du hast ganz recht, Odilio. Der Junge wird sicher alleine zurechtkommen. Also hinauf mit uns betagten Moosbärten, mich verlangt es nach dem Sonnenlicht.«

Es dauerte ein wenig und dann befanden sich alle vier Quendel auf dem schmalen Sims und dem mühevollen Weg nach oben in die Freiheit. Unsicher griffen ihre Hände in die Ranken und Schlaufen der Wurzeln und es passierte mehr als einmal, dass eine riss und derjenige, der dort Halt gesucht hatte, schnellstens an anderer Stelle nachfassen musste, um nicht das Gleichgewicht zu verlieren. Wenn das geschah, fuhr der Schrecken allen gehörig in die Glieder und der eine oder andere schrie auf.

»Nichts geschehen«, kam es dann etwas zittrig von Hortensia, Karlmann oder Zwentibold.

Nur der alte Pfiffer blieb von tückischen Schwierigkeiten einigermaßen verschont. Unendlich langsam schoben sie sich vorwärts und Hortensia fragte sich, wie sie überhaupt hinausgelangen sollten, würden sie
das Loch erst erreicht haben. Der Bitterling an erster Stelle befand sich
bereits in Höhe eines ausgewachsenen Menschenwesens über dem Boden der Höhle. Er stellte dies mit leisem Erschrecken darüber fest, dass
er plötzlich in Maßen dachte, mit denen kein Quendel für gewöhnlich
zu rechnen pflegte.

›Kein Zweifel, diese Nacht hat mich und uns alle für immer verändert‹,
dachte er und eine schwarze Welle der Traurigkeit überkam ihn, als er
an Vetter Bullrichs Schicksal dachte. ›Später‹, befahl er sich und wandte
den Kopf mühevoll nach links, um einen aufheiternden Blick durch das
Loch auf den blauen Morgenhimmel zu erwischen.

Sie waren noch nicht viel weiter gekommen, als von draußen wieder
Gebell und gleich darauf die Stimme von Gisil Mottiford zu hören war.

»Bei Fuß, Toby, bei Fuß! Wehe, du entwischst mir wieder!«

Einen Augenblick später verdunkelte sich über den Kletterern die
Öffnung nach draußen, denn der Terrier hatte seinen Kopf hindurch-
gesteckt. Als er entdeckte, dass ihm der Weg in die Tiefe verstellt war,
empörte sich Toby mit warnendem Knurren. Zu seltsam kamen ihm
die vier Quendel vor, die dort auf eine höchst merkwürdige Weise an
der Wand klebten, so dicht hintereinander, als handelte es sich um ein
einziges Wesen, das behäbig wie eine Weinbergschnecke auf ihn zukroch.
Das Knurren ging in drohendes Kläffen über.

»Sofort kommst du aus diesem Kaninchenbau, du kleiner Schwindling! Warte, gleich hab ich dich! Und davon wird mich auch dieses elende Gestrüpp nicht abhalten! Gleich nach dem Frühstück schicke ich
Laurich mit einer Axt herunter und dann wird er hier Ordnung schaffen.« Jeder in der näheren Umgebung von Grünlohe wusste, dass der
Herr von Krapp, wenn kein anderer in der Nähe war, die Angelegen-

heiten des Tages mit seinem Hund zu besprechen pflegte. »Hat es denn heute Nacht einen Sturm gegeben, dass der Baum entwurzelt ist?«, fuhr Gisil auch schon fort. »Ich habe gar nichts gehört, obwohl Dorabella …«

»Hilfe, Herr Gisil, Hilfe! Hier sind wir, hier in diesem vermaledeiten Loch! Zu Hilfe, bei allen Quendeln!« Der Bitterling schrie so gellend, dass die drei, die ihm nachfolgten, heftig zusammenzuckten. Alle verharrten atemlos an der Wand.

Draußen herrschte die gleiche angespannte Stille. Selbst Toby schwieg, nicht einmal die Spitze seiner Schnauze war noch zu sehen. Dann war ein Rascheln zu hören und Zwentibold, der dem am nächsten war, fragte sich, ob sich der Hund zurückgezogen oder aber sein Herr vorsichtig angeschlichen hatte. ›Einerlei‹, dachte der Bitterling und beschloss, weiter vorzurücken. Nur noch zwei Armlängen und er konnte versuchen, sich an den Rändern der Öffnung emporzustemmen, vorausgesetzt, sie waren stabil genug, ihn zu tragen.

»Gisil, ich bitte dich«, schallte es da von ganz hinten über ihre Köpfe hinweg. »Ich bin es, Hortensia, und du hast ganz richtig gehört: Wir stecken hier unter dem Gras in der finsteren Höhle, in der dein Toby verschwunden ist, und versuchen verzweifelt, hinauszugelangen. Wenn du uns nicht bald zu Hilfe kommst, wird zuerst der alte Pfiffer abstürzen, denn seine Kräfte lassen nach, und wir anderen können auch nicht mehr.«

Es raschelte noch einmal und dann erschien in der Öffnung der bemützte Kopf eines Quendels. Weil es im Schatten lag, war sein Gesicht nicht zu erkennen, aber alle hörten, wie Gisil Mottiford laut und vernehmlich nach Luft schnappte. Dann stieß er zischend den Atem zwischen den zusammengebissenen Zähnen aus; fast war es, als pfiff er nach seinem Hund. Zwentibold schnupperte als echter Kenner Pfeifentabak der Marke Bäumelburger Tausendblatt.

»Hortensia?«, war nun die fassungslos klingende Stimme des Herrn von Krapp zu hören. »Bei allen Ritterlingen der nördlichen Wälder, bist du es wirklich? Lass mich noch einmal deine Stimme hören, damit ich weiß, dass mich nicht der Klopfgeist oder etwas Schlimmeres ruft?«

»Natürlich bin ich es«, rief Hortensia hinauf, »außerdem Odilio Pfif-fer, Zwentibold Bitterling aus Wetterstern und mit ihm der junge Karl-mann!«

Trotz der widrigen Umstände war es Karlmann nicht entgangen, dass Rufe aus dem Untergrund die ausgezeichnete Gelegenheit boten, einen auf Klopfgeister und andere Unholde völlig unvorbereiteten Müßiggän-ger wirkungsvoll in Angst und Schrecken zu versetzen. Später, viel später, würde er dies einmal seinen Freunden vorschlagen.

»Ich will es glauben«, sagte Gisil Mottiford und hörte sich an, als sprä-che er noch immer zu sich selbst oder mit Toby, statt mit den ihm wohl-bekannten Quendeln der näheren und ferneren Umgebung, die er sich überall, nur nicht dort, wo sie jetzt steckten, vorstellen konnte.

Tatsächlich gab es überhaupt niemanden, den er an einem makellosen Spätsommermorgen wie diesem in einem Loch unter der Erde ver-mutet hätte, es sei denn vielleicht zur Dachs- oder Kaninchenjagd. Aber dazu pflegte man seine Hunde vorzuschicken. Weder von Zwentibold Bitterling, noch dem alten Pfiffer, geschweige denn von Hortensia war ihm bekannt, dass sich einer von ihnen jemals an einer Jagd beteiligt hatte. Allenfalls Beda Schattenbarts Jungen wäre es zuzutrauen gewesen, in irgendeiner Höhle verloren zu gehen, die er und andere halbgare Tu-nichtgute entdeckt hatten. Es war mehr als unbegreiflich. Allen Rätseln zum Trotz tat seine Hilfe auf der Stelle Not, denn Gisil sah ein, dass es zu spät war, um Verstärkung aus dem Haus zu holen.

»Nur die Ruhe!«, rief er also. »Ich werde euch einen nach dem ande-ren ins Freie bugsieren!«

Allmählich konnte Gisil, nach dem Wechsel aus dem hellen Schein der Morgensonne in die Schatten des Erdreichs, das Gesicht des Bitterlings erkennen, der als Erster kam. Zwentibold, der auf Krapp nie anders als in Festtagskleidung und mit unerschöpflicher Begeisterung für das Bäu-melburger Maskenfest vorgesprochen hatte, sah nun wie der klägliche Überrest seiner selbst aus. Seine Miene hätte der allertraurigsten Maske des Hügellandes mühelos den Rang abgelaufen.

»Was, bei allen Pilzen der friedlichen Wälder, kann da passiert sein?«, fragte sich der Herr von Krapp und hätte gerne an seiner Pfeife gezogen. Er versagte sich dies, weil es zu umständlich war, die Hand nebst Pfeife am eigenen Kopf vorbei, zusätzlich in das enge Erdloch zu stecken. Gisil war noch immer so überrascht, dass er wie gewohnt laut zu denken begann und aussprach, was an gewöhnlichen Tagen nur Toby zu hören bekam. »Das ist doch alles sehr befremdlich heute Morgen und dies, obwohl der Tag kaum angebrochen ist! Aber immer hat es mit Bäumen und offensichtlichen Schäden eines Sturms zu tun, von dem ich heute Nacht rein gar nichts gehört habe. Zuerst in frühester Frühe diese seltsamen Nachrichten aus Grünlohe und jetzt ausgerechnet unser alter Ahorn, der hier seit Ewigkeiten fest verwurzelt steht. Aber natürlich ist das alles gar nichts gegen die unerhörte Tatsache, dass vier Quendel unter den Wurzeln auftauchen wie das Huldavolk in den ältesten Märchen meiner Kinderfrau. Herauf nun mit dir, Zwentibold Bitterling, gib mir eine Hand und stütze dich mit der anderen weiter an der Wand ab, bis ich dich sicher mit beiden Händen zu fassen bekomme. Verlass dich darauf, dass ich dich und euch aus diesem elenden Dachsbau herausziehen werde. Nur keine Sorge, ich selber halte mich hier oben an dem Baum fest und suche mit den Füßen einen festen Stand.« Noch während er sprach, hatte Gisil den Kopf aus dem Loch herausgezogen und mit festen Tritten rundherum den Boden geprüft, bevor er sich wieder hinabbeugte.

Sobald Zwentibold die kräftige Hand vor sich sah, griff er beherzt zu. Schon merkte er, wie er nach oben gezogen wurde. Schaudernd stellte er dabei fest, dass sie es ohne fremde Hilfe wohl kaum geschafft hätten, hinauszugelangen. Der schmale Sims führte zwar bis an den Ausgang heran, aber gleichzeitig so dicht unter die Höhlendecke, dass nur Reizker und Toby dort aufrecht stehen konnten. Sie selbst hätten sich spätestens ab dort, wo der Bitterling nun angekommen war, gefährlich weit über den Abgrund lehnen müssen, um mit einer Hand bis zur Öffnung zu reichen und mit der anderen den letzten Halt mit der unwahrscheinlichen Aussicht loszulassen, hinüberzuschwingen, ohne abzustürzen. Selbst wenn dieses Wagnis geglückt wäre, blieb es mehr als fraglich, ob es ihnen anschließend noch hätte gelingen können, sich aus eigener Kraft an den Rändern nach oben zu ziehen. Zwentibold sah ein, dass dies selbst für einen ausgeruhten und äußerst kräftigen Quendel nahezu ein Ding der Unmöglichkeit darstellte.

Im nächsten Augenblick spürte er, wie Gisil auch das Gelenk seiner linken Hand umfasste, mit der er sich bis dahin krampfhaft im Wurzelwerk der Wand festgehalten hatte. Ein letzter Ruck, ein entschlossener Zug nach oben – dann wurde der Bitterling in das gleißend helle Morgenlicht emporgehoben. Und erlebte die eigene Wiedergeburt, als er wie ein neues Kalb auf das weiche, duftige Gras plumpste, das ihm Odilio verheißen hatte und in das ihn Gisil Mottiford nun ohne weitere Umstände fallen ließ. Zwentibold sank nach hinten und schickte einen Stoßseufzer in den Himmel, der dem jungen Tag makellose Bläue versprach. Beglückt fühlte er, wie der Morgentau durch die zahlreichen Risse seiner Festtagsjacke drang und ihm erfrischend den Hemdrücken befeuchtete.

Einem nach dem anderen verhalf der Herr von Krapp auf diese Weise zur Rückkehr an die Oberfläche des Hügellandes. Es dauerte nicht lange und dann hockten, lagen und knieten auch die übrigen Wanderer durch Nacht und Schrecken neben dem Bitterling im Ufergras der Drille. Das friedliche Bild, das sich einem vorbeikommenden Spaziergänger auf den ersten Blick geboten hätte, wäre ihm auf den zweiten Blick sicherlich recht seltsam vorgekommen.

Zuerst einmal lag der prächtige Silberahorn entwurzelt im Gras. Er hatte dort gestanden, wo unterhalb des Hünengrabes der Gartenpfad vom Krapp'schen Anwesen über einen kleinen Steg in die diesseitigen Uferwiesen hineinführte. Seine Krone hing bis über die grasige Böschung der Drille, deren Wasser munter die Zweige des gefällten Baumes umspülte und die ersten herbstlich gefärbten Blätter mit sich davontrug. Am anderen Ende des Stammes ragte der Wurzelteller aus der zerstörten Grasnarbe. Zwischen Krone und Wurzel des Ahorns kauerten vier Quendel so sichtlich erschöpft am Boden, dass dieser Zustand schwerlich von einem ersten Morgenspaziergang herrühren konnte. Außerdem waren sie bei genauerem Hinsehen schmutzig im Gesicht und an den Händen und in zerrissenen und verfleckten Kleidern unterwegs. Zwischen ihnen thronte der Herr von Krapp gelassen rauchend und in deutlich besserer Verfassung als jene merkwürdigen Gestalten, die sich zu seinen Füßen aufhielten. Beinahe konnte man sie für eine zwielichtige Bande von Herumtreibern halten, die womöglich über die üppige Buchenhecke, die die Streuobstwiesen von Krapp begrenzte, in das Land der Mottifords eingedrungen, aber offenbar rechtzeitig von Herrn und Hund gestellt worden war.

Allein der Aufstieg des alten Pfiffers hatte Gisil gewisse Schwierigkeiten bereitet, denn Odilio kämpfte noch immer mit Benommenheit und Schwindel. Das machte ihn langsamer und schwerer als die anderen, denn er konnte die Bemühungen seines Retters nicht richtig unterstützen. Nun saß er kreidebleich am Boden und gegen den Stamm des umgestürzten Baumes gelehnt, auf dem Gisil Mottiford Platz genommen hatte, um die vier kläglichen Gestalten zu betrachten, die er soeben aus der Erde gefischt hatte. Nachdenklich zog er an seiner Pfeife und hatte keine besondere Eile, die Geretteten mit Fragen zu bestürmen. Es war ihnen deutlich anzusehen, dass sie sich noch ein wenig erholen mussten, bevor sie ihm Rede und Antwort stehen konnten, woher sie, Herrenpilz und Erdschwamm, eigentlich gekommen waren.

Zu seinen Füßen hatte sich Toby nach all der Aufregung zu einem kleinen Nickerchen niedergelassen und stand auch nicht auf, als sich Gisil plötzlich wieder erhob und, noch immer wortlos, ans Ufer des kleinen Flusses trat. Dort zog er einen silbernen Becher aus einer seiner Jackentaschen. Auf dessen glänzender Oberfläche prangte das Krapp'sche Wappen, zwei Efeuranken, die sich um eine stilisierte Eule legten, darüber eine waagrechte Mondsichel.

Gisil beugte sich herab, schöpfte aus dem klaren Wasser der Drille den

Becher voll und kehrte damit zuerst zu Hortensia zurück, die im Gras kauerte und den Kopf auf die angezogenen Knie hatte sinken lassen. Er reichte ihr den Becher und sie trank das kühle, süß schmeckende Wasser bis zur Neige.

»Oh, köstlich«, japste sie und lehnte sich zurück, um Gisil ins Gesicht zu blicken.

Niemals zuvor hatte er sie so erschöpft gesehen und noch immer wirkte sie eher kummervoll als erleichtert. Er verließ sie mit einem aufmunternden Lächeln, das sie schwach erwiderte, und kehrte zum Fluss zurück. Abermals füllte er den Becher und begab sich damit zum alten Pfiffer, der sich kaum regte, als er sich neben ihn kniete. Gisil stützte ihn und setzte ihm den Becher vorsichtig an die Lippen. Odilio trank mit geschlossenen Augen und in winzigen Schlucken, während ihm das meiste Wasser die Mundwinkel hinunterlief.

Der Herr von Krapp setzte den Becher erst ab, als dieser leer und er sich sicher war, dass der alte Pfiffer wenigstens ein Viertel seines Inhalts zu sich genommen hatte. Nacheinander schenkte er auch Zwentibold und Karlmann ein und beide tranken gierig und ohne seine Hilfe. Danach nahm Gisil wieder auf dem Baumstamm Platz, holte die Pfeife hervor und wartete darauf, dass die vier Heimkehrer ihre Sprache wiederfänden.

Zuerst kehrten Karlmanns Lebensgeister zurück. Kurz nachdem er getrunken hatte, sprang er auf die Füße und lief die wenigen Schritte bis zum Fluss. Dort kniete er nieder und tauchte Kopf und Hände in das hurtig dahinfließende Wasser der Drille. Anschließend legte er den Kopf in den Nacken und schloss für einen Moment die Augen. Die bereits wärmende Morgensonne begann sein feucht glänzendes Gesicht und die Schmutzspuren zu trocknen, die das kurze Untertauchen nicht hinweggewaschen hatte. Karlmann lächelte, als dann sein Blick zwischen dem Himmelsblau, dem flirrenden Sonnenlicht in Hecken und Bäumen, dem grünen Gras und der glitzernden Drille hin und her sprang. Dies war ein unvergesslicher Augenblick für den jungen Quendel, der sich mit jedem Atemzug der klaren Luft lebendiger als jemals zuvor in seinem kurzen Leben fühlte.

Gleich darauf stutzte er, als er zu seiner Linken, etwas entfernt vom Ufer, auf einem kleinen, sanft ansteigenden Grashügel das alte Hünengrab im Schatten der mächtigen Eiche bemerkte. Ihm kam es so vor, als sähe er es zum ersten Mal, denn nun ahnte er, von welchem Baum die Wurzel stammte, die ihnen im letzten Tunnel im Weg gewesen war. Schätzte er die Entfernung zur Eiche richtig ein, musste die Kammer mit der Treppe unter dem Grabhügel liegen. Vielleicht gab es einen unentdeckten Gang und eine weitere Treppe, die unter den großen Steinen in die Kammer hinabführte, und dann stimmte, was ihnen Eppelin von der Karte seines Großvaters berichtet hatte.

Aber wo lag eigentlich das Loch, aus dem sie Gisil ans Tageslicht gezogen hatte? Nach den ersten überwältigenden Eindrücken des strahlenden Morgens hatte er sich noch gar nicht darum gekümmert. Jetzt begriff Karlmann, dass es die breite Wurzelfläche des umgestürzten Ahorns gewesen sein musste, die den Durchschlupf aus der Erde freigelegt hatte. Dort, wo der große Baum entwurzelt war, klaffte eine dunkle Wunde in der Wiese. Ein Haselgebüsch, das zur Linken des Ahorns gestanden hatte, war durch dessen Sturz gleichsam aus der Erde gerissen worden. Unter dem Gewirr von Zweigen und Gräsern befand sich die Öffnung. Betroffen dachte er, dass es nur kurze Zeit zuvor keinen Ausgang gegeben hätte, der, als der Baum noch stand, vielleicht nicht mehr als ein Wühlmausloch im Gras gewesen sein mochte. Wo aber war Reizker ins Freie gelangt? Hatte er auch warten müssen, bis der Ahorn fiel, oder kannte das Tier den geheimen Ausgang, den Karlmann unter dem Hünengrab vermutete? Blinzelnd spähte er die Eiche hinauf und glaubte aus der Entfernung, einen rötlichen Schatten auf einem der unteren Äste zu erkennen. Der alte Pfiffer kauerte regungslos im Gras und schien noch nicht bereit dazu, nach seinem Kater Ausschau zu halten.

Statt seiner regte sich der Bitterling. Er setzte sich auf und musterte ungläubig und auch ein wenig misstrauisch die friedliche Umgebung. »Hättet ihr noch vor einer Stunde gedacht, dass wir dies alles wiedersehen würden?«, wandte er sich mit heiserer Stimme an seine Gefährten. »Dass diese Nacht des Grauens jemals enden würde? Wölfe sind jedenfalls nicht in Sicht. Bald werde ich mir kaum noch vorstellen können, tatsächlich dort gewesen zu sein, von wo wir kommen.«

»Und wo bitte genau ist *wo*, bester Freund?«, mischte sich nun Gisil Mottiford ein. »Ich denke, ich habe ein Recht zu erfahren, wer oder was euch unter die Erde getrieben hat, denn der Zufall wollte es, dass ich euch von dort wieder herausgezogen habe wie die Karotten aus dem Gemüsebeet meines Gärtners. Wölfe? Schon wieder! Mir scheint, ihr Wirrschwämme habt von den Fliegenpilzen gekostet! Außer meinem Toby, dem verflixten roten Kater und den Ponys auf der rechten Flussweide ist mir an diesem Morgen noch nichts Vierbeiniges begegnet, von Wölfen ganz zu schweigen. Wie dem auch sei, ist jemand ernsthaft verletzt oder nicht mehr fähig zu gehen? Denn ich schlage vor, dass ihr mit mir nach Krapp hinaufkommt. Dort könnt ihr euch erholen und anschließend eure Geschichte zum Besten geben. Natürlich nach einem stärkenden Frühstück und einem belebenden Bad, sollte dies das Erste sein, nach dem ihr euch sehnt. Wie steht es mit dir, alter Pfiffer? Du siehst wahrlich nicht wohl aus. Soll ich doch erst Hilfe aus dem Haus holen und ihr wartet hier im Sonnenschein, bis wir zurück sind? Und du, meine ärmste Hortensia, ich könnte dich gleich mitnehmen und hinauftragen, wie zu der Zeit, als du noch lange Zöpfe hattest.«

Hortensia erhob sich langsam und mit aller Würde, derer sie noch fähig war. »Lieber Gisil, meinen innigsten Dank für deine tatkräftige Hilfe, ohne die wir, ohne Zweifel, zurück in die Dunkelheit gestürzt wären«, sprach sie ihn an. »Aber noch kann ich einen Fuß vor den anderen setzen und das will ich auch gerne tun, wenn wir uns auf den Weg zum Haus machen. Es ist zwar noch ein Stückchen durch die Wiesen und den Park, aber es wird durchaus gehen, jetzt, da wir endlich wieder frische Luft atmen und die vertraute Welt doch nicht untergegangen ist.« Hortensia lächelte und Gisil Mottiford lächelte zurück. »Aber vielleicht ist es wirklich Odilio, um den wir uns kümmern müssen«, fuhr sie mit besorgtem Blick auf den alten Pfiffer fort.

Der lehnte schweigend und mit noch immer geschlossenen Augen gegen den Stamm des Silberahorns und hatte sich weder bei Gisils Frage noch auf Hortensias Worte hin gerührt. Karlmann beugte sich vor und berührte scheu seine Schulter.

»Er schläft!«, stellte er überrascht fest. »Er scheint so erschöpft gewesen zu sein, dass er wohl auf der Stelle eingeschlafen ist, als er wusste, dass wir in Sicherheit und wieder auf der richtigen Seite der Graswurzeln angekommen sind.«

»Und auch auf der richtigen Seite des Heckenweges, nicht wahr, mein Junge?«, sagte der alte Pfiffer so unvermittelt, dass Karlmann zurückzuckte. Odilio schlug seine außergewöhnlichen Augen auf, in denen ein Sonnenstrahl ein grünes Funkeln entfachte. Die Erschöpfung war daraus verschwunden. Mehr denn je erinnerten sie Karlmann an die Augen einer Katze. »Ein Augenblick der Sammlung nach einem langen, dunklen Weg, der leicht mein letzter hätte werden können«, stellte der alte Pfiffer fest. Dann wandte er sich direkt an Gisil. »Was hast du noch gesagt, bester Mottiford, kurz nachdem du uns entdeckt hattest und wir noch unter der Erde steckten? Es hatte etwas mit Bäumen und Grünlohe zu tun, nicht wahr? Ich muss noch mehr hören, bevor ich sagen kann, wie es weitergehen soll.« Mit jeder Silbe, die er aussprach, klang er bestimmter und wurde wieder zu dem, der vor Mitternacht die Suche nach Bullrich angeführt hatte.

Gisil Mottiford war dieser Wechsel nicht entgangen. Erstaunt hob er die Brauen. »Stock und Schwamm, Odilio! Du verfügst wahrhaftig über besondere Kräfte der Erholung! Dein heilkundiges Wissen soll ja so manchem zugutekommen und ich weiß wohl, dass du auch schon nach Krapp gerufen worden bist. Aber welches Wunderkraut hast du gerade zu dir genommen, das es dir möglich macht, tiefste Erschöpfung abzustreifen wie eine überflüssige Jacke im Hochsommer? Verrate mir das doch, damit ich selbst gerüstet bin, wenn Bäume ohne Sturmwind entwurzeln und bersten und schlaftrunkene Dörfler Ungeheuer am Himmel und im eigenen Garten sehen.«

Der alte Pfiffer warf ihm einen scharfen Blick zu. »Was ist in Grünlohe geschehen? Sag schon, Gisil, bei allen Quendeln!« Der Ton, den er anschlug, verlangte nach einer Antwort.

Der Herr von Krapp runzelte die Stirn. Er war es nicht gewohnt, dass man so mit ihm sprach. Aber irgendetwas an der Miene des alten Pfiffers sagte ihm, das dies nicht der Zeitpunkt war, um auf Eigenheiten zu beharren. »Heute in aller Frühe kam der junge Toms mit dem Ponywagen aus Grünlohe zurück. Er hätte dort für Dorabella Haselbutterkuchen abholen sollen, den nur der dicke Recherling so zu backen versteht, dass er ihr schmeckt. Weil er noch warm sein muss, wenn er bei uns zum Frühstück gereicht wird, war Toms schon kurz nach Sonnenaufgang auf der Fahrt ins Dorf und zur Backstube. Als er schließlich nach Krapp zurückkehrte, war er ganz außer sich und außerdem ohne Kuchen. Der Bäcker hätte nicht gebacken, weil er, wie offenbar ganz Grünlohe, die halbe Nacht auf dem Dorfplatz unter der alten Linde verbracht hat. Es herrschte dort wohl größte Aufregung. Kaum einer war angezogen; in ihren Nachtgewändern hatten sie sich um den Baum versammelt, der in der Mitte geborsten war, berichtete er uns, sichtlich mitgenommen. Der zerstörte Baum muss auf alle großen Eindruck gemacht haben. Der mächtige Stamm soll von der Wurzel an gespalten sein, als habe der Blitz eingeschlagen. Dabei kann sich keiner an ein Gewitter erinnern. Ein paar waren allerdings darunter, die von seltsamen Wolken faselten, die über den Himmel trieben wie lebendige Wesen.« Der Herr von Krapp unterbrach seine Rede und zog gereizt an seiner Pfeife, die ausgegangen war.

»Wie lebendige Wesen?«, fragte der alte Pfiffer.

Er war bei Gisils Worten immer unruhiger geworden und auch die anderen folgten voller Sorge seinem Bericht. Nicht nur sie selbst waren in dieser Nacht mit Unerklärlichem in Berührung gekommen.

»Was für lebendige Wesen sollen das gewesen sein?«, forschte Odilio noch einmal nach. »Hat Toms etwas Genaueres berichtet?«

»Wirrschwamm, Rauchschwamm«, schnaubte Gisil und stopfte die kalte Pfeife in die Brusttasche seiner Jacke. »Wir sollten uns jetzt wirklich auf den Weg zum Haus machen. Nun scheinen ja alle wieder so weit bei Kräften zu sein, dass wir das muntere Gespräch genauso gut bei einem Gang durch die Wiesen fortsetzen können.«

Nur Hortensia ahnte, dass es Gisils Abneigung vor Angstmacherei und albernen Ammenmärchen sein musste, die ihn plötzlich wortkarg werden ließ, sosehr er eine wirklich gute Geschichte schätzte.

»Waren es Wölfe, die jemand gesehen haben will?« Der alte Pfiffer ließ sich so leicht nicht abweisen.

»Pah«, machte Gisil und verschränkte die Arme vor der Brust.

»Es *waren* Wölfe«, stellte Odilio mit aufreizender Hartnäckigkeit fest.

»Stock und Donnerpilz, Wölfe!« Gisils Gesicht rötete sich, als es polternd aus ihm herausbrach. Toby sprang auf seine vier Pfoten und knurrte zur Unterstützung seines Herrn. »Ja, Wölfe am Himmel, noch dazu ein ganzes Rudel, das mit den Wolken jagte. Was für ein Unfug! Hat es in Grünlohe gestern eine größere Feier gegeben, dass alle noch mit ihren Lorchelbechern zu tun hatten, als sie im Nachthemd auf die Straße torkelten?! Nicht einmal Hochnebel habe ich gesehen, als ich kurz nach Sonnenaufgang aus dem Fenster geschaut habe. Geschweige denn eine Wolkenwand mit bizarren Formen. Was ist bloß in euch gefahren, frage ich mich allmählich. Aber ich muss zugeben, irgendetwas stimmt tatsächlich nicht, denn wieso entwurzelt dieser gesunde Baum?«

Verdrossen wies er auf den am Boden liegenden Silberahorn, der noch zur Zeit seines Großvaters gepflanzt worden war.

»Und wie seid ihr unter die Erde gekommen? Besser gesagt, was hattet ihr dort zu suchen? Übrigens soll es auch in deinem Garten hoch hergegangen sein, beste Hortensia! Ich denke, ich sollte es dir unter diesen Umständen nicht länger verschweigen. Toms erzählte, dass Hulda Hallimasch, die man mit gutem Recht einen Zitterschwamm nennen kann, allerdings auch deine Mutter, junger Karlmann, sich furchtbar über ein großes Loch in einer Rosenlaube aufgeregt haben, durch das sie irgendein Unhold belästigt hat. Ja, haben wir denn schon Maskenfest oder Wintersonnenwende?! Ich hatte Grünlohe bisher für ein beschaulich verschlafenes Nest gehalten. Wie man sich täuschen kann.«

»Bei allen Quendeln!« Hortensia war ganz blass geworden, als sie von diesen Neuigkeiten hörte. »Sind Hulda und Beda wohlauf?«

»Das werden sie wohl, wenn Toms sie auf dem Dorfplatz gesehen hat«, sagte Gisil. »Es scheint niemand zu Schaden gekommen zu sein, abgesehen von der alten Linde. Aber selbst die steht noch, wenn auch mit einem klaffenden Spalt im Stamm. Mein Ahorn hingegen …« Dem Herrn von Krapp fiel es schwer, die Aufregung im Dorf ernst zu nehmen. Erstaunt stellte er fest, dass er mit seinem Bericht nicht nur Hortensia und Karlmann in größte Besorgnis versetzt hatte.

»Wir müssen augenblicklich nach Grünlohe zurück und nachsehen, was dort geschehen ist«, sagte der alte Pfiffer. »Ich muss wissen, was Hulda und Beda widerfahren ist. Ich hätte gedacht, sie wären sicher in Hortensias Haus. Dann steht es doch schon schlimmer, als ich dachte.«

»Ade, du gutes Frühstück«, seufzte der Bitterling und fing sich dafür einen bösen Blick von Hortensia ein.

»Schäm dich, Zwentibold Bitterling!«, fuhr sie ihn an. »Kaum bist du außer Gefahr, denkst du vor allem ans eigene Wohlergehen. Odilio hat recht, wir müssen sofort ins Dorf, genauso, wie wir es ursprünglich vorhatten. Gut möglich, dass noch Schlimmeres geschehen ist oder erst droht. Das Dorf ist völlig ahnungslos.«

»Was hat das alles zu bedeuten?« Gisil Mottiford hatte allmählich genug von den Ungereimtheiten dieses Morgens. »Es scheint, als gäbe es da einen Zusammenhang zwischen eurem absonderlichen Auftauchen und der Aufregung in Grünlohe. Jedenfalls klingen eure Worte danach, wenn ich mir auch keinen Reim darauf machen kann.«

»Sei dennoch so gut, uns noch einmal zu helfen, Gisil«, sagte Odilio. »Später wirst du verstehen, dass die Lage ernst ist und wir nicht mutwillige Spielchen mit dir treiben. Ich weiß, dass du nicht weit von hier im Torhaus Pferd und Wagen stehen hast. Ich wäre sehr dankbar, wenn uns dein Wildhüter Laurich von dort auf dem schnellsten Wege ins Dorf fahren könnte.«

Gisil antwortete nicht gleich, sondern studierte zuerst aufmerksam die ernste Miene des alten Pfiffers. Dann blickte er von einem zum anderen, sah das todmüde Gesicht des Bitterlings, Hortensias mühsam unterdrückte Besorgnis und Karlmanns Unruhe.

»Ich selbst werde euch fahren«, entschied der Herr von Krapp. »Das ist wohl das Mindeste, was ich noch tun kann, um euch bedauernswerte Findlinge im wahrsten Sinne des Wortes auf den rechten Weg und nach Hause zu bringen. Erzählt mir eure Geschichte unterwegs. Was aber in Grünlohe los ist, werde ich auf diese Weise gleich auch erfahren, denn nun bin ich neugierig geworden.«

Elftes Kapitel

Schläfer, so blass und bleich

Vor tagen hab ich mich verirrt
Ich war im wunderwald
Dort kam ich recht zu einem fest
Doch heim trieb man mich bald.

Die leute tragen güldnes haar
Und eine haut wie schnee.
So heißen sie dort sonn und mond
So berg und tal und see.

Stefan George

So kam es, dass die kleine Schar nicht wie zuerst beabsichtigt den östlichen Weg durch die Streuobstwiesen nach Krapp hinauf nahm, sondern am Flussufer entlang ein kurzes Stück gen Süden wanderte. Unter besseren Umständen wäre es ein hübscher Spaziergang gewesen, denn die Luft erwärmte sich rasch unter der goldenen Spätsommersonne, während ein sanfter Wind in den langen, weichen Grashalmen spielte, die ihre Füße umschmeichelten. Doch nach den Nachrichten aus Grünlohe hatten die Quendel keine Augen mehr für die Schönheit der von Tau glitzernden Auen, durch die sich die Drille schlängelte.

Gisil Mottiford, aber auch der alte Pfiffer schritten munter aus. Seine Erschöpfung war wie weggeblasen und sie mussten sich zurückhalten, damit die anderen nachkamen. Toby stürmte derweil voraus, um immer wieder anzuhalten und sich ungeduldig umzusehen. Er hatte wenig Verständnis für ein Tempo, das ihm nichts abverlangte. Außerdem hatte er erwartet, dass es nun zurück zum Haus gehen würde, mit Aussicht auf ein paar Leckerbissen vom Frühstückstisch. Stattdessen schlug sein Herr die entgegengesetzte Richtung ein, von der Toby noch nicht wusste, was er daraus machen sollte. Schließlich dämmerte ihm, wohin es gehen würde, und als er das feststellte, gab es für den kleinen Hund kein Halten mehr. Er preschte los, mit tauben Ohren für die empörten Pfiffe seines Herrn.

Als Toby außer Sicht und hinter dem Ufergebüsch verschwunden war, pfiff Odilio seinerseits. Bei ihm klang es sanft und lockend, wie auch der Ruf, den er gleich nachsandte. »Reizker, mein Kater!«

Er war stehen geblieben und machte Gisil und seinen Gefährten ein Zeichen, dass sie schon weitergehen sollten. Kaum war Zwentibold als Letzter an ihm vorbei, raschelte es in der Hecke, die parallel zum Uferstreifen der Drille das Land der Mottifords begrenzte. Dahinter begann schon bald der Schellenwald mit seinen mächtigen alten Bäumen und sonnigen Lichtungen. Aus der Hecke schlich nun auf leisen Pfoten Odilios Kater. Der Sonnenschein ließ sein prächtiges kupferfarbenes Fell hell aufstrahlen, als er, zuerst nach allen Seiten sichernd, seine Umgebung musterte.

»Reizker, mein Prachtkerl! Komm nur, die Luft ist rein!«

Der Kater, der nichts Störendes hatte entdecken können, vor allem nicht diesen überdrehten Terrier, schnürte mit grüßend aufgestelltem Schwanz auf den alten Pfiffer zu. Bei ihm angekommen, umschmeichelte er voller Wiedersehensfreude dessen Beine. Odilio hob ihn sanft auf und schmiegte sein Gesicht an den samtweichen Kopf seines geliebten Tieres. Mit Reizker auf dem Arm beeilte er sich, die anderen einzuholen. Der Kater ließ sich tragen und hielt, an die Brust des alten Pfiffers gelehnt, so still wie in dem Jackenbündel, in welchem ihn sein Herr aus den Schrecken des Finsters davongetragen hatte.

Hinter dem Ufergebüsch tauchte nun, nur noch vier, fünf Schlegel entfernt, die hohe Ziegelmauer auf, die das Torhaus von Krapp wie eine Festung umschloss. Sein flaches, von Zinnen bekröntes Dach blitzte unter der großen Kastanie hervor, die mitten im Hof stand. Es wirkte seltsam trutzig, als hätte es mit seinem wehrhaften Aussehen im versteckten Winkel zwischen Drille und Heckenweg und am Fuße des Krapp'schen Anwesens Posten bezogen. So behauptete es sich an einer Stelle, an der es schon lange kein Tor mehr gab, durch das man das Land der Mottifords hätte betreten können. Daran vorbei führte der Hauptweg einfach zu ihrem Haus hinauf, das an der höchstgelegenen Stelle des Parks mit zahlreichen Fenstern über das sanft nach Süden abfallende Land blickte.

In der entgegengesetzten Richtung und vom Dach des Torhauses gut zu überblicken, mündete dieser Weg auf eine steinerne Brücke über den Fluss und führte danach auf die Landstraße nach Grünlohe zurück. Unter der Brücke und entlang der westlichen Hofmauer rauschten die Wasser der Drille und machten diese Seite uneinnehmbar, was in den längst vergangenen kriegerischen Zeiten derer von Krapp seinen Sinn und Zweck erfüllt hatte. Seitdem war sehr viel Wasser den Fluss hinabgeflossen und es waren in diesen Tagen vor allem Besucher des Hauses oder Ausflügler auf dem Weg zum Hünengrab, die die alte Brücke und den hohen Eingang in der Mauer passierten. Niemand achtete besonders darauf, wer kam und ging; nicht die Mottifords und nicht einmal Laurich Stock, ihr Wildhüter, der mit seiner Tochter Embla und ihrer alten Muhme Jordis das Torhaus bewohnte. Waren es Bekannte, die über die Brücke gewandert kamen, ergab sich mitunter ein Schwätzchen mit den weiblichen Bewohnern. Laurich selbst galt als wortkarg und wurde nur etwas gesprächiger, wenn jemand aus Krapp in Angelegenheiten des Hauses vorsprach oder sein Herr selbst mit einem Anliegen im Hof erschien.

Nur ein kleines Stück unterhalb der Steinbrücke überquerte eine zweite Brücke den Fluss, denn hier führte der Heckenweg von Grünlohe herab. So dicht kam er an dieser Stelle an den Weg nach Krapp heran, dass nur noch die obere Hecke beide voneinander trennte. Diese Brücke war aus Holz, überdacht und so üppig mit wildem Wein und Efeu überrankt, dass sie sich kaum von den Hecken unterschied, die sie über den Fluss hinweg miteinander verband. Dabei war ihr die andere Brücke so nahe, dass wenig fehlte, um sich durch den Vorhang aus Blätterranken und über das steinerne Geländer hinweg von Brücke zu Brücke einander die Hand reichen zu können. Einst war auch die Heckenbrücke, wie sie allgemein genannt wurde, aus Stein erbaut gewesen. Unter den hölzernen Planken lagen hier und da grob behauene Granitquader im Wasser, die die frühere Bauart bezeugten. Nun züngelten in der kräftigen Strömung Unterwasserpflanzen über die mit Flechten bewachsenen Oberflächen der Steine. Im schräg einfallenden Sonnenlicht huschten flinke Fische unter ihnen hervor und verschwanden gleich darauf wieder im Schatten und sicherem Unterschlupf.

Wer die erste Brücke erbaut hatte und wann und warum es zum Einsturz kam, wusste im Hügelland keiner mehr zu sagen. Obwohl der Heckenweg die südliche Grenze von Krapp darstellte, hatten die Mottifords es vorgezogen, ihr Land über eine eigene Brücke zu betreten. Immerhin sorgten sie auch für den Bau der Holzbrücke, unter der die Drille gen Süden durch einen breiten Streifen aus Feldern und Obstgärten den ersten Höfen von Dreibrücken entgegenfloss. Laurich, der sich um die Instandhaltung der Heckenbrücke kümmerte und im Frühling prüfte und ausbesserte, was die Winterfröste dem Holz angetan haben mochten, vermutete, dass selbst der feine Herr Brückenwart von Stock auf der mächtigen Steinbrücke über den großen Strom weit weniger zu tun und zu bewachen hatte, als er selbst, mit seiner doppelten Verantwortung für gleich zwei Brücken hintereinander.

Die Ankömmlinge näherten sich dem Torhaus von der rückwärtigen Seite. Dort gab es eine Pforte in der Hofmauer, die aber stets verschlossen blieb, und so führte sie Gisil entlang der gut quendelhohen Mauer bis auf den Weg, an der der eigentliche Eingang lag. Bis dahin war der Innenhof vor neugierigen Blicken abgeschirmt.

›Als hätten sie hier etwas zu verbergen oder wollten sich verstecken‹, dachte der Bitterling, als er dies auf sich wirken ließ. ›Wahrhaftig, ein verwinkeltes Eckchen des Hügellandes, mit nichts als Hecken, Mauern und Brücken. Und ein bisschen zu düster für meinen Geschmack ist es auch, noch dazu mit dieser riesigen Kastanie mitten im Hof.‹

Zwentibold kam hier nicht allzu oft vorbei. Wenn er nach Krapp unterwegs war, wanderte er für gewöhnlich den Heckenweg so weit hinab, bis er eine schmale Tür in der oberen Hecke erreichte. Diese öffnete sich auf einen Pfad durch die Wiesen, der den Bitterling und jeden, der die Abkürzung kannte, bis an den Krapp'schen Terrassengarten heranführte, der sich den Südhang des Hügels hinunterzog, auf dem das Haus lag.

Der eigentliche Grund, dass Zwentibold das Torhaus eher mied, als dass er auf einen Sprung vorbeischaute – zu dem er sich im Sinne des Maskenfestes eigentlich nie zu schade war –, hieß Grindel und war ein riesiger Wolfshund. Das zottige Ungetüm tauchte nun in Zwentibolds Gedanken auf und er fragte sich, ob Grindel leibhaftig im Eingang erscheinen würde, den sie nun erreicht hatten. Man hatte ihm einst versichert, dass der Hund, trotz seines eindrucksvollen Äußeren, vollkommen harmlos sei und aufs Wort gehorchte. Was dem Bitterling bei seinem Antrittsbesuch als Mitglied des Festkomitees allerdings nicht viel genützt hatte, denn kurz nachdem er ahnungslos den Hof betreten hatte, stellte ihn Grindel mit drohendem Knurren und gebleckten Zähnen vor der großen Kastanie. Lange kam ihm niemand zu Hilfe, der Hof schien verlassen und so sah er sich eine gute Stunde Auge in Auge mit diesem ponygroßen Ungeheuer, bis die drei Bewohner des Torhauses von einem Ausflug nach Dreibrücken zurückkehrten und ihn mit einem kurzen Befehl aus seiner misslichen Lage befreiten. Auch wenn ihm Grindel in der Tat kein Haar gekrümmt hatte, machte Zwentibold seitdem einen Bogen um das Haus an den Brücken, darauf vertrauend, dass etwaige Neuigkeiten auf kurzen Umwegen über das Herrenhaus schon bei Laurich und den Seinen ankommen würden.

Wie immer stand das Hoftor halb offen. Zu dieser frühen Stunde war dahinter niemand zu sehen, außer drei Hühnern, die leise gackernd vor ihrem Stall im sandigen Boden scharrten. Das Hühnerhaus schmiegte sich, nahe dem Eingang, in die rechte Mauerecke, danach nahm der

Pferdestall die gesamte Länge der Mauer ein, auf deren Außenseite die Drille floss. Links vom Tor befand sich ein kleiner Garten, von einer sorgfältig auf Kniehöhe gestutzten Buchsbaumhecke umsäumt. Auch die Blumen- und Kräuterbeete darin waren mit Buchsbaum umrandet. Um diese Zeit blühten noch Beifuß, Wasserhanf und Sonnenhut, von späten Faltern und Bienen emsig besucht. Eine weiße Rose beanspruchte den alleinigen Platz in einem Beet, während sich, gleich daneben, Kapuzinerkresse und Geißblatt unbeeindruckt von der formalen Umrahmung ihres Standorts über den dunklen Buchs bis auf die schmalen Gartenwege rankten.

Das Gärtchen war der ganze Stolz von Laurichs Tochter Embla, die sich jahrein, jahraus mit dessen schwierigen Lage zwischen engen Mauern und im Schatten der eindrucksvollen Kastanie abmühte. Sie war es auch, die sich nun zwischen zwei Beeten erhob und höflich knickste, als sie Gisil Mottiford erkannte. Verwirrt musterte sie seine Begleitung, von der ihr nur der alte Pfiffer näher bekannt war, der manchmal im Torhaus vorbeischaute und dabei niemals vergaß, mit ihr ein paar kundige Worte über ihren Garten zu wechseln. Odilio hatte seltsamerweise seinen roten Kater auf dem Arm, den er nun behutsam absetzte. Mit drei, vier Sätzen verschwand das Tier im Schatten der Kastanie. Erst der zweite Blick auf die trotz wirrer Haare und schmutziger Kleider um Haltung bemühte Dame brachte ihr die Erinnerung an Hortensia Samtfuß-Krempling zurück, die sie einige Male unter den Gästen der Mottifords gesehen hatte. Embla führte ein äußerst zurückgezogenes Leben in der Abgeschiedenheit der Hofmauern, aber auch sie erkannte, dass mit den vier Quendeln etwas nicht stimmte, die zögernd und in sichtlich erschöpftem Zustand hinter dem Herrn von Krapp den Hof betreten hatten. Sie sahen aus, als kehrten sie von einem langen Marsch zurück, der ihnen alles abverlangt hatte. Aber welcher Quendel von Vernunft, der ein festes Dach über dem Kopf sein Eigen nannte, wanderte des Nachts und ohne Not auf unbequemen Pfaden?, fragte sich Laurichs Tochter.

»Guten Morgen, Embla« sprach Gisil sie an. »Gut, dass du schon so früh auf bist und wir niemanden wecken müssen. Es sei denn, dein Vater hütet noch das Bett, denn er ist es, den ich jetzt dringend brauche, um diese Herrschaften nach Grünlohe zu bringen. Und wenn vorher irgendetwas zu ihrer ersten Stärkung getan werden könnte, wäre das wunderbar, denn ich fürchte, sie können sich bald kaum noch auf den Beinen halten.«

»Mein Vater ist bei den Brücken, mit den beiden Hunden«, antwortete Embla mit einer glockenhellen Stimme, die den Bitterling an das Zwitschern eines Vogels erinnerte. »Vor einer Viertelstunde ist Toby hier bei uns aufgekreuzt, Herr Gisil, und Ihr wisst ja, dass er Grindel nicht von der Seite weicht. Sie müssten aber jeden Augenblick zurück sein. Oder ich gehe sie holen, wenn Ihr es wünscht.«

»Lass nur«, sagte Gisil. »Besser, meine armen Freunde bekommen in der Zwischenzeit etwas, das ihre Lebensgeister weckt, und dann wird Laurich auch schon zurück sein.«

Embla nickte und lief voraus und auf die offen stehende Haustür zu. Auf deren Schwelle erschien nun die alte Jordis, die Stimmen im Hof gehört hatte und wissen wollte, um wen es sich zu dieser frühen Stunde handelte. Als sie den Zustand der vier Quendel mit einem Blick erfasste, verlor sie nicht viel Worte, sondern scheuchte Embla mit mehreren Anweisungen auf einmal von links nach rechts durch die geräumige Küche, die nun alle gemeinsam betreten hatten. Gegenüber der Haustür öffnete sich ein riesiger Kamin in der Wand, der unwillkürlich die Blicke der Eintretenden auf sich zog und dies nicht nur, weil ein knisterndes Feuer darin brannte. Auf dem Sims darüber befanden sich in langer Reihe ein gutes Dutzend der allerunheimlichsten Masken, die aus leeren Augenhöhlen feindselig zurückzustarren schienen.

Hortensia zuckte bei diesem unerwarteten Anblick heftig zusammen; der Bitterling sog hörbar die Luft ein und blieb wie angewurzelt stehen. Karlmann merkte, wie ihm plötzlich das Herz klopfte, denn mindestens zwei der grimmigen Masken stellten die Häupter mächtiger Wölfe dar; zähnefletschend der eine, still lauernd der andere.

Gisil Mottiford lachte, aber es klang ein wenig bitter. »Ja, nicht wahr? Schon wieder Wölfe, die uns an diesem Morgen zu verfolgen scheinen. Aber diese sind aus Holz. Freue dich, Zwentibold, bei allem Üblen, was ihr in dieser Nacht erlebt haben mögt, kommst du nun in den Genuss einiger der eindrucksvollsten Masken des Hügellandes, würde ich behaupten. Laurich hat sie erst vor Kurzem in einer vergessenen Truhe auf dem Dachboden entdeckt. Ich hätte sie dir bei deiner nächsten Runde in Sachen Maskenfest natürlich gezeigt und denke, die Mottifords werden beim diesjährigen Schellenmarsch für einiges Aufsehen sorgen.«

»Wirklich sehr eindrucksvoll«, murmelte der Bitterling und war dankbar, dass ihn Jordis sanft auf einen Stuhl drängte. Es fiel ihm schwer, den Blick von diesen hölzernen Gesichtern abzuwenden. Vielleicht lag es an seinen überreizten Sinnen, aber er konnte sich nicht erinnern, jemals zuvor Masken von solcher Ausdruckskraft gesehen zu haben. Sie schienen zu leben, die Wölfe, der Bär, die Eule und in der Mitte der Hirsch. Links und rechts noch zwei Fratzen, die nicht erkennen ließen, um was es sich handelte, außer dass sie alles andere als freundlich wirkten. Für einen atemlosen Moment des Erschreckens fragten sich die vier Quendel, ob sie der nächtliche Albtraum nun wieder eingeholt hatte und jeder von ihnen hätte es vorgezogen, im hellen Sonnenlicht des Hofes auf Laurichs Rückkehr zu warten.

Der alte Pfiffer schwieg dazu, aber mit bangem Herzen fragte er sich, was es mit diesen beängstigenden Masken auf sich hatte, die ausgerechnet zu diesem Zeitpunkt im Krapp'schen Hause aufgetaucht waren. Er beschloss, dem später nachzugehen, und nahm nun dankbar den Becher mit dampfendem Kräutertee entgegen, den ihm Embla mit einem Lächeln reichte. Er trank mit vorsichtigen Schlucken und merkte, dass Jordis einen großzügigen Schuss von etwas Kräftigerem zugegeben hatte, das sie unter gewöhnlichen Umständen wohl nicht an einen Jungen wie Karlmann ausgeschenkt hätte.

»Stock und Schwamm, Herr Gisil«, wandte sie sich an ihren Brotherrn. »Was ist denn nur geschehen? Sind das die Einzigen, die Ihr auf Eurem

Morgengang aufgelesen habt, oder stehen uns noch mehr ins Haus, um die wir uns kümmern sollten?«

»Nein, nein, beste Jordis«, erhielt sie zur Antwort. »Das nun nicht, aber wir werden den Wagen brauchen, um die vier nach Grünlohe zurückzubringen. Dort scheinen alle eine schlaflose Nacht verbracht zu haben, was ungewöhnlich, aber nicht gefährlich ist. Warum, werde ich herausfinden, sobald Laurich endlich geruht, heimzukehren und wir uns auf den Weg machen können.«

Er klang ein wenig ungeduldig, was dem Umstand geschuldet war, dass er nun eigentlich längst am Kopf der eigenen Frühstückstafel Platz genommen hätte. Stattdessen sah er zu, wie Embla und Jordis Buchweizengrütze, die in einem großen Kessel über dem Feuer gebrodelt hatte, in fünf hölzerne Schalen verteilten und sie ihren Gästen reichten. Auch Gisil wurde damit bedacht und weil er zugeben musste, dass ihm der Duft nach Honig, Getreide und Milch verführerisch in die Nase stieg, setzte er sich zu den anderen und begann zu essen. Sie hatten kaum die Löffel eingetaucht, als Toby wie ein weißer Blitz durch die Haustür schoss und seinen Herrn mit lautem Freudengebell begrüßte, als wäre nicht er selbst derjenige gewesen, der sich schnöde in eigenen Angelegenheiten davongemacht hatte. Gleich darauf verdunkelte sich der Eingang und für einen Augenblick schien es, als sei nun doch eines der Untiere auf dem Kaminsims lebendig geworden, denn auf der Schwelle stand ein Hund in der Größe eines einjährigen Kalbes. Sein zottiger Pelz, der einem Bären alle Ehre gemacht hätte, ließ ihn noch größer erscheinen. Er musterte die Anwesenden aus tiefschwarzen, pflaumengroßen Augen. Zwentibold erhob sich mit einem entsetzten Schnaufen.

»Bleib nur sitzen, Zwentibold Bitterling!«, schallte eine Stimme durch den Raum und nun betrat auch Laurich Stock die Küche und grüßte mit einem Nicken zuerst seinen Herrn und dann in die Runde. »Grindel, hinaus in den Hof mit dir. Embla wird dir gleich etwas Gutes nach draußen bringen«, sagte er dann halblaut, aber entschieden zu seinem Hund, dessen Kopf gleichauf mit seiner Schulter war.

Grindel schickte einen letzten strengen Blick in Richtung der ihm unbekannten Quendel, von dem sich der Bitterling besonders angesprochen fühlte, und wandte sich ab. Gelassen trottete er durch die offene Tür wieder ins Freie. Mit einem hellen Kläffen folgte Toby seinem großen Freund. Neben Grindel wirkte der Terrier wie ein Ferkel im Gefolge eines Schlachtrosses, aber er zeigte nicht das geringste Anzeichen von Furcht. Karlmann, der dem Eingang gegenübersaß, sah, wie Toby neben Grindel unter der Kastanie Platz nahm und beide, der große wie der kleine Hund, von dort aufmerksam die Tür im Blick behielten. Seufzend ließ sich Zwentibold auf seinen Stuhl zurückfallen und machte sich über den letzten Rest der köstlichen Grütze her.

»Laurich, es tut mir leid, dich um diese frühe Stunde bemühen zu müssen«, wandte sich Gisil Mottiford nun an seinen Wildhüter, »aber diese vier hier müssen dringend auf dem schnellsten Wege nach Grünlohe zurück. Dazu brauchen wir den Wagen und die Ponys. Ich werde selbst fahren, aber du kannst auch mitkommen, wenn du willst. Im Dorf scheint es einige Aufregung über Vorkommnisse zu geben, die sich offenbar in dieser Nacht ereignet haben. Spuren davon habe ich eben auch bei uns entdeckt: Der Silberahorn unten am Hünengrab ist ohne erkennbaren Grund entwurzelt und nicht zuletzt habe ich diese seltsam anzusehende Gesellschaft unter noch viel merkwürdigeren Umständen genau dort aufgelesen.«

Laurich kniff die Augen zusammen und nahm die »seltsam anzusehende Gesellschaft« mit ebenso strengem Blick in Augenschein, wie es zuvor Grindel getan hatte, was eine gewisse Wesensnähe von Herr und Hund vermuten ließ.

Hortensia funkelte angriffslustig zurück. Womöglich dachte der missmutig wirkende Kerl, dass einer von ihnen mit dem entwurzelten Baum zu tun hatte. Tiefe Empörung stieg in ihr empor. Schließlich handelte es sich bei ihnen nicht um den versprengten Rest einer leichtsinnigen Picknickgesellschaft. Sie waren Opfer schrecklicher Umstände und echter Gefahren und davor ein ernst zu nehmender Suchtrupp, ausgezogen, um einen der ihren vor dem sicheren Untergang zu bewahren. Tragischerweise war ihnen das nicht einmal gelungen; ein tiefer Schmerz, an den sie noch gar nicht wirklich zu denken wagte.

Bei aller Verbundenheit mit dem ehrenwerten Haus von Krapp hielt es Hortensia nun nicht länger auf ihrem Schemel. Sie sprang auf und begann eine so eindringliche Rede, dass es dem überraschten Gisil und auch allen anderen gründlich die Sprache verschlug. Was nicht schadete, denn sie wären ohnehin nicht zu Wort gekommen.

Alles, was sie in dieser schrecklichen Nacht und eigentlich seit dem Tee in der Rosenlaube erlebt hatte, brach nun aus Hortensia hervor. Sie sprach dabei mit eisiger Ruhe und fester Stimme, aber heraus musste das unbegreifliche Unheil, was über sie hereingebrochen war – angefangen mit Bullrich und seinem Verschwinden im Finster, dem verbotenen Ort, der sich vor ihren Augen zu einem fremden, höchst bedrohlichen Land gewandelt hatte. Mit hageren Wanderern, von deren Herkunft und Absicht man nichts wissen wollte, bis zu den jagenden Wölfen am Sturmhimmel. Sie beschrieb ihre verzweifelte Flucht in die schwarze Tiefe der Erde, schilderte die mit Zauberformeln bedeckte hölzerne Tür und die unheimliche Grabkammer dahinter. Scheinbar ungerührt erzählte sie, wie hinter dem großen Grab der Nebel aufgewallt war, was sie zu weiterer Flucht veranlasst hatte, die schließlich mit dem Verlöschen der letzten Kerze und in der kompletten Finsternis endete. Doch noch immer nicht wirklich endete, denn wieder hatten sie sich aufgeschwungen und das hatte sie – welch übergroßes Wunder und Belohnung für ihren Willen – zurück an die Oberfläche gebracht, wo Gisil – sie würde niemals nachlassen, ihm dafür dankbar zu sein – sie zu guter Letzt gerettet hatte. Wenn sie nun seltsam und schmutzig aussahen, und womöglich ein wenig verwirrt und benommen erschienen, so lag das, wie nun jeder, der nicht dabei war, hoffentlich nachvollziehen konnte, nicht am Mutwillen eines verrückten Ausflugs bei Mondenschein, sondern an just eben diesen ungeheuerlichen Ereignissen, die sie sich so kurz wie möglich zu schildern bemüht hatte.

Hortensia presste die Lippen zusammen, ließ sich auf ihren Stuhl und den Kopf auf die auf dem Tisch verschränkten Arme fallen und schluchzte lautlos. In der Küche blieb es für eine Weile so still, dass ein im offenen Feuer berstendes Holzscheit alle zusammenfahren ließ.

Gisil war der Erste, der sich regte und sich von seinem Stuhl erhob. Dabei fiel sein Blick auf den Kaminsims und blieb in der Reihe der Schreckensbilder an einer der Wolfsmasken hängen; es war die mit den entblößten Reißzähnen. Sie schien ihrer aller Ahnungslosigkeit mit einem höhnischen Grinsen zu bedenken und zum ersten Mal, seit er sich von ihrem bedrohlichen Aussehen beeindrucken ließ, wünschte sich der Herr von Krapp, die Masken weder in seinem Hause entdeckt, noch dort oben aufgestellt zu haben; auch wenn es sich eigentlich um Laurichs Heim und Herdstatt handelte. Gisil verfluchte die nicht zu leugnende Unruhe, in die ihn Hortensias ungeheuerlicher Bericht versetzt hatte, weil er spürte, dass sie die Wahrheit sagte. Er trat an eine Schranktür, die sich hinter ihm in der Wand befand und warf Laurich einen fragenden Blick zu, worauf der Wildhüter mit einem fast unmerklichen Nicken zustimmte. Auch Laurich schien ehrlich beeindruckt, während Jordis und Embla mit fassungslosen Mienen dicht beieinander auf der Kaminbank hockten und eine von beiden ein leises Wimmern von sich gab.

Gisil öffnete den Wandschrank und entnahm ihm eine bauchige Flasche und einen feinen kristallenen Becher. Darein schenkte er den bernsteinfarbenen Met in einem großzügigen Schluck, umrundete den Tisch und fasste Hortensia, die dort noch immer in sich zusammengesunken kauerte, vorsichtig an der Schulter. Sie hob ihr tränennasses Gesicht und blickte zu Gisil auf, der ihr den Becher mit der schimmernden, würzig duftenden Flüssigkeit reichte.

»Trink«, sagte er mit belegter Stimme und Hortensia gehorchte dankbar. Mit jedem Schluck kehrte mehr Farbe in ihr wächsernes Antlitz zurück.

»Bei allen Quendeln und allem, was du und ihr in dieser Nacht erlebt und erduldet habt«, sprach Gisil weiter. »Verzeiht mein Misstrauen, niemand konnte das ahnen. Ich glaube zu erkennen, wenn jemand die Wahrheit spricht, und warum solltest ausgerechnet du, meine tapfere Hortensia, uns eine so schreckliche Geschichte auftischen?! Wenn also wahr ist, was du erzählt hast, und das sehe ich auch in den Gesichtern deiner Gefährten, wäre es möglich, dass sich das Hügelland in der allergrößten Gefahr befindet. Was wiederum schwerfällt, zu glauben, denn nichts, bis auf ein paar entwurzelte Bäume, deutet darauf hin.«

»Wir sind der Beweis, dass die Bedrohung wirklich ist«, mischte sich der alte Pfiffer ein. »Denn wir haben das alles erlebt. Hortensia hat weder etwas verschwiegen, noch etwas hinzugefügt und ich bin dankbar für die Kraft ihrer Worte. Niemand hätte es besser erzählen können.«

Nach der ersten Überraschung hatte Odilio, wie auch der Bitterling und Karlmann, Hortensias Rede mit wachsender Genugtuung verfolgt. Was sie sagte, duldete wenig Widerspruch von jemandem, der nicht dabei gewesen war.

»Ich gehe die Ponys anschirren«, sagte Laurich in das nachdenkliche Schweigen, das Odilios Worten folgte. Er war sich nicht sicher, was das alles zu bedeuten hatte, aber auch er spürte, wie die Furcht vor etwas Unbestimmtem in ihm aufstieg.

In aller Frühe war er an diesem Morgen schon unterwegs gewesen. Dabei hatte er Toms getroffen, der mit dem Einspänner in eiligem Trab auf dem Rückweg nach Krapp war und nur kurz angehalten hatte, um eine wirre Schilderung von den Zuständen im Dorf zum Besten zu geben, von der Laurich ebenfalls nicht sicher war, was er daraus machen sollte. Toms war ein junger Bursche, der bei aller Verlässlichkeit alljährlich zur Wintersonnenwende die andere Seite seines Wesens zeigte und das Spiel mit den Masken wilder als alle anderen seiner Gefährten trieb. Niemand schnitzte sich üblere Schreckensfratzen als er, der, noch dazu in zottige Felle gehüllt, an Orten auftauchte, wo ihn niemand erwartet hatte und seine Opfer gehörig das Fürchten lehrte. Deshalb hatte Laurich

Toms' Beschreibung von einem über den Himmel jagenden Wolfsrudel und einem Grabunhold, der in Hortensia Samtfuß-Kremplings Garten aufgetaucht sein sollte, für irgendein albernes Spiel gehalten. Vielleicht das Einlösen einer Wette, wie viel dummes Zeug man in die Welt setzen konnte, das einem tatsächlich geglaubt wurde.

Doch jetzt saß, nur wenig später nach dieser Begegnung, niemand anderes als Hortensia in seinem Haus und erzählte Dinge, vor denen sich Toms' Aufgeregtheiten wie eine Sommerbrise zu einem Wintersturm im Eismond verhielten. Laurich hatte sie schon bei Festen oben im Herrenhaus erlebt. Er kannte sie nicht besonders gut, aber er wusste genau, dass diese respektable Dame weder zu Überspanntheit, noch zu Übertreibungen neigte. Er glaubte ihr und das veranlasste ihn nun zum Handeln.

»Ich komme mit nach Grünlohe, Herr Gisil«, wandte er sich an seinen Herrn. »Jordis, Embla, solange ich fort bin, werdet ihr etwas tun, was seit Jahren nicht geschehen ist: Ihr schließt das Hoftor und schiebt die Riegel vor und dann bleibt ihr am besten im Haus. Grindel wird auf euch aufpassen, bis ich zurück bin.«

Seine Tochter nickte und blickte ihn aus großen, ängstlichen Augen an. Wenn ihr Vater ernst nahm, was sie eben an Schrecklichem gehört hatten, gab es Grund, sich zu fürchten.

Er schien ihre Gedanken zu lesen und nichts schmerzte Laurich mehr, als sein einziges Kind in Sorge zu sehen. »Man kann nie wissen, meine Butterblume«, versuchte er die Bedeutung seiner Anweisungen abzumildern. »Sicher wird sich alles aufklären, vielleicht schon in Grünlohe. Aber davor sollte man vorsichtig sein, was niemals schadet. Außerdem bin ich bald zurück.«

Er war schon auf dem Weg in den Pferdestall, als sich auch die anderen vom Tisch erhoben und Jordis und Embla noch einmal für ihre freundliche Aufnahme dankten. Die alte Jordis versicherte, dass ihre Hilfe ganz selbstverständlich gewesen sei und sich schon alles fügen würde. Ihre verängstigte Miene sagte etwas anderes.

»Womöglich werdet ihr Bullrich wohlbehalten in seinem Haus vorfinden«, meinte Embla mit schüchterner Stimme zum Abschied. Es ging über ihre Vorstellung, dass jemand im Finster verloren gegangen sein könnte.

Hortensia schüttelte schweigend den Kopf und drückte Emblas Hand, bevor sie mit den anderen das Haus verließ. Sie vermied es, noch einmal auf den Kaminsims zu blicken, und spürte die Anwesenheit der finsteren Masken beim Hinausgehen.

Draußen fuhr Laurich mit dem Wagen vor, zwei kräftige graue Ponys hatte er angespannt. Gisil Mottiford half zuerst Hortensia und dann Karlmann und Zwentibold in den offenen hinteren Teil des Wagens, in dem es links und rechts zwei Bänke gab.

Der Bitterling hatte, seit sie aus dem Haus gekommen waren, Grindel nicht aus den Augen gelassen. So war er froh, dass er schon im Wagen saß, als sich der Hund von seinem Platz unter der Kastanie erhob. Toby sprang auf und umrundete seinen Herrn mit wachsender Begeisterung über den nahen Aufbruch.

Doch Gisil tätschelte Toby den Kopf und wies ihn dann in Richtung Haustür. Der kleine Hund starrte verdutzt von Gisil zu Grindel und dann wieder zu Gisil. Er verstand nicht, warum sein Herr ihn nun fortschickte, statt ihn mitzunehmen. Schließlich überwog Grindels auffordernder Blick und Toby trollte sich neben dem riesenhaften Freund über die Schwelle, wo die beiden von Embla mit tröstenden Worten in Empfang genommen wurden.

Kaum war das geschehen, pfiff Odilio nach seinem Kater und richtig – da kam Reizker schon zwischen zwei Holzstößen hervorgesprungen. Der alte Pfiffer setzte ihn in einen Weidenkorb, um den er Jordis zuvor gebeten hatte, und stieg mit ihm zu den Gefährten in den Wagen. Zuletzt schwang sich der Herr von Krapp neben Laurich auf den Kutschbock, die Ponys zogen an und dann ging es durch das Hoftor hinaus auf die Straße. Die ausgeruhten Tiere fielen in einen munteren Trab, während sich hinter ihnen mit einem dumpfen Schlag die Torflügel schlossen. Sie waren längst über die Brücke, als es zweimal vernehmlich rumpelte. Jordis und Embla hatten von innen die großen hölzernen Riegel vorgeschoben und dies war zuletzt zu Zeiten von Laurichs Urgroßvater geschehen, weil ein verletzter wilder Eber die Wälder jenseits der Drille unsicher machte.

Die Quendel hätten die Fahrt an jedem anderen Morgen genossen, wobei auch an diesem dem Anschein nach rein gar nichts auszusetzen war. Zu ihrer Linken flirrte das Sonnenlicht durch die rasch vorbeiziehenden Sträucher des Heckenweges, rechts öffnete sich der Blick über die Flussauen der Drille, in denen schon bald die ersten locker verstreuten Baumgruppen den nahen Beginn des Schellenwaldes anzeigten. Bevor sich die liebliche Landschaft in einen richtigen Wald verwandelte, der mit seinen silbrigen Buchen und grünen Lichtungen rein gar nichts mit dem furchtbaren Finster zu tun hatte, stieg die Straße in Richtung Grünlohe allmählich an und die Ponys wurden ein wenig langsamer.

Jeder der Insassen auf den Rückbänken des Wagens hing schweigsam den eigenen Gedanken nach. Hortensia konnte trotz allem, was sie zu Hause erwarten würde, an wenig anderes denken, als dass Bullrich für immer verloren war. Karlmann ging Ähnliches durch den Kopf, gemischt mit einer gewissen Unruhe, wie es wohl seiner Mutter während ihrer Abwesenheit ergangen sein mochte. Zwentibold irrte derweil in seinen Gedanken von einem Schreckensbild der Nacht zum anderen. Mit blicklosen Augen starrte er über die sonnenbeschienene Ebene und sah stattdessen die Schwärze des Finsters, den tückischen Nebel, die Wölfe, die Gräber und wieder den Finster.

Der alte Pfiffer kraulte Reizkers Nacken, während er darüber nachdachte, was mit ihm unter der Erde zuletzt geschehen war, als er nicht mehr weiterkonnte und ihm Hortensia zu Hilfe kam. Aber nicht ihr allein hatte er zu verdanken, dass er nun mit den anderen zurück ins Dorf fahren konnte. Dessen war er sich mittlerweile sicher und versuchte all das zu ordnen und in einen Zusammenhang zu bringen, was in dieser Nacht unerwartet, aber nicht gänzlich unvermutet, auf ihn eingedrungen war. Dabei fiel sein Blick auf Karlmann, der ihm gegenübersaß.

»Was ist das, was da aus deiner Jacke heraushängt?«, fragte Odilio und beugte sich vor. »Dieser grünbraune Fetzen. Wo hast du ihn her? Lass einmal sehen.«

Karlmann schrak aus seinen Grübeleien auf und blickte überrascht an sich hinunter. Tatsächlich, das Stück Stoff, das die Tür zur Grabkammer blockiert und das er aus irgendeinem unerfindlichen Grund an sich genommen hatte, lugte nun aus einer seiner Jackentaschen hervor. Er hatte es in der Zwischenzeit vollkommen vergessen.

»Es klemmte unter der Tür zu der unterirdischen Grabstätte«, sagte er und zog den staubigen Lumpen hervor. Zum ersten Mal nahm er ihn bei Tageslicht in Augenschein und wollte ihn an den alten Pfiffer weiterreichen. Stattdessen schrie er jäh auf und lenkte damit alle Blicke auf sich. Selbst Laurich, der entgegen Gisils ursprünglicher Absicht darauf bestanden hatte, die Zügel zu übernehmen, drehte sich nach hinten, um herauszufinden, was die Aufregung hervorgerufen hatte.

»Seht nur!«, rief der junge Quendel und war plötzlich ganz rot im Gesicht, so betroffen machte ihn, was er in Händen hielt. »Daran ist ein Knopf und der Fetzen ist aus Samt – innen braun und außen grün. In den Knopf ist ein Kleeblatt geprägt, so seht doch nur, bei allen Quendeln! Jetzt glänzt es wieder, wenn ich den Schmutz abreibe. Oh, ich kenne diese Knöpfe, seit ich bei dem zu Gast bin, der die Weste, als sie noch ein ganzes Kleidungsstück war, fast jeden Tag trug.«

Er blickte zu den anderen auf, als auch Hortensia, die sich weit vorgebeugt hatte, zurückfuhr und sich, den Rücken gegen das Geländer des Wagens gepresst, kerzengerade aufrichtete. »Ich kenne diese Knöpfe auch«, sagte sie und war wieder ganz blass geworden. »Sie gehören Bullrich und an seine Lieblingsweste. Aber hier haben wir schrecklicherweise nur einen Fetzen davon. Und der war in der Grabkammer? Das kann nichts Gutes bedeuten!«

Der aufsehenerregende Fund wanderte von einem zum anderen und wurde betastet und gewendet, bis schließlich Odilio das Stoffstück entgegennahm und es stirnrunzelnd untersuchte.

»Seid ihr ganz sicher? Das stammt von Bullrichs Kleidern?«

Karlmann und Hortensia nickten heftig, aber es war der Bitterling, der jegliche Zweifel ausräumte. »Ganz sicher«, meinte er und seine Stimme zitterte vor Angst und Rührung. »Bullrich trug die Weste, als wir uns gestern Nachmittag am Heckenweg in den Brombeeren unterhielten. Ich weiß es genau, denn die Knöpfe schimmerten in der Sonne und ich kann mich gut an das Kleeblatt erinnern.«

»Dann ist er bestimmt noch am Leben«, rief Gisil Mottiford von vorne, über das Rattern des Wagens und den Hufschlag der Ponys hinweg. »Eine zerrissene Weste bedeutet nicht unbedingt ein Unglück mit tödlichem Ausgang.« Doch die niedergeschlagenen Mienen im hinteren Teil des Wagens wollten sich nicht aufhellen.

»Bei allen Pilzen der friedlichen Wälder, Ihr seid dort unten nicht gewesen, Herr Gisil«, sagte Zwentibold düster und schüttelte den Kopf. »Eine zerrissene Weste bedeutet an einem Schreckensort wie diesem ganz sicher etwas Schlimmes und dies ist sogar nur noch ein winziger Überrest davon. Es sieht nicht danach aus, als sei Bullrich einfach nur irgendwo hängen geblieben. Vielmehr scheint es, als sei seine Weste in tausend Stücke zerrissen worden, was nur heißen kann, dass ihn die Wölfe erwischt haben oder einer dieser dürren Unholde und dabei ist ein letztes Fetzchen eben unter der Tür gelandet.« Er schluchzte auf und barg die Hände vor dem Gesicht.

»Wir hätten uns besser umsehen sollen«, machte Hortensia sich Vorwürfe. »Ich habe kein bisschen darauf geachtet, nicht einmal gesehen, dass sich Karlmann das Stück Stoff in die Tasche gestopft hat.«

»Wie denn auch?«, fragte Odilio und schüttelte den Kopf. »Wisst ihr denn schon nicht mehr? Wir hatten es zu diesem Zeitpunkt aus gutem Grunde ziemlich eilig und es gab auch kein Licht. Selbst wenn wir es gewusst hätten, konnten wir nicht nach Bullrich suchen, während der

Nebel immer näher kam. Nein, nein«, fuhr er fort, den einen Arm um den Korb mit Reizker auf seinem Schoß, in der anderen Hand den Samtfetzen, den er nun an Karlmann zurückgab. »Niemanden trifft hier die Schuld, irgendetwas versäumt zu haben. Es ist sicher mehr als ein Zufall, dass der Stoff dort feststeckte. Zunächst einmal heißt es, dass jemand, wenn nicht Bullrich selbst, es mit dieser Weste aus dem Finster bis hinunter in die Grabkammer geschafft hat. So wie wir.«

»Mit einem Wolf auf seinen Fersen und das kann nur heißen, dass Bullrich eines fürchterlichen Todes gestorben sein muss«, begehrte Hortensia auf. »Zerrissen, zerfetzt, gefressen!«

»Aber die Wölfe waren *hinter* uns und sind dort unten nicht hineingekommen. An dem Stoff ist auch kein Blut«, wandte Karlmann ein, der den Samt immer wieder dicht vor seinen Augen drehte und wendete, als könne daran, außer dem Knopf mit dem Kleeblatt, noch etwas anderes zu entdecken sein.

»Wir wissen nicht, was Bullrich widerfahren ist«, sagte der alte Pfiffer. »Aber es ist immerhin eine echte Spur von ihm. Wir waren ihm vielleicht ganz nahe.«

»Das ist kein Trost«, widersprach Hortensia aufs Neue. »Vielleicht ist er ganz in unserer Nähe gestorben. In einem anderen Gang, in einer weiteren Kammer, hinter der nächsten verborgenen Tür, wo alles mit seinem Blut getränkt war.« Sie schauderte und konnte doch nicht anders, als sich die furchtbare Vorstellung auszumalen. »Womöglich war er schon tot, als wir von Grünlohe zu seiner Suche aufgebrochen sind. In Stücke gerissen und unter die Erde verschleppt. Nur wenige Schritte in dieser Grabesfinsternis von uns entfernt. Nicht auszudenken.«

»Ach, liebster Vetter Bullrich, alter Knabe. Ich hoffe für dich, dass es schnell zu Ende ging«, jammerte der Bitterling voller Entsetzen und schnäuzte sich vernehmlich in sein Taschentuch.

»Stock und Schwamm, ihr Hasenboviste, so reißt euch doch zusammen!«, rief ihnen der Herr von Krapp von der Höhe des Kutschbocks zu. »Odilio hat völlig recht: Man weiß noch gar nichts aufgrund eines

Stückchen Stoffs, selbst wenn es wirklich, wie ihr sagt, von Bullrichs Weste stammt. Dann bedeutet es eine Spur von ihm und es wäre möglich, dort unten nach ihm zu suchen. Ist euch das noch gar nicht eingefallen? Man könnte mit einigen beherzten Burschen zu der Kammer zurückkehren, mit Sturmlaternen, Äxten und Knüppeln, versteht sich. Ich hätte gute Lust, mich dort unten einmal umzusehen. Dann werden wir diesen Grabunholden, Wölfen und Finsterlingen schon Beine machen, so wahr die Mottifords auch unterirdisch Anspruch auf dieses Land erheben! Bestimmt finden wir den alten Schattenbart und bevor noch mehr gute Quendel an düstere Mächte verloren gehen, will ich dagegenhalten, was dagegenzuhalten ist.«

Karlmann blickte trotz allen Kummers bewundernd zu Gisil auf, der mit der ganzen Leidenschaft gesprochen hatte, zu der die Mottifords fähig waren, wenn es des sprichwörtlichen Mutes und der Tapferkeit ihrer alten Familie einmal wirklich bedurfte. »*Unverzagt und immerfort, auf Krapp'scher Höh', Haus Mottiford*« lautete der Wappenspruch der Sippe, der den Zeitaltern entstammte, in denen es galt, ihre erste Burg auf dem Hügel hinter einem hölzernen Wehrzaun zu verteidigen. Damals strichen auch hungrige Wölfe durch die wilden Wälder und Schlimmere als diese versuchten, den ersten Mottifords das Land an der Drille streitig zu machen. Krapp hatte alles überdauert und sich seitdem zu dem offenen, gastfreundlichen Haus auf dem Hügel gewandelt, das nun Gisil mit den Seinen bewohnte. Wenn die Wölfe zurückkehrten, oder wer auch immer, schreckte ihn das nicht. Er würde sich zu wehren wissen, wie es seine Vorväter gewusst hatten.

Der alte Pfiffer lächelte wehmütig angesichts dieser Anwandlung von altem Familienstolz, den er durchaus zu schätzen wusste. Er hatte jedoch seine berechtigten Zweifel, dass diese Kräfte ausreichen würden, um der Bedrohung zu widerstehen, die, wie er fürchtete, dem Hügelland bevorstand. Dass ein Fetzen von Bullrichs Weste nahe am Eingang zur Grabkammer in der Dunkelheit unsichtbar auf dem Steinboden gelegen haben musste und sie ihn dennoch unter den unwahrscheinlichsten Bedingungen entdecken konnten, war ein Zufall, der an ein Wunder grenzte.

Eigentlich hatte sich eine ganze Reihe solcher an Wunder grenzenden Zufälle in dieser Nacht ereignet, dachte Odilio. Das leichte Misstrauen, das sich zum ersten Mal nach seinem verstörenden Erlebnis oberhalb der zweiten Treppe geregt hatte, wurde stärker. Er war sich sicher, dass er dort nicht allein gewesen war. Lange bevor Hortensia ihm zu Hilfe kam, hatte sich etwas seiner angenommen und verhindert, dass er denen zum Opfer fiel, die in der Grabkammer aus den Tiefen der Gänge emporgestiegen waren. Sie kamen hinter dem großen Grabmal hervor, als er im letzten Augenblick die Tür schließen konnte und das nur, weil es Karlmann gelungen war, eben jenes Stück Stoff darunter hervorzuziehen, das am Ende ihrer vergeblichen Suche nach Bullrich eine geheimnisvolle Spur des Vermissten preisgab. Zu diesen sonderbaren Zufällen passte auch der einsame Maulwurfshügel am Rande des Finsters, auf dem sie die Birkenrinde mit Bullrichs Handschrift entdeckt hatten, argwöhnte der alte Pfiffer weiter. Er wusste nicht recht warum, aber es kam ihm so vor, als wirkten Kräfte im Verborgenen, die weder mit den Nebeln aus dem Finster, den Wölfen am Himmel oder den Gräbern unter der Erde zu tun hatten und dennoch mit all diesen Vorkommnissen in gewisser Weise in Verbindung zu stehen schienen.

Als würde unter all dem Unheil, das mit einem Mal in dieser Nacht über sie hereinzubrechen drohte, ein zartes Netz zu ihrem Schutz gewoben; als hielte im Hintergrund der Geschehnisse, der alte Pfiffer hätte nicht sagen können, wo und auf welche Weise, etwas dagegen, das es gut mit den Quendeln und dem Hügelland meinte. ›Ich vermute, dieser gute Wille hat den Geruch von frischen Tannennadeln‹, dachte Odilio noch.

Dann stellte er fest, dass ihn die drei anderen fragend ansahen, was wohl hieß, dass sie ihn zuvor schon angesprochen und keine Antwort erhalten hatten.

»Hörst du nicht, Odilio?«, verstand er nun Hortensias Worte. »Wir sind gleich in Grünlohe und ich habe dich gefragt, ob wir dort allen

erzählen sollen, was wir erlebt haben und warum wir überhaupt aufgebrochen sind. Wenn, während wir fort waren, noch mehr Schlimmes
passiert ist und alle davon hören, dass Bullrich in den Finster gegangen
ist, könnten sie meinen, er wäre daran schuld. Weil er etwas aufgeweckt
hat, das in Ruhe gelassen werden sollte. Und wahrscheinlich hätten sie
damit sogar recht.«

Sie schwieg und blickte an Odilio vorbei in die lichtdurchfluteten
Ausläufer des Schellenwaldes, die in die sanften Wiesenhänge mündeten,
an welche die ersten Gärten von Grünlohe mit ihren Hecken grenzten.

»Wir sollten ihnen die Wahrheit sagen«, entgegnete der alte Pfiffer.
Dann blickte er auf Laurich und Gisil. »Nun, da schon andere Bescheid
wissen, hat es keinen Sinn zu verheimlichen, was ohnehin nicht lange
verborgen bleiben kann. Wahrscheinlich haben Beda und Hulda längst
berichtet, was sich gestern zugetragen hat. Bullrich trifft keine Schuld
an den Ereignissen, so viel ist sicher. Ich glaube auch kaum, dass jemand
dem alten Schattenbart tatsächlich zutrauen würde, für Wolfsrudel am
Himmel oder die Zerstörung der alten Dorflinde verantwortlich zu sein.
Hier wirken größere Kräfte, wie jeder bald begreifen wird, und je früher das Hügelland sich damit vertraut macht, desto besser für uns alle.«

Hortensia fragte sich, ob der alte Pfiffer tatsächlich vorhaben könnte,
ganz Grünlohe mit seinen düsteren Andeutungen aus den Tiefen einer
sagenhaften Vergangenheit zu verstören. Wie würde sich der furchtbare
Wilde Jäger in den Gedanken derer ausmachen, die nach einer durch-
wachten Nacht auf dem Dorfplatz versammelt waren; in heller Aufregung, aber auch im hellen Morgenlicht, das seit jeher das beste Mittel
gegen Albträume und nächtliche Schatten darstellte. Würde ihm jemand
glauben, selbst wenn die Linde von der Wurzel bis zur Krone gespalten
war?

Voller Trauer fiel ihr wieder ein, sich bei Anbruch der Nacht das Versprechen gegeben zu haben, mit Bullrich einen Ausflug im Mondenschein zu machen, sollten sie ihn wohlbehalten wiederfinden. Für einen
kurzen, erholsamen Augenblick stellte sie sich vor, dass Bullrich gleich

unter den Dörflern sein würde. Doch der Stofffetzen aus der Grabkammer erzählte eine andere Geschichte. Hortensia schluckte die erneut aufsteigenden Tränen hinunter. ›Rauchschwamm, Wirrschwamm‹,
dachte sie, ›ich möchte hundert Jahre schlafen, bis alles vergessen ist.‹

Schon fuhren sie links und rechts an den ersten Häusern vorbei. Es
war zu sehen, dass vielerorts Haustüren und Gartenpforten sperrangelweit offen standen, als hätten es die Bewohner zu eilig gehabt, um noch
sorgfältig die Türen hinter sich zu schließen. Ein Vorhang klemmte in
einem Fenster und flatterte im Wind. Über Häusern und Gärten lag eine
unnatürliche Stille und niemand war zu sehen.

Die von Krapp heraufführende Straße mündete in Grünlohe geradewegs
auf dem Dorfplatz, doch noch ehe sie dort eintrafen, sah sich Laurich
gezwungen, die Ponys so weit zu zügeln, dass der Wagen fast zum Stillstand kam. An zügiges Durchkommen war nicht mehr zu denken, denn
es zeigte sich nun, dass die Grünloher, die in ihren Häusern bei der
Einfahrt ins Dorf so auffällig gefehlt hatten, auf dem Dorfplatz oder in
den angrenzenden Straßen und Gärten versammelt waren. Jeder, der
Beine hatte, schien sich, ob groß, ob klein, dorthin aufgemacht zu haben und aus dem Gewimmel waren Kindergeschrei und Hundegebell
zu hören. So kam es, dass niemand dem Krapp'schen Wagen sonderliche
Aufmerksamkeit schenkte.

Von der Höhe des Wagens bot sich den Ankommenden eine gute
Sicht auf die merkwürdige Szene, die sich vor ihnen ausbreitete. Nicht
wenige waren unterwegs, die sich beim Verlassen ihres Bettes offenbar
nicht erst die Zeit genommen hatten, sich anzukleiden. Rund um die
alte Linde verdichteten sich die Gruppen der aufeinander einredenden
Quendel, viele in wehenden Nachtgewändern und flüchtig überge-
worfenen Jacken.

Darunter so mancher, dem es für eine Weile die Sprache verschlug,
wenn er den schwer getroffenen Baum anstarrte. In dessen unmittelbarer Nähe war der Platz frei geblieben; die Quendel hielten unwill-

kürlich scheuen Abstand zur Linde, während sie debattierten, was wohl die Ursache für ihre unerhörte Veränderung sein könnte. Wenn zwischendurch auch immer wieder einer vortrat, um einen näheren Blick auf den malträtierten Stamm zu werfen, kehrte er schon bald kopfschüttelnd in die Runde seiner Gefährten zurück, um seine Eindrücke und Vermutungen mit den anderen auszutauschen. Das nicht nachlassende Stimmengewirr hing über dem Dorfplatz wie Bienengesumm in den Blütendolden einer Sommerlinde im Sonnwendmond. Nur dass die altehrwürdige Grünloher Linde die Unversehrtheit sommerlichen Friedens gründlich eingebüßt hatte. Stattdessen sah es aus, als hätte vorzeitig der schlimmste Herbststurm oder aber ein einschlagender Blitz, der allerdings keine Brandspuren im Holz hinterlassen hatte, den Baum mittendurch gespalten.

›Vom Scheitel bis zur Sohle, wenn man das von einem Baum sagen kann, und fast so, als hätte sich ein düsteres Tor aufgetan‹, dachte der Bitterling und bei diesem letzten Einfall fröstelte es ihn. Schon aus der Entfernung sah es schlimm aus. Bestürzt stellte Zwentibold fest, dass er eben jene Stelle betrachtete, an der in der warmen Sonne des gestrigen Nachmittags Odilio mit Reizker so unschuldig geschlummert hatte. Nun klaffte genau dort ein schwarzer Spalt im Stamm und die Bank, auf der der alte Pfiffer mit seinem Kater geruht hatte, war ganz verschwunden. In der Breite einer Haustür hatte es das Holz auseinandergetrieben und es war ein Wunder, dass der Baum überhaupt noch stand. Sein Anblick gemahnte an ein aufgebrochenes Tier, das man ausgeweidet und mit geöffnetem Rumpf zurückgelassen hatte. Niemand im Dorf hatte gewusst, dass die Linde hohl war.

›Und vor dieser Nacht war sie es auch nicht‹, dachte der alte Pfiffer, der sich neben Zwentibold von seinem Sitz erhoben hatte und in die gleiche Richtung spähte.

Der Bitterling sah Odilio von der Seite an und fragte sich, ob er ebenfalls an das Glitzern dachte, das ihnen unter der Linde zum ersten Mal begegnet war.

Laut sagte Odilio nun: »Ich will näher heran und mir alles genauer ansehen.«

»Ja, wahrhaftig, ich bin dabei«, sagte Gisil Mottiford. Er sah betroffen aus. »Es müssen ähnliche Kräfte am Werk gewesen sein, die auch den Silberahorn zu Fall gebracht haben. Hier im Dorf sollte doch irgendjemand mitbekommen haben, was passiert ist, denn lautlos kann es nicht gewesen sein. Unten an der Drille ist es einsam, aber nicht mitten im Dorf, wo rundherum alle in ihren Betten schlummerten. Ja, Stock und Schwamm, ich möchte wirklich wissen, was sich darüber erzählt wird. Dort drüben stellen wir den Wagen ab.«

Er wies nach rechts und Laurich lenkte die Ponys aus der Mitte der Straße. Er brachte den Wagen neben einem Zaun zum Stehen, der den Garten der Drogos begrenzte, Hortensias Nachbarn zur Rechten. Hortensia war aufgestanden und blickte sorgenvoll in Richtung ihres Hauses, dessen Dach hinter dem Drogo'schen Grundstück zwischen Bäumen und Sträuchern hervorblitzte. Bevor sie noch etwas dagegen einwenden konnte, war Karlmann behände vom Wagen gesprungen.

»Ich suche nach Mutter«, rief er über die Schulter zurück. »Vielleicht bin ich gleich zurück!«

»Warte, Karlmann!«, versuchte ihn Hortensia aufzuhalten, aber er war schon in der Menge verschwunden.

»Lass ihn«, sagte Odilio. »Hier kann er nicht mehr verloren gehen.«

Er war nun ebenfalls vom Wagen herabgeklettert und ließ sich von Zwentibold den Korb mit Reizker anreichen. Angesichts der Unruhe hatte sich der Kater tief hineingeduckt und nur die Spitzen seiner Ohren lugten über den Rand. Odilio beugte sich, so weit es ging, über den Gartenzaun der Drogos und hielt den Korb in das grüne Dunkel zwischen den Hortensien, die dort entlang des Zauns gepflanzt waren.

»So, mein Junge, lauf du schon einmal nach Hause«, forderte er Reizker mit sanfter Stimme auf. »Auf vertrauten Wegen und heraus aus diesem Trubel. Du hast dir einen erholsamen Schlummer auf deinem Lieblingsplatz mehr als verdient. Wir sehen uns daheim.«

Reizker ließ sich das wohl nicht zweimal sagen, denn schon im nächsten Augenblick stellte der alte Pfiffer den leeren Korb wieder in den Wagen, damit Laurich ihn Jordis zurückbringen konnte. »Versuchen wir herauszufinden, was letzte Nacht in Grünlohe geschehen ist«, meinte er und machte sich auf den Weg zur Linde, wohin ihm die anderen folgten.

So bahnten sie sich ihren Weg durch die Menge und strebten dem Baum zu. Dabei grüßte jeder von ihnen hin und wieder gedankenverloren nach links und rechts, obwohl es angesichts der Ereignisse höchst seltsam schien, einen »Guten Morgen« zu wünschen. Sie waren noch nicht weit gekommen, als ein spitzer Schrei sie anhalten ließ und die Blicke der Umstehenden auf sie lenkte.

»Hortensia! Zwentibold! Und auch der alte Pfiffer! Gute Güte, bei allen Pilzen der friedlichen Wälder, ihr seid endlich zurück! Lebendig und gesund? Ich kann es kaum glauben! Denn, oh, ihr wisst nicht, was uns begegnet ist. Aber habt ihr *ihn* gefunden? Sagt, habt ihr ihn gefunden!?« Die Stimme wurde schrill und verlor sich in einem Schluchzen.

Es war Hulda, die sich bis zu ihnen vorgedrängt hatte. Sie sah bleich und verstört aus, aber, wie Odilio zu seiner Erleichterung feststellte, ansonsten unversehrt.

»Wo ist Karlmann, Satanspilz und Schwarzes Füllhorn? Wo – ist – Karlmann?«

Hinter Hulda war Beda aufgetaucht. In ihren Zügen machte sich blankes Entsetzen breit, als sie Karlmann bei den Heimkehrenden nicht gleich entdecken konnte. Ihr Kleid war an der Schulter eingerissen und bei genauerem Hinsehen hing ihr rechter Arm schlaff an ihrer Seite herab, was weder Hortensia noch dem alten Pfiffer entging.

»Beruhige dich«, rief ihr Hortensia zu. »Der Junge muss hier irgendwo stecken. Er ist nur vorausgelaufen, um dich zu suchen. Es ist alles in Ordnung mit ihm!«

Sie war dankbar, dass die Antwort auf Huldas Frage, die natürlich Bullrich gegolten hatte, sich noch für einen Augenblick herauszögerte.

Jedenfalls schien niemand in ihrer Nähe etwas bemerkt zu haben. Auch nicht Ava und Quirin Portulak, die nun ebenfalls hinzutraten, Letzterer im weißen Nachthemd unter der Jacke, während sich Ava einen alten Wettermantel ihres Mannes von der Garderobe geschnappt hatte, der ihr viel zu groß war. Aus dem üppigem Faltenwurf lugten links und rechts ihre beiden jüngsten Kinder hervor, die, eng an ihre Mutter geschmiegt, den Trubel mit ängstlichen Augen verfolgten.

»Wer wird vermisst? Der junge Karlmann?«

Guntram Isenbart, der mit seiner Frau Rosina hinter den Portulaks auftauchte, wollte Beda ursprünglich beruhigend auf die Schulter klopfen, zog seine Hand jedoch im letzten Augenblick hastig zurück. Hortensia beobachtete die kleine Geste und ihr Argwohn steigerte sich, als sie eine ungesund aussehende Verfärbung von Bedas Haut entdeckte, die unter dem verrutschten Kragen ihres Kleides bis zu ihrem Schlüsselbein emporkroch.

»Ich habe Karlmann gerade eben gesehen. In der Nähe der Linde. Nur keine Angst, beste Beda!«, erklärte Guntram fürsorglich. »Er sah gesund und munter aus. Ich hole ihn für dich.« Er drehte sich um und ging los, während Rosina Isenbart seinen Platz neben Beda und Hulda einnahm, als wüsste auch sie, dass beide der Schonung bedurften.

»Bist du verletzt?«, fragte der alte Pfiffer nun und wies mit der Hand auf Bedas Schulter. Es war bestürzend, zu erleben, dass Beda, die selten um ein Wort verlegen war, statt zu antworten mit den Tränen kämpfte und nichts als ein schwaches Kopfschütteln zustande brachte.

»Was ist denn? Liebste Nachbarin!«, rief der Bitterling ehrlich erschreckt, denn er kannte Beda nicht anders als entschlossen und zupackend und niemals verzagt.

In nächsten Augenblick kehrte Guntram mit Karlmann zurück und schob ihn seiner Mutter in die Arme. Nun war es um Bedas Fassung vollends geschehen, sie brach fast über ihrem Sohn zusammen und weinte hemmungslos, während sie ihn herzte, so gut ihr das mit dem einen Arm gelang, der ihr noch zur Verfügung stand.

»Was ist mit dir, Beda?«, fragte der alte Pfiffer ein weiteres Mal, trat hinzu und fasste sie vorsichtig an der rechten Schulter. Beda wimmerte vor Schmerzen. Langsam brach sie zusammen und wäre gestürzt, hätten sie nicht Odilio und Karlmann gemeinsam davor bewahrt. In den Armen des alten Pfiffers sank sie zu Boden, kreideweiß, aber mit einem Lächeln auf den Lippen.

»Es ist schon gut, jetzt, wo du wieder da bist, mein lieber Junge«, murmelte sie noch und fiel in Ohnmacht.

»Mutter!«, rief ihr Sohn voller Angst, der neben ihr und dem alten Pfiffer kniete und ihre linke Hand hielt. »Mutter, so sag doch etwas! Was hast du denn bloß?«

»Bei allen Quendeln!«, rief Hortensia aus und beugte sich über die drei am Boden. »Wir müssen sie zu mir ins Haus bringen«, wandte sie sich an Odilio. »Rasch, irgendetwas stimmt nicht mit ihrem rechten Arm. Wo sind Gisil und Laurich? Guntram, Quirin, helft uns, sie aus diesem Getümmel zu tragen!«

Alle machten sich sogleich daran, diesen Anweisungen zu folgen, und Quirin hob Beda behutsam aus Odilios Armen. Beide achteten darauf, der verletzten Schulter nicht weiter zuzusetzen. Entweder gelang ihnen das oder Bedas Ohnmacht war zu tief, als dass sie noch etwas davon gemerkt hätte, was mit ihr geschah. Guntram hielt sie vorsichtig an den Füßen gepackt und so schleppten sie Beda durch die zurückweichende Menge. Vor ihnen scheuchte Hortensia all diejenigen aus dem Weg, die nicht schnell genug Platz machten oder mit dem Rücken zu ihnen standen. Karlmann, Odilio, Zwentibold und Hulda, die dabei leise auf den alten Pfiffer einredete, wichen links und rechts nicht von Bedas Seite. Gisil Mottiford und Laurich schlossen sich hilfsbereit an, auch wenn sie sich lieber die Linde angesehen hätten. Nur Rosina und Ava blieben zurück, auf der Suche nach den übrigen Portulak'schen Kindern. Sie hatten noch nicht die Stelle erreicht, wo der Holunderweg in den Dorfplatz einbog, als Beda stöhnend die Augen aufschlug. »Wasser«, japste sie. »Bitte einen Schluck Wasser.«

»Gleich«, rief Hortensia, die sich halb umgedreht hatte. »Nur einen Augenblick noch und dann sind wir schon bei mir. Halte durch, Beda. Rasch, nur rasch!« Damit wandte sie sich an die anderen.

»Wasser, ich verbrenne«, stöhnte Beda wieder und verdrehte plötzlich die Augen so weit, dass es beängstigend aussah. Hulda und auch Karlmann schrien erschreckt auf, sodass Guntram und Quirin anhielten.

»Wartet«, rief nun Laurich von hinten. »Ich habe Wasser im Wagen.« Er zeigte nach rechts, wo der Ponywagen am Gartenzaun der Drogos stand.

»In Ordnung, Laurich, hole es«, übernahm der alte Pfiffer die Führung. »Guntram, Quirin, lehnt Beda dort vorsichtig an den Zaun. Sie soll zuerst zu trinken bekommen, wenn sie so dringend danach verlangt. Außerdem wissen wir nicht, was uns in Hortensias Haus erwartet.«

Hortensias Nachbarn setzten Beda behutsam im Schatten eines sich über den Zaun breitenden Haselstrauchs ab. Halb aufgerichtet, lehnte sie mit dem Rücken gegen die Latten. Schon kehrte Laurich mit einer ledernen Flasche zurück und reichte sie Odilio, der neben der Verletzten kniete und ihr daraus zu trinken geben wollte.

»Einen Augenblick noch«, unterbrach sie der Herr von Krapp und nestelte wieder seinen silbernen Becher aus der Weste. »So wird es einfacher für sie.«

Der alte Pfiffer setzte Beda den mit Wasser gefüllten Becher an die blutleeren Lippen. Als sie es merkte, begann sie, nach einem ersten vorsichtigen Schluck, gierig zu trinken.

»Immer langsam«, sagte Odilio sanft. Er wirkte ernsthaft besorgt.

Als sie den Becher bis zum letzten Tropfen ausgetrunken hatte, sank ihr Kopf an die Schulter des alten Pfiffer. »Nur noch ein bisschen verschnaufen«, murmelte sie. »Wo ist Karlmann?«

»Ich bin hier, Mutter«, sagte Karlmann, der neben ihr kauerte und wieder ihre Hand ergriff. Sofort huschte ein leises Lächeln über Bedas erschöpfte Züge. Der Bitterling stand neben ihnen am Zaun; mit einer Hand hielt er sich daran fest, mit der anderen stützte er sich auf sein linkes Knie und betrachtete mit bestürztem Gesichtsausdruck seine verletzte Nachbarin.

»Stock und Schwamm, was ist denn mit meinem Haus?«, zischte Hortensia halblaut auf Odilio herab. »Was hast du eben damit gemeint?« Ihr war aufgefallen, dass Guntram und Quirin verlegen schwiegen, als Hulda ihnen ängstliche Blicke zuwarf.

»Jetzt sagt schon!«, fuhr Hortensia sie gereizt an. »Ihr verschweigt mir doch etwas und ich weiß schon längst, dass sich irgendetwas Unheimliches in meiner Rosenlaube ereignet hat. Glaubt mir, ihr müsst mich nicht schonen, nach allem, was wir in dieser Nacht erlebt haben. Grauenvolle Dinge, die ihr nicht einmal ahnt. Also, was ist in meinem Haus geschehen?«

»Es ist kein Zufall, dass es Beda so schlecht geht«, begann Hulda ausweichend. Schon nach wenigen Worten merkte sie, dass sie kaum mehr die Kraft haben würde, die Geschehnisse der zurückliegenden Nacht in aller Ausführlichkeit zu schildern. Als sie jedoch in Hortensias abgekämpftes Gesicht blickte, besann sie sich und versuchte, sich noch einmal zusammenzureißen. »Zuerst blieb alles ruhig«, fuhr sie also fort. »Doch zwei, drei Stunden nach eurem Aufbruch, haben wir vom Küchenfenster aus gesehen, dass aus der Rosenlaube ein seltsamer bläulicher Lichtschein drang. Ich selbst hatte große Angst, aber Beda war wie immer so mutig, sich in den Garten zu wagen, um nachzusehen. Trotz aller Furcht musste ich ihr plötzlich folgen, denn das bleiche Licht zog uns an wie die Kerzenflammen Motten und Nachtfalter. Man kann es sich kaum vorstellen, wenn man es nicht selbst gesehen hat, aber es glitzerte darin wie von tausend Eiskristallen und war gespenstisch und wunderschön zugleich.«

Die vier nächtlichen Wanderer warfen sich bei diesen Worten bedeutsame Blicke zu.

Huldas Stimme zitterte. »Bei allen schwärzlichen Bovisten der finstersten Nacht, dabei haben wir uns, gleich den Motten, gehörig die Flügel verbrannt und nicht die schreckliche Gefahr erkannt, in der wir schwebten. Aber wer, bei allen Quendeln, hätte auch vorausahnen können, an einem so vertrauten Ort wie deinem Garten auf solches Grauen zu treffen!?« Sie schauderte und verstummte.

Hortensia sah, wie sich Huldas Augen mit Tränen füllten. So unterdrückte sie Ungeduld und zunehmende Sorge und drang nicht weiter in sie. Ohnehin war das einzig Richtige, nun gleich selbst herauszufinden, wie es um Haus und Garten stand. Es fehlten ja nur wenige Schritte und sie hätte das eigene Gartentor erreicht.

Als könne er diese Gedanken erraten, stellte sich ihr Quirin Portulak mit der ganzen Breite seiner für einen Quendel eindrucksvollen Gestalt in den Weg.

»Was soll das, Quirin?« Hortensias Stimme klang vor Unruhe herrischer als beabsichtigt. »Donner- und Bitterpilz, wenn ich nicht augenblicklich erfahre, was bei mir zu Hause los ist, wird mich niemand und nichts daran hindern, dort augenblicklich nachzusehen.« Sie merkte, dass sich ihr Gisil Mottiford zur Seite stellte, um ihr damit zu zeigen, dass sie dorthin nicht allein gehen müsste.

»Lass mich dir vorher etwas sagen«, begann Quirin behutsam.

Aber es war nicht Quirin, der Hortensia von ihrem Vorhaben abhalten sollte. Ebenso nicht, so besorgniserregend es sich auch anhörte, das tiefe Stöhnen Bedas, die in Odilios Schoß gelehnt, blasser und blasser wurde, als drohe eine neue Ohnmacht.

Der alte Pfiffer hatte, unter den besorgten Blicken von Karlmann und Zwentibold, den Kragen von Bedas Kleid so weit zurückgeschoben, dass sie die bloße Haut unterhalb der rechten Schulter sehen konnten. Der große schwärzliche und blutunterlaufene Fleck sah erschreckend aus und so hatte Odilio Beda sanft nach vorne gebeugt, um auch die Rückenpartie zu untersuchen. Beide, der alte und der junge Quendel, waren vor Entsetzen heftig zusammengezuckt und der Bitterling schrie laut auf, als sich ihnen der furchterregende Klauenabdruck zeigte, der sich auf dem rundherum ungesund verfärbten Fleisch abmalte.

»Muss Mutter daran sterben?«, fragte Karlmann Odilio mit fassungsloser Miene. Mit vielem hatte er gerechnet, mit großer Aufregung, Verzweiflung und Verwüstung durch die Wölfe oder andere Schattenwesen der Nacht. Doch niemals damit, dass der eigenen Mutter in Hortensias Haus ein Leid geschehen sein konnte. Nun war zuletzt sie es, die inmitten der vermeintlichen Sicherheit des Dorfes wirklich und wahrhaftig angegriffen worden war, während sie selbst am Rande des Finsters, auf der Flucht vor dem Wolfsrudel und in der Tiefe der Erde nichts weiter als ein paar lächerliche Kratzer und Risse in ihren Kleidern davongetragen hatten. So als könne damit das Schlimmste gebannt werden, zwang sich Karlmann, ein weiteres Mal das Undenkbare auszusprechen. »Es sieht so furchtbar aus. Wird sie daran sterben, Odilio?«

»Ssscht!«, machte Odilio und schüttelte den Kopf, als habe er Angst, dass Beda trotz ihres Zustandes etwas von diesen Überlegungen mitbekommen könnte. Dies war der Augenblick gewesen, als Hortensia sich Quirin Portulak gegenübersah und Gisil an ihrer Seite wusste.

Da brandete von der Mitte des Dorfplatzes plötzlicher Lärm zu ihnen herüber, der sich vor die Geräusche und das Stimmengewirr der um die Linde versammelten Menge legte. Mehrere erschreckte Rufe waren auszumachen, aber nicht, *was* gesagt wurde. Hortensia und die bei ihr stehenden Quendel drehten sich um, während sich der alte Pfiffer mit Beda im Schoß gerade aufsetzte. Karlmann war aufgesprungen. Alle lauschten angestrengt in die Richtung, aus der die Welle der Aufregung sich ihnen näherte. Einige der Quendel, die auf dem Holunderweg zusammengestanden hatten, wichen zurück, reckten aber gleichzeitig die Köpfe, um herauszufinden, was weiter vorne geschehen sein mochte. Es musste etwas Eindrucksvolles sein, das möglicherweise von der Linde ausging, denn bald war zu merken, dass viele Grünloher vom Dorfplatz in die einmündenden Straßen zurückdrängten.

Karlmann hatte sich, flink wie ein Eichhörnchen, in die Äste des Haselstrauchs emporgehangelt und stand nun mit den Füßen auf den Spitzen der Zaunlatten. Durch seinen festen Halt in den Nusszweigen gelang ihm eine gewagte Drehung auf den Zaunspitzen; dann hatte er freie Sicht auf den Platz.

»Es muss ganz sicher mit der Linde zu tun haben«, rief der junge Quendel von oben herab. »Nur ein paar wenige sind noch darum versammelt. Einer hat so etwas wie einen Spaten dabei und sie scheinen zu beraten, was zu tun ist. Alle anderen drängen sich an den Rändern des Platzes und halten großen Abstand.«

»Kannst du erkennen, ob sich der Baum verändert hat?«, fragte Odilio, dem anzumerken war, dass er sich gerne selbst dort umgesehen hätte.

Karlmann spähte angestrengt hinüber. »Nein. Von hier aus sieht die Linde so aus wie zuvor. Man müsste näher heran ...«

Von irgendwoher schoss plötzlich Rosina Isenbart auf die am Drogo'schen Zaun versammelten Quendel zu. Sie stürzte Guntram in die Arme und rief mit atemloser Stimme: »Hohltrüffel und Erdstern! Etwas bewegt sich im Innern dieses Schreckensbaums! Ein lautes Knacken kam zuerst aus dem Stamm, das sich so hohl anhörte, als ginge es darunter geradewegs in die Tiefe der Erde. Ich habe es genau gehört, denn gerade hatte ich, ganz in der Nähe, einen der Portulakzwillinge am Kragen gepackt und wollte ihn zu Ava zurückbringen. Alle sind sofort auseinandergelaufen, denn es scheint, als drohe nun der ganze Baum zusammenzubrechen und umzufallen. Der Junge ist mir wieder entwischt, weil ein solches Gedränge herrschte. Dann hörte ich die Rufe derer, die trotz allem in der Nähe der Linde geblieben waren. Ich glaube, der Wildhüter Laurich aus Krapp war darunter. Stock und Schwamm, laut ihren Worten ist der Baum noch immer in Bewegung, als tobe in seinem Innern ein Sturm. Oh, Guntram, Quirin! Ich weiß nicht, wo Ava mit den Kindern geblieben ist, und es hört sich doch so an, als könnte die Linde jeden Augenblick fallen und alle, die in ihrer Nähe sind, unter ihren dicken Ästen erschlagen und begraben!«

Quirin verlor kein einziges Wort und ließ Hortensia und die anderen einfach stehen. An den Isenbarts vorbei, machte er sich durch die zurückweichende Menge auf den Rückweg zur Mitte des Dorfplatzes. In seinem wehenden Nachthemd glich er einem großen Sturmvogel, der sich mit ausgebreiteten Schwingen in die aufgewühlte See stürzt. Gisil

Mottiford nutzte die Schneise, die der besorgte Portulakvater hinterließ, und folgte ihm. Nur noch ein rasches »Wartet hier!« warf er über die Schulter zurück.

Weder er noch einer der anderen hatte gemerkt, dass Laurich fehlte. Nach den seltsamen Neuigkeiten, die ihm zuerst Toms und dann sein Herr Gisil an diesem Morgen über die Grünloher Linde und den Ahorn an der Drille aufgetischt hatten, war es ihm ein Anliegen gewesen, selbst zu sehen, warum gesunde Bäume in der gleichen Nacht ohne Blitz, Erdrutsch und Sturmwind wie von Geisterhand zu Fall kamen.

Hortensia hatte gerade entschieden, dass sie der Zustand der Linde weit weniger betraf als der ihres Hauses. Da klangen erneut laute Rufe zu ihnen herüber, als hätte sich jemand erschreckt oder wollte die anderen warnen.

Karlmann verlor vor Aufregung beinahe den Halt auf dem Zaun. »Irgendetwas muss sich an der Linde geändert haben!«, rief er. »Sie sind plötzlich alle zurückgesprungen und starren auf den Baum. Ich kann Laurich sehen und jetzt auch den Herrn von Krapp! Da ist Quirin Portulak, ich erkenne ihn an seinem weißen Nachthemd. Er scheucht auch den Letzten davon, der sich dort noch in die Nähe wagen will!«

Was auch immer gerade geschehen war, wurde von den ersten Reihen der Umstehenden mit einem ungläubigen Raunen bedacht, das wie ein verklingendes Echo immer weiter nach hinten getragen wurde. Jemand sagte: »Heiligste Hohltrüffel der friedlichen Wälder, nun steigt wohl auch noch so etwas wie Rauch oder Nebel aus dem Inneren des Baumstamms auf und es geht darunter ganz tief hinab, als hätte sich die Erde unter der alten Linde aufgetan!«

Hortensia erkannte Kuno Stäubling, den Wirt der Grünloher Butterblume, den wenig wirklich aus der Ruhe bringen konnte. Selten hatte sie ihn so verunsichert wie jetzt gesehen, was vielleicht daran liegen mochte, dass das Wirtshaus auf der anderen Seite des Dorfplatzes der Linde genau gegenüberlag. Vielleicht hatte er in der Nacht den Zusammenbruch des Baumes aus nächster Nähe erlebt.

»So etwas wie Nebel?«, fragte eine scharfe Stimme.

Kuno blickte sich verwirrt um und entdeckte dann den alten Odilio Pfiffer, der mit einer furchtbar elend aussehenden Gestalt im Arm auf dem Boden hockte.

»Ja, wahrhaftig, Nebel«, antwortete Kunos Schwester Stella statt seiner, »und alles andere als gewöhnlicher Nebel.«

Seit langen Jahren betrieben die Stäublinggeschwister gemeinsam das alte Wirtshaus. Stella war mit ihrem hitzigen Temperament das ganze Gegenteil ihres besonnenen Bruders.

»Seltsam aussehender Nebel oder besser Fetzen von Sturmwolken sind schon gegen Ende der Nacht über das Dorf hinweggetrieben«, fuhr Stella verdrossen fort, als fühlte sie sich dadurch persönlich beleidigt. »Auch wenn so mancher zu glauben scheint, dass ich die Lorchelbecher der letzten Runde ausgetrunken statt abgeräumt habe. Aber ich war hellwach und bei Sinnen, als ich kurz vor Sonnenaufgang gerade das Fenster schließen wollte, weil der verflixte Hahn der Tischers uns wieder ganz besonders früh mit seinem Krähen beehrte. Da sah ich sie, oh, ich kann euch sagen.« Sie beugte sich vertraulich vor und gewann an Fahrt, weil sie plötzlich merkte, dass ihr die ungeteilte Aufmerksamkeit von Zwentibold Bitterling vom Bäumelburger Festkommitee sowie des alten Pfiffers und sogar, welch seltener Fall, der eingebildeten Hortensia Samtfuß-Krempling sicher war. »Donner- und Hexenpilz, das waren Wolken und Nebelstreifen, die sich so schnell bewegten, als peitschte sie der Eiswind des Wintermonds. Es schien, als wären sie lebendige Wesen, so rasend schnell kamen sie voran, und dabei war es heute Morgen vollkommen windstill. Wolfsröhrling und Gichtmorchel, ich sage euch, ich habe hoch droben vierbeinige Geschöpfe gesehen, gespenstergrau und mit Häuptern wie die schrecklichsten Maskenfratzen des Hügellandes. Sie rasten über den Morgenhimmel und verloren sich gen Norden in Richtung Rabenstein. Ein furchtbares Vorzeichen, denn gleich darauf zerbarst die Linde wie ein kenterndes Schiff auf einem Felsen. Und das wird wieder ein furchtbares Vorzeichen für ein anderes entsetzliches Unglück sein!« Sie schwieg plötzlich, was ihren Bruder dazu veranlasste, ihr beschwichtigend den Arm um die Schultern zu legen.

Noch während Stella sprach, hatte der alte Pfiffer Hulda zu sich herangewunken, die mit entsetztem Gesichtsausdruck die Rede der Wirtin verfolgt hatte.

»Hulda«, sprach Odilio sie an. »Kümmere dich um Beda, bis ich wieder zurück bin. Es wird nicht lange dauern, aber ich muss nun selbst auf den Platz und nach der Linde sehen. Halte Beda so in deinen Armen, wie ich sie gehalten habe. Karlmann wird bei euch bleiben und kann augenblicklich zum Dorfplatz herüberlaufen, um mich zu holen, sollte es ihr plötzlich schlechter gehen. Wenn ich mit Laurich und Gisil zurück bin, werde ich die beiden bitten, Beda mit dem Ponywagen zu mir herüber zu fahren, denn es wird wohl nötig sein, dass ich ihre Pflege in meinem Haus für eine Weile übernehme. Glaubt mir, Bedas Zustand wird sich erst einmal weder verschlechtern, wenn auch leider nicht verbessern. Gebt ihr vorsichtig zu trinken, wenn sie danach verlangt, und lasst sie eure Wärme und freundliche Nähe spüren. Besonders Karlmann.«

Trotz seiner brennenden Neugier, auf dem Dorfplatz an Odilios Seite zu erfahren, was es mit dem Nebel aus der Linde auf sich hatte, wäre es Karlmann weder in den Sinn gekommen, seine Mutter allein zu lassen, noch dem alten Pfiffer zu widersprechen. Wieder sprach Odilio zu ihm wie zu seinesgleichen und das ließ den jungen Quendel innerlich an Jahren gewinnen. Mit äußerster Vorsicht betteten sie Beda an Huldas Brust, die sanft die Arme um die Freundin schlang. Karlmann hockte sich daneben und erinnerte in seiner gespannten Wachsamkeit an Gisils Terrier Toby. Er nickte Odilio zu, zum Zeichen, dass er nun ruhig gehen könne.

»Hortensia, Zwentibold«, rief der alte Pfiffer seinen beiden anderen nächtlichen Gefährten zu. »Lasst uns auf den Dorfplatz gehen und nachsehen, was wir dort vorfinden werden und ob wir uns einen Reim darauf machen können, nach allem, was *wir* in den zurückliegenden Stunden erlebt haben.«

Hortensia warf einen letzten sehnsüchtigen Blick zu der Stelle hinüber, wo ihr eigener Gartenzaun sich an den der Drogos anschloss. Eine Kapuzinerkresseblüte leuchtete vertrauenerweckend zwischen violetten und roten Wicken hervor und schien ihr zuzuzwinkern. Nichts ließ darauf schließen, dass hinter dem Zaun etwas nicht in Ordnung sein sollte. Hortensia seufzte; dann wandte sie sich mit einem entschlossenen Ruck zum Gehen und folgte Odilio und Zwentibold zwischen die dicht an dicht stehenden Grünloher.

Der Baum stand nun verschleiert. Ein Trauerflor von schimmernden Nebelschwaden trieb aus seiner großen Wunde und säuselte um den zerstörten Stamm wie ein untröstliches Klagelied. Was äußerlich abmilderte und undeutlich machte, empfanden die drei Quendel, die in der Nacht am Rande des Finsters gestanden hatten, als heimtückische Bedrohung. Niemand außer ihnen selbst ahnte im Dorf, was aus der Linde aufstieg.

Es glitzerte darin wie von tausend Eiskristallen und war gespenstisch und wunderschön zugleich, waren Huldas Worte gewesen, mit denen sie den unheimlichen Dunstschleier über der Rosenlaube beschrieben hatte.

Quirin Portulak hatte ihre Schilderung in seiner Küche zwar mit angehört, aber nicht selbst erlebt, was sich in Hortensias Garten zugetragen hatte. Er hatte Ava mit allen Kindern schließlich hinter der Ligusterhecke des Wirtshausgartens *Zur Butterblume* entdeckt und sie Guntram und Rosina anvertraut, die nur noch zurück nach Hause wollten. Er selbst blieb auf dem Platz und wusste nicht recht, was ihn dazu drängte. Er erinnerte sich durchaus an Bedas und Huldas eindringliche Worte über den schimmernden Geisternebel, aus dem der Unhold aufgetaucht war, der Beda so schrecklich zugerichtet hatte. Aber all das erschien so unglaublich, dass ihn der Anblick der Nebelbänder, die sich nun sanft um den geborstenen Baumstamm schlängelten, nicht mehr schreckte als alles andere, das ihn an diesem Morgen mit seiner ganzen Familie zu frühester Stunde aus dem warmen Bett und mit den anderen bis auf die Straße getrieben hatte.

Unweit der Linde standen Gisil Mottiford und Laurich mit einigen wenigen Grünlohern zusammen, darunter ein beleibter Quendel in einem moosgrünen Morgenmantel, der einen gewaltigen Brotschieber in der Hand hielt, den er gewöhnlich dazu benutzte, um das heiße Brot aus dem Backofen zu holen. Es handelte sich um Wenzel Recherling, den Bäcker von Grünlohe, bei dem Toms aus Krapp mehrere Stunden zuvor vergeblich um ofenwarmen Haselbutterkuchen nachgefragt hatte. Der Recherling hatte den hölzernen Schieber wie einen Knüppel gepackt und an seiner grimmigen Miene und der kämpferischen Haltung war abzulesen, dass er bereit war, sich, so gerüstet, allem entgegenzustellen, was außer Nebelschwaden der zerstörten Linde noch entsteigen mochte. Neben ihm stützte sich Levin Drogo, Hortensias Nachbar, auf einen mit Silber beschlagenen Knotenstock und sah ebenfalls recht angriffslustig aus. Aus einer seiner Westentaschen lugten zwei große glänzende Schlüssel hervor. Laurich, dem dies aufgefallen war, erkannte, dass er selbst nicht der Einzige an diesem Morgen war, der, entgegen aller Gewohnheit, Haus und Hof fest verschlossen hatte, bevor er sich zum Dorfplatz aufmachte.

»Wenn es nach Feuer riechen würde, könnte man meinen, in der Tiefe des Stamms schwelt eine Brandstelle«, meinte nun Krispin Ellerling, dem einer der Höfe gehörte, die am östlichen Dorfrand in den Wiesen am Schellenwald lagen; dort, wo der Krapp'sche Ponywagen mit seinen Insassen nicht lange zuvor vorbeigefahren war. Seine alte Jacke war voller Strohhalme, als wäre er geradewegs aus dem Stall gekommen, was zu dieser frühen Morgenstunde gut möglich war.

»Aber dieses Glitzern ist sehr seltsam und sieht für mich eher kalt als nach glühenden Funken aus«, knurrte der Bäcker Wenzel. »Wie winzige Flocken Pulverschnee. Stockschwerenot, überhaupt macht es mich frösteln, wenn ich sehe, was mit unserer prachtvollen alten Linde geschehen ist. Es wäre mir sehr recht, wenn derjenige, der daran schuld ist, sich bald zeigen würde, falls er noch dort unten steckt!« Zuletzt waren seine Worte immer lauter geworden, als hoffe Wenzel, damit bis in die tiefsten Schichten und verborgenen Hohlräume des zerstörten Baumes vorzudringen.

Gisil Mottiford runzelte die Stirn. Er kannte den Recherling als rechten Maulhelden und schätzte seine Haselbutterkuchen und Bucheckernbrote weit mehr als dessen Dampfreden, mit denen er vor allem die eigene Familie beeindruckte. Der Herr von Krapp tat dieses Prahlen, wenn er durch Toms hin und wieder etwas davon zu hören bekam, mit *viel Backofenrauch um nichts* ab.

»*Wer* steckt denn dort unten?«, fragte nun unerwartet jemand hinter ihnen mit entschiedener Stimme. Gisil entging es nicht, dass ausgerechnet der Bäcker gehörig zusammenfuhr.

Die abseits des Baumes versammelten Quendel drehten sich um und erkannten Odilio Pfiffer, der von Hortensia Samtfuß-Krempling und dem Bitterling aus Wetterstern begleitet wurde.

»Gute Güte, teuerste Hortensia«, rief Levin Drogo mit gelindem Schrecken aus, als er seine Nachbarin erkannte, die aussah, als hätte sie nicht nur *eine* schlaflose Nacht verbracht. »Ich habe eben erst hier auf dem Platz gehört, dass in Eurem Garten etwas geschehen sein soll. In der Nacht haben wir nebenan nichts davon mitbekommen. Was ist es denn gewesen, bei allen Quendeln? Ein weiterer zerstörter Baum? Können wir helfen?«

Hortensia lächelte müde und machte eine abwehrende Geste. »Schon gut, Levin. Ich hatte noch keine Zeit, nachzusehen, vertraue aber darauf, dass es schon nicht so arg sein wird wie alles andere in dieser Nacht. Das Haus scheint jedenfalls noch zu stehen. Ich sah das Dach.«

Damit ging sie an ihm vorbei und folgte Zwentibold und dem alten Pfiffer bis zur Linde. Ihr Nachbar sah ihr ratlos hinterher und versuchte, sich einen Reim darauf zu machen, was genau sie mit ihrer Antwort gemeint haben könnte.

Sie hielten zu dritt dort an, wo der Baumschatten begann. Irgendetwas gebot jedem von ihnen, im hellen Licht der Morgensonne zu bleiben, um die eindrucksvolle Verwüstung der alten Dorflinde näher in

Augenschein zu nehmen. Der gespaltene Stamm begann schon wenige Handbreit über den Wurzeln auseinanderzuklaffen. Es sah aus, als wäre der Baum in einem entsetzten Aufschrei über die eigene Zerstörung erstarrt. Jetzt lastete eine unheimliche Stille über der Szene und nichts war mehr aus dem Inneren zu hören; nicht das leiseste Ächzen und Knarren. Was eben für neuen Schrecken gesorgt hatte, war offenbar für den Augenblick wieder zur Ruhe gekommen. Doch was die Linde noch zusammenhielt, schien ein Rätsel, denn ihr mächtiger Stamm öffnete sich wie eine gespreizte Hand und je weiter es emporging, desto breiter strebte die Krone auseinander. Das frühere Wahrzeichen Grünlohes glich nun einem riesigen trichterförmigen Stoppelpilz.

Der alte Pfiffer fragte sich, ob der Baum die grausame Verwandlung wohl überleben würde oder mit den glitzernden Schleiern bereits die Seele aus dem zersplitterten Holz und der Fülle eines Jahrhunderte währenden Lebens durch das gelichtete Laubdach in den Morgenhimmel entwich. Schweigend vertieften sich die drei Quendel in dieses Ehrfurcht gebietende Bild der Zerstörung. Odilio und der Bitterling betrachteten betroffen den Ort, an dem ihnen am Vorabend zum ersten Mal das Glitzern in der Luft begegnet war.

Der alte Pfiffer dachte an sein von tiefster Ahnungslosigkeit versüßtes Nickerchen am Nachmittag des gleichen Tages. Sogleich spürte er wieder den festen Rückhalt des Baumstamms und die verwitterte Rinde in seinem Rücken. Kurz bevor er einschlief, war eine langbeinige Spinne aus ihrem Sitz in den lauschigen Zweigen bis zu ihm hinunter und an seinem rechten Arm entlang weiter abwärts gestelzt. Das Tier war seitlich über die Bank verschwunden und Odilio wünschte dem Spinnerich von Herzen, dass er den Niedergang seines Zuhauses dank eines ausgedehnten Ausflugs überlebt haben möge. Es war ein sinnloser kleiner Gedanke, angesichts des düsteren Anblicks, den die Linde nun bot, aber er ließ sich nicht vertreiben.

»Es hat schon gestern Abend angefangen, nicht wahr?«, fragte der Bitterling unvermittelt.

Seine Worte galten dem alten Pfiffer, ohne dass Zwentibold den Blick von einem silbrigen Nebelband lösen konnte, das sich in diesem Augenblick hurtig aus der Tiefe des hohlen Stammes löste und mit der verführerischen Gewandtheit einer Wasserschlange ringelnd und züngelnd dem auseinanderklaffenden Wipfel entgegenstrebte.

»Schon gestern, als wir auf dem Weg zu Hortensia hier vorbeikamen, wussten du und dein Kater doch, dass hier etwas nicht stimmt. Und ich habe für Glühwürmchen gehalten, was da kurz unter der Linde aufschimmerte.« Der Bitterling fröstelte.

Als Odilio nicht antwortete, wandte er sich ihm zu, desgleichen Hortensia. Ihre Blicke trafen sich und Zwentibold las die Empörung in Hortensias Miene.

»Heißt das etwa, du hattest eine Ahnung davon, was mit der Linde passieren würde?«, wandte sie sich mit zunehmender Schärfe an den alten Pfiffer. »Stock und Schwamm! Den ganzen langen Weg durch diese Schreckensnacht hast du uns mit Andeutungen und gelegentlichen Brocken deines großen Wissens geängstigt! Aber über die Linde hast du beharrlich geschwiegen. Auch dann noch, als all das Übel längst seinen Lauf nahm. Warum? War sie etwa nicht von Bedeutung? Wir hätten das Dorf warnen müssen! Es ist ein Wunder, dass diese hölzerne Ruine überhaupt noch steht und niemand verletzt worden ist!«

Odilio gab ein Geräusch von sich, das wie ein erbittertes Schnauben klang. »Vor was oder wem hätte ich euch und das Dorf denn warnen sollen, beste Hortensia?«, erwiderte er und klang eher müde als abwehrend. »Dass die alte Dorflinde in Gefahr ist und Wölfe aus dem nächtlichen Himmel auf die Erde herabspringen werden? Hättet ihr mir geglaubt oder mich für vollkommen übergeschnappt gehalten? Ungeachtet dessen, dass mich und zuerst Reizker das Glitzern zwar aufgeschreckt hat, aber nicht vorauszusehen war, was später mit dem Baum und überhaupt passieren würde. Alles ist über mich ähnlich unvorhersehbar hereingebrochen wie über euch und alle anderen. Wäre ich wachsamer gewesen, hätte ich einige der Vorzeichen dessen, was sich nun regt, wohl früher erkennen können. Das habe ich, zu unserem Unglück, versäumt. Verblassender Schwindling, mein Wissen scheint mir so begrenzt wie meine Kraft.« Er seufzte und schüttelte sorgenvoll den Kopf. »Außerdem drängte die Zeit, um endlich mit der Suche nach dem armen Bullrich zu beginnen.«

»Bei allen Quendeln, Ihr seid uns sicher eine ganze Menge Erklärungen schuldig!«, sagte Gisil Mottiford mit ernster Stimme, noch bevor Hortensia dem alten Pfiffer etwas entgegnen konnte. Unbemerkt hatte sich ihnen der Herr von Krapp mit Laurich genähert und offenbar genug gehört, um sich einmischen zu wollen.

»Falls ich damit gemeint sein sollte, bester Gisil, bin ich nichts und niemandem etwas schuldig, fühle mich aber dem Wohl des Hügellandes seit jeher verpflichtet und all seinen lieben, ahnungslosen Bewohnern zutiefst verbunden«, sagte Odilio in einer Mischung aus Spott und Würde und straffte sich, während er sprach. Die leichte Bewegung reichte, um ihn so zu verändern, dass der Herr von Krapp und auch sein Wildhüter unwillkürlich zurückwichen. Auch seine Stimme klang plötzlich fremd, gebieterisch und seltsam alterslos. »Wir werden Rat abhalten müssen und das nicht nur hier in Grünlohe. Das wird keine kleine Angelegenheit, so viel ist sicher, und was es dann zu erklären und entdecken gibt, soll für alle erklärt und entdeckt werden. Es steht zu fürchten, dass sich nicht nur bei uns in dieser Nacht Bedrohliches ereignet hat. Alle Dorfältesten und Bewohner der abseits liegenden Anwesen und Höfe müssen zusammenkommen und jeder, der etwas zu berichten hat, soll angehört werden. Denn diesmal geht es nicht um festliche Vergnügungen und Mummenschanz. Diesmal sind die Schrecken echt.«

Noch während er sprach, ließ das Sonnenlicht seine katzenhaft grünen Augen aufleuchten. Oder waren es Odilios Augen selbst, von denen dieses Strahlen ausging?

Nicht nur den Bitterling und Hortensia erfüllte das Geheimnis, das den alten Pfiffer plötzlich zu umgeben schien, mit Scheu und Staunen.

Alles geschah so schnell, dass, als es vorbei war, niemand der Anwesenden sicher sein konnte, die seltsame Verwandlung Odilios wirklich mit angesehen zu haben. Schon war er wieder der alte Pfiffer, der nun an den anderen vorbei in die Runde der Umstehenden mit lauter, altvertrauter Stimme fragte: »Hat von euch schon jemand gewagt, in die Linde hineinzusehen? Bevor der Nebel aufstieg? Ich habe gehört, es ginge im hohlen Stamm in die Tiefe hinab.«

»Einige haben durchaus hineingeblickt«, antwortete ihm Krispin Ellerling und wies hinter sich, als stünden genau dort diejenigen, die er meinte. »Ich auch, als ich hier ankam, aber da war nichts als Dunkelheit. Es stimmt schon, es sieht danach aus, als ginge es durch den hohlen Stamm immer weiter hinab, so, als hätte das Zerbersten der Linde einen unterirdischen Gang oder ein Loch darunter freigelegt. Vielleicht ein alter Fuchsbau oder etwas Ähnliches. Nur seltsam, dass niemals zuvor etwas davon bemerkt wurde. In all den langen Jahren nicht. Offenbar fand sich in der Vergangenheit auch nicht ein einziger Hund, der beim Graben unter den Wurzeln etwas entdeckt hat.« Als verwundere ihn diese Tatsache besonders, schüttelte er den Kopf. »Oder solch eine Geschichte hat sich nicht überliefert.«

»Ja, wahrhaftig, Donner- und Totentrompete«, trat nun der dicke Bäcker wichtig vor und pflanzte den Brotschieber neben sich auf. »Beim ersten Morgengrauen brach der Baum mit dem gewaltigsten Krachen auseinander, das man sich vorstellen kann. Ich habe es noch drei Straßen weiter in meinem Bett gehört und die ganze Familie ist schlagartig wach geworden und hat sich gefürchtet. Ich wusste sie kaum zu beruhigen. Kurz darauf sind die meisten herbeigeeilt, die in der Nähe wohnen und durch dieses entsetzliche Geräusch geweckt wurden. Alle haben aus reiner Vorsicht erst einmal gehörigen Abstand gehalten. Es sah ja ganz danach aus, als ob der Baum jeden Augenblick fallen würde!«

»Und später? Hat vielleicht später jemand mit einer Laterne in den hohlen Stamm hinuntergeleuchtet?«, erkundigte sich der alte Pfiffer weiter.

Wenzel Recherling sah ihn an, als wäre Odilio nicht ganz bei Trost. »Mit einer Laterne hinuntergeleuchtet? In den Baum? Aus gutem Grund hat sich zuerst niemand bis dicht an den Stamm herangewagt, geschweige denn hineingeleuchtet. Dann wurde es bald so hell, dass man auch aus der Ferne erkennen konnte, dass die Linde hohl war und darin ein schwarzer Abgrund gähnte.«

»Du hättest mit deinem Brotschieber ein bisschen darin herumstochern können, Meister Recherling. Wer weiß, was ans Tageslicht gekommen wäre«, bemerkte der Herr von Krapp mit todernster Miene.

Der Bäcker erbleichte, als fürchtete er, dass nun genau das von ihm verlangt werden könne, und versuchte, samt Brotschieber wieder in den Hintergrund zurückzutreten. Es gelang ihm, weil ihrer aller Aufmerksamkeit plötzlich durch einen lauten Schrei gefesselt wurde.

Des Geredes müde und unbemerkt von den anderen war Hortensia langsam zurückgewichen. Warum nur hielten sie sich mit nutzlosen Worten auf, wenn der Baum hinter ihnen wie ein vom Einsturz bedrohter Turm seinem besiegelten Schicksal entgegensiechte? Mit wachsendem Unbehagen hatte sie seine Anwesenheit in ihrem Rücken gespürt, als bedrängte die Linde sie, sich endlich umzudrehen und näher zu treten.

So, wie ein gähnender Abgrund einen unheilvollen Sog ausüben kann, sich gefährlich nah an seine Kante zu wagen, zwang etwas Hortensia, dem nachzugeben. Es fehlte nur ein Schritt, um aus dem warmen Licht der Morgensonne in den ausladenden Baumschatten einzutreten. Noch zögerte sie, denn sie scheute die Berührung mit dem Nebel, von dem sie nicht wusste, was er ihr antun konnte. Sie dachte an Reizker, der mit glitzerndem Fell dem Finster nur knapp und nicht unversehrt entronnen war. Sie dachte an Beda, die von etwas Entsetzlichem aus eben diesem Nebel angegriffen worden war. Hortensia schwankte ein letztes Mal zwischen Widerstand und Nachgeben. Dann zwang sie sich, einfach weiterzugehen.

Es war, als sei sie von gutem in schlechtes Wetter gewechselt, wenn es denn möglich gewesen wäre, mit einem einzigen Schritt von einer Witterung in die nächste zu gelangen.

Nun stand sie unter dem Baum, im tiefen Schatten, in Sichtweite der anderen und doch in einer anderen Welt. Hier war es erstaunlich kalt und feucht. Nebelbänder näherten sich und zogen ihr glitzerndes Kreisen enger. Wie eine Spinne umwebten sie ihr Opfer mit silbernen Fäden. Hortensia unterdrückte die aufkommende Angst. So hatte sie sich als Kind beim Pilz- und Finderspiel im Labyrinth von Krapp gefühlt, wenn es schön und schrecklich zugleich gewesen war, sich dem Versteck im düsteren Buchsbaum anzuvertrauen, um in seinem Schatten unsichtbar zu werden. Wie groß war zuletzt die Erleichterung, endlich in die helle Sonne zurückkehren zu können, wenn einen der Finder stellte. Aus der schwärzlichen Einsamkeit mit einem befreienden Schrei zu den anderen ins Licht wechseln zu dürfen.

Mit ausgestreckter Hand hätte sie das geborstene Holz des Stammes nun berühren können. Der Baum öffnete sich vor ihr, ein bizarrer Schrank mit zersplitterten Wänden. Daraus wehten ihr die Nebelschwaden wie zerfetzte Kleider in einem Geisterhaus entgegen. Hortensia bewegte sich in schlafwandlerischer Abwesenheit. In weiter Ferne hörte sie die näselnde Stimme des dicken Recherlings, ohne zu verstehen, was er sagte. Sie war hier so allein wie ein Kind, das, unbemerkt von den in der Nähe plaudernden Eltern, in einem Teich zu ertrinken droht. Vor ihr lag der Durchlass zu etwas, in das man guten Gewissens nicht hinabtauchen sollte. Hortensia zögerte und lugte schaudernd über die nur kniehohen Splitter aus Lindenholz, die vor ihren Füßen wie abgebrochene Zähne aus der Erde ragten. Dies war die Schwelle, über die es in die Tiefe hinabging. Links und rechts ummäntelten weit höher aufragende Überreste des geborstenen Stammes den Eingang ins Innere. Hortensia spürte ein kühles Fließen auf ihren vorgestreckten Händen.

Es fühlte sich kalt an und silbrig und glatt, wie Nachtluft oder kaltes Wasser, und diese Kälte glitt ihr unter die Haut und berührte ihr Innerstes.

War es der Nebel, der nun dichter aus der Linde emporquoll, oder die eigene Schwäche und Benommenheit, die ihre Blicke zu trüben begann? Warum bemerkte niemand von den anderen, wo sie steckte? Wie konnte es sein, dass der Bitterling sie nicht längst vermisste? Wie, dass sie sogar von Odilio und Gisil Mottiford unbeachtet und in größter Einsamkeit ihrem Verderben entgegenschritt? Sie schloss die Augen und öffnete sie wieder.

Kein Zweifel, sie konnte nicht mehr so gut sehen wie zuvor. Die zackigen Konturen des geborstenen Holzes weichten auf. Hortensia wurde es schwindlig. Nach Halt suchend, klammerte sie sich mit beiden Händen an die Wände des hohlen Baumes und beugte sich vor. Der aus der Tiefe aufsteigende Nebel berührte ihr Gesicht mit belebender Kühle, die den Schwindel und die Angst verdrängte. Gebannt starrte sie in das von tausend Kristallen schimmernde Weiß, das alle Farben des Wassers und des Himmels in sich zu bergen schien.

Der Schleier vor ihr war von betörender Schönheit. Hatte das prachtvollste Abendrot hinter dem grauen Turm ein ähnlich verführerisches Leuchten? Gab es ein zarteres Weben als in diesem Dunst aus Zauberlicht?

Darunter gähnte ein schwarzer Schlund, der sich wie ein lichtloser Brunnenschacht in die Tiefe verlor. Der Nebel verhängte ihn mildtätig. Niemand der anderen würde bemerken, wenn sie dahinter verschwand. Der sanft glitzernde Vorhang würde sich heben und wieder senken, nachdem sie hindurch war, und es würde so lautlos geschehen wie ein Ein- und Ausatmen. Hortensia hob den rechten Fuß, um über die zerklüftete Schwelle zu steigen. Es kümmerte sie nicht, wo sie aufsetzen würde. Es war ein Schritt ins Nichts.

Da, ganz plötzlich, traf von hinten ein glänzender Strahl das Zwielicht unter der Linde und durchtrennte die Schwaden mit goldenem Schwert. Es war die Morgensonne, die in diesem Augenblick um eine Ecke des Wirtshauses *Zur Butterblume* gewandert war. Der Nebelschleier zerriss und gab den Blick in die Tiefe des hohlen Baumes preis. Zu Hortensias grenzenlosem Staunen konnte sie Stufen erkennen, die steil hinunterführten und das Sonnenlicht, das sie nun überwältigte wie der wogende Klang einer gewaltigen Musik, fand seinen Weg weit hinab.

Genau an der Stelle, wo die Lichtbahn endete und wieder in Dunkelheit überging, lag etwas Großes, Helles. Hortensia blieb vor Schreck das Herz stehen, als sie den Umriss einer Gestalt erkannte. Jemand, ob tot oder lebendig, befand sich nicht weit unterhalb, am Fuße der Treppe. Sie schrie gellender als zu den Zeiten, als der Finder sie im schaurigschönen Moment des Entdeckens aus tiefster Dunkelheit ins Helle gezerrt hatte.

Der Schrei hallte über den Dorfplatz und traf die wenigen, in der Nähe der Linde stehenden Quendel bis ins Mark. Für einen Augenblick gefror die um Odilio und Gisil versammelte Schar. Einjeder starrte den anderen an; mit schreckgeweiteten Augen und mühsam bewahrter Fassung. Der Recherling hatte den Brotschieber fallen lassen und Zwentibold stellte fest, dass er seine rechte Hand in Laurichs Arm gekrallt hatte, der sich darum aber nicht kümmerte.

»Donner- und Bitterpilz, das kam von der Linde!«, rief der Herr von Krapp.

Alle fuhren herum, in banger Erwartung, dass von dem Baum neue Gefahr drohte.

»Bei allen Quendeln! Es war Hortensia!«, schrie der Bitterling auf. »Seht doch nur! Sie scheint in dem hohlen Stamm zu stecken!«

Von Schatten, Nebel und Holz halb verhüllt, war sie dort nicht leicht zu entdecken.

»Aber wie ist sie dort bloß hineingeraten? Ich habe sie nicht fortgehen sehen!«

Vier stürzten gleichzeitig los; Zwentibold, der den Arm des Wildhüters losgelassen hatte, gemeinsam mit Laurich und seinem Herrn und allen vorweg der alte Pfiffer.

Bevor sie bei Hortensia ankamen, schrie sie ein weiteres Mal. »Hilfe! Dort unten liegt etwas! Auf einer Treppe im hohlen Baum! Oh, schnell,

schnell! Ich kann mich nicht rühren, mir versagen die Kräfte!« Sie drohte wegzurutschen und in der Linde zu verschwinden.

Es war Gisil, der sie mit einem beherzten Satz im letzten Moment zu fassen bekam. »Gute Güte, mein Mädchen, wie oft muss ich dich heute Morgen noch aus irgendeinem Erdloch ziehen«, knurrte er, als er sie außerhalb des Baumstamms wohlbehalten in seinen Armen barg.

Totenblass wies Hortensia hinter sich. »Dort unten«, hauchte sie.

Der Herr von Krapp wandte sich um, ohne sie loszulassen, und sah, dass der Bitterling und Laurich links und rechts der klaffenden Öffnung den alten Pfiffer flankierten, der sich weit in den Baum vorbeugte.

»Bleib hier ruhig sitzen«, wies Gisil Hortensia an, nachdem er sich vergewissert hatte, dass sie sich alleine würde aufrecht halten können. »Ich bin gleich zurück.« Er sprang auf und trat zu den anderen, um seinerseits über Odilios Schulter zu blicken.

Obwohl sie der Sonne den Weg in die Tiefe verstellten, fiel über ihre Köpfe hinweg noch genug Licht in den Schacht, um zu erkennen, was Hortensia gesehen hatte. Der Nebel hatte sich zurückgezogen und dort, wo sie standen, war die Luft klar. Aus der Tiefe schlug es ihnen kühl und klamm entgegen und es roch nach feuchter Erde. ›Nicht staubig wie in der Grabkammer, sondern wie aus einem frisch ausgehobenen Grab‹, dachte der Bitterling. ›Und es ist nicht leer.‹

Ungefähr dreißig Stufen abwärts lag das Wesen quer über der Treppe. Seine Gestalt war von Kopf bis Fuß in eine Stoffbahn eingeschlagen, die ihnen bleich entgegenleuchtete. Darunter bewegte sich nichts.

»Was das wohl ist?«, wisperte Zwentibold. Er verspürte ein unbeschreibliches Grauen, obwohl das, was sich unter der Hülle abzeichnete, eigentlich nicht wie einer der unheimlichen langen Wanderer aus dem Finster aussah. ›Eher wie ein toter Quendel in einem Leichentuch‹, dachte der Bitterling und begann zu zittern.

»Was auch immer es ist, es ist tot«, bemerkte Laurich, als hätte er in Zwentibolds Gedanken gelesen. »Es muss tot sein. Still und stumm und aufgebahrt, wenn auch ohne Sarg. Vielleicht liegt auch unter der Linde ein uraltes Grab aus grauer Vorzeit. Genau wie bei uns, irgendwo unter dem Heckenweg.«

»Stellt sich die Frage, ob es da einen Zusammenhang mit den zerstörten Bäumen gibt«, überlegte der Herr von Krapp.

»Oder es ist doch am Leben, aber bewusstlos oder verletzt«, sagte der alte Pfiffer zögernd, ohne auf Gisils Worte einzugehen. »Von hier oben ist das nicht zu entscheiden. Wir bräuchten eine Fackel oder eine Laterne, um mehr erkennen zu können. Oder wir wagen uns die Stufen hinunter.«

Das nachfolgende Schweigen lastete auf ihnen wie ein Dach aus überhängendem Schnee. Wenn es sich löste, könnte es eine Lawine geben und die Dinge würden ins Rollen kommen. Aber das Schweigen hielt an und selbst der Herr von Krapp schien einen stillen Kampf mit sich selbst auszufechten.

»Etwas muss geschehen!«

Der Bitterling zuckte so heftig zusammen, dass seine Hand dort abrutschte, wo er sich im Holz festhielt. Er strauchelte nach vorn, bekam sich aber wieder in die Gewalt und starrte entgeistert auf Hortensia, die plötzlich hinter ihnen stand. Ein entschlossener Ausdruck lag auf ihren abgekämpften Zügen.

»Was auch immer da unten liegt, ob tot oder lebendig, wir müssen den Baum versiegeln. Ein Grab, mitten auf dem Grünloher Dorfplatz, oder eine Treppe in eine Tiefe voller unheimlicher Wesen, die uns bedrohen! Wie sollen wir damit leben? Ein paar von uns sind heute Nacht nur knapp der Gefahr entronnen und einer ist ganz verloren. Am besten, wir holen auf der Stelle die allergrößten Steine, die im Dorf zu finden sind – und wenn wir sie aus den Häusern brechen müssen! All diese Schlupflöcher für Finsterlinge müssen verschlossen werden. Auch der Gang unten am Hünengrab, aus dem wir heute Morgen wie bleiche Mäuse gekrochen sind!« Am Ende ihrer Rede schrie sie fast. Aber nicht laut genug, dass ihnen das Geräusch entgangen wäre, das nun aus der Tiefe unmissverständlich bis zu ihnen heraufdrang. Es war ein tiefes, wie zu Tode betrübtes Stöhnen.

»Seid auf der Hut! Es ist doch noch am Leben!«, widersprach Laurich seiner eigenen Annahme und sah sich nach einem zur Verteidigung geeigneten Stück Holz um, das sich aus der Linde brechen ließe. »Lebendig aufgebahrt, wie furchtbar!«

»Eher ein lebender Toter!«, knurrte sein Herr neben ihm. »Soll er sich nach oben wagen!«

Wieder stöhnte die Gestalt auf der Treppe und diesmal bewegte sie sich leicht. Sie schien sich aus ihrer Umhüllung nicht befreien zu können. Der Bitterling zitterte mittlerweile wie Espenlaub, aber irgendetwas an diesem Stöhnen ließ ihn aufhorchen, als hätte es etwas ganz Bestimmtes zu bedeuten, das er noch nicht erkannte.

»Das hört sich nicht gefährlich an. Wohl eher, als bräuchte jemand Hilfe«, sagte Odilio.

»Stockschwamm und Giftmorchel! Hast du noch Mitleid mit diesem Grabunhold da unten?«, rief Hortensia aus. »Ich sage euch, das ist eine Falle, in die wir alle hineingeraten werden, wenn wir jetzt nicht endlich das einzig Richtige unternehmen! Verschließt diesen Gang ins Verderben, bevor es zu spät ist! Gisil, Laurich, worauf wartet ihr denn noch?«

Als sie sich zu den beiden umdrehte, entdeckte Hortensia, dass einige der Quendel, die bisher in sicherem Abstand abgewartet hatten, was sich bei der Linde tat, nun näher kamen. Sie sah ihren Nachbarn, Levin Drogo, Krispin Ellerling und Kuno, den Wirt der Butterblume, auf sich zukommen, und noch zwei, drei andere Bewohner der umliegenden Häuser. An ihre Spitze hatte sich Quirin Portulak gesetzt, der mit dem Brotschieber des Bäckers grimmig voranschritt. Vom dicken Recherling war hingegen nichts zu sehen.

»Was ist da los?«, schickte Quirin seiner Ankunft lauthals voraus.

»Oh, bei allen Hasenbovisten, ihr hattet es bisher ja nicht allzu eilig, dem nachzugehen«, bemerkte Gisil Mottiford spöttisch. »Es ist nur so, dass eine Treppe durch den hohlen Baum wie durch ein Portal tief in die Erde hinunterführt. Und dort unten, bevor es ganz finster wird, liegt einer. Oder etwas. Ganz, wie man es nimmt.«

»Es sieht aus wie ein lebender Leichnam«, platzte es aus dem Bitterling heraus.

Die Ankommenden blieben schockiert stehen.

»Kommt nur näher und seht selbst«, forderte sie Laurich ein wenig boshaft auf.

Doch nur Quirin und der Wirt traten bis an den Baum heran und starrten lange hinunter.

»Wer oder was kann das sein?«, fragte Quirin mit fassungsloser Miene.

»Wenn es nicht an diesem unwahrscheinlichsten aller Orte liegen würde, könnte man denken, es sei einer der unsrigen, in einem weißen Sack«, stellte der Wirt fest, der viel gesunden Quendelverstand, aber wenig Fantasie besaß.

»Stock und Schwamm, in der Tat«, sagte der alte Pfiffer, der über etwas Bestimmtes nachzudenken schien. »Habt ihr auch gemerkt, dass der Nebel sich dort unten wieder zusammenbraut? Bald wird das Wesen unseren Blicken entzogen sein und in diese dicke Suppe sollte niemand hinabsteigen. Deshalb rasch, gebt mir eure Zündhölzer. Ich selbst habe keine mehr in meinen Taschen.«

»Was, bei allen Quendeln, hast du vor?«, fuhr Hortensia ihn an, die die Antwort kannte, noch bevor er sie ihr geben konnte. »Gisil, Quirin!«, wandte sie sich verzweifelt an die Stattlichsten unter den Anwesenden. »Stock und Schwamm, haltet ihn davon ab! Niemand darf dort hinuntergehen und sich und uns alle sinnlos in Gefahr bringen.«

In diesem Augenblick gab die Linde, die bisher so lange geschwiegen hatte, aus der Tiefe ihres geschundenen Holzes ein sprödes Knarren von sich. Gleichzeitig fuhr, sanft, aber bedrohlich, ein Rascheln durch das Laub, als durchriesele den Baum ein erstes Erzittern, bevor er in Bewegung kam. *Die Linde streckt ihre verstümmelten Glieder,* so kam es ihnen vor.

Zwei der Quendel, die gerade erst mit Quirin angekommen waren, suchten wieder das Weite und verschwanden hinter der nächsten Hausecke, während die anderen tapfer an Ort und Stelle blieben. Voller Unruhe blickte einer den anderen an, bereit, im nächsten Augenblick die rettende Flucht anzutreten. Der alte Pfiffer nahm darauf keine Rücksicht.

»Rasch, habe ich gesagt«, wiederholte er und klang zu gebieterisch, um sich von seinem Vorhaben abbringen zu lassen. »Ich fürchte, wir haben nicht viel Zeit. Gisil, Laurich, ihr kommt mit mir. Einer sollte hier oben am Anfang der Treppe Wache halten, um berichten zu können, wie es uns dort unten ergeht. Wer will das sein? Du, Quirin? Oder nein, besser Kuno, der keine so große Familie hat, verzeiht mir, mein guter Stäubling. Ihr anderen bringt euch am Rande des Platzes in Sicherheit. Wartet auf uns, es wird nicht lange dauern, hoffe ich!«

»Ich gehe mit hinunter«, sagte der Bitterling unerwartet und klang dabei ähnlich entschlossen wie Odilio. »Ich muss es zu Ende bringen.«

Der alte Pfiffer musterte ihn scharf unter zusammengezogenen Brauen. Dann nickte er. »Wenn du dich kräftig genug fühlst, sei dabei.«

»Und ich bin es, die Wache halten wird«, sagte Hortensia mit fester Stimme. »Geh du zu den anderen, Kuno. Ich habe den Anfang miterlebt, als das Unheil seinen Lauf nahm, und werde es bis zum guten oder schlechten Schluss aushalten, genau wie der Bitterling und Odilio. Falls es noch einmal ein Ende gibt, nach dieser langen, langen Nacht.«

Wieder rauschten die Blätter und es ächzte vernehmlich in den Ästen und Zweigen der Linde, ohne dass Wind aufgekommen war. Entsetzt glaubte Hortensia zu spüren, dass sich der gespaltene Stamm um eine winzige Spur weiter nach außen neigte, als der alte Pfiffer, Zwentibold, Gisil und zuletzt Laurich die ersten Stufen nach unten nahmen.

Odilio hatte ein langes Zündholz angerissen, das ihm der Herr von Krapp gegeben hatte, und hielt den Span hoch erhoben über seinen Kopf. Er stieg als Erster so langsam und behutsam hinab, als trüge er wieder die Laterne mit dem letzten, verlöschenden Kerzenstummel. Die kleine Flamme flackerte leise, ging aber nicht aus. Gisil, der dem Bitterling folgte, hatte ein zweites Hölzchen entzündet, sodass sich die warm leuchtenden Lichtpunkte unter den erneut einsetzenden Tanz des kalten Glitzerns mischten.

›Zwei einsame lohfarbene Falter in zunehmend stärker rieselndem Schnee. Sie werden erfrieren‹, dachte Hortensia und versuchte, ihre Angst im Zaum zu halten.

Zu ihrem Schrecken nahm das Knarren der Linde stetig zu, seit die vier Quendel in ihrem Inneren verschwunden waren. Sie verstand nicht, was sich der alte Pfiffer davon versprach, das halbtote Wesen aus nächster Nähe in Augenschein zu nehmen, hatte aber begriffen, dass er sich nicht davon abhalten lassen würde, was auch immer dagegen einzuwenden war.

Der Bitterling blickte starr auf das Flämmchen, das vor ihm, ungefähr in Augenhöhe, die Treppe hinunterschwebte. Wieder fand Odilio für sie den Weg in die Tiefe. Zwentibold hatte nur eine ungefähre Ahnung davon, warum ausgerechnet er, der in den Gängen unter dem Heckenweg so schrecklich gelitten hatte, sich imstande sah, freiwillig noch einmal in die Erde hinabzusteigen. Wie alle Quendel glaubte er an Zeichen, nach denen man sich besser richten sollte, um die Launen des Schicksals selbst in einer so ruhigen Gegend wie dem Hügelland nicht gegen sich aufzubringen. Vielleicht war ihre Ruhe bisher zwar groß, aber trügerisch gewesen und diesem Frieden, wie sich jetzt erwies, besser nicht zu trauen. Bullrich, den es stets umgetrieben hatte, die Grenzen ihrer Welt zu kennen, hatte es wohl als Erster gemerkt und das hatte ihn bis in den Finster geführt, verwegen wie einst der Ästige Porling und seine unglücklichen Brüder. Etwas sagte dem Bitterling, dass er in Gedenken an seinen mutigen Vetter nun dort hinabmusste.

Unter ihm hatte der alte Pfiffer angehalten. Bemüht, dem Flämmchen auszuweichen, lehnte sich Zwentibold zurück, bis er die Wand des Ganges in seinem Rücken spürte. Sie fühlte sich beinahe vertraut an. Erde, Wurzeln und Steine.

Der Herr von Krapp und sein Wildhüter traten hinzu und zu viert starrten sie auf das Ding, das den weiteren Weg in die Tiefe versperrte. Ein Zündholz erlosch; nur einen Augenblick später rissen Odilio, Gisil und auch Laurich die nächsten Flämmchen an und beleuchteten die weiß schimmernde Rolle zu ihren Füßen.

»Das ist ein seltsames Tuch«, stellte der alte Pfiffer fest. »Undurchsichtig und zart zugleich, als wären die Nebelschleier zu Stoff verwoben.«

Gisil Mottiford hatte plötzlich den silberbeschlagenen Knotenstock von Hortensias Nachbarn zur Hand. Die anderen hielten den Atem an, als er vorsichtig in die Mitte des Bündels hineinstocherte. Es entlockte der verhüllten Gestalt ein weiteres tiefes Stöhnen, das, aus nächster Nähe, die Quendel mit Schrecken erfüllte. Wer verbarg sich unter dieser Hülle, Freund oder Feind?

Laurichs Licht zitterte und erstarb, so heftig fuhr er zusammen. »Bei allen Quendeln!«, stammelte er und wich an die Wand zurück.

»Noch einmal, Herr Gisil. Stoßt noch einmal zu mit eurem Stock«, forderte Zwentibold plötzlich den Herrn von Krapp zu dessen größtem Erstaunen auf. Er starrte den Bitterling an, als habe der den Verstand verloren. Um Zwentibolds Mundwinkel zuckte es, als wäre ihm entweder nach Weinen oder nach Lachen zumute. »Nur ganz leicht! Ich will nichts Böses, nur seine Stimme noch einmal hören.«

Sein seltsames Anliegen brachte ihm den scharfen Blick des alten Pfiffers ein. Der Bitterling hielt dem stand, bis er glaubte, eine Spur von Verstehen in Odilios funkelnden Augen zu erkennen.

»Nur zu«, forderte der alte Pfiffer Gisil Mottiford nun seinerseits auf. »Macht, was Zwentibold verlangt. Es scheint, er weiß warum.«

Die beiden Quendel aus Krapp musterten ihre Gefährten, als wären sie nicht mehr sicher, mit wem sie es hier zu tun hatten. Ein neues und stärkeres Beben als bisher erschütterte die Linde bis in die letzten, zu ihnen herabreichenden Wurzelfasern. »Macht endlich!«, zischte Odilio.

Unter missbilligendem Kopfschütteln stach Gisil unbeabsichtigt fest in das Tuch hinein. Ein jämmerliches Stöhnen erklang, dann drang aus der Hülle ein so heftiger Husten, dass das Bündel drohte die Stufen weiter hinabzurollen.

»Haltet ihn!«, schrie da der Bitterling in höchster Aufregung und warf sich schützend über was auch immer er unter dem Tuch vermutete. »Ich kenne diese Stimme! So hustet nur einer, ganz unverkennbar! Wo ist der

Eingang in dieses vermaledeite Spinngespinnst. Ich muss auf der Stelle sein Gesicht sehen! Oh, heiligste Pilzringe der tiefsten Wälder, lasst es wahr sein, nach all dem Unglück!«

Keiner der anderen kam mehr dazu, ihn von seinem rätselhaften Tun abzuhalten oder ihn darin zu unterstützen, denn in diesem Augenblick knarrte die Linde wie ein vom Einsturz bedrohter Dachstuhl. Erde und Steine rieselten auf die Quendel herab und sie hörten Hortensias Aufschrei am oberen Ende der Treppe. Von unten begannen die Nebel aufzusteigen, viel schneller als zuvor und mit ihnen wirbelten die tückischen Lichter nach oben.

»Packt zu«, schrie der alte Pfiffer, »und dann nichts wie die Treppe hinauf und hinaus ins Freie! Hortensia, bring dich in Sicherheit! Wir sind gleich bei dir.«

Ihr Zögern dauerte einen Augenaufschlag, dann ergriffen Gisil und Laurich das eine Ende des Bündels, während der Bitterling und Odilio am anderen Ende zupackten. Mit ihrer Last erklommen sie, so schnell es diese zuließ, die Stufen nach oben und spürten, wie die Treppe unter ihren hastigen Schritten erbebte und langsam, aber sicher nachgab.

Hortensia, die nicht auf den alten Pfiffer gehört hatte, erwartete sie am Ausgang. Als sie bei ihr ankamen, knackte das Holz des geschundenen Baumriesen so laut, als zerbräche nun das wenige, das ihn im Inneren noch zusammengehalten hatte.

Laurich, der als Letzter über die spitzen Späne der Schwelle sprang, blickte für einen hastigen Moment zurück und sah die Wände der Treppe schwanken wie ein Kartenhaus auf einem Schanktisch. Eine Staubwolke wirbelte auf und vermischte sich mit dem Nebel.

Sie hasteten durch den Baumschatten und sprangen ins Sonnenlicht. Jemand schrie aus Leibeskräften. »Verlasst den Platz und lauft, so schnell ihr könnt! Gleich fällt der Baum! Bringt euch in Sicherheit, ihr Narren und Wirrköpfe!«

Die Stimme des alten Pfiffers hallte wie Donner und übertönte den

Todeskampf der Linde. Die letzten Neugierigen, die sich noch im Umkreis eines Schlegels in der Nähe befunden hatten, suchten das Weite. Hinter ihnen erklang das Wiehern der Krapp'schen Ponys und das einsetzende Hufgetrappel, das sich rasch in der Ferne verlor, zeigte an, dass die Tiere mit dem Wagen durchgegangen sein mussten.

Odilio ließ seine Gefährten anhalten, als sie die Hecke des Wirtshausgartens erreicht hatten. Das war nicht sehr weit von der Linde entfernt. »Keine Gefahr«, keuchte er und wischte sich über die Stirn. Vorsichtig legten sie ab, was sie der Erde entrissen hatten. Hinter ihnen war der Platz wie leer gefegt, kein Dörfler ließ sich mehr blicken. In seiner Mitte toste der sterbende Baum und stand noch immer.

Gemeinsam mit den anderen starrte Hortensia auf den geheimnisvoll schimmernden Kokon am Boden. Sie sah das Lächeln des Bitterlings und konnte sich keinen Reim darauf machen, außer, dass er sehr erleichtert sein musste, der Erde entkommen zu sein. Das Gesicht des alten Pfiffers war hingegen zu einer Maske erstarrt.

»Vorsichtig, bei allen Quendeln, ganz vorsichtig!«, wies er den Bitterling nun an, als der sich wild entschlossen an der Faltung des Bündels zu schaffen machte.

»Zwentibold, Odilio, habt ihr den Verstand verloren?«, schrie Hortensia entsetzt auf, als sie erkannte, was die beiden vorhatten. »Gisil, nimm deinen Stock, damit wenigstens einer dem angemessen begegnen kann, was gleich zum Vorschein kommen wird. Hier sind zwei, die nicht mehr wissen, was sie tun, seit sie den Nebel geschmeckt haben!«

Es musste so sein, denn vor allem, was mit dem Bitterling geschehen war, war unerklärlich. Irgendetwas, dem er unter der Linde und auf der Treppe begegnet war, hatte ihn so mutig und selbstvergessen gemacht, dass es an Dummheit grenzte. Ungeduldig zerrte er an dem kunstvoll eingeschlagenen Stoff.

Um den alten Pfiffer schien es ähnlich zu stehen; er stand so ruhig daneben, als widmete sich der Bitterling gerade einem besonders liebevoll verpackten Geburtstagsgeschenk. Doch auch Gisil tat rein gar nichts, um sie aufzuhalten, wie Hortensia erbittert feststellte. Zwar merkte sie, dass er Levins Knotenstock so fest umfasst hielt, dass die Knöchel seiner Hand weiß wurden. Auch entging ihr nicht, wie Laurich sich anspannte und die Fäuste ballte, als die Stoffbahnen unter Zwentibolds Händen immer weiter auseinanderglitten. Der Bitterling erreichte die letzte Schicht und schlug sie zur Seite.

Hortensia schrie gellend auf, bevor sie wirklich begriff, was sie sah.

Dann stockte ihr der Atem und ihr Schrei erstarb.

Ungläubig beugte sie sich mit den anderen vor und konnte nicht fassen, was die Sonne beschien. Es war das Gesicht eines Quendels, das so leichenblass war, dass das schneeige Nebelgewebe, aus dem es aufgetaucht war, sich elfenbeinfarben wie von einer gekälkten Maske abhob. Seine tief in die dunklen Höhlen versunkenen Augen waren geschlossen und ohne das Stöhnen, das ihm über die bläulichen Lippen kam, hätte ihn jeder für tot gehalten.

»Bullrich«, sagten Hortensia und der Bitterling beinahe gleichzeitig und begannen zu weinen.

Der alte Pfiffer war niedergekniet und vertiefte sich in das altvertraute Antlitz. Odilio hätte nicht zu sagen gewusst, was die große Veränderung ausmachte. Es war nicht die blutleere Blässe. Das Fremde ging viel tiefer.

»Bester Schattenbart, alter Knabe. Zuletzt haben wir dich doch gefunden«, sprach er sanft und voll des Mitleids auf die regungslose Gestalt herab. »Wo bist du nur gewesen? Unendlich weit fort, wie mir scheint.«

In diesem Augenblick erhob sich ein Rauschen in der Luft. Es zischte, als würde das Fallbeil eines Riesen herabsausen, und dann erreichte sie ein Luftzug wie von einer gewaltigen Sturmböe gleichzeitig mit einem Bersten und Krachen, als bräche die Welt entzwei.

Hinter ihnen stürzte die Linde und begrub die letzten Spuren der verschütteten Treppe unter ihren Trümmern.

© privat

CAROLINE RONNEFELDT studierte Kunstgeschichte in München und Illustration in Hamburg. Heute lebt und arbeitet sie als Illustratorin in der Hansestadt. Die Inspiration für ihre Bücher findet sie auf dem Land, in dem verwunschenen Garten ihrer Familie. Immer an ihrer Seite: ihr Siamkater Willow, mit dem sie sich den Platz am Schreibtisch teilt.

West-Ost-Straße

Der graue Turm

Die acht Raben

Quendelin

Rabenstein Ruine

Das große Tournament

Schellenwiesen

Kugelmühle

Rabenstein

Schierlingsstetten

Schellenwald

Grünlohe zwischen den Wäldern

Rauhmoos

Heckenweg

Hünengrab

Finster

Dreibrücken

der Tiefe Bruch

Malmwasser

Wetterstein

Herling

Das Schwarze Schilf

Fendels Fuchsbau

Pfiffer

Grenzland von Endlund

Zwölfeichen

Nebelkappe

HÜGELLAND